I Massimi della Fantascienza
a cura di Gianni Montanari

Eric Frank Russell

LE SENTINELLE DEL CIELO

WADE HARPER, INVESTIGATORE

IMPONDERABILE PIÙ X

MISSIONE SU JAIMEC

Arnoldo Mondadori Editore

VOLUMI GIÀ USCITI IN QUESTA COLLANA

ASIMOV
La quadrilogia della Fondazione
Tutti i miei robot

BRADBURY
Cronache marziane
Fahrenheit 451
20 racconti

CLARKE
Le guide del tramonto
Polvere di Luna
Incontro con Rama

SIMAK
Anni senza fine
Oltre l'invisibile
Camminavano come noi

WYNDHAM
Il giorno dei Trifidi
Il risveglio dell'abisso
I figli dell'invasione
Chocky

HEINLEIN
La luna è una severa maestra
Universo
Fanteria dello spazio

SHECKLEY
Anonima Aldilà
Gli orrori di Omega
I testimoni di Joenes
Scambio mentale

BESTER
L'uomo disintegrato e tutti i racconti (1950-1980)

DICK
Il Disco di Fiamma
L'occhio nel cielo
La città sostituita
Vulcano 3

BALLARD
Il vento dal nulla
Deserto d'acqua
Terra bruciata
La foresta di cristallo

VAN VOGT
Slan
L'impero dell'atomo
Lo stregone di Linn

CLARKE
Ombre sulla Luna
La città e le stelle
Terra Imperiale

Divisione Libri Periodici
Direttore responsabile: Laura Grimaldi

ISBN 88-04-30618-1

Il sorriso dell'inquietudine

"A tutti coloro che credono nell'esistenza di un paese felice molto, molto lontano." E.F. Russell, dedica in *The Great Explosion*, Dobson 1962.

Nel panorama della fantascienza inglese, la figura di Eric Frank Russell spicca in modo singolare per svariati motivi. È stato il primo autore britannico ad affermarsi con grande successo (già negli anni Trenta) sulla scena specializzata americana, è stato uno dei maggiori umoristi della fantascienza tout court, *e per il suo stile così particolare è stato il più "americano" degli scrittori anglosassoni. Questo, in una carriera attiva durata meno di trent'anni, dal 1937 al 1964, anno in cui Russell preferì smettere di scrivere per dedicarsi solo alla cura di proprie antologie. Il che forse spiega come mai la sua morte, avvenuta a Liverpool il 29 febbraio 1978 per attacco cardiaco, sia passata dapprima inosservata. Il corpo fu cremato il 6 marzo, e solo verso la metà di aprile il mondo della fantascienza scoprì di avere perduto un suo grande autore.*

Russell era nato il 6 gennaio 1905 a Sandhurst, nel Surrey, da una famiglia di origini irlandesi. Il padre era istruttore militare, e il giovane Eric crebbe fra l'Egitto e il Sudan, frequentando le scuole riservate ai figli dei militari inglesi dislocati all'estero. Tornato in Inghilterra, si stabilì a Liverpool e tentò diverse occupazioni (nell'esercito, come il padre, poi come telefonista e come disegnatore tecnico) prima di diventare rappresentante di una impresa di costruzioni meccaniche. Sposò un'infermiera, Ellen, ed ebbe una figlia, Erica, così battezzata perché nata il giorno del ventinovesimo compleanno di Eric, il 6 gennaio 1934.

Otto anni prima, nel 1926, oltreoceano era nata anche la prima rivista specializzata in "scientifiction", Amazing Stories, *alla quale avevano rapidamente fatto seguito* Science Wonder Stories *e* Air Wonder Stories *(entrambe nel 1929), e poi* Astounding Stories *(nel 1930). In quegli anni Liverpool era il fulcro dell'importazione delle prime riviste americane; le copie rese venivano vendute dagli editori come zavorra per le navi dirette in Europa, e qui venivano offerte (in condizioni che è facile immaginare) sulle bancarelle o sugli scaffali dei magazzini Woolworth a tre pence la copia, circa cinque centesimi di dollaro di allora. Benché logore e vissute, quelle riviste servirono a focalizzare l'attenzione e gli sforzi degli appassionati britannici, che ben presto diedero vita a un fandom molto attivo.*

Russell, che all'epoca aveva già pubblicato articoli e racconti su riviste e quotidiani locali, proprio grazie a una serie di articoli sulle comunicazioni interplanetarie entrò in contatto con il fandom. Leslie Johnson, fondatore con Philip Cleator della British Interplanetary Society, *gli consigliò di tentare la fortuna con una rivista americana e gli offrì perfino uno spunto. Con il titolo* Eternal Re-Diffusion, *il racconto fu inviato al curatore di* Astounding *ma venne rifiutato perché troppo "oscuro" per il lettore medio americano. Russell ritentò, in proprio, con* The Saga of Pelican West, *un romanzo breve di avventure interplanetarie, e la storia fu accettata, comparendo su* Astounding *nel febbraio 1937.*

Nel giro di due anni, Russell pubblicò una decina fra racconti e romanzi brevi, sempre negli Stati Uniti e a volte anche sulle prime riviste inglesi che stavano nascendo. Erano storie avventurose e ricche di colpi di scena, dove la precisione scientifica o parascientifica contava meno della semplice plausibilità (in The Great Radio Peril, *del 1937, l'abuso indiscriminato delle onde radio danneggia uccelli e altre specie animali; in* Shadow Man, *del 1938, un criminale invisibile viene tradito in modo bizzarro dalla propria ombra; in* Impulse, *ancora del 1938, una forma di vita extraterrestre si impossessa di un cadavere per tentare l'inizio di una invasione), ma a Russell servirono come rapido apprendistato stilistico. Ancora perfettamente godibili, nonostante certe ingenuità di fondo a cinquant'anni dalla loro stesura, questi primi racconti mostrano già un uso della lingua narrativa molto più rapido e spigliato di quello imperante fra i contemporanei inglesi di Russell, e un lessico che abbonda di forme e colloquialismi americani.*

L'esatta misura dei risultati di questa forma di allenamento stilistico è riscontrabile già nel 1939, quando Russell pubblica il suo primo romanzo, Schiavi degli invisibili, *ottenendo un enorme successo. L'ipotesi che il genere umano sia schiavo inconsapevole dei Vitoni, invisibili sfere di energia che si nutrono delle energie nervose umane e che allo scopo di poter meglio "mietere" le loro messi non esitano a istigare guerre e delitti, era stata suggerita a Russell da una frase di Charles Hoy Fort (1874-1932), l'indomabile collezionista di notizie sui fatti più bizzarri e curiosi avvenuti in tutto il mondo: "Penso che noi tutti siamo proprietà altrui". Fort aveva trascorso quasi tutta la sua vita nel Bronx a raccogliere citazioni e ritagli che parlavano di piogge di sangue e di rane, di poltergeist e di incendi misteriosi, di misteriose scomparse e non meno misteriose apparizioni; aveva anche elaborato teorie personali che implicavano l'esistenza di civiltà scomparse e di città fra le nubi, di guerre galattiche e di razze aliene che sorvegliavano la Terra, nonché misteriosi gruppi di persone dotate di poteri paranormali, e aveva presentato buona parte di questo suo lavorio in quattro libri (*The Book of the Damned, New Lands, Lo! *e* Wild Talents*) apparsi fra il 1919 e il 1932.*

Russell aveva conosciuto le idee di Fort attraverso una ristampa di Lo! *a puntate su* Astounding *nel 1934, e ben presto era divenuto un assiduo collaboratore alla rivista* Doubt *pubblicata dalla* Fortean Society, *l'associazione americana decisa a divulgare le opere di Fort e a proseguire le sue "ricerche". In* Schiavi degli invisibili, *però, Russell non si accontenta di prendere in prestito un'idea altrui e di rimpolparla con un impianto narrativo, ma dà altresì vita alla sua prima grande commedia dell'inquietudine scherzosa. Bill Graham è un agente del servizio segreto americano che si trova alle prese con una lunga serie di importanti scienziati morti in modo orribile e in circostanze misteriose, e nel corso delle indagini che lo porteranno alla sudata vittoria contro i tirannici padroni occulti del genere umano si trova a dover fronteggiare alcuni interrogativi piuttosto delicati: se i Vitoni si nutrono delle più forti emozioni umane, e fanno di tutto per stimolarle,* quali *sono i sentimenti originali dell'uomo? Il Bene e il Male sono connaturati all'uomo o al dominio occulto dei Vitoni? I problemi sono appena sfiorati da Graham, che da uomo d'azione nel bel mezzo di una trama incalzante ha ben altre cose a cui pensare (non ultima, una sfilza di dialoghi scoppiettanti con i comprimari e con la graziosa dottoressa Curtis), ma si piantano nella mente del lettore come altrettanti scomodi chiodi ai quali si vorrebbe appendere qualcosa, non fosse altro per giustificarne il prurito. Il romanzo, invece, si guarda bene dal proporre spiegazioni o risposte a senso unico, e con una tecnica che diventerà tipica di Russell sembra fare di tutto per avviluppare il lettore nella trama, aiutato da uno stile asciutto e scattante.*

È qui che ha dunque inizio la grande avventura russelliana, destinata a svilupparsi nei romanzi successivi facendo leva su un punto di forza finora sconosciuto nella fantascienza di lingua inglese: il contrasto fra eroi grandi e grossi, magari un pochino rozzi ma sempre capaci di autoironia, e un plot *deciso a togliere loro la terra sotto i piedi, a scaraventarli in situazioni tali da giustificare (almeno a occhi vagamente smaliziati) una ponderosa crisi esistenziale. Può darsi che agli inizi, verso la fine degli anni Trenta e soprattutto in* Schiavi degli invisibili, *il meccanismo abbia cominciato a funzionare in modo inconscio, spronato superficialmente dal suggestivo concetto del genere umano controllato da "altre" intelligenze preso a prestito da Fort, ma basta leggere i romanzi che con parsimonia Russell fa seguire a* Schiavi degli invisibili *per accorgersi che ormai il suggerimento è diventato parte integrante del suo bagaglio letterario, e non riguarda solamente il controllo alieno dell'uomo ma la più vasta sfera dei rapporti umani con la realtà circostante.*

Se in Jay Score *(prima storia del ciclo poi raccolto in* Uomini, marziani e macchine *nel 1955) che esce nel 1941 su* Astounding *ci viene presentato un comandante di astronave in grado di affrontare in prima persona l'abbrustolimento di un sole in attrazione, questo avviene perché il capitano Jay Score è in realtà un androide dotato delle migliori qualità umane, ma in* Hobbyst *(*Astounding, *1947) un altro astronauta giunge addirittura al cospetto di un Dio incline al collezionismo di campioni delle sue creature, e nel 1948 il romanzo* Il pianeta maledetto *ritorna in splendida forma al tema dell'inquietudine. Quando tutti i tentativi umani per iniziare la conquista spaziale sono misteriosamente falliti, tocca a John Armstrong passare all'azione per individuare i sabotatori; Armstrong è uno scienziato americano dalla taglia ragguardevole e dai pugni svelti, ma ben presto si trova di fronte a un inquietante dilemma: è vero che la Terra rappresenta una specie di manicomio criminale creato mil-*

lenni prima per marziani e venusiani inguaribilmente pazzi? I membri del Nor-man Club, ossia dell'unica associazione che raccoglie gli "uomini normali" e che è all'origine dei sabotaggi volti a impedire l'espansione dell'uomo-folle nello spazio, sarebbero i discendenti degli agenti di custodia marziana inviati quaggiù con incarichi di sorveglianza. Ma allora, come *può un uomo sapere di non essere pazzo? Questa è la domanda che Armstrong, e per forza di suggestione il lettore, è costretto a porsi a più riprese nel corso della storia, e ancora una volta la risposta viene lasciata nel vago.*

Del romanzo esistono due versioni. In quella apparsa su rivista nel 1948, si scopre che è tutta una montatura di un ex-carcerato nazista, e un collega di Armstrong sbarca felicemente sulla Luna mentre l'eroe impalma l'eroina. Nella revisione apparsa nel 1963 (e che è stata scelta per la ristampa nei Classici Urania*), la vicenda si conclude con il Nor-Man Club che scatena una guerra nucleare pur di non esportare nello spazio la follia terrestre e con Armstrong che muore di persona nello spazio, assillato fino all'ultimo dalla domanda:* Come puoi sapere di non essere pazzo? *Conoscendo le propensioni del curatore di* Astounding, *John W. Campbell, nel periodo in cui il romanzo apparve per la prima volta come serial, il sospetto di un lieto fine illogico e imposto dall'alto non è del tutto ingiustificato. Anche considerando il terzo appuntamento di Russell con il dubbio irrisolto, nel successivo romanzo* Le sentinelle del cielo *(1954), e la conferma più sfumata nel seguente* Wade Harper investigatore *(apparso come* Call Him Dead *nel 1955 su* Astounding, *e ampliato l'anno dopo in volume come* Three to Conquer*).*

Nel primo titolo, il genere umano viene già posto dinanzi a una specie di evoluzione: esistono individui dotati di poteri extrasensoriali (telepatia, telecinesi, levitazione, ecc.) ed esistono già colonie su Marte e Venere, ma ancora l'inquietudine dell'osservazione e del controllo esterno rimane; a simboleggiarla agli occhi del lettore compare David Raven, creatura aliena che ha assunto il compito di "Sentinella" per proteggere l'uomo dalla minaccia di un'altra razza aliena in cerca di facili conquiste. Anche qui la tragedia è solo latente, perché la morte è solo un passaggio verso uno stadio superiore (e originario) di vita, ma la commedia si insinua senza fatica nelle pieghe di una trama che sembra anticipare quelle di un moderno romanzo di spionaggio. Perché Raven è un doppiogiochista, sembra comportarsi come un perfetto agente del servizio segreto terrestre inviato a "tacitare" le più accese voci ribelli su Marte e su Venere, ma in realtà persegue scopi ben diversi, dettati da una terza (e insospettata) parte in causa. Questo ribaltamento delle parti coinvolge anche il lettore, perché l'apparente superuomo extraterrestre che veste i panni e la carne di Raven è a tutti gli effetti un altro esempio dell'eroe russelliano, sicuro e accattivante, con la battuta pronta e in grado di ironizzare su se stesso.

Molto simile, insomma, al Wade Harper del romanzo successivo, benché quest'ultimo sia solo un investigatore terrestre dotato al massimo di doti telepatiche e posto in primo piano dinanzi a un'invasione della Terra da parte di virus intelligenti venusiani. Ampliando stavolta i con-

notati polizieschi della storia (l'indagine era già stato un motivo conduttore in Schiavi degli invisibili *e* Il pianeta maledetto*), Russell ottiene un autentico giallo d'azione, rigoroso nell'osservanza degli stilemi e ravvivato da una lingua che ha poco da invidiare a quella della scuola* hard-boiled *americana.*

Anche nei risvolti umoristici e nella costruzione dei suoi eroi Russell sembra trovare la sua corda più felice: se il Bill Graham di Schiavi degli invisibili, *parlando del suo capo, poteva permettersi una battuta come: "Leamington non aveva mai domandato ai suoi uomini niente di più del loro corpo e della loro anima. E non aveva mai ricevuto di meno", il John Armstrong di* Il pianeta maledetto, *pur dotato di una mente brillante, si presenta come una via di mezzo fra un gorilla e un bulldog, "grosso, corpulento, tarchiato, dalle spalle enormi, e anche un feroce consumatore di scarpe dalla suola spessa", mentre Wade Harper, squadrato mentalmente da un pezzo grosso dell'esercito, spicca come dotato di "polsi grossi ed eccezionalmente pelosi... un uomo possente e con ogni probabilità intelligente, ma che tuttavia, in uniforme da ufficiale, avrebbe avuto la sfortuna di assomigliare a una scimmia..." Al che Harper, che non scordiamolo è telepatico, ribatte: "Questo è ancora niente. Dovreste vedermi nudo. Sembro un tappetino da bagno."*

Lo scontro inevitabile fra questi personaggi così massicci, così pronti a ridersi addosso, e un mondo esterno bruscamente piombato nell'anarchia, dove l'uomo non è più capace di avere certezze, di sapere se è ancora padrone della propria storia, della propria mente o del proprio futuro, è il punto di maggiore modernità di Russell, in un campo letterario che negli anni Quaranta e Cinquanta si dibatteva ancora con l'avventura escapista o con la fantascienza hard *a sfondo tecnologico-immaginifico. E che Russell fosse cosciente della forza di questo contrasto è confermato da un curioso elemento quasi autobiografico presente nei romanzi di questo periodo. Se i suoi eroi sono così imponenti e al tempo stesso così pronti a scherzare, quale ne sarà stato il prototipo? Leggiamo cosa scrive Isaac Asimov in un'intervista rilasciata negli anni Sessanta:*

> "Ho conosciuto Eric Frank Russell nel 1939 a una riunione organizzata da un club di appassionati. A quell'epoca io avevo venduto due racconti, mentre Russell aveva appena pubblicato un romanzo, *Schiavi degli invisibili*, destinato a essere subito annoverato un classico del genere. Ora cerco di ricreare nella mia mente l'immagine di quest'uomo, così come lo vidi nel 1939... lui, autore già celebre, io, autore debuttante. Penso di potermi fidare della mia memoria fotografica. Dunque, era alto circa due metri (da seduto), con un viso molto inglese, lungo e maestoso. Inoltre, questo lo ricordo benissimo, un'aura dorata gli illuminava la testa, spesso si udivano sibilare lampi quando si spostava bruscamente, e si sentivano brontolii di tuono quando parlava."

Nel saggio di Marcel Thaon Eric Frank Russell ou la non-violence *(su* Fiction *n. 191, del novembre 1969), si precisa che Russell, a quell'epoca, "è alto un metro e ottantotto, pesa ottantadue chili, ha occhi verdi... e di se stesso dice: 'Ho la testa di qualcuno che avrebbero dovuto impiccare a*

Norimberga'". Walter Gillings, dal canto suo, in Modern Masters of SF *(su* SF Monthly *del marzo 1975) si limita a sottolineare che "ha raggiunto il metro e ottantacinque, possiede due mani grandi e grosse, uno sguardo fra il beffardo e il provocatorio, e un sorriso sempre pronto." Trascurando quella discrepanza di tre centimetri, è un ritratto a tutto tondo che presenta una spiccata somiglianza con i vari Graham, Armstrong e Harper. Tuttavia, la somiglianza non si esaurisce sul piano fisico, e neppure nel periodo preso finora in considerazione.*

Fra il 1956 e il 1957, infatti, Russell pubblica il suo dittico "militare" con i romanzi Imponderabile più X *e* Missione su Jaimec, *ed è allora che il suo tratto "fra beffardo e il provocatorio" ha il sopravvento. L'inquietudine serpeggiante lascia il posto a una robusta vena dissacratoria che non risparmia nulla e nessuno nel campo delle forze armate e della mentalità a esse collegate, e per avere mano libera Russell utilizza ancora due individui isolati ponendoli di fronte all'ottusità eretta a sistema. Dove intere flotte spaziali falliscono, l'ingegno aleatorio di due insubordinati scavezzacollo possono funzionare, a patto che gli avversari decidano di comportarsi "militarmente" secondo le regole. In questi casi, l'invenzione spigliata e irriverente (anche da parte dell'autore) deve trovare il modo di aggirare gli ostacoli inaspettati in modi ancora più inaspettati, e l'umorismo è l'ingrediente più adatto a consentire ogni genere di deformazione.*

Un po' come in Galassia che vai, *romanzo sviluppato nel 1962 a partire da una storia apparsa nel 1951 (e il cui titolo,* ...And Then There Were None, *racchiude già la morale dell'apologo), con la sola differenza che qui la satira non nasce più dalla reazione di singoli individui di fronte all'ottusità dei grossi sistemi spersonalizzanti, ma dallo scontro fra questi ultimi e diverse correnti di pensiero. Così, l'equipaggio della grande astronave terrestre che cerca (anche militarmente) di riallacciare i contatti con antiche colonie umane, si ritrova allegramente sbertucciato in rapida successione da una società di bonari e ipertrofici naturisti, da una ribalda consorteria di ladroni per il quale il furto non è l'anima del solo commercio ma altresì della sopravvivenza, e da un'utopia in stretto stile gandhiano il cui motto quotidiano è: "Libertà Mi Rifiuto". Comprensibile come quest'ultima forma sociale possa esercitare un certo fascino a bordo dell'astronave la cui vita è minuziosamente controllata da politici, militari e tecnici, e comprensibile anche il titolo della storia originale* ...E poi non rimase nessuno.

L'ultimo vero e proprio romanzo di Russell, La macchina dei delitti, *compare nel 1964, e costituisce una puntata nel filone poco sfruttato della* spy story *fantascientifica, con qualche sottofondo delle origini: uno scienziato americano ricorda all'improvviso di essere un assassino, in quanto i suoi ricordi gli assicurano che anni prima lui avrebbe ucciso coscientemente una ragazza; ma l'uomo può fidarsi veramente della sua memoria? L'inquietudine nata nel 1939, il dubbio sulla possibilità di fare affidamento su quanto il mondo circostante sembra gridare a gran voce, viene qui sorretta fino all'ultimo e poi risolta con una concessione al reale più plausibile, cioè all'intervento di alcune spie straniere coadiuvate da una macchina ipnotica. Il ritmo serrato dell'azione è ancora pienamente godibile, ma forse manca il fascino davvero inquietante degli interrogativi lasciati, come un tempo, aperti e disponibili a tutti.*

Nei suoi quasi trent'anni di carriera, oltre ai romanzi citati Russell ha prodotto poi una novantina fra racconti e romanzi brevi, e in molte di queste opere è possibile trovare tracce che rendono ancora più affascinante questo autore. Se il suo unico premio Hugo (ma quanti ne hanno vinti scrittori come Ballard o Bradbury?) gli è stato assegnato per Allamagoosa *(1955), superba satira della mentalità burocratica che rimane demenziale anche nello spazio, inusitati e sinceri richiami alla coesistenza razziale sono presenti in* Dear Devil *(1950, dove un poeta marziano decide di restare sulla Terra nuclearizzata per aiutare i pochi ragazzi superstiti),* The Witness *(1951, con una femmina rettilica in fuga da crudeli persecuzioni),* Fast Falls the Eventide *(1952, dove la Terra del futuro è divenuta una scuola per apprendere la coesistenza pacifica), e soprattutto nel tragico e bellissimo* Somewhere a Voice *(1953, dove la marcia di alcuni naufraghi spaziali verso la salvezza si tramuta in una comunione spirituale di rara intensità).*

Eric Frank Russell è stato tutto questo, ma senza mai fare avvertire il peso di alcuna velleità donchisciottesca o intellettuale; sempre grande narratore, attento a cogliere le punte più aspre del cammino umano e a trasformarle sulla carta stampata in altrettanti punti interrogativi, sempre senza scordare nel proprio sguardo un bagliore fra il beffardo e il provocatorio, e con un sorriso sempre pronto. Russell, insomma, ha fatto fino in fondo il suo mestiere con onestà, riuscendo a inquietare quando lo trovava giusto e a divertire quando riteneva che fosse meglio. Nel 1962, scrivendo l'introduzione alla sua raccolta Dark Tides, *lui stesso avrebbe detto: "Se amate la verbosa pomposità delle grandi opere letterarie, o se giudicate essenziale che una storia debba convogliare un messaggio che da migliaia di anni è stato talmente rimasticato da uscirne logoro, questo libro non è per voi. Andatevene pure. Sciò! Ma se siete in grado di amare le stranezze, le bizzarrie, il non-del-tutto-reale di una esibizione da circo, queste pagine dovrebbero offrirvi un intrattenimento non molto diverso."*

Gianni Montanari

Le sentinelle del cielo

Titolo originale: *Sentinels from Space*

Traduzione di Stanis La Bruna

1

I membri del Consiglio Mondiale sedevano gravi e solenni, mentre lui camminava verso di loro. Erano dodici, e tutti avevano occhi penetranti, capelli grigi o bianchi, e facce segnate dal tempo e dalle esperienze. In silenzio, con le labbra tese e le bocche serrate, lo guardarono avanzare, mentre il folto tappeto frusciava sotto i suoi piedi.

Il silenzio dell'attesa, gli sguardi intenti, il frusciare del tappeto e l'atmosfera pesante di ansietà inespressa, dimostravano che quello era un momento grave, di quelli che vanno ben oltre lo scorrere delle lancette.

Raggiunto il grande tavolo a ferro di cavallo dove sedevano i membri del Consiglio, lui si fermò a guardarli a uno a uno, cominciando dall'uomo sciatto che sedeva all'estremità sinistra, per passare, con deliberata lentezza, fino a quello grasso che occupava l'ultimo posto a destra. Il suo sguardo penetrante aumentò il loro nervosismo. Alcuni si mossero a disagio come chi sente la propria sicurezza svanire lentamente. E ognuno dimostrò sollievo quando l'occhiata intensa passava su chi gli stava accanto.

Alla fine, la sua attenzione tornò all'uomo dalla criniera leonina, Oswald Heraty, che sedeva al centro del tavolo. Mentre fissava Heraty, le sue pupille brillarono, e le iridi si punteggiarono d'argento. Parlò lentamente, con tono misurato.

— Capitano David Raven, ai vostri ordini, signore — disse.

Appoggiandosi allo schienale della poltrona, Heraty si lasciò sfuggire un sospiro e fissò l'attenzione sull'immenso lampadario di cristallo che pendeva dal soffitto. Era difficile dire se stava riordinando le proprie idee, se cercava accuratamente di evitare lo sguardo dell'altro, o se reputava necessario fare questa seconda cosa per riuscire nella prima. Gli altri membri del Consiglio tenevano ora la testa girata verso Heraty, un po' per prestare piena attenzione a quello che avrebbe detto, un po' perché fissare Heraty era un buon pretesto per non guardare Raven. Tutti avevano seguito con lo sguardo l'ingresso di quest'ultimo, però nessuno voleva esaminarlo approfonditamente, nessuno voleva essere esaminato da lui.

Sempre fissando il lampadario, Heraty parlò con il tono della persona che ha sulle spalle una pesante responsabilità alla quale non può sottrarsi.

— Siamo in guerra.

Tutti rimasero in silenziosa attesa.

— Sarò franco, capitano: mi rivolgo a voi vocalmente perché non ho altra alternativa — continuò Heraty. — Vi prego cortesemente di rispondere nello stesso modo.

— Sì, signore — fu la laconica risposta di Raven.

— Siamo in guerra — ripeté Heraty con leggera irritazione. — Non vi sorprende?

— No, signore.

— Eppure dovrebbe sorprendervi — disse uno dei membri del Consiglio, seccato per l'impassibilità di Raven. — Siamo in guerra da circa diciotto mesi, e soltanto ora lo scopriamo.

— Lasciate parlare me — disse Heraty agitando una mano per interrompere un collega. E per un istante, un solo istante, incontrò lo sguardo di Raven nel formulare la sua domanda.

— Sapevate o sospettavate che eravamo in guerra?

Raven sorrise tra sé.

— Che prima o poi saremmo stati coinvolti, era ovvio fin dall'inizio.

— Da quale inizio? — chiese l'uomo grasso che sedeva all'estrema destra.

— Fin dal momento in cui abbiamo attraversato lo spazio interplanetario e ci siamo stabiliti su un altro mondo — rispose Raven con impassibilità sconcertante. — Da quel momento la possibilità di una guerra è entrata a far parte delle nuove circostanze.

— Volete dire che abbiamo sbagliato, in un modo o nell'altro?

— No. Il progresso si paga. E prima o poi viene presentato il conto.

La risposta non soddisfece nessuno. Il suo modo di ragionare correva con troppa rapidità dalle premesse alla conclusione, e quelli del Consiglio non riuscivano a seguirne la logica.

— Il passato non ha importanza. Noi, come individui di oggi, non possiamo controllarlo. Nostro compito è quello di lottare contro i problemi immediati e quelli del prossimo futuro. — Heraty si passò una mano sulla mascella. — Il problema numero uno è questa guerra. Venere e Marte ci attaccano, e noi, ufficialmente, non possiamo fare niente. Per la semplice ragione che si tratta di una guerra che non è una guerra.

— Una divergenza di opinioni? — chiese Raven.

— All'inizio era così. Ora le cose si sono spinte molto più in là. Dalle parole si è passati ai fatti, e senza alcuna dichiarazione formale di guerra, per la verità. Con tutte le apparenze esterne di amicizia e di fratellanza, quelli stanno attuando la loro linea politica in modo militare, se si può chiamare militare... io non so in quale altro modo descriverlo. — La sua voce prese un tono più irritato. — Stanno comportandosi così da circa diciotto mesi, e solo ora poi scopriamo di essere stati colpiti parecchie volte e duramente. Questo stato di cose potrebbe andare avanti troppo a lungo.

— Tutte le guerre durano troppo a lungo — disse Raven.

I membri del Consiglio considerarono quelle parole come un pensiero profondo. Ci fu un mormorio di consenso, e molti agitarono la testa in segno di approvazione. Due membri si arrischiarono perfino a guardarlo negli occhi, anche se il più brevemente possibile.

— La cosa peggiore — riprese Heraty — è che ci hanno abilmente rivoltato contro la situazione che noi stessi avevamo creato e, almeno ufficialmente, non abbiamo via d'uscita. Cosa possiamo fare? — Senza attendere suggerimenti dalle persone che aveva attorno, rispose alla sua stessa domanda. — Dobbiamo intraprendere una azione che non sia ufficiale.

— E io dovrei essere il capro espiatorio? — chiese Raven.

— Voi sarete il capro espiatorio — confermò Heraty.

Per un attimo tornò il silenzio. Raven aspettò cortesemente che quelli del Consiglio si concentrassero sui loro pensieri. Avevano ottimi motivi per ponderare. Nel passato, in un passato molto lontano, c'erano state delle guerre. Alcune lente e tortuose, altre rapide e catastrofiche. Ma erano state guerre della Terra.

Un conflitto tra i mondi era qualcosa di nuovo, qualcosa di molto diverso. Creava problemi ai quali le antiche lezioni non potevano essere applicate. Inoltre, una guerra di nuovo stile, condotta con nuove armi e che si doveva servire di tecniche mai usate prima di allora, poneva problemi nuovi non certo risolvibili sulla base delle passate esperienze.

Dopo qualche istante Heraty riprese a parlare. — Venere e Marte sono stati da molto tempo occupati dall'*Homo sapiens*, dalla nostra stessa razza, sangue del nostro sangue — disse con tristezza. — I loro abitanti sono nostri figli, ma da qualche tempo non si considerano più tali. Pensano di essere cresciuti abbastanza e di poter andare dove vogliono, di fare quello che vogliono, e di tornare a casa all'ora che vogliono. Negli ultimi due secoli, si sono agitati per avere un governo proprio. Domandavano la chiave di casa quando erano ancora bagnati dall'acqua del battesimo. Noi abbiamo costantemente rifiutato questo loro desiderio. Abbiamo detto di aspettare, di essere pazienti — Sospirò profondamente. — E guardate dove siamo finiti.

— Dove? — chiese Raven, sorridendo.

— In un bivio. Un bivio le cui strade sono entrambe difficili da percorrere. Senza un governo autonomo i Marziani e i Venusiani rimangono Terrestri, ufficialmente e legalmente, dividono questo mondo con noi e godono di tutti i nostri diritti, come se ne fossero veri cittadini.

— E allora?

— Significa che possono venire sulla Terra tutte le volte che vogliono e fermarsi per tutto il tempo che credono, senza limitazione di numero. — Protendendosi in avanti, Heraty batté un pugno sul tavolo per mettere in risalto la sua collera. — Possono varcare la porta sempre aperta anche quelli decisi a incendiare, sabotare, o compiere qualsiasi altra azione dolosa. Non possiamo escluderli. E non possiamo rifiutare loro l'ingresso se non trasformandoli proprio in quello che loro vogliono diventare, cioè degli stranieri. Noi non vogliamo fare di loro degli stranieri.

— Peccato — disse Raven. — Immagino che abbiate le vostre buone ragioni.

— Certamente. Ne abbiamo a dozzine. Non è per cattiveria che vogliamo mettere un freno al progresso di qualcuno. Ci sono tempi in cui è meglio sacrificare quello che è desiderabile per poter avere quello che è disperatamente necessario.

— Se foste più aperto sarebbe tutto molto più chiaro — disse Raven.

Heraty esitò per qualche secondo, poi riprese a parlare. — Una delle principali ragioni è conosciuta soltanto da poche persone. Ma ve la voglio dire. Siamo pronti a raggiungere i pianeti esterni. È un vero salto, un grande salto. Per portare a termine questa colossale impresa e per poterci stabilire in forze sui pianeti esterni, abbiamo bisogno delle risorse di tre mondi, non divisi da punti di vista divergenti.

— Lo credo bene — disse Raven, pensando alla posizione strategica di Marte e ai ricchissimi giacimenti di carburante che si trovavano su Venere.

— E non è tutto. — Heraty abbassò la voce per dare maggior valore alle sue parole. — Entro breve tempo ci sarà un secondo salto. Ci porterà ad Alpha Centauri, e forse anche più lontano. Ci sono prove non ancora divulgate ma sicure, secondo le quali forse verremo a trovarci in contatto con un'altra forma di vita di grande intelligenza. Se questo dovesse accadere, noi lo dovremo affrontare uniti. Non ci sarà posto per Marziani, Venusiani, Terrestri o Gioviani, o altre tribù planetarie. Dovremo essere tutti Solariani, per sopravvivere o soccombere uniti. Così deve essere, e così sarà, piaccia o non piaccia ai nazionalisti.

— Dunque, vi trovate di fronte a un nuovo dilemma — disse Raven.

— La pace potrebbe essere assicurata rendendo pubblici i fatti che stanno dietro la vostra politica, ma nello stesso tempo si verrebbe a creare un allarme generale che determinerebbe una considerevole opposizione alla spinta espansionistica.

— Esatto. L'avete detto in poche parole. C'è un conflitto di interessi che è stato portato troppo oltre.

— Già! Una bella situazione! La più bella animosità reciproca che si possa immaginare. Mi piace... Ha il sapore di un interessante problema di scacchi.

— Proprio come la vede Carson — disse Heraty. — Lo chiama il gioco dei superscacchi, ma dovete ancora scoprire per quale ragione. Dice che è giunto il momento di mettere un nuovo pezzo sulla scacchiera. Dovrete andare immediatamente a parlare con Carson: è lui che vi ha scelto tra tutti i possibili candidati.

— Come mai proprio me? — chiese David Raven in tono di sorpresa. — Cosa trova di tanto speciale in me?

— Non lo so. — Heraty non si dimostrò ansioso di insistere sull'argomento. — Queste cose sono lasciate interamente a Carson, che mantiene i suoi segreti. Dovete andare da lui immediatamente.

— Molto bene, signore. C'è altro?

— Soltanto questo. Vi abbiamo fatto venire sia per soddisfare la nostra curiosità sia per dimostrarvi che il Consiglio Mondiale vi appoggia, anche se non ufficialmente. Il vostro compito è quello di trovare il modo per mettere fine alla guerra. Non avrete distintivi né documenti, né autorità. Niente che serva a dimostrare che la vostra psiziene personale eRq didersa daersa da quella di un qualsiasi altro individuo. Dovrete basarvi soltanto sulla vostra abilità e sul nostro appoggio morale. Nient'altro.

— Pensate che possa essere sufficiente?

— Non lo so — disse Heraty, a disagio. — Non sono in grado di giudicare. Carson invece ha la possibilità di farlo. — Si protvanti per dare maggior valore alle sue parole. — Per quel poco che può valere la mia opinione, dico soltanto che fra poco la vostra vita non avrà più alcun valore... Ma spero sinceramente di sbagliarmi.

— Lo spero anch'io — disse Raven, impassibile.

I consiglieri si mossero ancora, a disagio, sospettando che lui si stesse segretamente divertendo alle loro spalle, e un profondo silenzio ridiscese nella sala. Poi gli sguardi di tutti si concentrarono su Raven che si inchinava e andava verso la porta, lentamente, con lo stesso passo sicuro di quando era entrato. Si sentiva soltanto il fruscio del tappeto, e quando lui uscì dalla sala, la porta si richiuse silenziosamente alle sue spalle.

— La guerra — disse Heraty — è una partita che viene giocata da due parti.

Nell'aspetto, Carson faceva pensare a un impresario di pompe funebri. Era alto, magro, con la faccia triste. Aveva l'atteggiamento di chi condanna l'inutile spesa in fiori. Ma era una maschera dietro cui si agitava una mente agile. Una mente che poteva parlare senza l'uso delle labbra. In altre parole, era un Mutante di Tipo Uno, un vero telepate. A questo proposito bisogna fare una distinzione. Un vero telepate differisce da un sub-telepate in quanto il primo può chiudere la mente a volontà.

Osservando con approvazione la statura di Raven, identica alla sua, e notando la corporatura più massiccia, gli occhi grigio scuro e i capelli neri, la mente di Carson si mise in contatto senza esitazioni. Un Tipo Uno riconosce un altro Tipo Uno a prima vista.

— Heraty vi ha informato? — chiese la mente.

— Sì... In modo drammatico e non molto esauriente.

Mettendosi a sedere, Raven vide la placca di metallo sistemata su un angolo della scrivania. Portava la scritta: CARSON, DIRETTORE DELL'UFFICIO SICUREZZA TERRESTRE. La indicò. — È per richiamare alla vostra memoria chi siete quando diventate troppo confuso per ricordare?

— In un certo senso, sì. La placca è regolata sul sistema nervoso e irradia il messaggio che reca inciso. I tecnici affermano che è anti-ipnotica. — Sorrise con amarezza. — Finora non ho avuto occasione di provarla. E poi non ho nessuna fretta di farlo. Un ipnotico che avesse il coraggio di arrivare fin qui non verrebbe certo fermato da questo stupido aggeggio.

— Comunque, il semplice fatto che qualcuno ha pensato che correte questo pericolo è di cattivo augurio — commentò Raven. — Hanno tutti la tremarella, qui in giro? Heraty ha detto che ho già un piede nella fossa.

— È una esagerazione, ma non priva di fondamento. Heraty, come me, ha il sospetto che nel Consiglio stesso ci sia almeno un elemento della quinta colonna. È solo un sospetto, ma se fosse la verità, da questo momento voi sareste un uomo segnato.

— Molto piacevole. Mi avete tirato fuori per farmi seppellire.

— La vostra comparsa di fronte al Consiglio era inevitabile — disse Carson. — Hanno insistito per volervi conoscere, che approvassi o no. Io non volevo, ma Heraty ha combattuto le mie obiezioni rivolgendo i miei argomenti contro di me.

— In che modo? — chiese Raven.

— Affermando che se eravate abile soltanto un decimo di quanto affermavo, non ci sarebbe stato nessun motivo di preoccuparsi. Tutte le preoccupazioni avrebbero dovuto averle i nemici.

— E così ci si aspetta che io mi dimostri all'altezza di questa immaginaria reputazione che voi mi avete creato in anticipo. Non pensate che abbia già abbastanza guai?

— Cacciarvi in un mare di guai è appunto il mio piano — disse Carson, mostrando una insospettata durezza. — Siamo in una brutta situazione, e non possiamo fare altro che frustare il cavallo a disposizione.

— Mezz'ora fa ero un capro. Ora sono un cavallo... o forse soltanto la parte posteriore di un cavallo. Non avreste qualche altro paragone con animali? Che ne direste di qualche richiamo per uccelli?

— Dovreste cercare degli uccelli molto insoliti per tenere il passo con l'opposizione, se non proprio superarla. — Carson prese un foglio di carta dal cassetto e lo guardò con espressione preoccupata. — Questa è la lista segreta che siamo riusciti a compilare sulle varietà extraterrestri. In teoria, e secondo la legge, sono tutti esempi di *Homo sapiens*. In realtà però sono *homo* e *qualcos'altro*. — Tornò a guardare Raven. — Fino a oggi, Venere e Marte hanno prodotto almeno dodici diversi tipi di mutanti. Quelli del Tipo Sei, per esempio, sono Malleabili.

— *Cosa*? — disse Raven irrigidendosi sulla poltrona.

— Malleabili — ripeté Carson, schioccando le labbra come davanti a un cadavere particolarmente appetitoso. — Non lo sono al cento per cento. E non subiscono nessuna radicale trasformazione al fisico. Dal punto di vista clinico non presentano nessuna caratteristica sorprendente. Ma in loro le ossa facciali sono sostituite da cartilagini e i loro lineamenti sono incredibilmente elastici. E sono tipi abili, molto abili. Bacereste uno di loro credendo di baciare vostra madre, se a questo qualcuno venisse in mente di somigliare a vostra madre.

— Questo resta da vedere — disse Raven.

— Avete capito cosa voglio dire — insistette Carson. — Bisogna vedere, per poter credere alla loro mimica facciale. — Indicò il lucido ripiano della scrivania. — Immaginate che questa sia una scacchiera con una infinità di riquadri. Usiamo delle minuscole pedine e giochiamo col bianco. Ci sono due miliardi e mezzo di noi, contro trentadue milioni di Venusiani e diciotti milioni di Marziani. La preponderanza è spaventosa. Il nostro soprannumero li schiaccia. — Fece un gesto di disprezzo. Soprannumero in che cosa? In *pedine*!

— Evidente — convenne Raven.

— Potete capire il modo in cui i nostri nemici vedono la situazione. Sono minori di numero, ma hanno il vantaggio di poter usare pezzi superiori. Re, alfieri, torri, regine e, cosa per noi ancora peggiore, nuovi pezzi dotati di poteri particolari, che soltanto loro possono usare. Sono convinti di poterne produrre fino a batterci completamente. Uno solo dei loro mutanti vale più di un reggimento di nostre pedine.

— L'accelerazione dei fattori di evoluzione, come diretta conseguenza delle conquiste spaziali, era una cosa scontata — disse Raven soprappensiero. — E non capisco come non se ne siano resi conto fin dal primo momento. Anche un bambino avrebbe potuto vedere quali sarebbero state le conseguenze logiche.

— In quei giorni i nostri antenati erano ossessionati dall'energia atomica — rispose Carson. — Secondo il loro modo di pensare, sarebbe stato necessario un olocausto mondiale, creato da materiali radioattivi, per produrre mutazioni su larga scala. Non si sono resi conto che le masse di colonizzatori diretti a Venere non potevano trascorrere cinque interi mesi di viaggio nello spazio, sotto un intenso bombardamento di raggi cosmici, con i geni colpiti ogni ora, ogni minuto, ogni secondo, senza sottostare alla legge elementare causa-effetto.

— Se ne rendono conto adesso, comunque.

— Sì, ma allora non distinguevano il bosco dalle piante. Accidenti, hanno costruito astronavi a scafo doppio per inserire nell'intercapedine una fascia di ozono compresso, capace di assorbire le radiazioni, riducendole così a circa ottanta volte l'intensità presente sulla superficie della Terra... Tuttavia non si sono resi conto che una riduzione simile è ancora minima. I capricci del caso, uniti al lungo periodo di tempo, ci permettono ora di affermare che i viaggi verso Venere hanno creato ottanta mutanti per ciascun essere che lo sarebbe divenuto normalmente.

— La situazione su Marte è ancora peggiore — osservò Raven.

— Potete ben dirlo — fece Carson. — Nonostante il minor numero della popolazione, Marte ha più o meno lo stesso numero e la stessa varietà di mutanti che si trovano su Venere. La ragione è che per raggiungere il pianeta occorrono undici mesi di viaggio. Il colonizzatore di Marte deve sopportare le radiazioni per un tempo quasi doppio di quello dei colonizzatori di Venere... e deve sopportarle anche in seguito, perché Marte ha un'atmosfera molto meno filtrante. I geni umani hanno una forte tolleranza alle particelle dure, quali possono essere quelle dei raggi cosmici. Possono essere colpiti, colpiti ancora, e ancora... ma ci sono dei limiti. — Rimase in silenzio e si concentrò battendo la punta delle dita sulla scrivania. — A questo punto, dato che il mutante ha un valore militare, il potenziale bellico di Marte risulta identico a quello di Venere. In teoria... sbagliata, come dobbiamo dimostrare loro... Marte e Venere uniti possono mettere in campo quel tanto che basta per sistemarci a dovere. Ed è proprio quello che stanno tentando di fare. Fino a questo momento hanno potuto fare quello che hanno voluto. Ora però hanno raggiunto un limite in cui cessano di essere divertenti.

— Mi sembra che stiano facendo lo stesso sbaglio commesso dai primi pionieri — disse Raven, pensoso. — Nel loro eccesso di entusiasmo stanno sottovalutando le cose ovvie.

— Volete dire che questo pianeta equipaggia la flotta spaziale e che, di conseguenza, può trovare qualche mutante suo?

— Proprio così.

— Impareranno a loro spese quello che noi abbiamo imparato a nostre spese. E sarete voi a insegnarglielo... lo spero.

— La speranza è sempre l'ultima a morire. Mi potete suggerire qualche tipo di insegnamento?

— Questo è compito vostro — disse Carson, scaricandosi abilmente di ogni responsabilità. Poi frugò tra le carte che aveva sulla scrivania e prese alcuni fogli. — Vi voglio parlare di un caso che illustra la contesa in cui ci troviamo e i metodi usati. È stato questo particolare incidente che ci ha fatto comprendere di essere in guerra. Avevamo già dei sospetti, per via di una lunga serie di incidenti in apparenza non legati tra di essi, e avevamo collocato diverse telecamere nascoste. Quasi tutte sono state messe fuori uso. Alcune, per misteriose ragioni, non hanno funzionato. Ma una ha ripreso.

— Ah! — Raven si protese in avanti, e i suoi occhi si fecero attenti.

— I fotogrammi mostrano tre uomini che sono riusciti a distruggere gli importantissimi dati di un'astronave, dati che non possono essere rimpiazzati in meno di un anno. Il primo dei tre, un Mutante di Tipo Uno, un vero telepate, ha fatto la guardia mentale contro quelli che li potevano sorprendere. Il secondo, un Tipo Due, un galleggiante...

— Volete dire un levitante? — lo interruppe Raven.

— Sì, un levitante. Con l'aiuto di una scala a corda gli ha fatto scavalcare due muri alti più di sei metri; poi ha agganciato la scala a una finestra. Il terzo, un Mutante di Tipo Sette, un ipnotico, si è occupato delle tre guardie intervenute a intervalli. Le ha irrigidite nell'immobilità, ha cancellato dalle loro menti l'incidente, e ha dato loro falsi ricordi a copertura dei minuti in cui sono rimaste senza memoria. Le guardie non sapevano degli obiettivi nascosti, così non l'hanno potuto rivelare al telepate. Se non fosse stato per quella telecamera non avremmo mai saputo niente, tranne che in qualche misteriosa maniera i preziosi dati si erano trasformati in fumo.

— Però! — fece Raven, e sembrava più divertito che stupefatto.

— Ci sono stati diversi incendi di importanza strategica, e siamo inclini a incolpare i pirotici... anche se non abbiamo le prove. — Carson scosse la testa. — Che guerra! Fanno i piani mentre compiono l'azione stessa. Le loro stravaganze fanno a pugni con la logica militare, e se al giorno d'oggi ci fossero ancora i grandi strateghi ne uscirebbero pazzi.

— I tempi sono cambiati — disse Raven.

— Lo so, lo so. Viviamo in un'epoca moderna. — Diede uno dei fogli a Raven. — È la copia della lista che elenca tutte le mutazioni conosciute di Marte e Venere. Portano il numero secondo il tipo, e una lettera secondo il valore militare, se così lo si può chiamare. — Rimase un attimo soprappensiero, come se avesse qualche dubbio sull'esattezza di quella definizione. — *P* sta per pericoloso, *P-più* per molto pericoloso, mentre *I* significa innocuo... forse. Questa lista potrebbe anche non essere completa. Comunque è quella che siamo riusciti a compilare fino ad oggi.

Raven scorse rapidamente la lista, poi chiese: — Da quello che vi risulta, tutti questi rimangono aderenti al loro tipo? Voglio dire, i levitanti possono levitare soltanto se stessi e ciò che possono trasportare, o sono in grado di sollevare anche oggetti indipendenti? I telecinetici possono far sollevare gli oggetti, o possono levitare anche se stessi? I veri telepati sono ipnotici, e gli ipnotici sono telepatici?

— No. Ciascuno possiede una sola capacità supernormale.

Raven cominciò a studiare attentamente la lista.

1	VERI TELEPATICI	P+
2	LEVITANTI	P
3	PIROTICI	P+
4	MIMETICI	I
5	NOTTURNI	I
6	MALLEABILI	P
7	IPNOTICI	P+
8	SUPERSONICI	I
9	MICROTECNICI	P+
10	RADIOSENSITIVI	P
11	INSETTIVOCI	P+
12	TELECINETICI	P+

— Bene! — Sorridendo tra sé, Raven si mise il foglio in tasca, si alzò e si diresse verso la porta.

— E tutti sono convinti che la vecchia Madre Terra non è più quella di una volta?

— Proprio così — confermò Carson. — Dicono che è decrepita, senza più ingegno e disperatamente lontana dai fatti della vita. Può dare solo un'ultima pedata agonizzante. Pensate voi a fargliela sferrare... e fate che la sentano molto bene.

— È quello che mi riprometto — disse Raven — ammesso che mi concedano il tempo sufficiente. — Uscì e si chiuse la porta alle spalle. Era solo.

2

Il divertimento cominciò non appena mise piede nella strada. Difficilmente avrebbe potuto essere più tempestivo, ma naturalmente mancava di quella finezza che sarebbe stata ovvia se gli organizzatori fossero stati messi in allarme con maggiore anticipo e avessero avuto più tempo per prepararsi. Un poco più di libertà d'azione, e ci sarebbe scappato il morto. Stando così le cose, la tattica studiata al momento guadagnava certo in rapidità, ma perdeva nella precisione.

Raven uscì con decisione dalla porta dell'edificio che ospitava i Servizi di Sicurezza e fece un cenno a un aerotaxi che passava sopra di lui. Il mezzo fece una cabrata per scendere al livello del traffico sottostante e si posò sulla strada con un leggero sobbalzo elastico.

Il taxi era una sfera trasparente, montata su un anello di sfere più piccole studiate per assorbire gli urti degli atterraggi. Non aveva ali, reattori o eliche. Era l'ultimo modello di veicolo antigravità e costava circa dodicimila crediti, ma il conducente non si era preso la briga di sottoporsi a un trattamento depilatorio che costava una cifra irrisoria.

Mentre apriva la portiera, l'autista dall'espressione bovina si profuse in inchini di tipo tutto professionale, finche non si accorse che il cliente non si decideva a salire. I sorrisi sparirono lentamente dalle labbra. Corrugò la fronte e con un'unghia spezzata si grattò il mento ispido.

— Ehi, voi — disse con voce rauca — se non mi sbaglio, mi avete fatto segno di...

— State zitto fino al momento in cui sarò pronto a salire — lo interruppe Raven restando fermo sul marciapiede, a circa tre metri dal veicolo. I suoi occhi non fissavano niente in particolare e il suo sguardo si perdeva lontano, come se Raven stesse ascoltando un rintocco di campane lontane, con una sensazione di fastidio.

Il tassista accentuò il cipiglio e si diede un'altra grattata al mento, fornendo un'ottima imitazione sonora di un meccanico spaziale che passasse la carta vetrata su un venturimetro. Aveva il braccio destro ancora teso e teneva la mano appoggiata alla portiera. Qualcosa agitò la manica, come se fosse stata colpita dal soffio invisibile del vento. Ma lui non se ne accorse.

Raven riportò l'attenzione al taxi, fece qualche passo in avanti, ma non salì.

— Avete un fusore? — chiese.

— Certo! Dove andrei a finire, altrimenti, se capitasse qualche guasto improvviso? — Il tassista si chinò a frugare nella cassetta del cruscotto accanto al posto di guida, e quando si rialzò nella mano stringeva un oggetto che somigliava a una piccola pistola. — Cosa volete farne?

— Voglio bruciarvi il didietro — disse Raven prendendo il fusore.

— Davvero? È una bella idea! — Gli occhi infossati dell'autista si fecero ancora più piccoli, poi l'uomo scoppiò in una risata che mise in mostra due molari mancanti. — Però questo è il vostro giorno sfortunato. — Si chinò di nuovo e prese un secondo fusore. — Ne porto in macchina sempre un paio. Così, voi bruciate i miei pantaloni, e io brucio i vostri. Giusto, no?

— Lo spettacolo di due che si bruciano i pantaloni dovrebbe interessare parecchio molti scienziati — disse Raven — specialmente se si usano strumenti che possono bruciare soltanto i metalli. — Sorrise all'improvvisa aria incerta dell'altro. — Mi riferivo al didietro della vostra macchina. — Indirizzò la punta del piccolo apparecchio verso il sedile posteriore e strinse l'impugnatura. Niente di visibile uscì dal fusore, anche se la mano di Raven ebbe un piccolo sobbalzo. Una sottile striscia di fumo puzzolente uscì invece dalla tappezzeria di plastica, come se qualcosa nascosta sotto i sedili stesse fondendo all'alto calore. Poi Raven salì con calma nella vettura e richiuse la porta. — Bene, ora potete andare — disse, e protesosi in avanti rimise il fusore al suo posto.

Impacciatissimo, il tassista manovrò i comandi. L'auto antigravità si sollevò fino a 1500 metri di altezza e puntò verso sud, mentre il pilota corrugava la fronte nello sforzo di comprendere cos'era accaduto e girava continuamente lo sguardo verso lo specchietto retrovisore, per osservare furtivamente il passeggero, pensando che quello poteva essere capace di tutto, anche d'incendiare il mondo.

Senza badare alle occhiate dell'altro, Raven infilò una mano nel buco ancora caldo che si era formato nella tappezzeria. Le sue dita incontrarono un oggetto metallico e sollevarono un apparecchio contorto, non più grande di una sigaretta. Luccicava come l'oro e aveva due tozze ali, contorte dal calore. Nella parte anteriore scintillava una piccola lente, delle dimensioni di una piccola perla. La parte posteriore, piatta, era perforata da sette minuscoli forellini, che servivano da microscopici reattori.

Raven non ebbe bisogno di aprire l'ordigno e di guardarvi dentro: sapeva già cosa era nascosto all'interno: un motore piccolissimo, l'analizzatore di guida, il minuscolo circuito radio che poteva trasmettere un *bip-bip* per ore e ore, il dispositivo di autodistruzione, grande quanto la capocchia di un fiammifero... Il tutto in un apparecchio che pesava meno di novanta grammi, capace però di lasciare una scia elettronica che gli inseguitori avrebbero potuto seguire per chilometri e chilometri, nelle tre dimensioni.

Raven girò la testa per guardare attraverso il vetro posteriore. C'erano troppi taxi e macchine private in circolazione ai vari livelli per poter stabilire se qualcuno lo stava pedinando. Comunque, la cosa non aveva importanza: l'intensità del traffico che nascondeva così bene gli eventuali cacciatori poteva benissimo nascondere anche la preda.

Lasciò cadere il piccolo cilindro alato nella cassetta in cui aveva messo il fusore.

— Potete tenerlo tutto per voi — disse al tassista. — Contiene pezzi che possono valere una cinquantina di crediti... *se* riuscite a trovare qualcuno capace di smontarlo senza fracassarlo completamente.

— Me ne dovete già dieci per il buco sul sedile.

— Vi pagherò quando scendo.

— Bene. — Soddisfatto, l'autista raccolse il cilindro alato dal cassetto e lo osservò curiosamente. Poi lo lasciò ricadere.

— Dite un po'! Come facevate a sapere che era nascosto sotto il sedile?

— Qualcuno lo aveva in mente.

— Come?

— La gente che spara oggetti attraverso le portiere aperte dei taxi non dovrebbe pensare a quello che sta facendo, anche se si trova a cinquecento metri di distanza e in un luogo che non si può individuare. A volte i pensieri si possono ascoltare e possono mettere in guardia quanto una sirena di allarme. — Raven fissò lo sguardo sulla nuca del tassista.

— Siete mai stato capace di fare qualcosa senza pensare a quello che stavate facendo?

— Soltanto una volta. — L'autista sollevò la mano sinistra per mostrare il pollice mozzo. — Mi è costato questo.

— Un bel ricordo — disse Raven. Poi, più a se stesso che all'altro, aggiunse: — Peccato che i microtecnici non siano anche veri telepati.

In silenzio percorsero altri sessantacinque chilometri, sempre alla stessa quota. Erano usciti di parecchio dai confini della città e il traffico era molto diminuito.

— Ho dimenticato di portare i guanti — disse a un tratto l'autista. — Non avrei dovuto lasciarli a casa. Al Polo Sud mi potrebbero essere utili.

— In questo caso ci fermeremo prima di averlo raggiunto. Vi farò sapere quando. — Raven si guardò ancora una volta alle spalle. — Intanto, potreste esercitarvi nello scrollarvi di dosso gli inseguitori. Non so dirvi se ce ne sono, ma è probabile.

— Liberarci della processione vi costerà un cinquantone — disse l'autista osservando il passeggero nello specchietto e chiedendosi se aveva chiesto un prezzo troppo alto o troppo basso. — Nella tariffa è compresa anche la bocca chiusa, con la garanzia che non si aprirà — aggiunse.

— Siete imprudente a rilasciare questa garanzia. Con loro aprirete la bocca, perché non potrete fare altrimenti — disse Raven, cupo. — Hanno diversi metodi, compresa la costrizione. E non verrete pagato. — Si lasciò sfuggire un sospiro di rassegnazione. — Comunque quando parlerete sarà ormai troppo tardi per potermi nuocere. Il cinquantone è vostro, basta che riusciate a guadagnare ancora un po' di tempo.

Si afferrò alla maniglia mentre l'aerotaxi girava bruscamente per tuffarsi in una nuvola. Il mondo rimase nascosto dalla nebbia che passava loro accanto in macchie di giallo e di bianco sporco.

— Dovete fare qualcosa di meglio. Non siete anti-radar.

— Datemi tempo. Non ho ancora cominciato.

Due ore dopo scesero sul prato posteriore di una casa lunga e bassa. Nel cielo si vedeva solo una pattuglia della polizia diretta a nord che continuò la sua corsa senza curarsi della sfera ferma a terra.

La donna che abitava nella casa era un po' troppo alta e un po' troppo grossa, e si muoveva con la goffaggine di chi supera il peso medio. Aveva gli occhi grandi neri e luminosi. Anche la bocca era grande, e grandi erano le orecchie. I capelli erano una voluminosa zazzera nera. Il petto voluminoso e i fianchi pesanti non erano certo attributi rispondenti al gusto della maggior parte degli uomini. Tuttavia, per quanto non fosse una bellezza, una ventina di spasimanti l'avevano corteggiata, e tutti si erano disperati al suo rifiuto perché la donna possedeva un fascino irresistibile: i grandi occhi e la luce che vi brillava la rendevano sorprendentemente bella. Porse a Raven la mano e gli diede una calorosa stretta.

— David! Cosa ti porta da queste parti?

— Dovresti già saperlo, dato che non ho usato l'espediente di tenere la mente chiusa.

— È vero. — La donna passò dal linguaggio vocale al sistema di comunicazione telepatico, per il semplice motivo che le riusciva più facile.

— Di che si tratta?

Raven rispose alla stessa maniera, e cioè mentalmente. — Di due uccelli. — Le sorrise. — I due uccelli che io spero di uccidere con un solo sasso.

— Uccidere? Perché devi usare lo spaventoso termine *uccidere*? — Un'espressione di ansia le comparve sul volto. — Ti hanno convinto a compiere qualcosa. Lo so. Lo sento, anche se tu cerchi di tenerlo nascosto nella mente. Ti hanno convinto a intervenire. — Si mise a sedere su un divano pneumatico e fissò lo sguardo alla parete. — C'è una legge, non scritta, che ci prescrive di non essere mai tentati a intervenire tranne che per il motivo primario di opporsi ai Deneb. Inoltre, la non-interferenza addormenta tutti i sospetti, e li incoraggia a pensare che siamo incapaci.

— È una logica eccellente, ammesso che le tue premesse siano esatte. Ma sfortunatamente non lo sono. Le circostanze sono cambiate. — Si sedette di fronte alla donna e la guardò. — Leina, su un punto abbiamo sbagliato. Sono più abili di quanto pensassimo.

— In che senso?

— Aggrovigliati nelle loro stesse contraddizioni, sono giunti al punto di frugare il mondo, nell'unica probabilità contro un milione di trovare qualcuno in grado di sbrogliare i loro nodi. E mi hanno trovato!

— Ti hanno trovato? — chiese lei, allarmata. — Come hanno fatto?

— Nell'unico modo possibile. Geneticamente, attraverso gli archivi. Devono aver classificato, sezionato e analizzato forse dieci, quindici, o anche venti successive generazioni, avanzando tra dati di nascite, matrimoni e morti, senza sapere esattamente cosa stavano cercando, ma sperando di trovare qualcosa. I miei convenzionali psuedo-antenati hanno legalizzato tutte le loro unioni e hanno lasciato una lunga serie di documenti che hanno portato a me. Così hanno riavvolto la lenza, e io ero il pesce attaccato all'amo.

— Se lo hanno fatto con te possono farlo anche con gli altri — disse con disappunto la donna.

— Su questo particolare pianeta non ci sono *altri* — le ricordò Raven. — Ci siamo soltanto noi due. E tu sei esclusa.

— Lo sono davvero? Come puoi esserne sicuro?

— Il processo di scelta è ormai terminato. E hanno preso me, non te... Forse perché sei una donna. O forse per merito dei tuoi antenati allergici ai documenti ufficiali, come quel paio di pirati sani e forti e immorali.

— Grazie — disse la donna, leggermente offesa.

— Il piacere è tutto mio — ribatté lui sorridendo.

Gli occhi della donna si fissarono in quelli di Raven.

— David, cosa vogliono farti fare? Dimmi tutto!

Lui raccontò che cos'era accaduto e alla fine concluse: — Fino a questo momento, l'alleanza Marte-Venere si è limitata a colpire a gradi, con la tecnica dell'attendere e aumentare lentamente la pressione. Sanno che finiremo col crollare, a meno che non si riesca a escogitare una efficiente controffensiva. Per dirla in altre parole, ci stanno succhiando una goccia di sangue ogni volta che capita l'occasione. Un giorno saremo troppo deboli per restare in piedi, e non avremo più la forza di difenderci.

— Non sono affari nostri — decise la donna. — Lascia che i mondi si combattano tra loro.

— È proprio il modo in cui ho cercato di vedere la situazione — disse Raven. — Poi mi sono ricordato l'insegnamento della storia. Un maledetto avvenimento porta sempre a qualcos'altro. Leina, sarebbe solo questione di tempo, poi la Terra deciderebbe di averne abbastanza, e colpirebbe con forza: e non potendo colpire di precisione, colpirebbe a caso, e con durezza. Marte e Venere si irriterebbero più che mai, rispondendo con la stessa durezza. Gli animi si accenderebbero, aizzandosi a vicenda. I freni verrebbero superati uno a uno, poi tutti in blocco. Nessuno avrebbe più scrupoli e alla fine qualche pazzo terrorizzato, di una parte o dell'altra, deciderebbe di lanciare una bomba all'idride per mostrare chi è il più forte. A questo punto puoi immaginare che cosa succederebbe in seguito.

— Certo — ammise lei a disagio.

— Per quanto non mi piaccia occuparmi degli affari umani — continuò Raven — mi piace ancora meno l'idea di starmene nascosto sotto una montagna mentre l'atmosfera si incedia, la terra trema in ogni angolo, e molti milioni di esseri umani abbandonano per sempre il palcoscenico della vita. Carson pensa con grande ottimismo che io possa fare qualcosa, da solo. E io voglio tentare, ammesso che l'opposizione mi conceda di vivere il tempo sufficiente. Niente rischi, niente guadagno.

— Perché queste creature debbono essere tanto testarde e idiote? — disse Leina, stringendosi nervosamente le mani. — Cosa devo fare, David?

— Evitare di farti coinvolgere. Sono venuto per distruggere certe carte, ecco tutto. C'è la possibilità di vederli arrivare prima che io possa andarmene. In questo caso, mi dovresti fare un piccolo favore.

— E sarebbe?

— Badare per un po' di tempo al mio miglior vestito. — Si batté significativamente un dito sul petto. — Mi si addice perfettamente, ed è l'unico che ho. Mi piace, e non voglio perderlo.

— *David!* — L'impulso mentale della donna fu secco e terribilmente scosso. — Non questo! Non puoi farlo. Non senza permesso. È una violazione grave. E non è morale.

— Non lo è neppure la guerra. Neppure il suicidio di massa

— Ma...

— Sss! — Sollevò un dito nell'aria. — Stanno arrivando. Non ci hanno messo molto. — Guardò l'orologio appeso alla parete. — Non sono ancora passate tre ore da quando sono uscito dagli uffici. Questa sì che si chiama efficienza! — Tornò a fissare la donna. — Li senti arrivare?

Lei rimase seduta in silenzio e fece un cenno affermativo. Raven si allontanò in fretta e andò a distruggere i documenti. Rientrò nel momento in cui suonava il campanello della porta. Leina si alzò e fissò incerta il compagno: Raven le fece un cenno rassegnato e lei andò ad aprire la porta. Aveva i modi della persona che agisce senza iniziativa.

Cinque uomini erano raggruppati vicino a uno scafo a forma di proiettile, fermo a quattrocento metri dalla casa, e due erano in attesa di fronte alla porta. Tutti indossavano l'uniforme nera e argento degli agenti della polizia politica. I due alla porta erano corpulenti, con la faccia tirata, e tanto somiglianti da poter essere fratelli. Ma era solo una somiglianza fisica, perché internamente erano diversi. La mente di uno dei due scrutò quella di Leina, l'altra non lo fece. Uno era telepate, l'altro doveva essere qualcos'altro. L'improvviso attacco della mente, che scrutava nella sua, impedì a Leina di esaminare il secondo individuo e di capire quali fossero le sue particolari capacità. Fu costretta a respingere l'attacco chiudendo la mente. L'altro se ne accorse all'istante, e smise il tentativo di frugare nei pensieri della donna.

— Un altro tele — disse al compagno. — Abbiamo fatto bene a venire in parecchi, non ti pare? — Senza aspettare risposta, si rivolse a Leina vocalmente. — Potete parlare a me di vostra spontanea volontà. — Fece una leggera pausa per ridere. — Oppure potete parlare con il mio amico contro la vostra volontà. A voi la scelta. Come potete vedere dalla divisa, siamo della polizia.

Leina smise improvvisamente di stare sulla difensiva.

— Non lo siete per niente. Un agente di polizia avrebbe parlato di collega, non di amico. E non si sarebbe scomodato a specificare la sua professione e a minacciare.

Il secondo uomo, rimasto in silenzio fino a quel momento, si intromise nella conversazione.

— Preferite parlare con me? — disse mentre i suoi occhi si accendevano di una luce strana, simile a quella di due piccole lune. Era un ipnotico.

Leina lo ignorò e si rivolse al primo. — Cosa volete?

— Raven.

— Come?

— È qui — disse l'uomo cercando di guardare al di là delle spalle della donna. — Sappiamo che è qui.

— E allora?

— Deve venire con noi per essere interrogato.

Dall'interno della casa giunse la voce di Raven. — Sei gentile, Leina, a voler trattenere i signori. Ma è inutile. Falli pure entrare.

La donna ebbe un leggero brivido e la sua faccia diventò uno specchio di emozioni, mentre si spostava per farli passare. I due uomini avanzarono smaniosi, come buoi che entrano al macello. Nella mano della donna la maniglia si fece gelata. Sapeva cosa sarebbe successo.

3

Gli intrusi si fermarono non appena varcata la soglia. Avevano un'espressione circospetta, stringevano un'arma in pugno e si tenevano lontani l'uno dall'altro, come temendo che la loro preda fosse capace di eliminarli con un colpo solo.

Raven non si preoccupò di alzarsi dal divano e parve molto divertito della loro paura.

— Oh, il signor Grayson e il signor Steen — disse non appena ebbe lette le loro identità nelle loro menti. — Un telepatico e un ipnotico... con una banda di altri anormali che aspettano fuori. Sono molto onorato.

Grayson, il telepatico, si girò di scatto verso il compagno. — Hai sentito? Ci chiama normali — esclamò. Poi fece un cenno secco a Raven. — Bene, lettore di pensieri, alzatevi in piedi e cominciate a camminare.

— Per andare dove?

— Lo saprete quando sarete arrivato.

— Pare proprio che sia così — disse Raven. — La destinazione ultima non è registrata nelle vostre menti. Da questo posso capire che non godete la fiducia dei vostri superiori.

— Neanche voi — disse Grayson. — E ora alzatevi. Non possiamo starcene qui a perdere tutto il giorno.

— Capisco. — Raven si alzò stirandosi e sbadigliò. Poi fermò lo sguardo su Steen, l'ipnotico. — Che vi prende, Strabico? Mai stato tanto affascinato, prima d'ora?

Continuando a fissare Raven con la stessa curiosità con cui lo aveva osservato fin dall'inizio, Steen rispose: — Quando c'è da affascinare qualcuno, sono io a farlo. E perché mai dovrei esserlo, poi? Non avete né quattro braccia, né due teste. Cosa vi fa pensare di essere tanto interessante?

— Non lo è per niente — disse Grayson con impazienza — e credo che i capi siano stati messi in allarme da voci esagerate. Conosco le sue capacità, e non sono certo eccezionali.

— Davvero? — chiese Raven girando la testa verso di lui

— Sì, voi siete soltanto un nuovo tipo di telepate. Voi potete frugare nelle menti degli altri anche quando la vostra è chiusa A differenza di noi, potete leggere i pensieri degli altri mantenendo impenetrabili i vostri. Un trucco interessante e utile. — Fece un gesto di sprezzo. — Ma anche se interessante, non può certo preoccupare due pianeti.

— Allora, di cosa avete paura? — disse Raven. — Saputo questo, non c'è più nient'altro da sapere. Ora lasciatemi meditare con piacere sui peccati della mia passata gioventù.

— Abbiamo avuto ordine di portarvi via tutto intero. Ed eseguiremo l'ordine. — Lo sprezzo di Grayson si fece più evidente. — Siamo venuti a catturare la grande tigre. Però a me sembra che puzzi di gatto.

— E da chi verrò interrogato? Dal grande capo, o da qualche subalterno?

— Non sono affari miei — disse Grayson. — Se volete una risposta, non dovete fare altro che venire con noi.

Raven lanciò una evidente strizzata d'occhio verso la porta, dove la donna era rimasta ferma in silenzio.

— Leina, vuoi andarmi a prendere il cappello e la borsa?

Grayson afferrò la donna per un braccio. Evidentemente non gli piaceva la situazione. — No, voi restate qui. — Poi girò la testa verso Raven. — Andate a prenderli voi. Tu, Steen, vai con lui. Io curo la grassona. Se mostra i denti, sai quello che devi fare.

I due scomparvero nella stanza accanto. Raven davanti e Steen dietro, con gli occhi che brillavano già di quella luce più pericolosa dei proiettili. Grayson si mise a sedere sul bracciolo di una poltrona pneumatica, appoggiò l'arma sulle ginocchia e fissò attentamente la donna. — Siete anche voi un'ostrica mentale, vero? — disse. — Comunque, se sperate che riesca a liberarsi di Steen, risparmiatevi il disturbo di doverlo pensare. Non ce la farà mai, anche se avesse tutto il tempo da oggi a Natale.

Leina non fece commenti e continuò a tenere lo sguardo fisso alla parete, senza mostrare alcuna preoccupazione.

— Il telepatico può schivare l'ipnotico a distanza perché può leggere le intenzioni dell'altro e ha lo spazio che lo protegge — disse Grayson con l'autorità della persona che ha fatto delle esperienze personali. — Ma a distanza ravvicinata non ha possibilità di scampo. L'ipnotico risulta sempre vincitore. Lo so perfettamente! Gli ipno mi hanno fatto parecchi scherzi, specialmente dopo che avevo bevuto qualche bicchiere di whisky venusiano.

La donna non rispose. I suoi lineamenti rimasero impassibili, nello sforzo di ascoltare dietro e oltre le chiacchiere dell'altro.

Grayson fece un rapido tentativo di scrutare la mente della donna, sperando di coglierla di sorpresa. Ma andò a colpire uno scudo impenetrabile. Lei era riuscita a resistergli senza sforzo, e continuava ad ascoltare, ascoltare. Il rumore quasi impercettibile di una zuffa giunse dall'altra stanza, seguito da un respiro affannoso.

Grayson si girò leggermente, come la persona che sospetta di aver sentito qualcosa che non doveva sentire. — Comunque, ci sono ancora io, con questa pistola, e il gruppo di amici che aspetta fuori. — Girò la testa verso la porta della stanza.

— Sono troppo lenti, là dentro.
— Non c'è possibilità — disse la donna con voce appena udibile. — A distanza ravvicinata non c'è possibilità di scampo.
Qualcosa della sua faccia, dei suoi occhi, della sua voce, fece rinascere in Grayson i sospetti che aveva soffocato, e l'uomo provò un vago senso di allarme: strinse le labbra e fece un cenno con la pistola. — Muovetevi. Camminate davanti a me. Andiamo a vedere perché non escono.
Leina si alzò, appoggiandosi al bracciolo della poltrona pneumatica. Poi si girò lentamente verso la porta, abbassando gli occhi, come per ritardare la visione di quello che avrebbe scorto dall'altra parte o che sarebbe comparso sulla soglia.
Ne uscì Steen. Si passava una mano sul mento e sorrideva soddisfatto. Era solo. — Ha cercato di fare il furbo — annunciò rivolgendosi a Grayson e senza minimamente badare a Leina. — Avevo la sensazione che avrebbe tentato qualcosa. Risultato: è più rigido di una pietra sepolcrale. Dovremo trasportarlo su un'asse.
— Bene! — esclamò Grayson tranquillizzato, mentre l'altro si avvicinava. Abbassò la pistola e si girò verso Leina.
— Cosa vi avevo detto? È stato stupido tentare a distanza ravvicinata. Certa gente non imparerà mai.
— Sì — ammise Steen facendosi più vicino. — È stato uno stupido. — Si fermò di fronte a Grayson e lo fissò negli occhi. — Troppo da vicino per avere possibilità di scampo.
I suoi occhi si erano fatti luminosi e grandissimi. Le dita di Grayson si irrigidirono e la pistola cadde sul tappeto. L'uomo aprì e richiuse la bocca, e le parole uscirono con difficoltà.
— Steen... cosa diavolo.... stai... facendo?
Gli occhi di Steen divennero enormi, mostruosi, irresistibili. Il loro bagliore parve riempire il cosmo e bruciare il cervello della persona che li stava fissando. Una voce profonda, tuonante, venne con il bagliore. Giunse da una immensa distanza, e si avvicinò a una immensa velocità, fino a diventare un rombo pauroso.
— Raven non c'è.
— Raven non c'è — balbettò Grayson, meccanicamente. Il suo cervello era stato vinto.
— Non l'abbiamo visto. Siamo arrivati troppo tardi.
Grayson ripeté le parole come un automa.
— In ritardo di quaranta minuti — precisò la paralizzante voce mentale di Steen.
— In ritardo di quaranta minuti — approvò Grayson.
— È partito su uno scafo dorato da velocità a venti reattori, matricola XB 109, di proprietà del Consiglio Mondiale.
Grayson ripeté parola per parola. Aveva l'aspetto rigido e l'espressione vuota di un manichino che raccoglie polvere nella vetrina di un sarto.
— Destinazione sconosciuta.
Anche questo venne ripetuto.

— In questa casa abbiamo trovato solo una donna grassa. Una telepatica innocua.

— In questa casa — ripeté Grayson — abbiamo trovato solo una donna grassa. Una telepatica innocua.

Steen riprese a parlare. — Raccogli la pistola. E andiamo a informare Haller.

Passò davanti alla telepatica innocua, e Grayson lo seguì come una pecora. Nessuno dei due degnò Leina del minimo sguardo. Lei concentrò tutta la sua attenzione su Steen, scrutandone la faccia, cercando quello che c'era dietro la maschera, parlandogli in silenzio, e rimproverandolo. Ma lui non le fece caso: la sua impassibilità era deliberata e completa.

La donna chiuse la porta alle loro spalle, poi si lasciò sfuggire un sospiro e si strinse nervosamente le mani, come fanno tutte le donne dall'inizio dei tempi.

Sentì un rumore alle proprie spalle e si girò. La figura di David Raven stava avanzando incerta nella stanza.

L'uomo camminava piegato in due e si teneva le mani sulla faccia, tastandosi, quasi per accertarsi da quale parte della testa fossero collocati i lineamenti. E sembrava terrorizzato da quello che le sue dita stavano toccando. Quando staccò le mani, la faccia aveva un'espressione tormentata e gli occhi erano pieni di sgomento.

— Era mio — disse con voce che non era né quella di Raven né quella di Steen, ma una combinazione delle caratteristiche di tutte e due. — Se n'è andato con quello che era mio e mio soltanto! Mi ha derubato di me stesso!

Guardò la donna con cattiveria, mentre i lineamenti continuavano a esprimere il tormento interiore. Sollevò le braccia e avanzò di qualche passo.

— Voi lo sapevate! Lo sapevate e lo avete aiutato. Maledetta intrigante. Potrei uccidervi!

Le dita si piegarono ad artigli intorno al collo della donna, ma lei rimase immobile, mentre una luce indescrivibile le si accendeva negli occhi.

Quando le dita cominciarono a stringere, lei non fece nessun movimento per resistere. Per diversi secondi lui rimase fermo in quella posizione, la faccia sconvolta da una serie di contrazioni. Poi allentò la stretta e si allontanò di scatto, scosso da un tremito.

— Mio Dio — balbettò quando fu nuovamente in grado di parlare. — Anche voi!

— Quello che può essere fatto da uno può essere fatto anche dall'altro. Questo è il legame che esiste tra noi. — La donna lo osservò mentre lui si sedeva e si tastava quella faccia che non gli era familiare. — C'è una legge valida e basilare quanto quella della sopravvivenza fisica — disse ancora lei. — Dice: *Io sono Io, e non posso essere Non-Io*.

L'uomo rimase in silenzio, ma continuò a passarsi le mani sulla faccia. La donna riprese a parlare.

— Così, continuerete a desiderare quello che vi appartiene di diritto.

Continuerete a desiderarlo, come desidera la vita chi si trova in imminente pericolo di morte. Lo desidererete per sempre, disperatamente, rabbiosamente. E non avrete mai pace ne tranquillità. Non potrete mai conoscere la *completezza* a meno che...

— A meno che? — chiese lui togliendo le mani dalla faccia e alzando gli occhi.

— A meno che non facciate quello che vi diremo. Allora quello che è stato fatto potrà essere disfatto.

— Cosa volete da me? — Si era alzato, e negli occhi aveva una luce di speranza.

— Obbedienza assoluta.

— L'avrete — promise lui con fervore.

Lei si sentì sollevata. In pochi minuti aveva risolto il problema del vestito di Ravel e del proprietario-che-non-ne-era-proprietario.

Il comandante della squadra in attesa era un individuo magro, alto circa uno e ottanta. Si chiamava Haller, era nato su Marte ed era un mutante di Tipo Tre, un pirotico. Appoggiato alla coda dello scafo giocherellava con un bottone d'argento della falsa divisa da poliziotto. Mostrò un certo disappunto quando vide comparire Steen e Grayson, soli.

— Allora? — chiese.

— Siamo stati sfortunati — disse Steen. — Se ne è andato.

— Da quanto?

— Da quaranta minuti — rispose Steen.

— Aveva tre ore di vantaggio — disse Haller battendosi un dito sui denti. — Significa che stiamo guadagnando terreno. Dov'è andato?

— Questo non l'ha detto alla prosperosa signora che abbiamo trovato in quella casa — rispose Steen. — Lei sapeva soltanto che è arrivato con un aerotaxi, che ha preso alcune sue cose che aveva lasciato in deposito e che è ripartito con lo scafo XB 109.

— C'era una donna? — chiese Haller. — Che posizione occupa nella sua vita?

Steen sogghignò.

— Capisco — disse Haller, senza aver capito niente. Spostò lo sguardo sull'inebetito Grayson e rimase a scrutarlo per qualche istante. Poi corrugò la fronte.

— Che diavolo hai?

— Come? — Grayson batté le palpebre, incerto. — Dite a me?

— Sei un telepatico e dovresti saper leggere nella mia mente anche se io non sono in grado di leggere nella tua. Ti ho chiesto mentalmente una decina di volte se hai mal di pancia o qualcosa del genere, e tu hai reagito come se il pensiero fosse uno strano fenomeno confinato in qualche inaccessibile regione sull'altra faccia di Giove. Cosa ti succede? Sembra quasi che ti abbiano dato una dose eccessiva di ipnosi.

— È stata una dose eccessiva della sua stessa medicina — disse Steen rapidamente, per allontanare i sospetti di Haller. — La donna in quella casa era del suo stesso tipo, e lui ha voluto fare il furbo. Potete immaginare cosa significhi farsi graffiare telepaticamente oltre che vocalmente.

— Capisco — disse Haller, convinto. E smise di indagare oltre sulla scarsa loquacità di Grayson. — Meglio ripartire subito. Questo Raven non ci lascerà nemmeno un attimo di riposo.

Entrò nello scafo e gli altri lo seguirono. Mentre venivano chiusi i portelli e accesi i reattori, Haller prese il registro interplanetario e lo sfogliò rapidamente. Trovò quello che stava cercando.

— Eccolo. XB 109. *Monoposto con scafo in berillio. Venti reattori. Massa a terra trecento tonnellate. Autonomia massima, ottocentomila chilometri. Scafo del Consiglio Mondiale, esente dai controlli di polizia e di dogana.* Sarà difficile fermarlo, con tutti i testimoni che possono esserci attorno.

— Ammesso che si riesca a trovarlo — osservò Steen. — Il mondo è alquanto grande.

— Finirà col passare davanti a qualche nostro apparecchio di ricerca — assicurò Haller, fiducioso. — Questa autonomia di ottocentomila chilometri è consolante: lo tiene relegato tra Terra e Luna. E così sappiamo che non può essersene andato direttamente su Marte o su Venere. — Consultò il codice dei canali radio e delle ore. Le tre e mezzo: Canale nove. Schiacciò il pulsante del canale e parlò al microfono. Quello che disse fu troppo breve e distorto per concedere alle stazioni di ascolto di poterli localizzare. — Chiamata. Haller a Dean. Trovate XB 109.

Girò leggermente la poltroncina di pilotaggio e accese un nero sigaro venusiano. Aspirò voluttuosamente qualche boccata di fumo, poi appoggiò i piedi sul pannello di comando e fissò gli occhi sull'altoparlante.

— XB 109. Non elencato nelle partenze di oggi. Non elencato nei rapporti di osservazione della polizia — fu la risposta. — Restate in ascolto.

— Che servizio! — esclamò Haller. Guardò soddisfatto il suo sigaro, poi Steen.

Passarono cinque minuti, poi:

— XB 109. Non si trova nei parcheggi del Consiglio da uno a ventotto. Restate in ascolto.

— Strano — disse Haller, soffiando un anello di fumo. — Se non è a terra, deve essere nell'aria. Ma non può essere partito oggi senza il permesso di decollo.

— Forse è partito ieri, o l'altro ieri, ed è rimasto nascosto vicino alla casa — disse Steen.

Chiuse il portello della cabina di pilotaggio e si assicurò che fosse ben chiuso. Si mise poi a sedere sul pannello dei comandi, accanto ai piedi di Haller. Il messaggio giunse dopo dieci minuti.

— Dean a Haller. XB 109 affidato al Corriere Joseph McArd, Dome City, Luna. Ha fatto rifornimento per il rientro. Canale nove chiuso.

— Impossibile! — esclamò Haller. — Impossibile! — Si alzò, morse la punta del sigaro e sputò a terra. — Qualcuno sta mentendo! Sollevò lo sguardo rabbioso su Steen. — Tu per caso?

— Io? — Steen si alzò con espressione addolorata e venne a trovarsi faccia a faccia con l'altro.

— O tu, o la donna che ti ha dato il falso numero di matricola, o Grayson, troppo stordito per capire che quel cervello stava mentendo. — Haller agitò il sigaro nell'aria. — Forse è stata la donna. Vi ha lanciati lungo un vicolo cieco, e deve aver riso quando vi ha visti correre in quella direzione. Se è così, la colpa ricade tutta su Grayson. Era lui il lettore mentale. Mandalo da me... voglio andare in fondo a questa faccenda.

— Come poteva leggere in una mente piatta e impenetrabile quanto una pietra tombale? — disse Steen.

— Avrebbe dovuto avvertirti che si trovava in difficoltà e lasciarti fare alla tua maniera. Se riducevi la donna a una statua, lui poi avrebbe potuto ricavare da quel cervello qualsiasi informazione. Non è così? A che serve mandarvi in coppia, se poi siete troppo stupidi per cooperare?

— Non siamo stupidi — protestò Steen.

— Qualcuno sta raccontando frottole — insistette Haller. — Lo sento. Quella maledetta donna deve aver imbottito Grayson di menzogne. Aveva ancora l'aria stupita di chi non riesce a convincersi di qualcosa. Non è da Grayson. Vai a chiamarlo... voglio dargli una strigliata.

— Non credo che sia necessario — disse Steen, con calma. — Questa è una faccenda fra noi due.

— Davvero? — L'autocontrollo di Haller e la sua assoluta mancanza di stupore rivelarono che aveva un carattere energico. C'era una pistola sul piano del pannello. Haller si girò per appoggiare il sigaro, ma non fece nessun gesto per afferrarla. — Ho la sensazione che sia tu a mentire — disse tornando a guardare Steen. — Non so cosa tu abbia in mente, ma ti consiglio di non andare troppo lontano.

— No?

— No. Tu sei un ipno, ma cosa significa? Io posso incenerire i tuoi centri nervosi tre o quattro secondi prima che tu riesca a paralizzare i miei. Inoltre, la paralisi scompare dopo qualche ora, le ceneri invece rimangono. Sono permanenti.

— Lo so, lo so. Sei un potente pirotico.

Steen fece un gesto, e la sua mano toccò casualmente quella di Haller.

Le due mani si unirono e Haller cercò di staccarsi, ma non ci riuscì. Le due mani aderivano quasi al punto di essere carne con carne. E qualcosa di terribile stava passando attraverso il punto di contatto.

— Anche questo è potere — disse Steen.

Molto sotto l'innocuo raggruppamento di magazzini appartenenti alla Transpatial Trading Company esisteva una città in miniatura che non apparteneva alla Terra, anche se si trovava sul suo territorio. Per quanto sconosciuta e insospettata dalla maggior parte degli abitanti della superficie, la città esisteva già da molto tempo.

Lì si trovava il quartier generale del movimento clandestino di Marte e di Venere: era il cuore di tutta l'organizzazione. Un migliaio di persone andavano e venivano lungo i freddi passaggi interminabili e attraverso la serie di grandi sale. Un migliaio di uomini scelti, ma nessuno di loro era uomo come lo sono gli uomini.

In una sala lavoravano una dozzina di anziani dalle dita sottili. Si muovevano lentamente, a tastoni, come le persone che hanno soltanto due decimi di vista. I loro occhi non erano occhi, ma qualcos'altro. Erano troppo miopi per poter vedere distintamente una cosa lontana più di tre o quattro centimetri dalla punta del naso. Tuttavia, erano organi che potevano distinguere, entro il loro breve raggio, gli angeli danzanti sulla punta di uno spillo.

Questi anziani lavoravano come se stessero continuamente annusando gli oggetti che stavano costruendo. Tenevano le dita all'altezza del naso. Gli occhi assumevano una angolazione impressionante, ma potevano vedere con chiarezza molto al di sopra del normale.

Erano mutanti di Tipo Nove, generalmente chiamati microtecnici. Potevano costruire un radiocronometro tanto piccolo da poter essere incastonato al centro di un anello di diamanti.

In una sala adiacente lavoravano alcuni individui che si assomigliavano senza però essere identici, e che provavano di continuo, gli uni sugli altri, le loro strane capacità. Due uomini sedevano di fronte. Un rapido movimento del viso cambiava completamente i lineamenti.

«Ecco fatto» diceva il primo «io sono Peters».

Un altrettanto rapido movimento cambiava i lineamenti dell'altro, che rispondeva: «Strano! Anch'io».

Scoppiavano due sonore risate. Poi, sempre identici come gemelli, sedevano a un tavolo e si mettevano a giocare a carte. Entrambi si osservavano furtivamente, in attesa di quella mossa distratta del viso che avrebbe tradito la vera identità dell'altro.

Entrarono altre due persone e dissero di voler giocare con loro. Uno dei due ebbe un attimo di intenso sforzo mentale, poi volò sopra il tavolo e andò a sedersi sulla sedia che stava al lato opposto. Il secondo fissò lo sguardo sulla sedia più vicina: la sedia si mosse ondeggiando e venne a collocarsi sotto di lui, come spostata da mani invisibili. I gemelli accettarono questi fenomeni con assoluta indifferenza, come cosa di ordinaria amministrazione, e cominciarono a ridistribuire le carte.

Quello che aveva mosso la sedia, fece saltare il mazzetto di carte nella sua mano e cominciò a studiarle.

— Se voi due volete a tutti i costi essere Peters, mantenete almeno i vostri odori, in modo che noi si sappia chi siete — disse, e riprese a esaminare le carte.

— Passo.

Una persona si fermò sulla soglia a osservare il tavolo dei giocatori, poi si allontanò sogghignando. Dieci secondi dopo, il primo Peters prese la sigaretta dal portacenere e si accorse che era accesa da tutte e due le parti. Lanciò una imprecazione e si alzò per andare a richiudere la porta. Portò con sé le carte, per timore che durante la sua assenza saltassero nelle mani di qualcun altro.

Grayson entrò nelle gallerie del sotterraneo. Teneva la mente chiusa contro ogni possibile intrusione e avanzò guardandosi attorno con sospetto. Sembrava una persona che avesse le sue buone ragioni di temere la propria ombra. Al termine di un lungo corridoio che terminava con una pesante porta di ferro, Grayson venne a trovarsi faccia faccia con una guardia ipno.

— Devi tornartene indietro, amico. Qui è dove vive il capo.

— Sì, lo so. Voglio vedere Kayder immediatamente — disse Grayson, girando la testa per osservare la galleria alle sue spalle e facendo un gesto di impazienza. — Digli che gli conviene ricevermi, a meno che non voglia veder saltare all'aria il nostro rifugio.

La guardia lo scrutò attentamente, poi aprì il piccolo sportello che nascondeva il microfono e riferì quanto gli era stato detto. Qualche secondo dopo la porta si aprì. Grayson varcò la soglia e attraversò la grande sala dirigendosi verso l'unica persona presente.

Kayder, un tale tarchiato, dalle spalle larghe e dalla mascella volitiva, era Venusiano di nascita ed era forse l'unico mutante di Tipo Undici dislocato sulla Terra. Poteva conversare a voce bassa, in maniera quasi impercettibile, con nove specie di insetti venusiani. Sette di queste erano velenosissime e pronte a fare qualunque favore al loro amico. Kayder disponeva quindi della spaventosa forza di un esercito non umano troppo numeroso per poter essere distrutto.

— Di che cosa si tratta, questa volta? — chiese seccamente, distogliendo l'attenzione da un fascio di documenti. — Fate alla svelta e venite subito al punto. Questa mattina non mi sento molto bene. L'aria della Terra non mi si addice.

— Nemmeno a me — disse Grayson. — Voi avevate scoperto qualcosa su un certo David Raven e avete dato ordine di andarlo a prendere.

— Certo. Non so cosa abbia di speciale ma immagino che sia un elemento utile. Dove l'avete messo?

— Da nessuna parte. È scappato.

— Non per molto — assicurò Kayder con convinzione. — Immagino che sia andato a nascondersi in qualche posto. Ma finiremo per trovarlo. — Fece un cenno di congedo. — Continuate le ricerche.

— Ma lo avevamo preso — osservò Grayson. — Era una volpe in trappola, allo stremo delle forze. Ed è fuggito.

Kayder inclinò indietro la sedia facendola stare in bilico sulle gambe posteriori.

— Volete dire che lo avevate veramente preso? E ve lo siete lasciato scappare? Com'è possibile?

— Non lo so. — Grayson era terribilmente preoccupato e non cercava di nasconderlo. — Non so... Non riesco a capire, e sono sconcertato. Ecco perché sono venuto da voi.

— Siate più preciso. Cos'è successo?

— Siamo entrati nella casa in cui era nascosto. Con lui c'era una donna... una vera telepatica, come lui. Steen era con me. È un ottimo ipno. E Raven è riuscito a giocarlo.

— Continuate. E tralasciate le pause teatrali.

— Steen ha fatto il *trattamento* a *me* — continuò Grayson. — Mi ha colto di sorpresa e mi ha privato di ogni volontà. È riuscito a convincermi di tornare allo scafo e dire a Haller che Raven non c'era. Poi lui si è ritirato nella cabina di pilotaggio con Haller.

Un piccolo ragno si arrampicò sui pantaloni di Kayder, e lui tese la mano per aiutare l'insetto a salire sul piano della scrivania. Il ragno era di un verde lucente, con otto piccole capocchie di spillo rosse al posto degli occhi.

Guardando disgustato l'insetto, Grayson continuò a parlare.

— Qualche ora dopo mi è ritornata la memoria. E ho scoperto che Haller era diventato pazzo, e che Steen era scomparso.

— Dite che Haller è impazzito?

— Sì. Quando l'ho visto balbettava cose senza senso. Sembrava che il cervello gli si fosse rivoltato. Accennava alla futilità infantile della lotta di Marte-Venere contro la Terra, alle sorprendenti meraviglie dell'universo, alla gloria della morte, e così via. Agiva come se volesse passare a miglior vita, ma avesse bisogno ancora di un po' di tempo per convincersene.

— Haller è un pirotico — disse Kayder. — Voi siete un telepatico. Ve ne siete forse dimenticato? O eravate ancora troppo scosso dagli eventi per ricordarlo?

— No. Ho guardato nella sua mente.

— E cos'avete trovato?

— Era sconvolto in modo terribile. Un numero impressionante di pensieri slegati gli turbinava nella mente. Uno di questi diceva: *Steen è me, è Raven, sei tu, è gli altri, è tutti.* Un altro: *Vita è non-vita, è vita rapida, è vita meravigliosa, ma non altra vita.* — Si fece roteare un dito sulla tempia destra. — Completamente pazzo.

— Una brutta ed eccessiva dose ipnotica — diagnosticò Kayder, senza scomporsi. — Haller deve essere allergico all'ipnosi. Non c'è modo di accorgersene finché la vittima non ne mostra i sintomi. Con tutta probabilità, è anche permanente.

— Forse è stato accidentale. Forse Steen non sapeva che Haller avrebbe sofferto. È quello che voglio credere, almeno.

— Questo perché odiate pensare che un vostro amico abbia potuto o voluto nuocere ai suoi compagni. Comunque, caso o no, Steen si è ribellato a una persona che faceva parte della sua squadra, a un suo superiore. Abbiamo una brutta parola per definire una azione del genere. Ed è tradimento!

— Non credo — insistette Grayson, cocciuto. — Raven deve aver avuto qualcosa a che fare con quello che è successo. Steen non avrebbe mai fatto una cosa del genere senza una buona ragione.

— Certo — disse Kayder sorridendo sardonico. Fece una serie di trilli all'indirizzo del ragno, e l'insetto si esibì in una danza che forse voleva significare qualcosa.

— Tutti hanno una ragione — continuò Kayder — buona o cattiva o priva di qualsiasi interesse. Prendete me, per esempio. La ragione per cui io sono un onesto, leale e assolutamente fidato cittadino di Venere, va ricercata nel fatto che nessuno mi ha mai offerto l'incentivo sufficiente per indurmi a fare altrimenti. Il mio prezzo è troppo alto. — Diede un'occhiata significativa a Grayson. — Posso quasi immaginare con esattezza cos'è successo a Steen. È un uomo che costa poco, e Raven l'ha scoperto.

— Anche se è il tipo che può essere comprato, ma ne dubito, come ha potuto fare? Non ha avuto contatti.

— È rimasto solo con Raven, vero?

— Sì — ammise Grayson. — Si sono spostati per qualche minuto nella stanza vicina. Ma io sono sempre rimasto in ascolto. La mente di Raven era vuota. Quella di Steen mi ha detto che Raven si è girato verso di lui, come per dire qualcosa. Lo ha toccato... e improvvisamente anche la mente di Steen si è vuotata. Un ipno non può fare una cosa del genere. Gli ipnotici non possono chiudere la mente come fanno i telepatici... eppure l'ha fatto!

— Ah! — fece Kayder osservandolo.

— La cosa mi ha colpito subito. Era molto strana. Mi sono alzato per andare a vedere cosa stava succedendo, e in quel momento Steen è ricomparso sulla soglia. Ho provato un tale senso di sollievo da non accorgermi che la sua mente era ancora vuota. Prima ancora di potermene rendere conto, lui mi aveva ridotto alla sua volontà. Naturalmente — concluse Grayson in tono di scusa — io diffidavo di Raven e non ho fatto nessun caso a Steen. Non ci si aspetta che un compagno ti si rivolti improvvisamente contro.

— Certamente no — ammise Kayder. Fece alcuni strani suoni e il ragno si spostò per lasciargli prendere il microfono. — Faremo una caccia doppia. È altrettanto facile cercare due persone che una sola. Prenderemo Steen per poterlo esaminare.

— Dimenticate una cosa — obiettò Grayson. — *Io sono qui.* — Fece una leggera pausa, per dare maggior valore a quel fatto. — E Steen sa dove si trova questo nostro nascondiglio.

— Pensate che possa averci traditi e che ci si debba aspettare un'incursione?

— Sì.

— Ne dubito. — Con calma Kayder considerò la situazione. — Se le forze terrestri avessero saputo dove si trova questa base e avessero deciso di fare un'incursione si sarebbero mosse prima. L'attacco sarebbe avvenuto ore fa, quando poteva rappresentare un elemento di sorpresa.

— Cosa può impedire loro di agire con furberia per poi colpire con maggiore forza? Potrebbero aver impiegato tutto questo tempo nei preparativi per distruggerci interamente.

— Frenate la fantasia, Grayson — disse Kayder. — Ci sono troppi elementi di valore con noi... Tra le altre cose, se i Terrestri dovessero fallire, noi andremmo a nasconderci in qualche altro luogo. Meglio per loro sapere dove si trova il pericolo, anziché non saperlo per niente.

— Forse avete ragione — disse Grayson, non del tutto convinto.

— Comunque, non hanno nessuna giustificazione pubblica per prendere misure drastiche. Non possono partecipare attivamente a una guerra che fingono non esista. Finché non ammetteranno quello che non vogliono ammettere, noi li abbiamo in pugno. L'iniziativa è nostra, e rimane nostra.

— Spero che abbiate ragione.

— Sono pronto a scommetterci — disse Kayder, e fece una smorfia di disprezzo per le opinioni di Grayson. Premette il pulsante del microfono. — D727, l'ipno Steen ci ha traditi. Catturatelo a tutti i costi e nel più breve tempo possibile!

Soffocato dalla pesante porta, giunse l'eco delle sue parole ripetute dall'altoparlante esterno.

"D727, l'ipno Steen..." Poi la voce di un altro altoparlante lontano, perso nel labirinto dei corridoi. "D727, l'ipno Steen... Catturatelo... nel più breve tempo possibile!"

Dall'altra parte di quel mondo sotterraneo, vicino all'entrata segreta, uno dei lavoratori miopi guardò irritato verso l'altoparlante che non riusciva a vedere, poi inserì delicatamente nel piccolo apparecchio che stava costruendo un microcircuito non più grande della capocchia di un fiammifero. Nella sala vicina, un pirotico barbuto scagliò il fante di picche sul cinque di cuori di un levitante.

— Socko, me ne devi cinquanta! — Si appoggiò allo schienale della poltroncina e si passò una mano sul mento. — Ci ha traditi? Mai sentita una cosa simile.

— Se ne pentirà — disse uno che si era fermato a osservare la partita.

— Balle! — disse il primo. — Nessuno può pentirsi dopo essere morto!

4

Leina lo sentì tornare. Guardò attraverso la finestra e lo vide avvicinarsi lungo il vialetto. Si staccò dai vetri, mentre negli occhi le si accendeva un lampo di biasimo. — Sta tornando. Qualcosa deve essere andato storto — disse e aprì la porta della stanza attigua. — Non voglio essere spettatrice del vostro incontro. Quello che è sbagliato è sbagliato, e quello che è giusto è giusto. Non posso pensarla in modo diverso, anche se sarebbe più conveniente.

— Non lasciarmi solo con lui. Te ne prego. Non sarò capace di controllarmi! Tenterò di ucciderlo, anche a rischio di farmi uccidere da lui. Io...

— Non farai niente del genere — disse la donna. — Saresti tanto pazzo da uccidere il tuo vero io?

Fece una breve pausa. Aveva sentito una voce mentale che la stava chiamando. Ma non rispose.

— Ricorda la tua promessa. Obbedienza assoluta! Devi fare quello che ti dice. È la tua sola possibilità.

Uscì dalla stanza e chiuse la porta, lasciandolo solo ad affrontare la sua sorte. Prese una sedia e si mise a sedere, rigida. Aveva assunto l'aria della maestra di scuola che non vuole lasciarsi coinvolgere in qualcosa di imperdonabile.

Qualcuno entrò nell'altra stanza. Una voce attraversò la parete e raggiunse la sua mente.

— Tutto bene, Leina. Puoi uscire tra un minuto. — Poi sentì che si rivolgeva vocalmente all'altro. — Siete pronto a tornare? — Silenzio. — *Vorrete* certo ritornare, vero?

Rispose una voce sibilata.

— Maledetto vampiro! Lo sapete perfettamente che voglio.

— Eccomi, allora.

Leina chiuse gli occhi.

Dalla stanza accanto le giunse un respiro affannoso e un singhiozzo soffocato. Poi sentì un profondo respiro di sollievo. Si alzò, con la faccia tesa, e raggiunse la porta.

Steen sedeva pallido e disfatto sulla poltrona pneumatica. I suoi occhi, quelli che un tempo potevano bruciare di intensità magnetica, ora si guardavano attorno sgomenti.

— Ho preso possesso del vostro corpo — disse Raven. — Anche se siete un nemico, io vi chiedo scusa. Non è giusto prendere possesso del corpo di un vivente senza il suo permesso.

— Di un *vivente*? — Nel pronunciare la domanda, Steen impallidì visibilmente. Era dunque giusto prendere possesso del corpo di un morto? La mente gli venne afferrata da un vortice. — Volete dire che...

— Non saltate a conclusioni fantastiche — lo interruppe Raven, leggendo con chiarezza nei pensieri dell'altro, come su una pagina stampata. — Potreste aver ragione. O potreste sbagliarvi completamente. In ogni caso non vi servirebbe a nulla.

— David — disse Leina, guardando la finestra — che cosa potrebbe succedere se fra poco arrivassero in maggior numero e meglio preparati?

— Verranno — rispose David senza mostrare la minima preoccupazione — ma non subito. Sono pronto a scommettere che considerano assurdo che la preda ritorni nella trappola. Passerà un po' di tempo, poi verranno a controllare. E sarà troppo tardi. — Tornò a rivolgere la sua attenzione a Steen. — Mi stanno cercando su tutto il pianeta, dandomi un'importanza assolutamente sproporzionata. Qualcuno deve averli informati, per metterli tanto in allarme. Qualche alta personalità degli affari terrestri deve aver tradito la fiducia riposta in lui. Voi sapete chi è?

— No.

Accettò la negazione senza obiettare, perché era indelebilmente scritta nella mente dell'altro.

— Ora stanno dando la caccia anche a voi.

— A me? — chiese Steen, cercando di scuotersi.

— Sì. Ho fatto un grosso sbaglio. Ho fallito nel tentativo di dominare il comandante del vostro scafo. Ha dimostrato di essere qualcosa di più che un semplice pirotico. Aveva una percettività intuitiva, una visione extrasensoriale molto ben sviluppata. Gli permetteva di vedere, o sentire, o stimare cose che non avrebbe dovuto sapere. — Girò la testa. Leina si era lasciata sfuggire un ansito e si era portata una mano alla gola. — Non me lo aspettavo — continuò Raven. — La cosa non era evidente e mi ha colto di sorpresa. È l'inizio di un Tipo Tredici. Un pirotico con capacità percettive extrasensoriali. Non se ne è ancora reso conto, e non sa di essere leggermente diverso dagli altri. — Fissò gli occhi a terra e fece scorrere la punta di una scarpa lungo la frangia del tappeto. — Nell'istante stesso in cui siamo venuti in contatto, mi ha conosciuto come voi non mi verrete mai a conoscere... Ed è stata per lui una cosa troppo terribile da sopportare: si è freneticamente afferrato a quella che ha considerato l'unica forma di legittima difesa. Si è sbagliato, naturalmente, ma le persone, nei momenti di pericolo, non riescono a pensare in modo logico. E si è reso inutile al mio scopo.

— Cioè? — chiese Steen allibito.

— È diventato pazzo — rispose Raven. — E danno la colpa a voi.

— A me? Al mio corpo? — Steen si alzò per andare davanti a uno specchio e toccarsi il petto e la faccia. Sembrava un bambino che si osserva il vestito nuovo. — Il mio corpo — ripeté. Poi alzò la voce in tono di protesta. — Ma non ero io!

— Dovrete cercare di convincerli.

— Mi faranno esaminare da un telepatico. E lui scoprirà la verità. Non posso raccontare delle menzogne... è impossibile.

— La parola impossibile dovrebbe essere cancellata dal dizionario. Potreste raccontare le più oltraggiose menzogne per tutta la durata di un viaggio da qui ad Aldebaran. Basta che vi condizioni un ipnotico più potente di voi.

— Non mi uccideranno — sussurrò Steen, preoccupato. — Mi manderanno in un luogo lontano, dove potranno tenermi d'occhio. Essere rinchiusi è una cosa ancora peggiore. Non potrò resistere. Preferirei morire.

Raven scoppiò a ridere. — Forse non lo sapete, ma avete detto qualcosa di vero.

— Voi siete nella posizione di poter considerare la cosa divertente — gridò Steen, senza avere perfettamente compreso quello che Raven aveva detto. — Non c'è nessuno in grado di tenervi prigioniero. In cinque minuti potreste confiscare il corpo della guardia e andarvene. A questo punto potreste anche impadronirvi del corpo dell'ufficiale adatto e firmare il foglio del vostro stesso rilascio. Potreste... potreste...

Nel cercare le infinite possibilità, quelle che portavano a un limite fantastico, la sua mente venne travolta da una violenta marea.

Leggendogli i pensieri, Raven sorrise appena. — Sì, è possibile pensare quello che si vuole. Ma anche se riuscissi a prendere il posto del capo della alleanza segreta Marte-Venere, non so se sposando la reginetta della Terra suggellerei una pace duratura. Voi avete letto troppi di quei volgari romanzi economici marziani, o li guardate sullo spettroschermo.

— Può darsi — ammise Steen, ormai abituato al fatto che qualcuno leggesse i suoi pensieri e li criticasse. — Comunque, per fermare voi non c'è altro mezzo che uccidervi. — Girò un attimo lo sguardo verso Leina, poi tornò a rivolgersi a Raven. — E anche in questo modo non si otterrebbe niente, se ci sono altri mutanti come voi sempre pronti a prendere il vostro posto.

— Cominciate a considerare che saremo i vincitori, vero? — Raven tornò a sorridere, poi disse a Leina. — Sembra che abbia fatto bene a impadronirmi del suo corpo.

— Io dico che hai fatto uno sbaglio — rispose Leina con fermezza. — È sempre stato un male e sempre lo sarà.

— Su questo principio sono pienamente d'accordo — rispose Raven. Tornò a guardare Steen. — Sentite, io non sono tornato qui solo per divertirmi. Avevo delle buone ragioni, e riguardano voi.

— In che senso?

— Prima di tutto, volete passare dalla nostra parte, o insistete nel restare contro di noi?

— Dopo questa esperienza — disse Steen con un certo imbarazzo — sento che il cambiare bandiera sarebbe la cosa più sicura. Ma non posso farlo. — Scosse lentamente la testa. — Non è da me. Quelli che rinnegano la loro razza sono dei vigliacchi.

— Così preferite rimanere schierato contro i Terrestri?

— No! — Steen mosse i piedi, a disagio, e cercò di evitare lo sguardo fisso dell'altro. — Non voglio essere un traditore. E nello stesso tempo comprendo che la lotta contro la Terra è una pazzia... inutile. — La sua voce cambiò leggermente di tono. — Io voglio soltanto tornarmene a casa, starmene tranquillo, e soprattutto rimanere neutrale.

Era vero. Il suo pensiero lo esprimeva chiaramente. Steen aveva subito una scossa profonda e aveva perso tutto l'entusiasmo di una volta. È già terribile perdere un braccio o una gamba, ma è più terribile ancora essere privati del corpo intero.

— A casa forse vi sarà difficile fare da semplice spettatore — suggerì Raven. — Quando i fanatici vanno in cerca di qualcuno su cui sfogare il loro disprezzo, normalmente scelgono un neutrale.

— Correrò il rischio.

— Come volete — concluse Raven, facendo un cenno verso la porta. — Quella è la strada verso la libertà. Il prezzo da pagare è una sola informazione.

— Cosa volete sapere?

— Come vi ho detto, qualche alta personalità mi ha denunciato. Tra noi abbiamo un traditore. Voi avete detto di non sapere chi è. Chi può saperlo?

— Kayder — disse Steen, più che altro per il fatto che non era in condizioni di rifiutare l'informazione. Il nome gli era balzato in mente all'istante, e l'altro lo avrebbe potuto leggere facilmente, come se fosse stato una grande insegna luminosa

— Chi è? Dove vive?

Era una risposta più facile, e non troppo pericolosa. Descrisse Kayder e parlò della sua residenza privata senza pensare al centro sotterraneo. La sua coscienza non avrebbe avuto rimorsi. Oltre la base segreta, Kayder dirigeva una piccola agenzia di importazioni da Venere, e per questo fatto poteva tranquillamente fruire di tutti i diritti di cittadino della Terra. Inoltre, era una persona perfettamente in grado di badare a se stessa.

— Quali sono le sue capacità speciali? — chiese Raven, dopo aver letto la risposta.

— Non lo so con precisione. Ho sentito dire che parla con gli insetti.

— Mi può bastare. — Raven sollevò il pollice verso la porta. — Andatevene. Se restate neutrale, avrete fortuna, forse.

— Lo spero — disse Steen. — Si fermò sul primo gradino e girò la testa. — E spero anche di non vedere mai più né voi, né lei. — Alzò lo sguardo al cielo e si allontanò rapido.

— Hai notato? — disse Leina un po' in ansia. — Ha guardato in alto, ha mantenuto il controllo dell'espressione, ma la sua mente ha rivelato quello che gli occhi stavano vedendo. C'è un elicottero in arrivo. — Si avvicinò alla porta per controllare. — Sì, e scende rapido. David, ti sei dilungato troppo a parlare e ti sei fermato più del necessario. Cosa vuoi fare, adesso?

Raven la guardò, calmo. — Le donne non cambieranno mai.

— Cosa vuoi dire?

— Quando ti agiti diventi come un essere umano. Ti metti a pensare al pericolo e dimentichi di ascoltare. Non tutti sono nemici.

Leina cercò di controllare l'ansietà e si mise in ascolto. Adesso che la sua attenzione era completamente tornata normale, poteva percepire il groviglio di pensieri che provenivano dall'elicottero. C'erano quattro persone a bordo dell'apparecchio. Gli impulsi mentali diventavano più forti a ogni secondo, e nessuno faceva il minimo tentativo per controllarli. Erano menti comuni, tutte quante.

"La casa sembra tranquilla. Chi sta camminando sul vialetto che porta alla strada?"

"Non so. Comunque non è lui. È troppo piccolo e tarchiato."

Una breve pausa.

"Carson ha detto che dovrebbe esserci una voluttuosa amazzone. Possiamo parlare con lei, se non troviamo Raven."

— Hai sentito? — disse Raven. — Carson è un tuo segreto ammiratore.

— Io non l'ho mai conosciuto. Devi essere stato tu a dirgli qualcosa. Leina guardò attraverso i vetri della finestra e riprese l'ascolto. Le strane voci mentali si trovavano ora sul tetto.

"Avrebbero potuto mandare con noi anche un telepatico. Ho sentito dire che i migliori sanno leggere il pensiero di una persona che si trova lontanissima."

"Non ci saranno mai lettori di pensiero tra noi. Il pubblico non vuole. Dopo le proteste di due secoli fa, quando volevano istituire il corpo di polizia sensoria, è nata la regola che nessun telepatico potesse mai entrare nella polizia."

"Il pubblico!" esclamò un terzo, in tono di sprezzo.

"Fa' girare un po' più forte le eliche. Il giardino è fatto di terra, non di spugna. Non puoi parlare senza chiudere gli occhi?"

"Chi sta pilotando, tu o io? Quando tu succhiavi ancora i bastoncini di zucchero, io sapevo già atterrare su pezzi di terra grandi quanto un fazzoletto."

Pausa.

"Tenetevi. Stiamo per toccare."

L'elicottero scese di fronte alla finestra. Sembrava penzolare da due anelli di luce. Poi affondò i pneumatici in un'aiuola fiorita, e dallo scafo scesero quattro uomini. Uno si appoggiò stancamente all'apparecchio e gli altri si diressero verso la casa. Erano tutti in abiti borghesi.

Raven andò alla porta e l'aprì.

— Cosa c'è? Qualcosa di urgente? — chiese.

— Non so — disse quello che comandava il gruppo, squadrandolo dalla testa ai piedi. — Sì, siete Raven. Carson vuole parlarvi. — Fece un cenno verso l'apparecchio.

— Siamo venuti con questo perché è dotato di un raggio di sicurezza. Potete parlare da qui.

— Bene.

Nella cabina, Raven si mise a sedere e lasciò che l'altro collegasse la linea. A poco a poco lo schermo si accese, e dopo qualche istante comparve l'immagine di Carson.

— Hanno fatto presto — disse con un cenno di approvazione. — Ho mandato dieci pattuglie alla vostra ricerca, e pensavo che avrebbero impiegato settimane per trovarvi. — Carson regolò alcuni pulsanti del pannello e l'immagine sullo schermo divenne più nitida. — È successo qualcosa, nel frattempo?

— Non molto — disse Raven. — L'opposizione ha fatto due mosse contro di me. E io ne ho fatte due contro di loro. Nessuno ha vinto la battaglia. In questo momento, siamo seduti nei nostri angoli, succhiamo limoni, aspettiamo il colpo di gong, e ci lanciamo occhiate torve.

Carson corrugò la fronte. — Avete comunque finito la prima mano. La nostra posizione è invece molto meno brillante. La situazione sta precipitando.

— Cos'è successo?

— Questa mattina è saltata in aria la Baxter United. La notizia verrà diffusa il più tardi possibile.

Raven strinse involontariamente i pugni. — La Baxter è un grande stabilimento, vero?

— Grande? — Carson contorse la faccia in una smorfia. — Il turno di notte, quello che impiega il minor numero di personale, era appena terminato. Questo ha fortunatamente ridotto il numero delle vittime a circa quattromila.

— Mio Dio!

— La cosa ha tutta l'apparenza di un disastro industriale causato da qualche misterioso incidente — continuò Carson con voce secca. — Ed è una storia maledetta, perché da qualche tempo tutte le disgrazie simili sembrano avvenire per incidente. E non potremo mai affermare il contrario a meno che qualche nostro dispositivo nascosto non scatti.

— Ce n'erano in questo caso?

— Molti. A decine. Il posto è di grande valore strategico ed era ben sorvegliato. Tenevamo gli occhi aperti. Capite?

— Allora?

— Il novantacinque per cento dei nostri compagni è andato completamente distrutto. I pochi rimasti erano troppo danneggiati per funzionare o per registrare qualcosa di incriminante. Il gruppo di sentinelle, composto da telepatici e da ipnotici è scomparso in mezzo alle macerie.

— Nessun superstite? — chiese Raven.

— Non esattamente. Ci sono alcuni testimoni oculari. Ma non si può chiamarli superstiti, perché il più vicino si trovava a un chilometro dallo stabilimento. Dicono di aver sentito un forte tremito della terra e un boato tremendo: poi l'intero complesso è saltato in aria. Una locomotiva di duecento tonnellate è stata scagliata a mille metri di distanza.

— Secondo quanto mi avevate detto, la tecnica nemica era quella di compiere gravi sabotaggi senza creare forti perdite di vite umane, senza grandi spargimenti di sangue. Dopo tutto, siamo sempre legati da vincoli di parentela. — Raven fissò in silenzio lo schermo. — Se questa esplosione è opera loro, significa che hanno deciso di cambiare tattica e che ci vogliono combattere con la violenza.

— È proprio quello che temiamo — affermò Carson. — Ubriachi dei loro successi, alcuni Venusiani o Marziani fanatici possono aver deciso di infiammare l'opinione pubblica del loro mondo stringendo i tempi con ogni mezzo. Noi non possiamo permetterlo.

Raven fece un cenno affermativo e guardò fuori della piccola cabina. L'equipaggio dell'elicottero era distante quel tanto che bastava per non sentire. Gli uomini parlavano tra loro e fumavano guardando il cielo. Lontano, a est, qualcosa si alzò sopra l'orizzonte e scomparve nel blu lasciandosi dietro una sottile scia di vapore: un'astronave di linea che partiva per il suo viaggio.

— Perché mi avete chiamato? Dovevate dirmi qualcosa di particolare?

— No — disse Carson. — Sta a voi decidere quello che è meglio fare. Io vi ho dato l'informazione: tocca a voi scoprire che cosa può significare. — Si lasciò sfuggire un sospiro e si passò una mano sulla fronte. — L'idea di Marte e Venere è quella di provocare una catena di catastrofi che sembrino naturali, di minare la nostra potenza e di costringerci alla resa. Ma le catastrofi *vere* avvengono, di tanto in tanto. Senza prove evidenti, noi non possiamo distinguere un disastro casuale da uno provocato.

— Infatti.

— È forte la tentazione di indicarli come responsabili di incidenti che forse atterriscono loro quanto noi. D'altra parte, se noi *avessimo* la prova che sono loro i colpevoli e se sapessimo chi ha compiuto i sabotaggi li conceremmo per le feste, e la loro cittadinanza terrestre non li salverebbe. L'omicidio rimane omicidio in qualsiasi parte del cosmo.

— Volete che lasci tutto il resto e che faccia qualche indagine a questo riguardo?

La faccia di Carson si contrasse.

— Assolutamente no. Far finire l'inutile disputa... se è possibile... è molto più importante che dare la caccia a chi provoca i disastri. Vi consiglio di continuare secondo il piano che avete in mente. Però vorrei che non trascuraste la minima opportunità di raccogliere notizie sull'esplosione di questa mattina. Se scoprite qualcosa, informatemi il più in fretta possibile. Irrigidì la mascella e strinse gli occhi. — E io entrerò subito in azione.

— D'accordo. Terrò gli occhi aperti e le orecchie tese. Vi farò sapere tutto quanto mi capiterà di scoprire. — Raven guardò l'altro con curiosità. — In questo stabilimento Baxter, cosa stavano facendo?

— Volete proprio saperlo?

— È forse un segreto?

— Ecco... — Carson ebbe un attimo di incertezza, poi riprese: — Non vedo per quale motivo non dovrei dirlo. Se Heraty disapprova, dovrà rassegnarsi. Non capisco perché i nostri agenti debbano essere informati soltanto a metà. — Guardò attentamente lo schermo, come se cercasse di vedere alle spalle di Raven. — Avete nelle vicinanze qualcuno che può ascoltare i nostri discorsi?

— No.

— Bene. Non rivelate a nessuno quello che sto per dirvi. Entro due mesi la Baxter avrebbe portato a termine dodici prototipi di un nuovo motore azionato da un carburante nuovo e rivoluzionario. Verso la fine dell'anno scorso, una piccola astronave con questo motore, radiocomandata, ha fatto il viaggio di andata e ritorno fino alla Cintura degli Asteroidi. Nessun comunicato ufficiale è stato mai diramato al pubblico.

— Volete dire che siamo pronti a fare il Grande Salto? — chiese Raven sempre impassibile.

— Lo eravamo — rispose Carson, e nel pronunciare il verbo al passato la sua voce si velò di amarezza.

— Quattro astronavi trimotori erano quasi pronte a partire per il sistema di Giove. Quel viaggio sarebbe stato solo un collaudo, una semplice gita, il principio. Se avessero compiuto il viaggio senza difficoltà...

Lasciò la frase in sospeso.

— Avremmo raggiunto i pianeti più lontani? Plutone?

— Anche quella sarebbe stata una gita — ripeté Carson.

— Alpha Centauri?

— Forse anche più in là. È ancora troppo presto per stabilire dei limiti, ma dovrebbero essere molto lontani. — Carson concentrò l'attenzione su Raven. — Sembra che la notizia non vi abbia scosso minimamente.

Raven non diede nessuna spiegazione della sua strana flemma. — Il nuovo carburante è altamente esplosivo?

— Sì. Ecco cosa ci mette con le spalle al muro. Potrebbe sempre trattarsi di un incidente, anche se sono state prese tutte le precauzioni immaginabili.

— Capisco. — Raven rimase qualche attimo in silenzio. — C'è in circolazione un tipo sospetto. Si tratta di un certo Kayder, un Venusiano. Dirige la Morning Star Trading Company. Gli darò la caccia.

— Avete scoperto qualcosa sul suo conto?

— Soltanto che di sicuro si trova sulla Terra anche per altri scopi, oltre a quelli del commercio. Il mio informatore sembra certo che sia lui il Pezzo Grosso dell'altra parte della barricata.

— Kayder — ripeté Carson, prendendo nota su un foglio fuori dall'inquadratura dello schermo. — Farò controllare dai servizi di sicurezza. Anche se si trova legalmente sulla Terra, dovrebbe esserci una scheda su di lui, quale nativo di Venere. — Finì di scrivere e alzò lo sguardo.

— Bene. Servitevi dell'elicottero, se ne avete bisogno. Vi serve altro?

— Un asteroide fertile tutto per me.

— Quando ne avremo occupati un centinaio, ve ne farò riservare uno — promise Carson senza sorridere. — Ma se andiamo avanti di questo passo, riusciremo a occuparli soltanto qualche centinaio di anni dopo la vostra morte. — Mosse una mano per raggiungere un invisibile pulsante, e lo schermo si spense.

Per qualche istante Raven rimase a fissare lo schermo con espressione leggermente divertita. Un centinaio d'anni dopo la sua morte, aveva detto Carson. Era una data completamente priva di senso. Un punto nel tempo che non esisteva. C'erano persone di cui l'angelo delle tenebre non poteva impadronirsi. C'erano persone che nessuna mano umana avrebbe mai potuto distruggere.

— Nessuna mano *umana*, David — lo interruppe il pensiero di Leina dalla casa. — Ricordalo! Ricordalo sempre!

— È impossibile dimenticarlo — rispose il pensiero di Raven.

— Forse no... Comunque cerca di non dimenticarlo neppure per un istante.

— Perché? Siamo in due, no? Uno ricorda, e l'altro si occupa delle cose da fare.

Lei non rispose. Non c'era una risposta da dare. Divideva con lui quella reciproca funzione, e aveva accettato spontaneamente che fosse così. Questo doveva ricordarlo sempre, ma non doveva parlarne.

Leina non temeva né uomo né mostro, né luce né tenebre, né vita né morte. Tutte le sue ansietà provenivano da una sola fonte: aveva paura della solitudine. La terribile, pungente solitudine di chi ha un intero mondo per sé.

Sceso dal piccolo apparecchio, Raven fece qualche passo per sgranchirsi le gambe e si tolse Leina dalla mente. Uno non tenta di consolare con la comprensione una intelligenza superiore pari alla propria.

I quattro vennero verso di lui, e Raven si rivolse al pilota. — Portatemi a questo indirizzo. Vorrei arrivare poco dopo il tramonto.

5

Kayder arrivò a casa nel momento in cui la luce del giorno stava già cedendo all'oscurità della notte. Fermò lo scafo sportivo dietro la casa e rimase a guardare i due uomini che, spinto l'apparecchio nel piccolo hangar, chiusero le porte scorrevoli. Poi i due lo raggiunsero e lo seguirono verso la porta posteriore della casa.

— Ho fatto tardi ancora una volta — borbottò Kayder. — Questa sera i poliziotti sono in agitazione. Pattugliano ogni angolo del cielo. Mi hanno fermato tre volte. «Possiamo vedere la vostra licenza?» «Ci potete mostrare il brevetto di pilota?» «Possiamo vedere il certificato di abilitazione al volo?» — Sbuffò con rabbia. — Poco mancava che volessero vedere anche le voglie.

— Deve essere successo qualcosa — disse uno degli altri. — Sugli spettroschermi però non è apparsa nessuna notizia particolare.

— Fanno spesso così — disse il secondo. — Sono già passate tre settimane e non hanno ancora ammesso l'incursione al...

— Sss! — Kayder gli diede una violenta gomitata per farlo tacere. — Quante volte devo ripetere che non si deve parlare di queste cose?

Si fermò sui gradini, con le chiavi in mano, e scrutò l'orizzonte nella vana speranza di scorgere il bagliore bianco che vedeva tanto di rado. Era un'abitudine di cui non riusciva a fare a meno anche se sapeva che il puntino bianco sarebbe apparso soltanto nelle prime ore del mattino. Dalla parte opposta, quasi allo zenit, splendeva una luce rosa, ma Kayder non vi fece caso. Era il loro alleato, ma non significava altro. Kayder considerava Marte un opportunista che si era affiancato a Venere nella lotta per pura convenienza. Aprì la porta, entrò, e andò a scaldarsi le mani al pannello termico. — Che cosa c'è da mangiare? — chiese.

— Arrosto di anatra venusiana con mandorle e...

I gong della porta echeggiarono rumorosamente e Kayder si voltò di scatto a guardare il più alto dei suoi due compagni.

— Chi è? — chiese.

L'uomo diresse la mente verso la porta anteriore. — Un certo David Raven — disse dopo un attimo.

Kayder si mise a sedere. — Ne sei sicuro?

— Così stava pensando.

— Cos'altro pensava?

— Niente. Soltanto che si chiamava David Raven. Il resto del cervello era vuoto.

— Aspetta un attimo, poi fallo entrare.

Raggiunta la grande scrivania, Kayder tolse da un cassetto una scatola decorata, fatta col legno di un albero venusiano di palude. Sollevò il coperchio. Sotto c'era uno spesso strato di foglie rossastre e di bizzarri fiori secchi. Al centro del cuscino di foglie c'era un mucchietto bianco che sembrava sale. Kayder sollevò la scatola fino alla bocca ed emise una serie di suoni bizzarri. Immediatamente i piccoli granelli lucenti si mossero e presero a girare per la scatola.

— Sa che lo state facendo aspettare, e sa il perché — disse l'uomo alto, guardando con disagio la scatola. — Sa esattamente cosa state facendo e cosa avete in mente di fare. Vi può strappare tutti i pensieri dalla mente.

— Lasciamolo fare, tanto non gli serve a niente. — Mise la scatola al centro della scrivania e avvicinò la poltrona che stava di fronte. Alcuni granelli luminosi uscirono dalla scatola e si alzarono in volo sparpagliandosi per la stanza. — Ti preoccupi troppo, Santil. Voi telepatici siete tutti uguali. Ossessionati dai fantasiosi pericoli di un pensiero svelato. — Emise altre vibrazioni sonore atteggiando le labbra in modo curioso e creando suoni che quasi oltrepassavano la soglia dell'udibilità. Altri puntini si alzarono in volo e scomparvero alla vista. — Fallo entrare.

Santil fu felice di andarsene. E anche il suo compagno. Quando Kayder cominciava a giocare con le sue scatole era meglio stare alla larga da lui. Tutti i pensieri riguardo l'anatra venusiana e le mandorle si potevano rimandare a un momento migliore.

L'atteggiamento dei due piaceva a Kayder perché aumentava il suo senso di potere. La superiorità sulle pedine era una cosa assolutamente necessaria, ma l'emergere sugli altri dotati di indubbio talento significava grandezza. Girò lentamente uno sguardo soddisfatto per la stanza, spostandolo dalla scatola a una cassetta, da un vaso esotico a un cofanetto laccato. Alcuni erano aperti, altri erano chiusi, e non si preoccupò che qualcuno potesse leggere nella sua mente. In fondo alla tasca destra, un piccolo ragno verde si mosse nel sonno. Kayder era l'unico al mondo in possesso di un'armata coraggiosa e quasi invincibile sempre a portata di mano.

Quando Raven entrò, sulle labbra di Kayder comparve il sorriso professionale del commerciante che saluta il cliente importante. Poi il Venusiano indicò una sedia e osservò in silenzio i capelli lucidi e neri, le spalle larghe e i fianchi stretti del visitatore. *Il tipo del manichino* pensò, *a parte gli occhi punteggiati d'argento.*

Non gli piacevano, nemmeno un po'. Avevano qualcosa che non andava. Sembravano guardare troppo lontano, penetrare troppo profondamente.

— Proprio così — disse Raven senza una particolare inflessione nella voce. — Avete perfettamente ragione.

Senza scomporsi, Kayder disse: — Non sono sorpreso, sapete? Sono troppo abituato ad avere attorno lettori-di-mente. A volte non riesco a pensare a una barzelletta spiritosa senza che cinque o sei persone si mettano a ridere prima che io abbia avuto il tempo di raccontarla. — Poi si concesse un'altra occhiata calcolatrice. — Vi stavo cercando.

— Quindi sono stato gentile a venire. Cosa volevate?

— Sapere cosa avete di speciale. — In realtà, Kayder avrebbe voluto dire qualcosa di subdolo per portare l'altro su una falsa pista, ma come aveva detto, conosceva bene i telepati. Quando la mente è aperta e palese come uno schermo acceso, l'unica cosa da fare è ammettere tutto quello che è visibile. — Mi è stato riferito che sareste un elemento a dir poco speciale.

Raven si protese in avanti e appoggiò le mani sulle ginocchia. — Chi ve l'ha riferito?

Kayder scoppiò in una risata. — Mi chiedete una cosa che potete leggere nella mia mente?

— Nella vostra mente non c'è. Forse, di tanto in tanto, per precauzione, un ipnotico vi cancella dalla mente ogni ricordo. Se è così, è possibile fare qualcosa. Un marchio può essere cancellato, ma non il segno dell'impressione sottostante.

— Per essere uno speciale mancate di acume — disse Kayder, sempre felice quando poteva ridimensionare un telepate. — Quello che un ipno fa, può essere disfatto da un ipno più bravo. Perciò, se voglio tener lontano un pensiero dalla mia mente, uso sistemi migliori e più efficaci.

— Quali?

— Per esempio, non far entrare il dato nella mente.

— Volete dire che ricevete le informazioni da una fonte sconosciuta?

— Proprio così. Sono stato io a chiederlo. Se non so una cosa, non la posso riferire, e nessuno può strapparmela nemmeno contro la mia volontà. Il miglior telepate di tutto il creato non può leggere quello che in una mente non c'è.

— Ottima precauzione — ammise Raven. Diede una manata a qualcosa che volava nell'aria. Poi ripeté il gesto.

— Non fatelo! — disse Kayder guardandolo torvo.

— Perché?

— Quei moscerini di palude mi appartengono.

— Questo non li autorizza a ronzarmi vicino all'orecchio, non vi pare? — Raven batté le mani e schiacciò due puntini quasi invisibili. Tutti gli altri insetti si allontanarono simili a una piccola nuvola di polvere. — Inoltre, nel posto dove li avete presi, ce ne sono molti altri.

Kayder si alzò, cupo in viso e disse minaccioso: — Quei moscerini possono fare all'uomo cose molto spiacevoli. Possono pungergli una gamba e fargliela gonfiare finché raggiunge le dimensioni del suo torace. Poi il gonfiore sale. E il corpo diventa una specie di ammasso elefantino, assolutamente incapace di muoversi. — Era evidente che provava una soddisfazione sadica per la potenza del suo esercito privato. — Quando il gonfiore raggiunge il cuore, la vittima muore. Ma la morte non elimina il processo. Il collo diventa due volte più grande della testa. E alla fine la testa si gonfia come un pallone, e tutti i capelli si rizzano sulla pelle del cranio, tesa, incredibilmente distanziati uno dall'altro. A questo punto gli occhi sono ridotti a due cavità affondate di almeno quindici centimetri nella faccia ridotta a una maschera grottesca e mostruosa. — Fece una breve pausa per congratularsi della propria abilità descrittiva, poi concluse: — Una vittima di questi moscerini è certamente il cadavere più repellente che si possa trovare tra qui e Sirio.

— Interessante, anche se melodrammatico — commentò Raven, freddo e impassibile. — Molto spiacevole sapere che non posso essere oggetto delle loro attenzioni.

— Cosa ve lo fa pensare? — domandò Kayder, aggrottando la fronte.

— Un paio di particolari. Per esempio, quali informazioni potreste cavare da un cadavere gonfio e disgustoso?

— Nessuna. Ma non ne avrei più bisogno se foste morto.

— E commettereste un errore, peraltro scusabile, carissimo amico. Un giorno potreste scoprire con sorpresa la mancanza di informazioni di importanza vitale... informazioni ottenibili.

— Cosa volete dire?

— Niente. — Raven fece un gesto con la mano. — Mettetevi a sedere e state calmo. Pensate a quali conseguenze avrebbe per voi trasformarmi in un pallone. Soltanto un insettivoco venusiano potrebbe fare una cosa simile. E per quanto sappiamo voi siete l'unico sulla Terra.

— Infatti — disse Kayder con un certo orgoglio.

— Questo restringerebbe i sospetti, non vi pare? I servizi di polizia terrestri esaminerebbero il cadavere e punterebbero il dito contro di voi, dichiarando che si tratta di un omicidio. E l'omicidio prevede una pena.

Kayder diede un'occhiata alla nuvola di insetti. — Ammesso che esista un cadavere da esaminare — disse in tono pieno di sottintesi. — E se non ci fosse?

— Il cadavere non ci sarà. Farò in modo che venga disintegrato. E in un certo senso questo rimetterebbe a posto le cose.

— Farete in modo? Stiamo parlando del vostro cadavere, non del mio.

— Stiamo parlando di qualcosa che non è né vostro né mio.

— Siete completamente partito — disse Kayder, con un senso di gelo alla nuca. — Avete una decina di rotelle in meno. — Si piegò in avanti per premere un pulsante sulla scrivania e non staccò mai lo sguardo dal suo interlocutore, come se temesse di trovarsi alla presenza di un pazzo.

Santil aprì la porta e avanzò di qualche passo. Sembrava intimorito, ed era evidente che avrebbe volentieri fatto a meno di entrare.

— Hai sentito qualcosa? — chiese Kayder.

— No.

— Hai tentato?

— Inutile. Posso sentire soltanto la vostra mente. Può parlare e pensare con la mente immersa nel vuoto assoluto. Può fare qualcosa più di me, qualcosa più di qualsiasi telepate che abbia mai conosciuto.

— Bene. Puoi andare. — Kayder. Aspettò che la porta si fosse richiusa alle spalle di Santil. — Quindi, voi siete una nuova specie di lettore-di-cervelli, un tipo di telepatico corazzato. Uno che può scrutare senza essere scrutato. Questo conferma quanto Grayson mi ha detto.

— Grayson? — chiese Raven, poi scosse le spalle. — Chi è mezzo informato è male informato.

— Questo però vale anche per voi.

— Naturalmente. Ho ancora cose da apprendere. — Raven dondolò una gamba osservandosi il piede con aria annoiata. — Mi piacerebbe sapere chi ha organizzato la distruzione della Baxter — disse inaspettatamente.

— Come?

— La catastrofe è avvenuta questa mattina. È stata davvero grave.

— E che cosa c'entro io, in tutto questo?

— Niente — ammise Raven con disappunto.

Aveva le sue buone ragioni per essere contrariato. In quei pochi secondi, nella mente di Kayder era passata un'onda di pensieri, e lui li aveva letti tutti.

Un'esplosione alla Baxter? Cosa c'entro io? Dove vuole arrivare? Distruggere quel grosso impianto sarebbe un bel colpo, ma non siamo ancora pronti. Quelli del pianeta forse hanno iniziato una serie di operazioni speciali senza darmene notizia. No, i capi non potrebbero fare una cosa simile. Non c'è motivo di creare una seconda organizzazione separata dalla prima. Comunque, lui sospetta che io sappia qualcosa. Perché? Ci sono forse indizi che lo hanno portato su questa falsa pista? Sono stati i Marziani ad agire di loro iniziativa e a fare in modo che la colpa ricadesse su di noi? Non ci sarebbe da meravigliarsi. Non mi sono mai fidato dei Marziani.

Raven pose fine al corso di quei pensieri.

— Secondo me, voi non avete fiducia in niente e in nessuno, tranne forse in questi vostri insetti. — Girò lo sguardo verso la nuvola che volteggiava ancora nell'aria. Sembrava che non avesse nessuna difficoltà nello scorgere ogni piccola creatura che la formava. Poi osservò le scatole, le piccole cassette, i cofanetti e i vasi, per calcolare la potenza che potevano contenere. — E un giorno anche questi vi tradiranno, perché gli insetti rimangono sempre insetti.

— Quando parlate degli insetti con me, parlate a una autorità in materia — borbottò Kayder guardandolo fisso. — Avete letto tutti i miei pensieri. Non li posso cancellare, come fanno i telepatici. Quindi sapete che non ho niente a che fare con il disastro della Baxter. Non ho avuto assolutamente niente a che farci.

— Ve lo concedo. Nessun ipnotico avrebbe potuto cancellarvi il ricordo dalla mente e lasciarvi tanto confuso e sincero nel sentirne parlare. — Raven si grattò un orecchio. — Un'ora fa avrei scommesso che eravate colpevole. E avrei perso. Ringrazio di non aver giocato dei soldi.

— Dovete avere bisogno di parecchi quattrini, voi. Quanto avete dato a Steen?

— Niente. Neanche un soldo.

— Non pretenderete che vi creda?

— Come tutti, anche Steen non ha resistito oltre un certo limite — disse Raven. — In certi momenti un uomo si trova di fronte a cose che non può sopportare. O cede quando gli rimangono ancora delle buone probabilità, o resiste finché si spezza. Vi conviene cancellare Steen e considerarlo perso in battaglia.

— Verrà trattato come merita — disse Kayder in tono minaccioso. — Cos'avete fatto a Haller?

— Non molto. Il guaio è stato che ha una potenza eccezionale e ha cercato di opporre una certa resistenza. Morirà presto.

— Mi hanno detto che il suo cervello è... — Kayder s'interruppe e, alzando la voce, aggiunse: — Avete detto *morirà*?

— Sì — confermò Raven, guardandolo con freddo divertimento. — Cosa c'è di strano? Prima o poi, tutti dobbiamo morire. Anche voi morirete un giorno. Qualche minuto fa vi divertivate apertamente all'immagine di me punto dai vostri insetti. In quel momento la morte vi dava una certa soddisfazione!

— Potrei divertirmi veramente — disse Kayder, mentre le labbra sottili si atteggiavano a una smorfia strana. Il telefono sulla scrivania suonò quasi in segno di protesta. Kayder guardò l'apparecchio come se ne avesse completamente dimenticato l'esistenza. Poi sollevò il ricevitore. — Sì?

Dal ricevitore uscì il suono di una voce metallica, e una serie di espressioni diverse comparvero sulla faccia di Kayder, che infine riappese, si appoggiò allo schienale e si asciugò la fronte.

— Haller è morto — disse.

Raven si strinse nelle spalle con un'indifferenza che sbigottì Kayder.

— Hanno detto — continuò Kayder — che ha blaterato una infinità di cose pazzesche su falene dagli occhi luminosi che volavano nel buio. Poi è morto.

— Era sposato?

— No.

— Quindi, poco male. — Sembrava che Raven stesse parlando di un incidente al quale non valeva la pena di prestare molta attenzione. — Era da prevedere. Come vi ho detto, lui era troppo accanito.

— Cosa volete dire, con questo?

— Non pensateci. È troppo presto. Non avete ancora l'età sufficiente per sapere certe cose. — Raven si alzò e parve torreggiare sull'altro. Con la mano destra allontanò sdegnosamente la nuvola d'insetti. — Voglio dirvi soltanto questo: nelle stesse circostanze, voi vi mettereste a sedere di fronte a me e allegramente vi tagliereste la gola da un orecchio all'altro, ridendo anche.

— Figuriamoci!

— Certo, lo fareste.

Kayder gli puntò contro un dito. — Sentite! Ci siamo conosciuti. Ci siamo illusi a vicenda di poter prendere il sopravvento l'uno sull'altro e abbiamo scoperto che non ne vale la pena. Voi non mi avete strappato niente. Assolutamente niente. Io invece ho scoperto tutto quello che volevo sapere. Più che a un supermutante, voi somigliate a un pneumatico sgonfio. Quella è la porta.

— Pensate quello che vi pare — disse Raven con un sorriso irritante. — Io desideravo solo conoscere l'identità di un traditore e forse qualcosa sul caso Baxter. I servizi di spionaggio si occuperanno di tutto il resto.

Kayder appoggiò il dorso della mano sul ripiano della scrivania e fece alcuni sibili con le labbra. I piccoli punti volteggianti scesero per appoggiarsi sulle sue dita.

— I servizi di spionaggio della Terra mi stanno pedinando da mesi. Sono così abituato alla loro compagnia, che mi sentirei perso senza di loro. Devono trovare degli ipno migliori dei nostri per poter fare qualcosa di veramente efficace. — Batté le dita sull'orlo della scatola e osservò gli insetti rotolare all'interno come granelli di polvere. — Tanto per dimostrarvi quanto poco mi preoccupi di loro, vi dirò che hanno tutte le ragioni di pedinarmi. E con questo? Io sto svolgendo un lavoro legittimo, e nessuno può provare niente contro di me.

— Non ancora — osservò Raven avviandosi verso la porta. — Comunque, ricordate le falene dagli occhi luminosi citate da Haller. Dato che parlate la lingua degli insetti, vi dovrebbero interessare. — Aprì la porta e tornò a girarsi, come se all'ultimo momento si fosse ricordato di qualcosa. — Grazie per tutte le informazioni sulla vostra base sotterranea.

— *Cosa?* — Kayder lasciò cadere scatola, moscerini e tutto.

— Non rimproveratevi e non date la colpa all'ipno che vi cancella i ricordi ogni volta che lasciate la base. Ha fatto un ottimo lavoro. Non è rimasta alcuna traccia. Però nella mente dell'amico Santil ho potuto vedere tutti i particolari che volevo.

Lo scatto della serratura risuonò sulle sue ultime parole.

Kayder tuffò la mano sotto la scrivania, prese un microfono e fece scattare il pulsante. Le dita gli tremavano e grosse vene gli comparvero sulla fronte.

— Avvisare immediatamente tutti — urlò con voce rauca. — Fra poco ci sarà un'irruzione. Il piano numero uno di copertura deve essere messo immediatamente in atto. Preparatevi subito al piano numero due. — Girò lo sguardo furente verso la porta. Sapeva bene che la persona uscita doveva aver sentito tutte le sue parole. — David Raven lascia la mia casa in questo momento. Non dovete perderlo di vista. Bisogna eliminarlo, in qualsiasi modo. Priorità assoluta. Occuparsi di Raven!

La porta si aprì e comparve Santil.

— Sentite, mi ha colto alla sprovvista, in un modo che io...

— Idiota — interruppe Kayder, fremendo. — Voi telepatici vi vantate di essere i migliori dell'universo. Al diavolo! Io ringrazio con tutto il cuore di non esserlo. Tra tutti i fenomeni della mente, il tuo rappresenta di certo il limite inferiore.

— Era completamente vuoto, capite? — protestò Santil arrossendo. — Quando si nasce e si cresce telepatici non si può fare altro che essere condizionati da questo fatto. Ho dimenticato che quel tale poteva scrutare anche tenendo il cervello più morto di un cane morto, e distrattamente mi sono lasciato sfuggire un pensiero. Lo ha raccolto con la massima rapidità e io me ne sono accorto soltanto quando ve ne ha parlato.

— «Ho dimenticato» — lo schernì Kayder. — È in cima alla lista delle ultime frasi famose. «Ho dimenticato». — La faccia gli si fece furente, e il suo sguardo si spostò verso l'angolo in cui si trovava una cassetta ricoperta da una rete. — Se quei calabroni di foresta fossero capaci di riconoscere una persona, li manderei all'inseguimento. Lo ridurrebbero a uno scheletro prima che avesse il tempo di lanciare un grido. — Distolse lo sguardo dalla cassetta. Santil non disse niente. — Tu hai un cervello, o quello che passa per tale — continuò Kayder in tono acido. — Perciò usalo! Dimmi dove si trova.

— Non posso. Sto tentando ma è inutile.

— Come te. — Kayder sollevò il ricevitore del telefono e compose un numero. Aspettò un istante. — Sei tu, Dean? Trasmetti la chiamata d'emergenza. Sì, voglio parlare con l'uomo-che-non-conosciamo. Se telefona, digli che probabilmente Raven tenterà qualcosa contro la nostra base locale. Voglio che usi la sua influenza per ritardare l'irruzione o ridurne gli effetti al minimo. — Depose il ricevitore e rimase pensoso a tormentarsi il labbro inferiore.

— Ha un raggio eccezionale. Scommetto dieci a uno che può ancora sentirvi — disse Santil.

— Questo è certo. Ma non gli servirà a niente. Nemmeno noi sappiamo con chi parliamo.

Il telefono tornò a suonare.

— Qui è Murray — disse la voce all'altro capo del filo. — Mi avevate incaricato di fare indagini su Raven.

— Cos'avete scoperto?

— Non molto. Secondo me, i Terrestri sono giunti alla disperazione, setacciano il pianeta e fanno le congetture più assurde.

— Cercate di non farne anche voi — grugnì Kayder. — Heraty, Carson e gli altri non sono stupidi, anche se sono bloccati da una palla al piede. Ditemi cosa avete scoperto e lasciate a me il compito di trarre le conclusioni.

— Suo padre era pilota delle astronavi di linea per Marte. Un telepate eccezionale nato da quattro generazioni di telepati. Non ci sono stati miscugli di talenti, in senso coniugale, fino a quando i genitori di Raven non si sono incontrati.

— Continuate.

— La madre era radiosensitiva, con antenati radiosensitivi più un supersonico. Secondo il professor Hartman, con tutta probabilità, il prodotto di una simile unione dovrebbe ereditare solo il talento dominante. È lontanamente possibile che il risultato, Raven in questo caso, abbia una ricezione telepatica su una banda eccezionalmente ampia.

— Su questo Hartman si sbaglia. Il nostro uomo può penetrare la mente altrui e nello stesso tempo impedisce agli altri di penetrare nella sua.

— Non so cosa dirvi. Non sono un esperto in materia — disse Murray. — Io vi ho ripetuto soltanto quello che ha detto Hartman.

— Lasciate perdere. Ditemi il resto.

— Fino a un certo punto Raven ha seguito la carriera del padre. Ha ottenuto il brevetto di pilota per le astronavi sulla linea di Marte, e con il brevetto anche il grado di capitano. Non ha fatto altro. Per quanto ottimamente qualificato, non ha mai pilotato un'astronave per Marte. Dopo aver ottenuto il grado, non ha fatto altro che aggirarsi senza scopo qui attorno. Poi Carson l'ha chiamato.

— Hmm! Molto strano! — Kayder corrugò la fronte. — Siete riuscito a scoprirne la ragione?

— Forse crede che la sua salute non possa permettergli i viaggi su Marte — azzardò Murray. — Dal giorno in cui è stato ucciso.

— Cosa? — I capelli di Kayder si rizzarono sulla testa. — Volete ripetere?

— Dieci anni fa, quando il vecchio *Rimfire* è scoppiato come una bomba, Raven si trovava allo spazioporto. L'esplosione ha fatto cadere la torre di controllo e c'è stata una carneficina. Ricordate?

— Sì. L'ho vista sullo spettroschermo.

— Raven venne raccolto con gli altri corpi. Era definitivamente uno dei cari estinti. Un giovane medico, quasi per divertimento, si è messo a giocherellare con il cadavere di Raven. Ha sistemato le costole spezzate, ha iniettato adrenalina, ha messo la testa in un polmone a ossigeno e ha fatto il massaggio cardiaco. Raven è ritornato in vita: è uno di quei rari casi di uscita dalla tomba. — Murray fece una leggera pausa. — Probabile che da quel momento abbia perso il coraggio.

— Nient'altro?

— È tutto.

Dopo aver riappeso, Kayder si appoggiò allo schienale della poltrona e guardò Santil. — Ha perso il coraggio. Balle! Da quello che ho visto, Raven non ne ha mai avuto di coraggio da perdere. È una faccenda diversa.

— Chi ha mai detto una cosa simile? — chiese Santil.

— Tieni la bocca chiusa e lasciami pensare.

Il ragno uscì dalla tasca e si guardò attorno. Kayder mise l'insetto sul ripiano della scrivania e lo lasciò giocare con la punta del suo dito.

— Raven ha verso la morte un atteggiamento non umano — rifletté a voce alta. — Ha indovinato che Haller sarebbe morto, dieci minuti prima che questo avvenisse... perché un simile sa riconoscere il suo simile.

— Forse avete ragione.

— C'è da pensare che lo scampato pericolo gli abbia lasciato qualcosa di storto nella testa. Guarda la morte come qualcosa da disprezzare anziché temere. Perché l'ha sfidata una volta e immagina di poterlo fare ancora. — Spostò lo sguardo dal ragno a Santil. — Il suo rientro dall'oltretomba è veramente insolito, e lui deve aver tratto conclusioni pazzesche. Capisci cosa significa?

— Cosa? — chiese Santil a disagio.

— Illimitata temerarietà e coraggio pazzesco. È un telepate superiore a quelli normali, e ha la disposizione mentale del fanatico religioso. Aver conosciuto la morte ha ucciso tutta la paura che poteva averne. È probabile che faccia qualsiasi cosa che gli salti in mente, e in qualsiasi momento. Questo lo rende totalmente imprevedibile. Forse Carson conta proprio su questi fattori. In lui ha trovato un agente dai poteri eccezionali che non teme di correre nei luoghi che intimoriscono anche gli angeli... come ha fatto poco fa.

— Immaginavo che fosse qualcosa di più — disse Santil.

— Anch'io. Dimostra che più la voce si spande, più diventa esagerata. Ora ho l'esatta misura di lui. Dagli una corda lunga abbastanza, e lui ci si impiccherà da solo.

— Cosa volete dire?

— Che sono sempre gli animali che caricano a testa bassa a cadere nella rete. — Kayder solleticò il ragno sul ventre rugoso. — È il tipo che esce da una trappola per lanciarsi subito in un'altra. Non dobbiamo fare altro che aspettare il momento opportuno e si eliminerà da solo. — Qualcosa ticchettò sotto il pavimento. Kayder aprì un cassetto e sollevò un piccolo telefono. — Kayder.

— Qui Ardern. Irruzione in corso.

— Come procede?

— Vi mettereste a ridere. Gli ipno stavano pesando e imballando alberi di mandorlo; i microtecnici montano orologi da donna; i telecinetici stampano le ultime notizie giunte da Venere, e tutti si comportano come scolari disciplinati. Il posto è sereno, tranquillo, insospettabile.

— Avete fatto in tempo a trattare tutti?

— La maggior parte. Quando il controspionaggio ha fatto l'irruzione ne mancavano sei. Li abbiamo fatti uscire dal condotto. Si sono allontanati senza incidenti.

— Bene — fece Kayder soddisfatto.

— Non è tutto. Voi avete diramato certi ordini riguardo un tale che si chiama David Raven. Bene, l'abbiamo preso.

— Come avete fatto? — sussultò Kayder.

— Non è stato difficile. Metaforicamente parlando, si è cacciato nella gabbia, si è chiuso la porta alle spalle, ha incollato il suo biglietto da visita alle sbarre, e ci ha gridato di andarlo a vedere. — Attraverso il microfono giunse una risata soddisfatta. — Si è cacciato in un sacco e si è consegnato a noi.

— Sono troppo diffidente per poterla pensare alla stessa maniera. Dev'esserci sotto qualcosa. Verrò a controllare di persona. Sarò lì fra una decina di minuti. — Kayder tornò a nascondere il telefono nel cassetto e rimase con gli occhi fissi sul ripiano della scrivania, senza più occuparsi né di Santil né del ragno. Per qualche ragione che non poteva comprendere, si sentiva preoccupato. E per qualche altra ragione ugualmente oscura ricordò le falene dagli occhi lucenti che volavano nell'oscurità.

Brillanti, abbaglianti, si libravano in un buio senza fine.

6

Kayder fece la strada in sette minuti. La modesta casa in cui entrò era lo sbocco del passaggio segreto che partiva dalla base sotterranea: di lì erano usciti i sei uomini che non erano stati condizionati prima dell'incursione e di lì avevano preso strade diverse e si erano allontanati con la più grande naturalezza.

L'uomo che lo stava aspettando era piccolo e magro, e aveva la pelle permanentemente ingiallita da una vecchia febbre contratta nelle valli di Venere. Era un mutante di Tipo Due, un levitante che zoppicava fortemente da quando, in gioventù, si era sollevato troppo in alto e aveva esaurito la forza mentale al momento della discesa.

— Allora? — chiese Kayder, guardandosi attorno.

— Raven è a bordo del *Fantôme* — disse Ardern.

L'ira di Kayder esplose di scatto.

— Perché mi avete raccontato la panzana di averlo chiuso in una gabbia con il cartellino sulle sbarre?

— Infatti, lo è — insistette Ardern senza scomporsi. — Come sapete, il *Fantôme* è un'astronave in partenza per Venere.

— Con equipaggio terrestre. Tutti gli equipaggi delle astronavi sono composti di Terrestri.

— E con questo? Né Raven né l'equipaggio possono fare qualcosa mentre si trovano nello spazio. E dovranno atterrare. Allora Raven si troverà sul nostro pianeta, in mezzo a milioni di noi, e soggetto alle nostre autorità locali. Cosa volete di più?

— Occuparmene di persona — Kayder si avvicinò alla finestra e fissò le luci verdi del lontano spazioporto in cui si trovava il *Fantôme*.

Ardern attraversò zoppicando la stanza e raggiunse Kayder. — Ero vicino alla passerella, quando ho visto quel tale scendere rapidamente da un elicottero, come se mancassero soltanto pochi secondi alla partenza dell'astronave. Al controllo ha detto di chiamarsi David Raven e ha chiesto una cabina. Tra me ho pensato: "Quello deve essere l'uomo che Kayder sta cercando". In quel momento lui si è girato verso di me e si è messo a sogghignare, come sogghigna un coccodrillo che vede un nuotatore nudo nelle acque del fiume. «Avete ragione», mi ha detto. — Si strinse nelle spalle. — Così, naturalmente, mi sono precipitato alla più vicina cabina telefonica e vi ho informato.

— Ha più impudenza di dieci impudenti assieme — borbottò Kayder. — Crede forse di essere invincibile? — Si mise a camminare avanti e indietro, tormentato dall'indecisione. — Potrei nascondere una scatola di insetti nello scafo, ma con quale utilità? I miei piccoli soldati non sanno riconoscere un individuo da un altro, a meno che uno non possa parlare con loro

— Non avete molte probabilità di salire a bordo — disse Ardern. — Il *Fantôme* parte tra cinque minuti circa.

— C'è qualcuno che conosciamo, a bordo dell'astronave?

— È troppo tardi per avere la lista completa dei passeggeri. Trasporta circa trecento persone, senza contare l'equipaggio. Parte sono Terrestri, il resto Venusiani o Marziani incapaci di pensare o di fare qualcosa che non sia collegato al commercio. — Ardern rimase un attimo soprappensiero. — Peccato che non sia possibile raggiungere i passeggeri. I soli che conosco sono dodici nostri uomini che partono per la licenza del quarto anno.

— Di che tipo sono?

— Dieci microtecnici e due telecinetici.

— La combinazione ideale di talenti per mandare attraverso la serratura della sua cabina un miniesploratore in grado di schiacciarlo sul letto — disse Kayder con sarcasmo.

— Verrebbe immediatamente a conoscere le loro intenzioni, e potrebbe tenersi a distanza di sicurezza per tutta la durata del viaggio.

— Dovrà pur dormire — disse Ardern.

— Come facciamo a saperlo? I notturni non dormono mai, e forse anche lui può fare a meno del sonno.

— Siamo ancora in contatto radio. Possiamo incaricare quei dodici di cercare un passeggero telepatico dei nostri e farsi aiutare.

— Non servirebbe a niente — disse Kayder scuotendo la testa. — Raven può trasformare la sua mente in una lastra di marmo. Se un telepatico lo raggiunge attraverso la porta della cabina e trova il vuoto assoluto, come può dire se Raven è sveglio o addormentato? E come può essere sicuro che l'altro non gli frughi in testa?

— Riconosco che è impossibile — ammise Ardern corrugando la fronte.

— Certi fatti legati alle mutazioni mi lasciano perplesso — disse Kayder, tornando a spostare lo sguardo sulle luci lontane. — Di tanto in tanto, mi stufo di sentir parlare del nostro cosiddetto spiegamento di talenti superiori. Gli insetti sono la cosa migliore. Nessuno può leggere nella mente di un insetto. E nessuno può ipnotizzare un insetto. Obbediscono alle persone che amano, ed è tutto. Posso dirvi che non serve altro.

— Una volta ho visto un pirotico bruciare un migliaio di insetti.

— Davvero? E cos'è successo dopo?

— Ne sono venuti diecimila e hanno divorato il pirotico.

— Ecco! — disse Kayder, con intima soddisfazione. — Gli insetti... non li si può battere! — Riprese a passeggiare avanti e indietro, fermandosi di tanto in tanto a fissare le luci. — Non possiamo fare altro che lasciar perdere.

— Cosa volete dire? — chiese Ardern.

— Lasceremo che se ne occupino quelli che si trovano dall'altra parte. Se un intero pianeta non può competere con una sola persona, allora tanto vale rinunciare alla lotta.

— Proprio come vi ho detto fin dall'inizio. Si è messo in gabbia.

— Forse sì, e forse no. Io mi trovo sul *suo* pianeta e non sono in gabbia, vero?

Le luci lontane scomparvero improvvisamente lasciando il posto alla vivida fiammata bianca che si alzò da terra per spingersi verso il cielo. Poco dopo giunse un profondo boato che fece tremare i vetri delle finestre. Alla fine tornò il buio, e le luci verdi lontane ricomparvero. Sembravano diventate molto più deboli.

Ardern corrugò la pelle gialla della fronte. Sembrava preoccupato.

— Mi sono allontanato dalla passerella per venirvi a telefonare...

— E con questo?

— Come possiamo avere la certezza che Raven si trovi sullo scafo? Ha avuto tutto il tempo di uscire tranquillamente dall'astroporto. Chiedere una cabina può essere stata una mossa per metterci su una pista sbagliata.

— Potrebbe essere — borbottò Kayder. — È abbastanza furbo da escogitare una cosa del genere. Comunque, possiamo controllare. Quei maledetti se ne sono andati tutti, dalla base?

— Chiedo subito. — Ardern premette un piccolo pulsante inserito nella parete e parlò nell'apertura che si apriva poco più in alto. — C'è ancora attorno qualche ficcanaso?

— Se ne sono andati tutti.

— Bene, Philby. Scendo con Kayder per...

— Bene, un corno — interruppe Philby. — Hanno portato via otto dei nostri.

— Otto? E per quale ragione?

— Li vogliono sottoporre ad altri interrogatori.

— Erano accuratamente trattati? — chiese Kayder, avvicinandosi alla parete.

— Certo!

— Allora non c'è da preoccuparsi. Noi scendiamo per usare la trasmittente a onde corte. Cominciate ad accenderla. — Ardern riportò il pulsante nella posizione primitiva. — È la prima volta che portano via qualcuno per interrogarlo. Non mi piace. Credete che abbiano trovato il modo di rompere il blocco mentale?

— Perché allora non fermare tutti quanti, voi e me compresi? — Kayder fece un gesto di disprezzo. — È soltanto un modo per dimostrare che si stanno guadagnando la loro paga. Venite. Occupiamoci di una cosa alla volta. Ora dobbiamo parlare con il *Fantôme*.

Il grosso schermo della ricevente si illuminò e comparvero i lineamenti di una persona dalla pella scura. Era l'operatore radio del *Fantôme*.

— Presto, Ardern, datemi i nomi dei nostri uomini — mormorò Kayder. Prese la lista e si inumidì le labbra, preparandosi a parlare.

— Nome, prego — disse l'operatore fissandolo.

— Arthur Kayder. Vorrei parlare con...

— Kayder? — ripeté l'operatore.

L'immagine si annebbiò leggermente, poi lo schermo si coprì di linee diagonali luminose. Alla fine ricomparve l'immagine. — C'è un passeggero in attesa di parlare con voi. Aspettava la vostra chiamata.

— Ecco! — disse Ardern annuendo. — Deve essere uno dei nostri uomini che l'ha individuato.

Prima che Kayder potesse rispondere, l'operatore si protese in avanti per premere dei pulsanti che non erano in vista. La sua faccia scomparve dallo schermo, che ne inquadrò subito un'altra: quella di Raven.

— Cominciate a volermi un po' di bene, domatore di pulci? — chiese Raven.

— Voi? — esclamò Kayder, spalancando gli occhi.

— In persona. Pensavo che sareste venuto a controllare prima della partenza dell'astronave, ma siete stato lento, molto lento. — Raven scosse la testa in segno di rimprovero.

— Aspettavo la vostra chiamata. Come potete vedere sono proprio a bordo di questa astronave.

— E ve ne pentirete — promise Kayder.

— Per quello che mi aspetta allo sbarco? So che li avviserete del mio arrivo. Vi attaccherete alla radio per mettere in allarme l'intero pianeta. Vi assicuro che mi sento lusingato.

— Vi accorgerete di quanto vi state sbagliando — rispose Kayder, in tono di oscura minaccia.

— Questo sarà da vedere. Preferisco vivere nella speanza che morire in disperazione.

— Una cosa seguirà l'altra, vi piaccia o no.

— Ne dubito, Pidocchio, perché...

— Non chiamatemi Pidocchio! — gridò Kayder, rosso di collera.

— Calma, calma! — lo ammonì Raven. — Se il vostro sguardo potesse uccidere, sarei morto in questo momento.

— Morirete comunque — urlò Kayder, completamente fuori di sé. — Non appena sarà possibile farvi morire. Ve ne accorgerete.

— È bello sentirvi dire una cosa simile. Le confessioni pubbliche danno conforto all'anima. — Raven rimase un attimo a guardarlo in silenzio.

— Vi consiglio di mettere le vostre cose a posto il più presto possibile — disse poi. — Potreste assentarvi per parecchio tempo.

Tolse il contatto senza dare al furioso Kayder la possibilità di rispondere. E sullo schermo ricomparve l'immagine dell'operatore.

— Volete parlare con qualcun altro, signor Kayder?

— No... non ha più importanza. — Spense con rabbia la trasmittente e si girò verso Ardern. — Cosa voleva dire affermando che potrei assentarmi per parecchio tempo? Non riesco a capire.

— Nemmeno io.

Rimasero in silenzio a studiare quella frase sibillina, preoccupati. Poi entrò Philby.

— C'è una chiamata per voi da non-si-sa-chi-è.

Kayder prese il microfono e si mise in ascolto. Dall'altro capo della linea gli giunse la voce familiare dell'uomo che lui non conosceva.

— Ho già seccature sufficienti anche senza dover correre altri rischi per coprire quello che viene gridato ai quattro venti dal primo idiota.

— Come? — chiese Kayder fissando l'apparecchio e sbattendo le palpebre.

— Con mezzo controspionaggio in ascolto, proferire minacce di morte da una trasmittente a circuito aperto è come mettersi in ginocchio ai piedi di qualcuno e pregarlo di sferrarci un calcio nel sedere — continuò la voce in tono acido. — Con le leggi della Terra, la pena è dai cinque ai sette anni di carcere. E io non potrei intervenire.

— Ma...

— Voi siete un collerico, e lui lo sa. Vi ha spinto a gridare per tutto l'etere le vostre intenzioni illegali. Idiota! — Una breve pausa. — Non posso proteggervi senza tradirmi, quindi dovete scomparire alla svelta. Prendete le vostre scatole e bruciatele, con tutto il contenuto. Poi andatevi a nascondere, fino a quando non riusciremo a farvi lasciare il pianeta in qualche modo.

— Come posso fare? — chiese Kayder, completamente annichilito.

— Sono affari vostri. Lasciate immediatamente la base... Non devono trovarvi là. E siate prudente nel rientrare in casa per prendere le scatole. Possono già aver messo l'edificio sotto sorveglianza. Se non riuscite a recuperarle entro un'ora, lasciate perdere.

— Ma contengono il mio esercito. Con quelle scatole potrei...

— Non potreste fare niente — lo interruppe, secca, la voce — perché non vi darebbero la possibilità di usarle. Ora non perdete tempo a discutere con me. Sparite dalla circolazione e statevene tranquillo. Quando il chiasso si sarà un po' calmato, cercheremo di nascondervi su qualche astronave diretta a Venere.

— Potrei difendermi dall'accusa — disse Kayder con tono supplichevole. — Potrei dire che si trattava soltanto di frasi dette senza intenzione in un momento di collera.

— Sentite — disse stancamente la voce — il controspionaggio *vuole* togliervi dalla circolazione. Da mesi sta cercando un pretesto per farlo. Niente può salvarvi tranne una deposizione di Raven in cui dica di sapere che si trattava di parole senza importanza... E io non credo che riuscirete a ottenerla. Ora piantatela e cercate di non farvi trovare.

All'altro capo delle linee la comunicazione venne tolta, e Kayder riappese cupo il ricevitore.

— Che cosa succede? — chiese Ardern guardandolo fisso.

— Cercano di mettermi in gabbia per cinque o sette anni.

— Perché?

— Minaccia di omicidio.

— Possono farlo, se veramente ne hanno l'intenzione — disse Ardern. Dalla sua espressione trapelava l'intenso sforzo mentale. Poi i suoi piedi si staccarono da terra, e lui si sollevò lentamente verso la presa d'aria che si apriva nel soffitto. — Me ne vado finché sono ancora in tempo. Io non vi conosco. Mi siete completamente sconosciuto. — E scomparve nel condotto.

Kayder uscì. Si fermò a una certa distanza dalla sua casa per osservare l'edificio, e scoprì che era già piantonato. Camminò per strade e vicoli fino alle due del mattino, pensando alle potenti scatole che si trovavano nello studio della sua casa. Senza di esse si sentiva una comune pedina. Come poteva entrare in casa senza farsi vedere? Da quale distanza, dietro l'anello di guardie, poteva lanciare il sibilo che solo gli insetti potevano sentire?

Stava scivolando silenziosamente nella parte più buia di una piazza, quando quattro uomini uscirono da un portone e gli sbarrarono il passo.

Uno di loro, un telepatico, parlò con sicurezza assoluta. — Voi siete Arthur Kayder. Vi stavamo cercando.

Era inutile negare a chi poteva leggere nella sua mente. Li seguì docilmente, sempre pensando alle sue preziose scatole, sempre convinto che gli insetti erano la migliore delle armi.

7

Le nebbie striscianti di Venere si addensavano in un fitto strato giallo sui portelli delle stive. Quando Raven entrò nella cabina principale per osservare lo schermo radar, una linea luminosa seghettata segnava la gigantesca catena delle Sawtooths Mountains. Dietro, fino alle grandi lussureggianti pianure dove l'uomo aveva stabilito il più forte caposaldo, si stendevano digradanti le foreste pluviali.

Una vibrazione costante scosse il *Fantôme* durante tutta la manovra più difficile, quella della decelerazione del gigante progettato per velocità incredibile. Non era una cosa semplice. Non lo era mai.

In basso, profondamente nascosti dal verde delle foreste giacevano quattro cilindri contorti di vecchie astronavi. In quel momento i piloti del *Fantôme* si preoccupavano unicamente di non far salire il numero a cinque.

Anche i passeggeri sapevano che quello era il momento più critico del viaggio. Gli accaniti giocatori di carte si fecero tesi e silenziosi, le discussioni terminarono e i bevitori di *tambar* divennero improvvisamente sobrii.

Tutti gli occhi erano intenti a osservare sullo schermo radar i denti di roccia che ingigantivano per poi sparire dietro lo scafo in fase di discesa.

Dagli altoparlanti giungeva la voce monotona di un ufficiale che si trovava nella cabina di pilotaggio.

— Quarantaduemila, quarantamila, trentaseimila...

Senza partecipare all'ansietà generale, Raven osservò lo schermo in attesa del momento opportuno. Le catene di montagne sorpassarono il centro dello schermo, scivolarono verso il basso e scomparvero. Qualcuno sospirò di sollievo.

Apparve l'estremità ovale della grande pianura, che a poco a poco diventò più chiara, più dettagliata. E comparvero i grandi fiumi, le vibrazioni dello scafo si fecero violente sotto lo sforzo di controbilanciare la forza di gravità del pianeta.

— Seimila. Cinquemilacinquecento...

Raven abbandonò il suo posto e uscì dalla cabina. Alcuni lo guardarono sorpresi per l'insolito comportamento.

Camminando in fretta lungo un corridoio metallico, raggiunse il portello anteriore. Quello era il momento migliore. L'equipaggio aveva il suo da fare, e tutte le menti erano occupate in tutt'altro. I passeggeri, invece, si preoccupavano per la salvezza della loro pelle.

Per quanto abituato al grande senso di autoconservazione degli esseri umani, Raven trovò la cosa divertente. Essere in apprensione, per quanto li riguardava, era un caso di totale ignoranza. Se fossero stati meglio informati...

Nel manovrare la porta automatica sorrise tra sé. Poi entrò nella camera stagna e richiuse il portello. Quell'azione avrebbe fatto accendere una lampadina rossa nella cabina di pilotaggio e avrebbe fatto squillare un campanello di allarme. Qualcuno sarebbe accorso per vedere chi era il pazzo che si divertiva con le uscite in quel momento delicato dell'atterraggio. Ma non aveva importanza. Il furente ufficiale sarebbe arrivato con almeno mezzo minuto di ritardo.

Il piccolo altoparlante della camera stagna, sintonizzato con la cabina di pilotaggio, continuava a dare informazioni.

— Quattromiladuecento, quattromila, tremilaseicento...

Raven manovrò rapidamente la leva del portello esterno, e lo spalancò. Non il minimo soffio d'aria uscì dallo scafo. Fu anzi l'atmosfera del pianeta a entrare, con il suo calore, la sua umidità e il forte odore della vegetazione.

Qualcuno cominciò a battere con violenza contro il portello interno, con il rabbioso vigore dell'autorità sfidata. In quello stesso momento dall'altoparlante giunse uno scatto, e una nuova voce cominciò a gridare: — Voi, nel Compartimento Quattro, chiudete il portello esterno e aprite quello interno. Vi avvertiamo: la manovra dei portelli da parte di personale non autorizzato comporta la pena di...

Raven fece uno scherzoso gesto di saluto all'altoparlante e saltò dallo scafo. Cadde a testa in avanti nell'aria umida e cominciò a rotolare su se stesso. Un attimo dopo, il *Fantôme* era un cilindro nero che volava alto sopra di lui, mentre un mondo di piante e di fiumi gli correva incontro.

Se qualcuno dall'astronave fosse stato tanto pronto da afferrare un binocolo per osservare la figura allargata nell'aria, che rotolava in caduta apparentemente incontrollata, avrebbe avuto qualcosa di strano cui pensare. Di solito, soltanto due tipi di persone saltavano da un'astronave in volo: i suicidi e i levitanti che volevano fuggire. Questi ultimi usavano le loro capacità extranormali per discendere a velocità di sicurezza. Soltanto i suicidi cadevano come pietre. Due tipi di persone saltavano da una astronave in corsa... e non era concepibile che ci fossero esseri che non erano esattamente persone.

La caduta durò più a lungo di quanto sarebbe durata sulla Terra. Una persona cade con accelerazione regolare finché non viene frenata dall'aumento della pressione atmosferica, e lì, la densa atmosfera del pianeta si accumulò contro il corpo in movimento.

Quando Raven fu a cento metri dalla cima degli alberi, il *Fantôme* era ormai ridotto alle dimensioni di una matita e stava iniziando l'ultima fase dell'atterraggio. Era impossibile che da bordo lo potessero vedere. In quel momento Raven rallentò la velocità di caduta.

La frenata fu un curioso fenomeno, senza niente in comune con i contorcimenti di volo e gli sforzi mentali che compivano i levitanti. Il rallentamento avvenne con regolarità, in modo naturale, come quando un ragno cambia improvvisamente idea e riduce di colpo l'emissione del filo.

All'altezza delle piante, a circa cento metri dal suolo, Raven scese come sospeso a un paracadute invisibile. In mezzo agli enormi rami, grossi quanto il tronco di un vecchio albero terrestre, cominciò a volteggiare come una foglia. Toccò il suolo lasciando soltanto una leggera impronta di tacchi sul terriccio.

Era disceso a poco più di un chilometro dal limite della grande pianura. Lì le gigantesche piante crescevano più distanziate l'una dall'altra, lasciando filtrare raggi di luce simili a quelli che piovono dalle vetrate di una cattedrale. Cinquanta o sessanta chilometri a ovest cominciava la vera giungla venusiana, con tutta la moltitudine di feroci creature da incubo, che solo ultimamente avevano imparato a mantenersi debitamente lontane dall'ancora più pericolosa creatura chiamata Uomo.

Raven non era affatto preoccupato dalla possibilità di veder comparire un solitario esemplare di qualcuno dei mille tipi di bestie feroci che abitavano le foreste del pianeta, e non si preoccupò nemmeno degli ancora più terribili cacciatori di uomini che si sarebbero lanciati fra poco alla sua ricerca.

La notizia del suo salto avrebbe irritato quelli che lo stavano aspettando allo spazioporto. Ma l'irritazione non sarebbe durata a lungo. Il messaggio di Kayder, se l'avevano ricevuto, doveva descriverlo, come un fenomeno telepatico al quale personaggi terrestri come Heraty e Carson sembravano attribuire più importanza di quanto meritava. Da questo avrebbero dedotto che tutta la sua importanza doveva essere ricercata in qualcosa che Kayder non aveva notato e che loro dovevano scoprire. Ora sapevano che aveva lasciato l'astronave alla maniera dei levitanti, ma che era precipitato nel vuoto in modo diverso. Senza esitazione avrebbero accettato l'esistenza di un nuovo e insospettato essere di talento para-levitante. Sommando la notizia a quanto già sapevano, sarebbero giunti a classificarlo quale primo esempio della creatura spesse volte immaginata e terribilmente temuta: una creatura dotata di molti talenti, che discendeva dall'unione di mutanti diversi. Mettendosi a sedere su uno spesso pezzo di corteccia verde, Raven sorrise tra sé divertito. Un esempio di "mutante multiplo" nato dall'unione di mutanti diversi. Un essere simile, per quanto i tre pianeti fossero tenuti costantemente sotto controllo, non era mai stato scoperto. E c'erano ottime ragioni genetiche per credere che un mutante del genere non sarebbe mai stato trovato, né che potesse esistere.

Per ragioni sue la Natura aveva stabilito che i figli nati dall'unione di mutanti diversi dovessero ereditare il solo talento dominante, o nessuno. L'attitudine secondaria scompariva sempre. Spesse volte il talento dominante saltava una generazione. In questo caso, la generazione saltata contava esseri assolutamente normali.

Il concetto di supertelepatico superlevitante era decisamente assurdo... ma quelli che lo affermavano si sarebbero rimangiati tutto il giorno in cui fosse apparsa la prova evidente della loro esistenza. Quando avrebbero saputo che la prima mossa della pedina posta sulla scacchiera dai Terrestri era stata quella di abolire una legge naturale, ai capi del movimento clandestino sarebbe venuto un considerevole aumento di pressione sanguigna. Avrebbero voluto catturarlo a ogni costo e con la massima rapidità, prima che potesse sconvolgere anche altre leggi che l'uomo aveva creato per conquistare ricchezza o potere.

Il pensiero fu di grande soddisfazione per Raven. Fino a quel momento non aveva compiuto niente di spettacolare per gli standard di quell'epoca, e aveva fatto benissimo. Non conveniva essere troppo spettacolari. Proprio come la pensava Leina: interferire il meno possibile. Per questo aveva disapprovato certe sue azioni come quella di trasferirsi nel corpo di un altro essere vivente. Era necessario restare sempre nell'ombra e non lasciarsi mai tentare dall'azione.

Lui, comunque, aveva creato un considerevole disagio nelle file del nemico fin troppo fiducioso. Infatti, se gli avversari, digerita l'idea dell'esistenza di un mutante dai molti talenti, avessero pensato alla possibilità dell'arrivo di nuovi esseri forse ancora più potenti, avrebbero avuto ogni ragione di temere. E i loro timori li avrebbe portati sempre più lontano dalla verità, da quella verità che non avrebbero mai dovuto sapere, per evitare che altri la potessero poi leggere nelle loro menti.

Peccato che non si potesse dire loro la verità... Ma ci sono cose che non possono essere raccontate agli immaturi.

Nessuna legge naturale era mai stata o poteva essere abolita. Un fenomeno soprannaturale è qualcosa che obbedisce a delle leggi che ancora non si conoscono o che non sono state identificate. Non esistevano *mutanti multipli*. C'erano solo falene dagli occhi lucenti che svolazzavano nell'infinità del buio eterno.

Raven lanciò un raggio mentale di chiamata su una banda molto più alta di quella telepatica normale.

— Charles!

— Sì. David?

La risposta giunse immediatamente, mostrando che dall'altra parte stavano aspettando la sua chiamata. Gli impulsi mentali in arrivo urtarono i centri di ascolto con una lieve distorsione.

Raven girò la testa in direzione di chi gli aveva risposto, istintivamente, come si fosse girato verso una persona presente.

— Sono saltato dall'astronave. Forse non era necessario, ma non ho voluto correre rischi.

— Lo so — rispose la mente lontana. — Mavis è stata chiamata da Leina. Come al solito, hanno chiacchierato per un'ora di faccende personali, poi, finalmente, Leina si è ricordata di aver chiamato per dirci che eri sul *Fantôme*.

— Le donne rimarranno donne per tutta l'eternità — disse Raven.

— Così sono venuto allo spazio-porto — continuò Charles. — In questo momento mi trovo vicino al cancello d'ingresso. Non sono riuscito a entrare perché hanno proibito l'accesso al pubblico. Il campo è completamente circondato. Quelli che sono venuti a ricevere parenti e amici stanno camminando nervosamente avanti e indietro, formulando le congetture più insensate. Lo scafo è ormai a terra, e un gruppo di bellicosi ufficiali si sta comportando come se qualcuno avesse appena rubato gli assegni delle loro paghe.

— Temo che sia tutta colpa mia.

— A ogni modo, perché venire con un'astronave? — chiese Charles. — Se per qualche misteriosa ragione dovevi compiere il viaggio lentamente, avresti potuto gonfiare un piccolo pallone per fare la traversata, non ti pare?

— A volte ci sono considerazioni molto più importanti della velocità — rispose Raven senza stupirsi di quello che l'altro aveva detto. — Per esempio, sto indossando un corpo.

— È proprio al tuo corpo che stanno dando la caccia. È una maniera sicura per tradirsi.

— Forse. Ma io voglio che mi cerchino. Dare la caccia a un corpo impedisce loro di pensare ad altro.

— Hai ragione — disse Charles. — Vieni da noi?

— Certo. Ho chiamato per accertarmi che foste lì.

— Bene. Ci vediamo tra poco.

— Parto subito.

S'incamminò tra le ombre del bosco verso la pianura. Avanzava in fretta, vigile più con la mente che con gli occhi. Per lui era sempre possibile percepire gli esseri che lo potevano osservare, perché era impossibile spiarlo senza irradiare un pensiero, anche se elementare come quello dei due gufi che lo stavano guardando dal buco di un albero, a una cinquantina di metri dal suolo.

— Cosa-uomo sotto! *Aaargsh!*

Ai margini della foresta comparvero i primi segni della caccia scatenata contro di lui. Raven si nascose nell'ombra di un grosso albero e lasciò passare l'elicottero che volava sopra il grande ombrello di rami. Era un grosso apparecchio sostenuto da quattro rotori a più pale, e trasportava un equipaggio di dieci elementi. Raven riuscì a contare le menti mentre gli uomini scrutavano il groviglio che si stendeva sotto di loro.

C'erano sei telepatici che ascoltavano, ascoltavano, attenti a raccogliere il primo impulso mentale che lui avesse avuto l'imprudenza di lasciarsi sfuggire. E c'era un insettivoco con una gabbia di formiche-tigri volanti, da lanciare sul punto che i telepatici avessero indicato.

Il secondo pilota era un notturno, felice di restare a riposo in attesa del suo turno, nel caso che la caccia fosse continuata anche durante la notte. Gli altri due erano un ipnotico che imprecava contro Raven perché era stato strappato a una partita di jimbo-jimbo che stava vincendo e un supersonico con le orecchie a sventola tese nello sforzo di percepire il lievissimo sibilo del cronometro al radio che erroneamente secondo loro la preda doveva avere.

Il gruppo dei mutanti passò proprio sopra la sua testa e si allontanò zigzagando, senza immaginare minimamente di essergli stato tanto vicino. Un secondo equipaggio simile stava sorvolando una zona parallela, due chilometri circa più a sud, e un terzo tre chilometri più a nord.

Raven lasciò che si allontanassero parecchio, poi uscì dal nascondiglio e riprese il cammino. Seguì il margine della foresta fino a una strada, e da lì si diresse verso la città, con minore precauzione.

Le squadre aeree di ricerca potevano essere composte da esseri umani con doti eccezionali, molto superiori a quelle comuni, ma tendevano a cadere negli errori degli esseri normali: pensavano cioè che nessun uomo in marcia lungo una strada, alla vista di tutti, potesse avere qualcosa da nascondere. Ma nella eventualità che uno di questi gruppi, preso da eccesso di zelo, fosse sceso verso di lui per scrutare nel suo cranio, lui avrebbe fornito una selezione di banali pensieri come: *Cosa ci sarà da mangiare? Se trovo ancora pesce fritto faccio una scenata!*

Rimaneva comunque il rischio, anche se minimo, che le squadre avessero la sua fotografia, e che uno degli apparecchi scendesse a bassa quota per poterlo osservare in faccia.

Ma nessuno gli prestò particolare attenzione. A poca distanza da Plain City, un elicottero andò a volteggiare sopra la sua testa, e lui sentì quattro menti frugare nella sua. Per il disturbo che si erano presi, Raven elargì un quadro dettagliato di una violenta lite familiare tra le pareti di un tugurio. Nell'attimo in cui si ritiravano dalla sua mente, riuscì quasi a sentire il disprezzo che avevano provato. Immediatamente i rotori cominciarono a girare con maggiore velocità, e l'apparecchio si diresse di nuovo verso la foresta.

Alla periferia della città, Raven si portò al margine della strada per lasciar passare un enorme trattore che trascinava a rimorchio una grande gabbia di ferro. Due ipnotici e un telecinetico avevano l'incarico di svolgere quella tardiva parte della caccia con i gatti selvatici che si trovavano nella gabbia. Quegli animali potevano seguire una traccia vecchia di una settimana e salire agilmente in cima a tutti i giganteschi alberi della foresta che non fossero coperti di spine.

Dovendo fingersi un essere comune, Raven prese a masticare un filo d'erba rossa e fissò con occhi pieni di curiosità il gruppo di persone che gli stava passando accanto. Le menti di tutti risultarono aperte come libri: uno degli ipnotici era impegnato a smaltire rapidamente una sbornia di *tambar*, l'altro aveva passato una notte insonne e aveva la sola preoccupazione di restare sveglio. Stranamente, il telecinetico era preoccupato dal fatto di catturare la preda e di essere poi accusato dalle autorità terrestri. In gioventù aveva subìto diverse volte le conseguenze dell'aver obbedito a certi ordini, e non l'avrebbe mai dimenticato.

Anche i gatti selvatici trasmettevano i loro desideri felini. Da dietro le sbarre, dieci animali fissarono Raven sbavando, e promisero a se stessi che un giorno o l'altro avrebbero finito con l'assaggiare la carne della razza che dominava. Sei pensavano alla possibilità di fuggire nella foresta e di trovare riparo dove l'uomo non poteva raggiungerli. Gli altri quattro pensavano a cosa avrebbero fatto nel caso che la pista dell'uomo da inseguire si fosse incrociata con quella di una gatta selvatica. Evidentemente gli sarebbe piaciuto unire l'utile al dilettevole.

Il ridicolo gruppo si allontanò lungo la strada sotto gli occhi della preda. Probabilmente sarebbero tornati verso sera, rossi d'orgoglio per il successo, dopo aver fatto a pezzi qualche povero diavolo che vagabondava nella giungla, o qualche distillatore clandestino di *tambar*.

Continuando il cammino verso la città, Raven raggiunse una piccola casa in granito, con brillanti orchidee dietro i vetri delle finestre. Non ebbe difficoltà nel trovare la strada, anche se era la prima volta che visitava Plain City. Raggiunse la destinazione come se si fosse trattato di raggiungere una luce lontana nel pieno della notte. E quando arrivò alla porta non ebbe bisogno di bussare. Quelli che lo stavano aspettando avevano contato ogni suo passo e sapevano perfettamente che lui sarebbe arrivato in quel momento.

8

Mavis, piccola, bionda, con occhi azzurri, si rannicchiò nella poltrona e fissò Raven con lo stesso sguardo penetrante con cui spesso lui metteva a disagio gli altri. Era come se lo volesse osservare internamente, per vedere il vero io che si nascondeva dietro la maschera di carne.

Charles era un tipo grasso e alquanto pomposo, affetto dallo sguardo inespressivo degli esseri di grado inferiore. Qualsiasi umano superiore osservando Charles avrebbe dichiarato senza esitazione che doveva essere un idiota. Un rivestimento di stoltezza gli avvolgeva il cervello, e questo serviva a convalidare la prima impressione di quelli che avessero voluto scrutargli nella mente. Charles era un'entità nascosta in modo eccezionale, più per fortuna che per artificio.

— Naturalmente siamo felici di vederti — disse Mavis vocalmente, per il piacere di sentirsi muovere la lingua in bocca. — Ma cosa ne è stato della disposizione che ciascuno deve restare sulla sua palla di polvere?

— Le circostanze modificano i casi — rispose Raven. — Comunque, Leina è al suo posto. Può risolvere lei qualsiasi problema improvviso.

— Però è sola, interamente sola — disse Mavis, mettendosi dalla parte di Leina. — Nessuno può risolvere questa situazione.

— Hai ragione, certo. Ma nessuno rimane isolato per sempre. Alla fine ci si riunisce — Raven rise in modo strano. — Anche se solo nel dolce futuro — aggiunse.

— La tua teologia si manifesta con chiarezza — commentò Charles. Si mise a sedere nella pneumopoltrona accanto a Mavis, distese le gambe e si posò le mani sulla pancia. — Secondo quanto dice Leina, tu hai voluto cacciare il naso negli affari degli altri. È vero?

— Per metà. Ma voi non siete ancora al corrente di tutta la storia. Qualcuno di questo pianeta, aiutato da sconosciuti che si trovano su Marte, si diverte a tirare la Terra per i capelli. Sono come bambini cattivi che giocano con un fucile, senza preoccuparsi del fatto che potrebbe essere carico. Vogliono conquistare l'indipendenza completa attraverso una forma di coercizione che equivale a un nuovo tipo di guerra.

— Guerra? — chiese Charles incredulo.

— Proprio così. Il fatto è che le guerre hanno il vizio di sfuggire sempre di mano. Di solito chi ne comincia una non è mai in grado di fermarla. Se è possibile, bisogna impedire che questo conflitto cominci sul serio, cioè che diventi ancor più cruento.

— Mmm! — fece Charles grattandosi il doppio mento. — Sappiamo che su questo pianeta esiste un forte movimento nazionalista, ma l'abbiamo ignorato, perché non riveste nessun interesse particolare dal nostro punto di vista. Anche se arrivano a lanciarsi bombe e a distruggersi l'un l'altro, che importanza ha? Per noi è una fortuna, non ti pare? Loro perdono, e noi ci guadagniamo.

— In un senso, ma non nell'altro.

— Perché?

— I Terrestri hanno assolutamente bisogno di unità perché stanno puntando verso i Deneb.

— Stanno puntando... — La voce di Charles si spense nella gola. Per un attimo gli occhi privi di espressione brillarono di una luce intensa. — Stai dicendo che le autorità terrestri sono veramente a conoscenza dei Deneb? Come diavolo fanno a saperlo?

— Perché si trovano allo stadio di sviluppo numero quattro — spiegò Raven. — Sono accadute cose che il grosso pubblico ancora non conosce, e che sono ancora meno conosciute qui e su Marte. I Terrestri hanno prodotto e sperimentato un reattore potentissimo. Ora lo vogliono provare su una distanza maggiore e non sono in grado di stabilire quali siano i suoi limiti. Per esseri materiali come loro, si comportano abbastanza bene.

— È evidente — disse Charles.

— Non sono stato in grado di scoprire con esattezza fin dove sono arrivati, né ho saputo i dati che gli astronauti hanno riferito, ma sono sicuro che hanno in mano elementi che hanno fatto nascere in loro il sospetto che prima o poi verranno a trovarsi in contatto con qualche forma di vita sconosciuta. Voi e io sappiamo che può trattarsi soltanto dei Deneb — Raven agitò un dito nell'aria. — Noi sappiamo anche che i Deneb stanno scorrazzando da lungo tempo come un branco di cani con cinquecento piste da seguire. Non sanno esattamente quale strada prendere, ma il loro spostamento generale si verifica in questa direzione.

— È vero — disse Mavis — ma le ultime previsioni stabilivano un minimo di duecento anni prima che potessero scoprire questo sistema solare.

— Una conclusione ragionevole, basata sui dati che avevamo in precedenza — rispose Raven. — Ora abbiamo dati nuovi e importanti da aggiungere al calcolo. Per la precisione, l'*Homo sapiens* è pronto a partire per andare loro incontro. Hanno innalzato la bandiera, hanno acceso i falò e hanno fatto il possibile per attirare l'attenzione verso questa parte del cosmo. Questo genere di scherzo è in grado di ridurre il tempo previsto dello spostamento dei Deneb in questa direzione.

— Hai riferito tutto questo? — chiese Charles.

— Certamente.

— E qual è stata la risposta?

— Grazie per l'informazione.

— Niente altro? — Charles inarcò le sopracciglia.

— Niente — assicurò Raven. — Cosa ti aspettavi?

— Qualcosa di più sentito e di meno freddo — disse Mavis. — Voi uomini siete tutti uguali. Siete tanti Buddha di bronzo. Perché non siete capaci di saltare su un tavolo e non vi mettete a gridare?

— Servirebbe a qualcosa? — chiese Charles.

— Non cercare di fare il superlogico con me — disse la ragazza. — Servirebbe a togliere un po' di pressione dalle ghiandole. Io ne ho qualcuna, nel caso non lo sapessi.

— È un argomento che conosco abbastanza bene — rispose Charles, asciutto. — Inoltre, ho qualche ghiandola anch'io. Una di queste mi ha fatto diventare grasso e incline alla pigrizia. Con tutta probabilità, mi manca quella che ti tormenta in questo momento — sollevò un dito. — Ecco un tavolo. Saltaci sopra e lancia qualche strillo. Non ci faremo caso.

— Gridare non è mia abitudine — disse Mavis.

— Ecco! — Charles girò lo sguardo verso Raven e scosse la testa. — Ti lascio tutte le donne. Sono fredde e calcolatrici. Non sanno far uscire il vapore dalla valvola di sicurezza.

— Un giorno ti taglierò le ali, Grassone! — promise Mavis.

— Dovrei essere carino, con le ali! — Charles scoppiò in una risata che gli fece ballonzolare la pancia. — Io, con la mia mole, che volteggio nell'aria come un angelo. O che svolazzo come una falena obesa — si asciugò gli occhi e riprese a ridere. — Che bello spettacolo!

Mavis prese un piccolo fazzoletto dall'orlo di pizzo e cominciò a singhiozzare in silenzio.

Charles la guardò, stupito. — Be', cos'ho detto, adesso, che non va?

— Deve esser stato il tuo tono a stimolare questa reazione — disse Raven, e avvicinatosi a Mavis le batté una mano sulla spalla. — Via! Non devi restare qui se i ricordi si sono fatti troppo oppressivi. Puoi andartene, se vuoi. Possiamo trovare altri due che...

Lei allontanò il fazzoletto dagli occhi e parlò con rabbia. — Io rimango. Me ne andrò quando sarà il momento, e non prima. Che tipo credi che sia? Una ragazza non può piangere quando ne ha voglia?

— Certo che può, ma...

— Non farci caso. — Mavis mise il fazzoletto in tasca e chiuse un attimo gli occhi. Poi gli sorrise. — Ora sto bene.

— Anche Leina si comporta in questo modo? — chiese Charles a Raven.

— Non quando le sono vicino.

— Leina era più vecchia quando... quando... — disse Mavis, ma non concluse la frase.

Tutti sapevano esattamente cosa voleva dire. Nessuno avrebbe potuto immaginarlo. Neppure i Deneb. Ma loro sì.

Rimasero qualche istante in silenzio. Ciascuno si era immerso in pensieri personali che rimanevano nascosti dietro lo scudo della mente. Charles fu il primo a parlare vocalmente: — Torniamo al lavoro, David. Quali sono i tuoi piani, e in che modo ti possiamo essere utili?

— I piani sono elementari. Voglio trovare, identificare e affrontare l'uomo chiave dell'opposizione che si trova su Venere. Quello che stabilisce il bello e il brutto tempo, che compone le dispute, che dirige il movimento nazionalistico e che è senza dubbio il grande capo. Togli la pietra principale, e tutto l'arco crolla.

— Non sempre.

— È vero — ammise Raven. — Se la loro organizzazione vale soltanto la metà di quello che sarebbe necessario, hanno certo una persona pronta a sostituire il capo, in caso di bisogno. Forse anche più di una. Se è così, il nostro compito sarà molto più complesso.

— Poi rimangono sempre i Marziani — osservò Charles.

— Forse no. Tutto dipende da come reagiscono a quello che succede qui. Il legame tra Marte e Venere dev'essere più che altro basato sul reciproco incoraggiamento. Ciascuno applaude l'altro. Togli l'applauso, e la commedia non sembrerà più tanto bella. Io spero che Marte vorrà desistere il giorno in cui avremo tolto di mezzo Venere.

— C'è una cosa che non riesco a capire — disse Charles pensieroso. — Cosa impedisce alla Terra di ripagare gli insorti alla stessa maniera, dopo i sabotaggi e tutte le altre cose che hanno fatto contro di essa?

Raven lo disse.

— Ah! — Charles si grattò di nuovo il doppio mento. — E così, Marziani e Venusiani possono distruggere quello che considerano proprietà di un altro popolo, mentre per i Terrestri non esistono proprietà di altri, ma solo beni comuni, e tutti di proprietà della Terra.

— Non sono affari nostri — disse Mavis — se lo fossero, saremmo stati informati di tutto. — Girò lo sguardo e fissò Raven. — Sono stati soltanto i Terrestri a chiedere il tuo intervento?

— Sì, finora. E con tutta probabilità non ci saranno altre richieste. Perché per qùanto importante possa apparire la situazione in questo piccolo angolo della galassia, è invece piccola e insignificante se la paragoniamo alle situazioni di altri luoghi. Le cose sembrano diverse se si guardano da molto, molto lontano. — Raven parlava con il tono di voce della persona che sa di dire cose perfettamente familiari a chi lo ascolta. — Il regolamento dice che possiamo agire di nostra iniziativa in tutte le questioni di piccola importanza. Ed è proprio quello che sto facendo.

— Sono d'accordo — disse Charles. — Cosa vuoi da noi?

— Non molto. Questo è il vostro dominio e lo conoscete meglio di qualsiasi altro. Ditemi il nome dell'uomo che potete considerare l'ispiratore della follia separatista. Ditemi quello che sapete sui suoi poteri e ditemi dove posso trovarlo. Voglio soltanto informazioni precise. A voi decidere se offrire altri aiuti.

— Io direi di metterci a sua disposizione — disse Charles rivolgendosi alla ragazza. — Che ne dici, Mavis?

— Non contare su di me. Io intendo seguire l'esempio di Leina e continuare l'osservazione. Dopo tutto, è per questo che siamo qui. Qualcuno deve pur farlo, mentre voi maschi ve ne andate cocciutamente in giro a starnazzare.

— Hai ragione — disse Raven. — Osservare è molto importante. Meno male che le dolci femmine sono avvedute. Noi teste di legno così siamo liberi di compiere le nostre dannose interferenze.

La ragazza alzò lo sguardo imbrociata verso di lui, ma non fece commenti.

— Qui la situazione è divertente — disse Charles. — Abbiamo un fervente governatore terrestre, che proclama i suoi sentimenti e che rimane diplomaticamente all'oscuro del fatto che il movimento clandestino nazionalista domina quasi al novanta per cento. Il grande capo di questo movimento, il suo simbolo, è un'abile canaglia che si chiama Wollencott.

— Cos'ha che gli altri non hanno?

— La faccia, l'aspetto e la personalità che servono alla sua parte — spiegò Charles. — È un Venusiano, mutante di Tipo Sei. Un malleabile con una imponente massa di capelli bianchi, e una voce altrettanto imponente. Può trasformarsi nella perfetta immagine di un dio ogni volta che vuole. E può anche parlare come un oracolo... posto che abbia imparato prima le parole a memoria. È incapace di formulare un pensiero autonomamente.

— Non mi sembra tanto formidabile — osservò Raven.

— Aspetta un momento. Non ho ancora finito. Wollencott è il perfetto ritratto del dinamico capo di un movimento patriottico clandestino, tanto da fare pensare che sia una persona chiamata a recitare una parte. Ed è proprio così.

— Da chi?

— Da un certo Thorstern, il vero capo, la potenza che sta dietro il trono, quello che cospira nell'ombra, l'uomo che continuerà a vivere dopo l'impiccagione di Wollencott.

— Il burattinaio, vero? Sai qualcosa di particolare sul suo conto?

— Sì e no. La cosa più sorprendente è che non si tratta di un mutante. Non ha una sola attitudine paranormale. — Charles fece una pausa e rimase un attimo a riflettere. — Ma è spietato, ambizioso, astuto. Uno psicologo di prim'ordine, con un cervello sorprendentemente agile.

— Un comune con quoziente d'intelligenza altissimo.

— Esatto! E questo significa tutto, quando i talenti temibili non hanno menti temibili. Data una lucidità di prim'ordine, anche un essere comune può mettere nel sacco un telepatico dai riflessi lenti. Il suo pensiero si muoverebbe di una frazione più veloce, tanto da impedire la reazione del telepatico.

— Lo so. Ho già sentito parlare di un paio di casi del genere. È facile che i mutanti commettano lo sbaglio di sottovalutare un avversario per il solo fatto che è un essere comune. Inoltre, la forza in sé non è mai sufficiente. Bisogna anche possedere una grande abilità per applicarla. Ecco dove eccellono i Deneb. Fanno pieno uso di tutto quello che possiedono. — Raven si alzò e andò alla porta. — Ma non dobbiamo ancora occuparci di loro. Non *qui*. Adesso il nostro primo obiettivo è Thorstern.

— Vengo con te. — Charles si sollevò dalla pneumopoltrona e si girò verso Mavis. — Ti affido il forte, cara. Se qualcuno mi cerca, racconta che papà è andato a pescare... ma non dire che cosa.

— Cerca di tornare — disse Mavis. — Possibilmente intero.

— In questa strana fase di esistenza di vita nella morte non si può promettere niente. — Charles scoppiò a ridere facendo tremare la pancia.

— Comunque farò il possibile.

Uscì con Raven, lasciando la ragazza al compito che si era scelta: quello di fare la guardia a cose della Terra ma non terrestri.

E come Leina, Mavis rimase sola a osservare... ad ascoltare... Unica consolazione, il pensiero che la sua solitudine era condivisa da altre sentinelle lontane.

9

La solita nebbia serale stava avanzando sulla città e rotolava con pigra decisione lungo le strade e i viali. A poco a poco, con il calar del sole, la massa giallastra diventava sempre più densa. Verso mezzanotte sarebbe stata una calda e umida coperta nera che nessuno avrebbe potuto attraversare speditamente. Soltanto i ciechi, gli agitati e gli insonni notturni, e qualche supersonico dotato di eco-radar, che riusciva a trovare la strada come i pipistrelli.

Nelle foreste era diverso. Le piante si stendevano su una zona considerevolmente più alta, e la nebbia scendeva a ricoprire soltanto le valli e la pianura. La caccia sarebbe continuata. Gli elicotteri avrebbero sorvolato senza interruzione le cime degli alberi, e le squadre a terra avrebbero frugato in tutte le radure.

Charles e Raven passarono di fronte a una vetrina in cui uno spettroschermo proiettava dei ballerini che danzavano *Le Silfidi*. La prima ballerina attraversò la scena con grazia infinita, pallida e fragile come un fiocco di neve.

A qualche chilometro di distanza, avvolte nell'oscurità, creature mostruose e alberi spaventosi segnavano il confine tra il quasi-conosciuto e l'ignoto. Era un contrasto di estremi che pochi notavano, a cui pochi pensavano. Quando un pianeta risultava occupato da un periodo tanto lungo da possedere una popolazione composta quasi totalmente di esseri nati sul pianeta stesso, gli antichi sogni diventavano monotonia, lo sconosciuto diventava il familiare, e le fantasie di un tempo venivano sostituite con fantasie nuove e totalmente diverse.

Charles si fermò di fronte alla vetrina per guardare la scena del balletto. — Osserva la facilità e la grazia con cui volteggia, la sottigliezza degli arti, la calma impassibile, e la bellezza quasi eterea del suo viso. Nota come si ferma, come esita, e come riprende a danzare. Sembra una rara e stupenda farfalla. Quella ragazza è un ottimo esempio di quel tipo quasi irreale che ha entusiasmato l'umanità per secoli interi. Il tipo "balletto". Quella ragazza mi affascina perché mi costringe a pormi un quesito.

— Quale? — chiese Raven.

— Se per caso le persone come lei sono di un tipo paranormale, non riconosciuto e da loro stesse insospettato. Io penso che possa esistere un talento troppo fine per essere definito e classificato.

— Spiegati meglio.

— Mi chiedo se gli esseri come lei non abbiano una forma subconscia di percezioni extrasensoriali che le obbliga a tendersi in modo poetico verso una meta che non conoscono né sanno descrivere. Questa consapevolezza intuitiva dà loro un intenso anelito che possono esprimere in un solo modo. — Charles indicò la ragazza sullo schermo. — Sembra una farfalla. La farfalla... una falena che ama il giorno.

— Può esserci qualcosa di vero in questo.

— Io ne sono certo, David. — Charles si staccò dalla vetrina e riprese il cammino insieme all'amico. — Come forma di vita libera, gli esseri umani hanno acquisito un gran cumulo di conoscenze. Quanto immensamente più grandi sarebbero se potessero sommare anche quelle nozioni che nascono istintive nel subconscio, ma che loro non possono portare al livello di conoscenza.

— Fratello Carson pensa la stessa cosa — disse Raven. — Mi ha mostrato una lista dei tipi di mutanti conosciuti, poi mi ha detto che poteva non essere completa... Possono esistere dei tipi che non hanno ancora scoperto le qualità che possiedono, e che non sono mai stati scoperti da altri. È difficile identificarsi come stranezza, a meno che la stranezza non si manifesti in modo evidente.

Charles fece un cenno affermativo. — Questa settimana si è sparsa la voce della scoperta accidentale di un tipo completamente diverso. Un giovane operaio ha perso la mano mentre lavorava con una sega circolare e ora pare che gli stia crescendo una nuova mano.

— Un biomeccanico — lo definì Raven. — Può procurarsi nuove parti del corpo. Be', si tratta di una facoltà innocua, cosa che non possiamo dire di certe altre.

— Sì, certo. Il fatto è che fino a oggi non sapeva di possedere questa dote perché non gli era mai capitato di perdere parti del corpo. Senza l'incidente occorsogli, sarebbe magari giunto fino al giorno della morte senza sospettare di avere poteri paranormali. Spesso mi domando quante altre persone mancano di una adeguata conoscenza di se stesse.

— Moltissime. Considera quello che sappiamo *noi.*

— Certo — rispose Charles con calma. — Sarebbe sufficiente a scuotere un migliaio di mondi. — Afferrò il braccio dell'amico e strinse le dita con forza. — Infatti, ne sappiamo tanto da essere convinti che sia tutto. David, pensi che... che...?

Raven si fermò di scatto. Gli occhi punteggiati d'argento si erano accesi, esattamente come quelli dell'altro. — Continua, Charles. Finisci quello che stavi dicendo.

— Pensi forse che noi sappiamo soltanto la metà di quanto c'è da sapere? Che quanto sappiamo è ben lungi dall'essere l'intera storia? Che ci sono altri più informati di noi, che ci osservano attentamente come noi osserviamo questi altri? Per deriderci, talvolta, e per compiangerci?

— Non posso saperlo — disse Raven, piegando le labbra con amarezza. — Ma se esistono, noi sappiamo una cosa: e cioè che non interferiscono nelle nostre faccende.

— No? Come possiamo esserne certi?

— Non lo fanno in modo che possa risultarci evidente, almeno.

— Abbiamo scoperto la tattica dei Deneb — osservò Charles. — Si sono dati da fare parecchio, ma non ci hanno mai toccato. Viceversa potrebbero esserci altri che ci spingono senza sapere chi stanno spingendo, né noi sapere chi ci sta spingendo.

— Meglio ancora, potrebbero usare i nostri stessi metodi per metterci in confusione — disse Raven, scettico, ma con l'intenzione di continuare il discorso. — Potrebbero apparire a te e a me come noi appariamo a questi altri: perfettamente comuni. — Fece un gesto della mano per indicare la città. — Come uno qualsiasi di questi abitanti. Supponi che io di tica di essere un Deneb travestito di carne... Avresti il coraggio di dirmi che sono un bugiardo?

— Certo — disse Charles senza esitazione. — Sei uno sporco bugiardo.

— Mi spiace di doverlo ammettere. — Diede una manata amichevole sulle spalle di Charles. — Vedi, tu *sai* chi sono. Quindi devi avere una consapevolezza intuitiva. Sei decisamente un paranormale, e ti dovrestri esprimere con la danza.

— Come? — Charles abbassò gli occhi e si guardò il grosso ventre. Sporgeva come un pacco-dono natalizio, nascosto sotto il vestito. — Questo è prendermi in giro.

Tacque nell'attimo in cui tre uomini in uniforme girarono l'angolo della casa e si fermarono sul loro cammino.

Indossavano l'uniforme delle guardie forestali, l'unico corpo organizzato, a parte le speciali squadre di polizia, ufficialmente autorizzato a girare con le armi. Rimasero uno vicino all'altro, come tre amici che terminano le loro chiacchiere prima di tornare a casa. Ma la loro attenzione era rivolta verso le due persone che stavano andando verso di loro. Le loro menti dicevano che si trattava di pirotici a caccia di un certo Raven.

Il capo della piccola squadra tenne d'occhio i due che stavano avanzando e aspettò che fossero giunti alla loro altezza. Poi si spostò di scatto per sbarrare la strada.

— Vi chiamate David Raven? — chiese in tono autoritario.

Raven si fermò, spalancando gli occhi con espressione sorpresa.

— Come avete fatto a indovinarlo?

— Non fate lo stupido — ammonì la guardia fissandolo con rabbia.

Raven si girò verso Charles: la sua espressione si era fatta triste.

— Mi ha detto di non fare lo stupido. Pensi che io lo sia?

— Sì — rispose Charles con prontezza. — Lo sei da quando hai battuto la testa da bambino. — Poi girò interrogativamente gli occhi verso la guardia. — Perché cercate questa persona di nome... di nome...

— Raven — suggerì Raven, per essergli di aiuto.

— Oh, sì, Raven. Perché lo cercate?

— Ha una taglia sulla testa. Non guardate mai lo spettroschermo?

— Di tanto in tanto — rispose Charles. — Il più delle volte trasmettono programmi che mi annoiano a morte, e così non lo accendo.

La guardia sogghignò verso i compagni. — Adesso avrete capito come fa certa gente a restare povera. La fortuna bussa alla porta di tutti, ma certi si rifiutano di ascoltarla. — Riprese a parlare con Charles, senza minimamente badare a Raven. — Dallo spettroschermo hanno comunicato che è necessario catturarlo al più presto possibile.

— Cos'ha fatto?

— Ha messo in pericolo l'equipaggio e i passeggeri del *Fantôme*. Ha spalancato un portello violando il regolamento, si è rifiutato di obbedire al comandante dell'astronave, è sceso in una zona proibita, ha eluso la visita medica dell'arrivo, ha evitato il controllo doganale, si è rifiutato di passare nella camera di sterilizzazione antibatterica e... — Fece una pausa per riprendere fiato e girò la testa verso i compagni. — C'è qualcos'altro?

— Ha sputato nella cabina principale — suggerì uno, che era sempre stato tentato di farlo, ma non aveva mai osato.

— Io non sputo mai — disse Raven guardandolo gelidamente.

— Zitto, voi! — ordinò il capo, per far comprendere che non voleva essere interrotto da estranei, poi tornò a girarsi verso Charles, persona molto più a modo.

— Se vi capita di incontrare questo David Raven, o se vi capita di sentire qualcosa, chiamate Westwood diciassette diciassette e diteci dove si trova. È un individuo molto pericoloso. — Strizzò l'occhio ai compagni e ottenne un muto cenno di conferma. — Faremo in modo che possiate ricevere la vostra parte di taglia.

— Grazie — disse Charles, con umile gratitudine. Si girò verso Raven. — Vieni. Siamo già in ritardo.

Si allontanarono, consapevoli che gli altri li stavano osservando. I loro commenti li raggiungevano sotto forma di impulsi mentali di estrema chiarezza.

"Ci hanno proprio presi per guardie forestali"

"Speriamo che gli ufficiali la pensino alla stessa maniera se ci capita di incontrare qualcuno."

"Stiamo perdendo tempo perché un tale sullo spettroschermo ha nominato i quattrini. Avremmo potuto impiegare questo tempo in modo molto migliore. A due isolati di qua c'è una rivendita di tambar. *Che ne direste..."*

"Perché non hanno trasmesso una sua foto?"

"Un telepate, come ho detto, ci sarebbe stato di grande aiuto. Avremmo dovuto solo aspettare la sua indicazione. Poi, avremmo fatto fuoco e fiamme. E non ci sarebbe rimasto che allungare le dita per ricevere il denaro."

"A proposito di quei soldi, mi sembra che la taglia sia alquanto strana. Non hanno offerto una cifra tanto alta neppure per Squinty Mason, che pure aveva rapinato diverse banche e aveva ucciso parecchie persone."

"Forse Wollencott lo vuole per qualche suo motivo personale."

"Sentite, ragazzi, c'è una rivendita di tambar*..."*

"D'accordo, ci andremo per una mezz'ora. Se qualcuno ci trova in quella rivendita, abbiamo una scusa buona. Abbiamo sentito delle voci secondo cui Raven avrebbe dovuto incontrarsi in quel posto con una certa persona."

La trasmissione mentale cominciò a diminuire lentamente.

"Se Wollencott lo vuole..."

Continuarono a parlare di Wollencott finché i pensieri non si persero in lontananza. Pensarono a circa venti motivi per cui Wollencott poteva essere stato offeso dalla persona in fuga, quaranta maniere per costringerlo alla resa dei conti, cento modi diversi in cui Wollencott avrebbe potuto condannare il colpevole per portarlo a esempio.

Era sempre Wollencott, Wollencott, Wollencott. Nessuno mai menzionò Thorstern, né lo pensò minimamente.

La qual cosa risultava una specie di tributo al cervello dell'uomo che portava quel nome.

10

Un gran castello di basalto nero era la casa di Emmanuel Thorstern; risaliva ai primi tempi della colonizzazione, quando le pareti lisce, spesse due metri, significavano una sicura protezione contro i grossi nemici della giungla. Lì il piccolo gruppo dei pionieri venuti dalla Terra si era abbarbicato con ostinazione, fino a quando altre astronavi non avevano portato rinforzi di uomini e di armi. Poi avevano cominciato a muoversi, conquistando sempre maggior terreno.

Sette altri castelli simili, in altri punti del pianeta, costruiti per lo stesso scopo, erano stati abbandonati quando avevano cessato di essere utili. Ora si ergevano, vuoti e cadenti, come cupi monumenti agli oscuri giorni della conquista.

Ma Thorstern ne aveva occupato uno e lo aveva fatto restaurare. Le mura erano state rinforzate ed erano state innalzate nuove torri e bastioni fortificati. Thorstern aveva speso con dovizia, come se la sua discrezione calcolata nelle faccende di potere dovesse venire bilanciata da qualcosa che tutti potevano vedere. Il risultato era una sinistra mostruosità architettonica che si ergeva sopra la densa nebbia come il rifugio di un maniaco signorotto medievale.

Passandosi pensosamente una mano sul lobo dell'orecchio, Raven rimase fermo in mezzo alla nebbia a osservare l'edificio. Da dove si trovava lui, era visibile soltanto la base. Il resto si confondeva nel buio della notte e negli strati più alti della nebbia. Eppure, lo sguardo di Raven andava dal basso in alto, come se potesse perfettamente vedere quello che era nascosto agli occhi normali.

— Sembra una fortezza — osservò. — Come lo chiama? Palazzo Imperiale, Villino Magnolia, o cosa?

— Originariamente veniva chiamato *Base Quattro* — disse Charles. — Thorstern lo ha ribattezzato *Blackstone*. Però in città tutti lo chiamano *il Castello*. — Spostò lo sguardo verso l'alto, come se anche lui avesse la stessa facoltà di vedere quello che non era visibile. — E adesso? Dobbiamo entrare alla nostra maniera, o vogliamo aspettare che esca?

— Entriamo. Non voglio girare qua attorno fino a un'ora imprecisata di domani mattina.

— Neanch'io. — Charles indicò versò l'alto. — Entriamo dalla cima di una torre, o vogliamo passare da una porta?

— Entreremo come dei gentiluomini. In modo civile — decise Raven. — Cioè, attraverso il cancello principale. — Diede un'altra occhiata all'edificio. — Tu parlerai. Io resterò attaccato al tuo braccio e terrò la lingua penzoloni fuori della bocca. Così faremo *tutti e due* la figura degli idioti.

— Ti ringrazio — disse Charles; ma non aveva il tono offeso. Avanzò con Raven fino al cancello e suonò.

Immediatamente quattro cervelli furiosi lanciarono quattro imprecazioni diverse, ma tutte efficaci. Erano menti di esseri normali. Non c'era un solo mutante tra loro.

Ma era una cosa logica. Come individuo senza talenti, dotato solo di un cervello eccezionale, Thorstern si serviva di individui in possesso di facoltà paranormali, ma preferiva rifuggire la loro compagnia. Quindi, era molto probabile che le persone attorno a lui, quelle che abitavano nel castello, fossero esseri normali, scelti per meriti di lealtà, di fiducia e di servilismo.

Sotto questo riguardo, il padrone del castello nero si manteneva al livello del più basso dei servitori. Tutti gli esseri umani normali, intelligenti o ignoranti, guardavano i paranormali di traverso, e cercavano di tenerli il più lontano possibile. Era una reazione psicologica naturale, basata sull'intimo complesso d'inferiorità dell'Homo Odierno alla presenza incomoda di quello che poteva essere l'Homo Futuro. Le forze terrestri controllate da Carson e da Heraty avrebbero potuto sfruttare quell'istintivo antagonismo per mettere in difficoltà gli avversari... ma questo avrebbe portato a un accentuarsi delle divisioni umane proprio quando si mirava a una umanità unita.

Inoltre, aizzare le masse di esseri comuni contro la potente minoranza dei mutanti sarebbe stato come fomentare una rivolta simile alle lotte razziali di molto, molto tempo prima. Era un movimento che poteva sfuggire ad ogni controllo ed estendersi molto più del desiderato. Anche la Terra aveva alcuni suoi mutanti.

Un essere comune, dalle guance mal rasate, uscì da una porticina che si apriva nella grossa parete e andò a sbirciare attraverso le sbarre del cancello. Era un tipo tarchiato, dalle spalle quadrate, pieno di collera, ma abbastanza disciplinato da nascondere la sua ira.

— Chi volete?

— Thorstern — disse Charles con disinvoltura.

— Per voi è il *signor Thorstern* — corresse l'altro. — Avete un appuntamento?

— No.

— Senza appuntamento, non riceve nessuno. È molto occupato.

— Noi non siamo nessuno — disse Raven. — Noi siamo qualcuno.

— Non ha nessuna importanza. È un uomo che ha sempre molto da fare.

— Se ha molto da fare vorrà riceverci senza perdere altro tempo — disse Charles.

La guardia corrugò la fronte. Aveva un quoziente d'intelligenza che si aggirava sul settanta, e si lasciava guidare più che altro dal suo fegato. Non voleva usare il telefono per consultare un superiore, dato che forse gli sarebbe giunto un rimprovero. Lui voleva soltanto trovare una scusa ragionevole per allontanare i seccatori. Aveva vinto la prima mano di jimbo-jimbo e voleva ritornare immediatamente alla sua partita.

— Be' — insistette Charles in tono bellicoso — volete farci aspettare fino alla prossima settimana?

Sulla faccia dell'altro comparve l'espressione disorientata della persona che si vede costretta a prendere una decisione. La scusa plausibile che stava cercando sembrava stranamente introvabile. Rimase con gli occhi fissi alle due persone oltre il cancello, accigliato.

Forse doveva fare qualcosa. I molti affari trattati da Thorstern portavano al castello gli individui più strani, a volte proprio durante la notte. Alcuni erano stati ammessi, altri no. Ed era capitato di aver fatto passare vagabondi e tipi strambi e di aver respinto persone dall'aria importante. Comunque, lui aveva il compito di badare al cancello, non quello di giudicare le persone che venivano a bussare.

Si inumidì le labbra. — Come vi chiamate?

— I nostri nomi non hanno nessuna importanza — disse Charles.
— Di cosa vi occupate?
— *Questa* invece è una cosa molto importante.
— Accidenti, non vorrete che riferisca un discorso strampalato come questo!
— Provate — suggerì Charles.
La guardia rimase un attimo a guardare prima uno e poi l'altro, infine tornò verso la porticina e scomparve. I suoi compagni che si trovavano nella piccola stanza lo accolsero con un coro di domande. Le grosse pareti soffocavano il suono delle voci, ma l'onda dei pensieri giunse con chiarezza fin oltre il cancello.
"Non potevi sbrigarti? Ci hai fatto interrompere la partita."
"Chi sono quei deficienti che vengono a quest'ora? Fra poco sarà più buio che dentro lo stomaco di un gatto."
"Era qualche persona importante, Jesmond?"
"Non me l'hanno detto" disse la guardia.
Staccò il ricevitore del videofono a muro e aspettò che sullo schermo apparisse la persona da lui chiamata.
Nel giro di pochi secondi, il suo volto si era fatto rosso fiamma e il tono della voce gli si era fatto tremante.
Riappese il microfono e fissò smarrito i tre compagni impazienti che sedevano attorno al tavolo. L'impulso mentale che lo aveva spinto a comunicare la visita dei due sconosciuti era scomparso, ma non se ne rese conto, come non si era reso conto della costrizione.
Uscì dalla porticina e si avviò verso il cancello. — Ehi, voi due, sentite... — Si fermò per scrutare attraverso le sbarre. In quei pochi minuti di assenza la notte si era fatta più cupa. Non si poteva vedere più in là di quattro o cinque metri di distanza. E in quel piccolo raggio visivo non c'era nessuno. Assolutamente nessuno. — Ehi! — gridò verso il muro di nebbia. Ma non giunse risposta. — Ehi! — gridò più forte.
Niente. Al suo orecchio giungevano soltanto il gocciolio dell'acqua che cadeva da una parete e i suoni ovattati della città lontana.
— Imbecilli!
Si avviò verso la porta, ma un improvviso dubbio lo fece ritornare al cancello. Esaminò il catenaccio e scosse le sbarre. Erano chiuse. Guardò verso l'alto. Quattro file di punte acuminate impedivano di scavalcare il muro. — Idioti!
Stranamente a disagio, tornò verso la porticina ed entrò. Immediatamente la bottiglia che stava sul tavolo diventò il centro della sua attenzione. Non pensò che il catenaccio, il punto più forte del cancello, poteva anche essere il più debole. Non si rese conto che anche la più complicata serratura poteva essere aperta da una chiave... o da un oggetto non materiale adatto! L'oscurità si era già fatta completa come se fosse stata tirata una gigantesca serranda attraverso il cielo del pianeta. Nello stretto e lungo cortile che si stendeva dietro il cancello, la visibilità si era ridotta a circa un metro. L'aria umida era satura dei profumi esotici che la nebbia venusiana trasportava sempre dalla foresta.
I due intrusi si fermarono in mezzo al cortile. Nella parete alla loro

destra si apriva un grande portone borchiato. Anche se perfettamente nascosto dalla densa coltre di nebbia, loro *sapevano* che esisteva: si avvicinarono per esaminarlo.

— Al cancello hanno messo una serratura con quattordici tipi di seghettatura. Poi l'hanno collegata a una suoneria di allarme contro chi volesse forzare, e alla fine hanno inserito un contatto che interrompe l'allarme per tutto il tempo in cui la guardia deve parlare con quelli che si trovano all'esterno — disse Charles. Poi sogghignò. — Un modo di essere ingegnosi che rasenta l'imbecillità.

— Non mi sembra — disse Raven. — Il congegno è fatto per difesa contro quelli della loro razza, mutanti o no. Per difendersi dai Deneb, o da esseri come noi, il problema è completamente diverso. Thorstern e tutti i suoi amici perderebbero il loro tempo se volessero cercare di risolverlo.

— Forse hai ragione. Secondo il concetto difensivo di questo mondo, il cancello rappresenta qualcosa di invalicabile. — Charles spostò lo sguardo verso la grossa porta e lo stipite che la circondava. — Vedi anche tu quello che vedo io?

— Sì, immediatamente dietro la porta c'è un invisibile raggio di luce che attraversa il passaggio. Aprendo il battente si interrompe il raggio, e subito entrerebbero in azione tutti i campanelli d'allarme.

— Tutto per farci perdere tempo — borbottò Charles, seccato di dover superare delle difficoltà di poco conto. — Sembra che lo abbiano fatto apposta. — Si guardò la pancia. — Ecco cosa ci è d'intralcio — aggiunse con amarezza — il nostro travestimento! Se non lo avessimo, potremmo entrare senza tante difficoltà.

— Potevamo dire la stessa cosa qualche minuto fa. Abbiamo a che fare con degli uomini, e di conseguenza dobbiamo agire come loro. — Raven studiò Charles e sorrise divertito. — *Siamo* degli uomini, vero?

— No... certe sono donne.

— Sai perfettamente cosa voglio dire. Siamo uomini e donne.

— Certo. Però a volte... — Charles si interruppe e corrugò la fronte. — Questo mi ricorda un pensiero ricorrente, David.

— Quale?

— Quanti cavalli sono veramente cavalli? E quanti cani sono veramente cani?

— È un problema che potremo studiare quando avremo cose meno importanti da risolvere — disse Raven. — Ci può tenere occupati un paio di millenni futuri. — Fece un cenno verso la porta. — Ora ci troviamo di fronte a un piccolo congegno d'allarme. Se qualcuno vuole aprire la porta dall'interno deve prima spegnere il raggio luminoso. Quindi, seguendo i fili, verremo a scoprire dove si trova l'interruttore. Ci vorrà un po' di tempo.

— Tu rintraccia l'interruttore — disse Charles. — Io mi occupo della porta. Un lavoro ciascuno.

Si occupò immediatamente della parte di lavoro che si era scelta: non ebbe da fare altro che starsene con le mani in tasca e fissare intensamente l'ostacolo.

Raven spostò lo sguardo e fissò con identica concentrazione lo stipite in pietra. La parete non presentava nessun particolare, ma le sue pupille cominciarono a spostarsi verso destra e verso l'alto.

Nessuno disse una parola. Rimasero concentrati nel loro lavoro, uno accanto all'altro, immobili, con gli occhi fissi, come assorbiti da una visione soprannaturale che soltanto loro erano in grado di vedere. Dopo qualche istante Charles si rilassò, ma rimase in silenzio per non disturbare il compagno.

Mezzo minuto dopo, anche Raven allentò la rigidità che aveva assunto.

— Il filo percorre un corridoio, poi gira a destra in un corridoio più piccolo e termina in una specie di piccola anticamera. Quando ho schiacciato l'interruttore si è sentito uno scatto secco, ma per fortuna la stanza era deserta.

Sollevò il braccio e spinse la porta. Il battente girò sui cardini senza il minimo rumore. Varcarono la soglia, si richiusero la porta alle spalle e si incamminarono lungo un corridoio illuminato da una fila di lampade incassate nel soffitto. Raven e Charles sembravano i due nuovi padroni del castello che visitassero la loro proprietà per studiare un nuovo arredamento.

— Ogni cosa ci dà qualche indicazione sulla psicologia di Thorstern — disse Raven. — La serratura complicata, le sbarre e il raggio di luce invisibile potevano essere localizzati da un qualsiasi mutante dotato di buone qualità extrasensoriali... anche se naturalmente, non avrebbe avuto modo di aprirsi la strada. D'altra parte, un telecinetico in grado di vedere i sistemi di sicurezza potrebbe annullare tutti i congegni con estrema facilità. Quindi, il castello è spalancato a tutti i telecinetici con qualità extrasensoriali. Thorstern vive nella convinzione che non esistono creature simili. Si pentirà di aver pensato una cosa sbagliata.

— Non mi sembra che sia in errore. Non esistono umani dotati di...

— Non ancora. Ma un giorno può darsi. Haller, per esempio, era classificato come pirotico e basta, tuttavia, nel momento in cui l'ho toccato ha capito fin troppe cose. Possedeva una forma rudimentale di percezione extrasensoriale, ma lo ha capito solo in quell'attimo. Possedeva un talento intero, più un decimo degli altri.

— Un capriccio della natura.

— Puoi chiamarlo così. Quindi il nostro caro Thorstern, quando si troverà di fronte a due capricci di natura come noi, non ci accoglierà con grande cortesia. Essendo un essere normale, anche se superiore ai suoi simili, ha verso i mutanti un atteggiamento determinato più dalla paura repressa che non da una gelosia aperta.

— Sarà un ostacolo, considerato che il nostro scopo è quello di convincerlo a ragionare.

— Proprio così, Charles. Non sarà facile inculcare un po' di buonsenso in un individuo potente dominato dalla paura. Il fatto poi di non potergli dimostrare che le sue supposizioni sono errate e che le sue paure sono del tutto infondate renderà il compito ancora più arduo.

— Hai mai immaginato quali potrebbero essere, fra mille, le possibili reazioni di questo mondo se noi fossimo liberi di raccontare alcune verità persuasive? — chiese Charles.

— Sì, molte volte. Ma a che scopo pensarci? Un giorno i Deneb finiranno con l'arrivare. Meno sanno, meglio è.

— Le probabilità sono di almeno un milione contro una che trovino qualcosa degno di essere scoperto — disse Charles, ed era molto sicuro su questo punto. — Guarda Tashgar, Lumina e il gruppo Bootes i Deneb hanno esplorato, hanno trattato con disprezzo le forme di vita trovate, e sono ripartiti nella loro ricerca senza mai trovare il luogo adatto. Diventerebbero pazzi se venissero a sapere che per centinaia di volte hanno stretto in mano quello che cercavano ma che non hanno mai saputo riconoscerlo. — Si permise un leggero sogghigno. — I Deneb sono geni che mancano della capacità elementare di sommare due più due.

— In alcune circostanze, sommare due più due può anche creare grossi problemi matematici — osservò Raven. — A volte i Deneb mi fanno compassione. Se io fossi uno di loro, sarei già matto furioso e... — Nel girare a destra nel corridoio più piccolo, Raven si interruppe di colpo. Diversi uomini stavano venendo verso di loro.

Prima che in uno di questi potesse nascere qualche sospetto, Raven, con sicurezza disarmante, rivolse loro la parola. — Scusate, potreste dirmi da che parte si trova l'ufficio del signor Thorstern?

Rispose l'uomo che camminava al centro e che si dava un leggero tono di autorità sugli altri.

— Primo corridoio a sinistra, seconda porta a sinistra.

— Grazie.

Si spostarono per cedere il passo ai due visitatori e li osservarono in silenzio. Tutte le facce rimasero impassibili, ma le loro menti gridavano anche il minimo pensiero.

"*Non c'è stata nessuna chiamata dalla porta per far accompagnare due visitatori da Thorstern. Come fanno a girare da soli per i corridoi?*"

"*C'è qualcosa che non va*" pensava un altro. "*Non è normale che due visitatori non siano accompagnati da qualcuno di noi. Non è mai capitato.*"

"*Non mi piace*" stava pensando un terzo. "*Ma perché non dovrebbe piacermi? Forse perché non ho abbastanza grattacapi per conto mio? Ne ho in abbondanza!*" La mente si perse in mille pensieri e concluse: "*Che vadano all'inferno*".

"*Seconda porta a sinistra, vero?*" pensava una quarta mente divertita. "*Gargan è stato rapido nel prendere la decisione. Non vuole mai correre rischi. Ecco perché non è mai diventato qualcuno. Gli piace sempre giocare sul sicuro.*"

Quello di loro che aveva dato l'indicazione, Gargan, concluse il suo pensiero. "*Quando girano l'angolo del corridoio, suono l'allarme per il capo.*" E cominciò ad avviarsi verso il punto della parete in cui si trovava il pulsante.

Non appena si trovarono nell'altro corridoio, Raven fece un cenno d'intesa a Charles, e insieme raggiunsero la seconda porta che si apriva sulla loro sinistra. — Posso raccogliere un'infinità di onde pensiero, ma nessuna viene da Thorstern — disse Raven, indicando la porta. — E qui dietro non ci sono menti pensanti. La sala è vuota. Non c'è anima viva. — Rimase per qualche istante con gli occhi fissi al battente. — Ci sono una mezza dozzina di sedie, un tavolo e uno schermo per le comunicazioni interne. Le pareti sono di pietra. La porta può essere chiusa, con un comando a distanza e aperta soltanto a distanza. Hmm!

— Una trappola per topi, migliorata — disse Charles, e sulla sua faccia grassoccia, attorno alla bocca, si disegnarono alcune rughe. Aveva assunto l'espressione di un ragazzo che si accinge a rompere la finestra di un vicino. — Proprio il posto in cui sono tentato di entrare per far vedere quanto poco io consideri certe cose.

— Anch'io — disse Raven, e spinse la porta, il cui battente girò sui cardini senza rumore. Poi si andò a sedere su una sedia al centro della stanza e fissò lo schermo spento.

Charles si accomodò accanto a lui, e la sedia scricchiolò sotto il suo peso. Rivolse l'attenzione allo schermo, ma la sua mente, come quella di Raven, scrutava in tutte le direzioni, cercando di comprendere qualcosa nel confuso vocio che proveniva da dietro le pareti di pietra.

"Avevo due assi. Se tu... una tipica locanda marziana con aria fresca e la birra calda..., ...c'è stata un'esplosione che ha scosso tutta la città. Noi abbiamo raggiunto di corsa gli elicotteri e..., ...aveva dei capelli biondi che scendevano fino alle ginocchia..., ...le pattuglie dei Terrestri hanno cominciato a girare come pazze..., ...così quello sporco individuo stava leggendo i miei pensieri e..., ...sì, un ipno, un certo Steen. Lo vogliono a tutti i costi. Io non so..., ...vi dico che quei due non dovrebbero essere..., ...Cosa? Cosa sta succedendo?"

— Ci siamo — disse Raven, girando leggermente la testa.

"...dicono che questo Steen abbia... Dove? Nella stanza dieci? Come hanno fatto a entrare?..., ...ne ho avuto fin sopra i capelli di stare su Marte. Non so come facciano quei disgraziati... Bene, Gargan. Ci penso io, ... è precipitato nella foresta e ha scavato una buca profonda..."

Click! Un piccolo scatto e una dozzina di grosse serrature chiusero la porta che si trovava alle spalle di Raven e di Charles. Lo schermo si illuminò, e dopo qualche istante comparve una faccia.

— Allora, Gargan aveva ragione. Cosa fate voi due in quella stanza?

— Stiamo seduti ad aspettare — disse Raven, e distese le gambe come uno che si accomodi di fronte allo schermo di casa.

— Questo lo vedo. Ora non potete fare altro. — La faccia sfoderò un sorriso che mise in evidenza una orribile fila di denti. — La guardia al cancello giura di non aver fatto entrare nessuno. Eppure voi due siete passati. C'è una sola risposta a questo. Siete degli ipnotici. Lo avete costretto ad aprire il cancello, poi gli avete cancellato dalla mente il ricordo di quel che aveva fatto. — Scoppiò in una risata. — Molto abili. Ma siete in trappola. Provate a ipnotizzare lo schermo.

— A quanto pare, considerate un crimine il fatto di essere ipnotici — disse Raven colpendo il punto debole del tipico essere comune.

— È un crimine l'usare l'ipnosi per scopi illegali — ribatté l'altro. — E, qualora non lo sappiate, la violazione di domicilio è un altro reato. Raven si rese conto che quelle chiacchiere erano solo una perdita di tempo.

— Secondo me è un reato anche il concedersi un divertimento da bambino e fare attendere il capo. Siamo venuti per parlare con Thorstern. Mandatelo a chiamare, prima che qualcuno vi insegni il buon senso a suon di legnate in testa.

— Sporco insolente! — urlò l'altro diventando livido. — Io potrei...

— Potreste cosa, Vinson? — chiese la voce profonda di una persona uscendo perentoria dall'altoparlante. — È un grave errore perdere la calma, qualunque sia la circostanza. Bisogna conservare il controllo in qualsiasi momento, Vinson. Con chi state parlando?

Charles diede una lieve gomitata a Raven. — Sembra che sia finalmente arrivato l'onnipotente Thorstern.

La faccia sullo schermo si era girata e fissava di lato con sguardo sottomesso.

— Ci sono due anormali che vogliono fare i furbi. Sono entrati non si sa come. Siamo riusciti a rinchiuderli nella Sala Dieci.

— Davvero? — La voce della persona era pacata e sicura. — Vi hanno spiegato il motivo per cui sono entrati in questa casa?

— Hanno detto di voler parlare con voi.

— Non vedo per quale motivo li dovrei accontentare. Oltre tutto creerebbe un precedente e darebbe libero accesso a tutti quelli che riescono a superare le mura del castello. Credono che possa restare sempre a disposizione di tutti?

— *Non so, signore.*

L'interlocutore non inquadrato cambiò idea. — Oh, be'... purché questa occasione non serva da pretesto per occasioni future, potrei anche sentire cos'hanno da dire. Per quanto improbabile, è possibile che apprenda qualcosa di utile. Mi saprò regolare meglio, molto *meglio*, se scoprirò che mi stanno prendendo in giro.

— Certo, signore — annuì la faccia, servile, poi sparì dallo schermo e si fece avanti un individuo dal viso largo e quadrato. Thorstern, che aveva superata la mezza età, aveva i capelli bianchi e grosse borse sotto gli occhi; il suo aspetto era simpatico e virile, e i suoi lineamenti rivelavano chiaramente uno spirito intelligente e ambizioso.

Thorstern fissò prima Charles, scrutandolo dalla testa ai piedi, poi girò lo sguardo. — Io vi conosco — disse senza mostrare la minima sorpresa. — Qualche minuto fa mi hanno consegnato la vostra fotografia. Voi siete David Raven.

11

Raven continuò a fissare lo schermo, senza scomporsi.

— Come mai avete voluto una *mia* foto?

— Non sono stato io a chiederla — rispose Thorstern, troppo pronto per lasciarsi sfuggire un'ammissione. — Mi è stata consegnata dalle autorità, che su questo pianeta agiscono con vera efficienza. In questo momento la vostra foto circola in ogni angolo della città. Pare che la polizia abbia una gran voglia di mettervi le mani addosso.

— Chissà poi perché — disse Raven, fingendosi stupito.

Thorstern tossicchiò per schiarirsi la voce. — Una persona con la mia posizione sociale si troverebbe in grande imbarazzo se si venisse a scoprire che ha dato asilo a un ricercato. Quindi, se avete qualcosa da dire, non perdete tempo. Non ne avete molto a disposizione.

— E poi?

Thorstern si strinse nelle spalle. Aveva l'espressione che poteva assumere un imperatore romano nel gesto del pollice verso.

— La polizia verrà a prendervi, così non avrò responsabilità di sorta.

Il tono della voce dimostrava la massima sicurezza. Thorstern non voleva certo nascondere che lui poteva manovrare la polizia a suo piacimento, al punto che, se lo avesse voluto, avrebbe potuto far eliminare una persona trincerandosi dietro la solita e banale scusa della resistenza all'arresto.

E, per la verità, Thorstern aveva davvero simili poteri.

— Siete un uomo molto in vista — disse Raven, ammirandolo apertamente. — Peccato che vogliate insistere nel prendere parte a tutti i disordini in corso.

— E voi siete impertinente — disse Thorstern. — Lo so che sperate di confondere le mie idee e di farmi irritare. Ma non sono tanto ingenuo. Le emozioni incontrollate sono un lusso che solo gli stupidi possono permettersi.

— Comunque, non avete negato l'accusa.

— Non posso smentire né confermare una cosa assolutamente senza senso.

Raven sospirò, sconsolato. — Se assumete questo atteggiamento, la nostra missione diventa più difficile. Comunque, resta necessaria.

— Quale missione?

— Quella di convincervi a mettere fine alla guerra non dichiarata che state conducendo contro la Terra.

— Santo cielo! — Thorstern finse di sbarrare gli occhi per lo stupore. — Non vorrete farmi credere che la Terra mi ha mandato un criminale per discutere di una guerra che esiste soltanto nella vostra fantasia.

— La guerra è in atto, e voi la dirigete manovrando i burattini che avete su questo pianeta e su Marte.

— Che prove avete?

— Non sono necessarie — disse Raven.

— Perché no?

— Perché sapete che ho detto la verità, anche se non volete ammetterlo. Le prove occorrebbero solo nel caso di dover convincere una terza parte interessata. Ma siamo soli. È una cosa che rimane interamente tra voi e noi due.

Thorstern rimase un attimo a meditare. — Una persona che ha sempre per le mani affari importanti — disse alla fine — finisce inevitabilmente col diventare il bersaglio di dicerie anche poco lusinghiere. Io non ci faccio più caso. Sono cose che non mi toccano minimamente. Rappresentano il pedaggio che si deve pagare per correre lungo la strada del successo. I gelosi e gli ostili ci sono sempre fra i piedi, e ci saranno sempre, e io li considero indegni perfino di disprezzo. Devo però ammettere che questa assurda e fantastica storia dell'essere il fomentatore di una guerra è la più oltraggiosa offesa che mi sia mai giunta alle orecchie.

— Non è né assurda né fantastica — ribatté Raven. — Sfortunatamente è un fatto vero, e che non vi offende. Anzi, ne provate un segreto orgoglio. Siete intimamente felice che qualcuno abbia avuto l'intelligenza di intuire che siete il grande capo. Siete soddisfatto che, una volta tanto, il vostro burattino Wollencott non attiri su di sé tutte le luci dei riflettori.

— Wollencott? — disse Thorstern, con la massima impassibilità.

— Ora comincio a capire qualcosa. Evidentemente, Wollencott, da mediocre agitatore di masse qual è, ha finito col pestare i calli a qualcuno. E voi avete stupidamente seguito una falsa traccia che vi ha portato a me.

Charles si agitò sulla sedia e disse: — Non sono abituato a seguire piste sbagliate.

— No? — Thorstern lo studiò attentamente una seconda volta, ma vide solo un individuo grasso, dalla faccia cordiale e dallo sguardo quasi privo di espressione. — Così, siete *voi* che reclamate il merito di avermi identificato quale animatore di una guerra che non esiste.

— Ammesso che si possa chiamare merito.

— Allora non siete soltanto pazzo, ma anche pericoloso! — Thorstern fece un gesto di disprezzo. — Non ho tempo da perdere con i pazzi. Meglio che me ne lavi le mani e vi consegni alla polizia. — Li fissò con sguardo freddo e severo. — Da buon cittadino, ho piena fiducia nell'opera dei nostri agenti.

Charles fece una smorfia. — State parlando certamente di quelli che ricevono soldi da voi. Li conosco. Sono i più temuti poliziotti del pianeta, e a ragione. — All'improvviso i suoi lineamenti si fecero tesi, e per un attimo la sua faccia non sembrò più né grassa né bonaria. — Tuttavia devo dirvi che noi non li temiamo.

— Cambierete opinione, vedrete. — Thorstern rivolse di nuovo la sua attenzione a Raven. — Nego tutte le accuse prive di senso che mi avete fatto. È tutto! Se la Terra pensa di ristabilire la sua autorità su Venere, lo faccia nel modo più appropriato. Wollencott può anche essere la causa dei guai che esistono con la Terra. Ma la loro risoluzione è un problema che non mi riguarda.

— Sentite, noi non ci lasciamo ingannare dai vostri burattini. Se togliamo di mezzo Wollencott, vi fareste una bella risata perché subito lo sostituireste con uno dei burattini che avete in lista di attesa, e perché fareste subito di lui un martire buono a fare dell'ottima propaganda contro la Terra.

— Davvero?
— Voi non alzerete un dito per salvare Wollencott. Anzi, gli fareste fare la parte del primo martire venusiano per la libertà. La Terra non ha tempo da perdere per fornire uno o due santi e un piccolo dio.
— Questa divinità sarei io? — chiese Thorstern sogghignando.
— Sì — disse Raven. — La nostra mossa logica è stata di giungere alla persona che muove le corde dei burattini. Ecco perché siamo venuti a parlare con voi. Ora, però, siamo convinti che è impossibile farvi ragionare; quindi non ci rimane che usare le maniere drastiche.
— Questa è una minaccia — disse Thorstern, mostrando una fila di denti bianchi. — Ed è strano che venga da una persona in mio potere. Mi dispiace deludervi, ma debbo informarvi che vi trovate in una solida prigione di pietra, completamente isolata dal mondo esterno.
— Divertitevi, finché potete.
— Comincio a credere che siate completamente pazzo — continuò Thorstern, senza badare all'interruzione. — Secondo me avete bisogno di uno psichiatra. Siete spinto dall'ossessione che io, Emmanuel Thorstern, ricco commerciante di Venere, sia una specie di Golia contro cui dovete recitare la parte di David. — Abbassò gli occhi per guardare qualcosa che non veniva inquadrato dallo schermo. — Sì, vedo che vi chiamate proprio David. Evidentemente siete rimasto condizionato dal nome.
— Non più di quanto lo siate voi per il fatto di chiamarvi Thor o Emmanuel.
Sulla faccia di Thorstern comparve la prima reazione visibile. La fronte gli si coprì un attimo di rughe. Riuscì tuttavia a sorridere con alterigia. — Ho piegato uomini per molto meno di questo! Li ho spezzati — disse stringendo rabbiosamente i pugni. — Li ho ridotti in uno stato pietoso.
— Vedo che *conoscete* i significati dei vostri nomi.
— Non sono un ignorante. — Thorstern inarcò le folte sopracciglia. — Ma mi occupo soltanto del mio commercio... non di fanatismi. Voi siete l'ossessionato, non io. Voglio il potere, certo, ma solo delle cose materiali. I vostri insulti non sono pericolosi per me, ma per voi.
— Le vostre minacce sono del tutto inutili. Sì, voi potrete annientare certi uomini, ma non riuscirete mai a vincere la Terra. Fate cessare la guerra, finché siete in tempo.
— E se non lo facessi?
— La Terra deciderà di averne più che abbastanza e di dover colpire a modo suo. Volete sapere come?
— Sto ascoltando.
— Eliminerà gli uomini dell'opposizione, uno a uno, cominciando da voi.
Thorstern rimase impassibile. Spinse indietro una ciocca di capelli bianchi e abbassò lo sguardo per consultare alcune carte che non venivano inquadrate dallo schermo.
— La mia coscienza è a posto, quindi non ho alcuna paura. Inoltre, noi siamo tutti Terrestri, soggetti alla legislazione terrestre che stabili-

sce la colpevolezza di un cittadino soltanto quando si possono produrre prove inconfutabili. Queste prove sarà impossibile produrle, dato che mancheranno i testimoni, inclusi voi due.

— Questa è una minaccia — disse Raven.

— Consideratela come volete. A quanto pare, non capite la posizione in cui siete venuti a trovarvi.

— Sì, sì, lo sappiamo... siamo in trappola... Almeno così sperate!

— Siete rinchiusi in una stanza dalle pareti solidissime e senza finestre. L'unica porta è chiusa da un congegno di serrature che possono essere aperte soltanto da qui. Usavamo la sala in cui vi trovate per i colloqui con i paranormali che venivano in visita senza chiari motivi. L'abbiamo già usata diverse volte.

— Capisco.

— Non sono tanto stupido da sentirmi al sicuro dietro una cancellata che si può facilmente superare, come avete fatto voi. Ma adesso avrete certamente capito che chi vuole lottare contro di me deve farlo nel momento e nel luogo da me scelti.

— Precauzioni piuttosto elaborate per la casa di un onesto commerciante, non vi pare? — disse Raven.

— Ho grandi interessi, da proteggere. I mezzi difensivi che ho studiato non si limitano certo a quelli che avete scoperto nella casa. Voi avete raggiunto soltanto la seconda linea di difesa. — Si protese verso lo schermo e li fissò con sguardo trionfante. — Anche se foste arrivati nella stanza in cui mi trovo, avreste scoperto che sono invulnerabile.

Raven sorrise.

— Sarebbe interessante fare la prova.

— Non ne avrete la possibilità. È ora che facciate entrare nei vostri piccoli cervelli l'idea che l'uomo comune non manca d'ingegno. Certi di noi... io in particolar modo... sanno come regolarsi con i mutanti. Sappiamo pensare con maggior rapidità, in qualsiasi momento.

— Pensate in ritardo, ma non lo sapete.

— Se siete tanto fieri dei vostri poteri telecinetici, provate a scardinare le serrature della porta. O forse siete due ipnotici. Provate allora a incantarmi attraverso lo schermo. Se invece siete telepatici, provate a leggere i miei pensieri. È impossibile, vero? Non sapete dove mi trovo, né in quale direzione, né a quale distanza. Potrei essere a dieci metri da voi, e avere i pensieri protetti da uno schermo d'argento, o essere in una stanza che si trova dall'altra parte del pianeta.

— Si direbbe che abbiate paura di qualcuno.

— Non temo nessuno — disse Thorstern, e stava affermando la verità. — Ma riconosco l'esistenza di poteri paranormali che non ho. Per questo sono prudente. Su Venere e su Marte non si può fare diversamente. Il numero dei mutanti è altissimo. È un fattore che la Terra dovrebbe tenere in considerazione, prima di scatenare qualcosa che forse non saprebbe poi come fermare.

— Anche la Terra ha i suoi mutanti — disse Raven. — Più di quanti possiate immaginare. Siete convinti di avere un gran numero di mutanti e non considerate quelli che possono esserci sulla Terra. Chi vi ha portato su questo pianeta? La flotta di astronavi terrestri, pilotata allora, e ancora oggi, da equipaggi che trascorrono quindici o venti anni in volo, soggetti alle radiazioni dello spazio. I figli di questi lupi dello spazio non sono come i figli di tutti gli altri.

— Su questo sono d'accordo — disse Thorstern, poi assunse il tono della persona che sta per affermare qualcosa che non si può discutere. — Se c'è davvero una guerra in atto, perché mai la Terra non schiera i suoi mutanti contro quelli di Venere?

— Chi ha mai detto che Venere stia usando i mutanti?

Thorstern impiegò un decimo di secondo per darsi dell'imbecille. Aveva commesso un grosso sbaglio e doveva rimediarlo. — Non è così? — chiese fingendosi candidamente sorpreso.

— No.

— Che cosa succede allora?

— Qualcosa di infinitamente peggio. I Venusiani si servono di un nuovo tipo di raggio che rende sterili le nostre donne.

— È una sporca menzogna! — esclamò Thorstern, arrossendo di collera.

— Esatto — disse Raven con calma. — E voi lo *sapete*. Lo avete ammesso in questo momento. *Come* fate a saperlo?

— Nessuno potrebbe permettersi di combattere in un modo tanto indegno — disse Thorstern, e segretamente si maledì per aver fatto un secondo errore. Avrebbe dovuto stare molto più attento. — Mi sono stancato di questo colloquio. Non è interessante né piacevole. Vi voglio sistemare come farei con qualsiasi pazzo che viene a minacciarmi in casa mia.

— Se vi riesce.

— Sarà facile. Gli anormali come voi hanno lo stesso tipo di polmoni degli altri. Anche un notturno cadrebbe addormentato in pochi attimi. Nonostante la sua qualità rimarrebbe inerme di fronte al sonno quanto un bambino appena nato. Non sarebbe più l'individuo biologicamente superiore che si vanta di essere. Addormentato, non è altro che un pezzo di carne. E chiunque potrebbe sistemarlo.

— Ci volete addormentare con il gas?

— Proprio così — disse Thorstern, compiaciuto di poter usare i suoi poteri contro i potenti.

— Ci sono dei tubi che portano il gas fino alla sala in cui vi trovate. Fanno parte del sistema difensivo. Come potete vedere, la nostra immaginazione è più fertile della vostra. — Si strinse un labbro tra le dita. — Mi piace fare le cose nel modo più semplice, in silenzio, e senza troppe difficoltà.

— Ma rifiutate di fare qualcosa per fermare la guerra.

— Non siate stupidi. Non posso proprio ammettere che ce ne sia una, né tantomeno che sia implicato io. Questa vostra guerra immaginaria ha smesso d'interessarmi. Vi tratterò come due malfattori penetrati nella mia casa. Farò in modo che la polizia vi possa prendere senza la minima difficoltà.

Si piegò in avanti e afferrò qualcosa che si trovava all'estremità della scrivania. Improvvisamente Charles si accasciò contro lo schienale della sedia e scivolò in avanti. La faccia gli si fece pallida e gli occhi si chiusero, come per sempre.

Raven distolse l'attenzione dallo schermo e si alzò di scatto per impedire che il compagno cadesse. Poi gli mise una mano sotto l'abito e cominciò a massaggiare all'altezza del cuore.

— Una commedia abbastanza divertente — disse Thorstern piegando le labbra con sarcasmo. Era ancora piegato verso lo schermo, ma la sua mano si era momentaneamente fermata a mezz'aria. — Il grassone finge di essere ammalato. Voi gli massaggiate il petto con grande serietà. E fra un istante mi verrete a dire che è stato colpito da un attacco cardiaco, o qualcosa del genere. Affermerete che bisogna fare subito qualcosa. A questo punto, io dovrei chiudere il gas, aprire la porta della sala in cui vi trovate, e mandare di corsa qualcuno con una bottiglia di *tambar*.

Raven rimase con la schiena voltata allo schermo. Non rispose e continuò a massaggiare il petto di Charles.

— Non attacca! — gridò Thorstern con rabbia. — State recitando una commedia tanto infantile che non riuscirebbe a convincere uno scemo. E io la considero un insulto alla mia intelligenza. Inoltre, se l'attacco del grassone fosse vero, io me ne starei tranquillamente seduto a vederlo morire. Chi sono io per voler fermare l'opera del destino?

— Sono contento che abbiate detto una cosa del genere — fece Raven senza voltarsi, con grande indifferenza per quello che Thorstern poteva fare. — La gente come noi è spesso ostacolata dalle considerazioni morali. Perdiamo un'infinità di tempo nel convincere altri a non farci fare cose che devono essere fatte. Cerchiamo di rimandare l'inevitabile fino a quando non si può più esitare oltre. È una nostra debolezza caratteristica. Siamo deboli nelle cose in cui gli uomini senza scrupoli, come voi, sono forti.

— Vi ringrazio — disse Thorstern.

— Quindi ci è di grande sollievo il fatto che la vittima cancelli i nostri scrupoli — aggiunse Raven, e sentì che quello era il preciso istante, l'esatto momento. Girò di scatto la testa e fissò gli occhi scintillanti d'argento sullo schermo. — Addio, Emmanuel! Un giorno forse ci incontreremo di nuovo.

Thorstern non rispose. Non ne fu capace. I suoi lineamenti aggressivi vennero scossi da una serie di violente contrazioni e gli occhi parvero voler schizzare dalle orbite. Le labbra si mossero, ma non ne uscirono suoni. La fronte si coprì di sudore. Thorstern sembrava sottoposto a una violenta tortura.

Raven osservò la scena senza mostrare la minima sorpresa, e continuò a massaggiare il petto di Charles. La faccia di Thorstern scomparve sotto il limite inferiore dello schermo. Una mano si sollevò per annaspare spasmodicamente nell'aria. Poi ricomparve la faccia, sempre contratta in maniera spaventosa. Tutta la scena si era svolta in meno di venti secondi.

Alla fine, lo strano fenomeno cessò con la stessa rapidità con cui era cominciato. I muscoli della faccia si rilassarono e l'espressione tornò quella di prima. Rimase solo il sudore sulla fronte. La voce profonda riprese a parlare, calma e fredda. Era la voce di Thorstern, con un leggero timbro che non gli apparteneva. Bocca, laringe e corde vocali sembravano essere diventate quelle del pupazzo di un ventriloquo. L'uomo girò la testa verso un microfono situato alla sinistra dello schermo e disse: — Jesmond, i miei visitatori stanno per uscire. Fate in modo che non vengano fermati.

Il pupazzo Thorstern distese il braccio, premette un pulsante, e tutte le serrature si aprirono. Fu l'ultimo atto della sua vita. L'espressione del viso cambiò ancora una volta, la bocca si aprì, e tutti i muscoli ebbero rapidissime alterazioni. Poi la testa svanì dallo schermo. Nell'attimo in cui il corpo crollava a terra parve quasi di sentirne il tonfo.

Charles si agitò. Quando Raven lo scosse con vigore, socchiuse gli occhi e cercò di sollevarsi. Tremava leggermente e aveva il respiro affannoso.

— Dobbiamo fare presto, David. Credevo di poterlo tenere sotto controllo, ma quel maledetto...

— Lo so. Ho visto la sua faccia. Andiamo!

Balzò verso la porta e la spalancò.

Poi aiutò Charles a uscire. La sala era immersa nel silenzio e lo schermo continuava a brillare vuoto. Raven richiuse il battente e svoltò nel corridoio. Era deserto.

— Quel maledetto! — disse Charles, ansimando.

— Stai zitto. Risparmia il fiato.

Superarono la porta protetta dal raggio invisibile e si trovarono nel cortile avvolto nella nebbia. Il flusso di pensieri che giungeva da ogni angolo consigliò loro di allungare il passo.

"*... la ballerina avanza contorcendosi come un serpente e... È morto, te lo assicuro. È impossibile che..., ci vuole altro per incendiare quel magazzino..., ...sono riusciti a colpirlo nel momento in cui stava per premere il pulsante del gas. Non so come abbiano..., ...si dice che qualche anno fa un apparecchio monoposto abbia raggiunto Giove. Io immagino che siano voci sparse dai Terrestri per..., ...devono esserci mutanti con diversi talenti, anche se qualcuno afferma il contrario. In questo caso..., ...ha scoperto un filone d'argento su un versante delle Sawtooths, così..., ...non possono essere andati lontano. Suona l'allarme, idiota! Non startene a contemplare un morto mentre quelli..., ...il levitante si solleva per mettersi a camminare sul soffitto e dalla tasca gli esce una fotografia che cade ai piedi della moglie. Lei la raccoglie e..., ...non possono essere ancora arrivati al cancello. Mettete in azione la sirene, e sparate a vista... Avresti dovuto giocare l'asso. Ehi, cos'è tutto questo baccano?..., ...non importa chi siano e cosa sanno fare. Possono morire come tutti gli altri.*"

Jesmond, arcigno come sempre, stava aspettando vicino al cancello. La pessima visibilità gli impedì di riconoscerli fino a quando non furono a pochi passi. Allora spalancò gli occhi.

— Voi? Come avete fatto a entrare?

— Non sono affari che vi riguardano — disse Raven, poi fece un cenno verso il cancello. — Obbedite agli ordini e aprite.

— Va bene, state calmo.

Borbottando tra sé, Jesmond cominciò ad armeggiare attorno alla complicata serratura. Tutti gli avvenimenti di quella sera lo avevano già seccato abbastanza.

— Presto. Non abbiamo tempo da perdere.

— Davvero? — La guardia si girò per guardarli, risentito. — Chi sta tribolando con la serratura, voi o io?

— Io — disse Raven con rabbia, e sferrò un pugno potente sul naso di Jesmond. Poi si massaggiò le nocche indolenzite. — Scusami, amico.

Jesmond cadde a terra di schianto e dalle narici cominciò a uscire un filo di sangue. Gli occhi si erano chiusi e la mente doveva ondeggiare in qualche punto in mezzo alle stelle.

Raven terminò di aprire e spalancò il cancello. — Hai già fatto abbastanza — disse a Charles. — È ora che te ne torni a casa.

— Non ci penso nemmeno — rispose Charles, fissando l'amico con occhio esperto. — Il cancello aperto è una finta, altrimenti non avresti colpito con tanta forza quel disgraziato. Tu vuoi rientrare nel castello, e io voglio venire con te.

In quel momento, la sirena collocata sulla torre più alta si mise a suonare. Il suono, dapprima rauco, in pochi attimi si trasformò in un ululato lacerante che penetrò nella nebbia per echeggiare in tutta la regione circostante.

12

Avanzarono in mezzo alla nebbia fredda e umida. La scarsa visibilità, comunque, non impedì loro di procedere celermente. Camminavano come se si trovassero alla piena luce del giorno. In fondo al cortile, molto oltre la porta che avevano aperto per entrare nel castello, c'era uno stretto voltone di pietra con una lanterna appesa al centro. Di ottone smaltato, ricca di fregi ornamentali, la lanterna penzolava innocentemente e proiettava un tenue ventaglio di luce invisibile su una serie di cellule microscopiche incassate nel gradino sotto l'arcata.

La sirena continuava a lanciare il suo lugubre ululato, mentre Raven cercava di rintracciare il circuito che azionava quel sistema di sicurezza così ben mascherato. Infine superò l'arcata, seguito da Charles. Un attimo dopo la sirena ammutolì con una specie di rantolo.

L'improvviso silenzio fu rotto da un coro di voci rabbiose e da un'orda di pensieri altrettanto furenti.

— Pensavo di dover impiegare più tempo — disse Raven. — I fili corrono per quasi tutto il castello e terminano a un grande pannello di comando. Comunque, sono stato fortunato.

— In che senso?

— Quando ho interrotto il contatto si è accesa una spia luminosa... e nessuno ci ha fatto caso. Sembra che tutti al castello siano in preda al panico. Continuano a scambiarsi ordini a vicenda senza concludere niente.

Si sporse un poco oltre l'angolo per guardare verso il cancello. Si sentì il rumore di molti piedi in corsa; poi dalla porta sbucarono diversi uomini che si lanciarono verso l'uscita. Ci fu un confuso incrociarsi di voci che cercavano di dominarsi a vicenda.

Era molto più facile ascoltare i pensieri.

"Troppo tardi. Il cancello è aperto, e Jesmond è tramortito."

"Voi tre eravate nella stanza delle guardie. Cosa stavate facendo? Giocavate a jimbo? Ma guarda che roba! Due anormali escono tranquillamente dal castello, e loro continuano a giocare!"

"Vi siete mossi soltanto quando è suonato l'allarme! Be', avevate ormai un'ora di ritardo!"

"Basta con le discussioni! Non stiamo facendo un'inchiesta! I due fuggitivi non posso essersi allontanati troppo. Inseguiamoli."

"In che modo? Avanzando a tastoni come i ciechi? Non siamo mica dei radiosensitivi, sai!"

"Chiudi il becco! Anche loro si trovano nelle nostre stesse condizioni."

"Niente affatto. Ti dico che quelli hanno qualità speciali, e sono pronto a scommettere che in questo momento stanno correndo in mezzo alla nebbia come se non esistesse."

— Se fossi uno di loro, odierei a morte la gente come noi — disse Charles.

— Infatti ci odiano. E non posso biasimarli — disse Raven, e fece un gesto per imporre il silenzio. — Ascolta.

"Voi fate come volete, io li inseguo. Non possono correre senza fare rumore, e io sparerò in direzione di qualsiasi rumore dovessi sentire. Vieni con me, Sweeny?"

"Sì, certo."

Un rumore di passi crepitò sulla ghiaia oltre il cancello e si allontanò con cautela nella notte.

"E se fossero telecinetici? Possono evitare di farsi sentire."

"Un telecinetico non può rimanere sospeso in aria per sempre. Per me, il vero *superdotato è chi può digerire un confetto di piombo."*

"Piantala, Sweeny. Come facciamo a sentirli se continui a chiacchierare?"

Continuarono ad allontanarsi mentre le loro menti si concentravano soltanto nell'ascolto degli eventuali rumori fatti dai fuggitivi. Gli uomini rimasti al cancello continuavano a rimproverare le guardie per quella partita a jimbo che le aveva distolte dal servizio, e nello stesso tempo cercavano di rianimare il povero Jesmond.

Un'onda di onde neurali giungeva invece dall'interno del castello.

"Niente indica cosa l'ha ucciso. Sembra che sia stato colpito da un attacco di cuore. Vi dico che si tratta di una disgraziata coincidenza.

Nessun ipnotico può servirsi dei propri poteri attraverso uno schermo, né tantomeno può uccidere una persona a distanza."

"No? Allora perché Thorstern ha spalancato loro la porta e ha ordinato alle guardie di aprire il cancello? L'hanno ipnotizzato, ne sono sicuro, e attraverso lo schermo. Quei due hanno un potere che nessun essere umano dovrebbe possedere."

— Sei stato in gamba — disse Charles. — Guardando lo schermo al momento giusto, li hai indirizzati sulla pista sbagliata. Danno tutta la colpa a te, pensano che in qualche modo tu sia riuscito a farlo coi tuoi begli occhi.

— Non vorrei che scoprissero la verità.

— Già. Almeno ci fosse il modo di raccontare loro qualcosa sulla verità, ma senza tirare in ballo i Deneb.

— Non c'è. Nel modo più assoluto.

— Lo so. Ed è un vero peccato.

Rimasero in silenzio ad ascoltare le menti.

"Hai avvisato Plain City?"

"Sì. Stanno arrivando in forze. Un paio di telepatici per localizzarli con la mente, se ci riescono, una mezza dozzina di ipnotici, un pirotico e un tale con una muta di gatti selvatici. Una combriccola di fenomeni da circo capaci di camminare sulla corda e di fare altre cose del genere."

"Al capo verrà un colpo quando vedrà cos'è successo."

"Credo che un insettivoco con una scatola dei suoi insetti potrebbe fare molto di più che..."

— Hai sentito? — disse Raven facendo un piccolo cenno al compagno. — Proprio quello che volevamo sapere. Thorstern non era al castello, ma lo stanno aspettando. Infatti l'uomo nella sala di trasmissione, quando l'ho visto cadere a terra, non somigliava minimamente a Thorstern. Doveva essere un malleabile.

— Io me ne sono accorto nel momento in cui sono entrato in contatto — disse Charles. — Recitava molto bene, e non avevo avuto il minimo sospetto. È stata una sorpresa... Ma non certo paragonabile a quella che ha provato lui grazie a me.

— Ormai ha finito di restare sorpreso! La morte mette fine a tutto, vero?

Charles ignorò la domanda, perché la risposta era ovvia.

— La sala di trasmissione era protetta da schermi d'argento per evitare penetrazioni mentali dall'esterno. Si chiamava Greatorex. Ed era uno dei tre mutanti che avevano libero accesso al castello.

— Per motivi speciali.

— Sì. L'avevano addestrato a impersonare Thorstern, e Thorstern era diventato il suo secondo io. Ecco perché diceva di essere invulnerabile. Lui parlava a nome di due persone. Il vero grande capo era invulnerabile soltanto perché non si trovava in quella stanza. — Charles rimase un attimo in silenzio. — I tre mutanti fanno il loro servizio e turni al castello ogni volta che Sua Eccellenza, lo richiede.

— Dove sono gli altri due? Ha detto qualcosa la sua mente?

— Sono da qualche parte in città, in attesa di essere chiamati in servizio.

— Puoi capire cosa significa. Se stanno aspettando Thorstern, e lui non sa ancora cos'è successo, può darsi che arrivi di persona. A meno che non riescano ad avvisarlo e lui non ci mandi una seconda copia di se stesso. Gli conviene gettarci un'altra esca perché non potremo rifiutarci di abboccare.

— Ma non riuscirà a prenderci.

— Però nemmeno noi prenderemo lui... Ecco cosa mi preoccupa. — Corrugò la fronte, poi rivolse improvvisamente l'attenzione altrove. — Ascolta... comincia a rendersi conto di qualcosa, questo tipo.

I pensieri giungevano da una delle stanze del castello.

"*D'accordo, il cancello era aperto e una delle guardie era stesa a terra. Significa proprio che sono fuggiti? O vogliono soltanto farcelo credere? Forse non sono fuggiti. Forse si stanno ancora aggirando per il castello. Se fossi una volpe mi vestirei da cacciatore e mi metterei in groppa a un cavallo. Vivrei più a lungo. Non importa che possano leggere nella mia mente... sono sempre in grado di pensare. Io dico che bisogna cercare all'interno del castello, al più presto possibile.*"

Rispose una seconda mente più agitata. "*Tu hai la testa piena di se, di ma e di forse. Se non avessi di meglio da fare, saprei dedurre le stesse cose. Potrei pensare alla possibilità che siano dei supermalleabili. E allora? Dovremmo preoccuparci non soltanto di scoprire dove sono, ma anche di sapere chi sono. Ti rendi conto che uno di loro potrebbe essersi fatto uscire sangue dal naso e essersi sdraiato vicino al cancello fingendo di essere Jesmond?* Fece una pausa. *Di questo passo, come fate a sapere che io sono proprio io?*"

"*In questo caso non avresti molto da vivere. Dalla città stanno arrivando alcuni telepati in grado di scoprire rapidamente chi sei. Io ripeto che dobbiamo setacciare il castello. Il capo andrà su tutte le furie se non lo facciamo.*"

"*D'accordo. Facciamo come vuoi, Signor Agitato. Ordinerò di cominciare le ricerche. Sarà inutile, ma lo faremo. Dirò anche che si armino e sparino a qualsiasi ombra sospetta.*"

— Certi mancano totalmente di buon senso — borbottò Raven. — Perché non ci lasciano in pace?

— Senti chi parla! — disse Charles sorridendo.

Raven studiò le pareti del castello. — La caccia è cominciata. Dobbiamo cercare di tenerli a bada fino all'arrivo di Thorstern o di uno dei sosia.

Tenerli a bada non fu difficile. Andarono a sedersi su un bastione avvolto dalla nebbia e alto una quindicina di metri. Un gatto selvatico li avrebbe potuti scoprire, un supersonico li avrebbe potuti localizzare con l'eco, e un levitante li avrebbe saputi scorgere per quel suo istinto di curiosare nei punti che gli esseri normali trascuravano.

Ma quelli che stavano dando loro la caccia erano esseri normali, con tutte le limitazioni imposte alle normali forme di vita.

Così i due rimasero appollaiati in cima alla muraglia, come due gufi, a scrutare gli esseri inferiori che strisciavano con le armi in pugno attorno alla rocca di basalto nei cortili, pronti a far fuoco, e scossi dalla paura dell'ignoto.

Per le loro povere menti normali, il mutante era un essere che aveva sviluppato manie di grandezza, sempre pronto a ridurre in schiavitù i normali esseri umani. Un mutante con più poteri doveva essere qualcosa di infinitamente peggiore. Forse era una creatura non umana, camuffata da uomo e capace di tutto.

Il pensiero di trovarsi improvvisamente di fronte a una mostruosità biologica quale poteva essere un tele-piro-ipnotico e chissà che altro, e di doversi difendere con semplici pallottole, era addirittura insostenibile per alcuni degli uomini impegnati nelle ricerche.

Un uomo passò sotto l'arcata puntando una lampada portatile particolare sulle cellule per non disattivarle. Cercò invano nei paraggi, gli occhi spalancati, i peli ritti, e passò un paio di volte proprio sotto i piedi della preda, prima di arrendersi e tornare sui suoi passi.

Nel medesimo istante un secondo uomo emerse dalla porta del cortile, percepì dei rumori furtivi provenienti dall'arcata e fissò in quella direzione. Le armi in pugno, i due avanzarono in punta di piedi... Videro una forma vaga stagliarsi nella nebbia.

— Chi va là? — gridarono insieme, e fecero fuoco.

Uno venne mancato di pochi centimetri, l'altro fu ferito a un braccio. Lontano, oltre il cancello, qualcuno sparò in aria a un immaginario levitante, centrando un banco di nebbia.

Raven guardò verso il basso per osservare quello che stava succedendo nel cortile. Charles invece alzò di scatto la testa.

— Sento qualcosa. Non te ne sei accorto?

— Sì. Sta arrivando qualcuno. Ho la sensazione che sia il nostro uomo.

Si udiva il rumore delle grosse eliche di un elicottero che volava a considerevole altezza: stava arrivando da est, e volava sopra la coltre di nebbia.

Un sottile raggio di luce arancione partì da una delle torri del castello e rimase fisso nella notte. L'elicottero cominciò a scendere verso il faro e il rumore delle eliche diventò assordante. Infine l'apparecchio venne a trovarsi sopra il castello.

Guidato dagli strumenti di bordo o da istruzioni radio impartite da terra, l'elicottero s'immerse nella nebbia e toccò terra nello spiazzo di fronte al cancello. Il faro arancione si spense. Poi tre o quattro persone attraversarono di corsa il cortile per andare incontro ai nuovi arrivati.

— Raggiungiamo il comitato di ricevimento — disse Raven.

Si sporse dal muro e si lasciò cadere nel cortile. Ma non andò giù come avrebbe fatto un levitante. Scese alla stessa maniera con cui era piombato nella foresta. Una caduta normale, e un'improvvisa decelerazione a pochi centimetri dal suolo.

Charles lo seguì imperturbabile.

Attorno all'elicottero, si agitavano una decina di persone che cercavano di parlare tutte contemporaneamente. Quelli di guardia al cancello stavano scrutando nella nebbia, in direzione dell'apparecchio, e non fecero caso ai due che varcarono di corsa il passaggio per poi sparire.

I due fecero soltanto pochi passi in direzione dell'elicottero, il tanto necessario per togliersi alla vista di quelli fermi al cancello, poi descrissero un ampio giro per andare dietro l'elicottero. Nessuno fece caso a loro. La foschia era molto fitta e la discussione assorbiva troppo il gruppo.

Un uomo era fermo in cima alla scaletta dell'apparecchio e ascoltava cupo quello che urlavano gli uomini a terra. Sembrava il gemello dello sventurato Greatorex.

Le menti di quelli radunati ai piedi della scaletta rivelavano una curiosa situazione. Nessuno sapeva con certezza se il vero Thorstern era morto e se loro stavano parlando con uno dei sosia, o se era morto un sosia e loro si trovavano di fronte a Thorstern in persona... o se riferivano i fatti a un altro dei sosia.

Con autoritaria abilità, l'aspirante dittatore del mondo aveva condizionato i suoi uomini a rispettare la sua quadruplicità e a considerare ogni suo sosia come il vero Thorstern. Si erano tanto abituati a questa idea che per loro il vero Thorstern e i tre malleabili erano diventati una sola persona con tanti corpi. Era un grande tributo all'uomo che li comandava e un tributo ancora più grande ai tre sosia.

Il trucco riusciva a essere di utilità estrema. Nessuno scrutacervelli avversario poteva stabilire le sostituzioni che avvenivano nella camera protetta dagli schermi. Sarebbe stato necessario trovarsi in presenza diretta di Thorstern per poterlo identificare... se fosse stato possibile trovarlo.

Nessuno dei subalterni di Thorstern aveva mai accarezzato l'idea di commettere un attentato, sia perché le possibilità erano tre contro una, sia per timore delle rappresaglie che sarebbero seguite. All'interno dell'organizzazione, per quella esistenza dei sosia, era venuto a crearsi uno stato di dubbio che scoraggiava chiunque avesse voluto tentare una scalata al potere mediante il tradimento.

Ma, una volta tanto, nonostante le precauzioni, l'uomo che si trovava in cima alla scala era stato colto di sorpresa. Nessuno schermo d'argento proteggeva il segreto dei suoi pensieri. Si trovava allo scoperto ed era preoccupato di comprendere con la massima rapidità che cos'era successo. Poi avrebbe deciso se gli conveniva restare lì.

La sua mente ammetteva che si trattava di Emmanuel Thorstern e nessun altro, circostanza che avrebbe fatto felice il gruppo vociante di uomini che lo attorniava, se tra loro ci fosse stato un telepatico. Thorstern stava già pensando di tornare a Plain City a intensificare la caccia, mandando al castello un sosia nel caso avessero deciso di sferrare un secondo colpo contro la sua persona.

— Allora questo tale l'ha fissato negli occhi come per dire *spero che tu possa cadere stecchito* — continuò quello più vicino a lui. — Ed è stato proprio così! Lasciate che ve lo dica, capo, non è una cosa naturale. Quei due saprebbero mettere lo scompiglio in un intero gruppo di paranormali, figuratevi quindi con gente normale come noi. — Sputò a terra con rabbia. — Quando due esseri che non sono normali possono entrare tranquillamente...

— Superando il cancello e i sistemi di allarme — lo interruppe un secondo — come se non esistessero. Poi sono usciti da una sala chiusa da serrature complicatissime.

Una terza voce espose proprio quello che stava passando nella mente dell'uomo in cima alla scala. — Io sono preoccupato per questo... se l'hanno fatto una volta possono farlo ancora, e ancora, e ancora...

Thorstern fece un mezzo passo indietro. — Avete setacciato il castello? Bene?

— Centimetro per centimetro, capo. E non abbiamo trovato traccia di nessuno dei due. Ora aspettiamo una muta di gatti selvatici e un gruppo di superdotati, richiesti in città. Il fuoco si combatte con il fuoco.

Quasi a conferma di quanto era stato detto si sentì in lontananza il rabbioso miagolìo dei gatti selvatici.

— Non serviranno a niente — dichiarò con pessimismo il primo uomo. — A meno che non si imbattano per caso in Raven e in quel suo socio panciuto. Ormai hanno troppo vantaggio. Sweeny e i suoi ragazzi non li intercetteranno più, e nemmeno le squadre di città... E neppure io, se posso evitarlo.

Thorstern decise improvvisamente di aver ascoltato abbastanza. — Tutto considerato è meglio che io torni in città. Ordinerò alle autorità di prendere decisioni drastiche. Non mi manca certo l'influenza per farlo.

— Certo, capo. Certo.

— Tornerò non appena mi sarò reso conto che viene fatto tutto il possibile. Fra due o tre ore al massimo.

Lo disse sapendo benissimo che non sarebbe tornato fino a quando la situazione poteva rappresentare un pericolo per la sua persona: avrebbe mandato uno dei sosia.

— Se qualcun altro mi viene a cercare, dite che sono partito e che non sapete dove ero diretto. Se chi mi cerca è Raven, o se gli somiglia, o se parla e agisce come lui, o se vi nasce il sospetto che abbia le sue stesse idee, non state a discutere. Sparate. E sparate bene. Nel caso di un errore di persona, io mi assumerò tutte le responsabilità.

Al che Thorstern scomparve all'interno dell'elicottero. Si comportava come una persona sicura di sé, ma internamente era scosso dal desiderio di allontanarsi il più presto possibile.

Qualcuno non si era lasciato ingannare dall'opinione diffusa che fosse Wollencott il capo del movimento, anche se poi aveva finito col trovarsi di fronte a Greatorex. Qualcuno aveva faticosamente seguito i fili nascosti e aveva trovato che portavano a Thorstern. Qualcuno aveva molto più potere di lui e una crudeltà quasi identica. Qualcuno aveva deciso di rovesciarlo dalla posizione che si era tortuosamente costruito e, nonostante il primo insuccesso, aveva dimostrato di poterlo fare con estrema facilità.

— Andiamo — borbottò al pilota, e si lasciò cadere nella sua poltroncina.

Le eliche girarono, l'apparecchio ebbe un lieve sobbalzo, si inclinò leggermente e cominciò a sollevarsi. Raven e il compagno raggiunsero di corsa l'apparecchio e si misero a sedere sui pattini di atterraggio. Fino a un attimo prima, erano rimasti nascosti dietro la grossa mole dell'elicottero, ma ora diventarono perfettamente visibili. Un gruppo di facce sorprese si levò a guardarli per due o tre secondi, fino a quando l'apparecchio non scomparve nella nebbia. Poi ci fu una reazione rabbiosa e confusa.

"*Dammi il fucile, presto!*"

"*Sei pazzo? Vuoi sparare alla cieca? Ormai non puoi più vederli!*"

"*Calma, Meaghan, potresti colpire il capo!*"

"*O il pilota. Vuoi farci cadere addosso l'apparecchio?*"

"*Ma dobbiamo fare qualcosa. Maledetti paranormali! Dipendesse da me, li ucciderei non appena nascono. Avremmo una vita tranquilla.*"

"*Telefoniamo in città. Li uccideranno non appena l'apparecchio tocca terra.*"

"*Sarebbero utili due levitanti bene armati. Perché non...*"

"*Sta' zitto, Dillworth. Forse il pilota si è accorto di qualcosa e sta tornando verso il castello.*" Tese l'orecchio, ma il rumore delle eliche si stava allontanando. "*No, continua verso la città. Io vado.*"

"*Dove?*"

"*Dentro. Voglio mettermi in contatto radio con il capo e avvisarlo.*"

"*Ottima idea. Una scarica di proiettili attraverso il pavimento della cabina li farà cadere dal loro trespolo.*"

L'apparecchio emerse dal banco di nebbia e proseguì il viaggio sotto un cielo di stelle lucenti. All'orizzonte, le Sawtooths si stagliavano contro lo sfondo dei punti luminosi. Più vicino, ovattato dalla nebbia, il bagliore delle luci di Plain City con il raggio arancione di un faro che puntava verso il cielo. Lontano, verso sud, si poteva distinguere il leggerissimo bagliore delle luci di Big Mines. Il pilota puntò verso il faro di Plain City e si mantenne una trentina di metri sopra il banco di nebbia. Non era necessario salire a una altezza maggiore per un viaggio tanto breve. Era piegato sui comandi, gli occhi fissi sulla luce del faro. Nel subconscio sentiva che l'apparecchio era più pesante, più lento, di un'ora prima, ma non se ne preoccupò. Durante la notte il contenuto di ossigeno dell'atmosfera variava da un'ora all'altra, e i motori sembravano subirne l'influenza.

Quando l'apparecchio fu quasi sopra la città, la spia della radio si accese, e il pilota allungò il braccio per premere l'interruttore. Nello stesso istante la porta della cabina si aprì a Raven avanzò all'interno.

— Buona sera — disse rivolgendosi a Thorstern.

Con la mano sospesa a mezz'aria, il pilota diede una rapida occhiata fuori dal finestrino per accertarsi che stavano ancora volando, poi sbottò: — Ma come diavolo...

— Clandestino a rapporto, signore — disse Raven sogghignando. — E ce n'è un altro appollaiato sul pattino, più grosso di me. — Rivolse la sua attenzione a Thorstern e vide che stava guardando con insistenza un piccolo scomparto. — Non lo farei se fossi in voi — lo ammonì Raven con un tono di voce tanto normale da risultare estremamente minaccioso.

Il pilota decise che poteva rispondere alla radio e premette il pulsante. — Qui Corry.

Dal piccolo altoparlante uscì una voce squillante. — Dite al signor Thorstern di prendere la pistola e sparare attraverso il pavimento. I due che cerchiamo sono attaccati ai pattini di atterraggio.

— Lo sa — rispose il pilota.

— Lo sa?

— Proprio così!

— Mio Dio! — La voce parve rivolgersi a delle persone che gli stavano accanto. — Dice che il capo lo sa. — Tornò a parlare al microfono. — Cos'ha intenzione di fare?

— Niente — rispose il pilota.

— Niente? Com'è possibile?

— Non chiedetelo a me. Io sono il pilota.

— Non vorrete... — La voce si interruppe all'improvviso, poi si sentì lo scatto della radio che veniva spenta.

— È giunto a una conclusione — disse Raven. — Ha pensato che voi e il signor Corry foste legati saldamente... che fossi *io* alla radio.

— Voi, chi siete? — chiese Corry con il tono di chi considera vagabondi tutti quelli che saltano a bordo di velivoli in moto.

Thorstern fece finalmente udire la sua voce. — Lasciate perdere... non potete fare niente.

Il suo cervello preoccupato espose un interessante esempio di come i pensieri incongruenti aumentino a volte nei momenti di crisi. Thorstern era assolutamente sconvolto. Giudicando da quanto era successo al castello, lui si trovava in una posizione pericolosa, aveva ottimi motivi per credere che la sua vita fosse in pericolo e che quanto prima avrebbe raggiunto il povero Greatorex. A tutto questo doveva aggiungere una specie di senso di colpa per essere andato a cercare i guai e per non potersi quindi lamentare, di averli trovati.

In quel momento, invece, Thorstern pensava ad altre cose.

"*Un taxi antigravitazionale può portare un carico massimo di duecentocinquanta chili. Un elicottero, invece, può trasportare una tonnellata. Se avessi preso un taxi non mi troverei in questa situazione: non si sarebbe potuto sollevare con due persone a bordo e due appese all'esterno. Questa è l'ultima volta che prendo un elicottero... a meno che non venga accompagnato da una scorta.*"

— Ma voi avete una scorta... Avete me e il mio amico — disse Raven. Poi aprì lo sportello. — Venite. Dobbiamo scendere.

Thorstern si alzò lentamente.

— Mi romperò il collo.

— Andrà tutto bene. Ci siamo noi a sostenervi.

— Potreste cambiare idea e lasciarmi precipitare, no?

— No.

Il pilota intervenne nella discussione. — Se siete dei levitanti vi devo avvisare che è contro la legge saltare da un apparecchio in volo sopra una città.

Raven non gli fece caso e continuò a parlare con Thorstern.

— Comunque, avete altre alternative. Potete tentare di prendere la pistola che c'è nel cassetto e vedere cosa succede. Oppure potete tentare la fuga balzando dall'apparecchio in volo e scoprire a che altezza sapete rimbalzare. O far precipitare l'elicottero e trasformarlo in un rogo. Se invece scendete con noi, toccherete terra incolume.

"*Mi può ipnotizzare e costringere a fare quello che vuole, anche a morire, come ha fatto con Greatorex. Sarebbe meglio agire di testa mia. Ma conviene guadagnare tempo. Ora vincono loro... poi verrà anche il mio turno. In circostanze diverse anche le mie opportunità saranno diverse.*"

— Questo si chiama usare il buonsenso — disse Raven. — Restate con noi fino a quando non faremo un passo falso. Poi ci potrete sbranare.

— So che siete un telepate e che potete leggere i miei pensieri — disse Thorstern avvicinandosi allo sportello. — So che potete fare anche molto di più. Sono impotente di fronte a voi... per ora...

Chiamò a raccolta tutto il suo coraggio. In quel momento Raven lo prese per un braccio e Charles gli afferrò l'altro. Come i levitanti hanno la mente condizionata da questa loro particolare abilità, così gli altri sono condizionati dalle loro limitazioni.

Thorstern aveva il cervello e il coraggio di una belva, tuttavia la sua natura si ribellava con tutte le forze a un salto nel vuoto. Con un paracadute o una cintura antigravità non avrebbe esitato un attimo. Stretto tra le mani di quei due avversari si sentiva invece terrorizzato.

Nel momento in cui si staccarono dall'elicottero, Thorstern chiuse gli occhi e trattenne il respiro. Sentì un vuoto alla bocca dello stomaco e l'aria cominciò a fischiargli attorno alle orecchie.

Ebbe la momentanea visione di un tetto che saliva vertiginosamente per fracassargli le gambe e il corpo. Poi un energico strattone rallentò la sua caduta. Tenne gli occhi chiusi finché non sentì il terreno sotto i piedi. Erano scesi in mezzo a una strada.

In alto, nel cielo, il pilota aveva afferrato il microfono. — Due tipi lo hanno preso e lo hanno costretto a saltare con loro da oltre seicento metri. Ero convinto che fossero levitanti, invece li ho visti cadere come sassi. Come? No, non ha opposto resistenza né mi ha dato ordini. Per quanto posso dire, io penso che siano caduti nel Settore Nove, nei paraggi di Reece Avenue. — Ci fu una breve pausa. — No, se lo conosco bene. È stato molto strano. Non voleva saltare dall'elicottero, ma l'ha fatto.

— Il vostro pilota sta chiedendo aiuto alla polizia — disse Raven.

— Non credo che possa servire — rispose Thorstern, guardandosi disperatamente attorno nella nebbia per scoprire dove si trovavano. — Ma non ha importanza.

— State diventando fatalista?

— Accetto temporaneamente le situazioni che non posso cambiare.

Al gioco non si può vincere sempre. — Prese un fazzoletto e si asciugò il sudore. — È sempre l'ultima mossa quella che conta.

L'affermazione venne detta senza tono di vanto. Era la voce dell'esperienza, la considerazione di un uomo abituato a vedere i propri piani ostacolati e costretto spesso a rimandarli di una settimana, di un mese, di un anno. Sapeva armarsi d'infinita pazienza, quando se ne presentava la necessità. Ma era l'uomo che non perdeva mai di vista la meta, pronto a riprendere la marcia non appena fosse stato possibile.

Ammetteva di essere stato battuto quella notte, ma ammoniva gli avversari che ci sarebbe sempre stato un domani, un altro giorno. Era un modo di sfidarli, di mostrare i denti. In quel momento non poteva fare altro.

13

Mavis andò ad aprire la porta prima che qualcuno di loro avesse bussato o suonato il campanello. Non dimostrò né gioia né sorpresa nel rivedere Raven e Charles, e mantenne l'indifferenza tipica di chi sa benissimo quello che è successo.

— Ti pentirai per quello che hai fatto — disse rivolgendosi a Charles col tono della madre che rimprovera il bambino. — Me lo sento. — Poi Mavis tornò nella sua cucina.

— Ecco che abbiamo un nuovo tipo di mutante — borbottò Charles senza scomporsi. Si lasciò cadere pesantemente su una poltrona. — Abbiamo il chiaroveggente.

Thorstern indicò la cucina in segno di approvazione verso la donna.

— È un piacere sentire finalmente qualcuno che parla con un po' di buonsenso.

— Ciascuno parla assennatamente secondo il suo particolare punto di vista. Ogni uomo è l'oracolo di se stesso — disse Raven spingendo una poltrona verso Thorstern. — Accomodatevi. È inutile restare impalati per il solo fatto che si è in cattiva compagnia.

Thorstern si mise a sedere e cercò disperatamente di scacciare una serie di pensieri che cercavano di formarsi nella sua mente. Sapeva che le due persone sedute di fronte gli potevano leggere nel cervello e, per quanto poteva immaginare, lo stavano sondando anche in quel momento.

Non poteva però stabilire se lo scrutavano di continuo. Un telepatico si accorge quando una mente estranea penetra nella sua, ma al non-telepatico non è possibile. Thorstern si rendeva perfettamente conto di essere in posizione di enorme svantaggio. In altri casi, nel suo castello, sarebbe corso ai ripari facendo allontanare i telepatici. Ora cercò di scacciare i pensieri, come avrebbe fatto con una nuvola di mosche moleste, ma, come le mosche, i pensieri continuarono a ronzargli attorno.

"*Questi mutanti con pluripoteri possono proteggere le loro menti.*

Forse anche la donna può farlo. Ma io non posso nascondere i miei pensieri, e dubito che loro possano schermare i flussi mentali degli altri. Le pattuglie della polizia staranno già setacciando le strade, e forse qualcuna si trova già qui vicino. Le avranno rinforzate con tutti i telepatici che sono stati in grado di trovare a quest'ora di notte. Così, a meno che la stanza non sia protetta da schermi, c'è la possibilità che qualcuno rintracci le mie onde mentali e che scopra da dove provengono. Le pattuglie convergerebbero subito in questa zona e..."

Riuscì a scacciare il pensiero, ma dopo qualche secondo fu costretto a concluderlo.

"*Vorrei sapere se le onde dei pensieri hanno la stessa tonalità individuale della voce. Forse sono tutti identici. In questo caso devo lanciare il pensiero adatto nel momento esatto. Se questi lo raccolgono, può succedere un finimondo. Comunque, devo tentare.*"

Fissò lo sguardo su Raven, accigliato.

— Mi avete fatto saltare nel vuoto. Mi sono messo a sedere quando me lo avete detto. Mi sono sottomesso a tutti i vostri ordini. Che cosa facciamo adesso?

— Parliamo.

— Sono le due di notte. Si potrebbe parlare domani mattina, a un'ora ragionevole. — Thorstern arricciò le labbra. — Era proprio necessario fare tutte queste scene melodrammatiche?

— Sfortunatamente, sì. È molto difficile giungere fino a voi. Inoltre mi state facendo dare la caccia come se fossi il cane che ha rubato l'arrosto della domenica.

— Io? — disse Thorstern, spalancando gli occhi stupito.

— Voi e l'organizzazione che comandate.

— State parlando della mia ditta commerciale? Ma è un controsenso! Abbiamo altro da fare che molestare la gente. Mi sembra che soffriate di mania di persecuzione.

— Sentite, di questo abbiamo già parlato. E la cosa comincia a perdere d'interesse. Non avete ascoltato la registrazione del nostro colloquio con Greatorex?

Thorstern avrebbe voluto negare l'esistenza dei malleabili che recitavano la sua parte, ma era troppo abile per negare qualcosa che la sua mente ammetteva. Non poteva sperare di convincerli con le parole. Poteva soltanto cercare di rispondere in modo evasivo, per guadagnare tempo.

— Non so cosa abbiate detto a Greatorex — disse. — So soltanto che è morto e che voi c'entrate in qualcosa. Non mi piace. E un giorno non piacerà neanche a voi due!

Charles scoppiò a ridere. — Ecco una perfetta immagine di due persone con la corda al collo. La vostra mente pensa *a colori*. Mi piace il modo in cui avete fatto uscire le lingue dalla bocca, gonfie e nere. Però, certi particolari sono imprecisi. I nodi non sono fatti nel modo giusto... e io non ho due piedi sinistri.

— Devo sopportare anche la critica, oltre al fatto che mi state leggendo nel pensiero? — chiese Thorstern, rivolgendosi a Raven.

— Non ho potuto farne a meno. I pensieri sadici richiedono una risposta adatta — disse Raven. Poi cominciò a passeggiare avanti e indietro. — Convinti che Greatorex foste voi, noi gli abbiamo chiesto di non pestare i piedi alla Terra. Ha negato e noi lo abbiamo ammonito che il pestare i piedi a qualcuno è una pratica che può giustamente far risentire la vittima. Lui ha continuato a negare. In modo superbo, anche se frenato da certe limitazioni.

— Quali? — chiese Thorstern.

— Il fatto di non essere voi e di non poter prendere decisioni senza il vostro consenso. Conoscendovi, non ha osato. Si è limitato soltanto a recitare la parte imparata a memoria. Si è trovato a non poter disporre di quella iniziativa che gli avrebbe salvato la vita. — Raven fece un gesto sconsolato. — Ed è morto.

— Vi pentite di questo?

— Pentirci? — Raven lo guardò con occhi scintillanti di punti di argento. — No di certo. Non ce ne importa niente!

Un brivido percorse la schiena di Thorstern. Anche lui, quando si trattava di raggiungere un suo fine, sapeva essere freddo all'estremo, ma non lo dimostrava mai con tanto cinismo e spietatezza. Quando c'era di mezzo un cadavere, lui se ne lavava le mani esprimendo ufficialmente la sua deplorazione. Se Greatorex, molto meno colpevole di lui, era stato eliminato in quel modo...

— Sembra che ci siano altri che si divertono in modo sadico — osservò caustico.

— Non avete capito. Noi non siamo felici di aver ucciso Greatorex, né ci mettiamo a piangere. La cosa ci lascia del tutto indifferenti.

— Praticamente è la stessa cosa. — Quello era il momento opportuno per lanciare il suo messaggio telepatico alle pattuglie. — Non so come abbiate fatto, ma voi avete commesso un omicidio!

Mavis entrò con un vassoio e versò da bere in tre tazze. Poi depose sul tavolo un piatto di dolci e tornò in cucina, senza dire una parola.

— Volete parlare di omicidio? — chiese Raven. — Un argomento che siete qualificato a discutere.

Thorstern pensò che era una battuta stupida e immeritata. Si poteva dire qualsiasi cosa sul suo conto, ma non che fosse un mostro sanguinario. Era vero che stava conducendo una guerra non dichiarata contro la Terra, ma nella realtà si trattava di un movimento di liberazione. Ed era anche vero che aveva causato delle vittime, nonostante le raccomandazioni di colpire senza provocare perdite di vite umane e di badare soltanto al danno economico.

Quei pochi morti erano stati inevitabili. Aveva approvato soltanto quelli assolutamente necessari per poter compiere la missione. Non uno di più. Fino a quel momento era il conquistatore più umano della storia, quello che avrebbe conquistato la vittoria più spettacolare con perdite minime.

— Volete spiegarmi la vostra insinuazione? Se mi accusate di massa cri, io vi prego di citarmene uno.

— Nel passato ci sono stati soltanto casi individuali. Le grandi atrocità avverranno in futuro, se le riterrete necessarie... e se vivrete abbastanza a lungo.

— Oh! Ecco un altro chiaroveggente — disse Charles. Tuttavia capiva che quella previsione poteva essere esatta.

Raven continuò a parlare con Thorstern.

— Soltanto voi sapete il prezzo di vite che siete disposto a pagare per la conquista del vostro mondo. Comunque, è perfettamente visibile quello che sta scritto a lettere di fuoco nella vostra mente: *nessun prezzo è troppo alto*.

Thorstern non seppe cosa rispondere. Non c'era una risposta. Lui voleva il dominio senza spargere molto sangue e senza grandi difficoltà. Ma se la resistenza si fosse fatta violenta e il prezzo di vite e di rovine fosse enormemente salito lui lo avrebbe pagato ugualmente, pur con profondo rammarico.

In quel momento, però, si trovava nelle mani di due avversari. Avrebbero potuto troncare le sue ambizioni, uccidendolo come avevano ucciso Greatorex. Nessun dubbio che ne avessero la possibilità. Restava tuttavia da vedere se ne avevano l'intenzione.

Lentamente, sperando che nessuno se ne accorgesse, girò lo sguardo verso la porta. Ma non riuscì a nascondere i pensieri che gli vennero nello stesso momento, e cioè che se una pattuglia della polizia avesse captato i discorsi sull'omicidio, forse non avrebbe osato fare irruzione nella casa e probabilmente sarebbe andata a chiedere rinforzi. Forse, entro pochi minuti, lui sarebbe stato nuovamente libero.

Raven continuò a parlare, anche se l'altro lo ascoltava appena.

— Se il movimento nazionalista venusiano volesse soltanto conquistare l'indipendenza, noi potremmo simpatizzare, nonostante i metodi violenti che vengono usati. Ma non è quello che dice di essere. Il vostro cervello rivela che si tratta di un vostro strumento personale per la conquista del potere. È destinato soltanto alla conquista di quella supremazia che voi desiderate. Povero piccolo verme strisciante!

— Cosa? — Di colpo Thorstern prestò nuovamente tutta la sua attenzione.

— Ho detto, povero piccolo verme strisciante, che si nasconde alla luce, che brancola nel buio e che è pateticamente atterrito da mille piccole cose, anche dall'anonimato.

— Io non ho paura...

— Voi mirate al dominio su una colonia di piccoli vermi, a un dominio che può durare soltanto un battito di cuore nello scorrere infinito del tempo. Dopo di che, sparirete per sempre. Polvere alla polvere. Un nome insignificante stampato su un libro inutile, mormorato da storici miopi e maledetto dagli studenti. In un lontano futuro per punire qualche bambino cattivo forse gli faranno scrivere un noiosissimo saggio su di voi. *L'ascesa e la caduta dell'Imperatore Emmanuel.* — Raven sbuffò sprezzante. — Immagino che la consideriate immortalità.

Era troppo, perché colpiva Thorstern nel suo punto debole. Gioiva degli insulti perché erano un riconoscimento alla sua forza e abilità. Apprezzava le inimicizie perché il sapere di essere temuto esaltava il suo Io. Considerava le gelosie come una forma contorta di venerazione. L'odio gli serviva per elevarsi. L'unica cosa che non poteva sopportare era l'essere considerato un individuo senza importanza, un buono a niente, un accattone di cicche. Non tollerava che qualcuno lo giudicasse una nullità.

Livido in volto, si alzò. Nervosamente infilò una mano nella tasca e prese tre fotografie che lanciò sul tavolo.

— Voi avete delle buone carte in mano, e vi possono esaltare. Ma io le conosco. Ora, date un'occhiata alle mie. Non sono tutte, naturalmente. Le altre non le vedrete mai.

Raven raccolse quella che stava sopra le altre e l'osservò senza scomporsi. Era una sua foto alquanto vecchia e leggermente sfuocata. Tuttavia, poteva servire abbastanza bene per una identificazione.

— Viene proiettata dagli spettroschermi ogni ora — disse Thorstern, con malvagio compiacimento. — Copie di questa foto vengono a mano a mano distribuite a tutte le pattuglie. Entro mezzogiorno di domani, tutti conosceranno la vostra faccia... e la taglia spingerà tutti a darvi la caccia. — Fissò Raven con un'occhiata di trionfo. — Più duro sarete con me, più inflessibili saranno gli altri nei vostri riguardi. Siete riuscito a sbarcare su questo pianeta nonostante i preparativi fatti per arrestarvi all'arrivo. Provate ora ad andarvene. — Si girò verso Charles. — Questo riguarda anche voi, grassone.

— Non è vero. Io non ho nessuna intenzione di partire. — Charles si accomodò meglio sulla poltrona. — Mi trovo bene qui. Venere mi piace... come potrebbe piacermi una qualsiasi altra palla di polvere. A ogni modo il mio lavoro si svolge qui. Come farei senza lavoro?

— Quale lavoro?

— Questo — disse Charles — non riuscireste a capirlo.

— Porta a passeggio i cani, ma si vergogna a dirlo — spiegò Raven. Mise la sua foto sul tavolo e prese la seconda. Improvvisamente si irrigidì.

— Cosa gli avete fatto? — chiese girando la foto verso Thorstern.

— Io? Niente.

— Avete fatto fare lo sporco lavoro per procura.

— Io non ho dato istruzioni precise — disse Thorstern, colto alla sprovvista per la reazione di Raven. — Io ho detto soltanto di prendere Steen e di fargli dire cos'era successo. — Portò nuovamente lo sguardo alla fotografia e assunse l'espressione di uno che deplori quello che sta osservando. — E così loro hanno fatto.

— Devono essersi divertiti parecchio a giudicare da come l'hanno conciato. — Raven era seccato e lo dimostrava apertamente. — Steen è morto senza colpa. Comunque, non rimpiango la sua fine come non deve averla rimpianta lui.

— Davvero? — disse Thorstern, sorpreso per il commento tanto in contrasto con la reazione di Raven.

— La sua fine non ha la minima importanza. Prima o poi sarebbe venuta anche fosse vissuto cent'anni. — Raven lasciò cadere la fotografia sul tavolo. — Deploro soltanto che la sua fine sia stata lenta.

Deve aver impiegato parecchio a morire e questo è un male. Una cosa imperdonabile. — Improvvisamente i suoi occhi divennero scintillanti. — Tutto questo sarà ricordato, quando verrà il vostro turno.

Di nuovo Thorstern sentì un brivido freddo percorrergli la schiena e si sforzò di dominare la paura: la paura era una cosa che non poteva ammettere. Aveva giocato le sue carte, nella speranza che potessero servire come ammonimento, ma doveva ammettere che forse aveva sbagliato.

— Sono andati oltre i miei ordini. E ho rimproverato i miei uomini severamente — disse.

— Li ha rimproverati — disse Raven rivolgendosi a Charles. — Che carino!

— Si sono giustificati dicendo che Steen era cocciuto e che li ha costretti ad andare oltre le loro intenzioni. — Thorstern decise che era il caso di restare su quell'argomento. Nessuna pattuglia aveva risposto ai loro discorsi sul delitto. Forse qualcuna avrebbe captato il loro colloquio su Steen. Qualsiasi forma di temporeggiamento avrebbe potuto portare a buoni risultati. — Hanno usato un telepatico per leggere nella sua mente. È rimasto a una certa distanza per evitare che Steen lo sistemasse. Ma è stato inutile. Riuscivano a leggere soltanto quello che Steen stava pensando, e pensava sempre ad altre cose. Così hanno cercato di convincere Steen con altri mezzi a rivelare cosa lo avesse costretto a giocarci quello scherzo. — Allargò le braccia in un gesto sconsolato. — Quando ha cominciato a collaborare era ormai troppo tardi.

— Sarebbe a dire?

— La sua mente aveva smesso di ragionare, come quella di Haller. Ha cominciato a balbettare cose folli, poi è morto.

— Quali sarebbero state, queste cose folli?

— Diceva che voi eravate un tipo assolutamente nuovo e insospettato di mutante. Che avete un Io separabile. Che gli avete preso il corpo contro la sua volontà.

— Oh, Dio! — intervenne Charles spalancando gli occhi in espressione di finto stupore. — Ora avremmo anche i biomeccanici, i chiaroveggenti, i padroni di personalità e via dicendo. Continuando in questo modo, avremo un elenco senza fine.

— Erano parole senza senso — continuò Thorstern. — Ho consultato le maggiori autorità nel campo delle facoltà paranormali: hanno detto che era ridicolo... ma che sapevano perché Steen l'aveva detto.

— Quale sarebbe la diagnosi?

— Che è stato trattato da uno del suo stesso tipo, ma molto più potente di lui. Non ci sono mai stati casi di un simile dominio ipnotico assoluto, ma è teoricamente possibile.

Thorstern girò lo sguardo, e solo allora si accorse della tazza di caffè che era sul tavolo. La prese e bevve alcuni sorsi. — Per un certo periodo avete convinto Steen di essere *voi*. E lo avete costretto a sistemare Haller, dopo di che l'effetto è passato. Ora, per quanto essere comune, posso fare anch'io qualche lettura di pensiero. Voi pensate che se non agisco come volete, io subirò la sorte di Steen.

— Davvero?

— O questo, o mi eliminerete come avete fatto con Greatorex. Sarà comunque tutto inutile. Potete ipnotizzarmi come Steen, ma le ipnosi cessano nel giro di ventiquattr'ore. Qualsiasi cosa abbia fatto in questo periodo, la posso benissimo disfare.

— Vero — ammise Raven serio.

— Se mi uccidete, vi resta in mano un cadavere. E i cadaveri non possono far cessare una guerra. Voi mi avete detto almeno sei volte che i morti se ne infischiano. Pensate dunque in base alla vostra filosofia che m'importerà a quel punto dei guai della Terra! Me ne importerà ancor meno che a Greatorex! — Di colpo gli venne in mente qualcosa. — Come avete fatto a uccidere Greatorex? Anche un super-super-super-ipnotico non può convincere un uomo a morire. Cosa gli avete *fatto*?

— La stessa cosa che faremo a voi quando ci saremo convinti di non avere alternative. — Raven lo guardò fisso negli occhi. — Ficcatevi in quella testa cocciuta che non abbiamo scrupoli, quando si tratta di eliminare un ostacolo. Differiamo da voi soltanto per la rapidità indolore dell'azione. Noi non facciamo soffrire le nostre vittime. Il vero *crimine* è prolungare deliberatamente l'agonia! — Rimase un attimo in silenzio. — Greatorex è morto senza accorgersi di morire. A Steen, questo privilegio fondamentale è stato negato.

— Vi ho detto...

Raven gli fece cenno di tacere. — Non riuscirete mai a estendere il vostro dominio personale sul pianeta Venere. E in futuro non vi unirete a Marte per sottomettere la Terra. Se l'umanità verrà a trovarsi in posizione disperata, sarà l'umanità a combattere, non solo i Terrestri. Tutti noi dovremo combattere! Perciò, voi cesserete le ostilità contro la Terra e convincerete i Marziani a seguire il vostro esempio. In caso contrario, vi faremo sparire per sempre dalla scena, dopo di che riserveremo lo stesso trattamento ai vostri successori, chiunque siano. Li annienteremo uno a uno, fino a quando l'intero movimento dovrà crollare per mancanza di capi. — Indicò il piccolo cronometro incastonato nell'anello che Thorstern portava al dito medio.

— Avete cinque minuti per prendere la vostra decisione.

— Ho molto di più. Molto. Ho tutto il tempo che voglio. — Thorstern spinse in avanti la terza fotografia. — Guardate questa.

Raven si piegò in avanti e osservò la fotografia senza raccoglierla. Rimase impassibile a guardarla.

— Chi è — chiese Charles, troppo pigro per sollevarsi.

— Leina — disse Raven.

Thorstern rise soddisfatto: gioiva per essere riuscito a eliminare fino a quel momento il pensiero di Leina dalla propria mente. Ancora una volta, un essere normale come lui aveva vinto un mutante.

Niente lo rendeva più felice del fatto di precedere un paranormale. Era una sua debolezza caratteristica, che sarebbe stata fonte di grande interesse per un ecologo che studiasse gli effetti di un ambiente contenente forme di vita superiori.

— La vostra donna — disse con disprezzo. — Conosciamo le sue abitudini, i suoi movimenti, le sue facoltà. Sappiamo, per esempio, che è una ipnotica di tipo superiore, come voi. Lo ha detto Steen. E non mentiva, in quel momento. Forse è per questo che vi siete legato a quell'enorme sgualdrina. A meno che non abbiate un debole per gli elefanti e...

— Lasciate perdere le proporzioni fisiche. Leina non è stata fatta per voi. Venite al punto.

— È questo — disse Thorstern senza cessare di mostrarsi soddisfatto. — Nell'esatto momento in cui dovessi morire, o diventare pazzo, o non fossi più io... — batté con un dito sulla fotografia — ...lei paga.

— Questo è uno scherzo — disse Raven. — Ridicolo!

— Spero che possiate pensarla allo stesso modo quando la troverete morta.

— Non mi metterò certo a piangere — assicurò Raven con tranquillità. E non mentiva. Quella era la pura verità.

Thorstern fu scosso da quell'atteggiamento. Guardò incerto Charles, sperando di trovare solidarietà nel disgusto che aveva provato al cinismo di quelle parole, ma Charles stava guardando distrattamente il soffitto. Girò la testa verso Raven, incredulo.

— Potrebbe morire lentamente — disse Thorstern.

— Credete?

— Ne sono certo. A meno che non sia debole di cuore, possiamo farla morire molto più lentamente di Steen. Che ne dite?

— È disgustoso.

— Come?

— La mente eccelsa, il grande conquistatore, si nasconde dietro le sottane di una donna.

Thorstern fu nuovamente preso dalla collera, ma riuscì a controllarsi. — Sentite chi parla... la persona disposta a far scontare i suoi peccati alla donna.

— A lei non importa — disse Raven sorridendo, e spiazzandolo con quella rivelazione del tutto inaspettata.

— Voi siete pazzo! — esclamò Thorstern, che cominciava a crederlo seriamente.

— A Greatorex non importa minimamente. E neppure ad Haller. Steen è del tutto incurante. Perché mai dovrebbe preoccuparsi Leina?

— Siete un maniaco omicida! — disse Thorstern scattando in piedi. Strinse i pugni fino a far sbiancare le nocche delle dita e riprese a parlare con voce vibrante di tensione mista a esultanza.

— Comunque, è ormai troppo tardi. Avete voluto parlare tutta la notte. E hanno captato i nostri pensieri. — Fece un gesto teatrale verso la porta. — Sentite questi passi? Sono di venti persone. Di cinquanta. Di cento. Sono i passi di tutti gli uomini della città!

— Peccato — disse Raven guardandolo impassibile.

— Provate a toccarmi e vedrete cosa otterrete! — invitò Thorstern. — Fra qualche secondo irromperanno nella casa e sarete trattato come vi meritate. — Girò lentamente la testa senza perdere di vista la porta.

— A meno che io non sia in pieno possesso di tutte le mie facoltà e non dia l'ordine preciso di risparmiarvi.

— Pare che ci siamo cacciati in un brutto guaio — disse Charles, spostando lo sguardo dal soffitto alla porta, leggermente contrariato.

Thorstern si era irrigidito in mezzo alla stanza e lanciava pensieri con tutta la sua forza, senza preoccuparsi del fatto che i due li potevano captare. "*Non possono avere il coraggio di uccidermi in questo momento. Il pericolo sarebbe troppo grande. Rimanderanno i loro piani a un momento che non verrà mai. Verranno giudicati secondo le leggi terrestri. Rapidamente, prima che Heraty possa intervenire. O potrei simulare un incidente. Sarebbe più rapido e più sicuro. Sì, in un modo o nell'altro...*" La sua attenzione, come quella di Charles, era rivolta verso la porta. Poco prima aveva sentito, o gli era parso di sentire, lo strisciare cauto di molti piedi. "*Devono aver sentito la presenza di questi due tipi formidabili, e procedono lentamente. Sono molto pericolosi. Quando irromperanno dovrò farmi riconoscere all'istante, prima che qualcuno tocchi con troppa precipitazione il grilletto.*"

Con la coda dell'occhio guardò i due seduti sulle poltrone. Non si erano mossi e sembravano rassegnati a quella situazione senza via d'uscita. Comandata da una energia mentale lontana, la maniglia cominciò a girare, da sola.

14

La porta si socchiuse lentamente, centimetro per centimetro, come spinta da un leggero soffio di vento o da una mano invisibile e cauta che si trovava all'esterno. Un filo giallo di nebbia entrò dallo spiraglio e diffuse nella stanza il profumo della foresta.

Alle orecchie dei tre uomini giunse il rumore lontano delle pompe in funzione allo spazioporto, e le note di una musica che proveniva da uno dei locali in cui i notturni cercavano di divertirsi secondo le loro abitudini. All'interno della stanza, invece, regnava il silenzio assoluto. Non si udiva nemmeno il respiro dei tre uomini. Questo e il lento socchiudersi della porta crearono una tensione che Thorstern non riusciva a sopportare.

Tenne lo sguardo fissò sullo spiraglio e le orecchie tese per raccogliere il minimo rumore proveniente dall'esterno. Chi c'era in agguato là fuori? Stringevano già le armi in mano? Se avesse fatto un balzo verso la porta, sarebbe stato bersaglio di una raffica micidiale?

O disponevano di telepatici che tenevano gli agenti armati al corrente delle sue intenzioni? Certo, in quel momento, non potevano ancora aver dato ordine di trattenere il fuoco, perché lui esitava, non aveva ancora preso la decisione. Un telepatico poteva leggere i suoi pensieri, ma non poteva certo prevedere il momento esatto in cui li avrebbe messi in atto. No, non c'era scampo in quel senso.

La porta smise di muoversi e rimase aperta in maniera invitante. Il salto verso il buio della strada lo tentò.

Ma che diavolo stavano aspettando? Avevano paura di poterlo colpire durante l'irruzione nella stanza? Avevano forse un piano che richiedeva un'azione simultanea da parte sua? In nome del cielo, perché stavano aspettando?

Altra nebbia entrò nella stanza. Thorstern se ne accorse solo in quel momento e subito gli balenò quella che poteva essere la possibile soluzione. Il gas! Certo, quella doveva essere l'idea. Mescolare il gas con la nebbia. Quelli del castello, quelli che conoscevano la stanza Numero Dieci, dovevano aver suggerito l'idea. Lui non doveva fare altro che restarsene tranquillo e cadere a terra addormentato con quelli che lo tenevano prigioniero.

Era probabile che Raven e il grassone sapessero quello che stava succedendo. La nebbia era ormai perfettamente visibile, e lui aveva pensato al gas con molta chiarezza... A meno che non fossero troppo occupati a scrutare nelle menti di chi stava in agguato all'esterno. Un telepatico poteva leggere in più di un cervello alla volta? Thorstern non lo sapeva, mancava di dati al riguardo. Comunque, anche nelle menti degli altri doveva esserci un solo pensiero. Il gas! Cosa potevano fare per difendersi? Niente! Anche i mutanti, come tutti gli esseri normali, non potevano fare a meno di *respirare*.

Annusò l'aria per scoprire l'invisibile arrivo dell'arma che lo avrebbe liberato, anche se sapeva che doveva essere inodore. Ma c'erano altri segni capaci di indicare la presenza del gas: il rallentamento delle pulsazioni, una respirazione leggermente più affannosa, una improvvisa confusione della mente.

Si controllò per scoprire uno dei sintomi, e rimase in attesa per una manciata di secondi interminabili. Poi crollò. La tensione era diventata insopportabile e lui non poteva più aspettare.

Si mise a gridare con voce agonizzante. — Non sparate! Non sparate! — Si lanciò con un balzo verso la porta. — Sono io! Sono Thor...

La voce gli morì nella gola.

Rimase con gli occhi fissi verso il buio della notte. E passarono diversi secondi prima che la sua mente comprendesse la verità.

"*Non c'è nessuno! Nessuno! Mi hanno ingannato. Mi hanno fatto sentire i rumori e immaginare le cose. Mi hanno trattato come una cavia da laboratorio. Hanno fatto girare la maniglia e hanno aperto la porta da lontano. Ipnotici e telecinetici nello stesso tempo. Possiedono talenti multipli nonostante quello che affermano gli scienziati!*" Improvvisamente non riuscì più a controllare il nervosismo. "*Corri, idiota! Mettiti in salvo!*"

Poi accadde l'inatteso, l'avvenimento che sconvolge i piani meglio studiati: fu il tremendo sforzo nervoso di Thorstern a provocarlo.

Fermo sulla soglia, di fronte a una strada deserta, con la certezza che le pattuglie armate dovevano trovarsi nelle vicinanze, Thorstern sollevò un piede per fare il primo passo verso la libertà. Ma si fermò.

Rimase immobile, e sulla faccia gli comparve un'espressione di sgomento. Appoggiò il piede a terra e si lasciò cadere in ginocchio, come di fronte a una divinità invisibile. Un turbine di pensieri agitati trovò espressione in una serie di frasi e di parole prive di legame.

— No... oh, *non fatelo*!... Non posso. Io vi dico... Lasciatemi... *Steen*... Non è stata colpa mia... Oh, lasciatemi...

Cadde in avanti, scosso da un tremito violento. Raven gli si chinò accanto e Charles si alzò di scatto dalla poltrona, sinceramente sorpreso. Mavis comparve sulla soglia della cucina e fissò la scena con sguardo di condanna ma non disse niente.

Raven afferrò la mano destra dell'uomo disteso a terra, e immediatamente le contorsioni cessarono; sempre stringendo, cominciò a scuotere il braccio come se avesse toccato un filo percorso da alta tensione. Sembrava che stesse combattendo contro una entità invisibile. Thorstern aprì le labbra e boccheggiò come un pesce fuor d'acqua.

— No, no, andate via... lasciatemi... io...

Charles andò all'altro lato dell'uomo disteso e aiutò Raven a trasportarlo su una poltrona. Mavis chiuse la porta, poi rientrò in cucina, accigliata.

Dopo qualche istante, Thorstern riprese a respirare regolarmente e aprì gli occhi. Sentiva strani fremiti in tutti il corpo, e aveva la spiacevole sensazione che il suo sangue fosse diventato effervescente. Gli arti avevano perso la loro forza, e i muscoli sembravano essersi trasformati in acqua. Per quanto gli seccasse ammetterlo anche con se stesso, non si era mai sentito così scosso in vita sua. La faccia era diventata cerea. Ma c'era un fatto molto più curioso: la sua mente aveva perso ogni ricordo di quanto aveva detto in quei terribili momenti, di quanto era accaduto.

Fissò Raven. — Mi avete bloccato il cuore — disse con voce tremante.

— Non è vero.

— Mi avete quasi ucciso.

— Non sono stato io.

— Allora è colpa vostra — disse girando lo sguardo adirato verso Charles.

— No. Per la verità, noi vi abbiamo salvato... *se* la potete chiamare salvezza — disse Charles sorridendo. — Se non fosse stato per noi, ora sareste uno dei tanti poveri defunti.

— Pretendete che vi creda? Deve essere stato uno di voi.

— E come? — chiese Raven osservandolo esternamente e internamente.

— Uno di voi è telecinetico. Ha girato la maniglia e ha spalancato la porta senza muovere un dito. E nello stesso modo mi ha stretto il cuore. *Ecco* cos'avete fatto a Greatorex.

— Un telecinetico muove gli oggetti per influenza esterna — osservò Raven. — Non può penetrare all'interno di un corpo umano per sconvolgerne gli organi.

— Per poco non morivo — insistette Thorstern, ancora sconvolto dal pericolo corso. — Ho sentito il mio cuore che veniva compresso... il mio corpo cadere. Come se qualcuno stesse cercando di strapparmi dal mio stesso corpo. Deve essere stato qualcuno a farlo!

— Non necessariamente. Ogni giorno muoiono milioni di persone.

— Io non posso morire in questo modo — piagnucolò Thorstern.

— Perché?

— Ho cinquantotto anni, e non soffro di nessuna malattia. — Si passò una mano sul petto per sentire i battiti del cuore. — Sono sano come un pesce.

— Così pare — osservò Raven.

— Se sono destinato a morire di morte naturale, per un attacco cardiaco, è una strana coincidenza che mi sia venuto proprio in quel momento.

Thorstern ritenne di aver conquistato un buon punto a favore scaricando su di loro la responsabilità di quanto gli era successo. Anche se non poteva essergli di utilità, lui aveva provato una gran gioia nel dare la colpa a loro. Comunque non riusciva a capire... Perché mai negare di averlo fermato sulla porta, quando potevano vantarsene per intimidirlo maggiormente?

Ma a poco a poco, in un angolo oscuro del suo intimo, cominciò a formarsi lo spaventoso sospetto che avessero detto la verità: forse aveva veramente i giorni contati, dal destino. Nessun uomo è immortale. Forse gli restava poco tempo di vita, e il tempo passa veloce.

— Se siete destinato a morire per un attacco cardiaco — disse Raven — è logico che questi attacchi vi vengano nei momenti di maggiore tensione nervosa. Ecco spiegata la coincidenza. Comunque, non siete fuggito e non siete morto. Forse vi capiterà di morire la settimana prossima. O domani. O prima dell'alba. Nessuno conosce il giorno e l'ora della propria morte. — Indicò il piccolo cronometro di Thorstern. — Intanto i cinque minuti sono diventati quindici.

— Mi arrendo. — Thorstern prese un grosso fazzoletto e se lo passò sulla fronte. Respirava ancora a fatica e aveva la faccia bianca come un lenzuolo. — Mi arrendo.

Era vero. Nella mente gli si poteva leggere la decisione che aveva ormai preso per una mezza dozzina di ragioni, alcune contrastanti, ma tutte soddisfacenti.

"*Non si può correre per sempre al massimo. Per vivere più a lungo, mi devo fermare. Devo badare a me stesso. Perché costruire qualcosa che poi godranno gli altri? Wollencott è di dodici anni più giovane di me. Diventerà lui il grande capo, quando io sarò nella fossa. Perché sudare per lui? È un mediocre. Un malleabile che ho tolto dalla strada e che ho trasformato in uomo. Un semplice mutante bersaglio.* Floreat Venusia... *sotto un mutante puzzolente! Anche la Terra riesce a fare di meglio. Heraty e quasi tutti quelli del Consiglio sono esseri normali... Gilchist me lo ha assicurato.*"

Raven prese mentalmente nota del nome: Gilchist, uno del Consiglio Mondiale. Il traditore nelle loro file, e senza dubbio l'uomo che aveva fatto il suo nome al movimento clandestino che agiva sulla Terra. L'uomo che né Kayder né gli altri conoscevano perché non volevano conoscerlo.

"*Se non sarà un mutante, sarà un altro*" continuò a pensare la mente di Thorstern. "*Uno di loro saprà aspettare fino al momento di raccogliere senza difficoltà il mio impero. Ero al sicuro finché l'attenzione era concentrata su Wollencott, ora invece mi hanno scoperto. I mutanti sono una potenza. Un giorno o l'altro si organizzeranno per mettersi contro i comuni esseri umani. E io non voglio trovarmi nella mischia allora.*"

Alzò gli occhi, e vide che gli altri lo stavano osservando attenti.

— Vi ho già detto che mi arrendo. Cos'altro volete?

— Niente — disse Raven. Poi indicò il telefono alla parete. — Volete che vi chiami un aerotaxi?

— No. Preferiscono andare a piedi. Tra l'altro, non mi fido di voi.

Si alzò lentamente e si portò ancora una volta la mano sul petto. Non era convinto... avevano accettato la sua resa con troppa disinvoltura, e adesso lo lasciavano andare come se niente fosse. Aveva la sensazione, quasi la certezza, che gli avrebbero teso una trappola chissà dove. Sarebbe scattata in fondo alla strada, lontano dalla loro casa? Gli sarebbe venuto un secondo collasso cardiaco?

— *Ci fidiamo di voi* perché possiamo leggervi nella mente — disse Raven. — È un peccato che non possiate sapere, senza ombra di dubbio, che stiamo dicendo la verità. Non vi toccheremo... sempre che manteniate la vostra promessa.

Thorstern raggiunse la porta e si voltò a guardarli un'ultima volta, sempre pallido; sembrava leggermente invecchiato, ma aveva ritrovato una certa dignità.

— Ho promesso di far cessare gli atti ostili contro la Terra — disse, — e manterrò la promessa alla lettera. Questo, è *nient'altro*!

Uscì nella notte e chiuse accuratamente la porta: era un tocco di assurdità alla sua uscita dalla scena. Sarebbe stato più logico lasciare la porta aperta, o chiuderla con tanta violenza da far tremare la casa. Ma cinquant'anni prima una donna acida gli aveva ingiunto mille volte di non sbattere le porte, e quelle parole, inconsciamente, risuonavano ancora nelle sue orecchie.

Avanzò il più rapidamente possibile, rasentando i muri delle case. La visibilità scarsissima gli dava la sensazione di essere cieco.

Si fermò due o tre volte ad ascoltare nella nebbia, poi riprese il cammino. A quell'ora di notte, oltre i soliti notturni perennemente irrequieti avrebbe dovuto incontrare le pattuglie di polizia. Dopo aver percorso una distanza che non poteva calcolare, sentì dei rumori alla sua sinistra.

Si portò le mani alla bocca. — C'è qualcuno? — gridò.

Sentì dei passi che si avvicinavano, poi una pattuglia di sei uomini armati uscì dal giallo della nebbia.

— Che succede?

— Vi posso dire dove si trova David Raven.

Nella stanza, Charles smise di ascoltare attentamente. — Ha cercato di ricordare, ma è stato inutile. Ha la mente confusa, e non sa da che parte mandarli. Fra poco capirà che gli conviene tornarsene a casa. — Si sprofondò nella poltrona e si accarezzò la pancia. — Quando l'ho visto cadere davanti alla porta, ho pensato che fosse stata opera tua. Poi ho sentito la tua esclamazione mentale di sorpresa...

— E io ho pensato che fossi stato tu — disse Raven. — Mi ha colto alla sprovvista. Per fortuna gli sono andato subito vicino, altrimenti sarebbe morto.

— Già, un collasso cardiaco — disse Charles, mentre i suoi occhi prendevano a brillare come due piccole lune.

— Un'altra bravata del genere e si spargerà la voce.

— Qualcuno è stato irrazionale e avventato — commentò Raven serio. — Qualcuno coi paraocchi, che non ha saputo aspettare. Sbagliato, malissimo. Non deve più accadere!

— Ha tenuto duro un bel pezzo e ha ceduto lentamente, così è stato un invito quasi irresistibile — gli ricordò Charles, col tono di chi spiega tutto. — Sì, l'aspirante imperatore di Venere è stato davvero fortunato. Se fosse morto sarebbe stata una fine relativamente rapida... Oh, be', ha un carattere duro, con una tempra superiore alla media. Nient'altro avrebbe potuto spaventarlo abbastanza da indurlo a un pacifismo ragionevole. Forse è stato tutto a fin di bene. La sua mente non ha la più pallida idea di cosa sia successo in realtà, ed è questo l'importante.

— Forse hai ragione. Tra l'altro, se fosse morto, avremmo dovuto ricominciare tutto da capo e fare i conti con Wollencott, e forse anche con i due sosia di Thorstern. Uno dei due avrebbe potuto mettersi al posto del capo e ingannare tutti tranne i telepatici. A questi dobbiamo aggiungere la lista degli uomini normali che forse Thorstern ha designato come suoi successori. Un paio di questi potrebbero trovarsi anche su Marte. Sì, la sua resa ha risolto la situazione.

— Una resa con riserve — commentò Charles. — Nell'attimo in cui usciva dalla porta non ha potuto fare a meno di porle.

— Sì, ho sentito.

— È un uomo tenace, se non altro. Per prima cosa si riserva il diritto di rimangiarsi la promessa il giorno in cui dovesse scoprire come diventare *a-prova-di-mutante*. Calcola di avere una sola probabilità contro un milione, ma ne tiene conto. In secondo luogo si riserva il diritto di scaraventarti nella più vicina galassia, ma non sa in che modo.

— E non è tutto — aggiunse Raven. — Giudicando dal suo carattere, immagino che si metterà immediatamente in contatto con il Consiglio Mondiale, criticherà Wollencott, condannerà il movimento clandestino, deplorerà gli attentati, simpatizzerà con la Terra e offrirà di far cessare la guerra per delle considerazioni quanto mai nobili. Insomma, cercherà di negoziare la sua resa per ricavarne un buon profitto.

— Ne è capace, eccome!

— E noi lo lasceremo fare. Non sono cose che ci riguardano. Lo scopo della nostra missione è stato raggiunto, ed è ciò che conta. — Raven rimase un attimo soprappensiero. — Thorstern non vorrà certo sciogliere la sua organizzazione. Può fermarsi, ma non distruggere quello che ha costruito. Probabilmente cercherà di fondare un'organizzazione più potente. Un'organizzazione legale. L'unico mezzo a sua disposizione sarà quello di ottenere il benestare dei più influenti avversari di oggi... quello di Heraty e quello degli altri componenti del Consiglio Mondiale.

— A che scopo? Non sanno niente dei Deneb, quindi...

— Ho detto a Thorstern che l'umanità combatterà unita. Forse ricorderà queste parole. Può non sapere dei Deneb, come hai detto, ma può decidere... e può convincere gli altri che l'ora del cimento è vicina. Esseri normali contro i mutanti! Fatto com'è, Thorstern ritiene automaticamente che soltanto gli esseri normali sono quelli della sua razza. Per lui i mutanti sono esseri non-umani, o quasi-umani.

Charles socchiuse gli occhi. — Esiste già molta intolleranza. E non sarebbe difficile farla esplodere.

Raven si strinse nelle spalle. — Chi lo sa meglio di noi? Considera quale sarebbe il suo guadagno se riuscisse a convincere i tre pianeti a uno sterminio simultaneo dei paranormali. Riavrebbe il suo esercito privato, e per di più composto solo di esseri normali... questo gratificherebbe il suo Io, darebbe soddisfazione al suo odio verso i mutanti e gli fornirebbe la scusa per eliminare quelli che rappresentano il principale pericolo per la sua posizione. Ha cervello e coraggio per farlo, ed è cocciuto.

— Non sarà facile. I mutanti rappresentano una minoranza, ma sono sempre sufficientemente numerosi per rendere problematico il loro sterminio.

— La proporzione numerica non è il problema principale — disse Raven appoggiandosi al tavolo. — Io posso vedere altri due grossi ostacoli.

— E sarebbero?

— Primo, possono eliminare soltanto i paranormali *conosciuti*. Quanti ne rimangono di sconosciuti? Quanti non possono venire identificati dalle menti normali e intendono rimanere nell'incognito?

— Questo rende impossibile compiere un'opera completa. Forse Thorstern non vorrà neppure cominciarla, se riesce a comprenderlo.

— Forse — convenne Raven, in tono di dubbio. — Il secondo ostacolo proviene dalle conseguenze naturali di una civiltà coesistente su tre pianeti. Immagina che Thorstern cerchi di convincere i tre pianeti a un massacro simultaneo per liberare l'umanità di tutti quei ragazzi che si dimostrano "troppo intelligenti". Ogni pianeta sospetterebbe immediatamente una trappola. Se sterminano i loro mutanti mentre gli altri non lo fanno...

— Sfiducia reciproca — disse Charles facendo un cenno affermativo. — Nessun pianeta vorrebbe correre un rischio che potrebbe metterlo in grande svantaggio rispetto agli altri. — Rifletté un attimo. — Potrebbe essere davvero un grosso rischio. Cosa potrebbe succedere se *due* pianeti attuassero lo sterminio e il terzo non lo facesse? In breve tempo potrebbe conquistare il dominio sugli altri due! Posso quasi immaginare quale sarebbe il pianeta e chi ne diventerebbe il capo.

— Tre pianeti con lo stesso sospetto. I Terrestri e i Marziani non sono più stupidi o meno stupidi degli abitanti di Venere. Qualunque sia la sua decisione, Thorstern non avrà vita facile. Comunque, sono convinto che sentiremo ancora parlare di lui.

— Anch'io. Poi, David, ricorda che siamo in cima alla sua lista delle persone da eliminare. — Charles scoppiò a ridere. — *Se* ci riesce.

— Io torno sulla Terra. Grazie dell'ospitalità. — Raven attraversò la stanza e sporse la testa in cucina. — Addio, bellezza — salutò Mavis.

— Lieta che te ne vada, seccatore!

Raven le fece una smorfia scherzosa, poi richiuse la porta e salutò Charles con un cenno della mano.

— Sei stato un ottimo compagno. Arrivederci all'obitorio.

— Certo — promise Charles. — Prima o poi...

Rimase a guardare l'amico che scompariva nella nebbia, poi richiuse la porta e andò a sedersi sulla sua poltrona.

Dalla cucina gli giunse la voce mentale di Mavis.

"*Ti pentirai di tutto questo.*"

"*Lo so, cara.*"

15

Un singolare assortimento di apparecchi era sparso in diversi punti dello spazioporto. Mezzi antigravità, elicotteri piccoli e grandi, diversi vecchi autogiro che appartenevano a irsuti cercatori di metalli preziosi, due eleganti astronavi del servizio diplomatico del Consiglio Mondiale, un pallone con motori ausiliari che veniva usato da un gruppo di scienziati addetti alle ricerche sui virus, una carcassa marziana che portava il nome *Phodeimos*, due astronavi passeggeri, una in attesa della posta e l'altra in cantiere di riparazione, e infine un vecchio trespolo arrugginito, mezzo giro e mezzo motocicletta, abbandonato da qualche inventore estroso.

Le lampade al sodio diffondevano una luce fredda su tutta la raccolta dei mezzi meccanici. La nebbia si era alquanto diradata, ed entro un'ora, con lo spuntare del sole all'orizzonte, sarebbe completamente scomparsa.

L'intera zona dello spazioporto era sorvegliata da un folto numero di guardie. Ma in modo inefficiente. Un gruppo stava chiacchierando accanto ai serbatoi del carburante, altri si erano fermati vicino all'officina delle riparazioni. Alcuni uomini isolati camminavano distrattamente lungo il perimetro dell'astroporto e attorno agli scafi. Nessuno di loro era mentalmente vigile. Annoiati dalla lunga notte trascorsa senza incidenti, a mezz'ora dal cambio della guardia, tutti pensavano solo ai minuti che li separavano dalla colazione e dal letto.

Raven fu grato dello stato mentale di quegli uomini. Creava uno stato psicologico a suo favore. La scelta di tempo è un fattore importante per il successo in ogni cosa, e l'orologio è il più grande autocrate che esista. Nel tentare un'impresa difficile si può fallire quando le lancette si trovano in una posizione e riuscire quando si trovano in un'altra.

Giunto a un centinaio di metri dal perimetro, cominciò ad avanzare con cautela. Senza dubbio le guardie dovevano aver ricevuto l'ordine di intercettarlo. La resa di Thorstern non poteva certo aver fatto revocare l'ordine di cattura.

La maggior parte delle guardie erano uomini normali, privi di qualsiasi facoltà. Alcuni dovevano essere seguaci di Thorstern o di Wollencott, e potevano aver ricevuto ordini particolari a riguardo di Raven nel caso fosse comparso all'astroporto. Ma non c'era modo di scoprire quali fossero, perché tutti stavano pensando al termine del servizio di ronda e alle piacevoli occupazioni che sarebbero seguite.

Il tizio che si stava avvicinando aveva nella mente la chiara immagine di un piatto di uova e prosciutto. Non aveva un punto fisso del campo da sorvegliare ed era un levitante.

Dopo averlo osservato per qualche tempo, Raven scoprì che il giovanotto era libero di andare dove voleva, e che compiva un giro irregolare in mezzo alle astronavi. Lo vide fermarsi due o tre volte, sollevarsi nell'aria e scavalcare quegli scafi ai quali non aveva voglia di girare attorno. Le altre guardie, tutti uomini che non si potevano staccare da terra, osservavano con annoiata indifferenza i voli del compagno. Il dieci per cento di loro aveva differenti particolari capacità, e tutti si consideravano superiori agli altri.

Attirato da quello che considerava un semplice impulso, senza motivo di dover sospettare qualcosa, la guardia si avviò al ripostiglio dietro cui Raven stava aspettando. Per un identico impulso, proveniente dalla stessa fonte, il giovane sollevò il mento per portarlo a un angolo adatto. Era parecchio cooperante, e Raven si rammaricò di doverlo ricompensare troppo sgarbatamente: lo colpì al mento, mentre il giovane stava ancora pensando al suo piatto di uova e prosciutto. Indossò berretto e impermeabile della guardia abbattuta, fece il giro dell'edificio e si addentrò nel campo. La sua vittima era bassa di statura, e l'impermeabile gli arrivava a stento alle ginocchia. Ma nessuno se ne accorse. Le guardie più vicine si trovavano a duecento metri, e i guai potevano venire soltanto da un telepatico. Se qualcuno avesse cercato di leggergli i pensieri avrebbe trovato il vuoto assoluto e avrebbe capito subito che si trattava di qualcosa di diverso da un semplice levitante... allora, sarebbe cominciata la musica a pieno ritmo.

Raven piegò il braccio per tenere l'arma nello stesso modo in cui l'aveva tenuta l'altro e giunse indisturbato nelle vicinanze dell'astronave passeggeri in attesa della posta. Era la *Star Wraith*, un modello recente, completamente rifornita di carburante e pronta per partire. Non c'era ancora nessuno a bordo. Raven si sollevò lentamente da terra e passò dall'altra parte dello scafo.

Nonostante il grande numero di scafi che si trovavano sul campo, dovendo scegliere un mezzo per la fuga, Raven aveva una scelta molto limitata. I giro, gli elicotteri e i mezzi antigravità potevano soltanto servire per spostamenti locali sul pianeta. Di mezzi adatti ad affrontare lo spazio c'erano soltanto la *Star Wraith* e le due astronavi del servizio diplomatico.

Queste ultime venivano rifornite di carburante proprio in quel momento. Fortunatamente, su quel mondo senza luna, Raven non correva pericolo di prendere per sbaglio uno scafo rifornito soltanto del carburante sufficiente per raggiungere il satellite. Lo scafo diplomatico più vicino aveva ormai i serbatoi pieni ed era pronto per la partenza, ma Raven lo sorpassò per dare un'occhiata allo scafo gemello. Anche questo era ormai pronto alla partenza. Mancava soltanto il pilota. Tutte e due gli scafi viaggiavano senza personale di bordo, e tutti e due avevano i portelli aperti. Raven scelse il secondo in considerazione del fatto che aveva circa mezzo chilometro di spazio libero dietro la coda. L'altro avrebbe distrutto un autogiro che forse il proprietario amava più di sua madre.

In quel momento la mente della persona stesa a terra dietro il magazzino fece ritorno dalla sua involontaria vacanza, e Raven la percepì all'istante. Si aspettava una cosa del genere. Il pugno avrebbe dovuto permettergli di guadagnare un paio di minuti, un tempo più che sufficiente. Così aveva sperato.

"*Dove sono andato a sbattere?*" si chiese il giovane, con la testa ancora confusa. E dopo qualche secondo, "*Mi hanno dato un pugno!*" Una pausa leggermente più lunga, poi giunse il pensiero sconvolto. "*Il mio berretto! Il mio fucile! Qualche maledetto mi ha...*"

Con aria indifferente, Raven si alzò da terra, come per passare dall'altra parte dello scafo che gli stava di fronte, ma si fermò all'altezza del portello aperto ed entrò. Accostò il battente circolare e tirò la leva che chiudeva ermeticamente il portello, poi si avviò verso la cabina di pilotaggio.

"*Qualcuno mi ha colpito*" continuò la mente dell'altro. "*Doveva essere in attesa del mio passaggio!*" Seguì un attimo di pensieri confusi, poi ci fu l'urlo mentale e vocale. — *Ehi, voi, addormentati! Qualcuno è penetrato nel campo! Mi ha rubato il...*

In mezzo alla confusione di pensieri che giunsero dalle guardie che stavano per smontare e che solo adesso si ricordavano di essere ancora in servizio, quattro menti più forti parvero emergere dal nulla e avanzarono in mezzo al campo per scrutare negli scafi. Quando raggiunsero la piccola astronave le quattro menti urtarono contro lo scudo mentale di Raven, si sforzarono, rimbalzarono.

"*Chi siete?*"

Raven non rispose. In quel momento le pompe e gli iniettori dello scafo cominciarono a entrare in azione.

"*Rispondete! Chi siete?*"

Erano menti molto diverse dalle altre che si aggiravano per il campo. Erano acute, precise, e avevano saputo riconoscere lo schermo mentale nell'attimo in cui lo avevano incontrato.

"*È un telepatico. Non vuole parlare e tiene la mente serrata. Si trova sul* KM 44. *Meglio circondare lo scafo.*"

"Circondarlo? No! Se mette in azione i propulsori incenerirà tutti quelli che si trovano dietro la coda."

"Non credo. Non oserà partire prima che si sollevi la nebbia."

"Se è Raven avremo delle grane, perché avremmo dovuto..."

"Vi ho detto che non sappiamo chi sia. Potrebbe trattarsi soltanto di un maniaco del volo nello spazio che tenta di rubare un'astronave. Se parte, spero che vada a fracassarsi."

"Vuoi scommettere che è Raven?"

La lampada rossa della radio si accese, e Raven premette il pulsante. La voce furente di un uomo che si trovava nella torre di controllo uscì dagli altoparlanti.

— Voi, sul KM 44, aprite il portello!

Anche questa volta Raven non rispose. A metà dello scafo, i motori continuavano a pulsare. Nella cabina un indice rosso si spostò lentamente fino a raggiungere il punto segnato con la parola PRONTO.

— Voi, sul KM 44, vi avverto che...

Raven sorrise e guardò nel periscopio retrovisore. Una fila di guardie armate era sparsa a ventaglio, a un paio di centinaia di metri dai propulsori. Appoggiò il dito indice su uno dei pulsanti e lo tenne schiacciato per una frazione di secondo. Lo scafo ebbe un leggero sobbalzo, e una bianca nube di vapori surriscaldati venne proiettata all'indietro. Le guardie fuggirono disordinatamente in tutte le direzioni.

L'addetto furente che si trovava nella torre di controllo cominciò a recitare una serie di pene e provvedimenti che stralciò dai paragrafi del regolamento. Era tanto preso dalla esposizione che non si accorse di quanto stava succedendo all'esterno.

Raven premette una seconda volta il pulsante, e una terrificante esplosione di fiamme bianco-arancione uscì dai reattori. Il rombo assordò tutti quelli che si trovavano nel raggio di un chilometro, ma all'interno dello scafo non parve che un lieve gemito.

La voce alla radio continuò a parlare con sadica soddisfazione.

— ...ma quando il menzionato *crimine* associa anche *infrazioni* ai regolamenti di polizia e di dogana, la pena sarà quattro volte superiore a quella prevista dal comma D 7, senza pregiudizio per gli aumenti che...

Raven abbassò una leva e si mise in comunicazione radio con la torre.

— Senti, amico! Nessuno riuscirà mai a vivere tanto a lungo — disse, e interruppe il contatto radio.

Poi spinse una leva in avanti, e l'astronave si innalzò su una colonna di fuoco.

Dopo un milione di chilometri, Raven inserì il pilota automatico e scrutò lo schermo visivo posteriore per vedere se qualcuno lo stava inseguendo. Non c'era nessuno. La probabilità di essere inseguito da astronavi partite da Venere era minima, perché sarebbe stata una fatica inutile. Non esistevano scafi capaci di competere in velocità con quello che stava pilotando.

Era veramente possibile, ma non probabile, che a qualche astronave in volo nello spazio venisse dato ordine di intercettarlo. Ma la immensa distesa tra la Terra e Venere, in quella fase particolare dello sviluppo interplanetario, non era affollata di astronavi.

Lo schermo anteriore e i rilevatori non mostravano niente di interessante, tranne un piccolo punto di radiazioni infrarosse, troppo lontano per essere identificato. Forse era il *Fantôme* in rotta per la Terra. Avrebbe proprio dovuto trovarsi circa in quella zona.

Raven lasciò che il pilota automatico compisse il suo lavoro e si rilassò sulla poltroncina per osservare l'immensità del cosmo. Aveva l'aria di chi pur avendo contemplato lo spettacolo migliaia di volte spera di poterlo rivedere per altre decine di migliaia. Non si sarebbe mai stancato di quello splendore tremendo.

Tuttavia, smise la contemplazione. Si coricò in cuccetta, chiuse gli occhi, ma non per domire. Li chiuse per meglio aprire la mente e ascoltare come non aveva mai fatto quando si era trattato di ascoltare i pensieri degli uomini normali. Le vibrazioni non lo distrassero, né lo disturbavano i rari sibili delle particelle di polvere cosmica che di tanto in tanto urtavano lo scafo. In quel momento, la sua facoltà uditiva aveva cessato di esistere, ma la mente aveva sviluppato la massima potenza di ascolto.

I suoni che stava cercando erano appena udibili. Erano voci mentali che vibravano nel buio dello spazio senza fine. Molti di questi impulsi mancavano di chiarezza ed erano attenuati dal viaggio attraverso distanze illimitate. Altri erano più chiari perché provenivano da zone relativamente vicine, ma sempre molto, molto lontane.

"*Astronave nera diretta su Zaxsis. La lasciamo andare senza intralci.*"

"*Sono in partenza per Badur Nove, una nana rossa con quattro pianeti, tutti sterili. Difficilmente ritorneranno.*"

"*Hanno ignorato il pianeta e si sono impossessati del satellite più grande perché ricco di cristalli di ematite.*"

"*È scesa una squadra di quaranta astronavi e ha perlustrato il pianeta da un polo all'altro. Sembrava che avessero una gran fretta.*"

"*... nelle vicinanze di Hero, un gigante bianco-blu nel settore dodici di Andromeda. Centottanta astronavi nere, in tre formazioni di sessanta, sono transitate procedendo a tutta velocità. Una vera spedizione Deneb.*"

"*Un Deneb ha compiuto un atterraggio di fortuna. La sua astronave aveva due reattori guasti. È rimasto in difficoltà fino a quando non siamo accorsi ad aiutarlo. Naturalmente abbiamo finto di essere degli stupidi. Si è dimostrato riconoscente. Ha regalato delle collane di perle arcobaleno ai ragazzi ed è ripartito senza il minimo sospetto.*"

"*Un'astronave nera, un incrociatore, era diretta su Tharre. Abbiamo confuso le menti dei piloti e li abbiamo fatti tornare indietro.*"

"*Credo che l'abbia capito per intuito, ma non aveva modo di provarlo. Era pericolosamente vicino alla verità, e non lo sapeva. L'idea gli è comunque piaciuta e vuol farne la base di una nuova religione. Se i Deneb avessero accettato anche parte della sua teologia, si sarebbe venu-*

ta a creare una situazione esplosiva. Così abbiamo deciso di fermarlo all'inizio e..."

"Enormi astronavi nere da battaglia, con ottomila Deneb, hanno preso possesso di una luna minore. Hanno detto che manderanno una lancia per scambi commerciali con noi, ma non sembrano entusiasti. Ci hanno visto... e noi ci siamo mostrati loro come una colonia di primitivi aborigeni."

"...e si sono lanciati tutti e dodici all'inseguimento. È divertente il fatto che non possano fare a meno di dare la caccia a cose irraggiungibili."

"Ecco, io sto bene, ma lei è vecchia e stanca e vuole riposare. Gli anni passano tanto per noi quanto per quelli che stiamo sorvegliando. Se qualche altra coppia..."

"...radunati su tutto l'asteroide per dare un caldo benvenuto, e i Deneb si sono comportati come al solito. Sono scesi e hanno ridotto l'asteroide in polvere, poi si sono allontanati felici. Non ci era mai piaciuto quell'asteroide. Aveva degli strani..."

"Il convoglio ha proseguito per la Testa di Cavallo, settore sette, ma si è lasciato alle spalle uno scafo di salvataggio sconquassato con un anziano Deneb a bordo. Dice che andrà in cerca di cristalli. Gli altri sono andati avanti per trovare quello che lui ha proprio sotto il naso."

"Un'armata di ottomila astronavi è partita da Scoria per vendicare le due astronavi scomparse. Hanno protetto con caschi di platino i cervelli dei piloti e hanno armato tutti gli scafi con nuovi proiettori di energia. Fanno sul serio!"

"Hanno pensato di non correre rischi e di incenerire l'intero pianeta, solo perché le creature che lo abitavano erano lucenti, semivisibili e sospettosamente diverse dai Deneb nell'aspetto. Non lo potevamo permettere. Così abbiamo manomesso il loro carico di armi. La loro missione è stata un completo fallimento!"

La radio amatoriale non aveva niente a che fare con questo genere di trasmissioni. Erano messaggi telepatici lanciati a lunga distanza, e decisamente professionali.

Lo scambio di comunicazioni durò per tutto il viaggio di Raven. Un'astronave nera qua, un'altra là, cento altre dirette verso una certa zona dello spazio. I Deneb facevano questo, facevano quello, erano atterrati su certi pianeti, erano ripartiti da certi altri, venivano abilmente attirati in una direzione e ne ignoravano un'altra... sempre aiutati o ostacolati da quella diffusa moltitudine di entità remote secondo le regole sconosciute di un gioco sconosciuto.

In complesso i Deneb sembravano scartare la maggior parte dei pianeti. Alcuni a prima vista, altri dopo una breve permanenza. E continuavano le ricerche. Con metodo o senza, setacciavano il cosmo alla ricerca di quello che non potevano trovare. Una sola cosa si poteva stabilire con sicurezza: erano incurabilmente agitati.

Raven passò il tempo ad ascoltare i discorsi che provenivano dalle grandi profondità dell'infinito o a osservare attraverso l'oblò anteriore lo spiegamento delle stelle. Di tanto in tanto spalancava gli occhi in estasi, e sulla sua faccia compariva un'espressione di curiosa avidità. Tutti i pensieri riguardo Thorstern, Wollencott, Carson ed Heraty erano stati accantonati. Le loro ambizioni e le loro rivalità, paragonate agli eventi in corso altrove avevano assunto un'importanza submicroscopica.

"I Deneb hanno setacciato centomila menti prima di capire che non avevano abbastanza tempo per esaminarne cinquecento milioni. Così se ne sono andati, ignoranti come al loro arrivo."

"...sono rimasti per tre interi circumsolari. Hanno ridacchiato di fronte ai nostri razzi, se ne sono fatti prestare un paio per giocarci e ce li hanno restituiti con tanti ringraziamenti. Ma quando avete abbattuto quell'incrociatore che vi avevano messo alle calcagna, si sono infuriati davvero e sono decollati come..."

"Per una ragione che solo loro conoscono, si stanno dirigendo verso Bootes. Meglio che vi prepariate a riceverli!"

"... Laethe, Morcin, Elstar, Gnosst, Weltenstile, Va, Perie e Klain. Su ogni pianeta ci sono dai duemila ai diecimila Deneb, e tutti cercano minerali rari. Trattano gli abitanti come animali inutili. Fino a questo momento..."

"Nove astronavi stanno scendendo. Avanzano pieni di sospetto, come al solito."

Erano messaggi che potevano venire ascoltati solo da menti naturalmente adatte. Nessun cervello comune avrebbe potuto captarli. E nessuna mente di Deneb.

Erano messaggi che parlavano di astri solitari, di pianeti, di asteroidi vaganti. E ne parlavano in tono familiare, come se fossero stati strade di una città. Riferirono migliaia di pianeti, ma non nominarono mai né la Terra, né Marte, né Venere, né qualche altro pianeta del Sistema Solare.

Era inutile parlare di questi mondi, perché il loro momento non era ancora venuto.

Due scafi a sei posti della polizia si staccarono dalla Luna nel tentativo di seguire l'astronave rubata. Ma non ebbero fortuna. Raven si tuffò verso la Terra alla massima velocità, come se dovesse percorrere ancora una distanza di cinquanta anni luce, e quando ebbe gli inseguitori a una certa distanza saettò di lato, scomparendo dietro la faccia della Terra. Quando i suoi inseguitori oltrepassarono a loro volta la curva terrestre, Raven era ormai atterrato e l'astronave si era persa in uno scenario che dodici paia d'occhi non potevano certo scrutare.

Lo scafo riposava su una distesa rocciosa dal quale avrebbe potuto ripartire senza recare danno a proprietà di Terrestri. Raven si portò vicino ai reattori che si stavano raffreddando e si mise a studiare il cielo. Ma gli scafi della polizia non comparvero neppure all'orizzonte. Con tutta probabilità stavano inutilmente perlustrando una zona forse a seicento chilometri più a est o a ovest.

Raven raggiunse una strada di campagna ed entrò nella fattoria che aveva visto mentre atterrava. Per telefono chiamò dal più vicino villaggio un taxi antigravità, che arrivò immediatamente. Un'ora dopo si trovava al comando del controspionaggio terrestre.

Con la faccia lunga e lugubre come sempre, Carson gli fece cenno di sedere e congiunse le mani, quasi in atto di preghiera. Poi gli parlò con la mente.

— Siete peggio di un terribile mal di testa. In una settimana mi avete dato più lavoro di quanto faccio normalmente in un mese.

— E che ne dite del lavoro che avete dato a *me*?

— Non deve essere stato tanto difficile, a giudicare dalla rapidità con cui l'avete svolto. Siete uscito di qui e siete tornato con la cravatta dritta e senza un solo graffio. Nel frattempo avete molestato o spaventato uomini importanti. Inoltre, avete infranto ogni legge del codice, e io dovrò coprire le vostre malefatte. Il cielo sa come.

— Non esagerate — disse Raven. — Alcune leggi non le ho infrante. Per esempio, non mi sono mai messo a distillare *tambar* sulle colline. Comunque vorrei sapere se siete disposto a proteggermi. Le pattuglie di polizia di stanza sulla Luna mi hanno inseguito benché fossi a bordo di uno scafo del Consiglio.

— Rubato — precisò Carson, e indicò un grosso pacco di documenti che stava sulla scrivania. — Avete commesso infrazioni con più disinvoltura di quanta ce ne voglia per bere un bicchier d'acqua. Ora cercherò di accomodare anche la faccenda dell'astronave. Ma non preoccupatevi. Tutta la responsabilità sarà mia. Certi pensano che io sia al mondo per questo. Devo trovare il modo di far sembrare che si è trattato di una appropriazione ufficialmente autorizzata. — Si grattò il mento, poi guardò Raven con aria mesta. — E non venite a dirmi che avete fracassato lo scafo nell'atterraggio. Dove l'avete lasciato?

Raven glielo disse. — Sarei atterrato direttamente all'astroporto, ma i due scafi della polizia mi hanno fatto cambiare idea. Sembrava che mi volessero arrestare. In questi ultimi tempi c'è stata fin troppa gente che mi voleva mettere le mani addosso.

— Manderò un pilota a prendere l'apparecchio. — Carson scostò con rabbia le carte che aveva davanti. — Grane, grane. Su questo tavolo arrivano soltanto delle grane.

— Per venire da Venere a qui c'è voluto un po' di tempo, anche se mi trovavo a bordo di uno scafo superveloce. E così non ho notizie degli ultimi avvenimenti. Quali sarebbero queste grane?

— La settimana scorsa abbiamo ucciso due uomini che cercavano di far saltare un grosso ponte. Erano due Marziani. Il giorno dopo è saltata in aria una centrale elettrica. Dieci città sono rimaste senza luce e tutte le industrie entro un raggio di centocinquanta chilometri sono rimaste bloccate. Sabato abbiamo trovato un ingegnoso dispositivo alla base di una diga. È stato tolto appena in tempo. Se fosse esploso, le conseguenze sarebbero state disastrose.

— Ma non hanno...

— D'altra parte — continuò Carson, senza badare all'interruzione — gli scienziati hanno provato che l'esplosione della Baxter è quasi certamente dipesa da un incidente autentico. Dicono che il carburante, in certe condizioni eccezionali, diventa altamente instabile. Affermano comunque di aver già trovato il modo di impedire catastrofi analoghe.

— Questa è una cosa interessante.

Carson fece un gesto d'impazienza. — Io ricevo i rapporti, e devo considerare ogni disastro come una vera e propria opera di sabotaggio, fino al momento in cui non mi si viene a provare il contrario. Siamo ostacolati dall'impossibilità di distinguere all'istante l'incidente dovuto al caso da quello dovuto a sabotaggio. Non possiamo neppure liberarci degli elementi sospetti. Teniamo ancora in carcere otto uomini catturati nella base sotterranea. Sono tutti Marziani e Venusiani. Personalmente li farei deportare e negherei loro il visto di ingresso. Ma è impossibile. Legalmente sono Terrestri, capito?

— Già, è un guaio. — Raven si protese sulla scrivania. — Mi state dicendo, con questo, che la guerra continua?

— No. È certamente continuata fino alla fine della settimana scorsa, ma forse adesso è finita. — Carson guardò interrogativamente Raven. — L'altro ieri Heraty è venuto a dirmi che tutte le nostre preoccupazioni sono terminate. E da quel momento non sono più avvenuti sabotaggi. Io non so cosa abbiate fatto. Comunque, è stata un'azione efficace, *se* quello che dice Heraty è vero.

— Avete per caso saputo di un certo Thorstern?

— Esatto. — Carson si agitò a disagio sulla poltrona, ma riuscì a controllare i pensieri. — Da parecchio avevamo i nostri agenti alle calcagna di Wollencott, l'uomo che tutti indicavano quale capo della rivolta. Alla fine due nostri agenti avevano riferito che Thorstern era la vera forza nell'ombra, ma non erano riusciti a trovare prove convincenti. Thorstern ha sempre agito con molta prudenza, e nessuno può provare la minima cosa a suo carico.

— È tutto?

— No — ammise Carson con riluttanza, quasi che non volesse dilungarsi sull'argomento. — Heraty ha detto che Thorstern sta trattando con lui.

— Davvero? Vi ha detto a che proposito? Vi ha dato dei dettagli?

— Ha osservato che dubitava della buona fede di Thorstern, o meglio, che dubitava che fosse veramente la persona che diceva di essere, cioè l'uomo capace di fermare l'intransigenza venusiana. E Thorstern si è offerto di provarlo.

— Come?

— Togliendo di mezzo Wollencott... Così! — soggiunse Carson facendo schioccare le dita. Rimase qualche istante in silenzio, poi sospirò e riprese a parlare. — Questo è successo l'altro ieri. Oggi abbiamo ricevuto un messaggio da Venere con l'annuncio che Wollencott è caduto da un apparecchio antigravità ed è morto sul colpo.

— Uhm! — Raven riuscì quasi a vedere la disgrazia e a sentire lo schianto delle ossa. — Bel modo di licenziare un fedele servitore, vero?

— Meglio non dirlo apertamente... Sarebbe una insinuazione.

— Potrei farne qualcun'altra. Potrei parlare di un membro del Consiglio Mondiale. Di Gilchist, per esempio. È un individuo che si potrebbe tranquillamente chiamare un lurido pidocchio.

— Perché dite questo? — chiese Carson, facendosi improvvisamente attento

— È la mosca sospetta che vola sul piatto. Thorstern stesso lo ha detto, senza sapere che stava tradendo un traditore. — Raven rimase un attimo soprappensiero. — Non so che faccia abbia questo Gilchist. Il giorno in cui mi trovavo al Consiglio ho annusato i presenti, e non ho sentito puzzo di bruciato. Com'è possibile?

— Non c'era. — Carson scrisse alcune annotazioni su un pezzo di carta. — Mancavano quattro membri. Due per malattia, due per affari urgenti. Uno di questi era Gilchist. È arrivato pochi minuti dopo la vostra partenza.

— Il suo affare urgente era il denunciarmi ai suoi complici — disse Raven. — Cosa farete adesso?

— Niente. La vostra informazione non basta. Passerò la notizia a Heraty, e il Consiglio Mondiale prenderà le sue decisioni. Una cosa è lanciare un'accusa, un'altra è provarla.

— Credo che abbiate ragione. Comunque non ha importanza, sia che non lo puniscano, sia che gli diano una medaglia d'oro per il suo tradimento. In fondo, ben poche cose sulla Terra hanno delle vere conseguenze. — Raven si alzò e raggiunse la porta. — Ma c'è una cosa che conta, per quel piccolo peso che possono avere le cose. Thorstern è un essere normale. E anche Heraty. Voi e io non lo siamo.

— E con questo? — chiese Carson a disagio.

— Ci sono uomini che non possono accettare la sconfitta. Ci sono uomini che possono starsene seduti in un apparecchio antigravità e guardare il compagno fedele che precipita nel vuoto. Ci sono uomini che cadono in preda al panico se stimolati nel modo adatto. Questa è la grande maledizione del mondo... la paura! — Fissò Carson negli occhi. — Sapete cosa atterrisce gli uomini?

— La morte — rispose Carson con voce sepolcrale.

— Gli *altri* uomini — lo corresse Raven. — Ricordatelo... specialmente quando Heraty vi riferisce parte delle cose e trascura accuratamente il resto.

Carson non chiese cosa intendesse dire. Da tempo era abituato alle tecniche difensive degli esseri normali. Gli venivano a parlare di persona quando non avevano niente da nascondere, in caso contrario gli scrivevano o gli telefonavano. E quasi sempre c'era qualcosa da tenere nascosto.

Rimase in silenzio a guardare Raven che se ne andava. Era un mutante, e non aveva mancato di comprendere l'avvertimento di Raven.

A Heraty piaceva forse troppo sbrigare gli affari per telefono.

Il piccolo e vistoso ufficio in cima a quattro rampe di luride scale erano il rifugio di Samuel Glaustrab, un povero ipno capace appena di incantare un passero. Certi suoi antenati dovevano essere stati mutanti, poi il talento doveva aver saltato alcune generazioni ed era ricomparso ma molto indebolito

Da altri antenati aveva ereditato una mentalità legale e una lingua pronta, doti che lui valutava molto più dei trucchi di qualsiasi mutante.

Entrato nell'ufficio, Raven raggiunse la scrivania sporca d'inchiostro e salutò. — Buon giorno, Sam.

Glaustrab lo guardò da dietro le spesse lenti degli occhiali cerchiati di corno. — Ci conosciamo?

— No.

— Oh, pensavo di sì — spinse da parte alcuni documenti che stava consultando e si alzò.

"Perché mi chiama per nome?" si chiese. *"Chi si crede di essere? Non sono mica il suo valletto."*

Raven si protese sulla scrivania e fissò i pantaloni sdruciti dall'altro.

— Con quegli abiti non ne avete proprio l'aria.

— Un telepatico, vero? — disse Glaustrab e si passò imbarazzato una mano sui pantaloni. — Be', io non ci faccio caso. Fortunatamente ho la coscienza pulita.

— Vi invidio. Pochi possono dire la stessa cosa.

L'altro si accigliò, perché la frase gli era parsa ironica. — Che cosa posso fare per voi?

— Avete un cliente che si chiama Arthur Kayder?

— Sì, la sua causa verrà discussa domani mattina. — Scosse lentamente la testa. — Dovrò difenderlo con tutta la mia abilità, ma temo che la mia fatica andrà sprecata.

— Perché?

— È accusato di aver fatto pubblicamente minacce d'omicidio, e dato che la parte lesa è assente l'accusa verrà sostenuta dal pubblico ministero. Questo rende il mio compito molto più difficile. Le minacce sono registrate su nastro audiovisivo. Questo nastro verrà presentato alla Corte, e io non potrò negare l'evidenza. — Guardò Raven con aria triste. — Siete un suo amico?

— Sono il suo peggior nemico, per quanto mi risulta.

Glaustrab fece una risatina forzata. — Immagino che stiate scherzando.

— Vi sbagliate, Sammy. Sono l'uomo che lui voleva uccidere.

— Eh? — Spalancò la bocca, poi si piegò sulla scrivania e sfogliò nervosamente alcune carte.

— Vi chiamate David Raven?

— Esatto.

Glaustrab pareva completamente sconvolto. Si tolse gli occhiali, li appoggiò sulla scrivania, se li rimise e li cercò sulla scrivania.

— Li avete sul naso — lo informò Raven.

— Come? — Si scosse di colpo, poi rimase un attimo impacciato. — Già. Che sciocco. — Si rialzò, e infine tornò a sedersi. — Bene, voi siete il signor Raven. Il testimone d'accusa!

— Chi ha detto che voglio testimoniare contro il vostro cliente?

— Lo immagino. Essendo tornato alla vigilia del processo io...

— Supponiamo che non mi presenti al processo... Cosa succederebbe?

— Niente. Le prove registrate saranno più che sufficienti per farlo condannare.

— Già, ma solo perché si presume che io confermi i capi d'accusa. Cosa succederebbe se dicessi di sapere che Kayder stava scherzando?

— Signor Raven, volete dire che... — Le mani di Glaustrab cominciarono a tremare. — Credete veramente che lui...

— Non lo credo affatto. Parlava seriamente. Kayder avrebbe voluto sdraiarsi su cuscini di seta e gioire delle mie grida mentre gli insetti mi divoravano.

— Allora perché... Perché? — chiese Glaustrab, confuso.

— Preferisco uccidere un uomo con le mie mani piuttosto che fargli perdere anni in una prigione. In ogni modo, non penso che Kayder debba essere rinchiuso soltanto perché ha gridato delle minacce. — Guardò fisso Glaustrab. — Che ne pensate?

— Chi? Io? No... No di certo! — Glaustrab si mosse a disagio. — Avete intenzione di comparire al processo per difendere il mio cliente?

— No, se c'è un sistema più semplice.

— Potreste rilasciarmi una dichiarazione giurata — suggerì l'avvocato, con un tono misto di dubbio, sospetto, e speranza.

— Per me va bene. Dove devo giurare?

Glaustrab afferrò il cappello, cercò gli occhiali sulla scrivania, li trovò sul naso e fece segno a Raven di seguirlo. Scesero di due piani ed entrarono in un altro ufficio dove c'erano quattro uomini. Col loro aiuto preparò il documento, e Raven, dopo averlo riletto attentamente, firmò.

— Eccovi a posto, Sam.

— È stato molto generoso da parte vostra, signor Raven. — Strinse il foglio tra le dita e con la mente vide la scena che si sarebbe svolta al processo, quando si sarebbe alzato in mezzo alla sala silenziosa per presentare il documento. Un vero colpo di scena. Per una volta tanto, Glaustrab era felice. — Molto generoso — ripeté. — Il mio cliente apprezzerà il vostro gesto.

— È quello che voglio — disse Raven cupo.

— Sono sicuro che potrete contare su di lui e... — Improvvisamente Glaustrab cambiò espressione. Gli era venuto il terribile sospetto che la dichiarazione firmata da Raven avesse un prezzo. — Come avete detto?

— *Voglio* che il vostro cliente apprezzi il mio gesto. Voglio che mi consideri una specie di Babbo Natale, capite? — Puntò l'indice contro il petto dell'avvocato. — Quando un branco di tipacci vuole la tua pelle, basta un po' di gratitudine per creare discordia nelle loro file.

— Davvero? — Glaustrab osservò che quella mattina certi concetti gli sfuggivano. Si portò una mano alla tempia.

— Questa volta li avete in tasca — disse Raven, e uscì.

16

La casa era piacevolmente silenziosa, e Leina lo stava aspettando. Raven lo sapeva con certezza. *La vostra donna*, aveva detto Thorstern in tono di riprovazione. Tuttavia la loro unione, per quanto non convenzionale, era perfettamente priva di immoralità.

Si fermò vicino al cancello a osservare la specie di cratere che si era aperto nel campo vicino. Era abbastanza grande per contenere un taxi antigravità. A parte la strana buca, i dintorni della casa erano esattamente come li aveva visti l'ultima volta. Alzò lo sguardo verso il cielo per osservare la scia bianca di un'astronave da carico diretta verso Marte.

Avviandosi alla porta girò la maniglia e scostò il battente servendosi della forza telecinetica, come aveva fatto Charles per aprire il cancello della fortezza di Thorstern. Leina lo stava aspettando in soggiorno. Teneva le mani intrecciate sulle ginocchia e aveva gli occhi scintillanti di gioia.

— Sono leggermente in ritardo. — Raven non disse altro, né la baciò. La loro felicità era evidente e non aveva bisogno di futili espressioni fisiche. Non l'aveva mai baciata, non aveva mai desiderato di farlo, né l'avrebbe mai fatto. — Mi sono trattenuto per togliere Kayder dai guai. Prima della mia partenza era necessario metterlo in condizioni di non nuocere. Ora non è più necessario. Le cose sono cambiate.

— Le cose non cambiano mai — disse Leina.

— Mi riferivo alle piccole cose, non alle grandi.

— Sono le grandi che contano.

— Hai ragione, Occhi Lucenti, ma non sono d'accordo su quanto vuoi dire. Anche le piccole cose hanno una loro importanza. — Sotto lo sguardo fermo di Leina, Raven giudicò opportuno giustificarsi — Non vogliamo che si scontrino coi Deneb... ma non vogliamo neanche che si distruggano da soli.

— La seconda soluzione sarebbe il minore dei due mali... Spiacevole, ma non disastrosa. I Deneb non apprenderebbero niente.

— Non potranno mai essere più edotti di quanto sono.

— Può darsi — disse Leina. — Ma tu hai gettato alcuni semi di conoscenza proibita. Prima o poi, sarai costretto a estirparli.

— Intuizione femminile, vero? — Raven sorrise come un bambino malizioso. — Anche Mavis la pensa come te.

— E ha ragione.

— Quando arriverà il momento, i semi potranno venire distrutti, dal primo all'ultimo. Lo sai benissimo.

— Certo. Tu sarai pronto e io sarò pronta. Dove andrai tu verrò anch'io — disse Leina con fermezza. — Tuttavia penso ancora che il tuo intervento non sia stato opportuno. Hai corso un grosso rischio.

— A volte è necessario. Comunque, la guerra è finita. E in teoria l'umanità è ora in condizioni di concentrarsi e di proseguire il suo cammino.

— Perché dici *in teoria*?

Raven si accigliò. — Può darsi che si scateni un nuovo e diverso conflitto.

— Capisco. — Leina andò alla finestra e rimase a osservare il paesaggio. — David, in un caso simile, intendi intervenire una seconda volta?

— No, decisamente no. Questa guerra verrebbe scatenata contro quelli che sono della nostra stessa specie e contro quelli ritenuti come noi. Non mi sarà data la possibilità di intervenire. Verrò colpito senza il minimo avvertimento. — Si avvicinò a Leina e le mise una mano sulla spalla. — Potranno colpire anche te, nello stesso modo e nello stesso momento. Ti preoccupa?

— No, finché ogni cosa può rimanere nascosta.

— Potrebbe anche non accadere. — Raven spostò lo sguardo fuori della finestra, e all'improvviso cambiò argomento. — Quando compri le anatre?

— Le anatre?

— Da mettere nello stagno — disse Raven indicando il cratere. — Cos'è successo? — chiese.

— Venerdì pomeriggio, quando sono tornata dalla città, nell'attimo di aprire la porta ho *sentito* qualcosa nella serratura.

— Cos'era?

— Una piccola pallina azzurra con un puntino bianco, l'ho vista con la mente. Era messa in modo che introducendo la chiave avrei toccato il punto bianco. L'ho teleportata dalla serratura al campo accanto, poi ho scagliato un sasso sul puntino. La casa ha tremato fino alle fondamenta.

— Il lavoro di un microtecnico — commentò Raven — e del telecinetico che l'ha introdotta nella serratura. — L'ultima frase rivelò di nuovo la sua insensibilità. — Se il trucco fosse riuscito avresti provato una bella sorpresa.

— Ma ci sarebbe stata una persona ancor più sorpresa di me — disse Leina. — Tu.

La notte era eccezionalmente limpida e il cielo era punteggiato di stelle. I crateri che si allungavano sul limite della faccia illuminata della Luna erano perfettamente visibili a occhio nudo. Da un orizzonte all'altro, la volta dello spazio somigliava a un drappo di velluto nero cosparso di punti luminosi, alcuni a luce fissa, altri con bagliori intermittenti di tutti i colori, bianchi, azzurri, gialli, rosa e verde pallido.

Semisdraiato su una poltrona inclinata, sotto la cupola di vetro del tetto, Raven studiava quella scena di incomparabile maestosità. Poi chiuse gli occhi per mettersi in ascolto. Accanto, su una poltrona identica, Leina stava facendo la stessa cosa. Quelle erano le loro notti intime. Sotto la cupola, in osservazione e in ascolto. In quella casa non c'erano camere da letto, né letti. Non ne avevano bisogno. A loro bastavano le poltrone e la cupola.

Anche durante il giorno osservavano e restavano in ascolto. Ma lo facevano con meno concentrazione e in modo più spasmodico, con l'attenzione rivolta al mondo, non alle infinità dello spazio. Insieme avevano osservato e ascoltato, giorno e notte, per anni. Il compito sarebbe stato insopportabilmente monotono, ma erano in due. La presenza dell'uno rompeva la solitudine dell'altro. Inoltre, le cose che loro *vedevano e sentivano*, avevano il pregio di essere infinitamente varie.

Sulla Terra e lontano, molto lontano, accadevano sempre nuovi fatti. Sempre. E nessun incidente capitava mai due volte. Questo era il compito di quelli che osservavano eternamente. Era un lavoro di responsabilità e di grande importanza. Ciascuno era come una sentinella che protegge la città addormentata dalla cima di una torre. Molti facevano quello stesso lavoro, pronti a lanciare l'allarme alla prima necessità. C'erano Charles e Mavis su Venere, Horst e Karin su Marte, migliaia d'altri... decine di migliaia... tutti in coppia.

Raven pensò a quelli che si trovavano su Marte e spostò gli occhi verso un puntino rosa che si trovava quasi all'altezza dell'orizzonte. E chiamò.

"Horst! Horst!"

La risposta venne dopo qualche secondo, leggermente soffocata dalla fascia atmosferica della Terra.

"Sì, David?"

"Sai cosa stanno facendo i ribelli del tuo pianeta?"

"Più che altro discutono tra di loro, David. Si sono divisi in diversi gruppi. Alcuni vogliono continuare la lotta contro la Terra, altri dicono che Venere ha tradito e vogliono scagliarsi contro di lei, altri ancora si sono trasformati in anti-mutanti. La maggior parte, però, è disgustata e pensa di abbandonare tutto."

"Quindi stanno attraversando un periodo di indecisione cronica?"

"Più o meno."

"Grazie, Horst. Salutami Karin."

Diresse la mente verso un altro punto del cielo.

"Charles... Charles!"

Questa volta la risposta giunse all'istante, e con maggior chiarezza.

"Sì, David?"

"Ci sono novità?"

"Thorstern è partito ieri per la Terra."

"Sai per quale motivo?"

"No, ma posso immaginarlo. Dev'essere per qualcosa che gli porta un vantaggio personale."

"Questo era scontato. Comunque lo terrò d'occhio non appena arriva. Ti farò sapere cosa scopro."

"Grazie. Hai sentito di Wollencott?"

"Sì. Brutta faccenda."

"Orribile" rincarò Charles. *"Qui il movimento clandestino tende a sciogliersi. Comunque, in potenza rimane, e può ricostituirsi da un momento all'altro. Non posso fare a meno di pensarci."*

"E io ne so il motivo."

"Sarebbe?"

"Mavis continua a ripeterti che hai sbagliato."

"È vero" ammise Charles. *"E io so come hai fatto a indovinarlo."*

"Come?"

"Leina ti stai ripetendo la stessa cosa."

"Esatto" pensò Raven. *"Ci siamo messi d'accordo nel non andare d'accordo."*

"Anche noi. A volte, da come mi guarda, diresti che sono un delinquente minorile. La cosa più importante sarà protetta qualsiasi cosa accada. Ma perché mai le donne devono sempre avere tanta paura?"

"Perché guardano questi mondi da un punto di vista femminile e materno. Tu e io abbiamo lanciato il pargolo troppo in alto."

"Penso che tu abbia ragione." Poi il pensiero di Charles divenne ironico. *"Ma come fai a saperlo? Quanti pargoli hai..."*

"Uso l'immaginazione" interruppe Raven. *"Ciao, Charles."*

Rispose un borbottìo telepatico di saluto.

Raven girò lo sguardo verso Leina: stava sdraiata a occhi chiusi nella poltrona, e teneva la faccia rivolta alle stelle. La osservò per un attimo con tenerezza, ma non il corpo di carne che era visibile agli uomini normali: quella faccia era solo una maschera presa a prestito, dietro cui Raven poteva vedere la vera Leina. A volte dimenticava che lei aveva una faccia, la faccia di un'altra e vedeva soltanto quello che le brillava negli occhi.

Leina non si rese conto che Raven la stava guardando. Aveva la mente rivolta lontano, ed era assorta nell'ascolto dell'interminabile chiacchierio che proveniva dallo spazio.

Raven seguì l'esempio della donna.

"Perlustrare attentamente attorno a Bluefire, un gigante in formazione. Erano venti astronavi nere, tipo incrociatore."

"...ripetutamente, ma la completa mancanza di un mezzo comune rende impossibile la comunicazione con questi Flutterer. Non possiamo neanche far loro comprendere che vogliamo parlare con loro. Se i Deneb arrivano e si mostrano ostili verso di loro, noi dovremo prendere le misure necessarie per..."

"Parlo da Thais. Sono entrato senza destare sospetti. Ho avuto la fortuna di trovare un tipo adatto che se ne stava andando. Ha preso rapidamente la decisione e mi ha detto: 'Sì, disponete pure di me'."

"I Bender hanno una notevole potenza visiva, tuttavia sono di un livello culturale piuttosto basso. Ci vedono chiaramente, ci chiamano gli Scintillanti e insistono nel volerci adorare. È alquanto imbarazzante."

"Siamo passati accanto a Jilderdeen senza farci scorgere, e abbiamo visto che i Deneb stanno costruendo un immenso impianto per la produzione dei cristalli. Significa che vogliono fermarsi sul pianeta..."

"...i poveri selvaggi hanno scelto noi per il sacrificio annuale ai Soli Gemelli. Una vera sfortuna essere stati scelti in mezzo a tutta una tribù. Ormai è questione di pochi giorni. Meglio che qualcuno si tenga pronto a prendere il nostro posto."

L'ultimo messaggio lo colpì. Poveri selvaggi! Tutti i mondi osservati potevano essere considerati alla stessa maniera, incluso quello su cui si trovava. Tutti i bambini possono essere considerati selvaggi rispetto al vero adulto. Si alzò. Le stelle brillavano, ma il mondo che lo circondava era buio, molto buio.

Nelle tre settimane che seguirono, Raven rimase attento alle notizie che venivano diffuse dalla radio e dagli spettroschermi. Fu una cosa noiosa, ma continuò ad ascoltare, con l'ostinazione della persona in attesa di qualcosa che forse non accadrà mai.

Non vennero menzionate attività anti-terrestri, né vennero date notizie sugli sviluppi di progetti per la conquista dello spazio sconosciuto. Il burocratico amore per il segreto aveva vinto ancora una volta. Le menti dei disposti avevano stabilito come sempre che le notizie di pubblico interesse non dovessero venire divulgate nell'interesse del pubblico.

Ascoltò con pazienza non solo le notizie, ma anche tutte quelle interminabili chiacchiere che venivano fatte per divertire il pubblico. Considerava ogni frase con attenzione, e esaminava ogni cosa nella vera monotona completezza. Sotto un certo punto di vista, poteva considerarsi una persona anziana costretta a sorbirsi ore e ore di uno spettacolo fatto per divertire un branco di bambini piagnucolosi.

Alla fine della terza settimana, lo spettroschermo tridimensionale a colori iniziò la nuova serie di uno spettacolo in quattro puntate. Uno dei soliti romanzi sceneggiati che venivano trasmessi con regolarità. Il protagonista, un telepatico, aveva spiato nella mente della donna amata, una non mutante, e l'aveva trovata pura, dolce e onesta. Il malvagio era impersonato da un insettivoco, dalla fronte bassa, che nutriva una particolare passione per i millepiedi velenosi.

Era uno di quei polpettoni destinati a occupare le menti e a impedire loro di pensare. Tuttavia Raven seguì le quattro puntate con l'avidità di chi va matto per quel genere di spettacoli. Alla fine, il cattivo veniva punito e la virtù trionfava. Nell'ultima scena un simbolico stivale schiacciava un simbolico millepiedi.

Al termine dello spettacolo, Raven sospirò annoiato e andò a trovare Kayder.

L'uomo che andò ad aprirgli la porta era un essere normale, che somigliava a un pugile suonato. Aveva il naso schiacciato e le orecchie che sembravano di cartapecora. Indossava un maglione grigio.

— C'è Kayder?

— Non so — mentì l'uomo. — Vado a vedere. — Socchiuse gli occhi per osservare meglio il visitatore. — Chi devo annunciare?

— David Raven.

Quel nome non disse niente all'uomo che si allontanò lungo il corridoio, continuando a ripetere mentalmente il nome, come se fosse troppo difficile da ricordare. Tornò dopo qualche minuto.

— Potete passare.

Facendo dondolare le braccia lungo i fianchi, fece strada fino alla parte posteriore della casa.

— Il signor Raven — annunciò con voce rauca, e scomparve.

Era lo stesso studio, con gli stessi mobili e la stessa scrivania, ma tutte le piccole scatole erano scomparse. Kayder si alzò e rimase incerto se porgergli la mano o no. Alla fine indicò una poltrona.

Raven si mise a sedere e distese le gambe.

— Così, Sammy ce l'ha fatta. Ha ottenuto il suo quarto d'ora di celebrità — disse.

— Sono stato condannato soltanto al pagamento delle spese. Cento crediti. Comunque, posso dire di essermela cavata a buon mercato. — Kayder fece una leggera smorfia. — Il vecchio buffone seduto nel suo scranno di giudice ci ha tenuto a dire che dichiarazioni come la vostra non mi potranno salvare nel caso ripetessi lo stesso reato.

— Forse Sammy lo ha seccato esagerando nel mettere in risalto il suo colpo di scena — disse Raven. — Comunque, è finito tutto bene.

— Già — si protese in avanti fissando negli occhi Raven. — E adesso siete venuto a riscuotere.

— Un'astuta deduzione espressa in modo un po' troppo crudo — disse Raven. — Diciamo che sono venuto a darvi una leggera strizzata.

Kayder aprì rassegnato un cassetto. — Quanto?

— Quanto cosa?

— Denaro.

— Denaro? — ripeté Raven, incredulo. — Credete proprio che voglia quattrini? — E alzò gli occhi al soffitto.

Kayder richiuse il cassetto con rabbia. — Sentite, voglio sapere una cosa. A un certo punto avete voluto mettermi nei guai, e subito dopo siete venuto a salvarmi. Perché?

— I momenti erano diversi.

— Davvero? In che senso?

— Prima c'era un conflitto, voi eravate un pericolo ed era consigliabile togliervi di mezzo. Poi il conflitto è terminato, o stava per terminare, ed era inutile farvi finire sotto chiave.

— Così, sapete che la guerra è finita?

— Sì. Avete ricevuto ordini in proposito?

— Infatti — ammise Kayder con una certa acidità. — E non mi piacciono. — Allargò le braccia in un gesto di impotenza. — Devo essere sincero con voi. Non ho altra possibilità, dato che potete leggermi i pensieri. Non mi piace questa improvvisa rinuncia al conflitto, ma non posso farci niente. Tutto il movimento clandestino sta andando a rotoli.

— Ed è la cosa migliore. Voi stavate combattendo per un governo autonomo... ammesso che la dittatura segreta di un uomo possa chiamarsi governo autonomo.

— Wollencott era un condottiero nato, ma non aveva la grinta del dittatore.

— Non ne aveva bisogno — disse Raven. — Tutta la grinta gliela forniva Thorstern.

Kayder spalancò gli occhi sorpreso. — Che c'entra Thorstern in tutto questo?

— Lo conoscete?

— Tutti i Venusiani lo conoscono. È uno dei sette uomini più influenti del pianeta.

— Il più forte di tutti — lo corresse Raven. — Infatti pensa che Venere dovrebbe essere sua proprietà personale. Aveva comperato Wollencott anima e corpo, fino al momento in cui gli ha ridato la libertà.

— Gli ha ridato la libertà? Volete dire... — Kayder comprese all'istante. Si irrigidì sulla poltrona e tamburellò con le dita sul tavolo. Dopo qualche secondo disse: — Può anche darsi. Non ho mai conosciuto Thorstern personalmente. Però sapevo del suo carattere duro e ambizioso. Se Wollencott prendeva direttive da qualcuno, questa persona poteva benissimo essere Thorstern. — Corrugò la fronte. — Non l'avevo mai sospettato. Evidentemente si teneva ben nascosto.

— Infatti.

— Thorstern, eh? — Fissò Raven attentamente. — Allora, perché si è sbarazzato di Wollencott?

— Thorstern è stato convinto a smettere la guerriglia contro la Terra e a dedicarsi ad attività più legali. Così Wollencott, utile fino a poco prima è diventato un legame imbarazzante. E Thorstern ha un suo modo particolare per liberarsi dei legami scomodi.

— Non vorrei credere a una cosa simile — disse Kayder con risentimento — ma debbo accettarla. Tutto concorda.

— La vostra mente dice qualcosa di più — osservò Raven. — Dice che l'organizzazione anti-terrestre si è divisa in piccoli gruppi. Voi temete che uno di questi gruppi, per ingraziarsi le autorità, finisca col tradire gli altri. Pensate che ci sia troppa gente a conoscenza di quanto stava accadendo.

— Correrò il rischio — disse Kayder. — Il tradimento è una partita che può essere giocata da entrambe le parti. Ho la coscienza meno sporca di molti altri.

— Avete sulla coscienza un ipnotico che si chiama Steen?

— Steen? — Kayder guardò Raven sorpreso. — Non sono mai riuscito a prenderlo. È scappato a bordo della *Star Wraith*, qualche giorno dopo la vostra partenza a bordo del *Fantôme*. In quel periodo avevo qualcosa di molto più importante a cui pensare. Non ricordate?

— Ricordo.

— Non ho mai saputo cosa gli sia successo.

— È morto... lentamente.

— Anche Haller! — rispose Kayder con improvviso vigore.

— In due modi diversi. Haller ha voluto morire. Ed è morto rapidamente.

— Non vedo la differenza. Sono cadaveri tutti e due.

— La differenza non sta nella loro condizione ultima — spiegò Raven con serietà — ma nella velocità con cui è avvenuto il passaggio. Una volta avevate il desiderio di ridurmi a scheletro. Se fosse stata una cosa rapida, mi sarei messo a ridere. Ma se vi foste divertito a prolungare le sofferenze, allora avrei potuto anche risentirmi.

Kayder spalancò gli occhi per la sorpresa ed esclamò: — È la cosa più pazza che mi sia mai capitato di sentire.

— È pazzo anche questo tris di pianeti su cui viviamo.

— D'accordo, ma...

— Inoltre — riprese Raven, senza far caso all'interruzione — non avete ancora sentito quello che devo dirvi. Non sono venuto per fare inutili chiacchiere.

— L'avete già detto. Volete qualcosa, ma non si tratta di denaro.

— Io vi ho fatto un favore. Ora ne voglio uno da voi.

— Ci siamo! — disse Kayder, muovendosi a disagio. — Cosa volete?

— Che uccidiate Thorstern, qualora se ne presenti la necessità.

— Cosa? Sentite, voi mi avete salvato, anche se non so da cosa. Il massimo sarebbero stati sette anni di carcere, ma mi avrebbero potuto anche condannare a una pena di sei mesi. Diciamo quindi che mi avete risparmiato sei mesi di carcere... Pensate che valgano un omicidio?

— Non avete ascoltato attentamente le mie parole. Ho detto: *qualora se ne presenti la necessità.* Allora non sarebbe un omicidio... ma una esecuzione sommaria.

— Chi mi dirà quando giunge il momento? — chiese Kayder.

— Voi.

— In questo caso, non prenderò mai la decisione.

— Qualche settimana fa non eravate tanto tenero.

— Ne ho avuto abbastanza. Voglio dedicarmi al mio commercio, badare a me stesso e fare in modo che gli altri mi lascino in pace. Inoltre, per quanto le autorità insistano nell'affermare che sono un Terrestre, io mi considero un Venusiano, e non voglio uccidere una persona del mio pianeta per dimostrare gratitudine a un terrestre. — Kayder infilò in tasca i pollici e assunse un'espressione ostinata. — Sarei felice di potervi fare un favore, ma chiedete troppo.

— Se foste in grado di capire, sapreste che vi chiedo poco.

— Troppo! — ripeté Kayder. — E voglio dirvi qualcos'altro. Quando si tratta di uccidere, voi ne siete perfettamente capace. Perché non ve la sbrigate da solo, il vostro sporco lavoro?

— Ottima domanda. Ci sono due valide ragioni.

— Sarebbero.

— Primo, ho già attirato troppa attenzione sulla mia persona e non voglio attirarne altra. In secondo luogo, se si dovesse presentare la necessità di uccidere Thorstern, il primo segno di questa necessità verrà dato dalla mia partenza da questa valle di lacrime.

— Volete dire...

— Che sarò morto.

— Voi sapete cosa penso. Sono in debito con voi, quindi la vostra morte non mi renderà felice. Comunque non fingerò di essere triste.

— Dovreste, invece — disse Raven.

— Vi spiacerebbe dirmi perché?

— Significherebbe che voi sareste il secondo.

— Il secondo? A fare cosa?

— A scomparire da questo mondo.

Kayder si alzò di scatto dalla poltrona. — Ma chi volete che mi uccida? Perché dovrebbero farlo? Voi e io ci troviamo in campi avversi. Perché mai dovremmo essere sulla stessa lista?

Raven gli fece cenno di rimettersi a sedere. — Dal punto di vista delle masse, noi abbiamo una cosa in comune... Nessuno di noi due è normale.

— E che cosa significa?

— Gli esseri normali guardano i paranormali di traverso. Non si può proprio dire che li amino.

— Non sento il bisogno di essere amato. Sono abituato al loro modo di comportarsi nei miei riguardi. — Kayder scrollò le spalle con indifferenza. — Riconoscono le persone meglio dotate di loro, e le invidiano.

— Si tratta anche di una cautela istintiva che si avvicina alla paura. È una parte radicata nel loro meccanismo di difesa. Sollevando la paura delle masse, controllandola e potendola dirigere, si possono ottenere risultati notevoli.

— Io non so leggere il pensiero degli altri — disse Kayder — ma non significa che sia uno stupido. Vedo dove volete arrivare. Voi pensate che Thorstern voglia riguadagnare il potere perduto scatenando una crociata anti-mutanti, vero?

— Potrebbe farlo. Ha usato le capacità dei mutanti, come ha usato le vostre, per suo scopo personale. Ora può pensare a questo. Alcuni mutanti lo hanno ostacolato, gli hanno negato la vittoria, hanno anche minacciato la sua vita. Essendo un essere normale, può convincersi di poter guadagnare maggiore ascendente sulla massa dei suoi simili.

— Sono solo congetture — disse Kayder, a disagio.

— Esatto — disse Raven. — Può non succedere niente. Thorstern può dedicarsi a occupazioni innocue. In questo caso, non sarà necessario eliminarlo.

— Potrebbe essere molto pericoloso per lui tentare una crociata simile. I mutanti sono inferiori di numero, ma una volta visti di fronte a un pericolo comune...

— Ecco che siete giunto al mio punto di vista iniziale — disse Raven. — Ma l'ho abbandonato. Sono andato oltre.

— Cosa volete dire?

— Thorstern ha cinquantotto anni. Di questi tempi, molte persone raggiungono i cento e conservano tutte le facoltà mentali fino ai novant'anni. Così, eliminando incidenti e l'omicidio, gli rimangono ancora parecchi anni di vita.

— E con questo?

— Potrebbe concedersi di essere paziente, prendere la via più lunga e ottenere gli stessi risultati.

Kayder lo guardò senza capire. — Volete essere più chiaro?

— In passato — disse Raven — qualche sapientone ha notato che la tecnica più valida non è quella di combattere una cosa, ma di separare le sue parti perché si combattano a vicenda.

Kayder trasalì.

— Cambiate il vostro modo di pensare — lo invitò Raven. — Passate dal generale al particolare. Non esiste un solo tipo di mutante. Il mondo è pieno di tipi diversi. Voi, per esempio, appartenete a una certa specie. E sono pronto a scommettere che considerate la vostra specie superiore a tutte le altre.

— Anche i telepatici pensano la stessa cosa di se stessi — replicò Kayder.

— Questo è un colpo diretto contro di me, ma non ha importanza. Ciascuna specie di mutanti si considera superiore alle altre. Tutte sono sospettose e gelose come i semplici esseri normali.

— E allora?

— Questo stato d'animo può essere sfruttato. Un tipo può essere messo contro un altro tipo. Ricordate una cosa, mio caro amico degli insetti, le capacità superiori non sono necessariamente accompagnate da cervelli superiori.

— Lo so.

— Esistono telepati tanto ricettivi da poter leggere il vostro pensiero anche se vi trovate all'orizzonte, ma che sono dotati di una levatura mentale minima. I mutanti sono esseri umani con tutti i difetti degli esseri umani. Thorstern, essendo psicologo per istinto, non mancherà di rilevare questa utile caratteristica.

Ora Kayder vedeva le cose con maggiore chiarezza. Comprendeva le estreme possibilità, ed era costretto ad ammettere che esistevano. Il quadro non era tanto felice.

— Se dovesse tentare una cosa simile, come credete che vorrà cominciare?

— Con sistema — disse Raven. — Anzitutto cercherà di conquistare l'appoggio di Heraty, del Consiglio Mondiale e di tutti gli esseri normali che hanno una certa influenza sui tre pianeti. Il secondo passo sarà quello di raccogliere più dati possibili sui mutanti, compilare un elenco, analizzarlo e stabilire quali siano i più pericolosi e distruttivi. Sceglierà il tipo mutante che deve fare il cavaliere senza macchia e quello che dovrà recitare la parte del drago divoratore di bambini.

— E poi?

— Supponiamo che decida di organizzare lo sterminio degli insettivoci per mano dei pirotici... Anzitutto i servizi di propaganda dei tre pianeti cominceranno a nominare gli insettivoci in modo casuale, ma per metterli sempre in cattiva luce. Questo farà nascere un inconscio pregiudizio contro di loro. La propaganda, allora, si farà più acida, e alla fine, per la maggior parte, gli esseri umani, intendo normali e mutanti, si convinceranno che gli insettivoci non meritano di continuare a esistere.

Kayder fece segno di aver capito.

— Fatto questo — riprese Raven — cominceranno le ingannevoli insinuazioni che gli insettivoci odiano i pirotici perché questi ultimi hanno un potere capace di uccidere gli insetti. A poco a poco alla gente si suggerirà che è un bene avere vicino i pirotici. Al momento opportuno, e la scelta del momento è importante, un discorso ufficiale a favore degli insettivoci farà appello all'unità e alla tolleranza, e proclamerà assurde le voci circa un complotto di insetti guidati che vogliono conquistare il dominio dei pianeti con l'aiuto degli insettivoci. Il discorso otterrà il suo effetto. E il pubblico, includo sempre gli altri tipi di mutanti, si convincerà che non c'è fumo senza arrosto.

— La gente non berrà una panzana simile — protestò Kayder, convinto però che la cosa era possibilissima.

— La gente berrà qualsiasi cosa, anche se pazzesca, basterà che la notizia abbia il sigillo di garanzia ufficiale, che sia sostenuta a lungo, che non venga mai contraddetta, e che faccia presa sulla paura — ribatté Raven. — Ora ammettiamo che la gente sia suggestionata a dovere: che succede?

— Ditelo voi.

— Succede qualcosa capace di far precipitare la situazione creata. — Raven s'interruppe un attimo per cercare un esempio. — Uno scheletro viene *trovato* su un versante delle Sawtooths, e al fatto viene data molta più pubblicità di quanta meriti. Poi si diffonde la voce che un innocente pirotico è stato dilaniato dallo sciame di un insettivoco. Immediatamente si diffondono altre voci. Un agitatore di masse scatena la folla contro gli insettivoci, proprio quando, per una strana coincidenza, le forze di polizia sono mobilitate da un'altra parte. La notizia si diffonde rapidamente. — Raven guardò Kayder con occhi freddi. — Prima che possiate rendervene conto, vi troverete alle calcagna normali e mutanti, con i pirotici in testa.

— Mentre Thorstern se ne sta a ridere in disparte — concluse Kayder.

— Avete afferrato il concetto. Con l'aiuto dell'umanità atterrita, scova tutti gli insettivoci che esistono e ne estingue la razza. Segue un periodo calcolato di pace e tranquillità, poi i servizi di propaganda iniziano il loro gioco con la nuova vittima: i microtecnici, per esempio.

— Non farà mai una cosa simile.

— Forse no... e forse sì. Avete visto l'ultimo romanzo sceneggiato, sullo spettroschermo?

— No. Ho modi migliori per perdere il mio tempo.

— Avete mancato un'occasione interessante. Parlava di mutanti.

— Spettacoli del genere se ne sono già visti.

— Infatti. Quello spettacolo poteva anche essere privo di significato. O poteva anche essere l'inizio di una insidiosa campagna per sterminare tutti quelli che hanno dei poteri paranormali. — Raven, fece una breve pausa, poi aggiunse: — L'eroe era un telepatico, e il malvagio un insettivoco.

— Non farà mai una cosa simile — ripeté Kayder con rabbia. — Lo ucciderei!

— È quello che vi avevo chiesto. Sono venuto da voi perché eravate in debito di un favore. E anche perché fino a pochi giorni fa eravate il capo di un gruppo assortito di mutanti che probabilmente potete ancora radunare. Avete in mano una forza notevole e siete in grado di usarla. Lasciate che Thorstern viva in pace, ma tenetelo d'occhio, per vedere che strada prende. Se vi accorgete che ha intenzione di sconvolgere il genere umano...

— Non vivrà abbastanza — promise Kayder con decisione. — Ma non per farvi un favore. Soltanto per proteggere me stesso. In questo caso non avrei il minimo scrupolo. Si tratta di legittima difesa. — Guardò Raven attentamente. — Immagino che *voi* dovrete proteggervi molto prima di me. Cosa intendete fare?

— Niente — disse Raven alzandosi.

— Niente? Perché mai?

— Forse, al contrario di voi, sono incapace di fare qualcosa per difendermi. — Aprì la porta. — O forse mi piace l'idea di diventare un martire.

— Se si tratta di una battuta, non la capisco. Se non lo è, allora *siete proprio pazzo*!

17

Raven si sdraiò nella poltrona pneumatica e si rivolse a Leina. — Ci saranno altre interferenze, se gli avvenimenti lo richiedono. Ma non da parte nostra. I progetti degli esseri umani saranno ostacolati da altri esseri umani. Sei contenta di questo?

— Avrei preferito che fosse stato così fin dall'inizio — rispose Leina in tono aspro.

— Hanno pure diritto al loro piccolo frammento di destino, non ti pare?

Leina sospirò rassegnata. — Il guaio dei maschi è che non crescono mai. Rimangono incurabilmente romantici. — Girò lo sguardo per fissarlo negli occhi. — Sai benissimo che dobbiamo limitarci a difenderli dai Deneb... questi fragili bipedi.

— Pensala come vuoi — disse Raven per concludere l'argomento. Era inutile discutere con lei... dato che aveva ragione.

— Inoltre — riprese Leina — mentre ti occupavi di affari trascurabili, io sono rimasta in ascolto. Dodici astronavi nere sono state viste nella regione di Vega.

Raven si irrigidì. — Vega! È il punto più vicino che abbiano mai raggiunto.

— Potrebbero anche venire più vicini. Potrebbero raggiungere questo Sistema Solare. O potrebbero allontanarsi in un'altra direzione e lasciare questo settore cosmico per altri diecimila anni. — Non disse altro, ma Raven comprese perfettamente. — È un brutto momento per correre rischi inutili.

— Un errore tattico non ha importanza, quando abbiamo la capacità di nasconderlo e correggerlo — rispose Raven, quindi si alzò. — Vado in cupola ad ascoltare.

Di sopra si accomodò, aprendo la mente, e cercò di isolare dal chiacchiericcio dell'etere la parte di dati provenienti dalla regione di Vega. Non era facile. C'erano tantissime voci che si accavallavano...

"I saltatori tripedi di Raemis sono fuggiti nelle paludi e per la paura rifiutano qualsiasi contatto coi Deneb. Pare che i Deneb lo ritengano un mondo inadatto a qualsiasi scopo. Si apprestano a partire."

"...influenzato le menti dei piloti, deviando l'intero convoglio verso Zebulam, una quasi-nova nel settore cinquantuno del Crepaccio. Continuano a filare imperterriti, convinti di trovarsi sulla giusta rotta."

"Gliel'ho chiesto. L'aveva abbandonato così all'improvviso e con tanta violenza che era troppo confuso per dare il permesso. Quando si è riavuto era troppo tardi, l'occasione era andata in fumo. Così adesso dovrò aspettarne un altro. Intanto..."

"Questi Weltenstile si sono spaventati a morte quando un incrociatore è sbucato dall'oscurità e li ha bloccati con dei raggi trattori. I Deneb hanno capito subito di aver preso una nave rudimentale con a bordo dei selvaggi, e l'hanno lasciata andare senza nuocere."

"...dodici in formazione a ventaglio, sempre dirette verso Vega, biancazzurra del settore uno-novantuno, ai bordi del Lungo Spruzzo."

Raven si drizzò e contemplò il cielo notturno. Il Lungo Spruzzo scintillava allo zenit come un velo impalpabile. I Terrestri lo chiamavano Via Lattea. Tra quel punto e un altro puntolino insignificante perso nell'oscurità c'erano mille mondi capaci di distogliere l'attenzione delle navi in arrivo. Ma quelle navi avrebbero anche potuto insistere sulla loro rotta, ignorando qualsiasi altra attrazione. Quando li si lasciava liberi di agire a modo loro, i cari Deneb erano imprevedibili.

La fine prevista da Leina giunse dopo tre settimane. In quel periodo, né la radio né le reti degli spettroschermi diedero notizia di recenti animosità interplanetarie. Gli altri spettacoli non rivelarono nessun minaccioso spostamento di tendenze verso una particolare direzione. I mutanti venivano sempre rappresentati nei diversi spettacoli, ma i ruoli di eroe, eroina e antagonista venivano distribuiti con imparzialità.

Lontano, dodici astronavi nere avevano deviato leggermente verso destra e stavano puntando verso gli otto pianeti disabitati di un sistema binario minore. Per il momento, la marcia verso Vega era stata interrotta.

Il sole del mattino splendeva caldo. Il cielo era una limpida distesa azzurra segnata soltanto da qualche nube all'orizzonte e da una scia di vapore che si innalzava nella stratosfera. Ancora una volta, il *Fantôme* era partito per Venere.

Un elicottero a quattro posti diede la prima indicazione sul fatto che gli errori si devono pagare, e che il passato ha sempre modi antipatici per intralciare il presente. Giunse da ovest e atterrò nelle vicinanze del cratere ormai cosparso di erbe colorate. Ne scese un uomo.

Leina lo fece entrare. Si trattava di un giovane alto, robusto, dall'espressione leale. Era un agente del Servizio Segreto della Terra, un subtelepate, capace di leggere il pensiero degli altri ma non di chiudere la propria mente. Secondo quelli che l'avevano mandato, era il tipo più adatto alla missione. Un uomo aperto, che sapeva immediatamente conquistarsi la fiducia degli altri.

— Mi chiamo Grant — disse. Condizionato dalla sua limitazione, aveva parlato vocalmente. Altrimenti dovendo parlare con dei veri telepati si sarebbe trovato in grande svantaggio.

— Sono venuto a riferirvi che il maggiore Lomax, del Servizio Segreto, vorrebbe vedervi al più presto possibile.

— È urgente? — chiese Raven.

— Credo di sì. Se siete pronti, posso portare voi e la signora con questo stesso elicottero.

— Ci vuole *tutti e due?*

— Sì, ha detto voi e la signora.

— Sapete cosa vuole?

— No, signore. — Aveva l'espressione sincera, e la sua mente confermava le parole.

Raven si girò per interrogare Leina con lo sguardo. — Possiamo anche andare subito. Che ne dici?

— Io sono pronta — rispose lei fissando gli occhi sul visitatore.

Grant arrossì e imprecò contro l'incapacità di nascondere i propri pensieri.

"Mi sta scrutando" pensò. *"Mi sta scrutando profondamente. Vorrei che non lo facesse. O vorrei poterla scrutare allo stesso modo. È grande e grossa... ma è molto bella."*

Leina sorrise, ma non fece osservazioni. — Vado a prendere la borsetta — disse.

Al suo ritorno, si avviarono verso l'elicottero. La macchina si sollevò dolcemente da terra e puntò verso ovest. In tutta l'ora del volo, nessuno disse una parola. Grant rimase concentrato sugli strumenti di bordo e cercò di controllare il più possibile i pensieri.

Leina continuò a fissare il paesaggio che sfilava sotto di loro, come se fosse la prima volta che lo vedeva... o l'ultima. Raven chiuse gli occhi per sintonizzarsi su una banda molto al di sopra della banda telepatica normale.

"David! David!"

"Sì, Charles?"

"Ci stanno portando via."

"Anche noi, Charles."

L'elicottero scese verso un edificio isolato al centro di un tratto desolato battuto dal vento. Era una costruzione quadrata e somigliava a una centrale elettrica abbandonata o a un vecchio deposito di esplosivi.

Toccando terra, l'elicottero sobbalzò un paio di volte, poi rimase immobile. Grant saltò dall'apparecchio e aiutò impacciato Leina a scendere. Poi si avviarono tutti insieme verso la porta blindata che si apriva nella parete. Grant premette un pulsante, e subito una piccola apertura a iride si aprì nella porta mostrando la lente di un obiettivo.

La feritoia si richiuse quasi all'istante e dall'interno giunse il leggero cigolio del meccanismo che spostava i catenacci.

— Sembra una fortezza — disse Grant in tono ingenuo.

La porta si aprì, e le due persone convocate oltrepassarono la soglia. Grant li lasciò e tornò all'elicottero.

— A me sembra un crematorio — gridò Raven dalla soglia, girandosi verso Grant.

Poi la porta metallica si richiuse e i catenacci tornarono al loro posto.

Grant rimase un attimo a osservare i battenti di ferro e le pareti senza finestre. Ed ebbe un brivido.

Dal fondo del corridoio in cui Raven e Leina si trovavano, giunse l'eco di una voce.

— Percorrete tutto il corridoio. Mi troverete nell'ultima stanza. Avrei voluto venire a ricevervi, ma sono certo che mi scuserete.

Era una voce cortese ma estremamente impersonale, priva di calore. Quando si trovarono di fronte alla persona che aveva parlato, notarono che aveva un aspetto corrispondente alla voce.

Il maggiore Lomax sedeva dietro una lunga scrivania. Era un uomo magro, di poco più di trent'anni, e aveva occhi azzurri che guardavano con una strana fissità. Portava i capelli biondi tagliati a spazzola. Ma le cose più caratteristiche erano l'estremo pallore del viso, quasi cereo, e la guancia permanentemente contratta da un lato. Indicò le uniche due poltrone esistenti nella sala.

— Sedetevi, prego. Vi ringrazio di essere venuti immediatamente. — Spostò gli occhi su Leina, poi tornò a fissare Raven. — Mi scuso per non essere venuto alla porta. Riesco a stare in piedi con difficoltà, e camminare mi è quasi impossibile.

— Mi spiace — disse Leina con compassione femminile.

Non era facile comprendere quale fosse stata la reazione di Lomax. Un rapido sondaggio mostrò che era un telepate di prima qualità, e che aveva uno schermo mentale efficientissimo.Volendo, però, Raven e Leina avrebbero forse potuto perforare le sue difese con un affondo simultaneo e violento. Per mutuo consenso, decisero di non tentare. Lomax doveva essersi accorto del primo tentativo di sondaggio, ma la sua faccia era rimasta impassibile.

Lomax prese alcuni fogli dattiloscritti che erano sulla scrivania, poi parlò con la stessa voce fredda e impersonale.

— Non so se sospettate il motivo della vostra convocazione, né posso immaginare quali saranno le vostre reazioni dopo che vi avrò parlato Comunque, prima di dare inizio al colloquio voglio farvi sapere che le mie funzioni sono stabilite qui.

Batté un dito sui fogli che stringeva nell'altra mano. — Sono dettagliate al massimo, e mi devo attenere strettamente alle istruzioni.

— Sembra tutto molto minaccioso — disse Raven. — Continuate.

Non ci furono reazioni visibili. La faccia pallida rimase fredda e impassibile come quella di una mummia. Sembrava che Lomax volesse recitare la parte del perfetto automa.

Prese il primo foglio e cominciò a leggere.

— Anzitutto devo comunicarvi un messaggio personale del signor Carson, capo dei Servizi di Spionaggio terrestri. Quando ha saputo di questa convocazione ha disapprovato con tutte le sue forze e ha usato tutti i mezzi in suo potere per impedirla. Ma è stato inutile. Vuole che vi porga i suoi saluti e che vi assicuri che qualsiasi cosa possa succedere in questo edificio, lui vi terrà sempre in grandissima stima.

— Povero me! — esclamò Raven. — Le cose si mettono male!

Lomax non perse la sua impassibilità.

— Questa conversazione dovrà essere svolta vocalmente, perché verrà registrata per un eventuale controllo da parte di chi l'ha voluta. — Prese un altro foglio e continuò a parlare come un robot. — È importante che sappiate che sono stato scelto per una strana combinazione di qualità. Sono membro del Servizio di Spionaggio, sono un telepate capace di nascondere i pensieri, e infine, cosa non senza importanza, sono una specie di relitto fisico. — Alzò gli occhi dal foglio, incontrando lo sguardo penetrante di Leina, e per la prima volta dimostrò un certo disagio. Riprese rapidamente a parlare. — Non vi annoierò con tutti i particolari. Sono rimasto ferito gravemente in un incidente. È stato fatto il possibile per salvarmi, però non mi rimangono ancora molti giorni di vita. Questa attesa è estremamente penosa, quindi sono felice di andarmene. — Alzò di nuovo gli occhi e guardò i due con espressione di sfida. — Voglio che lo ricordiate, perché è molto importante. Io vivo nell'anormale stato di mente dell'uomo che desidera morire. Quindi le minacce di morte non mi spaventano.

— Non intimidiscono nemmeno noi — disse Raven pacato.

Lomax li guardò sconcertato. Si era aspettato che gli domandassero chi mai intendesse minacciarlo. Riuscì comunque a nascondere la propria sorpresa, e riprese a parlare.

— Inoltre, per quanto non abbia paura di morire, sarò costretto a reagire nel caso che la mia esistenza venga minacciata. Sono stato sottoposto a uno speciale corso di condizionamento mentale che mi costringe alla reazione. Non fa parte del mio normale processo mentale e non può essere controllato da nessun telepate. Questo circuito entra automaticamente in azione quando corro il pericolo di perdere la vita o il controllo della mia personalità. Mi costringe ad agire *senza pensarci*, istintivamente. E il risultato sarà l'immeditata distruzione di noi tre.

Raven corrugò la fronte. — Dietro questa faccenda ci deve essere un uomo seriamente spaventato.

Lomax ignorò l'interruzione. — Io farò qualcosa che mi sarà ignota fino al momento esatto in cui la dovrò compiere — riprese. — Quindi non ci guadagnerete niente ad infrangere il mio scudo mentale e a frugare in ogni mio pensiero. E non avrete niente da guadagnare a ipnotizzarmi o a cercare di controllarmi con altri mezzi paranormali. Al contrario, avrete tutto da perdere. Cioè la vostra vita.

I due seduti davanti a lui si fissarono un attimo e fecero del loro meglio per apparire costernati. Lomax aveva una sua parte da recitare... ma anche loro.

Era una strana situazione che non aveva precedenti in tutta la storia umana. Ciascuna delle due parti teneva nascosti i pensieri alla mente dell'altra, ciascuna aveva in mano un asso sotto forma di potere di vita e di morte, e ciascuna parte *sapeva* che avrebbe avuto una vittoria certa. E ciascuna, in un certo senso, aveva anche ragione!

Leina girò lo sguardò verso Lomax.

— Noi siamo venuti in buona fede, pensando che aveste bisogno del nostro aiuto. E ci troviamo trattati come criminali colpevoli di chissà quale reato. Nessuna accusa è stata mossa contro di noi e ci vengono negati i diritti legali. Cosa abbiamo fatto per meritarci questo trattamento?

— Ai casi eccezionali si applicano metodi eccezionali — disse Lomax, impassibile. — Non si tratta di quello che avete fatto, ma di quello che eventualmente potreste fare.

— Vi dispiacerebbe essere più chiaro?

— Vi prego di avere pazienza, vengo subito al punto. — Lomax prese di nuovo i fogli che erano sulla scrivania. — Questo è un riassunto dei fatti, sufficiente a farvi comprendere la ragione di questo incontro. Certi fatti portati all'attenzione del Consiglio Mondiale...

— Da quell'intrigante di Thorstern? — disse Raven pensando alla faccia che avrebbe fatto Emmanuel il giorno in cui fosse stata riascoltata la registrazione.

— ... hanno reso necessaria un'inchiesta sulle vostre attività, specialmente su quelle svolte recentemente per conto del servizio di controspionaggio — continuò Lomax. — Questa inchiesta è stata in seguito estesa anche alle attività della donna con cui... abitate.

— Da come lo dite sembra una cosa sconveniente — protestò Leina.

— Da fonti attendibili — riprese Lomax senza rilevare l'interruzione — sono stati raccolti molti dati, e il rapporto, completo ed esauriente, ha convinto il presidente Heraty a convocare una commissione speciale per lo studio dei provvedimenti da prendere.

— Sembra che qualcuno ci consideri molto importanti — disse Raven rivolgendosi a Leina, e Leina gli rispose con una occhiata che significava *te-l'avevo-detto, io.*

— La commissione, composta da due membri del Consiglio Mondiale e da dieci scienziati, sulla base delle prove raccolte, ha stabilito che voi avete usato poteri paranormali di otto tipi distinti, sei conosciuti e due completamente nuovi. Oppure che voi, oltre al potere telepatico che non avete mai nascosto di possedere, sareste un ipnotico di tale potenza da costringere i testimoni a credere che avete doti mai possedute. I casi sono due. I testimoni dicono la verità, o sono stati ingannati. Il risultato resta però identico. Voi siete un mutante con più poteri. — Batté con la mano sul foglio. — Qui c'è un errore. La dizione esatta dovrebbe essere: *voi siete due mutanti con più poteri.*

— È forse un delitto, questo? — chiese Raven, senza preoccuparsi di contraddirlo.

— Non ho punti di vista personali al riguardo. — Lomax si protese leggermente in avanti e diventò ancora più pallido. — Lasciatemi continuare, per favore. Se le testimonianze avessero affermato solo questo, il Consiglio Mondiale sarebbe stato costretto ad ammettere che i mutanti con pluripoteri esistono nonostante le cosiddette leggi naturali. Ma i dati conducono a una seconda teoria, che alcuni membri della commissione avallano, e che altri respingono definendola fantastica.

Raven e Leina rimasero ad ascoltare senza eccessivo interesse. Non mostravano né apprensione, né paura. E in ogni istante vivevano la parte che avevano voluto recitare, decisi quanto Lomax ad arrivare fino in fondo.

— Voi avete diritto di conoscere tutti questi dati — continuò Lomax, prendendo un altro foglio. — Un attento riesame dei vostri antenati mostra che siete persone considerevolmente diverse da ogni altra. In sostanza, è stato usato lo stesso metodo adottato dal signor Carson per rintracciarvi, e se ne sono tratte identiche conclusioni. — Rimase un attimo in silenzio e fece una smorfia per una improvvisa fitta di dolore. — Ma gli antenati di David Raven avrebbero dovuto generare al massimo un telepate, un lettore di pensiero eccezionale dotato di acuta potenza ricettiva. È concepibile, anche se contrario alle leggi della natura, che una forza mentale di eccezione gli dia la capacità di resistere all'ipnotismo. Sarebbe il primo telepate a prova di ipnosi della storia. Questo sì. Ma nient'altro. È il limite delle facoltà ereditarie. — Fece una leggera pausa per dare maggiore importanza alle sue parole. — È *impossibile* esercitare poteri ipnotici, o quasi-ipnotici, anche ammettendo che si tratti di un mutante con molti talenti, quando tra gli antenati non esiste un solo ipnotico!

— Potrebbe darsi che... — osservò Leina.

— Le stesse considerazioni valgono anche per voi — la interruppe Lomax. — E si applicano anche ai vostri due amici di Venere. In questo momento stanno svolgendo un colloquio identico a questo, e sono state prese le identiche misure precauzionali.

— Con la stessa minaccia sospesa sulla testa? — chiese Raven.

Lomax non rispose.

— Elemento numero due — riprese. — Abbiamo scoperto che David Raven è morto o presentava tutti i sintomi della morte, e che è stato resuscitato. Il medico che ha compiuto questa impresa non può essere chiamato a testimoniare perché è morto tre anni fa. Il fatto in sé, come caso isolato, non ha nessuna importanza. Cose di questo genere *accadono*, anche se di rado. Diventano degne di nota soltanto quando si esaminano unite ad altri fatti. — Rivolse lo sguardo a Leina. — Come il fatto che la signora, mentre stava nuotando, venne afferrata da una forte corrente e trascinata sott'acqua. Sembrava morta ma tornò in vita dopo la respirazione artificiale. *Inoltre*, anche i vostri due amici di Venere sono in vita per casi miracolosi identici ai vostri.

— Anche voi avete avuto un pauroso incidente — osservò Raven. — L'avete detto prima. E avete la fortuna di vivere... se la si può chiamare fortuna!

Lomax fu tentato di ammettere il miracolo e negare che fosse un piacere vivere in quelle condizioni. Ma continuò a leggere quello che stava scritto sulle carte.

— L'elemento numero tre ha un'importanza indiretta. Il signor Carson vi ha già parlato di certi esperimenti spaziali compiuti dai Terrestri, quindi posso dirvi anche il resto, quello che lui non vi aveva voluto rivelare. Comunque, il nostro ultimo scafo d'esplorazione si è allontanato nello spazio molto più di quanto non possiate immaginare. Al ritorno, il nostro pilota ha riferito di essere stato inseguito da oggetti non identificati o di origine sconosciuta. Gli strumenti di bordo hanno saputo indicargli che si trattava di oggeti metallici e che emanavano calore. Avanzavano in quattro, affiancati, ma erano troppo lontani per poter essere osservati a occhio nudo. Il nostro pilota ha cambiato rotta, ma loro hanno continuato a seguirlo. Avevano una maggiore manovrabilità e una velocità spaventosa.

— A ogni modo, è riuscito a fuggire? — disse Raven con un sorriso scettico.

— Il fatto che sia sfuggito all'inseguimento è misterioso quanto il fatto che sia stato inseguito — rispose Lomax. — Il pilota afferma che i quattro oggetti si stavano avvicinando rapidamente, e che poi delle strane scintille abbaglianti sono apparse all'improvviso di fronte a loro. I quattro oggetti allora hanno fatto rapidamente marcia indietro. Il pilota è convinto che fossero quattro oggetti di fabbricazione artificiale, e la sua convinzione è ufficialmente condivisa.

— Cosa c'entriamo noi, con questo?

Lomax si lasciò sfuggire un lungo sospiro, poi riprese a parlare con solennità. — C'è altra vita nel cosmo, e non molto lontano. Le sue forme, i poteri, le tecniche di questi esseri e il loro modo di pensare sono cose che possiamo soltanto immaginare. Potrebbero essere umanoidi al punto da sembrare esseri umani e prendere l'identità di uomini che sono morti. — S'interruppe un attimo, girò il foglio e riprese la lettura. — O potrebbero essere parassiti per natura, capaci di impossessarsi e di animare i corpi di altre creature e di camuffarsi in un modo che rasenta quasi la perfezione. Non abbiamo dati a questo riguardo, ma possiamo pensare, immaginare e concepire le infinite possibilità.

— Gli uomini spaventati fanno brutti sogni — osservò Raven.

— A me sembra tutto terribilmente sciocco — disse Leina. — Pensate seriamente che possano essere degli zombi comandati da parassiti intelligenti venuti da chissà dove?

— Signora, io non penso niente. Sto semplicemente leggendo dei fogli compilati dai miei superiori. Non sono autorizzato a discutere le loro conclusioni. È il mio lavoro.

— Dove ci portano queste loro conclusioni? — chiese Raven.

— A questo... La commissione ha informato il presidente Heraty che voi quattro, la coppia di Venere e voi due, siete di uno stesso e identico tipo. In secondo luogo è impossibile stabilire con ragionevole certezza le origini di questo tipo. Nonostante la regola per cui viene ereditato soltanto il talento dominante, voi *potete* essere mutanti in possesso di talenti diversi, di origine umana. In questo caso tutte le leggi della genetica dovrebbero essere modificate. In caso contrario, potete rappresentare una forma di vita non umana, camuffata con le nostre sembianze per vivere in mezzo a noi senza destare sospetti.

— A quale scopo?

Lomax si passò una mano sui capelli e, con voce stanca, rispose: — Gli scopi delle altre forme di vita ci sono oscuri. Non ne sappiamo ancora niente. Tuttavia possiamo fare qualche congettura accettabile.

— E sarebbe?

— Se le loro intenzioni fossero amichevoli, si metterebbero in contatto con noi apertamente, senza cercare di starsene nascoste.

— Quindi, ogni presa di contatto non diretta è una prova di ostilità.
— Esattamente!
— Secondo me, non c'è niente di più assurdo dell'affermazione che degli esseri umani non sono esseri umani — disse Leina con una certa morbosità.
— Lo ripeto per la seconda volta, signora — disse Lomax con fredda cortesia — io non faccio ipotesi. Io sono incaricato soltanto di leggervi le conclusioni degli esperti. Loro affermano che siete dei mutanti con molteplici capacità, o siete delle forme di vita non umana... considerando comunque più probabile la seconda ipotesi.
— Secondo me sono dei veri impertinenti — disse Leina con fermminile illogicità.
Lomax non fece caso all'osservazione. — Se davvero una forma di vita ha mandato sui nostri tre pianeti degli osservatori a nostra insaputa, la conclusione logica è che si tratti di avversari. Il ladro passa attraverso la finestra, la persona onesta bussa alla porta.
— Su questo avete ragione — ammise Raven.
— Inoltre, se una forma di vita è in grado di conquistare lo spazio prima di noi, tanto da mandare sui nostri pianeti delle vedette, significa che l'umanità in un futuro molto prossimo, dovrà affrontare una delle sue più terribili crisi. — Lomax indicò con un gesto della mano l'edificio in cui si trovavano. — Ecco il perché di questa procedura particolare. Gli esseri di un altro mondo sono al di fuori della nostra legge, e non possono appellarsi alla sua protezione.
— Capisco — disse Raven, passandosi una mano sul mento. — E cosa dovremo fare, dopo quanto ci avete detto?
— Dovrete provare, senza lasciare ombra di dubbio, che siete dei veri esseri umani e non altre forme di vita. La prova dovrà essere convincente e inconfutabile.

18

Raven finse di andare in collera. — Voi potete provare di non essere qualcuno venuto da Sirio?
— Non voglio discutere con voi, né voglio permettere che vengano scossi i miei nervi. — Lomax indicò l'ultimo foglio di carta. — Tutto quello che mi riguarda è scritto qui. Dice che voi dovrete produrre prove inconfutabili che siete *esseri umani*. Con questo si intende la forma di vita superiore nata sulla Terra.
— Altrimenti?
— La Terra trarrà le debite conclusioni e farà i passi necessari per proteggere se stessa. Per cominciare, eliminerà tutti e tre noi che ci troviamo in questa stanza, e nello stesso tempo eliminerà quelli che si trovano su Venere. Poi, si preparerà a respingere gli attacchi che possono venire lanciati dallo spazio.

— Tutti e tre, avete detto. È duro per voi, vero?

— Vi ho già detto perché sono stato scelto — gli ricordò Lomax. — Sono pronto a morire, anche perché mi hanno assicurato che sarà una morte istantanea.

— Questo ci è di grande conforto — disse Leina enigmatica.

Lomax guardò prima uno e poi l'altra. — Morirò con voi soltanto per impedirvi ogni possibile via d'uscita, e voi non avrete la minima speranza di salvarvi impadronendovi della mia persona. Nessun'altra forma di vita, se si tratta di questo, uscirà mai da questa stanza sotto le spoglie di un uomo che si chiama Lomax. Vivremo insieme o moriremo insieme, a seconda che riusciate a produrre le prove richieste o meno.

Era leggermente compiaciuto delle sue parole. Per la prima volta le sue condizioni fisiche gli davano una forza invincibile. Nelle circostanze in cui si trovava, il fatto di poter guardare alla morte con assoluta calma poteva davvero essere una sbalorditiva prova di forza.

Se una delle parti non aveva paura, il conflitto poteva finire in un modo soltanto, con la disfatta dei vigliacchi. Lomax, al pari delle persone che lo avevano scelto, dava per scontato che qualsiasi forma di vita, umana o non umana, non potesse condividere la sua indifferenza di fronte alla distruzione.

A questo proposito, né lui, né quelli che avevano studiato la situazione avrebbero potuto fare uno sbaglio più grande. In quel momento, la cosa più difficile per le presunte vittime era di nascondere quello che provavano. Era assolutamente necessario che il nastro registrasse reazioni assolutamente umane.

Perciò Raven finse un tono di voce preoccupato. — Molti innocenti sono stati uccisi per i sospetti infondati e per le paure incontrollate di altri. Su questo mondo non sono mai mancati i cacciatori di streghe. — Si agitò nervosamente sulla poltrona. — Quanto tempo abbiamo a disposizione per produrre le prove? Esiste un limite di tempo?

— Non esistono limiti. O riuscite a presentare la prova, o non ne siete in grado — disse Lomax, con stanca indifferenza. — Se credete di poter fornire una prova qualsiasi, cominciate a pensare senza perdere tempo. Se invece non ne siete in grado, il fatto di sapere che non avete una via di scampo, prima o poi vi porterà alla disperazione. È evidente che a questo punto io...

— Reagirete?

— Esatto. — Lomax appoggiò i gomiti sulla scrivania, con l'aria di chi si prepara ad aspettare una cosa inevitabile. — Ho molta pazienza, e potete trarne un vantaggio. Ma vi avverto di non cercare di guadagnar tempo e di farmi aspettare inutilmente per una settimana.

— Sembra una nuova minaccia.

— È solo un avvertimento amichevole. Per quanto la coppia di Venere abbia dato meno motivi di sospetto, viene trattata come voi. Siete quattro uccelli della stessa nidiata, e verrete liberati o uccisi insieme.

— Così, i due casi sono collegati? — chiese Raven.

— Esatto. Uno stato di emergenza sulla Terra azionerà un segnale che provocherà un'identica reazione su Venere. E viceversa. Ecco perché abbiamo tenuto le due coppie separate. Più tempo fanno perdere gli uni, più grande è la possibilità che gli altri giungano rapidamente a una decisione.

— Un piano ben pensato — ammise Raven.

— Avete *due* modi per lasciare questo mondo. Per mia mano, nel caso di una vostra reazione, o per mano dei vostri alleati di Venere. — Lomax fece un leggero sorriso. — Vi trovate nella infelice situazione di chi si rende conto di poter battere i nemici, ma che non è certo di portersi salvare dagli amici.

Raven si lasciò sfuggire un profondo sospiro. Si appoggiò allo schienale della poltrona e chiuse gli occhi, come per concentrarsi sul problema che doveva risolvere. Il fatto che Lomax gli potesse leggere i pensieri non lo preoccupò. Aveva assoluta fiducia nella inviolabilità del suo scudo mentale e sapeva che i telepati di tipo terrestre non potevano sintonizzarsi su una banda mentale tanto alta.

"Charles... Charles!"

La risposta giunse parecchio tempo dopo, perché la mente dell'altro era stata assorta nei propri pensieri.

"Sì, David?"

"A che punto siete?"

"Ci hanno detto in questo momento che quattro astronavi deneb hanno inseguito uno scafo terrestre, ma che sono state distolte dalla caccia... Non riesco proprio a capire cosa possa averle indotte a cambiare proposito." Seguì una risatina mentale.

"Siete in ritardo di qualche minuto. Noi siamo arrivati alla fine. Chi vi sta interrogando?"

"Un uomo molto vecchio. Pronto di mente, ma agli ultimi giorni di vita."

"Da noi c'è un uomo giovane" informò Raven. *"Un caso pietoso. E non ci sarebbe da stupirsi se venisse colto da un attacco e morisse sotto lo sforzo di questo colloquio. Sui nastri verrebbe registrata una morte naturale. Spiacevole, ma naturale. Penso che si possa trarre vantaggio dalle sue condizioni."*

"Cosa proponi?"

"Recitare ai microfoni una specie di piccolo dramma. Lo faremo per offrire maggiore plausibilità di innocenza. Poi, lui avrà il suo attacco. Noi reagiremo in modo naturale, e anche lui, perché non ne può fare a meno. Il risultato toglierà tutti dall'imbarazzo."

"Quanto tempo ti ci vorrà?"

"Un paio di minuti."

Raven si raddrizzò sulla sedia e spalancò gli occhi, come se avesse trovato la possibile soluzione. — Sentite, se la mia vita è conosciuta in ogni minimo particolare, è ovvio che il mio corpo può essere stato occupato soltanto al momento della mia morte e della rinascita.

— Non mi riguarda — fece Lomax. — Saranno gli altri a decidere.

— Dovranno convenirne — disse Raven, con voce piena di speranza. — Ora, se si accetta l'assurda teoria che qualcuno possa essersi impossessato del mio corpo, com'è possibile che si sia impossessato anche di una cosa tanto immateriale quali possono essere i miei ricordi?

— Non chiedetelo a me. Non sono un esperto in materia. — Lomax prese alcuni appunti su un foglio. — Continuate.

— Se posso ricordare fatti della mia fanciullezza, di quando avevo tre o quattro anni — continuò Raven con il tono di chi ha trovato la soluzione a tutti i suoi guai — e se posso farli confermare da persone ancora in vita, in che situazione mi verrei a trovare?

— Non lo so — disse Lomax. — In questo momento le vostre parole vengono considerate da competenti. Un segnale mi dirà se potete illustrare il vostro argomento.

— Che cosa succederebbe se dimostrassi che, nella mia giovinezza, ho volontariamente represso i miei poteri perché mi consideravo una specie di mostro? Cosa succederebbe se dimostrassi che l'amicizia fra questi quattro *mostri* è dovuta semplicemente al fatto che ogni simile ama il suo simile?

— Forse può bastare — disse Lomax — e forse no. Lo sapremo presto. — Improvvisamente la sua faccia ebbe una contrazione di dolore e grosse gocce di sudore gli segnarono la fronte. Ma si controllò subito. — Se avete qualcos'altro da dire siete ancora in tempo.

Guardandosi attorno, Raven *vide* le lenti delle telecamere, i cavi di registrazione nascosti nella parete, il piccolo pulsante vicino ai piedi di Lomax, e i fili che correvano dal pulsante alla macchina situata nel sotterraneo. Senza la minima difficoltà riuscì a studiare la macchina e a calcolare la potenza del suo raggio distruttivo.

Lui e Leina si erano resi conto di tutto questo fin dal momento in cui erano entrati nella stanza. Sarebbe stato facile, per loro, staccare tutti i contatti anche senza muoversi dalla loro poltrona. Sebbene Lomax pensasse il contrario, la via della salvezza era aperta... Ma una fuga sarebbe stata la completa confessione di ogni loro segreto.

La situazione del momento indicava che molte cose erano ormai trapelate. In qualsiasi modo, dovevano far cessare i sospetti e far trarre conclusioni false.

Nello stesso tempo dovevano far scomparire per sempre, e in modo plausibile, le persone che erano la loro unica fonte di informazione. Le ombre che stavano all'altro capo dei fili avrebbero dovuto ricevere dati che portassero soltanto a conclusioni sbagliate.

Restare nascosti era l'obiettivo primario. Nessun frammento di verità doveva rimanere nelle menti degli uomini altrimenti un giorno qualcuno avrebbe potuto capirla. Gli esseri umani vivevano in una ignoranza protettiva, e dovevano restarci. Un briciolo di conoscenza sarebbe stato pericolosissimo e doveva essere loro negato per sempre.

La libertà che stava oltre la porta di ferro era una libertà ben misera... come quella del bambino che vuole giocare per la strada, o del neonato che può bagnare le lenzuola e agitare il sonaglio, o del bruco che striscia sotto una foglia per cercare una salvezza illusoria.

Come casualmente, Raven toccò la mano di Leina, era un gesto fatto di comune accordo. C'erano gli obiettivi da ingannare, e bisognava agire con molta prudenza. E poi c'erano il nastro di registrazione, il piccolo pulsante, e il proiettore mortale.

— Ci sono sempre stati mutanti sconosciuti — disse Raven, in tono che voleva essere persuasivo. — È un fatto che rende tutti i vecchi dati insufficienti e inesatti. Per esempio, il mio nonno materno, essendo un mascalzone, avesse cercato per tutta la vita di tenere nascosti i suoi poteri ipnotici per servirsene per scopi illegali, ne conseguirebbe che...

S'interruppe per osservare Lomax che aveva fatto una nuova smorfia di dolore e si era piegato in avanti. Prima che l'uomo alla scrivania potesse riprendersi. Leina lanciò un grido di sorpresa.

— Oh, David. Guarda! — Poi con tono atterrito: — *Che cosa vi sta succedendo, Lomax?*

Nello stesso momento le due menti si scatenarono con forza per vincere lo scudo mentale dell'altro. Lomax non ebbe il tempo di chiedere di che cosa stessero parlando né di affermare che non gli era successo niente di preoccupante. Sentì l'esclamazione di Leina e una fitta dolorosa al cervello. Cadde con la testa sulla scrivania. Nello stesso istante, il circuito di reazione scattò. Automaticamente il piede raggiunse il pulsante.

Per una frazione di secondo la mente di Lomax urlò disperatamente: *"L'ho fatto! Mio Dio, l'ho..."*

Poi il grido s'interruppe.

Seguì un periodo di caos e di assoluto stupore. Lomax non poteva stabilire se fosse breve o lungo, se fosse stata una questione di secondi o di secoli. E non riuscì a stabilire se ci fosse la luce o l'oscurità, il freddo o il caldo, se fosse in piedi o sdraiato, se si stesse muovendo o fosse immobile.

Cos'era successo quando aveva premuto il pulsante? Avevano sperimentato su di lui e sulle due cavie qualche diavoleria spaventosa? Era stato scagliato nel passato, nel futuro, in qualche altra dimensione? O, peggio ancora, infinitamente peggio, avevano aggiunto una mente mutilata a un corpo mutilato?

Poi si rese conto che non sentiva più i dolori che gli avevano tormentato la vita negli ultimi due anni. Fu una lieta sorpresa, che gli fece cessare il pazzo turbinio della mente. E a poco a poco cominciò a coordinare le idee, incerto, come un bambino.

Gli sembrò di volteggiare in mezzo a una miriade di bolle lucenti, colorate, piccole e grandi. Gli parve di essere una piccola barca senza timone, trascinata dalla corrente di un grande fiume iridescente di bolle.

Il dolore era scomparso, e c'era soltanto questo ondeggiare sonnolento in mezzo a una corrente di mille colori, in una pace infinita. Lomax aveva sonno, ed era felice di questa sonnolenza. Avrebbe voluto che durasse per sempre.

Poi la sua mente si scosse, si fece attiva e venne sollecitata all'attenzione.

Gli parve che dalle bolle sorgessero mille voci che non erano vere voci ma che potevano essere comprese come se fossero normali.

Qualcuna parlava da molto lontano con brevi frasi staccate. Altre giungevano da più vicino. Curioso. Avevano tutte una udibilità unicamente mentale, ma lui poteva anche stabilire con precisione, per un motivo che non riusciva ancora a comprendere, la direzione da cui provenivano, e da quale distanza.

"Restate con lui."

"Può darsi che non abbia motivo di vendicarsi, ma restate con lui. Non vogliamo più impulsi pericolosi come quelli di Steen."

"Ha detto di essere pronto. Perciò dovrebbe adattarsi presto."

"Non è mai facile, anche se si è pronti."

"Deve imparare che nessun uomo deve essere un nemico."

A poco a poco, cominciò a comprendere qualcosa, pur continuando a chiedersi se si trattava di un delirio dovuto a una mutilazione mentale. In modo confuso si rese conto che le entità conosciute come Raven e Leina erano ancora presenti. Lo stavano tenendo, benché senza toccarlo, e volteggiavano insieme a lui in mezzo alla nebbia di bolle.

Non erano gli stessi, eppure sentiva che erano loro, senza ombra di dubbio. Era come se li vedesse guardandoli internamente.

D'un tratto, il senso di percezione divenne chiaro. La miriade di bolle si allontanò prendendo posizione a una enorme distanza. Divennero soli e pianeti luccicanti in mezzo allo spazio di eterna oscurità.

La nuova visione non era stereoscopica e mancava di prospettiva, tuttavia Lomax poteva calcolare con estrema precisione le distanze relative. *Sapeva* quali bolle fossero più vicine, e quali più lontane. E a quale distanza si trovassero.

"Charles! Charles!", sentì chiamare Lomax mentre si trovava ancora in compagnia delle due creature.

La risposta giunse da lontano.

"Eccomi, David!"

Non erano stati usati quei nomi, ma pensò a quelli perché non aveva potuto afferrare i nomi nuovi. Tuttavia sapeva a chi si riferivano. Questo fenomeno non gli suscitò curiosità, né lo fece pensare, perché si era concentrato nella contemplazione delle bolle che riempivano il cosmo.

Le superfici di certe sfere erano perfettamente *visibili* in ogni particolare. Molte erano abitate da creature di strane forme... esseri che saltavano, che strisciavano, che vibravano, esseri di fiamma, esseri ondeggianti... una varietà infinita di creature, per lo più di livello evolutivo basso.

Soltanto una forma aveva raggiunto un livello superiore. Si trattava di esseri con un corpo allungato e sinuoso, ricoperto di pelle grigia. Avevano un cervello molto sviluppato, e organi di percezione extrasensoriale. Avevano poteri telepatici, ma su una banda limitata alla loro specie. Potevano pensare come singoli individui, oppure combinarsi mentalmente e pensare come massa.

Questi esseri giravano per lo spazio in lunghi scafi neri, esploravano gli altri mondi, pattugliavano gli abissi, stendevano carte delle costellazioni, riferivano alle loro basi, e continuavano le ricerche, senza mai fermarsi.

I Deneb!

Si credevano i signori del creato.

Assimilando dati inviatigli da chissà dove, Lomax comprese parecchie cose che riguardavano i Deneb. Erano in cima alla scalla delle forme di vita e avevano grande tolleranza per gli esseri che consideravano inferiori. Ma non potevano ammettere di dividere il cosmo con una forma di vita identica alla loro... o superiore.

Eppure esisteva!

Così, da innumerevoli secoli i Deneb esploravano i mondi alla ricerca di quella forma di vita che poteva competere con loro. Avrebbero distrutto immediatamente i rivali, se fossero riusciti a individuarli. I loro scafi neri esploravano, ed erano giunti nelle vicinanze delle colonie che certi bruchi bianchi, bipedi avevano fondato su vari pianeti distanziati.

Lomax provò un particolare interesse per queste piccole creature. Poveri piccoli bruchi operosi, che cercavano o speravano di costruire astronavi che non sarebbero mai riuscite ad attraversare che una minuscola parte del creato. Bruchi malinconici, pensierosi, estatici, ambiziosi, e anche dittatori.

Con tutta probabilità, c'erano tra loro individui leggermente meglio dotati, con capacità superiori a quelle dei bruchi normali. Si consideravano di certo superiori perché potevano esercitare una porzione di poteri del tutto normali, ma che venivano definiti paranormali. Qualcuno forse poteva leggere la mente di un bruco al limite irrisorio dell'orizzonte di una sfera. Altri forse potevano incantare un bruco e costringerlo alla completa obbedienza.

Ciascuna colonia senza dubbio aveva sviluppato una bruco-cultura, una bruco-filosofia e una bruco-teologia. Essendo incapaci di concepire qualcosa di infinitamente più alto, forse alcuni pensavano di essere l'immagine del superbruco onnipotente.

Di tanto in tanto, qualche audace forse si azzardava a sporgere il capo dal nascondiglio per scrutare nell'oscurità la falena dagli occhi lucenti che volava nella notte senza fine. Poi si ritirava impaurito, tremante, del tutto incapace di riconoscere... se stesso!

Un enorme impeto di vita s'impadronì di Lomax, man mano che comprendeva gli elementi. I bruchi! I piccoli! Dotati di una potenza enorme, vide Raven e Leina, Charles e Mavis come mai aveva visto nessuno prima di allora. Gli stavano ancora vicino, e lo aiutavano, lo curavano, lo incitavano ad adattarsi al nuovo ambiente.

"I piccoli bruchi a due gambe!" stava gridando. *"I nostri! Le nostre larve che stanno aspettando la loro metamorfosi naturale! Se i Deneb, incapaci finora di riconoscerli per quello che sono, dovessero apprendere la verità da una mente illuminata su una delle colonie, distruggeranno sistematicamente tutti i bruchi. Se un bruco apprenderà troppo, tutti i bruchi forse saranno distrutti, da un capo all'altro del cielo."*

"Non accadrà mai!" assicurò quello che Lomax aveva conosciuto come Raven. *"Non verranno mai a saperlo. Su ogni nido ci sono due osservatori che vivono nel corpo di un bruco, preso col permesso del*

vecchio proprietario, come io ho fatto con David Raven. Sono dei guardiani. In coppia. Ne basterebbe uno, ma il secondo serve per rompere la solitudine."

"Il posto che abbiamo... che avete *lasciato?*

"È già stato preso da altri due."

Si staccarono da lui, muovendosi silenziosamente nelle immense profondità che erano il loro campo d'azione naturale. I Deneb erano la forma di vita più elevata legata alle bolle planetarie. Ma *questi*, più elevati di loro, finita la fanciullezza di bruchi, non erano legati a niente. Diventavano le creature supersensibili, dai molteplici poteri e dai grandi occhi, che solcavano gli spazi.

"Quelle pallide e fragili creature a due gambe, come si chiamavano?", si chiese Lomax. *"Oh, sì:* Homo sapiens. *Alcuni di loro erano precoci e si consideravano* Homo superior. *Una cosa pietosa, in un certo senso. E patetica."*

Istintivamente, come un bambino che muove i primi passi senza rendersi conto di avere i piedi, Lomax spiegò grandi campi di forze lucenti a forma di ventaglio e si lanciò nella scia dei compagni.

Era vivo come non lo era mai stato prima.

E pieno di esultanza.

Perché sapeva cos'era diventato, e cosa sarebbero diventati i piccoli bruchi bianchi.

Homo in Excelsis!

Wade Harper, investigatore

Titolo originale: *Three to Conquer*

Traduzione di Antonangelo Pinna

1

Era un tipo tarchiato, dalle spalle larghe, le mani pelose e le sopracciglia foltissime. Correva a cento all'ora incontro ai guai guidando senza distogliere un attimo l'attenzione dalla strada.

Era il primo aprile del 1980. Pesce d'aprile per tutti! A Los Angeles, Chicago e New York esistevano già due o tre strade semoventi. E c'erano anche sei stazioni pressurizzate sulla Luna. Ma, a parte i motori installati posteriormente e il carburante a miscela d'alcool, le automobili erano poco diverse da quelle di trent'anni prima. Gli elicotteri continuavano a essere un lusso inaccessibile all'uomo della strada. I cittadini erano afflitti dalle tasse, come sempre... e meditavano sugli scherzi del fisco, il primo di aprile.

Da dieci anni si parlava della produzione in serie di elicotteri a duemila dollari l'uno. Ma non se n'era fatto niente. Forse era meglio così: chissà quanto sarebbero aumentati gli incidenti del traffico il giorno in cui ubriachi, deficienti e fanatici del brivido avessero imboccato le strade del cielo.

Negli stessi dieci anni i divulgatori scientifici avevano predetto che il primo atterraggio su Marte si sarebbe avuto entro i prossimi cinque anni. Anche in questo campo non era successo nulla. C'era da chiedersi se una simile impresa sarebbe mai stata realizzata. Cento milioni di chilometri sono una distanza tremenda per un trabiccolo che solca lo spazio come una lumaca.

I pensieri dell'uomo al volante furono bruscamente interrotti da una voce sconosciuta che risuonò nella sua mente straordinaria: "*Che male! Oh, Dio... che male!*"

La strada era larga e diritta, circondata da fitti boschi a destra e a sinistra. L'unico veicolo in vista era una pesante auto-cisterna che saliva lentamente un rilievo tre chilometri più avanti. Un'occhiata nello specchio retrovisore gli confermò che alle spalle non aveva nessuno. Nonostante questo, nessun segno di sorpresa apparve sul volto dell'uomo tarchiato.

"*Che male!*" si lamentava ancora la voce, affievolendosi rapidamente. "*Non ho potuto far niente... Quei bastardi!*"

L'uomo tarchiato rallentò la corsa fino a che la lancetta del tachimetro oscillò al di sotto dei trenta. Fece una rapida inversione a U e tornò indietro fino all'incrocio con una strada di campagna, piena di buche, che si addentrava nel bosco. Si infilò con l'automobile nella stradetta; sapeva esattamente che la voce era venuta da quella direzione.

Nei primi cinquecento metri c'erano due curve brusche, una a destra, una a sinistra. Dopo la seconda curva la strada era bloccata da un'automobile ferma al centro della carreggiata. L'uomo tarchiato frenò di colpo e deviò contro l'argine erboso per evitare il tamponamento.

Saltò giù dalla macchina, lasciando la portiera aperta. Esaminò l'automobile ferma, restando immobile e ascoltando attentamente più con il cervello che con le orecchie.

"*Betty...*" sussurrò la voce. "*Erano in tre... Hanno sparato... Buio... Non ce la faccio ad alzarmi. Bisogna avvertire Forst. Dove sei, Forst?*"

L'uomo tarchiato si volse e si arrampicò sull'argine correndo pesantemente, discese a balzi il pendio dall'altra parte e infine trovò l'uomo in un fosso. Non rimase a guardarlo a lungo, nemmeno due secondi. Risalì il pendio con fretta furiosa, pescò una borraccia nella tasca della portiera dell'automobile e tornò indietro.

Sollevò la testa del ferito e versò un filo di liquore fra le labbra sbiancate. Non disse nulla, non fece domande, non pronunciò nemmeno una parola di conforto o di incoraggiamento. Tenendo la testa del ferito sollevata con il braccio, cercava solo di mantenere accesa la fiammella della vita che si stava spegnendo. E mentre lo faceva, ascoltava, ma non con le orecchie.

"*Uno biondo, alto*" mormorava la mente dell'altro. Sembrava venire da una distanza enorme. "*Mi ha sparato... sono saltati fuori gli altri... mi hanno scaraventato giù dall'argine. Betty, io...*"

Il flusso dei pensieri si interruppe. L'uomo tarchiato lasciò cadere la borraccia, riabbassò la testa dell'altro e lo esaminò senza toccarlo. Nessun dubbio: era morto. Prese nota del numero del distintivo appuntato sulla giacca dell'uniforme.

Lasciato il corpo nel fosso, ritornò all'automobile del morto e sedette al posto di guida; trovò un microfono e lo tenne in mano mentre con l'altra spostava a casaccio alcuni interruttori. Non aveva idea di come funzionasse quell'aggeggio, ma era deciso a scoprirlo.

— Pronto! — chiamò spostando quella che gli sembrava la levetta più logica. — Pronto!

Immediatamente una voce rispose: — Comando polizia di Stato. Parla il sergente Forst.

— Mi chiamo Wade Harper. Mi sentite?

— Comando polizia — ripeté la voce con un filo di impazienza. — Parla Forst.

Evidentemente non lo sentiva. Harper provò ancora, mosse un altro interruttore. — Pronto! Mi sentite?

— Sì. Che cosa succede?

— Chiamo dall'Auto Diciassette. Un vostro agente è qui vicino, in un fosso, morto. — Diede il numero di matricola del poliziotto.

Sentì un profondo sospiro, poi: — È Bob Alderson. Dove vi trovate?

Harper diede i particolari necessari, e aggiunse: — Gli hanno sparato due colpi, uno all'addome e uno nel collo. Deve essere successo da poco perché era ancora vivo quando l'ho trovato. Mi è morto fra le braccia.

— Ha detto qualcosa?

— Sì, è stato un uomo alto e biondo a spararagli. C'erano altri con l'assassino, ma non ha precisato quanti. Nessuna descrizione.

— Erano in automobile?

— Non l'ha detto, ma potete scommetterlo.

— Non muovetevi da lì. Vi raggiungeremo fra poco.

Ci fu uno scatto nella comunicazione e intervenne una voce nuova.

— Qui Auto Nove, Lee e Bates. Vi abbiamo sentito, sergente, ci stiamo dirigendo là. Siamo a tre chilometri.

Harper rimise a posto il microfono e risalì sulla cima dell'argine da dove osservò corrucciato il cadavere. Una donna che si chiamava Betty avrebbe pianto quella notte.

Pochi minuti dopo venne dalla strada uno stridore di pneumatici sull'asfalto e una vettura imboccò la stradetta di campagna. Harper corse alla curva e fece segno al guidatore di rallentare per non finire contro le altre due auto. Due agenti della polizia statale scesero dalla vettura. Avevano l'espressione amara di uomini che avevano un grosso debito con qualcuno ed erano decisi a pagare tutto, con un grosso interesse per giunta.

Scesero fino al fosso, risalirono; uno disse: — Se n'è andato. Qualche figlio di buona donna la pagherà cara.

— Lo spero — fece Harper.

Il più alto dei due lo guardò incuriosito e chiese: — Come avete fatto a trovarlo quassù?

Harper era preparato a quella domanda. Sin da bambino aveva imparato a nascondere i suoi segreti. All'età di nove anni aveva scoperto che sapere troppo poteva creare risentimenti e che certi mezzi per acquisire conoscenze erano sgraditi e temuti.

— Avevo un bisogno e cercavo l'albero adatto. Ho trovato questa automobile ferma in mezzo alla strada. Dapprima ho pensato che qualcun altro avesse avuto la mia stessa idea. Poi ho sentito un lamento venire dal fossato.

— Mi sembrano tanti cinquecento metri di strada solo per cercare un albero — osservò l'agente più alto, con sguardo ironico. — Forse bastavano cinquanta metri, non vi pare?

— Forse.

— Se la strada non fosse stata bloccata, sareste andato ancora più in là?

— Non saprei — rispose Harper scuotendo le spalle con indifferenza. — Normalmente la gente va in cerca di un posto che gli sembra adatto e si ferma quando lo trova, non è così?

— Non saprei — rispose il poliziotto.

— Dovreste saperlo — disse Harper — a meno che non siate un soggetto eccezionale.

— Che cosa vorreste dire con questo? — domandò l'agente mostrandosi improvvisamente duro.

Il secondo agente interruppe il dialogo: — Piantala, Bert. Ledsom sarà qui da un momento all'altro. Lascia che se ne occupi lui. Lo pagano per questo.

Bert fece un gesto seccato, ma rimase zitto. I due si diedero da fare a cercare indizi. In pochi minuti scoprirono tracce recenti di pneumatici d'auto in un punto sabbioso della strada una ventina di metri più avanti. Poco dopo scoprirono anche un bossolo nell'erba. Lo stavano esaminando quando sopraggiunsero altre tre automobili.

Un uomo che portava una borsa scese fino al fossato, risalì dopo poco e disse con voce stanca: — Due pallottole, probabilmente calibro 32. Entrambe mortali. Nessun segno di ustione. I colpi sono stati sparati da qualche metro di distanza. Le pallottole sono uscite dal corpo.

Un altro, coi gradi di capitano, si rivolse ai due agenti più vicini. — Ecco l'ambulanza... tiratelo su di là. — E agli altri numerosi poliziotti: — Voi, ragazzi, cercate le pallottole. Dovete trovarle. — A Lee e a Bates ordinò: — Fate i calchi delle impronte dei battistrada. E vedete di trovare anche l'altro bossolo. Cercate bene lungo la strada anche la pistola: può darsi che il delinquente l'abbia buttata via.

Raggiunse poi Harper e si presentò: — Sono il capitano Ledsom. Siete stato molto in gamba ad avvertirci con la radio di Alderson.

— Mi è parsa la cosa più logica da fare.

— Non sempre la gente fa le cose più logiche, specialmente se teme di rimanere coinvolta. — Ledsom lo squadrò con fredda autorità. — Come avete fatto a trovare Alderson?

— Ho imboccato questa stradicciola per soddisfare un bisogno di natura. E l'ho trovato.

— Avete fatto un bel pezzo di strada, non vi pare?

— Sapete come vanno queste cose. Su una strada stretta come questa si tende a proseguire fino a uno spiazzo dove si possa fare manovra con l'auto per tornare indietro.

— Sì, è vero. E non ci si ferma nemmeno in curva. — La spiegazione parve soddisfarlo, ma Harper vedeva con estrema chiarezza che la mente del capitano sospettava tutti quanti in un raggio di cinquanta chilometri. — Che cosa ha detto Alderson prima di morire?

— Ha mormorato il nome di Betty e...

— Sua moglie — lo interruppe Ledsom aggrottando la fronte. — Detesto l'idea di dover essere io ad avvertirla.

— Ha accennato a un tizio biondo, grande e grosso, che gli sparava addosso. E ha parlato anche di altri che lo avevano gettato nel fossato. Disgraziatamente non ha fornito altri particolari. Era agli sgoccioli e la sua mente vaneggiava.

— Peccato. — Ledsom spostò l'attenzione su un agente che si stava avvicinando. — Ebbene?

— Capitano, le tracce delle ruote dimostrano che un'auto è venuta su per questa stradina, inseguita da Alderson. L'automobile si è fermata accanto all'argine dopo la curva. Alderson si è bloccato alle loro spalle al centro della strada. È saltato giù, ha fatto qualche passo verso la prima auto, ed è stato abbattuto. Almeno due uomini lo hanno sollevato e gettato al di là dell'argine. — Tese una mano. — Ecco il secondo bossolo. — Indicò un punto poco lontano. — Era là.

— Automatica calibro 32 — disse Ledsom esaminando i piccoli cilindri di ottone. — Per caso la vettura di Alderson non è stata spostata e poi rimessa in mezzo alla strada?

— No

— Allora hanno proseguito diritto. Non ce l'avrebbero fatta a tornare indietro con quell'auto che bloccava la strada. — Si strofinò il mento, riflettendo, e riprese: — Questa strada serpeggia nel bosco per venticinque chilometri, poi piega a sinistra e si ricongiunge alla strada principale a una quindicina di chilometri da qui. Ormai, o sono tornati sulla strada, o si sono nascosti nel bosco.

— Per fare venticinque chilometri di questa strada ci vogliono almeno venti minuti — calcolò Harper. — Anche se guidano come pazzi non possono essere andati lontano.

— Sì, lo so. Avvertirò il comando di disporre blocchi stradali lungo l'arteria principale. Batteremo anche tutta la strada del bosco. È usata quasi esclusivamente dai taglialegna. Se quei maledetti conoscono bene questa stradetta è probabile che lavorino o abbiano lavorato in passato per una segheria. Seguiremo questa pista più tardi.

Ledsom si infilò nella sua auto e parlò per qualche istante alla radio di bordo. Tornò fuori e disse: — Questa è fatta. I blocchi stradali saranno in funzione molto presto. Lo sceriffo sta venendo qua con quattro agenti. — Guardò con aria seria il bosco intorno a sé. — Sarà bene che si spiccino. I fuggiaschi potrebbero liberarsi dell'auto e proseguire a piedi; in tal caso ci vorrà un esercito per setacciare la zona.

— Posso esservi utile? — domandò Harper.

Ledsom lo squadrò per la terza volta, da capo a piedi, mentre la sua mente diceva fra sé: "*Qualche bel tipo che crede di essere molto furbo può anche pensare di dare prova incontrovertibile della propria innocenza andando a ficcare la testa nelle fauci del leone. Vorrei saperne di più sul suo conto. Il solo elemento che abbiamo in mano finora è la storia che ci ha raccontato lui.*"

— Allora? — lo incoraggiò Harper.

— Avremmo una traccia se trovassimo l'arma del delitto — osservò Ledsom con l'espressione vaga di chi fa ipotesi oziose. — E non possiamo permetterci di tralasciare nessuna possibilità, per quanto remota sia. — Poi piantò deciso gli occhi in quelli di Harper e la sua voce divenne secca e autoritaria. — Perciò dobbiamo perquisire voi e la vostra auto.

— È naturale — commentò Harper con indifferenza.

"*Diagnosi sbagliata*" stabilì la mente di Ledsom. "*Ha la coscienza pulita. Comunque, lo controlliamo lo stesso.*"

Buttarono per aria la sua automobile da cima a fondo, frugarono Harper e trovarono una minuscola automatica brunita nella tasca destra. Ledsom afferrò l'arma, estrasse il caricatore dal calcio e lo esaminò inarcando leggermente le sopracciglia.

— Santo cielo! Ma che razza di gingillo è? Venti colpi nel caricatore e pallottole grosse come la capocchia di un fiammifero. Dove ve la siete procurata?

— L'ho fabbricata io stesso. È un'arma molto efficace fino a cinquanta metri.

— Lo immagino. Avete il porto d'armi?

— Sì. — Harper lo tolse dal portafoglio e lo porse al capitano.

Ledsom lo osservò con crescente sorpresa. — Siete un agente federale?

— No, capitano. L'FBI mi ha concesso questo porto d'armi per suoi motivi particolari. Se volete conoscerli dovrete chiederlo a loro.

— Non sono affari che mi riguardano — disse Ledsom, un po' sconcertato. Gli restituì la licenza e la pistola. — Quel giocattolo non è l'arma che cerchiamo, comunque. Avete visto o sentito qualcosa di sospetto prima o dopo aver trovato Alderson?

— Niente.

— Il rumore di un'auto che si allontanava, per esempio?

— Nessun rumore.

— Non avete udito gli spari prima di arrivare?

— Nemmeno.

— Bah! — Ledsom era deluso. — Allora hanno avuto un vantaggio di almeno due o tre minuti. Voi siete un testimone e desideriamo avere da voi una deposizione al comando. Mi dispiace di procurarvi altri fastidi e altro ritardo, ma...

— È un piacere esservi utile — lo interruppe Harper.

Ledsom ordinò a due pattuglie di esplorare la stradetta di campagna, poi rientrò con Harper e gli altri poliziotti al comando. Nel suo ufficio si abbandonò sulla poltrona dietro alla scrivania e sospirò profondamente.

— Maledetto lavoro! Devo ancora avvertire la moglie. E non erano nemmeno sposati da molto. Dio sa come la prenderà. — Sospirò di nuovo e tirò fuori da un cassetto un modulo stampato. — Sono costretto ad occuparmi di burocrazia anch'io, visto che tutti i ragazzi sono indaffarati. Avete un documento, signor Harper?

Harper gliene porse uno.

C'era scritto:

WADE HARPER - FORGIATORE

— Accidenti — sbottò Ledsom, sbattendo le palpebre. — Che ricercatezza di termini... Come se adesso i delinquenti cominciassero ad andare in giro chiamandosi *lestofanti*.

— Sono un microfabbro.

— Che razza di animale è?

— Fabbrico strumenti tanto minuscoli da poterci operare un microbo.

— Ma che cosa mi venite a raccontare! — esclamò Ledsom. — Nessuno ha una vista tanto buona da poterli usare!

— Sì, invece... con un potente microscopio.

— Ogni anno che passa ne pensano una nuova — commentò Ledsom stupito. È impossibile tenersi aggiornati su tutto.

— Ma non c'è nulla di nuovo in quello che faccio — lo assicurò Harper. — Gli esperimenti incominciarono nel 1899 per opera di un olandese di nome Schouten. Da allora l'unico passo avanti è stato compiuto dal micromanipolatore pneumatico manuale costruito da De Fonbrune. Io ho apportato alcune modifiche a quell'apparecchio.

— Immagino che avrete molto da fare — osservò Ledsom chiedendosi quante persone al mondo avessero interesse a sezionare germi.

— Me la cavo. In tutto il mondo non ci sono più di due dozzine di microfabbri veramente abili. La domanda bilancia l'offerta.

— E così l'FBI non crede di potersi permettere il lusso di perdervi.

— È una vostra supposizione — disse Harper.

— Si tratta forse di una faccenda collegata alla guerra batteriologica?

— Ancora una vostra supposizione.

— D'accordo. Capisco quando debbo occuparmi degli affari miei.

Si mise d'impegno a compilare il modulo; trascrisse nome, indirizzo e occupazione del testimone; poi, sotto dettatura, stilò il resoconto dei fatti; infine passò il modulo a Harper perché lo firmasse.

Quando Harper se ne fu andato, Ledsom fece una interurbana. Aveva appena finito la conversazione quando entrò il sergente Forst. Il sottufficiale lo guardò incuriosito.

— Qualcosa che non va, capitano?

— Quel tizio, Harper, mi ha fatto bere la storia più incredibile che si possa immaginare. E allora ho chiamato la polizia del suo paese per vedere se aveva precedenti.

— E ne ha?

— Sì.

— All'inferno! — strillò Forst, lasciando cadere sulla scrivania un paio di libri e precipitandosi alla porta. — Lo faccio arrestare immediatamente.

— No! — lo fermò Ledsom. E aggiunse pensoso: — La polizia del suo paese gli manda baci e abbracci. Li ha aiutati a risolvere parecchi casi complicati e per di più ha fatto fuori personalmente tre delinquenti.

— Che cosa fa, il poliziotto privato?

— Neanche per idea. Secondo loro, avrebbe l'abitudine di inciampare per caso nelle cose che tutti gli altri stanno cercando invano. Dicono che l'ha fatto un mucchio di volte e che ha dell'incredibile. — Fece una pausa per cercare una teoria soddisfacente, la trovò e concluse: — Probabilmente è un caso cronico di fortuna da principiante; e lui ne ha fatto un hobby.

Se il soggetto in questione si fosse trovato in un raggio di un chilometro avrebbe captato la conversazione e avrebbe sorriso divertito.

Harper superò senza incidenti tre blocchi stradali guidando a media sostenuta sulla strada principale. La sua mente continuava a lavorare mentre procedeva. "Se un'auto inseguita" pensava "devia in una strada laterale, ci sono almeno novantotto probabilità su cento che il guidatore scelga una via di fuga sulla sua destra piuttosto che attraversare la strada e uscire a sinistra. La scelta sarebbe automatica o istintiva."

Dato che ora stava viaggiando sul lato opposto a quello da cui partiva la stradina del bosco, era molto probabile che Alderson e l'auto inseguita fossero venuti dalla direzione opposta.

Guardò l'orologio. Le sei e venti. Aveva trovato Alderson alle quattro e dieci, poco più di due ore prima. Un tempo sufficiente per allontanarsi anche di centocinquanta chilometri, se gli assassini non avevano perso tempo. Probabilmente i posti di blocco della polizia andavano oltre quel raggio; la polizia era in allarme in una zona enorme che comprendeva i territori di numerosi Stati.

Ma non sarebbe servito a molto. Non c'era una descrizione sufficiente dei fuggiaschi, nessuna descrizione dell'automobile. Non si poteva inseguire ogni individuo biondo e alto. Praticamente la sola possibilità che aveva la polizia di giungere a un rapido arresto era che gli assassini si trovassero a bordo di un'auto rubata e che un agente molto in gamba riconoscesse il numero della targa.

Procedette per qualche chilometro fino a che vide un distributore di benzina sul lato opposto della strada, il lato su cui viaggiavano, secondo la sua teoria, Alderson e i suoi assassini. Attraversò la carreggiata e si fermò presso le pompe di benzina. Due uomini gli si avvicinarono.

— Eravate in servizio alle quattro di oggi?

Annuirono entrambi.

— Avete visto per caso un'auto-pattuglia della polizia guidata da un agente di nome Alderson? Era l'Auto Diciassette.

— Conosco Bod Alderson — disse uno dei due. — L'ho visto passare due volte stamattina.

— Non fra le tre e le quattro del pomeriggio?

— No. — Poi ci ripensò. — Oppure, se è passato, non l'ho visto.

— Nemmeno io — fece eco l'altro.

Le loro menti dicevano che avevano detto la verità. Harper ne era certo al cento per cento. Per quanto riguardava lui, non c'era nemmeno bisogno che avessero aperto bocca.

— A quell'ora c'era qui qualcun altro?

— Solo Satterthwaite. Volete che gli chieda?

— Ve ne sarei grato.

L'addetto al distributore sparì dietro l'edificio della stazione di servizio. Harper li poteva udire mentalmente benché le loro voci fossero fuori portata.

"*Senti, Satty, c'è un tipo che vuol sapere se hai visto passare Bob Alderson due o tre ore fa.*"

"*Non l'ho visto.*"

L'uomo tornò indietro. — Mi dispiace. Satty non l'ha visto.

— Nessun altro era in servizio a quell'ora?

— No, signore. — Ora l'uomo pareva incuriosito. — Volete che dica a Bob che lo state cercando se per caso ripassa di qui?

— Non ripasserà... mai più — disse Harper.

— Ma che cosa dite?

— Un delinquente gli ha sparato verso le quattro. È morto.

— Gesù! — esclamò l'uomo, impallidendo.

— Prima o poi arriverà la polizia a farvi le stesse domande. — Harper osservò la strada. — Sapete di qualche posto in cui Alderson era solito fermarsi quando era in servizio?

— Spesso andava a bere il caffè allo Star.

— Dove si trova?

— A sette chilometri di qui, all'incrocio.

— Grazie.

Riprese la strada guidando velocemente. A tre chilometri di distanza, a metà strada fra il distributore e il Caffè Star, c'era un'altra stazione di servizio, questa sul lato destro della strada. Si fermò anche lì, per fare le stesse domande.

— Certo che l'ho visto — rispose un giovane sbrigativo, con i capelli color sabbia. — Non ho guardato l'ora, ma è stato circa tre ore fa.

— Stava inseguendo qualcuno?

Quello rifletté un momento. — Ora che ci ripenso, sì, è probabile.

— Che cosa avete visto esattamente?

— Una di quelle basse Thunderbug sportive, verde; andava a tutta velocità e lui veniva dietro, a meno di un chilometro, e non stava certo perdendo tempo.

— Però non siete sicuro al cento per cento che stesse inseguendo la Thunderbug?

— Al momento non ci avevo nemmeno pensato. Il traffico su questa strada è sempre molto veloce; ma ora che mi ci avete fatto riflettere, immagino che forse stesse inseguendo quella macchina.

— Avete notato chi c'era dentro.

— Non potrei dirlo.

— Sapete se qualcun altro può aver notato il loro passaggio? C'era qualcuno con voi?

— No.

Harper lo ringraziò e ripartì. Aveva fatto un passo avanti, il primo: una Thunderbug verde. Nulla di cui gloriarsi, in verità. Non c'era voluta nessuna abilità speciale per scoprire quel dato. Sicuramente l'avrebbe scoperto anche la polizia prima di notte. Era un passo avanti a loro solo perché aveva concentrato la sua attenzione su una sola traccia mentre quelli seguivano cento piste. Harper aveva un gran rispetto per la polizia. Al Caffè Star una cameriera sveglia e loquace gli disse che Alderson aveva pranzato lì e se n'era andato verso l'una e mezza. Sì, era da solo. No, non aveva mostrato alcun interesse per gli altri clienti né era uscito contemporaneamente ad altri. No, non aveva visto un tizio alto e biondo con una Thunderbug verde.

Non aveva notato in quale direzione si fosse allontanata l'Auto Diciassette, ma avrebbe chiesto alle colleghe. Si allontanò, tornò indietro e disse che la sua amica Dorothy aveva visto Alderson girare a sinistra all'incrocio.

Harper seguì quell'indicazione tenendo l'acceleratore schiacciato a fondo. Un quarto d'ora dopo, il proprietario di una locanda disse di aver visto l'auto di Alderson passare a gran velocità poco dopo le tre. Aggiunse di essere corso alla finestra richiamato dal rumore di un'altra auto che filava come un proiettile. L'auto era scomparsa prima che facesse in tempo a identificarla ma aveva avuto modo di vedere il passaggio di Alderson. Sì, aveva pensato che Alderson stesse inseguendo qualcuno, probabilmente uno scavezzacollo sulla solita auto truccata.

Dieci chilometri più avanti Harper fece centro. Era un altro distributore di benzina. Un uomo anziano venne fuori e gli diede informazioni molto importanti.

— Poco dopo le tre una Thunderbug si è fermata davanti alle pompe per fare il pieno. C'erano dentro tre uomini e una ragazza. La ragazza sedeva sul sedile posteriore a fianco di uno dei tre e continuava a lanciarmi strane occhiate imploranti, mentre io ero lì accanto a riempire il serbatoio. Mi sembrava che volesse urlare, ma non osasse farlo. Tutta la scena mi pareva molto sospetta.

— Che cosa avete fatto?

— Niente, da principio. Ero solo e non sono più giovane come un tempo. Quei tre avrebbero potuto darmele fino a farmi cadere stecchito.

— E poi?

— Hanno pagato e se ne sono andati senza rendersi conto che mi avevano insospettito. Mi ero comportato in modo naturale perché non volevo avere guai. Ma appena hanno accelerato un po' sono corso in mezzo alla strada per vedere la targa dell'auto.

— Avete rilevato il numero? — domandò Harper che già sperava di aver messo le mani sull'asso.

— No. Mi sono mosso troppo tardi. Non avevo gli occhiali e non sono riuscito a distinguere le cifre. — Il vecchio corrugò la fronte, ancora dispiaciuto dell'insuccesso. — Un paio di minuti dopo è passata una macchina della polizia, a velocità moderata. Ho fatto segno di fermare e ho raccontato all'agente la faccenda della ragazza. Mi ha assicurato che ci avrebbe pensato lui ed è partito all'inseguimento della Thunderbug a tutta velocità. — I suoi occhi stanchi si alzarono verso Harper con aria interrogativa. — Ci ha cavato qualcosa?

— Sì... una bara. Lo hanno colpito all'addome e al collo. È morto senza soffrire molto.

— Santo Dio! — esclamò il vecchio visibilmente scosso. Inghiottì un paio di volte, poi, con voce colpevole: — E sono stato io a dirgli di inseguirli.

— Non avete nessuna colpa, nonno. Vi siete comportato nel modo migliore possibile, date le circostanze. — Harper attese che si riprendesse, poi gli domandò: — Quei tipi hanno detto niente che indicasse da dove venivano o dove erano diretti?

— Fra tutti hanno detto una sola parola, nient'altro. Un tipo alto e biondo ha abbassato il finestrino e ha detto: «Pieno!». Gli ho chiesto se dovevo controllare acqua e olio, ma lui ha scosso il capo con impazienza. Nessun altro ha parlato. La ragazza avrebbe avuto molte cose da dire se avesse incominciato a parlare; ma aveva troppa paura per incominciare.

— Che aspetto avevano? Datemi la descrizione più completa e particolareggiata possibile.

Quello si leccò le labbra e disse: — Il biondo guidava. Era un giovane massiccio, vicino ai trent'anni, capelli color paglia, occhi azzurri, mento quadrato, rasato alla perfezione; un bell'uomo, dall'aria intelligente. Avrei potuto definirlo una persona simpatica, se i suoi occhi non fossero stati più cattivi di quelli di un serpente.

— Nessuna cicatrice in faccia o altri segni di riconoscimento?

— Non ne ho notati. A dire il vero, però... era pallido. E anche gli altri due uomini. Capite, biancastri, come diventa la gente quando sta rinchiusa per un bel pezzo. — Diede a Harper un'occhiata significativa. — Dopo quel che è successo, ora so anche il perché.

— Anch'io. Probabilmente sono appena usciti dalla galera. O sono evasi o sono in libertà condizionata; più probabile la prima ipotesi, a giudicare da come si comportano.

— Sono d'accordo con voi.

— Vi è parso che avessero alzato il gomito? — domandò Harper, pronto a lanciarsi su qualsiasi traccia, per esempio un locale dove avessero bevuto.

— Per quanto ho potuto notare, erano perfettamente sobri.

— Ricordate altro?

— Il giovane che sedeva a fianco del guidatore era della stessa età e corporatura; capelli neri, occhi grigi, barba appena fatta. Aveva anche lui la faccia pallida, lo stesso sguardo cattivo. Non sono invece riuscito a vedere bene il terzo, sul sedile posteriore.

— E la ragazza?

— Venti o ventun'anni, capelli e occhi castani, piuttosto in carne. Una ragazza attraente, senza essere una bellezza. Portava un soprabito color senape, una camicetta gialla e una collana d'ambra. Aveva una mano appoggiata al finestrino e portava al dito un anello con un opale; uno di quegli anelli che si regalano ai compleanni.

— L'opale è la pietra dei nati in ottobre. Siete un asso, nonnino.

— Come vi ho già detto, la ragazza si faceva notare — disse il vecchio.

— E gli uomini come erano vestiti?

— Tutti allo stesso modo; giacca verde scuro, camicia grigia e cravatta verde scuro. Sembravano uniformi, senza distintivo e bottoni d'oro. Non ho mai visto gente vestita in quel modo. E voi?

— Nemmeno io — ammise Harper. — Ma non sembra nemmeno un'uniforme da carcerato. Forse sono abiti sportivi che hanno portato via in qualche negozio. — Continuò il dialogo per qualche altro minuto, poi, quando ebbe finito, chiese: — Avete un telefono?

— Certamente. Venite sul retro. — Fece strada e indicò l'apparecchio. — Ecco... fate pure.

Una voce gutturale rispose: — Comando polizia di Stato. Capitano Ledsom.

— Che fortuna — commentò Harper. — Proprio la persona che cercavo.

— Chi parla?

— Harper. Vi ricordate di me?

— Ah, avete ripensato a qualche cosa che non ci avevate detto?

— In quel primo, infelice momento vi ho riferito tutto quello che sapevo. Ma da allora ho scoperto molte cose.

— Per esempio?

— L'automobile che cercate è una Thunderbug verde ultimo modello con a bordo tre giovani e una ragazza. Ho la descrizione di tutti, all'infuori di uno degli uomini.

Ledsom esplose: — Dove diavolo avete tirato fuori queste informazioni?

Ghignando fra sé, Harper gli disse dove e come.

— Perché non vi arruolate nella polizia e vi sistemate una volta per tutte, invece di perdere il tempo con macchinette per affettare i microbi?

— Perché sono cinque centimetri troppo basso, quindici centimetri troppo largo, detesto la disciplina e voglio continuare a vivere.

Ledsom fece una specie di grugnito. — Manderò una pattuglia immediatamente. Magari i miei ragazzi riusciranno a scoprire qualche altro particolare. Intanto sarà bene che mi riferiate quello che avete raccolto.

Harper fece tutto il racconto dalla a alla z. — Ovviamente — disse infine — ci sono ora due piste che non potrei seguire nemmeno se volessi. Si tratta di lavoro vostro perché voi avete i mezzi necessari a disposizione. Primo punto: tre uomini che rispondono a queste descrizioni sono recentemente evasi o sono comunque usciti da una prigione? Secondo punto: è stata denunciata la scomparsa di una ragazza come quella che vi ho descritto?

Ledsom ridacchiò con tolleranza prima di rispondere. — Seguiremo noi queste due piste, insieme ad almeno altre sei che non avete preso in considerazione.

— Per esempio?

— Dove hanno preso gli abiti che indossano, il denaro che spendono, l'auto che usano, la pistola con cui hanno sparato? — Ledsom stette zitto per un istante, poi riprese: — Dirameremo un comunicato per indagare su tutte queste domande e forse qualche risposta salterà fuori. Con un po' di fortuna scopriremo il numero di targa della Thunderbug. Scommetto un milione che l'hanno rubata.

— Potrei proseguire lungo questa strada e forse scoprire altri fatti — disse Harper. — Magari si sono fermati a bere una birra o a mangiare e si sono lasciati sfuggire qualche parola credendo di non essere uditi. Ma perché dovrei preoccuparmi? Perché pago le tasse? Ho da badare ai miei affari.

— State discutendo con voi stesso, non con me — gli fece notare Ledsom. — Nessuno vi chiede di fare qualcosa, nessuno si aspetta niente da voi. — Si affrettò ad aggiungere: — Naturalmente, vi siamo molto grati per quello che avete fatto finora. Dimostra il vostro alto senso civico. Avremmo vita molto più facile se tutti i cittadini fossero volenterosi come voi.

Harper staccò la cornetta dall'orecchio, guardò il ricevitore con aria sospettosa, lo riportò all'orecchio e domandò: — Perché i telefoni di campagna non hanno gli schermi visori?

— Ma questo cosa c'entra?

— Si potrebbe vedere l'espressione di un uomo nell'atto di indorare una pillola. — Riappese il telefono, si volse e disse al vecchio: — Stanno arrivando. Sarà bene che approfittiate dell'intervallo per studiare bene tutti i fatti e vedere se potete ricordarvi di qualche cosa che avete tralasciato. Avranno bisogno di ogni minimo particolare.

Risalito in auto, si rimise a pensare ai suoi affari, sicuro che l'episodio fosse chiuso, per quanto lo riguardava. Ne era fuori, non aveva più niente a che fare con quella storia; era solo stato un testimone che si era fermato un attimo ed era ripartito per la sua strada.

Non avrebbe potuto sbagliarsi di più.

2

Si fermò nella prima cittadina lungo la strada, trovò un albergo di suo gradimento e trascorse la serata assistendo a uno spettacolo di terza categoria. Prima di andare a letto, ascoltò il giornale radio di mezzanotte; c'era solo un breve accenno all'assassinio, condito con le solite dichiarazioni di circostanza della polizia che sperava di arrestare i responsabili nelle prossime ore.

La televisione stereoscopica dedicò al delitto un po' più di attenzione trasmettendo immagini di agenti della polizia statale e locale che perlustravano la stradina del bosco.

Sia la radio che la televisione erano più interessate all'incostanza delle condizioni atmosferiche, ai risultati della giornata sportiva, alla gara spaziale internazionale e a una complicata battaglia legale fra il governo e la Società per lo Sviluppo della Luna. Secondo quest'ultima, il governo stava cercando di sfruttare il suo monopolio dei trasporti Terra-Luna per costringere l'organizzazione privata a cedergli tutte le sue azioni, compresi i suoi larghi profitti. La Società Sviluppo Luna combatteva con tutti i mezzi. Era un episodio della lotta decennale fra impresa privata e interferenza burocratica.

Di fronte a quest'ultima notizia, Harper si mise nei panni dell'uomo importante e ricco, cosa che non era, o non era ancora, per lo meno. Nella sua attività aveva continuamente a che fare con gli apparati burocratici, ma, fortunatamente, il suo lavoro si svolgeva su basi cooperative piuttosto che autoritarie. Ciò nonostante simpatizzava per la Società Sviluppo Luna.

Dormì profondamente, si alzò alle otto, fece colazione e trascorse la mattina ai laboratori di ricerca Schultz-Masters, dove avevano bisogno di micromanipolatori di tipo speciale; per solleticare il suo amor proprio gli avevano fatto capire di ritenere che solo lui era in grado di costruirli. Alla una tornò in albergo, dopo aver risolto due grossi problemi tecnici, con altri due problemi da studiare e un contratto di massima in tasca.

Dopo pranzo ripartì verso casa ma alle tre e mezzo fu fermato dalla polizia a un posto di blocco a circa settanta chilometri dal luogo del delitto del giorno prima. Uno dei due agenti che si trovavano sulla vettura della polizia scese e gli venne incontro.

Harper osservò l'agente con sorpresa e interesse, dato che la sua mente stava trasmettendo: "*Forse è così, forse no; ma se è così non la passerà tanto liscia questa volta!*"

— Qualche cosa che non va? — domandò Harper.

— Siete voi Wade Harper?

— Sì.

— Abbiamo ricevuto una comunicazione che vi riguarda, circa mezz'ora fa. Il capitano Ledsom vuole vedervi.

— L'ho già visto ieri.

— Ma oggi è un altro giorno — gli ricordò il poliziotto.

— Posso parlargli con la vostra radio di bordo?

— Vi vuole vedere personalmente.

— Sapete il perché?

Quello scrollò le spalle. La sua mente mostrava che, effettivamente, non lo sapeva ma che vedeva in Harper un elemento molto sospetto solo perché il capitano voleva parlargli. Mostrava anche che lui e il suo compagno erano pronti ad affrontare con l'energia necessaria ogni rifiuto.

— Vorreste dire che devo perdere tempo a tornare fino al comando?

— Proprio così. — L'agente fece un gesto autoritario che tradiva anche una certa impazienza. — Voltate la macchina e partite. Guidate con regolarità, non troppo in fretta e niente scherzi. Vi seguiremo.

Harper si sentiva piuttosto irritato, ma fece quello che gli avevano ordinato. Non che avesse molta fretta, anzi, aveva abbastanza tempo libero; ma non gli andava di ricevere ordini da una persona nella cui mente non aveva letto alcun motivo ragionevole.

Era sempre stato così da quando aveva smesso di succhiarsi il pollice. Le menti percettive non sopportavano gli atteggiamenti dittatoriali delle menti non percettive. Obbedire agli ordini gli dava la stessa sensazione che prova una persona guidata da un cieco.

A volte, in momenti di riflessione introspettiva, si rimproverava per le proprie tendenze anarcoidi nel timore che il fatto di trovarsi spiritualmente solo, completamente privo di contatto intimo con una mente simile alla sua, gli desse un complesso di superiorità derivante dalla sua stessa unicità. Non aveva alcun desiderio di essere umile, ma ancora meno desiderava essere sottoposto ad altri. Aspirava a una via di mezzo.

Entrò contro voglia nell'ufficio di Ledsom, si abbandonò su una sedia che scricchiolava e fissò con sguardo combattivo il capitano che gli sedeva di fronte, al di là della scrivania; lesse nella mente di lui un atteggiamento totalmente diverso da quello dell'ultima volta con la stessa facilità con cui una persona normale legge un libro.

— Bene, eccomi qua.

Ledsom esordì con voce pungente. — Questa volta abbiamo in funzione un registratore. — Si sporse di fianco e accese l'apparecchio. — Dove avete trascorso la notte precedente al delitto?

— In albergo.

— Quale?

Harper glielo disse.

— A che ora avete lasciato l'albergo?

— Alle nove e mezza.

— Dove avete passato la mattina?

— Al Laboratorio Antiparassitario.

— Fino a che ora?

— Quasi la una. Poi sono andato a pranzo.

— Dove?

— Al Catai, un ristorante cinese.

— Con chi?

— Con nessuno. Ero solo. Ma ditemi, che cosa c'è sotto tutta questa storia? — La domanda aveva esclusivamente valore strategico. Già sapeva che cosa c'era sotto perché poteva seguire il ribollio che c'era nella mente di Ledsom.

— Non preoccupatevi, signor Harper. Limitatevi a rispondere alle domande. Voi non avete nulla da temere, vero?

— Chi può dirlo? L'arcangelo Gabriele potrebbe suonare in qualsiasi momento la tromba del giudizio.

— Lasciate stare gli arcangeli. Sapete quello che voglio dire. — Ledsom lo fissava senza la simpatia del giorno prima. — A che ora siete uscito dal Catai?

— Verso le due, minuto più, minuto meno.

— E poi?

— Mi sono diretto a Hainesboro. Avevo un impegno oggi all'istituto Schultz-Masters.

— E siete passato di qui?

— Naturalmente. È sulla strada.

— Verso che ora avete passato l'incrocio della strada di campagna?

— Alle quattro.

— Ora ditemi esattamente che cosa è accaduto da quel momento.

— Oh, Signore! Vi ho già raccontato tutto ieri. L'avete addirittura messo per iscritto.

— Lo so. Ma ora voglio risentire ogni particolare. — La mente di Ledsom, in segreto, pensava: "*Un bugiardo ha bisogno di una memoria di ferro. È qui che troveremo le contraddizioni, se ce ne saranno*".

Harper ripeté, molto seccato, il racconto per la seconda volta, mentre il registratore ronzava. La storia era identica dalla a alla z. Harper lo sapeva ed era anche convinto che Ledsom lo sapeva come lui.

— Parliamo di quella pistola giocattolo che vi portate a spasso — riprese Ledsom. — Non avete per caso l'abitudine di portarne un'altra, una calibro 32, per esempio?

— No.

— C'è uno stagno piuttosto profondo nel bosco a una cinquantina di metri dal punto in cui è stato ucciso Alderson. L'avete notato?

— Non mi sono addentrato nel bosco.

— Ci avete detto di aver preso quella stradicciola per un certo scopo. Probabilmente siete stato distratto da quello che avete visto. Avete poi soddisfatto il bisogno?

— Sì.

— Quando?

— Dopo aver chiamato Forst alla radio.

— Avete trovato Alderson, poi avete chiamato la polizia e infine siete entrato nel bosco?

— Non è stato necessario addentrarmi; non c'erano signore presenti.

Ledsom proseguì l'interrogatorio senza badare a quell'osservazione.

— A che ora avete lasciato l'albergo ieri mattina?

— Me l'avete già chiesto. Alle nove e mezza.

— E dove siete stato tutta la mattina?

— Al Laboratorio Antiparassitario. Se sperate di pescarmi in contraddizione, state sprecando tempo e fiato. Possiamo continuare botta e risposta per una settimana.

— Va bene — fece Ledsom, cambiando tattica. — Se dovevate concludere un affare con l'istituto Schultz-Masters, perché ci siete andato solo oggi?

Harper sospirò rassegnato e rispose: — Prima di tutto, perché l'appuntamento era per oggi e non per ieri. Secondo, sono arrivato a Hainesboro troppo tardi per discutere di affari; a dire il vero era già tardi quando sono partito da qui.

— È proprio quello che ci interessa — gli disse Ledsom guardandolo fisso. — Eravate già molto in ritardo quando siete partito da qui. Eppure, avete perso altro tempo in caccia dei quattro sulla Thunderbug. Perché l'avete fatto?

— Alderson mi è morto fra le braccia. Non è una cosa piacevole.

Ledsom fu colpito dalla risposta, ma non mollò l'osso: — È la sola ragione?

— La principale.

— Ditemene un'altra.

— Ormai la giornata era rovinata. Due ore in più o in meno non avrebbero fatto alcuna differenza.

— Nessun altro motivo?

— Sì, uno — ammise Harper con riluttanza.

— Ditemelo.

— Ho provato una notevole soddisfazione personale nel trovare io stesso una traccia che conduce agli assassini.

— Sempreché siano loro gli assassini — commentò Ledsom. Spense il registratore, meditò per un minuto, e proseguì: — Fino a due ore fa non ne dubitavo. Ora non sono più tanto certo. — Osservò il suo ascoltatore con attenzione, per coglierne la reazione. — Stiamo svuotando lo stagno. Forse troveremo la pistola e scopriremo chi l'ha usata.

— State pensando a me?

— Non l'ho detto.

— Lo conferma ogni movimento dei muscoli del vostro viso — ribatté Harper con un gesto scoraggiato. — Non posso assolutamente biasimarvi per il fatto che sospettiate di tutto e di tutti. Avrei potuto uccidere Alderson. Concorda tutto: tempo, luogo, possibilità. Le sole cose che mancano sono la pistola e il movente. Non avevo mai visto Alderson in vita mia.

— Quattro anni fa c'è stato un delitto apparentemente inspiegabile proprio da queste parti — ribatté Ledsom. — Due fratelli litigarono per una ragione incredibilmente futile; ne fecero una questione di principio, passarono dalla discussione alle minacce, infine vennero alle mani. Il più violento dei due colpì l'altro, lo uccise e fece un abilissimo tentativo di nascondere il delitto distraendo la nostra attenzione verso altre piste. Quasi ci riuscì... ma non del tutto.

— Secondo voi, allora, io avrei seguito Alderson nella stradina, mi sarei fermato dietro a lui, avremmo incominciato a fare due chiacchiere... Una parola tira l'altra. Io sono matto, così gli sparo due colpi, getto la pistola nello stagno, infine vi chiamo perché veniate a dare un'occhiata. — Harper fece una smorfia ironica. — È ora che vada a farmi visitare da uno psichiatra.

— Non posso correre il rischio di sottovalutare nessuna ipotesi — ribatté Ledsom. — Vi ho solo fatto una serie di domande. Siete disposto ad affrontare lo stesso interrogatorio con la macchina della verità?

— Nemmeno per sogno!

Ledsom respirò a fondo e disse. — Vi rendete conto che saremo costretti ad attribuire un significato al vostro rifiuto?

— Fate quello che volete; non me ne importa niente. È una macchina pseudo-scientifica ridicola e il grafico assurdo che ne esce non costituisce nessuna prova legale.

— È utile per ottenere qualche confessione — dichiarò Ledsom, sulle difensive.

— Sì, dagli sciocchi. Io stesso fabbrico strumenti scientifici di altissima precisione. Portate una macchina della verità in tribunale e ve la distruggerò per sempre.

Ledsom fu scosso da quella reazione. I suoi pensieri rivelavano che riteneva Harper capace di mantenere la minaccia e particolarmente competente per realizzarla. Lasciò cadere il discorso della macchina della verità; era stato un errore sciocco e avrebbe voluto non aver mai tirato fuori l'argomento.

— E il siero della verità? — lo incalzò Harper per completare la dose. — Se me ne darete la possibilità farò scomparire anche quello dai tribunali. — Si sporse in avanti; sapeva che, sia pure temporaneamente, le loro posizioni si erano invertite e che per qualche secondo sarebbe stato lui l'inquisitore e Ledsom l'imputato. — Da un punto di vista criminale che cosa ho io che non abbiano quegli avanzi di galera della Thunderbug? Li considerate un'invenzione della mia fantasia e pensate che abbia corrotto i testimoni perché confermassero la mia versione?

— Quelli erano personaggi reali. Ne abbiamo la prova.

— Bene, e allora?

— Due ore fa abbiamo trovato la ragazza. La sua storia non coincide con la vostra. Uno dei due ha mentito.

Harper si appoggiò allo schienale della sedia e guardò il capitano con aria meditabonda. — Ah, avete trovato la ragazza — disse. — La versione che vi ha dato è un segreto professionale?

Ledsom rifletté per qualche istante poi decise che non aveva niente da perdere. — Ha perduto l'autobus e ha fatto l'autostop. Tre giovani l'hanno presa a bordo sulla Thunderbug verde. Erano allegri, le hanno fatto fare un lungo giro e, per scherzo, le hanno detto che l'avevano rapita. Alla stazione di servizio era spaventata davvero, ma dopo un altro giro, finalmente, l'hanno lasciata a destinazione. Era solo uno scherzo.

— E Alderson?

— Non ne sa niente, non l'ha mai visto.

— Lo so. La ragazza dice che il tizio biondo guidava come un pazzo per l'unica ragione che ci trovava gusto; perciò è probabile che Alderson non sia riuscito a raggiungerli.

— Voi credete a questa storia?

— Io non credo a niente se non ci sono prove soddisfacenti. Ma devo osservare che la versione della ragazza getta molti dubbi sulla vostra.

— Va bene. So che controllerete la mia; controllate anche la sua e guardate se regge.

— Abbiamo già fatto controlli parziali su entrambe le deposizioni e arriveremo molto presto a una conclusione. La ragazza non sa il nome dei tre giovani né alcun particolare che già non conosciamo. Non ha notato il numero di targa. Dato che non le avevano fatto niente, non c'era ragione che lo facesse.

— Una deposizione di grande aiuto.

— Ma il resto della sua storia sembra convincente — riprese Ledsom. — È una ragazza con un'ottima reputazione; la sua è una famiglia stimata. È uscita di casa nell'ora esatta in cui dice lei, ha perduto l'autobus che ha detto di aver perduto, due testimoni l'hanno vista fare l'autostop e salire sulla Thunderbug verde. È arrivata a destinazione nel preciso istante in cui ha affermato di essere arrivata.

— Quei giovani le hanno fatto fare un lungo giro?

— Sì. Volevano farsi belli agli occhi di lei.

— Ah, un bel modo per descrivere azioni come fuggire, fermarsi, sparare, fuggire di nuovo, il tutto in una strada di campagna.

— Sentite, Harper, sono passate quasi ventiquattr'ore da quando Alderson è stato ucciso. Tutto quello che abbiamo siete voi e questa ragazza. Sappiamo soltanto che qualcuno ha usato una pistola e che qualcuno sta mentendo.

— Se quella ragazza ha detto la verità, cosa di cui mi dovete permettere di dubitare — azzardò Harper — c'è un'unica soluzione. Una terza persona se ne sta andando in giro, libera e insospettata, e si sta facendo delle grasse risate alle nostre spalle.

— Non abbiamo la minima prova di quanto suggerite. — Ledsom ebbe un attimo di esitazione, poi proseguì: — Non mi sognerei di star qui a perdere tempo con voi, se la polizia della vostra città non fosse disposta a mettere la mano sul fuoco per voi. Questo conta molto, dal mio punto di vista.

— Lo immagino.

— Perciò, vi dirò un'altra cosa. I tre uomini della Thunderbug non corrispondono a nessun terzetto rilasciato o fuggito da una prigione da un anno a questa parte.

— E le prigioni militari? Il vecchietto del distributore di benzina pensava che indossassero uniformi alterate.

— Non esiste alcuna uniforme dell'esercito, della marina o dell'aviazione che corrisponda alla descrizione fatta.

— Non nel nostro paese. Forse erano stranieri.

— La ragazza sostiene che non lo erano. Parlavano la lingua come soltanto noi potremmo parlarla, e conoscevano la zona come le loro tasche.

— Avete chiesto alle autorità se hanno mai visto un tipo di uniforme simile a quella?

— No. La ragazza è convinta che i loro abiti avevano un aspetto vagamente ufficiale e che si trattasse di indumenti militari fuori uso, fatti tingere in verde. Se le cose stanno così, le nostre possibilità di scoprirlo sono scarsissime. Gli indumenti militari fuori uso, infatti, sono stati immessi sul mercato a migliaia.

— E l'automobile? Pensavate che potesse essere stata rubata.

— Fino a questo momento abbiamo ricevuto notizia di dieci denunce di furto di Thunderbug da varie parti del paese. Quattro riguardavano automobili verdi. Abbiamo richiesto urgentemente i numeri di targa. Finora nessuna risposta. — Lanciò uno sguardo preoccupato fuori dalla finestra. — Comunque, potrebbero averla ridipinta e aver cambiato la targa. O potrebbe essere di loro proprietà. O essere stata noleggiata. La Thunderbug è una marca molto diffusa. Ci vorrebbero dei mesi a controllare tutte le vendite e i noleggi da un capo all'altro del paese.

Harper rifletté un istante, poi osservò: — Bene, la riconoscerete subito se riuscirete a trovarla. Avete l'impronta dei pneumatici e dovrebbe essere sufficiente.

— Non è detto che quell'impronta l'abbiano lasciata loro. Chiunque avrebbe potuto percorrere la stradina in quello stesso giorno. Tutto ciò che abbiamo scoperto finora è che il veicolo che ha lasciato le tracce non appartiene a un taglialegna o a una segheria. Né la descrizione dei nostri tre amici corrisponde ad alcun dipendente dell'industria del legno, licenziati compresi.

— Qualunque cosa dica la ragazza, continuo a pensare che siano loro gli uomini che state cercando.

— La ragazza era una testimone involontaria, in quel momento. Non era parte responsabile. Perché dovrebbe coprire degli estranei?

— Forse non erano estranei — suggerì Harper.

— Che cosa intendete dire?

— Il fatto che le abbiano dato un passaggio non significa che dovessero necessariamente essere degli sconosciuti per lei.

— Lei giura di non averli mai visti prima.

— Potete scommetterci che lo giura... se uno di loro, per esempio, fosse un fidanzato svitato o un parente pregiudicato.

— Uhm... — Ledsom giudicò la cosa possibile, anche se improbabile. Scrisse una nota sul taccuino. — La polizia della città della ragazza ci ha inviato un rapporto sul suo carattere, condizioni di vita, situazione dei genitori. Varrebbe forse la pena di approfondire le indagini in questa direzione.

— Se nasconde qualche cosa in un caso di assassinio, deve avere una ragione molto importante. Forse è vittima di un'intimidazione. Forse sono riusciti a convincerla che torneranno a tagliarle la gola se oserà lasciarsi sfuggire un'accusa.

— Supposizione sbagliata — tagliò corto Ledsom. — Sono nel mestiere da parecchi anni e capisco immediatamente quando un indiziato ha paura e vuole nasconderlo. Non era il suo caso. La ragazza era sinceramente meravigliata di essere trascinata in una vicenda di cui non sapeva assolutamente niente.

— Anch'io sono indiziato. Ben più di lei, a giudicare da quanto sta accadendo in questo momento. Pensate che abbia paura?

— No — ammise Ledsom.

— Dovrei averne... se fossi colpevole. Ma non lo sono.

— Eppure un colpevole c'è. Lo sappiamo per certo. — Ledsom lo studiò a lungo. — Potrei trattenervi per ventiquattr'ore, e lo farei se sapessi di avere almeno una possibilità di trovare un indizio contro di voi. Ma occorrerà più di un giorno per vuotare lo stagno. Così, potete andarvene. Dio vi aiuti, se dovessimo recuperare una pistola che ci faccia risalire a voi.

— Comincerei a preoccuparmi.

Harper uscì, sentendosi decisamente di cattivo umore, e percorse il lungo tragitto che lo separava da casa assorto in una silenziosa meditazione. Superò almeno cinquanta Thunderbug in quei mille chilometri, ma non vide nessuno che assomigliava al terzetto scomparso.

3

Aveva un piccolo laboratorio che dava lavoro a sei impiegati miopi, ma abilissimi. Aveva anche un ufficio, in cui c'era appena il posto per la sua scrivania e per quella di una segretaria-stenografa-telefonista. La ragazza, di nome Moira, era alta cinque centimetri più di lui, e larga circa la metà. Cupido non aveva speranze in quella stanza, e Harper era contento così.

Seduto alla scrivania, Harper stava osservando con una lente una serie di minuscole pinze di cristallo, quando Riley aprì la porta e con due passi raggiunse il centro della stanza. Nonostante gli abiti borghesi, tutto tradiva la sua appartenenza al corpo di polizia.

— 'Giorno, capo — salutò Harper, sollevando per un istante gli occhi dal suo lavoro.

— 'Giorno, Neanderthal. — Non c'era una sedia, né spazio per un'altra persona nella stanza, e Riley si dovette accontentare di accomodarsi come meglio poteva appoggiando la sua grossa gamba su un angolo della scrivania. Si piegò in avanti per guardare nel microscopio. — Non capisco proprio come quelle vostre zampe grosse e pelose riescano a giocherellare con cosine tanto minuscole.

— E perché no? Anche voi siete capace di usare uno stuzzicadenti, vero?

— Lasciate stare le mie abitudini personali. — I suoi occhi ebbero un lampo accusatore. — Parliamo piuttosto delle vostre.

Harper sospirò, ripose le pinze in un astuccio foderato di velluto, e le richiuse in un cassetto. Spostò la lente su un lato della scrivania e alzò gli occhi.

— Quali per esempio?

— Quella di trovarvi a girellare proprio dove succede qualche cosa.

— Che posso farci?

— Non lo so. Ma la cosa mi fa pensare. È veramente strano che vi troviate sempre in mezzo, in un modo o nell'altro.

— Cercate di essere più preciso — lo invitò Harper.

— Abbiamo ricevuto una telefonata. Qualcuno vuol sapere se siete ancora in giro. E se non ci siete, perché.

— Va bene, sono ancora qui. Andate pure a riferirglielo.

— Volevo sapere *perché* lui lo voleva sapere.

— E lui ve lo ha detto. Ha detto che non c'era, nel fango.

— Fango? Che fango?

— Sul fondo dello stagno. — Harper lo guardò con un sogghigno. — E ha anche domandato se io possiedo una calibro 32.

— Precisamente. Era il capitano Ledsom. Mi ha fornito tutti i particolari, dal primo all'ultimo.

— In base ai quali avete risolto l'intero caso — suggerì Harper. — Due teste funzionano meglio di una sola.

— Lo risolverete *voi* — rispose Riley.

— Io? — Harper si grattò il mento ispido. — Moira, cacciate fuori questo vagabondo.

— Fateveli da solo i lavori sporchi — ribatté Riley. — Non la pagate certo perché vi faccia da guardia del corpo. — Si girò verso Moira. — Quanto guadagnate, silfide?

Moira fece una risatina e rispose: — Non abbastanza.

— Orribile — sentenziò Riley. — Non capisco proprio perché stiate appiccicata a questo taccagno irsuto.

— Che parole — intervenne Harper. — Scommetto che sapete anche leggere.

— E senza muovere le labbra — si vantò Riley. — Allora, torniamo al punto. Dovrete lasciar perdere le vostre faccende e giocare un po' a Sherlock Holmes.

— Perché?

— Per prima cosa perché ho detto a Ledsom che avreste potuto sbrogliare la questione se qualcuno vi avesse costretto a farlo a calci nel sedere. E così, vuole che venga a darvi i calci.

— E poi?

— Perché è stata promessa una ricompensa per ogni informazione che conduca all'arresto e alla condanna dell'assassino o degli assassini. Dato che siete un essere umano, e che andate in giro con un paio di scarpe vecchie e una cravatta evidentemente trovata in un uovo di Pasqua, non credo che vi facciano ribrezzo i quattrini.

— È tutto?

— Certamente no. Il bello viene per ultimo. — Sogghignò scoprendo i suoi larghi denti. — Un'ora fa un tipo dalla voce rauca ha telefonato a Ledsom e gli ha raccontato di aver visto Alderson discutere violentemente con un tipo basso e grosso che risponde abbastanza alla vostra descrizione. Vi rendete conto in che posizione vi venite a trovare?

— In quella dell'agnello da sacrificare sull'altare — rispose Harper, cupo.

Riley fece un segno di assenso. — Vi avremmo arrestato e vi avremmo fatto sputare una confessione se non fosse per due ragioni. Una è che vi conosciamo troppo bene per credere che siate voi l'assassino. L'altra, che il testimone non è rintracciabile per procedere alla vostra identificazione.

— Perché non è rintracciabile?

— Ha fatto il suo raccontino per telefono e poi ha interrotto la comunicazione. Così Ledsom non sa chi sia.

— È una storia che puzza molto.

— Certa gente non vuol saperne di rimanere coinvolta in un'indagine — osservò Riley. — È un vero peccato.

— Non mi sorprende. Comincio a pensare che io ho troppo senso civico. Guardate in che guai mi ha messo.

— Ci siete saltato voi in mezzo. Ora datevi da fare e tiratevi fuori.

— Non ho tempo per farlo.

— Non potete nemmeno permettervi di gettare via il tempo in galera — gli fece notare Riley. — Se Ledsom ci chiederà di arrestarvi, dovremo farlo.

— Pensate che lo farà?

— Lo sa il cielo. Dipende dalle ulteriori prove che riusciranno a scoprire.

— Se troveranno prove a mio carico, saranno solo indiziarie.

— È una bella consolazione, quando si sta in cella ad aspettare il processo — proseguì Riley. — Nell'istante in cui Ledsom sarà convinto di aver raccolto prove sufficienti per convincere la giuria, ordinerà di arrestarvi. Potrà poi accadergli di scoprire che si era sbagliato, se la giuria non riterrà le prove soddisfacenti. Ma comunque, anche se riuscirete a cavarvela, sarete ugualmente passato sotto il torchio di un procedimento penale, avrete perduto un sacco di pazienza, di tempo e di quattrini.

— Non hanno nessuna possibilità di mettermi con le spalle al muro se non trovano il testimone e quello non mi identifica — ribatté Harper. — E neppure quella sarebbe una prova schiacciante. Potrebbe solo servire a suggerire un movente. E se il testimone mi identificherà, sarà un bugiardo che la sa lunga sull'assassinio e cerca di confondere le carte in tavola. Non può farsi vivo senza diventare lui stesso un indiziato.

— Può essere. Un modo di scoprirlo è mettersi sulle sue tracce e strappargli la verità.

— La polizia può farlo da sola.

— Forse sì — fece Riley — e forse no.

— Forse nemmeno io potrei farlo.

— Non ne sono tanto certo. Avete fatto cose maledettamente strane in questi ultimi anni.

— Per esempio?

— L'assassinio di Grace Walterson. Un caso archiviato da dodici anni... e poi, vi sedete per caso su una panchina del parco e sentite un vagabondo ubriacone che ne parla nel sonno. Venite a dirlo a noi. Lo arrestiamo e quello confessa.

— Pura fortuna — commentò Harper.

— Davvero? Il caso di Grace Walterson era stato dimenticato da tempo e non era nemmeno di nostra competenza. Abbiamo dovuto rivolgerci all'esterno per avere i particolari. È vero, l'aveva uccisa quel tale. Era ubriaco come avevate detto voi. Ma c'era un punto in cui la sua confessione non coincideva con la vostra denuncia.

— E cioè?

— Non si era addormentato e non aveva parlato nel sonno. Giurò che era seduto sulla panchina un po' intontito ma ben sveglio e muto come un pesce; vi ha visto passare e poi tornare accompagnato da un agente di polizia.

— Lui aveva scritto la sua confessione su un pezzo di carta, e io l'ho mangiata — disse Harper. — Proprio non riesco a resistere alla carta. — Corrugò la fronte. — Ma voi state dicendo sciocchezze. Quel pazzo espresse ad alta voce il peso che gli opprimeva la coscienza, e si tradì.

— Va bene — commentò Riley, guardandolo con durezza. — Comunque, eravate presente quando parlò. E poi c'è stato il caso di Tony Giacomo. Rapina una banca, ammazza due persone e voi, due giorni dopo, lo scoprite per caso mentre...

— Oh, piantatela — lo interruppe Harper seccato. — Ho trentasette anni, mi sono imbattuto in nove individui ricercati dalla polizia; e voi sostenete che si tratta di un'impresa eccezionale. Su quanti delinquenti avete messo le mani nel vostro mezzo secolo di vita?

— Molti, direi. Ma nessuno di loro mi è venuto a dire di essere un delinquente e mi ha pregato di portarlo al fresco.

— E nessuno è venuto a pregare me, state certo.

— I vostri nove delinquenti non lo hanno fatto, ma quasi. Hanno commesso tutti l'errore di andarsi a cacciare in un posto dove vi trovavate anche voi. Avete dato dei punti ai nostri migliori investigatori e il

Commissario pensa che siate una specie di stregone. Decisamente c'è qualcosa di diabolico in quello che fate.

— Spiegatevi meglio.

— Non sono capace — confessò Riley. — Non riesco nemmeno ad immaginare una spiegazione logica.

— Qualcuno si trova sempre presente quando succede un incidente — sottolineò Harper. — Non si può evitarlo. Così è la vita. Prendete per esempio mia zia Matilde...

— Lasciate che la prenda qualcun altro... sono già sposato — lo bloccò Riley. — Volete risolvere questo caso o preferite stare seduto sul vostro grasso deretano fino a quando mi ordineranno di sbattervi dentro?

— Quanto è la taglia?

Riley volse gli occhi al soffitto come in atto di preghiera. — Oh, si sveglia all'odore del denaro. Cinquemila dollari.

— Voglio tempo per riflettere.

— Se pensate di aspettare in attesa che la taglia venga aumentata — lo ammonì Riley — l'attesa potrebbe essere troppo lunga. Da come parlava, Ledsom sembrava prontissimo a mettere in galera anche sua madre.

Dopo di che, fece un breve cenno di saluto a Moira e uscì dall'ufficio. Sentirono il rumore dei suoi passi pesanti percorrere il corridoio e perdersi in lontananza.

— Moira, notate in me qualche cosa di strano?

— Oh, no, signor Harper — gli assicurò la ragazza.

La risposta era sincera. La mente di lei rivelava che desiderava che lui fosse venticinque centimetri più alto e dieci anni più giovane. Il lavoro di ufficio sarebbe immediatamente diventato più attraente. Moira però non desiderava di più, dato che soddisfava altrove i suoi interessi sentimentali.

Harper non approfondì il sondaggio dei suoi processi mentali. La sua vita era come una perpetua passeggiata notturna in una città fatta di camere da letto aperte e ben illuminate. Cercava di non guardare, non voleva guardare, ma a volte non poteva evitare di vedere. Era colpevole di violazione dell'intimità del prossimo almeno venti volte al giorno, e altrettante volte se ne rammaricava.

— Riley parla per dare aria alla bocca.

— Sì, signor Harper.

Chiamò Riley per telefono alle dieci della mattina seguente e gli annunciò: — Mi avete messo le braci sotto i piedi.

— Era proprio la mia intenzione — rispose Riley sogghignando nel piccolo schermo del telefono.

— Nel mio ufficio tutto è a posto, dato che siamo meglio organizzati di certi comandi di polizia. Devo ammettere che posso lasciare gli affari per qualche giorno senza rischiare il fallimento. Ma non voglio andare alla cieca.

— Che cosa volete dire?

— Innanzi tutto, farei ben poca strada se appena metto piede in quella città i ragazzi di Ledsom, tanto per far qualcosa, mi schiaffano dentro.

— Mi occuperò io di questo — promise Riley. — Vi lasceranno in pace... a meno che non siano già in grado di provare che siete pronto da cucinare.

— Poi voglio gli indirizzi della vedova di Alderson e di quella ragazza. Anche del tizio che ha telefonato a Ledsom... se sono riusciti a pescarlo.

— Lasciate fare a me. Vi richiamerò al più presto.

Harper riappese il ricevitore e guardò il piccolo schermo fluorescente scurirsi e spegnersi. La situazione non gli piaceva. Non aveva nessun interesse a invischiarsi in un delitto. Quella storia si sarebbe chiarita da sola, prima o poi. Era l'ultima delle sue preoccupazioni.

Quello che lo preoccupava, invece, erano i vaghi sospetti di Riley, un uomo di corporatura massiccia ma di mente agile, sulla sua capacità di scoprire il male rimasto a lungo nascosto agli occhi di tutti. Benché incapace di formulare una teoria sufficiente per spiegare il fenomeno, Riley lo aveva classificato come un demonio dotato di istinto naturale per cacciare streghe.

Il gioco, per lui, era molto facile. Da molti anni aveva scoperto che se fissava troppo a lungo un uomo con la coscienza sporca, il destinatario dello sguardo diventava immediatamente guardingo e dalla sua mente incominciava a irradiarsi il senso di colpa, con precisi particolari. Per nove volte negli ultimi dieci anni un suo sguardo assente aveva fatto risuonare nel cervello di uomini insospettabili il campanello d'allarme; senza rendersene conto, questi nove uomini avevano trasmesso mentalmente i motivi del loro rimorso mettendosi in prigione o sulla sedia elettrica con le proprie mani.

Harper non aveva difficoltà a immaginare che reazione ci sarebbe stata se si fosse conosciuta la straordinaria capacità della sua mente: sarebbe stato lasciato in solitudine, senza un amico, tranne qualcuno con una mente come la sua, se esistevano individui come lui.

Quanto ai criminali, avrebbero fatto in modo che la sua vita non valesse un soldo bucato. L'esistenza piacevole che si era garantito finora mantenendo il segreto si sarebbe trasformata in un inferno di solitudine di giorno e di incessante minaccia di notte.

Mentre aspettava la risposta di Riley, si lasciò andare a macabre previsioni sulla sua sorte per mano di vili delinquenti. Ovviamente non avrebbero potuto ricorrere al metodo convenzionale del sicario nascosto in un vicolo. Un assassino simile non avrebbe potuto condurre a termine la sua azione senza pensare al compito che lo aspettava e avrebbe perciò messo in guardia la vittima. Nessuna tattica che richiedesse la presenza di una mente pensante avrebbe potuto essere efficace.

Avrebbero dovuto ricorrere a congegni controllati a distanza che funzionassero senza tradire le proprie intenzioni. Una bomba a orologeria sarebbe stata adatta.

Così, una mattina, sarebbe giunto in ufficio, avrebbe detto il solito salve a Moira, si sarebbe seduto al suo tavolo, avrebbe aperto il cassetto, e... bum! Poi il fumo si sarebbe diradato permettendogli la vista del mondo di là, se c'era

Forse si era tradito lui stesso con la polizia, fornendo stupidamente troppe informazioni, così apertamente e spesso. Si era sentito costretto a farlo perché detestava di trovarsi in presenza di qualcuno che l'aveva fatta franca in barba alla legge e che avrebbe potuto, in qualsiasi momento, tentare di farla franca un'altra volta. Il suo senso di giustizia ne provava disgusto. E gli faceva piacere sapere che finalmente una vittima era stata vendicata.

Un delinquente che aveva scoperto, inseguito e infine ucciso, aveva commesso un assassinio e sette violenze carnali. Non poteva lasciare in giro impunito un bastardo come quello, solo per non far nascere sospetti in Riley.

In avvenire avrebbe fatto meglio a passare informazioni alla polizia con qualche metodo indiretto; per esempio, con le telefonate anonime. Ma era dubbio che una telefonata anonima bastasse a coprirlo. Nella sua città era diventato troppo noto perché la polizia non capisse qual era la fonte delle informazioni. Chiunque, dal Commissario all'ultimo agente, avrebbe fatto due più due e capito che si trattava di lui.

Suonò il telefono; era Riley. — Ho trovato quei due indirizzi. — Glieli lesse e Harper li annotò. Riley aggiunse: — L'autore della telefonata anonima non è stato individuato ma Ledsom ora pensa che quell'informazione sia completamente priva di valore. Hanno trovato un tale molto simile a voi, che ha avuto una discussione con Alderson la mattina. C'erano molti testimoni e con ogni probabilità è stato uno di loro a chiamare.

— Che cosa faceva quel tipo, alle quattro?

— Non c'entra per niente. Si trovava a molti chilometri di distanza e può dimostrarlo.

— Uhm! Va bene; andrò a dare un'occhiata in giro e spero che la fortuna mi assista.

— È solo fortuna? — domandò Riley, pungente.

— Sfortuna, a mio modo di vedere — rispose Harper. — Se aveste messo al mondo dieci coppie di gemelli, lo capireste da solo che questa è sfortuna bella e buona.

— Più probabilmente capirei che certuni sanno come si fa a fare i gemelli — ribatté Riley. — Questo è il vostro guaio... affrontatene le conseguenze.

Scomparve dallo schermo. Harper sospirò per la terza volta, infilò in una tasca del panciotto il foglietto con l'appunto degli indirizzi e si rivolse a Moira:

— Telefonerò ogni giorno per sentire come vanno gli affari. Se c'è qualcosa di urgente e importante che non potete risolvere da sola dovrete tenerlo sospeso fino a che non telefono.

— Sì, signor Harper.

— E se qualcuno viene a cercarmi per arrestarmi, ditegli che è arrivato troppo tardi... sono uccel di bosco.

— Oh, signor Harper!

Ruth Alderson era una bella signora bionda con lo sguardo triste. Evidentemente era ancora sconvolta.

Harper sedeva di fronte a lei e girava oziosamente il cappello fra le dita. — Mi dispiace di dovervi disturbare in questo frangente, signora Alderson, ma è necessario. Ho un interesse particolare per questo caso. Sono stato io a trovare vostro marito e a parlargli per ultimo.

— Ha...? — Inghiottì due volte e lo guardò con espressione patetica. — Ha... sofferto molto?

— È avvenuto molto in fretta. Non credo che abbia provato dolore. Ha invocato il vostro nome, poi si è spento. Betty, diceva, Betty. Poi è morto. — Si interruppe perplesso, con la fronte aggrottata. — Ma voi vi chiamate Ruth — aggiunse.

— Mi chiamava sempre Betty. Diceva che mi si adattava. Era un appellativo affettuoso.

Improvvisamente fu vinta da un'ondata di tristezza e si coprì il volto con le mani. Harper rimase a guardarla in silenzio per qualche istante. Quando la donna si fu ripresa, le disse: — Forse potete aiutarmi a trovare quel maledetto che l'ha ucciso.

— Come?

— Ditemi, Bob aveva dei nemici?

Lei esaminò la domanda attentamente e si forzò di riunire i propri pensieri.

— Aveva arrestato parecchia gente. Alcuni erano andati in prigione. Non credo che lo amassero molto.

— Qualcuno di loro gli aveva giurato vendetta il giorno che fosse uscito di prigione?

— Se qualcuno lo aveva fatto, lui non me lo ha mai detto. Non era uomo da raccontare queste cose. — Fece una pausa, poi proseguì: — Quattro anni fa mise le manette a un delinquente di nome Josef Grundoff e Bob mi riferì che quando fu letta la sentenza di condanna, Grundoff giurò che avrebbe ucciso il giudice.

— Non minacciò anche vostro marito?

— Che io sappia, no.

— Non ricordate che vostro marito sia stato personalmente minacciato?

— No, non ricordo.

— Non c'è mai stata una reazione risentita in conseguenza di qualche suo atto?

— Discussioni gliene capitavano, almeno due volte in settimana — disse con stanchezza. — Spesso tornava a casa adirato con qualcuno. Ma per quanto mi consti erano solo i normali battibecchi che corrono fra polizia e cittadini. Non conosco nessuno che lo odiasse al punto da volerlo uccidere.

— Solo questo Grundoff?

— Grundoff si limitò a minacciare il giudice.

— Non mi piace insistere così, signora Alderson, ma non ricordate, per caso, qualche incidente che abbia preoccupato vostro marito, magari anche solo temporaneamente? Qualsiasi fatto, anche insignificante, accaduto in qualsiasi momento nel passato?

— Non per motivi collegati al suo lavoro di poliziotto — rispose lei. Un debole sorriso le illuminò il viso. — Tutte le sue preoccupazioni erano domestiche. Era nervosissimo quando i miei bimbi stavano per nascere.

Harper fece un cenno di assenso, molto comprensivo e riprese: — Ancora una cosa. Sono costretto a chiedervela. Vi prego di scusarmi; lo farete?

— Che cosa volete chiedermi? — I suoi occhi si dilatarono.

— Voi siete una donna attraente, signora Alderson. Sposandovi, Bob non si è attirato l'inimicizia di qualcuno?

Lei arrossì e rispose con forza:

— È un'idea ridicola.

— Non è ridicola. È sempre accaduto e continuerà ad accadere. La gelosia è forse il movente più antico del delitto. È un movente che si forma da solo, non visto, insospettato. È possibile che voi siate stata ammirata e desiderata, senza che ve ne rendeste conto.

— Non credo.

— Da quando vi siete sposati, c'è stato qualche amico o conoscente che abbia mostrato un'attenzione eccessiva nei vostri confronti, oltre i limiti della normale amicizia? — Harper vide l'irritazione crescere nella mente di lei e capì che avrebbe dovuto esprimersi con molto più tatto. Aggiunse in fretta: — Non mi aspetto che voi foste cosciente dell'esistenza di uno spasimante segreto. Vi sto solo chiedendo di aiutarmi a cercare un probabile assassino.

La donna si calmò e disse con voce atona: — No, non c'è nessuno.

— Quando avete conosciuto Bob, avete lasciato qualcuno per lui?

— No. Ero libera e non ero legata a nessuno.

— Grazie, signora Alderson. — Si alzò in piedi, lieto di aver concluso la visita. — Vi faccio le mie più sincere scuse per avervi sottoposto a queste domande. Ho veramente apprezzato il vostro spirito di collaborazione. — La seguì fino alla porta, si fermò un attimo e le batté sulla spalla. — Non ci sono parole adeguate. Le azioni sono più espressive delle parole. Vi ho lasciato il mio biglietto da visita. Ogni volta che vi potrò essere utile, per favore, chiamatemi. Sarà per me un grande piacere.

— Siete molto gentile — mormorò la signora Alderson.

Harper risalì in automobile, guardò la donna mentre chiudeva la porta di casa, e partì dicendo a se stesso, con furia: — Maledizione! Maledizione!

Dopo un paio di chilometri, si fermò accanto a una cabina telefonica e chiamò Ledsom.

— Ah, siete voi — disse il capitano, ovviamente non entusiasta. — Cosa volete, questa volta?

— Informazioni.

— Su che cosa?

— Su un tipo di nome Josef Grundoff.

— Siete stato in gamba a scoprire quel delinquente — commentò Ledsom. — Nemmeno a me sarebbe venuto in mente.

— Perché no?

— È stato condannato a venti anni per omicidio. Ci vorranno molti anni prima che torni fuori.

— Tutto qua? — domandò Harper.

— Che altro volete sapere?

— Una conferma ufficiale che è ancora dentro. Magari, è evaso.

— Ci avrebbero avvertiti. I messaggi ci pervengono al massimo ventiquattro ore dopo.

— Pensate che valga la pena controllare? — insistette Harper. — Può darsi che una comunicazione non sia giunta a destinazione.

— Lo farò in cinque minuti. — Ledsom, perplesso, domandò: — Come avete fatto a sapere di Josef Grundoff, comunque?

— Dalla signora Alderson.

L'altro rimase sorpreso. — Certamente non vi avrà detto che Grundoff...

— Mi ha solo detto che aveva giurato di vendicarsi del giudice — interloquì Harper. — Così, mi è parso possibile che avesse sulla lista anche il nome di Alderson.

— Non aveva nessuna lista. Stava solo vaneggiando. Il giudice disse vent'anni e Grundoff andò fuori di sé. Succede spesso. — Rimase un attimo in silenzio, poi proseguì: — Farò comunque un controllo. C'è una probabilità su un miliardo, ma non possiamo tralasciare nemmeno questa. Chiamatemi fra un po'.

Harper lo chiamò da un ristorante, una trentina di chilometri più avanti.

— Nulla di fatto — lo informò Ledsom. — Grundoff è ancora al fresco.

— Aveva degli amici che potessero fargli il lavoretto?

— No. Era un lupo solitario.

— Pensate che possa aver fatto qualche amicizia in prigione e che uno di questi nuovi amici, una volta in libertà, si sia interessato dei suoi affari?

— Toglietevelo dalla testa! — sbottò Ledsom. — Nessun pregiudicato sparerebbe a un poliziotto solo per far piacere a un ex-compagno di carcere rimasto dentro. A meno che non ci sia denaro di mezzo, un mucchio di soldi. Grundoff non sarebbe capace di mettere insieme dieci dollari.

— Grazie — fece Harper tetro. — Un altro albero sbagliato sotto il quale mi sono messo ad abbaiare. Oh, non importa, andrò avanti ugualmente.

— E dove?

— Dalla ragazza che si trovava sulla Thunderbug. Avete saputo altro di lei?

— Sì. Il suo fidanzato è militare, all'estero. Non ha nessun parente con precedenti penali, non c'è nessuna pecora nera in famiglia. Dati molto utili, non vi pare?

— E se stesse proteggendo una amica, afflitta da un amante dal grilletto facile?

— E se i maiali si mettessero a volare? Le indagini condotte sono state accurate e complete. Tutto il parentado, vicinato e amici sono puliti.

— Bene, bene, non arrabbiatevi. Io sono solo un indiziato che cerca di dimostrare la propria innocenza.

Ledsom sbuffò rumorosamente e interruppe la comunicazione. Evidentemente, il punto morto a cui erano arrivate le indagini metteva a dura prova la sua pazienza.

Il secondo indirizzo portò Harper davanti alla casa centrale di una fila di costruzioni fuori moda ma ancora imponenti. La strada era ampia, calma, con due file di alberi ai lati e un'aria di rispettabilità borghese, un po' sostenuta. Harper salì i sei gradini dell'ingresso e premette il campanello. Un giovanotto di circa diciotto anni, alto e di bell'aspetto, aprì la porta squadrandolo con aria interrogativa.

— È in casa la signorina Jocelyn Whittingham? — domandò Harper, cercando di dare alla voce un tono ufficiale o per lo meno semi-ufficiale.

— No. — La mente del giovane confermava che era la verità, ma i pensieri dicevano anche: "*Joyce non vuole vedere nessuno. Chi è questo scimmione infagottato di muscoli? Un altro ficcanaso della polizia? Un cronista? Joyce è stufa di rispondere a domande. Perché non la lasciano in pace?*".

— Avete idea di quando rientrerà?

— No.

Era una bugia. — La ragazza aveva promesso di rientrare per le sei.

— Uhm! — Harper guardò su e giù per la via con l'aria indolente di chi non sa cosa fare nelle prossime ore libere. Con voce disinvolta cercò di inviare al giovanotto un richiamo mentale: "*Mai colpito un poliziotto?*"

Nessun campanello d'allarme vibrò nel cervello dell'altro. I suoi pensieri si agitarono confusamente increduli alle parole trasmesse dalle orecchie.

— Mai fatto che cosa?

— Scusate — rispose Harper, rendendosi conto di non aver fatto centro. — Stavo pensando a un'altra cosa. Quando potrò trovare la signorina Whittingham?

— Non lo so.

Di nuovo la stessa bugia.

— Pazienza. — La mente di Harper captò un attimo di indecisione.

— Per quale ragione desiderate vederla? — chiese il giovane.

— Una questione personale.

— Be', non è in casa, e non so quando rientrerà.

— Posso tornare tra le sei e le sette?

— Fate pure. — Il suo volto esprimeva una completa indifferenza, mentre la sua mente pensava che il visitatore era anche libero di andare a quel paese.

— Va bene, proverò più tardi.

Con un cenno di assenso, il giovane chiuse la porta. Il suo interesse non era giunto neppure a chiedere il nome di Harper. Non aveva nulla da nascondere, e se ne infischiava degli affari della sorella, la signorina Jocelyn Whittingham.

Harper passò un'ora passeggiando senza meta nelle strade della città, in attesa che la sua automobile venisse lavata e ingrassata in un garage del centro. Quando mancarono venti minuti alle sei, ritornò a piedi verso la casa, arrestandosi a una cinquantina di metri vicino alla fermata di un autobus per poter tener d'occhio il rientro della ragazza.

Aveva soltanto una descrizione sommaria della testimone, ma non aveva bisogno di altro. Una domanda sarebbe stata sufficiente a stimolare l'auto-identificazione, volontariamente o involontariamente. Non c'è modo di impedire al cervello di registrare una reazione positiva o negativa, per quanto grande sia il desiderio di nasconderla.

Una volta che la ragazza fosse entrata in casa, sorgeva il problema di ottenere un colloquio che lei non desiderava. Se si rifiutava decisamente di vederlo, non gli sarebbe stato possibile costringerla. In questo caso, l'unica tattica possibile consisteva nell'indurre la polizia locale a convocarla per un ulteriore interrogatorio. Non lo avrebbero certamente fatto senza una ragione plausibile, e lui non trovava piacevole l'idea di doverne inventare una.

Si imponeva un colloquio a quattr'occhi. Se fosse stata in casa, lui avrebbe potuto star lì tutta la notte e captare i suoi pensieri, isolandoli da quelli dei vicini senza alcuna difficoltà. Avrebbe potuto sorvegliare la sua mente per una settimana, se avesse voluto.

Non gli sarebbe stato del minimo aiuto, però, se la mente di lei si fosse mossa lungo canali completamente estranei al caso che lo interessava. Era necessario porle delle domande ben precise per indirizzare il suo cervello al caso in questione e fargli così rivelare tutti gli indizi che poteva nascondere. Ci voleva uno stimolo vocale. Avrebbe perciò dovuto porle domande concrete, e trarre utili conclusioni da tutti i punti in cui i pensieri avessero contraddetto le parole.

Mentre aspettava, per due volte la sua attenzione venne attratta da ragazze che gli erano passate vicino. Ma dato che non si erano dirette verso le scale della casa, non fece alcun tentativo di identificarle mentalmente. Fin da ragazzo si era formato un proprio codice etico; non ascoltava le meditazioni private, tranne quando vi era obbligato dalle circostanze. Naturalmente, non poteva evitare di cogliere l'improvviso grido di una coscienza allarmata, o l'invocazione di aiuto come quella trasmessa da Alderson. Ma la voce attenuata di una mente di passaggio, se priva dell'eco di qualche menzogna difensiva, non veniva percepita da Harper. Si limitò a guardare le ragazze finché non ebbero oltrepassato la casa e furono scomparse dietro l'angolo.

Dopo pochi minuti una terza ragazza apparve all'estremità della strada. Anch'essa oltrepassò la casa, e continuò diritta fino all'incrocio successivo. Un autobus si arrestò alla fermata; scaricò quattro passeggeri e riprese la corsa. Uno dei quattro, un uomo alto, dal colorito olivastro, lo guardò con curiosità.

— Passerà mezz'ora prima che ne arrivi un altro

— Sì, lo so.

L'altro scrollò le spalle, attraversò la strada ed entrò nell'edificio di fronte alla fermata. Harper si spostò a una certa distanza dalla casa, per poter continuare la sua osservazione, senza che quel tizio lo spiasse dalla finestra.

Alle sei meno cinque, una ragazza apparve a un capo della strada, vicino al suo primo posto di osservazione; camminava velocemente con un risonante ticchettio di tacchi. Era di media statura, dai lineamenti freschi e pieni; poteva avere circa vent'anni. Senza guardarsi intorno, né dar segno di aver notato Harper, salì gli scalini della casa, cercando le chiavi nella borsetta.

Da una distanza di settanta metri, Harper ne esplorò la mente, cercando la conferma della sua identità. Il risultato fu sconcertante. Nel preciso istante in cui la mente di Harper si mise in contatto con quella della ragazza, lei si rese conto dell'interferenza e lui, a sua volta, comprese che lei aveva capito. Nell'agitazione che la colse, lasciò cadere la borsetta, poi si chinò a raccoglierla mentre Harper si slanciava di corsa verso di lei.

La ragazza rovistò freneticamente nella borsetta. I suoi occhi ebbero un lampo quando trovò la chiave e la infilò nella serratura. Il sudore gocciolava dalla larga fronte di Harper; continuò a correre, inserì la mano destra nella giacca, sotto l'ascella sinistra.

La chiave era entrata e già girava nella serratura. Harper si fermò a dieci metri di distanza, impugnando la pistola; la sua mano era contratta sull'impugnatura. Sparò con tale rapidità che sembrò il crepitio provocato dallo strappo di un pezzo di stoffa. Il rumore si era sentito appena. Le piccole pallottole di acciaio, grosse come la testa di un fiammifero, avevano colpito in pieno il bersaglio.

Jocelyn Whittingham, lasciò andare la chiave, e scivolò in ginocchio senza un suono, la testa abbandonata contro la porta. Harper rimase immobile, bagnato di sudore, guardò il sangue che le scorreva sotto i capelli e sentì il grido di morte del cervello della ragazza.

Si guardò intorno, non vide spettatori, né testimoni. La rapida scarica dell'arma da fuoco non aveva attratto l'attenzione di nessuno. Abbandonò la ragazza sulle scale e si allontanò a passi affrettati. Il suo volto era teso e bagnato quando risalì in automobile e uscì dalla città a velocità sostenuta.

4

La polizia doveva essersi mossa rapidamente e con notevole abilità. Harper aveva appena percorso cinquecento chilometri, quando ebbe le prime informazioni dalla radio e dai giornali. Stava cenando in una tavola calda quando lesse le notizie su un giornale della sera.

RICERCATO PER OMICIDIO, annunciava il titolo. Seguiva poi una descrizione abbastanza accurata di lui e della sua automobile, compreso il numero di targa. Sottovoce, imprecò mentre leggeva. C'erano una ventina di clienti nella sala, quasi tutti camionisti. Una buona metà aveva letto o stava leggendo il medesimo foglio. Alcuni sembravano non essersi accorti della sua esistenza; altri alzavano per caso lo sguardo verso di lui, senza sospettare che l'oggetto della notizia si trovava proprio davanti ai loro occhi. Harper sapeva con assoluta certezza che non lo sospettavano, e questo era l'unico suo vantaggio.

Fuori, bene in vista, era parcheggiata la sua automobile. I numeri della targa gli sembravano diventati enormi. Tre uomini in tuta passarono lentamente dietro la macchina, salirono su un'auto vicina e se ne andarono. La fortuna poteva assisterlo ancora per un po' di tempo, ma non sarebbe durata per sempre. Prima o poi qualcuno dalla vista acuta e dalla memoria buona sarebbe riuscito a individuare il numero.

Avrebbe anche potuto lasciare l'automobile dove si trovava e prendersene un'altra. Quando si è ricercati per omicidio, un semplice furto non aggiunge nulla alla gravità del fatto. Ma, in compenso, ci sarebbero stati altri svantaggi. In breve tempo sarebbe stato trasmesso il numero di targa dell'auto rubata, e si sarebbe trovato al punto di prima. Per di più, in quel momento, nessuno sapeva se era diretto a Pechino o a Pernambuco, mentre se avesse sostituito l'auto avrebbe rivelato la direzione della sua fuga e messo sulle tracce ogni agente di polizia della zona. Avrebbe anche rivelato che aveva attraversato i confini statali per evitare l'arresto, un reato contemplato dalla legge federale che avrebbe messo di mezzo anche l'FBI.

Bisognava fare intervenire l'FBI. Di questo era più che convinto. Ma non gli andava affatto a genio l'idea che l'FBI si imbarcasse in una caccia all'uomo su scala nazionale contro di lui, specialmente considerando il fatto che qualche soggetto sovreccitabile avrebbe potuto imitare la sua tattica di sparare prima e poi rivolgere domande. Era nella stranissima situazione di voler raggiungere l'FBI prima che l'FBI raggiungesse lui.

Era facile immaginare come aveva fatto la legge a classificarlo come assassino: il fatto che Ledsom sapesse della sua visita alla ragazza. La descrizione del visitatore fatta dal fratello. La testimonianza dell'uomo che l'aveva notato alla fermata dell'autobus. E, soprattutto, i proiettili nel corpo, che non potevano essere usciti da nessun'altra pistola.

Rimuginando questi argomenti, non poté evitare di chiedersi se ormai Ledsom si ritenesse certo di sapere chi aveva ucciso Alderson. Sarebbe stato molto naturale da parte di quell'ufficiale concludere che la mano dell'assassino era stata la stessa in entrambi i casi, nonostante la differenza delle armi usate.

L'aspetto che meno gli piaceva di questo improvviso rumore intorno a un uomo di nome Harper non era il fatto che gli si era scatenata alle spalle la caccia ufficiale, quanto la possibilità che entrasse in azione una caccia non ufficiale. Le forze della legge e dell'ordine non sarebbero state le sole a interessarsi attivamente del tizio che aveva ucciso la signorina Jocelyn Whittingham. Anche altre persone, senza dubbio, lo avrebbero inseguito, impazienti di sapere perché l'aveva uccisa, impazienti di sistemarlo prima che fosse troppo tardi. Quei tre giovani della Thunderbug, per esempio.

Trangugiato il caffè che gli restava nella tazza, lasciò il locale il più in fretta possibile, senza attirare l'attenzione su di sé. Attese con grande nervosismo che gli facessero il pieno alla stazione di servizio, poi si mise in marcia alla massima velocità nel crepuscolo che presto lasciò il posto a una notte scura, senza stelle. Gli mancavano ottocento chilometri da percorrere.

Alle quattro e quaranta del mattino, mentre il pallido alone dell'alba incominciava a tingere l'orizzonte a est, un occhio di lince ben desto lesse il numero della sua targa, oppure decise di inseguirlo in base a un suo principio generale.

Stava percorrendo un tratto di strada in riparazione, lungo circa ottocento metri, ed era stato costretto a decelerare sui venticinque all'ora sull'asfalto sconquassato. Al termine dei lavori c'era la baracca del guardiano e, accanto alla baracca, un'automobile coi lampeggiatori accesi. Superò la baracca, accelerò, guadagnando rapidamente velocità. Si era allontanato di un paio di chilometri, quando l'auto parcheggiata incominciò a muoversi e si lanciò all'inseguimento sulla strada, con un riflettore puntato verso di lui.

Harper non poteva udire né la sirena né registrare i pensieri del suo inseguitore. Era troppo distante, e troppo impegnato nella guida. Schiacciò il pedale dell'acceleratore a tavoletta e la sua macchina fece un balzo in avanti. Se gli inseguitori erano della polizia, come suggeriva il riflettore sul tetto, la sua fuga era un elemento sufficiente per convincerli a non mollare la preda.

Non aveva altre alternative che lasciarsi inseguire. Se doveva proprio essere preso, che venissero pure a prenderlo; ma doveva essere gente che sapeva il fatto suo, per riuscirci, e che possedesse determinate qualità. Era certo che nessuno sceriffo, nessuna pattuglia di polizia, urbana o statale che fosse, aveva le qualità necessarie per aspirare al titolo di suo catturatore.

I pneumatici stridettero e il cono di luce dei fari balenò a destra e a sinistra quando prese due curve a velocità da mozzare il fiato. La sua macchina era potente e veloce, in condizioni perfette, ma la vettura degli inseguitori poteva anche essere migliore. Per quanto poteva giudicare, sbirciando di tanto in tanto nello specchietto retrovisore, l'altra automobile effettivamente sembrava guadagnare terreno su di lui, dato che la luce intermittente del lampeggiatore si avvicinava, sia pure di poco.

Con l'ago del tachimetro che segnava più di 150 chilometri all'ora attraversò un incrocio e si infilò su un'arteria principale resa ancora più buia da due filari di alberi. Gli aberi lo sfioravano come enormi fantasmi, con le braccia protese, immobili di fronte a quell'inseguimento notturno.

Non c'era altro traffico, a parte la sua macchina e quella che lo inseguiva. Molto avanti, appena sulla destra, vedeva riflessa nel cielo la luce di una città; chissà se ce l'avrebbe fatta ad arrivare; ma poi, una volta arrivato, che cosa avrebbe fatto? Probabilmente, se gli si fossero avvicinati a sufficienza, avrebbero incominciato a sparare entro pochi chilometri. Che fare in tal caso?

Superò un'altra curva e per un istante non vide più i fari degli inseguitori che ormai erano a poco più di un chilometro di distanza. I suoi fari indugiarono per un istante su un breve sentiero che si perdeva in un bosco fitto sul lato della strada. Vi si precipitò tanto improvvisamente e incoscientemente che, per un paio di secondi, ebbe il terrore che la macchina si rovesciasse.

Spegnendo tutte le luci avanzò per un'altra cinquantina di metri nell'oscurità più completa, pregando di non finire contro un albero invisibile o di non sprofondare in un fosso nascosto. Rametti e cespugli crepitavano sotto le ruote, ma la fortuna gli fu amica. Si arrestò, abbassò il finestrino, guardò e rimase in ascolto.

Ora poteva udire la sirena. Un'auto-pattuglia della polizia, certamente. Ormai stava giungendo alla curva. I fari solcarono l'oscurità, poi la vettura riaccelerò fragorosamente in rettilineo e scomparve lasciandosi alle spalle un ululato lamentoso. Passò troppo in fretta perché Harper potesse vedere in quanti erano a bordo o potesse captare un pensiero.

Rimase immobile nel buio fino a che vide svanire le luci dell'automobile al di là di una salita. Innestò la marcia indietro, ritornò sulla strada e si rimise in marcia nella direzione da cui era venuto. Raggiunto l'incrocio che aveva passato poco prima, prese a destra e proseguì il viaggio sulla nuova strada.

Giunse a Washington nella tarda mattinata, senza altri incidenti, lasciò l'automobile in un parcheggio di periferia e prese un autobus per il centro. Quando scese, chiamò il suo ufficio.

O il visore del suo ufficio era rotto oppure era stato spento; il suo schermo, infatti, non si illuminò e anche la voce di Moira gli parve spenta.

— Impresa Harper. Desiderate?

— Solo Dio può darmi quello che desidero — rispose. — Sono il vostro capo.

La ragazza soffocò una esclamazione.

— Che cosa c'è di sorprendente? — le chiese lui. — Mi avete già parlato al telefono altre volte.

— Sì, signor Harper, certamente, signor Harper. — Andava disperatamente in cerca di parole. — Ma non mi aspettavo che chiamaste ora.

— Perché no? — domandò lui facendo un ghigno rivolto allo schermo spento. — Ve l'avevo detto che avrei chiamato, non è vero?

— Certo, signor Harper, ma...

— Ma che cosa?

Moira non aveva nessuna idea in proposito. Aveva la lingua paralizzata.

— Avete letto i giornali — osservò Harper severamente. — Non importa. È successo qualcosa di nuovo?

— Di nuovo?

— Sentite, Moira, non date retta a quei ciccioni seduti sul mio tavolo. Ascoltate quello che vi dico io: sono arrivate delle lettere che richiedano il mio personale interessamento?

— N-n-no, signor Harper.

— Difficoltà che debba risolvere io?

— N-n-no.

— Bene. Passatemi uno di quei tipi che stanno lì con voi.

La ragazza si confuse ancora di più. — Non capisco, signor Harper. Non c'è...

— Avanti, avanti, niente bugie! — ordinò lui.

A quel punto cedette, e lui la udì sussurrare a qualcuno vicino: «Sa che siete qui e insiste per parlare con voi».

Ci fu un grugnito che esprimeva disgusto. Lo schermo dell'apparecchio di Harper si illuminò e apparve un volto bovino che gli faceva gli occhiacci.

Prima che quello potesse aprir bocca, Harper disse: — Quando non posso vedere quello che succede nel mio ufficio è segno che c'è qualcuno che me lo vuole impedire. So anche che Moira è stata incaricata di tenermi al telefono il più a lungo possibile per permettervi di controllare da dove telefono. Bene, vi dico che state perdendo il tempo per cui noi poveri contribuenti, e io fra questi, paghiamo le tasse. Fate fagotto e occupatevi dei peccatori locali. Dite a Riley che, nonostante i suoi difetti, lo amo molto.

La faccia diventò ancora più nera di prima. — Sentitemi, Harper...

— Ascoltate me, invece — proseguì Harper impaziente. — Forse vi aiuterà a persuadervi che non serve a nulla scaldare il mio tavolo se vi comunico che sto telefonando da Washington e che mi sto dirigendo alla sede dell'FBI per costituirmi?

Su quei tratti lontani apparve un'espressione incredula: — State dicendo sul serio?

— Chiedetene conferma all'FBI fra un quarto d'ora. Vi diranno che mi hanno arrestato. E non celebrate l'avvenimento mettendo le mani addosso a Moira. La pago io, non voi.

Riappese il ricevitore e uscì sul marciapiede unendosi alla folla dei passanti. Aveva appena percorso due isolati quando un giovanotto alto, ben vestito e con i capelli neri, gli lanciò un'occhiata penetrante passandogli accanto, lo squadrò una seconda volta, proseguì di alcuni metri, poi fece dietro-front e lo seguì.

Harper continuò a camminare tranquillamente sorridendo fra sé mentre spillava dati alla mente della sua ombra. Robert Slade, 32 anni, agente dell'FBI, ossessionato dall'impressione che Harper assomigliasse stranamente ad Harper. L'incontro era stato puramente accidentale, ma il giovanotto era decisissimo a non mollare la preda fino a che non fosse stato abbastanza sicuro della sua identità per arrestarlo.

Harper piegò in una laterale, camminò per altri tre isolati, poi non riuscì più a orizzontarsi: non conosceva bene Washington. Si fermò su un angolo, accese una sigaretta e guardò furtivamente attraverso le dita delle mani congiunte a coppa. Slade stava attentamente esaminando una vetrina di televisori.

Tornando sui suoi passi, Harper toccò il gomito di Slade e gli chiese: — Scusatemi, sto cercando la sede dell'FBI. Potreste indicarmi dove si trova?

Quelle parole sconvolsero Slade più che se gli avesse piazzato la canna di una pistola nella pancia.

— Come... ah... sì, certamente. — I suoi occhi grigio-chiaro tradirono l'improvvisa incertezza dei suoi sospetti. La sua mente diceva: "*Diabolica coincidenza!*"

— Voi siete Robert Slade, non è vero? — domandò Harper, come se incominciasse una piacevole conversazione.

L'altro sussultò. — Sì. Mi conoscete? Io non ricordo di avervi incontrato.

— Vi farebbe comodo arrestare un ricercato?

— Che cosa volete dire?

— Sto cercando l'FBI. Voi potete indicarmi la strada. Se volete farlo passare per un arresto, per me è lo stesso. Sono Wade Harper.

Slade respirò profondamente. — State scherzando?

— Perché dovrei scherzare? Non assomiglio a Wade Harper?

— Certo che gli assomigliate. E probabilmente vi siete seccato di essere scambiato per lui. Se è così, non possiamo proprio farci niente.

— Potrete scoprirlo subito. Le impronte digitali sono conservate nei vostri archivi. — Harper portò una mano all'ascella. — Ecco la mia pistola. Vi raccomando che i ragazzi della sezione balistica non la perdano... Spero di riaverla un giorno o l'altro.

— Grazie. — Sempre più stupefatto, Slade se la infilò in tasca, poi fece un segno con il braccio teso. — Da quella parte.

Camminarono fianco a fianco. Slade non accennò nemmeno a tirare fuori le manette, né tenne un comportamento particolarmente cauto. L'atteggiamento di Harper lo lasciava molto perplesso; era incline a pensare che quella cattura non gli avrebbe procurato nessuna medaglia poiché il prigioniero era troppo sicuro di sé per poter essere altro che innocente.

Giunsero al grande edificio ed entrarono. Slade fece accomodare Harper in una piccola stanza e gli disse: — Aspettatemi qui un minuto — e si allontanò. L'uscita sulla strada era facilmente raggiungibile. L'unico ostacolo alla fuga era una guardia dalla faccia decisa, di servizio sulla soglia.

Sprofondato in una sedia pneumatica, Harper si divertì a seguire la mente di Slade. L'agente percorse un breve corridoio, entrò in un ufficio e si rivolse alla persona che vi si trovava:

"*Ho appena arrestato Wade Harper. Si trova nella stanza numero quattro.*"

"*Da solo?*"

"*Sì.*"

"*Sei pazzo? Basta che faccia un passo per tagliare...*"

"*Stava venendo qui quando l'ho trovato*" lo interruppe Slade, che onestamente rifiutava il merito dell'arresto. "*Spontaneamente.*"

"*Santo cielo! C'è qualcosa di molto strano in questa storia.*" Una pausa, poi: "*Portalo qui*".

Harper si alzò in piedi, uscì nel corridoio e giunse alla porta dell'ufficio nell'istante in cui Slade l'apriva per venirlo a prendere. Per la terza volta Slade rimase senza fiato. Si fece da parte, zitto e stupefatto, mentre Harper marciava sicuro nella stanza, prendeva una sedia e piantava gli occhi nel volto dell'uomo magro che sedeva dietro la scrivania. Quest'ultimo gli restituì lo sguardo e gli si rivelò senza rendersene conto. William Pritchard, 39 anni, ispettore di zona.

— Buon giorno, signor Pritchard — esordì Harper con l'aria allegra di chi non ha la minima preoccupazione.

Pritchard strabuzzò gli occhi, ristabilì prontamente l'auto-controllo, poi disse: — C'è un mandato d'arresto contro di voi. Siete ricercato per l'assassinio di Jocelyn Whittingham.

— Sì, lo so. Anch'io leggo i giornali.

"*Qualcuno ha preso un granchio*" pensò Pritchard, colpito dalla sua sicurezza. "*Ha l'alibi.*" Schiarendosi la gola, domandò: — Avete da fare dichiarazioni in proposito?

— Molte... ma non a voi.

— Perché non a me?

— Nessun motivo personale, vi assicuro. Vorrei parlare con Sam Stevens.

— Va' a vedere dov'è — ordinò Pritchard dopo breve esitazione; aveva deciso che dopo tutto un interlocutore valeva l'altro.

Slade uscì, ritornò poco dopo annunciando: — Stevens è a Seattle.

Ci fu il suono acuto del telefono; Pritchard alzò il ricevitore per rispondere. — Sì? Come fate a saperlo? Ah, ve l'ha detto lui stesso. No, non scherzava. È proprio qui. Davanti a me in questo momento. — Riappese e guardò Harper con durezza. — Non potete vedere Stevens. È fuori sede.

— Peccato. Sarebbe riuscito a farmi parlare con qualche persona importante. Voglio il più alto in grado possibile.

— Perché?

— Mi rifiuto di dirvelo.

Corrugando la fronte in segno di disapprovazione, Pritchard si sporse in avanti verso di lui. — Avete sparato o no a questa ragazza?

— Sì, le ho sparato.

— Molto bene. Siete disposto a firmare la confessione?

— No.

— Ammettete di averle sparato ma rifiutate di firmare la confessione?

— Proprio così.
— Vi dispiace dirmi la ragione? — lo esortò Pritchard, studiandolo con attenzione.
— Ho un'ottima ragione. Non l'ho uccisa.
— Ma è morta. Morta stecchita. Non lo sapevate?
Harper fece un gesto con la mano come per dire che era un particolare di nessuna importanza.
— Allora le avete sparato ma non l'avete uccisa? — insistette Pritchard. — Le avete piantato una dozzina di pallottole d'acciaio nel cranio ma per qualche ragione non avete commesso un omicidio?
— È la verità.
Quella risposta fece scattare una molla. Le menti di Pritchard e Slade, in perfetta sincronia, soppesarono le prove ed emisero un verdetto simultaneamente: non colpevole d'omicidio per totale infermità di mente.
Harper sospirò e riprese: — Sam Stevens è la sola persona che io conosca in questa organizzazione. È venuto a controllare gli impianti della mia impresa, un paio d'anni fa. La mia attività rientra in un certo elenco per la sicurezza nazionale che voi tenete in archivio. Mi ha rilasciato un porto d'armi e una sfilza di istruzioni burocratiche che, praticamente, affermano che, nell'istante in cui scoppia una guerra, io divento proprietà del governo. Vengo confiscato, nazionalizzato, militarizzato.
— E con ciò? — domandò Pritchard aggressivo, senza vedere alcun nesso in quel discorso.
— La faccenda Whittingham ha a che fare con la stessa materia, cioè riguarda la sicurezza nazionale. Pertanto, posso parlare solo a qualcuno che sappia di che cosa parlo.
"*Un tipo come Jameson*" sussurrò immediatamente il cervello di Pritchard.
— Jameson, per esempio — aggiunse Harper.
Reagirono come se avesse pronunciato un nome sacro fra le pareti di un luogo profano.
— O meglio ancora, il suo superiore diretto — concluse Harper, per buona misura.
Intervenne per primo Pritchard con una nota di severità nella voce: — Avete appena dichiarato che Stevens è l'unico membro dell'FBI che conoscete. Allora come fate a sapere di Jameson? Ora che ci penso: come avete fatto a conoscere il *mio* nome?
— Conosceva anche il mio — aggiunse Slade, che moriva dalla voglia di avere una spiegazione plausibile.
— È un problema che risolverò solo alla presenza di qualcuno molto in alto — disse Harper. Sorrise a Pritchard e gli chiese: — Come sta il vostro corpo?
— Eh?
Dalla mente disorientata di Pritchard, Harper estrasse una descrizione chiara e dettagliata del suo corpo e alla fine disse; con tono comprensivo: — Avete una voglia a forma di pesce sul lato interno della coscia sinistra.

— Questo è troppo! — esclamò Pritchard alzandosi in piedi sconvolto. E a Slade: — Tieni d'occhio questo mago Hudini, mentre vado a chiedere a Jameson che cosa ne pensa. — Si allontanò in gran fretta.

Harper chiese a Slade: — Potete darmi un foglio di carta?

Slade prese un foglio da un cassetto della scrivania e glielo porse. Poi vide Harper sfilarsi dal taschino la stilografica e prepararsi a scrivere. Finalmente la confessione, dopo tutto, pensò. Decisamente doveva essere uno svitato che rifiutava una cosa un momento e la concedeva il momento successivo. Strano che anche un uomo intelligente potesse uscire di senno in modo così totale. Forse una tara ereditaria.

Ignorando questi pensieri poco gentili che lo assalirono chiarissimi come se fossero stati pronunciati ad alta voce, Harper attese qualche istante, poi incominciò a scrivere. Scrisse con grande velocità, e finì un istante prima che Pritchard rientrasse nell'ufficio.

— Non vuole vedervi — gli annunciò Pritchard con l'aria di dire: "è così, io non posso farci niente".

— Lo so. — Harper gli porse il foglio.

Pritchard cominciò a leggere, sgranò gli occhi e si precipitò fuori. Slade rivolse un'occhiata interrogativa a Harper.

— È una trascrizione completa, parola per parola, della loro conversazione — lo informò Harper. — Volete scommettere che adesso vorrà vedermi?

— No — rispose Slade. — Non mi va di buttare via quattrini.

Jameson era un uomo di mezza età, di corporatura massiccia, con una folta chioma di capelli grigi ricciuti. Aveva occhi azzurri e freddi e il fare di chi è abituato da anni all'esercizio dell'autorità. Sedeva in posizione eretta, tenendo un dito tozzo premuto sul foglio di carta posato sulla scrivania davanti a lui. Non perse tempo con i preamboli.

— Come avete fatto?

— Facilissimo. Ho preso la mira, ho sparato e lei è caduta a terra.

— Non vi sto chiedendo di quello. — Il dito tambureggiava nervoso sul foglio. — Mi riferisco a questo.

— Ah, la registrazione del colloquio! — Harper finse di aver capito solo in quel momento ciò che gli era stato chiaro sin dal primo istante. — Ho fatto esattamente come potrebbe fare il nemico ogni volta che vuole sapere tutti i nostri segreti.

— Potete andare — disse Jameson a Pritchard. — Vi chiamerò quando avrò bisogno di voi. — Attese che la porta si richiudesse, poi concentrò tutta la sua attenzione su Harper. — State categoricamente asserendo che agenti di altre potenze sono in grado di leggere nella nostra mente a loro piacere?

— No.

— Allora, perché l'avete insinuato?

— Sto semplicemente esponendo la teoria che se qualcuno può fare una certa azione, anche altri la possono fare — rispose Harper. — È una teoria in cui credo da anni. Fino ad ora, però, non sono riuscito a trovare nessuna prova per dimostrarla.

— Ovviamente state parlando di qualche azione che *voi* potete fare. Di che cosa si tratta?

— Di quello — rispose Harper indicando il foglio di carta.

Jameson non era uno stupido. Aveva afferrato l'idea fin dall'inizio, ma aveva trovato notevole difficoltà nell'accettarla. La spiegazione ovvia gli risultava molto indigesta. Cercò di trovare una formula meno cruda, ma non ci riuscì; infine decise di esprimersi nel modo più semplice e chiaro.

— Ci voleva una mente telepatica per fare un trucco come questo.

— Né più né meno — concordò Harper.

— E chi ha mai visto individui telepatici? — domandò Jameson combattendo la propria incredulità.

Harper si limitò a scrollare le spalle.

Jameson accese il citofono e parlò nel microfono: — C'è la signorina Keyes? Passatemela. Signorina Keyes, desidero che scriviate a macchina una colonna di numeri di ventotto cifre, ciascuno scelto a caso. Portatemi il foglio appena avete finito. — Spense il citofono e rivolse a Harper uno sguardo di sfida. — Vediamo che cosa riuscite a fare — disse porgendogli il foglio di carta.

— Ora devo cercare nella massa degli impiegati la persona che compone numeri a casaccio — si lamentò Harper. — È probabile che perda il primo o il secondo mentre esploro i vari uffici.

— Non preoccupatevi. Fate del vostro meglio. Se riuscirete a trascrivere esattamente anche solo un quarto, mi convincerò che l'età dei miracoli non è finita.

Harper scrisse diciotto numeri più le ultime due cifre di un diciannovesimo. Jameson prese il foglio senza fare alcun commento e attese la signorina Keyes. Arrivò dopo pochi istanti, gli diede il foglio dattiloscritto e se ne andò senza mostrarsi sorpresa. Se le fosse stato ordinato di indossare come cappello la custodia di plastica della macchina da scrivere, lo avrebbe fatto senza obiezioni. Jameson confrontò le due colonne.

— È peggio di una bomba nel Pentagono — disse infine. — Non esiste più la proprietà privata del pensiero.

— Lo so.

— Come è successo?

— Un uomo nato con il labbro leporino può spiegarvi il perché? Tutto quello che so è che sono nato così. Per qualche anno fui convinto che tutti fossero come me. Essendo un bimbo, mi ci volle parecchio tempo per capire che non era così, per capire che ero l'orbo nella terra dei ciechi, per capire che potevo diventare fonte di paure e che chi è temuto è odiato.

— Ma ci deve pure essere una qualche ragione — osservò Jameson.

— È davvero importante che ci sia?

— Maledettamente importante. Voi siete un capriccio della natura creato da una specialissima combinazione di circostanze. Se potessimo esaminare a fondo queste circostanze, potremmo calcolare le probabilità che tale combinazione si verifichi altrove. Inoltre, ci faremmo un'idea di quanti altri individui esistono come voi e, se esistono, di chi se ne serve.

— Non credo che nemmeno questo importi un accidente — ribatté Harper con voce calma e asciutta. — Per lo meno, non più.

— E perché?

— Perché mi sono messo in contatto mentale con Jocelyn Whittingham e lei, immediatamente, ha reagito con un appellativo insultante. Per questo le ho sparato.

— Considerate un insulto un motivo sufficiente per giustificare un delitto? — incalzò Jameson.

— Dato l'insulto, sì.

— Come vi ha chiamato?

— Bastardo terrestre — rispose Harper, con uno sguardo duro.

5

Per due buoni minuti, Jameson rimase immobile come paralizzato. I suoi pensieri vorticavano pazzamente e, per tutto quel tempo, dimenticò che Harper poteva leggerli chiaramente come se fossero stati scritti in lettere luminose al neon.

Infine domandò: — Ne siete certo?

— La sola persona al mondo che non può sbagliarsi sul conto della mente del prossimo è un telepatico — lo assicurò Harper. — E voglio dirvi un'altra cosa: le ho sparato perché sapevo che non avrei potuto ucciderla. Era fisicamente impossibile.

— Come siete arrivato a questa conclusione?

— Nessun essere vivente poteva fare del male a Jocelyn Whittingham... per la semplice ragione che era già morta.

— Sentite, abbiamo in mano un rapporto dettagliato della polizia che...

— Ho ucciso qualcos'altro — lo interruppe Harper con effetto devastante. — La cosa che aveva già assassinato la ragazza.

Jameson ripiombò immediatamente in un altro vortice di pensieri. Aveva una mente fredda e incisiva, abituata ad affrontare problemi molto complicati ma sostanzialmente normali. Questa era la prima volta, nella sua lunga esperienza, che veniva violentemente colpito da una realtà super-normale. Eppure cercava di affrontarla in termini razionali, con concetti di tutti i giorni. Era come cercare di misurare la distanza dalla Terra alla Luna con un doppio decimetro.

Harper, che seguiva il corso dei suoi pensieri, era sorpreso da un fatto: molta della confusione di Jameson era dovuta al fatto che mancava di certe conoscenze che ragionevolmente avrebbe dovuto avere. Per quanto Jameson fosse in alto nella scala gerarchica della burocrazia, evidentemente non era abbastanza in alto. Ciò nonostante, aveva influenza sufficiente per portare avanti la questione e mettere in moto gli ingranaggi.

— Voi avete il resoconto nudo e crudo della polizia — disse Harper. — Non è sufficiente. Vorrei fornirvi la mia versione degli avvenimenti.

— Avanti — lo invitò Jameson, lieto di potersi concentrare su fatti che forse lo avrebbero aiutato a chiarirsi le idee.

Harper incominciò dall'istante in cui aveva captato il messaggio mentale di Alderson morente e riferì l'intera storia fino al suo arrivo a Washington.

Quando ebbe finito il resoconto, aggiunse: — Nessun essere umano ordinario può rendersi conto che qualcuno gli sta leggendo nella mente. Non prova nessuna sensazione di contatto fisico che gli serva d'avvertimento. Rimane completamente ignaro d'essere sondato. Ho assorbito i vostri pensieri per tutto il tempo in cui siamo stati insieme; i vostri sensi non hanno registrato questa mia interferenza, in nessun modo, non è vero?

— È vero — ammise Jameson.

— Se non vi avessi detto che sono telepatico, e non vi avessi dato prova della mia capacità, non avreste avuto nessun motivo di sospettare che la vostra mente per me è come una finestra spalancata, non è così?

— Sì.

— Bene — proseguì Harper — nell'istante in cui mi sono messo in contatto con la mente che stava dentro Jocelyn Whittingham, quella mente si è resa conto del contatto, ha capito da dove proveniva, ha reagito allarmata e mi ha odiato con la ferocia più spietata. Contemporaneamente io ho registrato tutte queste reazioni e ho riconosciuto che quella mente non era umana. Il contatto non è durato più di una frazione di secondo, ma è stato sufficiente. Sapevo che non era una creatura umana. L'ho capito con la stessa chiarezza con cui i vostri occhi vedrebbero che un serpente a sonagli non è un bimbo appena nato.

— Se non era una creatura umana — domandò Jameson molto scettico — che cosa era?

— Non lo so.

— Che forma aveva?

— La forma della Whittingham. Doveva essere quella. Si serviva del corpo di lei.

Un'ondata d'incredulità investì improvvisamente il cervello di Jameson. — Ammetto che siate un vero telepatico o che sappiate esercitare un trucco nuovo ed eccezionale che vi fa sembrare tale. Ma questo non implica che io debba bere questa versione del delitto. La vostra linea di difesa, in breve, consiste nell'affermare che avete sparato a un cadavere animato da Dio sa che cosa. Nessuna giuria o giudice della Terra darà il minimo credito a una simile storia.

— Non subirò mai un processo — disse Harper.

— Credo di sì invece... a meno che non moriate prima. La legge non può fermare il suo corso.

— Per la prima volta nella mia esistenza, mi trovo al disopra della legge — ribatté Harper, con fiducia impressionante. — E sarà la legge stessa a riconoscerlo.

— Su che presupposti basate questa singolare conclusione?

— Gli interessi della legge non si limitano alla morte di Jocelyn Whittingham. Coinvolgono anche l'assassinio dell'agente Alderson, e a maggior ragione, dato che era un poliziotto. E non riuscirete ad appiccicarmi la responsabilità di quel delitto, nemmeno se batterete la testa contro il muro fino a Natale. La ragione per cui non potrete, è che non l'ho ucciso io.

— E chi è stato allora? — lo sfidò Jameson.

— Ah! — esclamò Harper dandogli uno sguardo carico di significato. — Ora arrivate al nocciolo della questione. Chi ha ucciso Alderson, e perché?

— Ebbene?

— Tre uomini in una Thunderbug. Tre uomini che, molto probabilmente, non avevano apprezzato l'intrusione di Alderson nel momento critico in cui loro si impossessavano della Whittingham.

— Si impossessavano?

— Non guardatemi in quel modo. Come faccio a sapere esattamente quello che è successo? Io so soltanto che qualche cosa deve essere accaduta; anzi è accaduta, dal momento che ha prodotto i risultati che ho scoperto.

Jameson parve sconcertato.

— Tre uomini — proseguì Harper con enfasi. — In abito verde, cravatta verde intonata, camicia grigia. Tre uomini con addosso un'uniforme che nessuno conosce. Perché quelle uniformi non sono state identificate?

— Perché non erano uniformi — suggerì Jameson. — Avevano soltanto l'aspetto di uniformi... forse per il taglio particolarmente severo, chissà?

— O perché erano uniformi che nessuno conosce — suggerì a sua volta Harper. — Perché il governo non ha detto niente a nessuno. Perché le autorità non ne hanno parlato ad anima viva. Forse che il contribuente sa sempre dove vanno a finire i suoi quattrini?

— Dove diavolo volete arrivare?

— Stiamo facendo a pezzi la Luna e nessuno ne parla. Lo sfruttamento del nostro satellite è in corso da tanti anni che ormai è diventato un argomento monotono. Una nave spaziale per la Luna adesso è un veicolo meno notevole di un transatlantico del passato. Siamo diventati tanto sofisticati, in questo campo, che abbiamo perduto la capacità di stupirci.

— Sono perfettamente al corrente di tutto questo, dato che vivo nel presente — obiettò Jameson con un filo d'impazienza. — Che cosa c'entra?

— Chi ha progettato lo sfruttamento di Venere o Marte? Avete forse mandato lassù qualcuno a dare un'occhiata, e, se è così, quando è stato? Dovrebbero essere già di ritorno? Erano per caso tre uomini in uniforme verde, con camicia grigia?

— Dio mio! — esclamò Jameson, visibilmente scosso.

— Tre uomini sono andati da qualche parte, hanno trovato più di quello che cercavano e, involontariamente, l'hanno portato indietro, spargendolo. Questa è la mia teoria. Vedete se regge.

— Se affronto la sezione competente con una fantasia del genere, penseranno che sono impazzito.

— So perché avete questo timore; posso leggervi nella mente, ricordate? Primo, voi personalmente non sapete niente di spedizioni spaziali; non ne avete nemmeno mai sentito il minimo accenno. Secondo, non date credito alla mia diagnosi. Esatto?

— È inutile negarlo.

— E allora guardate le cose in questo modo: io so, anche se voi non potete esserne certo, che per un brevissimo istante sono stato in contatto con una mente non-umana che si era impossessata di un corpo umano. Una simile entità non salta fuori dal nulla, come per incanto. Deve essere giunta sulla Terra nella massima segretezza. Qualcuno deve avercela portata. Gli unici possibili sospetti sono quei tre uomini.

— Continuate — lo incoraggiò Jameson.

— Non abbiamo la più vaga idea di quanto tempo questi tre se ne siano andati in giro. Magari una settimana, magari un anno. — Fissò il suo ascoltatore con uno sguardo d'accusa. — Perciò la Whittingham può non essere la prima e probabilmente non sarà l'ultima vittima. Quel trio può avere riservato lo stesso trattamento a cento persone e può darsi che stia dandosi da fare con altre cento in questo stesso istante in cui noi stiamo qui seduti a fare chiacchiere inutili. Se continuiamo ad appiattirci il sedere su queste sedie per un tempo sufficientemente lungo, ridurranno in schiavitù mezza umanità prima che muoviamo un dito.

Jameson tamburellò sul tavolo e guardò tetro ed esitante il telefono.

— Brockman dei Servizi Speciali — lo esortò Harper. — È l'individuo che avete in mente in questo istante. — Fece un gesto d'impazienza. — Avanti, mettetevi in comunicazione con lui. Che cosa avete da perdere? Forse a voi dirà quello che non si sognerebbe di dire a me. Chiedetegli se c'è una spedizione in viaggio nello spazio e quando dovrebbe rientare.

— Dieci a uno che ignorerà la domanda e vorrà sapere perché gliel'ho fatta — protestò Jameson. — Come faccio a mettergli davanti l'ipotesi formulata da voi, di seconda mano per giunta?

— Cercherà di mettervi nei guai solo se la spedizione non c'è — asserì Harper. — Ma se ce n'è una, ed è segreta, la vostra domanda gli farà cascare i baffi, se li ha. Verrà qua volando, per sapere come si è sparsa la notizia. Provate e sentiamo cosa dice.

Pieno di dubbi, Jameson sollevò la cornetta del telefono e chiese con voce rassegnata: — Passatemi la Sezione Servizi Speciali, il signor Brockman.

Quando ebbe la comunicazione, Jameson parlò con la stessa riluttanza di chi fosse costretto ad annunciare l'arresto di Biancaneve e i sette nani.

— Abbiamo messo le mani su un fatto molto singolare. Non voglio disturbarvi con i particolari. Mi sarebbe molto utile sapere se una nuova spedizione spaziale è partita segretamente. — Ascoltò un attimo e la sua espressione si fece a poco a poco delusa. — Sì, è importante che lo sappiamo, in un modo o nell'altro. Davvero? Grazie molte! — Riappese.

— Non sa niente? — domandò Harper.

— Proprio così.

— E dovrebbe saperlo?

— Pensavo di sì. Ma potrei sbagliarmi. Più un'informazione è confidenziale, meno persone ne sono al corrente, e tanto più approfondite dovranno essere le nostre ricerche per trovare una risposta, se ne esiste una soddisfacente. — Jameson tolse un fazzoletto azzurro dal taschino della giacca e fece l'atto di asciugarsi la fronte, benché in quel momento non stesse sudando. — Brockman richiamerà appena avrà raccolto le informazioni.

— Risparmieremmo del tempo prezioso se chiamassimo la Casa Bianca e lo domandassimo al Presidente. Non ditemi che *lui* non sa quello che sta succedendo.

Jameson sussultò. — Sentite, lasciatemi agire a modo mio, d'accordo?

— Va bene. Ma se non ci sbrighiamo, è probabile che vi mettiate ad agire in modo strano. — Harper fece un ghigno acido. — Non avendo la pistola, sarei quindi obbligato a strangolarvi con le mie stesse mani... ammesso che sia più rapido di voi.

— Smettetela! — ordinò Jameson, con l'aria di uno che sta per sentirsi male. Rivolse uno sguardo aggrottato al telefono, che immediatamente emise un trillo, facendolo sobbalzare sulla sedia. Afferrò la cornetta borbottando un — Allora? — mentre una mezza dozzina di espressioni diverse si alternavano sulla sua faccia. Quindi posò il telefono, si alzò e annunciò: — Ci aspettano là immediatamente.

— E noi sappiamo perché, non è vero?

Senza dare risposta, Jameson scese le scale, e prese posto in un'automobile guidata da un agente che sembrava un incrocio tra un commesso viaggiatore e un campione di pugilato. Percorsero una decina di isolati, e, fermatisi davanti a un palazzo in vetro e cemento armato, salirono al ventesimo piano ed entrarono in un ufficio dove quattro uomini dall'aspetto molto serio sedevano in attesa.

I quattro lanciarono una rapida occhiata a Harper, senza riconoscerlo, nonostante tutta la recente pubblicità di cui era stato oggetto. Evidentemente, non dovevano essere frequenti le occasioni in cui leggevano il giornale o guardavano la televisione.

Il più anziano dei quattro, un individuo dal volto magro, lo sguardo acuto e i capelli bianchi, investì Jameson: — Che cos'è questa faccenda di una spedizione spaziale? Da dove l'avete tirata fuori?

Non trovando altra soluzione che quella di scaricare il tutto sulle spalle del responsabile, Jameson indicò il suo compagno.

— Quest'uomo è Wade Harper. La polizia di Stato lo ricerca per omicidio. È venuto da noi circa un'ora fa. La mia richiesta ha avuto origine dalla sua storia.

Quattro paia di occhi si spostarono verso Harper. — Che storia?

I quattro uomini avevano i nervi tesi, e Harper se ne era accorto. Poteva anche capire perché erano irritati: erano profondamente preoccupati che dati riservati divenissero di pubblico dominio. E vedeva anche che Jameson per il momento aveva dimenticato la sua dote particolare. Non è facile abituarsi a una anormalità quasi mitica, presentata sotto un aspetto perfettamente normale.

Rivolgendosi all'uomo dai capelli bianchi, dopo averne captato il nome, Harper esordì: — Signor King, so per certo che diciotto mesi fa abbiamo inviato un'astronave su Venere, il pianeta più vicino. Questo viaggio è il risultato di vent'anni di esperimenti governativi. L'equipaggio era formato da tre uomini. Per il ritorno erano previste due alternative. Se l'equipaggio trovava condizioni di vita possibili all'uomo, l'astronave sarebbe dovuta tornare lo scorso novembre; se le condizioni erano favorevoli e permettevano di effettuare un periodo di esplorazione, l'astronave sarebbe rimasta fino alla metà di giugno, cioè fra cinque settimane. Il fatto che non siano ancora tornati è ufficialmente considerato incoraggiante. Il governo aspetta il loro rientro, prima di darne l'annuncio al mondo.

King rimase ad ascoltare questo discorso con una imperturbabilità apparente che sperava nescondesse i suoi pensieri in ebollizione. Con calma forzata domandò: — Come avete fatto a ottenere queste informazioni?

Era troppo per Jameson che aveva ascoltato, stupefatto, l'intervento di Harper e che si era finalmente svegliato. — Quest'uomo è telepatico, signor King. Me lo ha dimostrato in modo inequivocabile. Ha scoperto tutti i dati nella vostra mente.

— Davvero? — King era chiaramente scettico. — Allora, come spiegate la vostra telefonata a Bockman venti minuti fa?

— In quel momento avevo solo dei sospetti — rispose Harper. — Ma ora lo so per certo. — Studiò King attentamente, poi aggiunse: — Ora voi state pensando che se il mondo dovrà essere afflitto dai telepatici, forse sarebbe bene metterli in condizioni di non nuocere, e subito.

— Voi sapete troppo — fece King. — Nessun governo potrebbe funzionare con sufficiente sicurezza, con gente come voi che ronza intorno.

— Ho ronzato su questa Terra per un numero di anni tale che già vorrei non essere tanto vecchio. E non abbiamo avuto nessuna rivoluzione in questo periodo, no?

— Però abbiamo un uomo sospettato di omicidio trascinato in un ufficio governativo da un direttore di sezione dell'FBI — ribatté King, dando all'osservazione il tono di legittima lagnanza. — Indubbiamente è una procedura nuova, mai sentita prima d'ora. Spero siano stati previdenti al punto di perquisirvi in cerca di armi nascoste.

Jameson, che stava a fianco di Harper, arrossì e interloquì di nuovo: — Scusatemi, signor King, ma in questa faccenda ci sono elementi molto più importanti dell'aspetto che sembra irritarvi.

— Che cosa, per esempio?

— L'astronave è tornata sulla Terra — rispose Harper per lui.

Tutti e quattro sobbalzarono, come se fossero stati punti da uno spillo.

King domandò: — Quando è tornata? Dove è atterrata?

— Non lo so.

Tornarono a tranquillizzarsi, convinti che Harper avesse sparato un colpo a casaccio.

— Allora, come fate a sapere che è tornata?

— Ha trovato tracce dell'equipaggio — lo informò Jameson. — Così gli sembra, per lo meno.

Harper lo contraddisse, scegliendo con cautela le parole: — No, non è proprio come dite voi. Io ritengo che l'equipaggio sia morto.

— L'equipaggio sarebbe morto, ma voi non avete la minima idea di dove l'astronave sia andata a finire, è così? — chiese King, che a questo punto stava prendendo in considerazione la teoria che Harper fosse fuori di senno, ma era contemporaneamente perplesso dal fatto che un individuo acuto come Jameson fosse diventato altrettanto pazzo. — E nonostante questo, voi *sapete* che l'astronave è tornata?

— Sono pronto a scommettere un milione di dollari.

— Ha fatto il viaggio di ritorno da sola? Una perturbazione cosmica più unica che rara le avrebbe fatto solcare cinquanta milioni di chilometri di vuoto e l'avrebbe scaraventata in un luogo sconosciuto e insospettato da tutti meno che da voi?

— Il vostro sarcasmo è irragionevole, inutile e per di più mi irrita — sbottò Harper, facendosi aggressivo. — La nave è stata riportata indietro da una banda di Venusiani. Vi va bene ora?

A King non andava bene per niente. La sua mente respinse senza esitazione quell'affermazione così esplicita, incominciò a vagliare una dozzina di obiezioni e cercò di decidere quale fosse la prima da esprimere.

L'uomo occhialuto che stava alla sua destra approfittò della pausa per dire la sua; si rivolse a Harper con il tono che si usa per convincere un bimbo cocciuto.

— Pilotare una nave spaziale non è un'impresa facile.

— No, signor Smedley, sono certo che è difficile.

— Richiede molte nozioni tecniche e un lungo addestramento.

— È proprio qui il guaio — ribatté Harper.

— Che cosa volete dire?

— Chiunque possa impossessarsi di un'astronave e pilotarla fino a qui, senza l'aiuto di nessuno, è anche in grado di impossessarsi di tutto quello che abbiamo, con altrettanta facilità. — Harper concesse loro alcuni secondi per meditare, poi aggiunse: — Un passo dopo l'altro, una cosa dopo l'altra, fino a che avranno tutto loro e a noi non sarà rimasto più nulla... nemmeno la nostra anima.

— È un'idea detestabile — commentò King, che incominciava a sentire un brivido freddo lungo la spina dorsale.

— Sono d'accordo con voi — ammise Harper. — Un'altra cosa...

sarebbe bene che lasciaste perdere l'ultima ipotesi che state accarezzando.

— Quale ipotesi?

— Che io sia l'agente di una banda di spie d'oltre-oceano, che, in qualche modo misterioso, sta cercando di infliggervi un colpo mortale. Intrighi e complotti di questo genere da oggi non hanno più senso. Anche loro sono nei guai, come tutto il resto dell'umanità, e prima ce ne rendiamo conto, meglio sarà . Prenderanno paura appena lo sapranno, quanta ne ho io in questo momento.

— Ne dubito. Saranno anche molto sospettosi. Ci accuseranno di cercare di turbare la pace mondiale con una diavoleria più grande e pericolosa.

— Quando non saremo più esseri umani, non avrà nessuna importanza chi accuserà chi e per quale motivo. Anzi, a ripensarci, non saremo nemmeno capaci di concepire un concetto come quello di colpa.

King ribatté cocciuto: — Mi pare che stiate costruendo un castello di carte fondato su prove inesistenti. A voi sembreranno anche prove sufficienti, ma a noi, che le abbiamo di seconda mano, sembrano prive di valore. Anche se accettiamo per vera l'affermazione di Jameson che siete realmente telepatico, anche se prestiamo fede alle indicazioni che ci avete dato in questa stanza, rimane il fatto che la vostra capacità di costruire ipotesi con la fantasia non è inferiore a quella di qualsiasi altro essere umano. Non riesco a trovare nessuna ragione logica per supporre che un individuo dotato di facoltà telepatiche debba essere per forza sano di mente. Vi aspettate seriamente che noi diamo l'allarme a tutto il sistema di difesa del nostro paese basandoci su un'ipotesi non dimostrata?

— No di certo — ammise Harper. — Non sono così stupido.

— E allora, che cosa volete da noi?

— Primo: voglio una conferma ufficiale del mio sospetto che un'astronave è stata effettivamente inviata nello spazio, al di là della Luna. È la ragione per cui sono venuto fin qui, evitando di finire nella rete della polizia che sa troppo poco e abbaia troppo. In un modo o nell'altro, dovevo riuscire a sapere dell'astronave.

— E secondo?

— Per ora mi aspetto da voi una reazione contenuta in limiti ragionevoli. Se tale reazione ci darà la prova necessaria, chiedo un intervento su scala nazionale.

— È molto più facile parlare di una prova che andarsela a scoprire per proprio conto. Se la prova esiste, perché non l'avete trovata e non ce l'avete portata qui? Certamente il vostro buon senso vi dirà che più un fatto è straordinario, più ha bisogno di essere provato per diventare convincente.

— Lo so benissimo — rispose Harper. — E ammetto che avrei potuto farvi fare un salto fino al soffitto se avessi potuto mettere le mani su un incartamento nascosto nei vostri archivi super-segreti.

— A che cosa vi state riferendo?

— Le fotografie dei tre astronauti. — Harper diede a King e ai suoi collaboratori un'occhiata carica di rimprovero, sorpreso dalla loro incapacità di afferrare una conclusione ovvia. — C'è un testimone che ha potuto vedere, bene e da vicino, due di quei tre uomini e che si è impresso nella mente il loro aspetto. Mostrategli le fotografie. Se conferma che sono i nostri tre astronauti, il discorso è chiuso. Sarà la prova definitiva che cerchiamo.

Jameson incurvò le sopracciglia e interloquì: — Sì, è il passo più logico da compiere. Dovrebbe darci la chiave, in un modo o nell'altro. E possiamo anche fare di più. Siamo in grado di eliminare ogni dubbio.

— Come? — domandò King.

— Quella Thunderbug deve essere venuta da qualche parte. Magari ha percorso centinaia di chilometri prima di raggiungere il luogo fatale. Dieci, venti o quaranta persone possono averla notata e aver notato i tre uomini a bordo. Posso mobilitare i nostri agenti per ricostruire il percorso dell'automobile e scoprire altri testimoni. Se tutti sosterranno la stessa cosa, e cioè che quei tre uomini sono i nostri piloti... — Jameson lasciò la frase a metà rendendola ancora più sinistra.

— Per mettervi in grado di compiere questa indagine — gli fece notare King — dovremo togliere quelle fotografie dagli archivi segreti e fornirvene un gran numero di copie.

— È evidente.

— Ma questo significa divulgare dati riservati.

Harper emise un lamento, si portò le mani al volto e recitò i nomi dei dodici apostoli.

Fissandolo con espressione disgustata, King disse: — Vedrò che cosa deciderà la sezione competente.

— Già che ci siete — suggerì Harper — provate a convincere qualche altra sezione competente a sequestrare il cadavere di Jocelyn Whittingham e a sottoporlo a un'autopsia minuziosa. Non so se servirà a qualcosa, ma può darsi. Vale comunque la pena provare.

— Vedrò che cosa decideranno — ripeté King. Uscì, evidentemente malvolentieri. Gli altri tre rimasero nell'ufficio, nervosi e a disagio.

— Avete una pistola? — domandò Harper a Jameson.

— Sì.

— È meglio che la teniate pronta.

— Perché?

— Perché se quando arriva in alto King non riesce a combinare niente, faccio una strage qua dentro.

— È meglio che stiate calmo — gli consigliò Jameson.

— Preferisco morire in fretta scatenando un putiferio qui, che lentamente in qualsiasi altro posto — dichiarò Harper con convinzione.

Gli altri tre lo guardarono preoccupati.

King rimase via parecchio tempo. Infine ritornò, accompagnato da un tipo massiccio, dall'aspetto militaresco, di nome Benfield. Quest'ultimo aveva in mano tre grandi fotografie che mostrò a Harper.

— Conoscete questi uomini?

— No.
— Ne siete certo?
— Certissimo. Non li ho mai visti.
— Uhm! Potete almeno dire se rispondono alla descrizione del trio a cui pensate voi?
— Abbastanza. Potrei essere più preciso se le fotografie fossero a colori. Quelle uniformi non dicono niente, in bianco e nero.
— Sono di colore verde scuro con bottoni d'argento; camicia grigia, cravatta verde.
— A parte i bottoni d'argento, i particolari coincidono.
— Bene. Faremo un controllo immediato. Chi è il testimone?
Harper gli disse del vecchio alla stazione di servizio mentre Benfield prendeva appunti su un taccuino.
Benfield disse a Jameson: — Cominceremo da quest'uomo. Se il confronto sarà positivo, faremo riprodurre un numero sufficiente di copie da permettere ai vostri uomini di ricostruire il percorso della Thunderbug. Intanto ne trasmetteremo una copia al vostro ufficio staccato laggiù. Non ci vorrà molto a scoprire se si tratta di uno scherzo o meno.
— Un paio d'ore — disse Jameson.
— Un paio di minuti sarebbe molto meglio — osservò Harper. — E già che ci siete, perché non fate togliere il mandato d'arresto contro di me?
— Ci penseremo quando avremo in mano il rapporto. Se dimostrerà che la vostra teoria non regge, sarà bene farvi esaminare da uno specialista di malattie mentali.
— Sarebbe proprio divertente — lo assicurò Harper. — Una partita a poker in cui lui giocherebbe con i re e io con gli assi. Alla fine dovreste far ricoverare lui al manicomio.
Benfield non fece commenti. Aveva preso quella storia dei poteri telepatici e tutto il resto con riserva. Il solo elemento che lo impressionava era che, in un modo o nell'altro, un tizio qualsiasi, per di più ricercato per omicidio, era riuscito ad aprirsi la strada a chiacchierare fino ai più alti gradi della gerarchia di Washington. Ciò implicava o un certo grado, sia pure incredibile, di verità nelle sue asserzioni, oppure un fantastico talento nell'esprimersi. Però era un uomo coscienzioso. Era disposto ad andare fino in fondo per trovare qualsiasi granello di verità disperso sul terreno.
— Mettetelo in un luogo sicuro — ordinò Benfield a Jameson — e tenetecelo fino a che avremo ricevuto la risposta.
Harper protestò: — Pensate che abbia in mente di fuggire dopo aver fatto tanta strada per venire qui?
— No, non credo... perché non ve ne daremo la possibilità. — Benfield diede a Jameson un'occhiata di avvertimento e se ne andò con le fotografie.
— Vi telefoneremo nel vostro ufficio appena sapremo qualcosa — promise King. Poi fissò Harper negli occhi, sforzandosi di affermare la propria autorità e continuò a fissare le ampie spalle di Harper quando

questi si volse per uscire. I suoi pensieri però vagavano qua e là agitati e carichi di paura.

Harper, annoiato dall'attesa nell'ufficio di Jameson, disse: — Grazie per il pranzo. Fra poco, dovrete anche offrirmi la cena. — Guardò l'orologio. — Le tre e quaranta. Perché non riferiscono direttamente a voi? Sono i vostri uomini, dopo tutto.

— Obbediscono agli ordini ricevuti.

— Sì, lo so. Ordini ricevuti da altri. In questo momento state pensando che questa faccenda non rientra esattamente nelle vostre competenze. L'FBI è intervenuta per dare la caccia a tutto, meno che a piloti spaziali scomparsi. Ecco il vostro punto di vista. E non sapete decidere se qualche cosa salterà fuori oppure no.

— Lo sapremo al momento opportuno.

— Ci mettono un bel po' di tempo per scoprirlo. — Harper meditò in silenzio per un paio di minuti, poi disse, allarmato: — E se il vecchio fosse morto e non potesse più identificare nessuno?

— Ci sono ragioni per cui potrebbe essere morto? — domandò Jameson fissandolo attentamente.

— Sì. Quei tre potrebbero essere tornati a chiudergli la bocca per sempre.

— Perché avrebbero dovuto farlo? La testimonianza della signorina Whittingham li ha resi insospettabili. Farsi coinvolgere di nuovo sarebbe un'azione particolarmente sciocca; riporterebbe l'attenzione su di loro, dopo che sono riusciti a stornarla.

— Partite da un punto di vista sbagliato — dichiarò Harper — e vi ingannate su due fattori.

— E cioè?

— Il primo è che voi date per scontato che, colpevoli, si comporteranno come qualsiasi delinquente terrestre che abbia ucciso un poliziotto. Ma perché dovrebbero? Per loro, ciò che noi chiamiamo delitto non ha lo stesso significato. Per quanto ne so io, loro considerano un omicidio una cosa di scarsissima importanza, come un contadino ignorante che vede un uccello strano nel bosco, punta il fucile e gli spara. Magari era l'ultimo esemplare esistente al mondo e quella fucilata estingue la specie. Forse importa qualcosa al contadino?

— Per la stessa ragione si potrebbe sostenere che non sono tornati né torneranno a tappare la bocca a un testimone — gli fece notare Jameson. — Non gliene importa abbastanza per farlo.

— Questo non è vero. Il mio ragionamento è solo una prova contro la vostra supposizione che la morte di Alderson dovrebbe essere la loro principale preoccupazione. Io ritengo che abbiano una preoccupazione molto più importante.

— Che sarebbe?

— Il timore di venire identificati troppo presto. Lasciate stare l'aspetto delittuoso della faccenda. Loro non vogliono essere riconosciuti come gente venuta dallo spazio. Se venissero identificati come i membri dell'equipaggio dell'astronave, incomincerebbe subito una caccia intercontinentale. A questo punto non vogliono essere riconosciuti e ricercati. Hanno bisogno di tempo per compiere ciò che sono venuti a fare qui.

— Dato che siete così bene informato — disse Jameson con un filo d'ironia — forse potete anche rivelarci qual è lo scopo della loro venuta.

— Solo Dio lo sa. Ma è uno scopo infame. Altrimenti, perché dovrebbero perseguirlo di nascosto? Un motivo onesto richiede un comportamento schietto e aperto. Chi agisce nell'ombra non mira a nulla di buono.

— Forse state facendo lo stesso errore che avete appena attribuito a me — rilevò Jameson. — Li state soppesando in termini umani. Non è il modo giusto di valutare gli scopi di creature extraterresti, non vi pare?

Harper sbuffò in segno di disprezzo. — Dato che le loro azioni ci riguardano, dobbiamo vederli dal nostro punto di vista. Può essere che siano giustamente considerati come i più grandi avventurieri e patrioti dalla storia di Venere. Ma se la loro lealtà nazionalistica dovesse costarmi anche solo l'unghia di un piede, sono tre maledetti pendagli da forca, per quanto mi riguarda.

— Sono d'accordo con voi, su questo punto.

— Bene. Ora quel vecchio della stazione di servizio non può indicarli come i responsabili dell'assassinio di Alderson. Al massimo, può suggerire qualche vago sospetto. Nulla, comunque, che possa convincere un tribunale a condannarli. — Si sporse in avanti, con sguardo pieno d'intensità. — Quello che invece *può* fare è esattamente quello che noi stiamo cercando di fargli fare. E cioè guardare tre fotografie, fare un cenno di assenso e dare il via alla caccia. C'è un solo modo sicuro per impedirglielo ed è quello di tappargli la bocca per sempre, prima che sia troppo tardi.

— È un ragionamento chiaro — disse Jameson — ma ha un grosso difetto.

— Quale?

— Tutti i mezzi di informazione hanno reso pubblici i particolari degli assassini di Alderson e della Whittingham. Tutti quanti, da una costa all'altra del continente, sanno che siete ricercato per il secondo omicidio e sospettato per il primo. I tre fuggiaschi sanno che loro non c'entrano e che, comunque, la descrizione che di loro potrebbe fare il vostro testimone si adatterebbe a migliaia di altri individui. Le notizie fornite non danno adito al sospetto che esista una sia pur remota possibilità che vengano mostrate a un testimone alcune fotografie pescate negli archivi segreti di Washington. Perciò, perché dovrebbero giungere a tale conclusione?

— Perché io ho sparato alla Whittingham.

— Non capisco — confessò Jameson, aggrottando la fronte.

— State a sentire: vi ho raccontato i fatti come li vedo io. Per una ragione qualsiasi hanno rapito quella ragazza, probabilmente perché volevano provare la loro tecnica e quella era una buona occasione.

Potrebbero anche essere missionari in cerca di accoliti da convertire, e non rinunciano al principio generale del "più ce n'è, più stiamo allegri". Comunque sia, l'hanno trasformata in una di loro. Lei non era più Jocelyn Whittingham, ma continuava ad averne l'aspetto. Non domandatemi come possono aver fatto, perché non lo so e non riesco a immaginarlo.

— E poi?

— È questo il grande problema: sono stati in grado di notare e ricordare l'identità terrestre di questa ragazza? O non lo hanno fatto, perché lo consideravano di scarsa importanza, oppure perché risultava incomprensibile alla loro mente?

— Proseguite — lo incoraggiò Jameson.

— Se non conoscono l'identità della ragazza, la notizia della sua morte non avrà per loro alcun significato. Sembrerà uguale a qualsiasi altro sordido assassinio, e loro non si renderanno conto di esservi in qualche modo coinvolti. Ma se *conoscono* la sua identità...

— Avanti, non tenetemi così in sospeso — supplicò Jameson.

— L'uccisione gli metterà le ali ai piedi e li farà partire come razzi. Vorranno sapere perché è stata uccisa. Vorranno sapere se è morta perché un Venusiano può essere riconosciuto e, in questo caso, come e da chi. Capiranno immediatamente che la loro presenza sarà inevitabilmente collegata con la spedizione spaziale e saranno ansiosi di scoprire se sono ancora in tempo a spezzare questo collegamento tagliando un paio di gole.

— Compresa la vostra.

— Sì, io sono il capro espiatorio. Radio e televisione hanno gridato il mio nome e indirizzo ai quattro venti, e li hanno invitati a venire a prendermi... se possono. E non sarà nemmeno una morte rapida. Lo faranno lentamente, molto lentamente.

— Che cosa vi fa pensare così?

— Per quanto posso immaginare, hanno un'arma, una sola. Ma è un'arma formidabile. Si possono presentare sotto l'aspetto umano senza che nessuno sia in grado di riconoscerli, tranne un mostro come me. Per loro è della massima importanza scoprire come faccio a riconoscerli. Se non lo sanno, non possono fare alcun passo per impedire che il fatto si ripeta. Non possono affrontare una minaccia senza conoscerne la natura. Dovranno ottenere la verità da me, in qualunque modo, a qualsiasi prezzo. Altrimenti non sapranno mai quante altre persone sono in grado di identificarli, o quale sarà il loro ultimo istante. La loro vita non varrà più nulla.

— I telepatici sono merce rara — osservò Jameson. — L'avete detto voi stesso.

— Ma *loro* non lo sanno. Si trovano a dover lavorare di fantasia in circostanze per le quali nessuna fantasia giunge abbastanza lontano. Per quanto ne sanno loro, potrebbe anche darsi che tutti gli esseri umani coi capelli rossi siano in grado di fiutarli... e c'è un sacco di teste rosse in giro. Hanno bisogno di sapere come stanno le cose.

— Voi non siete un pel di carota — disse Jameson — ma se un giorno vi troveremo disteso da qualche parte, scotennato, considereremo la vostra morte una prova sufficiente che avevate detto la verità.

— Grazie — commentò Harper. — Divertitevi pure a spese del mio cadavere. Fateci sopra quattro risate, finché rimane qualche cosa di sollazzevole. Non passerà molto tempo prima che desideriate tutti di aver fatto la mia fine.

— Sapete che stavo solo scherzando. Io...

Jameson afferrò la cornetta del telefono prima ancora che finisse il primo trillo e la portò all'orecchio. Harper si alzò in piedi ansioso.

— Come prima — lo informò Jameson, riabbassando il ricevitore e avviandosi a prendere il cappello. — Ci vogliono da loro immediatamente. Tanto valeva che rimanessimo addirittura là.

— Novità grosse in vista — commentò Harper mentre si precipitavano fuori e si infilavano in auto. — Se la prova delle fotografie si fosse rivelata un fiasco ce l'avrebbero detto e con un bel po' di pepe per giunta. Non ci avrebbero convocato solo per dirci che il confronto è stato negativo. Oppure sì? Dopo tutto, è la benzina dei contribuenti che stiamo consumando.

Jameson gli sedeva al fianco con volto inespressivo e non disse una parola.

6

Questa volta, c'erano solo due uomini ad aspettarli. Uno aveva un volto rugoso e severo, che tutto il mondo conosceva: il generale Conway; alto, distinto, con i capelli grigi. L'altro era Benfield, decisamente truce ormai.

— Eccovi! — esclamò il generale Conway, fissando Harper con sguardo gelido. — Siete voi il lettore delle menti?

— Dicendo così mi fate passare per un fenomeno da baraccone — ribatté Harper, per nulla intimorito.

— È molto probabile — ammise il generale, pensando che quella definizione non fosse poi tanto sbagliata. Esaminò Harper dalla testa ai piedi, e soffermò a lungo lo sguardo sui polsi grossi ed eccezionalmente pelosi. La sua diagnosi mentale non era lusinghiera: giudicava il soggetto come un uomo possente e presumibilmente intelligente, che avrebbe avuto la sfortuna di assomigliare a una scimmia, in uniforme da ufficiale. Troppo basso, largo e irsuto per fare una buona figura come capitano o colonnello.

Harper lo informò: — Questo è ancora niente. Dovreste vedermi nudo. Sembro uno zerbino.

Il generale si irrigidì in posa autoritaria. Jameson era allibito. Benfield era troppo preso dalle sue preoccupazioni per mostrare alcuna reazione.

— Se sapete che cosa penso non c'è bisogno di perdere tempo a parlare — disse il generale, seccato di essere letto come un libro stampato. — Che cosa vi dicono i miei pensieri?

— Che siamo in un grosso guaio — rispose Harper senza esitazione — e che mi giudicate sano di mente.

L'altro fece un cenno di assenso. — Il vostro testimone ha confermato che gli uomini nell'automobile sono gli stessi astronauti partiti per Venere diciotto mesi fa. L'FBI ha scoperto altre tracce del loro percorso e ha già trovato altri due testimoni che affermano la stessa cosa. — Si appoggiò all'orlo del tavolo, incrociò le braccia e fissò il suo interlocutore. — È una faccenda della massima gravità.

— E continuerà a peggiorare — aggiunse Harper. — Se questo vi può consolare.

— Non è il momento opportuno per scherzare — lo rimproverò il generale. — Stiamo affrontando la situazione con la serietà che merita. Tutte le forze dell'ordine della parte occidentale del paese sono mobilitate in uno sforzo congiunto per ricostruire l'intero percorso della Thunderbug, fin dall'inizio, nella speranza di trovare in quella zona l'astronave. Stiamo anche cercando di seguire il successivo percorso del trio, ma la caccia sarà probabilmente inutile, dato che a quest'ora avranno abbandonato l'automobile.

— Né l'astronave né l'automobile hanno molta importanza. Sono quei tre che vanno in giro...

— Cerchiamo anche loro — lo interruppe Conway. — Tutti i reparti militari e di polizia disponibili, e organizzazioni sussidiarie, sono già in allarme o lo saranno fra breve. Fotografie e impronte digitali dei tre, insieme alle altre informazioni necessarie, sono in corso di distribuzione alla massima velocità possibile. La loro cattura ha la priorità assoluta, ogni altra inchiesta criminale è stata sospesa fino al completo successo della caccia. Sfortunatamente, in questo stadio iniziale, non possiamo rendere la cosa di dominio pubblico senza creare un'ondata di panico e conseguenze che potrebbero sfuggire al nostro controllo.

— Molto bene — approvò Harper. — A questo punto io esco di scena.

— Al contrario, voi rimanete con noi. Siete venuto qui e siamo fermamente decisi a tenervi. C'è in corso una guerra, e siete arruolato.

— Allora chiedo immediatamente una licenza.

— Licenza negata — sbottò Conway, troppo preoccupato anche per sorridere. Passeggiò intorno al tavolo, si sedette e tamburellò la superficie con le dita, nervosamente. — L'aeronautica è mobilitata alla ricerca dell'astronave. È stato impartito a tutti gli aerei privati l'ordine di partecipare alle perlustrazioni. Abbiamo confiscato il corpo della ragazza e del poliziotto e li abbiamo affidati a una troupe di scienziati per un esame speciale. Tutto ciò che è possibile fare è già stato fatto o lo sarà entro breve tempo. Il problema attuale è cosa fare di voi.

— Di me?

— Sì. Ci sono molte domande a cui dovete rispondere. Per prima cosa, potete spiegare il perché dei vostri poteri telepatici? Potete dirci come hanno avuto origine?

— No.
— È semplicemente accaduto?
— Per quanto ricordi, sono nato telepatico.
— Uhm! — Conway era deluso, ma proseguì: — Stiamo facendo indagini approfondite sul conto dei vostri genitori e nonni. Se possibile, vogliamo scoprire il motivo per cui siete così.
— Personalmente — sottolineò Harper — non c'è nulla che mi interessi meno del motivo. Non mi ha mai interessato.
— Ma interessa a noi. Dobbiamo stabilire il più presto possibile se esistono altri individui come voi e, in tal caso, quanti ne esistono. E se c'è un sistema per individuarli e arruolarli fino a che l'attuale crisi sarà superata.
— Dopo di che, a loro volta, saranno affrontati come una calamità nazionale — disse Harper. — Il vostro grande problema allora sarà di metterli in naftalina fino al giorno in cui saranno di nuovo necessari.
— Ehi, dovete capire...
— So che cosa state pensando e non potete nascondermi niente. So che l'autorità si dibatte fra i corni di un dilemma gravissimo. Un telepatico è una minaccia per gli uomini che sono al potere ma una protezione contro un nemico come quello che stiamo affrontando ora. Non potete distruggere la minaccia senza privarvi contemporaneamente della protezione. Non potete assicurarvi la libertà mentale se non al prezzo eventuale della schiavitù mentale. Siete in un pasticcio di prima forza che non esiste nella realtà, perché è esclusivamente immaginario e sorto dai preconcetti delle menti non telepatiche.

Conway non fece nemmeno il tentativo di discutere quella precisa rivelazione dei suoi pensieri. Rimase seduto in silenzio, fissò la sua fredda attenzione su Harper e interloquì solo quando questi ebbe finito.

— Cosa vi fa affermare che non esiste un simile dilemma?
— Perché tutti i bigotti irragionevoli che appestano questo stupido mondo saltano inevitabilmente alla conclusione che chiunque sia radicalmente diverso da loro deve essere per forza perfido. Questo modo di ragionare solletica le menti distorte. Ogni uomo si erge a modello di virtù e bontà. — Harper fulminò con occhi di fuoco il generale Conway e esplose con ira: — Un telepatico ha un codice etico valido come quello di chiunque... probabilmente molto più valido perché deve respingere molte più tentazioni. Io non ascolto i pensieri altrui a meno che le circostanze non lo rendano necessario. Non sento se non mi si urla addosso.

Il generale era un uomo abbastanza schietto da apprezzare un ragionamento aperto. Ne rimase evidentemente impressionato. Appoggiandosi alla spalliera della sedia esaminò Harper con un nuovo atteggiamento.

— Abbiamo già fatto molti controlli su di voi. Avete sentito l'agente Alderson da una distanza di circa seicento metri. Senza ascoltare, immagino.
— Ho udito il suo grido di morte. Sul piano telepatico è l'equivalente di un urlo. Non ho potuto fare a meno di sentirlo.

— Avete contribuito all'arresto di una serie di criminali ricercati dalla legge ed è ora ovvio in che modo ci siete riuscito. Eppure, affermate di non ascoltare mai?

— La colpevolezza è come un urlo che riecheggia in una strada. La paura muggisce come un toro infuriato.

— Esistono pensieri trasmessi a un livello abbastanza basso da sfuggire alla vostra attenzione?

— Sì... i pensieri comuni, innocenti, di tutti i giorni.

— Voi non ascoltate questo genere di pensieri?

— Perché mai dovrei farlo? Voi cercate di distinguere ogni parola nel continuo brusio della conversazione che vi circonda in un ristorante? Una telefonista impegnata nel suo lavoro perde tempo a seguire il fiume di parole che passa attraverso il centralino? Se andassi in giro cercando di cogliere ogni pensiero umano sarei già stato pronto per la camicia di forza dieci anni fa. L'incessante flusso dei pensieri altrui sarebbe una tortura per un telepatico, se non potesse escluderlo dalla propria mente.

Ormai Conway era convinto per tre quarti. La sua mente si era sottoposta a un notevole riadattamento. Riprese a tamburellare con le dita sul tavolo e lanciò uno sguardo indagatore a Benfield e Jameson. Immediatamente i due assunsero l'espressione assente di osservatori imparziali che non si sentono qualificati per prendere una decisione.

— Devo dedurre — proseguì Conway — che fino ad oggi non avete incontrato un altro individuo telepatico?

— È vero — annuì Harper con rincrescimento.

— Ma nel caso due telepatici si incontrassero senza ascoltare, nessuno dei due si renderebbe conto dell'esistenza dell'altro?

— Immagino di no. Ma non potrei giurarlo. Se per esempio noi emettessimo pensieri a un livello più intenso di quello degli esseri umani normali...

— Sì, ma la vostra mancanza di contatti con altri telepatici non dimostra di per sé la vostra unicità. Per quanto ne sappiamo, potrebbero esserci cinquanta o cento telepatici in ogni città.

— Ritengo questa ipotesi altamente improbabile, ma non oserei definirla impossibile.

— Fino a che distanza agiscono i vostri poteri telepatici? — domandò Conway.

— Circa ottocento metri. Però variano di volta in volta. In certe occasioni ho captato pensieri a una distanza tre volte superiore. Altre volte non arrivo a cento metri.

— Conoscete la causa di tali variazioni? Dipendono dalla natura dell'ambiente, per esempio dalla presenza di grandi edifici?

— Non posso rispondere con precisione, dato che non ho studiato il problema sistematicamente. Però sono certo che l'ambiente non c'entra.

— Avete una teoria in proposito? — domandò Conway.

— Sì — ammise Harper. — Ritengo che l'estensione dei miei poteri sia determinata dalla potenza dei pensieri della persona che ascolto. Più potente è la trasmissione, maggiore è la distanza a cui posso captare. Più è debole, minore è la distanza. Come ho detto, occorrerebbero però test scientifici per stabilire se questa teoria è vera o falsa.

— Siete disposto a sottoporvi a dei test?

— No — dichiarò Harper combattivo

— Perché?

— Il problema immediato non è quello di decidere sulla sorte dei telepatici. È quello di affrontare l'invasione dei Venusiani. Nessuno riuscirà a fare di me una cavia da esperimenti. Continuate a occuparvi della preda a cui state dando la caccia. Hanno già combinato molti guai e il loro scopo è di combinarne molti altri. L'unico reato di cui sono colpevole è quello di aver compiuto un dovere pubblico.

— Non prendetela su questo tono, signor Harper — ribatté Conway, con voce suadente. — Apprezziamo moltissimo ciò che avete fatto. Purtroppo, però, quello che avete fatto non ci basta. Vogliamo di più da voi. Vogliamo tutto quello che potete offrirci. Anzi, ne abbiamo talmente bisogno che ci sentiamo in diritto di chiedervelo.

— Che cosa volete da me?

— Tutti i dati che potete rivelarci, ora, e forse un intervento personale, successivamente.

— Andiamo pure avanti. Che nessuno possa dire che Wade Harper non è stato capace di soffrire.

Conway fece un cenno a Benfield. — Mettete in funzione il registratore. — Spostò di nuovo l'attenzione su Harper. — Questa domanda è della massima importanza. Voglio che rispondiate con la maggior chiarezza possibile. Che cosa vi ha spinto a sparare a Jocelyn Whittingham?

— È una domanda difficile — rispose Harper. — Non posso tradurre la mia sensazione in termini che non comprendete; è come cercare di descrivere una rosa a una persona cieca dalla nascita.

— Non vi preoccupate. Cercate di fare del vostro meglio.

— Va bene. Ho provato una sensazione di questo genere: vi trovate nella stanza di vostra moglie. Notate sulla toilette un nuovo porta-gioie molto grazioso. Pieno di curiosità, lo aprite. L'oggetto contiene un serpente a sonagli vivo. Salta fuori. Nonostante lo shock, reagite rapidamente. Lo afferrate a mezz'aria, lo gettate a terra e lo schiacciate sotto il tacco. Ecco come è andata.

— Capisco. — Conway lo guardò soprappensiero, poi chiese: — Potete esprimervi senza ricorrere a una similitudine?

— La ragazza saliva le scale. Sapevo che probabilmente era la ragazza che cercavo. Ho diretto un pensiero nella sua mente al solo scopo di identificarla. Nel momento in cui ho raggiunto la sua mente mi sono reso conto di che cosa avevo sfiorato. Contemporaneamente...

— *Che cosa* avevate sfiorato? — incalzò Conway.

— Qualche cosa di non umano. Non posso descriverlo con più precisione. Ho toccato in pieno con mano telepatica il campo mentale viscido di una entità non umana. Contemporaneamente, l'entità ha sentito la pressione del mio tocco. Se fosse stata necessaria, anche questa era una conferma, dato che nessun essere umano normale si è mai accorto delle sonde telepatiche che invio. In quella frazione di secondo mi sono reso conto di molte cose. Primo: che lei non sapeva da dove era venuto l'impulso mentale; non aveva un senso di direzione come quello che possiedo io. Ma è giunta ugualmente alla conclusione che proveniva da me, dato che ero l'unica persona nel suo campo visivo e stavo già correndo verso di lei.

— Non *sapeva* che foste voi? — ripeté Conway. — Volete dire che lei non aveva facoltà telepatiche?

— Non ne ho alcuna prova. Aveva solo quell'insolita sensibilità che, suppongo, si è sviluppata come meccanismo di auto-difesa in qualche altro luogo. Sapeva, senza alcun dubbio, che improvvisamente e senza preavviso una mente strana e pericolosa aveva sollevato la sua maschera e visto la verità che stava sotto. Ha espresso il pensiero terrorizzato di dover fuggire, di dover avvertire gli altri che non erano così ben nascosti come pensavano e che *potevano* essere scoperti.

— A-a-ah! — esclamò Conway mostrando una improvvisa speranza. — Allora sapeva dove si trovavano gli altri? Sapeva come fare a mettersi in contatto con loro?

— Se è vero — disse Harper — la sua mente non lo ha ammesso. È successo tutto molto in fretta. Eravamo entrambi sconvolti dall'incontro. La sua mente gridava: "*Scappa, scappa, scappa!*", mentre la mia ordinava imperiosamente: "*Fermala, fermala... uccidi, uccidi!*". Le ho sparato senza provare il minimo scrupolo. Avevo completamente dimenticato che era una ragazza o era stata una ragazza. In quell'istante era un'entità diversa, un'entità che doveva essere eliminata. Le ho scaricato l'intero caricatore nel cranio. Ho sentito quella mente extraterrestre cessare di agitarsi e scomparire nel nulla. Questo dimostrava che poteva morire come qualsiasi essere vivente.

— Poi ve ne siete andato senza compiere altre indagini?

— Sì, e in fretta. Non avevo tempo per starmene lì a bighellonare. Non osavo rischiare di farmi arrestare in un posto che non fosse questo. Se avessi raccontato questa storia in qualsiasi caserma della polizia o nell'ufficio di uno sceriffo, dove erano all'oscuro di tutto, sarei sicuramente finito in un manicomio.

— Non avreste risparmiato tempo, guai e preoccupazioni facendoci una telefonata da laggiù?

— Sarebbe servita a qualche cosa? Avrebbe risposto un funzionario di terz'ordine, avrebbe fatto un sorriso di comprensione e avvertito la polizia di arrestare uno squilibrato in una cabina telefonica. È stata già dura arrivare alle persone adatte venendo qua personalmente. E credo di essere anche stato fortunato. Spero di arrivare alle porte del paradiso con meno fatica.

Nessuno degli ascoltatori apprezzò quell'osservazione, ma non potevano negare che fosse vera. Una guardia formidabile di funzionari minori si frapponeva, come un setaccio, fra i dirigenti più alti e la pletora assediante di malcontenti, teorici, svitati e nemici dell'umanità. Inevitabilmente, erano inclini a sbarazzarsi anche dei pochi individui che avevano effettivamente qualcosa che valeva la pena ascoltare.

Il generale Conway rifletté per un poco, poi decise che non c'era nessun metodo efficace per ovviare a quell'inconveniente; infine proseguì: — Voi avete stabilito un contatto con una forma di vita extraterrestre. Per quanto ne sappiamo, siete l'unica persona che lo abbia fatto e che sia rimasta poi in grado di parlarne. Potete aggiungere qualche particolare che possa aiutarci a stabilire la natura reale del nemico?

— Non l'ho visto con i miei occhi, quindi non posso darvene alcuna descrizione.

— È vero. Però dovete esservene fatto un'impressione.

Harper ci pensò sopra e ammise: — Sì, è così.

— Riferiteci questa impressione. Per quanto vaga, noi abbiamo bisogno di qualsiasi dato sull'argomento.

— Per nessun motivo particolare, ho avuto la sensazione che l'impossessamento da parte degli extraterrestri di un altro corpo vivente fosse un fenomeno naturale. Questo significa che sapevo, più o meno istintivamente, che la cosa che occupava il corpo di Jocelyn Whittingham era funzionalmente designata per quello scopo, si trovava perfettamente a suo agio e sapeva come servirsi di ciò che aveva ottenuto. La ragazza era un essere umano dalla testa ai piedi, sotto tutti i punti di vista tranne uno: si era sostituita in lei un'altra, diversa, scintilla vitale.

— Il che suggerirebbe che ha natura totalmente parassita — osservò Conway. — E che il possesso di un altro essere vivente è il suo modo normale di esistere.

— Sì. E, come parassita, è molto abile.

— Si può quindi concludere, secondo voi, che quando penetra in un corpo si impossessa anche di tutto il patrimonio intellettuale di quell'individuo: abitudini, conoscenze, memoria, eccetera?

— Indubbiamente. Non potrebbe sopravvivere altrimenti. Si tradirebbe subito.

Rivolgendosi a Benfield, il generale osservò: — Dobbiamo quindi dedurre che Venere è abitato da varie forme di vita, alcune delle quali costituiscono la preda naturale di un essere parassita. Questo parassita è in grado di prendere possesso anche di forme di vita più sviluppate di quelle esistenti sul pianeta. Può adattarsi a vivere fuori dal suo ambiente e, se così si può dire, è capace di elevarsi al livello intellettuale delle sue prede e di arrangiarsi.

Benfield fece un cenno di assenso.

— Inoltre — proseguì Conway — si tratta di un parassita microscopico, probabilmente germiforme. Almeno, io lo immagino così. Dovremo però lasciare l'ultima parola su questo a persone più competenti. Saranno in grado di valutare esattamente le sue caratteristiche.

— Faremmo un notevole passo avanti se riuscissimo a scoprire in che modo quella ragazza è caduta nelle loro mani — fece notare Harper. — Potremmo trovare la soluzione esaminando il suo cadavere.

— Stiamo facendo anche questo. Abbiamo sequestrato il corpo nonostante la violenta opposizione dei parenti.

Harper lo osservò con gli occhi che lampeggiavano. — Qualche parente ha protestato con maggior decisione?

Conway, che stava per aggiungere qualcosa, si arrestò improvvisamente, chiuse la bocca, la riaprì, mostrando segni di turbamento.

— Perché mi fate questa domanda?

— I Venusiani devono rimanere uniti.

— Allora...

— Sì, intendo proprio quello che state pensando.

Conway serrò con forza le labbra e si precipitò al telefono. — Prendete immediatamente in custodia tutta la famiglia Whittingham — ordinò. — No, non si tratta di arresto. Non c'è nessuna accusa contro di loro. Dite che è una semplice misura per proteggerli. Come? Se il loro avvocato interviene, ditegli di rivolgersi direttamente a me.

— Splendida idea — osservò Harper, ironico. — Se uno dei Whittingham non fa più parte di questo mondo, lo aiuterete a organizzare un reparto di polizia venusiana nell'ovest.

— È un rischio che dobbiamo correre.

— Non necessariamente. Potreste rinchiuderli in gabbie per animali e dargli da mangiare usando dei bastoni. Qualsiasi cosa purché non possano avvicinarsi quanto basta per impossessarsi dei loro stessi guardiani.

— Sarebbe una pesante violazione dei diritti costituzionali. Potremmo giustificarci solo mettendo le carte in tavola di fronte alla opinione pubblica. Ma per fare questo dobbiamo rendere pubbliche certe informazioni che preferiamo mantenere segrete, almeno per il momento. — Conway interrogò con gli occhi Harper, come per dire: "Che suggerite adesso?".

Harper colse a volo la domanda inespressa. — Dite loro la verità. Spiegate a tutta la famiglia Whittingham che Jocelyn è stata uccisa da una nuova malattia infettiva, altamente contagiosa. Devono essere isolati fino a che un medico avrà stabilito che loro sono immuni. Una specie di ritorno della peste, insomma.

— Ma se sanno che è stata uccisa a colpi di pistola?

— Sono stato *io* a contagiarla. Ero appestato e il male mi aveva fatto impazzire. L'ho toccata, le ho trasmesso il germe. È una fortuna che sia morta. Dovete rilasciare un certificato medico a tutti coloro che le si sono avvicinati dopo la morte. Potrete servirvi di qualche disposizione della legge sanitaria per giustificare il loro isolamento. Nessun difensore delle libertà civili se la sentirà di battersi per rimettere in circolazione un probabile lebbroso. E per di più, la storia sarà sostanzialmente vera, non vi pare?

— Forse avete trovato la via d'uscita giusta. — Conway fece una seconda telefonata, impartì le disposizioni e concluse: — Consultate il professor Holzberger per i termini tecnici che diano al pretesto una veste credibile. Abbiamo bisogno di un pretesto abbastanza solido da convincere, ma non tale da provocare panico. — Riappese la cornetta e chiese a Harper: — E ora?

— Appena possibile, fatemi andare là a dare un'occhiata. Se li trovo normali, sottoponeteli a un finto esame clinico da parte di qualche professore dall'aspetto preoccupato, poi lasciateli pure andare. Si sentiranno talmente sollevati da non ricordarsi nemmeno di protestare.

— Ma se uno di loro fosse veramente contagiato?

— Me ne accorgerò sin dal primo istante. E se ne accorgerà anche lui. Lo terrete in custodia a ogni costo. Quando gli altri se ne saranno andati, vivisezionatelo e vedete se riuscite a trovare il baco. Potete farlo senza alcun rimorso. Per quanto riguarda il punto di vista umanitario, si tratterà di un essere morto a tutti gli effetti, come uomo. Sezionerete un cadavere animato. Se siete fortunati, potrete isolare il germe che lo ha trasformato in Venusiano.

Conway corrugò la fronte. Jameson sembrava sul punto di vomitare e anche la reazione di Benfield non era certo di gioia; stava pensando a se stesso nell'atto di farsi la barba con una mano guidata dal volere altrui.

— Affronteremo questo problema più tardi — disse Conway. — C'è ancora un argomento essenziale da prendere in considerazione. Avete detto che nell'istante in cui avete riconosciuto la ragazza, la sua reazione immediata è stata quella di fuggire.

— Sì.

— Non ha accennato a un luogo preciso dove fuggire?

— No.

— Perciò il suo impulso a fuggire era solo frutto d'istinto?

— Non completamente. Ha subito il trauma di chi senza aspettarselo, viene privato di un principio assolutamente vero, incrollabile da lungo tempo; nel suo caso particolare, l'impossibilità del riconoscimento da parte delle altre persone. Si è trovata di fronte a un fatto irrefutabile che contraddiceva ogni sua esperienza. Ha sentito l'assoluto bisogno di sfuggirmi e di andare a informare gli altri.

— Quali altri? *Dove*?

— Non lo so.

— Sapete solo che lei non lo sapeva?

Harper passeggiò nervoso per la stanza, osservando i disegni del pavimento. — Francamente, non sono in grado di darvi una risposta soddisfacente. Forse non aveva la minima idea di dove si trovassero gli altri. Oppure lo sapeva, ma è riuscita a nascondermelo, cosa che per altro dubito. Oppure...

— Oppure che cosa?

— Poteva essere in possesso di una sensibilità a noi sconosciuta che permette agli individui della loro specie di mettersi in contatto fra loro. Una sensibilità estranea alla natura umana. Come l'istinto che hanno i cani e i piccioni per tornare a casa.

— Però siete convinto che non fosse telepatica?

— Non lo era nel modo in cui lo sono io.

— Forse in un modo diverso?

— Nulla è impossibile — rispose Harper seccamente. — Non rientra nei miei poteri elencarvi le caratteristiche di cose provenienti da una distanza di molti milioni di chilometri, con un'osservazione durata meno di un secondo. Prendetene una dozzina. Li esaminerò con più attenzione e vi saprò dire di più.

Obbedendo a un cenno di Conway, Benfield spense il registratore.

— Prenderne una dozzina — fece eco Conway. — E come possiamo farlo? Ne conosciamo tre e non trascende le nostre possibilità trovarli e arrestarli, prima o poi. Scoprirne altri che forse sono in giro è un discorso completamente diverso. Non abbiamo nessun indizio, nessun particolare che ce li possa rivelare, nessun modo di identificarli. — Sollevò gli occhi fino a incontrare lo sguardo di Harper. — Abbiamo un solo mezzo: e siete voi. Per questo vi abbiamo arruolato. Chiediamo la vostra collaborazione per esaminare ogni individuo sospetto su cui potremo mettere le mani.

— E così, io dovrei rimanere a vostra disposizione, aspettare che voi arrestiate i sospetti, esaminarli e dire sì o no?

— Esattamente. Non c'è altra via.

— Ce n'è un'altra — lo contraddisse Harper.

— E quale?

— Usarmi come esca.

— Come?

— Vogliono il mio corpo peloso con la stessa intensità con cui volete il loro. Vogliono sapere che cos'è che mi rende tanto pericoloso per loro, come voi volete sapere la stessa cosa sul loro conto. Da questo punto di vista, hanno un vantaggio. Voi dovete cercare di prendere un numero indefinito di pseudo-esseri umani ignoti. Loro devono mettere le mani su un solo uomo, il cui nome e indirizzo e numero di targa dell'auto sono stati gridati ai quattro venti in ogni angolo del paese. Per quegli individui sono il soggetto più desiderabile per una vivisezione, da quando hanno fatto l'ultimo picnic su Saturno. Concedetegli mezza occasione e si precipiteranno come falene intorno a una lampada. Vi basterà intervenire e pizzicare chiunque abbia in tasca un bisturi.

Conway respirò a fondo e obiettò: — È un rischio, un rischio gravissimo.

— Credete che io mi diverta molto a correrlo?

— Se per qualsiasi ragione andasse male, avremo perduto la nostra più efficiente arma di difesa e ci troveremo nell'impossibilità di sostituirla.

— La cosa più bella — disse Harper allegramente — sarà che a quel punto non me ne importerà assolutamente niente. I morti sono del tutto indifferenti davanti al problema di chi vince o perde una guerra o di chi conquista un mondo.

— Può darsi. Ma noi saremo ancora vivi.

— Neanche questo mi riguarderà. Alla mia povera bisnonna non interessa minimamente quello che faccio o non faccio.

— E anche *voi* potreste essere ancora vivo — ribatté Conway. — Anche se morto.

— In un modo o nell'altro, non esisterò più — insistette Harper con filosofia. — Che cosa me ne può importare, quindi, se un microbo extraterrestre mi indosserà come una pelliccia di visone?

Rivolse a tutti un sogghigno, divertito dalla repulsione espressa dalle loro menti.

Il generale era come un giocatore di scacchi che cerca di decidere se riuscirà a dare scacco matto all'avversario sacrificando la regina. Non ne era affatto convinto, ma non era capace di trovare un'alternativa soddisfacente. Per la sua mentalità militare, i telepatici potevano essere benissimo mandati allo sbaraglio, purché fossero sostituibili all'infinito. Sfortunatamente non erano né proiettili, né fucili. Non potevano essere fabbricati in serie. Per quanto gli constava, aveva una e una sola arma telepatica nel suo arsenale. Se l'avesse perduta, non ce ne sarebbero state altre.

Anche se fosse esistita gente con poteri supernormali in numero sufficiente per eliminare una volta per tutte la minaccia extraterrestre, la situazione sarebbe rimasta critica. Ci sarebbe stato anche un "dopo". Che fare dei telepatici? Ci si poteva fidare di loro. Oppure l'esperienza degli ultimi avvenimenti sarebbe servita a rivelare loro l'ampiezza del loro stesso potere, li avrebbe spinti a unirsi per impossessarsi del pianeta? Avrebbero avuto anche una buona scusa per farlo, una scusa abbastanza convincente per tirare le masse dalla loro parte: "solo noi abbiamo potuto salvarvi l'ultima volta; solo noi vi potremo salvare la prossima".

Conway stava ancora meditando, quando suonò il telefono. Sollevò il ricevitore soprappensiero, ascoltò qualche parola, poi, improvvisamente, si fece attento.

— Chi? Quando è accaduto? Sì, sì, sarà meglio. — Depose il ricevitore e guardò fisso di fronte a sé, corrucciato.

— Qualcosa che non va? — domandò Harper.

— Sapete già di che cosa si tratta. Dovete aver letto i particolari che registravo nella mente.

— Non stavo ascoltando. Ero preso dai miei pensieri. Non posso occuparmi degli affari miei e contemporaneamente dare retta allo strombettio cerebrale del mio prossimo.

— Uno dei testimoni è morto... il vecchio della stazione di servizio.

— Assassinato?

— Sì. È accaduto un paio di ore fa, ma hanno scoperto il cadavere solo da un quarto d'ora. Chiunque l'abbia fatto, ha già un discreto margine di vantaggio. — Conway lanciò a Jameson uno sguardo interrogativo. — Non so che cosa pensare. Voi avete molta più esperienza di me in queste cose. Ritenete che si tratti di coincidenza?

— Come è stato ucciso? — domandò Harper.

— Hanno scoperto il corpo fra le pompe di benzina, con il cranio fracassato da un solo colpo, vibrato con un oggetto pesante. Sembra che sia stato colpito mentre stava per riscuotere i soldi, dopo aver rifornito un'automobile.

— C'è stata una rapina? Gli hanno vuotato le tasche oppure ripulito la cassa?

— No.

— Uhm. Ciò non dimostra che il movente non era la rapina — osservò Jameson. — Può darsi che gli assassini si siano spaventati prima di portare a termine il loro piano. Oppure che si tratti di scapestrati che lo hanno colpito per andarsene via senza pagare, ma hanno esagerato finendo per ucciderlo. — Fece una smorfia, riflettendo, e concluse: — Queste stazioni di servizio isolate sono da anni obbiettivo di violenze. È possibile che si tratti di una coincidenza. Attribuire un significato speciale a questo delitto ci potrebbe fare perdere tempo prezioso lungo una pista sbagliata.

Conway si rivolse a Harper: — La polizia, laggiù, si sente bloccata a causa dell'ordine di abbandonare ogni indagine che non sia la caccia ai piloti dell'astronave. Eppure, un'indagine potrebbe avere a che fare con l'altra e non vorrei che venisse del tutto ignorata se c'è un punto di contatto. D'altra parte, non vorrei dare un contrordine, se tale connessione non esiste. Voi che cosa ne pensate?

— Se lo hanno ucciso i Venusiani per chiudergli la bocca, sono arrivati in ritardo. Il vecchio ha già visto le foto e ha dato il via al fuoco d'artificio prima che potessero impedirglielo. Però *loro* non lo sapevano.

— Pensate che siano stati loro e non sia stata una coincidenza?

— No — rispose Harper con cautela. — Jameson ha espresso il suo punto di vista e io sto cercando di considerare l'aspetto opposto. Vi assicuro che se i tre conoscono l'identità della ragazza di cui si erano impossessati, la sua morte deve avergli messo addosso una gran paura. Due più due fa quattro su tutti i pianeti. Metteranno insieme le notizie, calcoleranno esattamente il totale e concluderanno che la ragazza è stata scoperta, Dio sa come.

— E allora...?

— Sanno che inizierò una caccia contro di loro su scala nazionale, se non riescono a correre ai ripari. Ciò servirà solo a ritardare le cose, ma tutto quello di cui hanno bisogno è proprio guadagnare tempo. Se riescono a ritardare la loro cattura abbastanza a lungo, sarà una cattura inutile. Molta gente li ha visti a bordo della Thunderbug, ma solo due li hanno visti con la ragazza per il tempo necessario a identificarli. I due erano Alderson e il vecchio. Il primo è troppo morto per dedicarsi allo studio di fotografie. A loro faceva comodo che anche l'altro si venisse a trovare nelle medesime condizioni. Ecco il loro punto di vista. Ogni tipo di mente, da qualsiasi mondo provenga, è in grado di capire le elementari necessità per la propria sopravvivenza.

— Ma, allora, perché sono stati così lenti a raggiungerlo? — commentò Conway. — Si sono occupati di lui con tre o quattro ore di ritardo.

— Io ho ucciso quella ragazza e sono venuto al più presto, poi sono stato qui a far niente per tutto il giorno. La notizia non è stata resa pubblica per un certo periodo di tempo, dopo che me ne ero andato. Quando sono stati informati è probabile che fossero già lontani. Si saranno precipitati a uccidere il vecchio alla massima velocità possibile, ma anche al giorno d'oggi ci vuole un po' di tempo a spostarsi.

— Lo immagino. — Con una espressione di dubbio, Conway rivolse lo sguardo a Benfield. — Avete qualche idea in proposito?

— Sì, generale. Penso che sia necessario andare a fondo in questa faccenda, senza tralasciare assolutamente nulla.

— Ottima idea — approvò Harper. — Con tutte le truppe e i corpi di polizia che infestano questo paese, dovremmo riuscire a trovare un paio di dozzine di uomini da lanciare su questa pista. Non sarà una perdita tanto grave da farci inciampare.

Conway non approvò la battuta umoristica che, a suo giudizio, sapeva di sarcasmo gratuito. Ma servì allo scopo di lanciarlo immediatamente in azione. Si mise di nuovo al telefono reggendo la cornetta con l'aria di essere terribilmente seccato di tenerla in mano.

— Williams, per quell'assassinio alla stazione di servizio. Voglio un'indagine. Rapida e completa. Sì, gli ordini sono sospesi solo per questo caso. Potrebbe avere un legame con l'indagine principale. Se è così, uno degli uomini ricercati si è trovato oggi in quella zona. Tenetemi periodicamente informato. — Rivolse agli altri un'occhiata di sfida. — E questo è a posto. C'è poco altro che possiamo fare, fino a che non catturiamo il primo... e speriamo di prenderlo vivo.

— C'è anche da sperare che la cattura del primo conduca agli altri — osservò Benfield.

— E inoltre, che prima di Natale qualcuno si decida ad accettare o a rifiutare la mia offerta di penzolare all'amo come esca — aggiunse Harper.

— Il vostro primo lavoro è di controllare la famiglia Whittingham — esplose Conway. — Dopo di che, penseremo a quello che si dovrà fare di voi.

— Allora, andiamo. — Harper rivolse un cenno di saluto familiare al generale Conway, come una recluta ancora troppo inesperta per sapere come comportarsi. Involontariamente Conway rizzò il pelo, cosa che a Harper diede una grande soddisfazione.

— Non c'è senso a cercare di irritare il vecchio a ogni costo — osservò Jameson in tono di riprovazione, dopo che furono usciti ed ebbero raggiunto l'automobile. — Ha già abbastanza seccature.

— Stavo riaffermando la libertà dell'individuo in un momento in cui corre il rischio di essere messa in discussione — ribatté Harper. — E inoltre, anche un gatto può guardare un re. È un principio sempre valido, anche quando tutto sta andando a rotoli.

Jameson preferì non continuare la discussione.

Rientrati in sede, Jameson disse: — La cosa migliore è che vi rechiate immediatamente laggiù e sbrighiate quell'affare al più presto. Vi manderemo in aereo o in elicottero. Sedete un attimo, mentre aspettate... Vedrò quello che si può fare.

— Già che ci siete, potreste ridarmi il buon umore — suggerì Harper. — Sospendete l'ordine di cattura nei miei confronti. Non mi piace, anche se momentaneamente viene ignorato. La priorità della ricerca dei piloti spaziali non impedirà a qualche volenteroso dall'occhio di lince di mettermi le mani addosso se mi troverà proprio sotto il suo naso.

— Staremo attenti anche a questo. Per il momento vi facciamo accompagnare da un paio di agenti, per sicurezza.

— Pensate che non sia in grado di badare a me stesso?

— È un ordine di Conway.

— Ah, va bene. — Mentre l'altro si dirigeva verso la porta, Harper lo richiamò: — E voglio la mia pistola. È mia proprietà, non è vero?

Jameson ritornò dopo un paio di minuti, porgendogli l'arma e una grossa busta marrone. — Dateci un'occhiata finché organizzo la gita... tutti gli aerei sono in servizio e dovrete usare un elicottero. — Uscì di nuovo.

Harper sistemò la pistola sotto l'ascella sinistra ed aprì la busta. C'erano tre fotografie di grande formato. Ciascuna aveva una didascalia dattiloscritta sul retro. Le esaminò attentamente.

Il primo era William Gould, ventotto anni, capo pilota collaudatore: volto aperto, capelli biondi, Gould era un giovanotto atletico, di ottanta chili, con una cicatrice a forma di mezza luna al sopracciglio sinistro. Il volto più sottile, che sorrideva sulla seconda fotografia, era quello di Cory McDonald, ventiquattro anni, capelli scuri, pilota collaudatore addetto al calcolatore elettronico: un tipo magro sui sessantacinque chili; non aveva nessun segno particolare di identificazione. La terza foto mostrava i lineamenti seri e pensierosi di Earl James Langley, anche lui pilota collaudatore e ufficiale navigatore, di ventisette anni: capelli neri, sessantotto chili, piccolo neo sulla coscia sinistra, cicatrici bianche su entrambe le ginocchia.

— Gould, McDonald e Langley — ripeté Harper fra sé, passando e ripassando le foto davanti agli occhi per imprimersi nella mente quei volti. — Gould, McDonald e Langley. Tre bravi ragazzi partiti pieni di speranza e tornati con l'inferno addosso. Che le loro anime riposino in pace!

Si sentì ribollire dentro la vendetta, guardandoli. Non gli sembrava giusto che gente come loro dovesse fare le spese dell'espansione umana nel cosmo. Il sale della Terra gettato via per il bene della Terra. E ciò che già avevano pagato non era sufficiente: avevano datto la vita; quando i loro fratelli della Terra li avrebbero trovati e distrutti, avrebbero anche dato il loro corpo. Il pagamento, allora, sarebbe stato totale.

Nemmeno per un momento dubitò che se si fosse trovato faccia a faccia con uno di loro lo avrebbe abbattuto come un cane rabbioso, senza la minima esitazione, come aveva fatto con Jocelyn Whittingham. Per lui era più facile che per gli altri compiere un'esecuzione a sangue freddo: mentalmente, lui poteva *vedere* il vuoto terribile dentro il guscio umano e la cosa extraterrestre che si agitava all'interno.

Tre giovani in gamba.

Tre mele bacate.

— Maledizione! — esclamò a voce alta. — Maledizione!

— Con chi l'avete? — chiese Jameson, apparendo sulla soglia.

— Con i figli di qualcuno... e con chi li ha ridotti così.

— Non vi preoccupate per loro, ora. Abbiamo un problema più importante da affrontare; e cioè cosa stanno facendo gli altri, quei tre.

— Lo so. Ma è nella mia natura deplorare ciò che è deplorevole. — Ripose le fotografie nella busta e restituì il tutto a Jameson. — Se potrò averne copie, vi dispiace farle mettere nella mia automobile? Sono troppo grandi per farle stare in tasca.

— Ne stiamo riproducendo di più piccole, a migliaia. Le riceverete appena pronte. — Jameson gettò uno sguardo impaziente verso la porta. Entrarono due uomini. Erano giovani, slanciati, ben vestiti, e avevano un'aria di gente che sa il fatto suo. Jameson li presentò. — Dan Norris e Bill Rausch. Provate a liberarvi di loro, se ci riuscite.

— Sono le mie guardie del corpo?

— Sì.

— Spero che non vi darò fastidio, ragazzi — disse Harper. — Pronti per andare?

— Immediatamente — rispose Jameson. — Un elicottero dell'esercito è già sul tetto.

Accompagnato dai due agenti silenziosi, Harper salì in ascensore fino all'ultimo piano e raggiunse il velivolo che aspettava sulla terrazza; era un grosso elicottero, capace di trenta posti, con doppio rotore.

I motori acceleravano con un lamento acuto e i rotori presero a girare in un vortice di luce. L'elicottero fece un breve balzo poi si innalzò rapido. All'altezza di 1.500 metri, il reattore di coda incominciò a sputare fiamme e sospinse l'apparecchio a grande velocità verso ovest.

Dopo tre ore e mezzo di volo, atterrarono nel giardino ben curato di un ospedale di Stato per le malattie infettive. Mentre scendevano a terra, venne loro incontro un agente che si presentò come Vern Pritchard.

— Gli Whittingham sono qua? — domandò Harper.

— Sì. La famiglia comprende cinque persone in tutto. Hanno bevuto la storia del possibile contagio e sono venuti senza opporre resistenza. Temono di avere una grave malattia in incubazione e sono divorati dall'ansia di sapere di che cosa si tratta.

— Nessuno di loro ha cercato di scappare?

— No — rispose Pritchard.

— Nemmeno hanno tentato di comunicare con qualcuno all'esterno?

— No.

— Dove si trovano?

— In quel padiglione laggiù.

Harper fissò con aria meditabonda il luogo indicato, a circa quattrocento metri di distanza; dopo qualche istante disse: — Sono a posto. Potete lasciarli andare.

Una espressione incredula apparve sul volto di Pritchard. Protestò: — Ma se non li avete nemmeno *visti*!

— Non ce n'è bisogno.

— Be', io ho ordine di attenermi scrupolosamente a quello che dite voi. Immagino che sappiate quello che dite.

— Lo so. Vi assicuro che sono puliti. Potete lasciarli andare.

— Molto bene — disse Pritchard perplesso e poco convinto. Poi, per coprirsi dalle possibili conseguenze di un grossolano errore, di fronte ai superiori, aggiunse rivolto ai due colleghi che accompagnavano Harper: — Voi siete testimoni.

I due fecero un segno di assenso e seguirono Harper sull'elicottero, mentre Pritchard si dirigeva verso il padiglione. L'elicottero si sollevò in aria e incominciò il viaggio di ritorno.

— Grazie al cielo, non tutti conoscono la mia situazione — osservò Harper per stimolare una reazione nella mente delle sue guardie del corpo.

I loro pensieri dimostrarono che nemmeno loro ne sapevano niente. Jameson non aveva parlato più del necessario. Le autorità cercavano di nascondere al pubblico due pericoli, non solo uno.

Cercavano di mantenere il segreto, tanto su una mente inquisitrice umana quanto sulle creature non umane che volevano rendere schiava l'umanità. Il loro gioco era di servirsi della prima per distruggere le seconde... e poi decidere sulla sorte della prima.

7

Moira rimase immobile, come colta da paralisi, quando Harper entrò con aria cattiva in ufficio, si sedette dietro alla scrivania e incominciò a rovistare fra la corrispondenza giacente.

Dopo qualche minuto, Harper sollevò gli occhi e borbottò: — Ebbene, che cosa vi prende? Sono diventato una specie di appestato da queste parti?

— No, signor Harper. — Moira si sedette ancora imbambolata, guardandolo con gli occhi spalancati. Aveva le orecchie tese, pronte a captare l'ululato di una sirena che si avvicinava, e pensava al modo migliore per ripararsi dalla confusione che inevitabilmente sarebbe seguita.

— Non rimanete con la bocca spalancata in quel modo. Vi fa sembrare una carpa affamata. A che punto siamo con il Laboratorio Antiparassitario? Il ritardo fa venire le coliche a quella gente.

La ragazza si precipitò allo schedario, aprì un cassetto, scorse i cartoncini allineati, estrasse una scheda e la porse a Harper. Nella sua mente turbinava il pensiero che lei si trovava sola accanto al nemico pubblico numero uno e che qualcuno doveva far qualcosa.

— Il signor Riley si è fatto vivo spesso — disse la ragazza, a titolo di avvertimento, e sperando che lui cogliesse l'accenno. — Ha detto che tornerà oggi.

— Davvero? L'orribile impiastro! — Esaminò la scheda, con un'espressione sempre più contrariata. — Maledizione! Quando dico sei settimane, sono sei settimane e non sei giorni. Egregi signori, in risposta alla vostra di ieri...

Moira afferrò la matita e si mise a scrivere in fretta e furia. Harper dettò una cinquantina di parole, sapendo che la ragazza stava combinando un pasticcio indecifrabile sul foglio di appunti. Smise di dettare e le parlò mescolando con abilità rimprovero e comprensione.

— Ascoltate, tesoro, non sono un criminale sfuggito alla legge. Durante la mia assenza non ho sgozzato nessuno, salvo le poche centinaia di persone che se lo meritavano. Non sono ricercato né dalla polizia né dall'esercito, né dai metronotte, né dal tribunale divino. Tutti continuano ad amarmi come mi hanno amato sin dal primo vagito nella culla. Ora tranquillizzatevi e concentratevi sul lavoro. Egregi signori, in risposta alla vostra di...

Stavolta la ragazza riuscì a scrivere la lettera senza errori. Mise in macchina la carta intestata, sistemò il foglio, poi si arrestò ansiosa, udendo il rumore di passi pesanti che si avvicinavano all'uscio.

— Eccolo — annunciò Harper fingendo tensione. — Buttatevi sotto il tavolo quando incomincia la sparatoria.

Moira sembrava una statua di ghiaccio, con un dito immobile su un tasto della macchina. Non osava nemmeno spostare gli occhi su Harper, ma aspettava da un momento all'altro di sentire il lieve fruscio del vestito prodotto dalla mano di lui che correva all'impugnatura della pistola.

Riley spalancò la porta con la solita grazia elefantina e fece i due soliti passi che dividevano la porta dalla scrivania di Harper. Se l'umor nero che gli alterava il volto avesse fatto abbassare di altri due centimetri le spesse sopracciglia, queste gli sarebbero servite da baffi. Appoggiò entrambe le mani sull'orlo del tavolo e si piegò in avanti per fissare negli occhi da vicino il suo interlocutore. Alle sue spalle, Moira si sentì svuotata da un sollievo improvviso e batté un tasto senza guardare.

— Adesso — tuonò la voce cavernosa di Riley — mi direte che cosa diavolo sta succedendo a destra e a sinistra. Perché un momento prima siete ricercato per omicidio e il momento dopo nessuno vi cerca più? Perché vi mettono un giorno in cima alla lista nera e il giorno dopo il vostro nome scompare? Perché non riescono a decidere una volta per tutte se siete un malvivente irsuto o una persona per bene?

— La vita è fatta a scale. Io...

— Tacete! Non ho ancora finito. Perché l'FBI è emigrato in massa in questa città e, come se niente fosse, mi ha confiscato le quattro squadre di agenti più in gamba? Perché hanno presidiato questo vostro sudicio ufficio dal soffitto alle cantine, hanno occupato l'edificio di fronte, la strada da un capo all'altro, tutti gli incroci e un'altra dozzina di strade vicine? Perché...

— Perché trasformate Moira in un fascio di nervi logori appena volto le spalle? — domandò Harper.

— Io? — Riley schiumava di rabbia. — Non l'ho mai toccata. Non sono il tipo. Sono sposato e felice. Se vi ha detto che l'ho toccata è una bugiarda. State inventando delle calunnie per cambiare argomento. Ma con me non funziona, sapete? Perché...

— Voi l'avete guardata e vi sono venuti in mente certi pensieri — asserì Harper.

Riley diventò rosso e abbaiò: — E va bene. Ho capito. Vi rifiutate di parlare. Sapete che non posso costringervi a parlare. E la situazione vi diverte. Solletica il vostro io scimmiesco. — Abbassò il tono di voce di un paio di decibel e aggiunse: — La signoria vostra può concedermi il favore di rivolgerle una domanda? Solo una piccola domanda?

— Potete esprimerla — disse Harper cercando di apparire magnanimo.

— A chi devo rivolgermi per avere spiegazioni?

— Al generale Conway.

— Per la torre di Babele! — sbottò Riley. Si afferrò i pantaloni come se gli stessero cadendo. — È *così* importante?

— Sfortunatamente sì. E se non hanno ritenuto opportuno darvi spiegazioni, devo fare anch'io lo stesso. Se vi dicessi tutto mi sostituirei all'autorità, il che se ho ben capito è un reato gravissimo. È un peccato imperdonabile. È il padre dell'anarchia, con tutti i suoi prodotti derivati, come l'ateismo, la promiscuità e ogni altra forma di malvagità. Completate voi la lista... conoscete il male molto più di me. — Harper prese un'altra lettera nel mucchio di corrispondenza. — Chiudete la porta con grazia quando uscite. Il vetro non reggerà a più di altri due vostri assalti.

— Potrei assalire qualcuno sin da questo istante — lo informò Riley mostrando i suoi grossi denti. — Due furti con scasso, una rapina e un incendio doloso ieri sera. E io dovrei fare come se niente fosse. Dovrei invece concentrarmi esclusivamente su tre tizi di nome McDonald, Langley e Gould, dandomi da fare, per di più, con quattro pattuglie in meno. Non importa nient'altro che dare la caccia a un trio di duri contro i quali non è stato spiccato nessun mandato.

— Nient'altro importa — gli assicurò Harper.

Riley si sporse in avanti e sussurrò: — Siate un amico e ditemelo... che cosa hanno fatto?

— Chiedetelo a Conway.

— Grazie lo stesso. — Riley fece tremare il vetro della porta uscendo.

— Al Direttore delle Ricerche, Laboratori Swain, Trenton, New Jersey — riprese Harper, mentre Moira riprendeva in mano la matita. — In risposta alla vostra richiesta di micromanipolatori pneumatici a moto rallentato adattabili a microscopi elettronici tipo Z, siamo lieti di potervi segnalare il nostro... — Alzò gli occhi alla porta che si era aperta. — Ebbene?

Era l'agente federale Norris. — Abbiamo udito la conversazione tramite il microfono. Che rapporti avete con quel funzionario di polizia?

— È un amico. Pensa di avere diritto alla mia confidenza. — Harper si grattò il naso e aggiunse: — La penso anch'io così.

— Perché dite questo?

— Lo conosco da un pezzo. Ci si può fidare.

"*Prendi nota di tutti gli amici e conoscenti di Harper*" ronzava la mente di Norris, ripetendo gli ordini ricevuti e credendo di non scoprirsi. "*Devono essere controllati uno per uno*". Ad alta voce disse: — Lo abbiamo lasciato entrare, poiché è un poliziotto. Ma volevamo sapere perché è uscito con quella richiesta perentoria di spiegazioni. Ciò che è sufficiente per il Commissario, dovrebbe bastare anche per lui, no?

— Riley è in posizione privilegiata, nei miei confronti.

— Siete certo che non avesse un altro motivo per venire a farvi il terzo grado?

— Non mi sono preoccupato di esaminarlo. Non vado a scavare nella testa di chiunque, senza discriminazione. E poi sono impegnatissimo a salvarmi dall'orlo del fallimento. Che motivo dovrebbe avere?

— Potete immaginarlo come possiamo immaginarlo noi... tranne che voi non avete bisogno di immaginare — ribatté Norris. — In una situazione come questa, è saggio sospettare di chiunque, compresa vostra madre.

L'agente dell'FBI uscì e raggiunse Rausch nell'officina. Harper continuò a occuparsi della corrispondenza. Quando venne l'ora di pranzo e Moira uscì per andare a mangiare, Harper convocò Norris nel suo ufficio.

— Moira è una brava ragazza. È più alta di me, ma pesa quattro volte di meno perché le rendo dura l'esistenza facendola lavorare come un mulo e prendendola in giro tutto il giorno. Ciò nonostante, andiamo molto d'accordo.

— E a me che cosa importa? — domandò Norris.

— Non vorrei che venisse coinvolta, se si trovasse qui quando entrerà uno dei nostri uomini. È una seconda esca appesa allo stesso amo, e io non la pago per correre questi rischi.

— Tocca a voi il compito di avvertirci quando ci sarà un attacco — gli fece notare Norris. — Senza di voi, noi siamo completamente ciechi.

— Lo so. Ma io non la tengo in ufficio ventiquattro ore al giorno. Non credete che sia meglio allontanarla per qualche tempo? Potrei mandarla in ferie, fino a che questa faccenda sarà chiusa.

— No. Voi potete fare la vostra parte solo comportandovi in modo normale nell'ambiente normale. Fate dei mutamenti e una trappola incomincerà ad apparire come una trappola.

— Potrebbero assalirla fuori di qui, sperando di servirsene per arrivare da me. Non ce la farebbero lo stesso, grazie a Dio. Me ne accorgerei in tempo. Però sarebbe orribile dover sparare a lei anche se avesse cessato di essere Moira. Vorrei impedire che avvenisse, finché siamo ancora in tempo.

— Deve correre il rischio come tutti gli altri — insistette Norris, impassibile. — Siamo tutti esposti allo stesso modo.

— Non è vero — lo contraddisse Harper. — Alcuni sono più esposti di altri. Sarei più tranquillo se fosse protetta giorno e notte.

— È già protetta. Le abbiamo messo alle costole due guardie del corpo sin dall'inizio. E lo stesso vale per gli altri vostri dipendenti. Copriamo anche tutte le persone che hanno contatti regolari con voi. Se qualcuno tenta la tattica di avvicinarsi a voi attraverso una persona familiare, avrà vita dura a trovarne una adatta allo scopo e non protetta.

— Sarei capace di trovarne una in qualsiasi istante — dichiarò Harper.

Norris sollevò un sopracciglio. — Qualcuno che non sia sotto continua osservazione?

— Sì.

— Allora è vostro dovere dirci di chi si tratta.

— Un agente — rispose Harper. — Uno qualsiasi degli agenti. Chi custodisce i custodi?

— È un problema senza soluzione. I nostri uomini lavorano già accoppiati. Potremmo riunirli in gruppi di tre, di quattro, di dieci o di venti, e ancora non sarebbe abbastanza. Bisogna tirare una linea in qualche punto fra ciò che è desiderabile e ciò che è attuabile. Abbiamo stabilito di impiegare gli agenti in coppia per impedire che gli altri riescano a impossessarsi di un uomo isolato.

— Così dovrebbero sopraffarne due alla volta?

— Sempreché sia possibile.

— Il nemico può fare tutto ciò che è possibile per un uomo. Per quanto ne so io, sono anche in grado di fare una o due cose che noi non sappiamo fare.

— Lo vedremo — disse Norris.

Il quarto giorno successivo di lavoro ordinario e senza sorprese trovò Harper seccato dal compito di fare da esca a un pesce che sembrava aver cessato di esistere. Il ruolo che si era scelto, dopo tutto, non si dimostrava un'idea così brillante. Forse si era lasciato trascinare da un senso di grossolana esagerazione della propria importanza. Forse i piani dei Venusiani si erano sviluppati al punto da far passare in secondo piano il timore di essere scoperti troppo presto. Forse si erano già sistemati tanto bene da infischiarsene di Harper e dei suoi simili.

E intanto, lui era anche stufo di essere seguito dovunque andasse; era stufo di imbattersi in agenti federali a ogni angolo di strada, al tavolo vicino al suo al ristorante, di averli accanto quando andava al gabinetto, di sentire il loro alito sul collo a teatro, di sentirli sulla porta della camera da letto. Il prezzo della libertà umana era il sacrificio della sua libertà individuale.

La monotonia fu rotta e la fede nella propria funzione ristabilita, quando, giungendo di primo mattino in ufficio e aprendo il giornale, scoprì una notizia semi-nascosta in fondo a una colonna di una pagina intera.

> Savannah, Georgia. Una breve ma sanguinosa battaglia a colpi d'arma da fuoco è avvenuta a mezzanotte a poca distanza da qui, quando alcuni agenti dell'FBI hanno fatto irruzione nella fattoria Rankovic. Due uomini sono rimasti uccisi, quattro arrestati. Si ritiene che altri due siano fuggiti. Rifiutandosi di rivelare il motivo dell'irruzione dei suoi agenti, Stephen Maddox, capo dell'ufficio locale dell'FBI ha dichiarato di aver agito su ordine di Washington.

Era una notizia singolare, sotto molti punti di vista. Per prima cosa, era stata minimizzata. Secondo, non indicava il luogo preciso della sparatoria, né alcun nome delle persone coinvolte, tranne quello di Maddox. Infine, l'incidente era avvenuto quando tutte le forze dell'ordine erano impegnate in un solo compito. Ovviamente, quindi, aveva a che fare con quel compito.

Harper ebbe la conferma, dieci minuti dopo, da una telefonata da Washington. Era Jameson: — Avete visto la notizia?

— Sì, l'ho appena letta.

— Doveva essere diffusa alla radio con il primo notiziario del mattino, ma siamo riusciti a bloccarla. Ci stiamo facendo in quattro per persuadere agenzie di stampa e giornali a minimizzare episodi del genere. Naturalmente, vogliono sapere il perché e noi non possiamo dirlo.

— Che cosa è successo? — domandò Harper guardando il volto di Jameson sullo schermo.

— Non posso parlare troppo nemmeno su una linea riservata. In breve, un nostro agente ha scoperto le tracce di Langley e l'ha seguito fino alla fattoria Rankovic. Langley deve essere riuscito a fuggire nel breve spazio di tempo fra la segnalazione del nostro agente e l'irruzione. Comunque, non siamo riusciti a prenderlo. La volpe era scappata, lasciando la tana ancora calda.

— Un vero peccato.

— Due persone sono morte. I loro corpi verranno esaminati — proseguì Jameson. — Dei quattro che abbiamo catturato, tre negano categoricamente di aver preso parte attiva allo scontro. Dicono che si trovavano per caso nella casa quando è incominciata la sparatoria, e che si sono messi al sicuro fino a che è terminata. Abbiamo fatto la prova del guanto di paraffina per scoprire se avevano sparato, e il risultato è negativo.

— E il quarto?

— È il fratello di una delle vittime. Dice che era a letto e che si è alzato quando è incominciato l'inferno. Si è infilato i pantaloni ed è sceso al piano terreno dove si è unito al fratello e a un altro tipo che sparavano dalla finestra. Giura che nessuno di loro sapeva di avere di fronte dei poliziotti.

— Sembra plausibile — commentò Harper.

— Si è arreso quando è stato attaccato con le bombe lacrimogene. A quel punto, gli altri due erano già freddi. Tutti e quattro gli arrestati riconoscono la foto di Langley, ma non sanno niente di lui, tranne che alloggiava lì da un paio di giorni, e che se ne era andato verso le dieci e quaranta, circa un'ora prima della sparatoria.

— Sembra quasi che qualcuno lo abbia avvertito.

— È impossibile. È stata solo fortuna. Comunque, non vi ho chiamato solo per raccontarvi la storia. C'è di più. Quando gli agenti hanno circondato la casa, hanno bussato e hanno chiesto di entrare, qualcuno ha sparato un colpo attraverso la porta. Perciò, benché Langley non fosse presente, in quella casa c'era qualcun altro che non voleva essere preso a nessun costo. Che cosa vi fa pensare?

— Che Langley si era fatto un compagno.

— Sì, e forse più di uno. Un tipo di nome Waggoner se n'è andato insieme a Langley. Non sappiamo nulla di lui, se non che è insieme a Langley. Abbiamo una buona descrizione di quell'uomo e, naturalmente, la ricerca continua per tutti e due.

— Avete scoperto niente sul conto degli altri? — domandò Harper.

— McDonald e Gould? No, non in quella località. Sembra che si siano divisi. Cercano di renderci la vita più dura stando separati. — Fece una pausa e lo schermo mostrò che stava consultando un documento che si trovava fuori quadro. — Voglio che sottoponiate a un controllo i quattro arrestati senza indugio. Forse non sono quel che sembrano.

— Volete che venga là?

— No. Sconvolgerebbe il piano preparato. Vi manderemo i quattro in aereo. Dategli la solita *occhiata* e sappiateci dire se sono o non sono umani.

— Lo farò.

— Molte grazie. Un'altra cosa. Finora nessuno è venuto a pizzicarvi il sedere. Come avete detto voi stesso, dipende dal fatto che conoscessero o meno l'identità della ragazza e dal fatto che l'assassinio alla stazione di servizio fosse o no una coincidenza. Fino a ora non abbiamo la prova che loro sappiano effettivamente di essere ricercati e che si rendano conto che noi abbiamo saputo del ritorno dell'astronave. Perciò...

— L'astronave è stata ritrovata? — lo interruppe Harper.

— Nessuna traccia. Impossibile che sia stata distrutta in modo da non poter essere riconosciuta; un'officina attrezzata ci impiegherebbe un mese a sbarazzarsi di quella massa di metallo. L'ultima teoria è che sia nascosta fra i ghiacci dell'Artico o che sia stata fatta sprofondare nell'oceano. La seconda ipotesi è la più probabile. In tal caso, l'equipaggio deve essere arrivato a terra con il canotto. Stiamo perlustrando le coste per scoprirlo.

— Potrebbe essere un'idea. Che cosa stavate dicendo a proposito del fatto che nessuno mi ha pizzicato?

— Stavo per dire che fino a ieri sera, magari, non sapevano con assoluta certezza che la caccia fosse già in pieno sviluppo. Ma la notizia pubblicata sui giornali circa la fattoria Rankovic, sarebbe una prova definitiva, se Langley la leggesse. Abbiamo cercato di convincere la stampa a tacere, o, per lo meno, a sopprimere il nome della fattoria. Tutti i nostri sforzi ci sono valsi una serie di blateramenti sulla libertà di stampa. È abbastanza probabile che i fuggiaschi non si crogiolino più in una sensazione di una falsa sicurezza. Potrebbero indagare sulla causa che li ha fatti scoprire e, sia pure in ritardo, arrivare fino a voi. Farete bene a stare più che cauto da ora in poi.

— Lo dirò a Norris — disse Harper — è la mia balia.

— Non ce ne sarà bisogno. Se non sta ascoltando questa conversazione personalmente, sarà presto informato dalla persona che sta ascoltando. Tutte le vostre telefonate sono sotto controllo.

— *Solo* per misura precauzionale? — si informò Harper.

— Sì — rispose Jameson, senza esitazione. Interruppe la comunicazione. Lo schermo divenne scuro.

— Maledetto bugiardo! — urlò Harper al muro. — Si preoccupano più delle mie orecchie aguzze che della mia pelle.

Il quartetto dei sospetti giunse pochi minuti prima dell'ora di chiusura dell'ufficio. Norris li allineò nell'officina dove rimasero ammanettati l'uno all'altro, guardandosi intorno stupefatti di trovarsi in un luogo simile. Una mezza dozzina di agenti teneva loro compagnia, senza concedersi distrazioni.

Norris entrò nell'ufficio di Harper e annunciò: — Sono arrivati. Che ne dite?

— È andata male — gli rispose Harper. — Sono tanto normali da parere addirittura stupidi.

— D'accordo. — Uscì, ma tornò subito indietro. — Ne ho fatto portare via tre. Jameson vuole un vostro parere sul quarto. È quello che ammette di aver preso parte alla sparatoria, ma sostiene di non essersi reso conto di quello che faceva. Dice la verità?

Mettendo da parte le carte che stava esaminando, Harper si appoggiò allo schienale della sedia come se stesse riflettendo sulla domanda. Ascoltò i pensieri della mente dell'uomo, distinguendo una preoccupazione che doleva come un mal di denti, ma che non forniva nessuna risposta. Lanciò quindi una sonda telepatica, allontanò la mente che stava nell'altra stanza dall'ansietà attuale che la dominava e la costrinse a tornare ai recenti avvenimenti.

— È abbastanza vero quello che dice. Si è spaventato talmente da perdere la testa.

— È tutto quello che vogliamo sapere.

Harper lo osservò mentre se ne andava, sospirò profondamente, poi fece scivolare le carte in un cassetto e guardò l'orologio. Era ora di mettere la parola fine alla giornata di lavoro.

Alle tre del pomeriggio successivo, il nemico inafferrabile fece la sua prima comparsa. Harper, in quel momento, si stava rilassando, con la sedia che dondolava sulle gambe posteriori e i piedi sull'orlo della scrivania, lasciava che la propria mente vagasse oziosa, mentre osservava Moira che controllava fatture.

La sua facoltà telepatica aveva due diversi metodi di funzionamento, che gli piaceva simboleggiare come radio e radar. Quando la usava come radio, si limitava ad ascoltare e riceveva qualsiasi programma trasmesso nelle vicinanze. Se inseriva il radar, trasmetteva un impulso che stimolava una determinata mente a produrre una risposta richiesta.

Quando ascoltava, andava a caso; riceveva quello che gli arrivava e novantanove volte su cento si trattava di questioni a cui non valeva la pena prestare un secondo di attenzione. Ma quando lanciava una sonda, riceveva quello che desiderava, obbligando l'altra mente a pensare a un determinato argomento. Fino a che si trattava di esseri umani normali, non faceva alcuna differenza quale metodo usasse, poiché loro erano beatamente inconsci di entrambi.

Con le menti venusiane, invece, era diverso; era la prima lezione che aveva imparato quando si era messo in contatto con l'entità che si era impossessata della Whittingham. I Venusiani differivano dagli uomini in qualche modo. Poteva ascoltarne uno, con il sistema radio, senza che quello si rendesse conto di essere spiato. Ma se lo provocava con il sistema radar per costringerlo a rivelare un dato desiderato, quello sentiva la sonda e si metteva immediatamente in allarme.

I poteri telepatici avevano un limite. Nessuno lo sapeva meglio di lui. Perfino con gli esseri umani spesso era necessario accompagnare l'indagine mentale con la conversazione, per mantenere le risposte nei limiti desiderati. Altrimenti gli toccava raccogliere una quantità inutile di elementi suscitati dal suo impulso in modo disorganico.

Trattare con la mente di un Venusiano era ancora più difficile. E la difficoltà raddoppiava nel caso di un'imboscata. Poteva ascoltare nella speranza che la preda tradisse il proprio avvicinarsi, ma doveva essere estremamente cauto nel servirsi di sonde mentali. Un'indagine telepatica troppo anticipata avrebbe potuto determinare la fuga del Venusiano che se ne sarebbe andato indenne, dopo aver acquisito la nozione che almeno una mente umana poteva scoprire cose nascoste a milioni di occhi. Una troppo tardiva avrebbe potuto scatenare una lotta a corpo a corpo e causare la morte di quel qualcosa che volevano catturare vivo.

In quel momento Harper stava facendo dondolare la sedia ritmicamente e le gambe posteriori scricchiolavano sotto il suo peso. Negli ultimi giorni non aveva continuato ad ascoltare ininterrottamente. Gli era impossibile farlo e nello stesso tempo badare agli affari. E, inoltre, non ce n'era bisogno. Bastava che la sua mente facesse un'ispezione di due secondi nel vicinato ogni due o tre minuti, come un faro che ruota il suo fascio di luce sul mare nero e tempestoso.

Si dondolò sulla sedia, e per la centesima o la millesima volta proiettò la mente in una di quelle rapidissime esplorazioni; poi, di colpo, smise di far gemere la sedia e sedette in posizione eretta. Moira lo guardò ansiosa, vide che non badava a lei, e continuò a occuparsi delle fatture. Harper ascoltò ancora... Qualche cosa in lontananza, forse un chilometro o più, indistinto nel vocio generale dei pensieri. Avanzava lentamente ma con costanza, a una velocità corrispondente a quella del passo umano. Era una mente non umana che starnazzava come una chioccia arrabbiata.

— Norris! — chiamò.

Moira ebbe un sobbalzo, fece cadere in terra un plico di fogli e si inginocchiò a raccoglierli.

La porta si spalancò e l'agente apparve sulla soglia. — Che cosa succede?

— Penso che ci siamo.

— Volete dire...

— Sta venendo a piedi. Non in auto. Sta passeggiando sul marciapiede.

— State dove siete! — ordinò Norris. Scomparve di gran carriera.

Affacciandosi alla finestra, Harper osservò la strada, tre metri sotto di lui. Spalancò bene le imposte per vedere meglio. Il fatto di essere un ottimo bersaglio non lo preoccupava minimamente; loro non avevano alcun motivo di dargli la caccia, tranne che per apprendere la sua tecnica... E i segreti non possono essere carpiti a un morto.

C'erano molti pedoni in vista. La mente che aveva identificato doveva far parte del gruppo che si trovava sul lato sinistro della via a una distanza fra quattrocento e cinquecento metri in direzione nord. Il suo senso di orientamento glielo assicurava ma non gli permetteva di distinguere l'individuo particolare dalla massa lontana di cervelli anonimi.

Sempre sporgendosi in fuori e osservando, attese che la mente aliena si avvicinasse. Trecento metri, duecento, centocinquanta. A questo punto, aveva ristretto la possibilità di scelta a tre persone: una donna elegante che avanzava con passo svelto; un grasso uomo di affari sulla quarantina, dall'aspetto solido e prospero; un individuo smilzo, con la mascella pronunciata, che si teneva rasente al muro.

Norris riapparve alle sue spalle e disse: — Tutto a posto. Ora potete...

Ignorando la sua venuta, Harper scagliò una freccia telepatica lungo lo stesso circuito su cui stava ricevendo. La reazione gli tornò indietro in una frazione di secondo: shock violento, paura incontrollata, desiderio frenetico di fuggire e dare l'allarme altrove.

La donna continuò a passeggiare senza il minimo sussulto e senza alterare l'andatura. Il giovane smilzo non si staccò dal muro né cambiò il suo modo di fare. L'uomo di affari corpulento si arrestò di colpo, si guardò intorno disperatamente, fece dietro-front e ripartì nella direzione da cui era venuto. Camminava in fretta, più in fretta che poteva, ma cercando di non attirare troppo l'attenzione.

Harper saltò in strada dalla finestra. Udì l'urlo soffocato di Norris e l'esclamazione di Moira prima di atterrare pesantemente sul marciapiede. Aveva già la pistola nella destra quando riprese l'equilibrio e si slanciò in avanti sulle orme del fuggiasco.

Qualcosa, nelle espressioni dei passanti, disse alla preda che la situazione alle sue spalle stava precipitando e che era venuta l'ora di muoversi in fretta. Non si voltò nemmeno per averne la conferma. Si mise a correre disperatamente. Nonostante la stazza, aveva una velocità notevole.

Un fattorino che portava una grossa scatola si fermò allibito a guardare proprio davanti a Harper che caricava come un toro infuriato.

— Togliti dai piedi, stupido! — urlò Harper e spingendolo da parte proseguì nella caccia. Dietro a lui, qualcuno impartiva ordini indistinti in tono autoritario. Qualcun altro, all'incrocio circa seicento metri avanti, diede un segnale acuto con un fischietto. La sirena di un'auto della polizia incominciò a ululare e due agenti balzarono fuori da un portone, con la pistola puntata, per ordinare al fuggiasco di fermarsi. Altri due agenti correvano sul marciapiede opposto.

L'uomo corpulento non era ancora spacciato. Senza preoccuparsi delle armi puntate, come se fossero caricate a acqua, si slanciò nell'ingresso di un palazzo di uffici. Harper lo seguì distaccato di cinque secondi, con la faccia paonazza e ansimando. Due agenti gli erano alle calcagna. L'auto della polizia si bloccò con una frenata stridente sul marciapiede, scaricandone altri quattro.

Uno dei numerosi ascensori automatici stava già salendo velocemente con dentro il fuggiasco. Quando Harper giunse agli ascensori, il cancelletto si era appena chiuso di fronte a lui. Guardò in alto con la fronte aggrottata e scorse i piedi della sua preda scomparire al piano superiore. Due agenti salirono le scale a grandi balzi. Altri due presero l'ascensore vicino e partirono.

Appoggiando la canna della pistola contro la serratura del cancelletto, Harper fece fuoco, scardinò il sistema di chiusura e, spalancando il cancelletto, bloccò l'ascensore del fuggiasco al terzo piano. Aveva sperato di riuscire a bloccarlo fra un piano e l'altro ma il sistema automatico di sicurezza portò lentamente la cabina fino al piano.

Harper tese il suo orecchio telepatico al mormorio delle menti ai piani superiori e distinse la presenza del Venusiano al terzo piano e l'avvicinarsi dei due agenti saliti a piedi. Capì immediatamente che cosa sarebbe accaduto, prima che potesse fare qualcosa per impedirlo.

Si slanciò per le scale con il sudore che gli colava fino al mento. Aveva superato il primo piano e la prima rampa che conduceva al secondo, facendo gli scalini tre alla volta, quando udì sopra la sua testa il boato di una esplosione terribile, un tintinnio di vetri infranti e una breve pausa di silenzio, subito seguita da un martellare di colpi. Aumentò la velocità di un altro venti per cento, mentre sentiva i polmoni che gli scoppiavano nel torace.

Mentre imboccava la rampa che conduceva al terzo piano udì il lamento di una scintilla vitale extraterrestre che si spegneva in un corpo inutile, e anche il selvaggio e disperato grido di una mente umana che se ne andava. Rallentò e salì gli ultimi scalini a passo normale, tristemente conscio del fatto che era ormai troppo tardi.

Il corridoio del terzo piano era un inferno. Tre agenti osservavano muti la scena. Uno di loro teneva ancora in pugno il fucile d'ordinanza con la canna fumante. Un altro stava tamponando il sangue che gli colava copiosamente dall'orecchio sinistro. Il terzo fissava con espressione tetra il corpo del quarto poliziotto che giaceva in cima alle scale, con il torace e il volto chiazzato di sangue.

Il cadavere dell'uomo corpulento giaceva a dieci metri dalla porta dell'ascensore. Non era una vista molto piacevole. Il fucile a pallini aveva tentato di tagliarlo in due e c'era quasi riuscito. Frammenti di vetro delle due porte e dei lampadari scintillavano dappertutto sul pavimento, insieme a calcinacci caduti dalle pareti e dal soffitto. Un paio di visi spaventati fecero capolino alle porte che si aprivano lungo il corridoio. L'uomo corpulento mostrava loro il suo ampio dorso che giaceva in un lago di sangue.

8

L'agente con l'orecchio sanguinante si chinò sul collega supino in cima alle scale, infilò una mano sotto la giacca per sentire il cuore e disse: — È morto. — Si sollevò e tamponò la ferita al lato della testa con un fazzoletto rosso di sangue. — Se non fosse arrivato prima di me forse non sarebbe morto. E se in quel momento non fossi stato quattro scalini più in basso, avrei fatto la stessa fine.

— Noi l'abbiamo raggiunto salendo con l'altra cabina — spiegò il poliziotto che aveva sparato. — Quando il suo ascensore si è arrestato improvvisamente, noi abbiamo continuato a salire e siamo dovuti poi tornare indietro. È stato allora che lui è uscito al terzo piano e ha lanciato quel confetto agli altri due. Una scheggia è entrata nel nostro ascensore e mi è passata fra le gambe. Abbiamo spalancato la porta, l'abbiamo visto correre e gli ho sparato prima che potesse combinare altri guai.

Un'orda di poliziotti arrivò correndo su per le scale, con Norris e Rausch in testa. Un vociare confuso saliva dalla strada. Harper si rese conto che stava ancora stringendo la pistola in mano e la ripose.

Norris si guardò intorno, stringendo le labbra, ed esaminò l'agente disteso per terra. — Mi sembra morto. Portatelo giù nell'ambulanza, comunque. — Si volse agli altri: — Che cosa è successo?

Glielo dissero.

Uno dei presenti aprì un temperino, si avvicinò alla parete e ne estrasse un frammento di metallo. Lo studiò attentamente e disse: — Bomba a mano in dotazione dell'esercito, a quanto sembra. — Passò il frammento a Norris. — Che ne pensate?

— Sì, probabilmente avete ragione. Dovremo anche controllare le armerie militari. Perquisitelo e vedete che altro ha.

Fecero una perquisizione minuziosa degli abiti dell'uomo corpulento. Non portava armi, nemmeno una pistola. La bomba a mano era l'unico oggetto letale che aveva con sé. Aveva un orologio costoso, una spilla da cravatta con brillanti e il portafoglio gonfio. Gli abiti che indossava erano di prima qualità e le scarpe gli dovevano essere costate un occhio. Era ovvio che, invece che venire a piedi per la strada, avrebbe potuto permettersi di arrivare a bordo di un elicottero privato e scendere sul tetto dell'ufficio di Harper.

Lo rovesciarono sulla schiena, mettendo in mostra un viso simpatico con il doppio mento, ben rasato e curato. I suoi tratti, anche dopo la morte, avevano l'espressione di chi non avrebbe fatto male a una mosca... A meno che questa non avesse voluto rubargli la spilla da cravatta. Aveva le mani morbide e delicate, e le unghie rosate, a forma di mandorla, conoscevano l'opera assidua di un'esperta manicure.

A parte l'orologio, la spilla, il portafoglio e due fazzoletti di lino molto fini, non aveva altro nelle tasche. Era strano: niente patente, carta d'identità o biglietto da visita; niente penna, portasigarette, accendino; nemmeno un mazzo di chiavi. I suoi abiti non avevano l'etichetta del sarto; le scarpe avevano solo l'indicazione della misura, ma non la marca. Non aveva con sé nulla che lo potesse rapidamente identificare.

— Perderemo tempo prezioso — osservò Norris seccato — per scoprire chi è. — Ricontrollò il portafoglio, ma trovò solo quattrini, e in notevole quantità. — Dobbiamo identificarlo prima di poter incominciare il lavoro di controllo di tutto il suo ambiente. Deve pure aver avuto qualche contatto... altrimenti non sarebbe uscito dai binari. — Ebbe una speranza improvvisa. — Voi sapete dirci qualcosa, per caso?

— Mi dispiace — rispose Harper sinceramente. Era al di là dei suoi poteri scovare informazioni in una mente che non esisteva più. Benché non avesse avuto il tempo di indagare, sospettava che un sondaggio telepatico non sarebbe riuscito a costringere il cervello dell'uomo corpulento a rivelare la propria identità umana. Un Venusiano si rivelava involontariamente come un Venusiano, e non come l'entità che aveva occupato. Era proprio quella l'origine di tutti i guai, la ragione per cui un uomo eccezionale come Harper poteva riconoscerli.

— Dovremo fare del nostro meglio e in fretta, anche. — Norris porse il portafoglio a un agente. — Prendete nota dei numeri di serie dei biglietti e fate circolare la lista in tutte le banche, per un raggio di cento chilometri. Controllate se qualche banca li ha consegnati, e a chi.

Rausch aveva aperto l'orologio e lo stava esaminando. Lo richiuse e lo consegnò a un altro agente. — Questo dovrebbe dirci qualche cosa. È uno di quegli aggeggi moderni che sfruttano l'energia prodotta dalle variazioni di pressione atmosferica. Non dovrebbero essercene in giro molti, con quello che costano. Trovate il distributore locale. Dovrebbe avere i dati della vendita sul registro e sapere a chi è stato venduto. Cercate di scoprirlo.

L'agente prese l'orologio e corse giù per le scale.

Osservando la spilla ferma-cravatta, Rausch disse a Norris: — Questa è una pista molto labile, ma dobbiamo seguirla. — Fece un cenno a un terzo agente. — Mostratela ai gioiellieri più in vista. Telefonateci appena rintracciata la vendita.

— Se le sue impronte digitali sono in archivio conosceremo la sua identità in poche ore — osservò Norris, dubitando fra sé che fossero archiviate. — Ne prepareremo una copia e la invieremo a Washington. E qualcuno dovrebbe occuparsi di portare quelle scarpe in giro per la città. Qualsiasi bravo calzolaio dovrebbe essere in grado di dirci chi le fabbrica.

— Posso vederle? — domandò Harper. Le prese, le girò da tutte le parti e piegò la punta contro il tacco per saggiarne la flessibilità. — Sono fatte su misura.

Norris assentì e gridò: — Dov'è il fotografo?

Il fotografo si fece avanti, con la macchina che gli penzolava da una spalla. Diede un'occhiata al cadavere con l'aria del professionista, quasi seccato di trovare i morti tutti uguali; forma, espressione, atteggiamento.

— Mettilo in ordine e fagli una foto decente — ordinò Norris. — Voglio un bel mezzo busto da trasmettere alla televisione stereoscopica. Ci sarà pure qualcuno che lo riconoscerà, vedendolo sullo schermo. Consegnami la foto, appena pronta. — Si volse verso Harper: — È tutto quello che possiamo fare, per il momento. Vi accompagneremo in ufficio, ora.

Harper si lisciò il mento con aria esitante e disse: — Sono così impressionato da tante persone competenti qui in giro, che quasi mi vergogno a dare un suggerimento.

— Sentiamolo — fece Norris.

— Non vi dispiace che giochi al poliziotto dilettante proprio sotto il vostro naso?

— No, naturalmente.

— Bene — proseguì Harper. — Allora, quanti uomini adulti vanno a spasso senza nemmeno una chiave in tasca?

— È vero. Non ha nessuna chiave. Penso che si sia liberato di tutto ciò che temeva avrebbe potuto darci una traccia per identificarlo, ma che non sia stato molto abile. Oppure sapeva che se gli andava male, gli sarebbe stato sufficiente metterci in difficoltà per qualche ora.

— Ho anche notato che la sua scarpa destra è consumata nel centro della suola — proseguì Harper. — Più consumata della sinistra. — Si fermò un attimo per riflettere e riprese: — E il suo aspetto è quello di un uomo che vive da anni nella prosperità. Se si è trovato qualche volta senza il portafoglio gonfio, deve essere successo molti anni fa. Eppure, è venuto a piedi a cercarmi.

— Dove volete arrivare?

— Il nostro ciccione ha un'automobile e la guida spesso. I tipi come lui, invariabilmente, si comprano una vettura grande e potente, lunga come un transatlantico. Però, questa volta non l'ha usata. Perché? Risposta: per ragioni che solo lui sapeva, l'ha parcheggiata da qualche parte e ha fatto a piedi l'ultima parte del percorso. Ma non l'ha chiusa, altrimenti avrebbe le chiavi con sé. E perché non l'ha chiusa? Perché c'è qualcuno seduto nell'auto ad aspettarlo, e le chiavi sono rimaste inserite nel cruscotto. Quel qualcuno è ancora là ad aspettare? Risposta: se la macchina non è parcheggiata abbastanza vicino a qui, in un punto da cui abbia potuto vedere o sentire la confusione, ignorerà beatamente tutto quello che è successo.

— Scendiamo immediatamente e diamo l'allarme con la radio dell'auto di pattuglia. Abbiamo abbastanza mezzi per setacciare tutta la zona e...

— Piano, piano! — lo calmò Harper. — Ci sono centinaia di automobili parcheggiate nei dintorni, e dozzine hanno qualcuno dentro ad aspettare. Se il compagno del ciccione non è Langley, MacDonald e Gould, come farete a identificarlo?

— Potrebbe essere uno dei tre — ribatté Norris, che non stava più nella pelle dalla voglia di scatenare la caccia. — Probabilmente è proprio la ragione per cui il morto è venuto a piedi. Nessuno di quei tre rischierebbe di farsi vedere nei pressi del vostro ufficio. Deve rimanersene acquattato a una certa distanza e lasciare che un altro faccia il suo sudicio lavoro.

— D'accordo. Allora propongo che tutte le vetture disponibili battano i dintorni in cerca di Langley e soci, con particolare attenzione per automobili parcheggiate con passeggeri dentro. Se il complice non è uno dei tre, allora è un altro signor Anonimo, e i vostri uomini non possono farci niente. Non sarebbero capaci di distinguerlo da qualsiasi signor Smith, nemmeno se ballasse sul marciapiede nudo come un verme.

— Ma voi sareste in grado di identificarlo?

— Purché mi trovi abbastanza vicino. Sarà bene che mi facciate fare il giro di tutti i parcheggi nel raggio, diciamo, di una mezz'ora di cammino. Tre chilometri, grosso modo. Il ciccione non correva solo per fare allenamento. Sperava di far perdere le proprie tracce rapidamente e di nascondersi per poi fare la fuga finale, una volta chetatesi le acque. Scommetto un milione che il suo comportamento implica la presenza di un'automobile in attesa da qualche parte.

— Forse avete ragione — ammise Norris. — Andiamo.

Si precipitarono verso una delle molte auto della polizia che frattanto si erano allineate sul marciapiede. Norris prese il volante, Rausch gli si sedette a fianco; Harper salì sul sedile posteriore, insieme a un altro agente. Mentre stava per partire, Norris ebbe un pensiero improvviso e si volse a guardare l'agente alle spalle.

— Noi non conosciamo questa zona troppo bene. È meglio che scendiate e lasciate il posto a un poliziotto locale che ci possa indicare la strada.

— Posso dirigervi io nei luoghi più probabili — disse Harper. — Partite e girate a destra al secondo incrocio.

Partirono immediatamente, girarono a destra e raggiunsero il primo parcheggio che conteneva circa duecento automobili. Le automobili stavano ben allineate come maggiolini in parata. In sette c'era gente seduta. Harper fece un sondaggio mentale ma non captò nessuna presenza aliena.

— A sinistra — ordinò. — Ci sono due piccole zone di sosta e un grande parcheggio un chilometro più avanti, sul nostro lato.

Proseguirono a velocità moderata, esaminando tutte le automobili ferme lungo il percorso. Non c'era nulla di sospetto e Harper non colse nessuna reazione allarmata.

Raggiunsero infine un vasto parcheggio sotterraneo che conteneva più di mille automobili. Discesero una delle sei rampe di accesso ed entrarono in una caverna illuminata a giorno, in cui grossi piloni di cemento sorgevano a intervalli regolari del mare di automobili silenziose. Si avvicinò un inserviente attratto dalla vista di una vettura della polizia. Norris abbassò un finestrino e sporse la testa per rivolgergli la parola.

— Svelto! — gridò Harper, sollevandosi sul sedile e indicando un punto avanti a loro. — Eccolo che se ne va... dall'uscita centrale!

Norris fece fare alla vettura un balzo avanti e per poco non travolse l'inserviente. L'automobile filò lungo il passaggio centrale fra due file compatte di veicoli. Le luci del soffitto passavano sempre più in fretta sopra la loro testa, infine disparvero alle spalle. I piloni di sostegno fuggivano indietro ai due lati a velocità tale da farli sembrare pali di una staccionata. Il cofano si impennò quando la vettura piombò sulla rampa d'uscita. Anche l'ultima luce si perse alle loro spalle e schizzarono all'aperto, sulla strada.

Sulla sua sinistra, Harper poteva ancora cogliere i pensieri frammentari di una mente agitata, impegnata nella fuga dopo aver appreso che anche i pensieri potevano essere uditi.

La sirena entrò in azione sulla cima della rampa e ululò lungo la strada. Il traffico si fece da parte lasciando libera una corsia centrale sulla quale, qualche centinaio di metri più avanti, una grossa vettura nera volava, come guidata da un folle. Tenendo il volante con espressione decisa, Norris premette l'acceleratore fino in fondo. Rausch aprì un pannello del cruscotto, ne trasse il microfono della trasmittente di bordo e l'avvicinò alla bocca.

— Roadking nera in fuga verso sud su Bailey Avenue. Tutte le pattuglie nella zona sud di Bailey Avenue, nella zona di Greer Avenue e della Autostrada per Mason intercettino la Roadking nera.

— Se questo ferro vecchio, carico com'è, riesce a prendere una Roadking, sarà un miracolo — osservò Harper.

Non gli badarono. L'agente che sedeva accanto a lui trasse la pistola di tasca e se l'appoggiò sulle ginocchia.

— Auto Quarantuno diretta a Bailey Avenue — annunciò la voce neutra di un poliziotto dall'altoparlante della radio ricevente.

Harper si sporse per guardare avanti e stabilì che in poco più di un chilometro avevano perduto almeno duecento metri di terreno. Si attaccò al sedile mentre la vettura sbandava nel sorpassare un autobus fermo.

— Auto Undici sulla Mason — annunciò un'altra voce.

— Auto Quattro all'incrocio Mason-Perkins — fece una terza.

La Roadking in fuga, ormai rimpicciolita alla vista per il distacco in continuo aumento, deviò improvvisamente come per imboccare una laterale, poi si raddrizzò di nuovo e proseguì per Bailey Avenue.

Capirono la ragione di quella manovra un istante dopo, quando una macchina in pattugliamento sbucò fuori dalla strada laterale e si slanciò dietro alla Roadking in un inseguimento spericolato. La nuova venuta si trovava a circa metà strada fra l'auto di Harper e la Roadking; andava più forte, dato che aveva solo due agenti a bordo, tuttavia non riusciva a guadagnare un metro sulla poderosa vettura fuggiasca.

— Che cosa vi avevo detto? — borbottò Harper. — Uomini grassi con grassi portafogli comprano auto che bevono quattro litri di carburante al chilometro. — Sbuffò disgustato e aggiunse, quasi per consolarsi: — E non potete nemmeno fargli scoppiare le gomme. Quelle Roadking viaggiano su pneumatici antiscoppio pieni.

— Auto Ventotto all'incrocio di Bailey con Mason.

— È il punto ideale — esultò Norris. — Lo fermeranno.

— Dovranno speronarlo, e a quella velocità sarà un disastro — disse Rausch, tenendo il microfono in mano mentre guardava fisso davanti a sé. — Non c'è altro modo di fermarlo fino a...

Sfruttando la concentrazione sulla strada di Rausch, Harper si sporse in avanti e urlò nel microfono a pochi centimetri di distanza: — Niente mezze misure! Sparate a quel bastardo!

— Ehi, voi! — gridò Rausch, allontanando il microfono di scatto e voltandosi a fulminarlo con un'occhiataccia.

Proprio in quell'istante l'Auto Ventotto, che era in ascolto, aprì il fuoco. La vettura della polizia che correva davanti alla macchina di Harper si spostò rapidamente verso il marciapiede, rallentando, e avanzò con estrema cautela mettendo bene in vista l'auto Ventotto parcheggiata ottocento metri più avanti.

La Roadking fu investita dalla raffica di piombo mentre passava davanti alla vettura numero Ventotto, percorse ancora centocinquanta metri, sbandò paurosamente a sinistra e a destra, poi fece una deviazione quasi a angolo retto, si avventò sul marciapiede e piombò in una vetrina. Il rumore dell'urto fu come un'esplosione. I capi di vestiario in mostra si sparsero tutto intorno. Una camicia, dallo spostamento d'aria, si sollevò al di sopra della strada con le maniche che sbattevano come ali. Due agenti balzarono fuori dall'Auto Ventotto e corsero verso il punto del disastro.

— È finita — borbottò Norris, sollevando il piede dall'acceleratore e riducendo l'andatura. Poi, rivolto a Harper, sbottò: — Ma chi comanda qua dentro?

— Io. E se non lo sapevate già, lo sapete ora.

— Gli ordini che abbiamo ricevuto sono...

— All'inferno i vostri ordini — ribatté con durezza Harper. — Io apprezzo la vostra collaborazione e un giorno o l'altro anche voi apprezzerete la mia.

Aprì la porta appena l'auto si fu fermata, scese a terra e raggiunse la Roadking, sapendo già che un'altra scintilla vitale extraterrestre si era spenta dentro un corpo straziato. Per lo meno, nessun essere umano normale era morto... Era una grande consolazione.

Un robot manichino era caduto in avanti dalla vetrina del negozio e giaceva disteso sul cofano della Roadking, fissando con i suoi occhi sorridenti il guidatore morto. Il manichino indossava un cappello a scacchi calato sugli occhi e la violenza dell'impatto aveva sbriciolato la metà inferiore del suo corpo artificiale. Il guidatore era chino in avanti, con il volto incastrato nel volante e un paio di calze, con tanto di etichetta e prezzo attaccato, drappeggiate sul collo.

Due agenti di polizia avanzarono tra frammenti di cristallo, fazzoletti spiegazzati e pigiama lacerati cercando di aprire la portiera dell'auto. Allontanarono degli espositori per riuscirci meglio.

Harper stava per unirsi a loro, quando un individuo alto e magro apparve sull'ingresso del negozio con aria arrogante e lo investì con un frenetico gesticolìo di mani bianche e occhiate indignate, al di sotto di lunghe ciglia femminee.

— Guardate che disastro! — urlava con voce acuta e insistente. — Guardate! Che cosa farò adesso?

— Potrei darvi un consiglio — disse Harper squadrandolo. — Ma in realtà non me ne importa niente di darvelo.

— È un macello — disse l'altro rizzandosi come un gallo. — Un vero macello. Qualcuno dovrà pagare fino all'ultimo centesimo. Qualcuno...

— Fate causa al cadavere — gli disse Harper. — È stato lui. — Si avvicinò ai poliziotti e li aiutò a tirare fuori il corpo inerte.

Il proprietario del negozio si rivolse a Norris per continuare le sue lamentele. — Ho allestito quella vetrina ieri sera. È davvero disgustoso! Sono talmente arrabbiato che potrei graffiare qualcuno. Non so che cosa... — Si interruppe, e i suoi grandi occhi diventarono ancora più grandi quando videro il corpo trascinato fuori dalla vettura e adagiato sul marciapiede. — Ma come, è il signor Baum!

— Conoscete questo maiale? — domandò Norris.

— Certo che lo conosco. È il signor Baum. Philip Baum. Proprio la scorsa settimana gli ho venduto un elegantissimo...

Harper, che osservava i tratti grassocci e vagamente familiari del volto, lo interruppe. — Ha un fratello?

— Sì — rispose il proprietario del negozio, facendo andare su e giù le ciglia e guardando affascinato il volto del morto. — Il signor Ambrose Baum. Ha qualche anno di più. Tre o quattro forse. Non è *orribile*? Il signor Baum! La mia vetrina! Guardatela! Mi fa rivoltare lo stomaco!

— Dove abitano i Baum? — domandò Norris.

— A Reevesboro. Io... — Si interruppe e spalancò la bocca, guardando con orrore il robot manichino fracassato che scivolava lentamente dal cofano dell'auto, cadeva a terra sulle ginocchia con un rutto e infine si bloccava con gli occhi convergenti. Quella vista lo fece rabbrividire. — Anche Alexander è rovinato, completamente *rovinato*. Mi piacerebbe sapere chi pagherà i danni.

— Rivolgetevi alla vostra assicurazione — gli consigliò Norris. — Conoscete l'indirizzo preciso dei Baum?

— Mi pare che abitino in Pinewalk Avenue, ma non ricordo esattamente il numero. Dovrebbe esserci sulla guida telefonica.

— Portate qui la guida e diamo un'occhiata.

— Non ce n'è bisogno — disse uno degli agenti che stava perquisendo il corpo. Si alzò tenendo in mano un documento d'identità. — La tessera è intestata a Philip Kalman Baum, abitante a Pinewalk Avenue, numero 408, Reevesboro. L'automobile è intestata invece ad Ambrose Baum, stesso indirizzo.

L'altro agente comunicò: — È più morto di un baccalà. Il torace è sfondato. È stato il volante.

Norris si volse all'agente che li aveva accompagnati sulla loro automobile: — Occupatevene voi. Sapete come fare. Non dite niente alla stampa. Lasciateli strillare... e dite loro di rivolgersi al comando. — Fece un cenno a Harper. — Abbiamo ancora bisogno di voi.

Harper, Norris e Rausch risalirono in auto e si allontanarono dalla scena dell'incidente, intorno alla quale si erano radunati, in semicerchio, numerosi passanti che commentavano con un brusio incessante.

— Forse avremo bisogno di rinforzi — osservò Norris, guidando a gran velocità. — È meglio annullare l'allarme per la Roadking e vedere se c'è ancora qualche pattuglia sull'autostrada. Ordinate che ci seguano a Reevesboro.

Rausch recuperò il microfono, inviò il messaggio e una voce rispose: — Auto Quattro all'angolo Mason-Perkins.

— Raggiungeteci e seguiteci a Reevesboro — ordinò Rausch.

Si inserirono sulla grande arteria a dodici corsie, che percorsero a velocità massima. Una Thunderbug verde correva davanti a loro. Le si affiancarono lentamente e la sorpassarono. La Thunderbug era guidata da una bionda matronale; Harper la guardò pensoso ma non disse nulla. Era stufo di sondare la mente di tutti i proprietari di Thunderbug verdi.

Cinque chilometri dopo, una vettura della polizia si inserì nel traffico dell'autostrada e accelerò nella loro scia. Dopo altri dieci chilometri lasciarono l'autostrada all'uscita per Reevesboro e trovarono l'indirizzo che stavano cercando. Era una casa piccola ma deliziosa, al centro di un grande giardino.

Norris si fermò a una certa distanza dalla casa e fece segno all'altra macchina della polizia di fermarsi dietro di lui. Scese e si avvicinò alla pattuglia composta da due agenti federali e due poliziotti locali.

Ai poliziotti disse: — Voi ragazzi rimanete qui, nel caso che a qualcuno venga la fantasia di scappare su un'auto ufficiale. — E agli agenti federali: — Voi andate sul retro di quella casa. Se qualcuno esce da quella parte mentre noi entriamo dall'ingresso principale, è pane per i vostri denti.

— State perdendo tempo — lo avvertì Harper; era abbastanza vicino alla casa per sapere che nessun essere extraterrestre vi si nascondeva.

— Lasciate che giudichi io questo — ribatté Norris. Attese che i due agenti fossero scomparsi dietro la casa, poi si avviò verso l'ingresso. — Andiamo!

Una donna con i capelli grigi, dall'aspetto materno, venne ad aprire. Doveva essere sui sessant'anni, aveva le mani segnate dalla fatica e l'espressione sottomessa.

— Questa è casa Baum — disse Norris, dando alle sue parole il tono di un'affermazione piuttosto che di una domanda.

— Sì, è vero — rispose la donna. — Ma il signor Philip e il signor Ambrose sono fuori. Non so quando torneranno.

— Non torneranno più — le comunicò Norris.

La donna si portò la mano raggrinzita alla bocca e lo fissò con aria sconvolta. — È accaduto... qualcosa?

— Purtroppo sì. Siete una parente?

— Sono la signora Clague, mi occupo della casa — rispose quasi balbettando. — Sono...

— Abita qualche loro parente nella casa? — la interruppe Norris.

— Oh, no. Sono scapoli convinti e non hanno parenti stretti. In casa vive solo la cameriera, oltre a me. — La donna inghiottì un paio di volte. — Sono feriti?... gravemente?

— Sono morti. Noi siamo rappresentanti della legge e vorremmo dare un'occhiata alla casa.

— Morti? — sussurrò la donna, indietreggiando per lasciare entrare Norris seguito da Harper e Rausch. La sua mente trovava difficile accettare la vera portata di quella notizia. — Non tutti e due, vero?

— Tutti e due, signora Clague. Mi dispiace. — Norris tolse dal portafoglio tre fotografie e gliele mostrò. — Riconoscete queste persone?

La donna si soffiò il naso, si asciugò gli occhi ed esaminò le fotografie stupefatta. — No, non li ho mai visti.

— Siete certa che non siano venuti qui recentemente?

— Certissima.

— Dov'è la cameriera di cui avete parlato?

— In cucina. Desiderate parlarle?

— Sì.

— Winnie! Winnie! — chiamò.

Winnie comparve con passo svogliato; era una ragazza grassa, poco attraente, con gli occhi placidi di un ruminante.

— Conoscete queste persone? — domandò Norris.

Guardò le fotografie interessata. — No, signore.

— Se uno di questi tre fosse venuto qui in questi ultimi giorni, siete certa che voi o la signora Clague l'avreste visto?

— Uhm. Credo di sì.

Intervenne la governante. — Il signor Ambrose e il signor Philip ricevevano molto di rado. Si servivano della casa solo per riposare e per dormire. A volte tornavano a casa alle due o alle tre del mattino. Ma sempre sobri, devo dire. Io...

— Che mestiere facevano? — chiese Norris.

— Avevano tre gioiellerie da qualche parte. E un magazzino di vendita all'ingrosso in città. L'azienda era stata avviata dal padre, credo; è morto da molti anni. Erano due gentiluomini ed è terribile pensare che siano...

Norris la interruppe con un gesto impaziente: — Vogliamo vedere tutti i documenti che si trovano in giro. Dove tenevano la corrispondenza?

— Tutti i documenti d'affari li troverete in ufficio — disse la signora Clague. — Ma le lettere personali saranno nei cassetti di quello scrittoio o forse di sopra, nelle camere da letto.

— Grazie, signora Clague. Ci dispiace darvi dei fastidi, ma purtroppo sono cose che succedono. Se non avete troppo da fare, potreste prepararci un caffè?

Ancora un po' sconvolta, la donna fece un cenno affermativo e si ritirò in cucina, come se fosse lieta di sfuggire alle loro domande. Winnie la seguì sgraziatamente e si volse due volte a guardare gli uomini con un sorriso bovino, prima di scomparire a sua volta. Norris la guardò con la fronte aggrottata.

— Ma che cosa voleva quel mostro di ragazza? — domandò.

— Voi — lo informò Harper. — Ha un quoziente d'intelligenza limitato, ma ciò non le toglie l'appetito per un bel pezzo di giovanotto. È il guaio di essere belli.

— Stupidaggini! — borbottò Norris, livido. Si rivolse a Rausch: — Non abbiamo tempo per badare alla formalità di mandati di perquisizione e, a quanto pare, non c'è nessuno in giro che possa sollevare obiezioni. Io faccio l'inventario dello scrittoio. Voi datevi da fare nelle camere da letto. Dobbiamo compilare un elenco di tutte le persone con cui sono stati in contatto negli ultimi giorni.

Rausch salì le scale e Norris si agitò per cinque minuti nel tentativo di aprire il cassetto chiuso. Alla fine si diede per vinto e chiamò uno dei due agenti di guardia sul retro della casa.

— Scassinami questa serratura, Yensen.

Dopo averla controllata, Yensen scese nel garage e tornò con un filo di ferro. — C'è un'altra Roadking là sotto. Stesso modello e targa identica, tranne che per l'ultima cifra. Devono averle comprate insieme. — Inserì il filo di ferro nella serratura, la fece scattare e fece scorrere indietro il pannello di legno dello scrittoio, che mise in mostra i cassetti.

Norris si gettò avidamente sul contenuto; trasse alcuni documenti dagli scomparti, li scorse in fretta e li mise da parte. Tolse dalle guide i cassetti a uno a uno e trovò una pistola nascosta nell'astuccio di una macchina fotografica. La porse a Yensen.

— Mettetela via. I ragazzi della balistica forse riusciranno a cavarci qualcosa.

Dopo qualche tempo finì la lettura dell'ultima lettera e ripose tutto il mucchio di carte borbottando deluso: — Andate a chiedere alla signora Clague quando sono stati qui i Baum per l'ultima volta.

Yensen si allontanò e tornò subito. — Dice che hanno fatto colazione qui stamattina.

— È strano. — Norris si rivolse a Harper: — Solo chiacchiere inutili, per lo più lettere di amici d'affari. In media una lettera al giorno. Ma la corrispondenza si ferma a cinque giorni fa. Se la media non è cambiata improvvisamente, mancano cinque lettere.

— Potrebbero essere in ufficio — suggerì Harper. — Oppure...

— Oppure?

— Forse le hanno distrutte dopo averle lette.

— Ma perché?

— Perché i messaggi erano diventati privi di interesse, dato che i lettori erano diventati esseri non umani.

— Controlleremo nel loro ufficio prima di arrivare a qualsiasi conclusione — decise Norris. — O le hanno tenute o non le hanno tenute; è inutile fare ipotesi.

— Se le ricerche in ufficio non daranno frutti, possiamo scommettere due cose — disse Harper. — Primo, che i Baum sono caduti nelle mani dei Venusiani cinque giorni fa. Secondo, che il nemico non agisce più a caso nella sua opera di reclutamento, ma incomincia a scegliere le sue vittime.

— Come fate a dirlo?

— I Baum erano in rapporto continuo con la signora Clague e Winnie. Lo sappiamo per certo. Eppure, nessuna delle due donne è stata contaminata. Sono state lasciate in pace, benché fossero una preda facile. Sono vissute con il demonio ma non hanno perduto l'anima. Non vi pare che siano state fortunate?

— Mi fate venire i brividi — si lamentò Norris. Poi, a Yensen: — Fate un elenco di nomi e indirizzi, desumendolo da queste lettere, e portatelo al comando. Dovremo indagare su ciascuno.

Rausch riapparve e annunciò: — Niente di significativo di sopra, a eccezione di due numeri telefonici annotati su un'agenda accanto al telefono della stanza di Ambrose.

— Ce ne occuperemo dopo — disse Norris, dando un'ultima occhiata insoddisfatta in giro per la stanza. Non vide nulla che richiamasse il suo interesse. — Se la sorte dei Baum non è ancora nota a coloro che stiamo cercando, è facile immaginare che cosa accadrà. Qualcuno verrà qui per scoprire come se la sono cavata i due fratelli. Se andiamo tutti insieme al loro ufficio, non rimarrà qui nessuno a prenderli. Dovremo piantonare questa casa fino a che la notizia degli incidenti si diffonderà e terrà lontani eventuali visitatori.

— Starò qua io, con Yensen — si offrì Rausch. — Se qualcuno...

Ci fu un trillo sommesso al piano di sopra.

— Il telefono! — esclamò Norris.

Volò di sopra, facendo i gradini a due a due. Gli altri lo seguirono in massa. Entrando nella stanza di Ambrose, guardò con circospezione il telefono accanto al letto.

— Avete notato qualche altro telefono?

Scossero tutti il capo.

— Peccato. Nessuna possibilità di rintracciare la chiamata. — Norris si tolse di tasca il fazzoletto e lo pose sopra il minuscolo obiettivo che trasmetteva le immagini, poi sollevò la cornetta. Il piccolo schermo si illuminò immediatamente ma non apparve nessuna immagine. Anche all'altro capo avevano oscurato l'obiettivo. — Pronto! — disse Norris.

— *Var silvin, Wend*? — domandò una voce in tono sospettoso.

— Casa Baum — rispose Norris, corrugando la fronte. — Che cosa desiderate?

Click! La comunicazione fu interrotta. Norris scosse l'apparecchio, chiamò il centralino e si presentò. — Da dove veniva quella telefonata? Fatemelo sapere al più presto... è urgente! — Rimase in attesa per circa un minuto, poi ascoltò di nuovo il centralino, sbuffò e riappese il ricevitore. Disse agli altri: — Dal magazzino Baum. Evidentemente avevano appuntamento là e qualcuno, non vedendoli arrivare, si è innervosito e ha telefonato. Abbiamo perso una grossa occasione non andando là subito.

— Andateci ora — li esortò Rausch. — Rimarrò qui con Yensen, per ogni evenienza.

Norris assentì, fece un cenno a Harper e si affrettò a raggiungere l'automobile, ordinando a uno dei due poliziotti di salire in macchina con loro. Poi partì a gran velocità.

— Tanto vale che andiate piano — suggerì Harper, senza nascondere il suo pessimismo. — Non troverete nessuno. Uno che interrompe una telefonata, scoprendo che qualcosa non va, non rimane ad aspettare il peggio.

— Lo penso anch'io — ammise Norris, senza rallentare. — Ma se non riusciremo a prendere nessuno, non sarà perché non ci abbiamo provato. — Indicò con una mano il microfono sotto il cruscotto. — Date l'allarme. Tutte le auto nelle vicinanze del magazzino vi si dirigano immediatamente. Fermare chiunque si trovi all'interno.

Harper fece quanto detto. Risposero due voci comunicando che due pattuglie sarebbero state sul posto entro due minuti.

— Due minuti di ritardo — commentò Harper riponendo il microfono.

9

Il magazzino era un edificio di mattoni rossi, vecchio ma solido, con sei finestre protette da persiane chiuse e da poderose sbarre, e al quale si accedeva attraverso un massiccio portone d'acciaio. Aveva l'aspetto di un edificio costruito per contenere mercanzia considerata come una tentazione cronica dal vicinato. Due automobili erano affiancate davanti all'ingresso e tre poliziotti si aggiravano intorno, con aria sconfitta.

— Ci sono altri tre uomini dall'altro lato dell'edificio — disse uno dei tre a Norris. — È tutto chiuso e nessuno risponde. Non abbiamo sentito alcun rumore. Sembra che sia vuoto.

— Allora sfonderemo la porta.

Ci impiegarono un po' di tempo, ma riuscirono a farlo senza provocare troppi danni. Non c'era dentro anima viva.

Il piano terreno conteneva un certo numero di scaffali e vetrinette, su cui erano esposti gioielli falsi, appoggiati su cuscinetti di velluto nero. Il piano superiore era ingombro di casse da imballaggio e scatole di cartone, alcune piene, altre vuote. In un angolo, si apriva un piccolo ufficio con le pareti per metà di vetro e per metà di legno.

Entrando nell'ufficio, Norris si mosse con cautela, e disse a uno della polizia: — Fate venire l'esperto delle impronte digitali. Con un po' di fortuna, potremmo scoprire chi stava aspettando qui. — Rivolgendosi a Harper, aggiunse: — Solo un criminale di professione saprebbe ripulire perfettamente tutte le impronte... e i tipi che stiamo cercando non rientrano in questa categoria.

Si avvicinò alla scrivania e aprì i cassetti. Il contenuto non rivelò nulla di particolare; si trattava in massima parte di conti, fatture e altri documenti di carattere commerciale. Anche lo schedario di metallo non si dimostrò di maggiore aiuto.

— Sapete — fece notare Harper, annusando l'aria — i Baum e i loro amici avevano molta cura della loro persona.

— Da che cosa lo deducete? — domandò Norris.

— Ambrose emanava un leggero profumo. E anche Philip. E adesso lo sento anche qui.

Norris dilatò le narici. — Il vostro odorato deve essere molto più fino del mio.

— Varia da persona a persona. È così anche per i cani. Io riesco a scoprire subito un odore. E so anche che cosa è.

— Che cos'è?

— Eucalipto.

— Bene, ecco una notizia utilissima — commentò Norris in tono sardonico. — Tutto quello che ci resta da fare adesso è rintracciare qualcuno che puzzi di eucalipto.

— Non fate lo spiritoso — tagliò corto Harper. — Tre persone che sanno di eucalipto, tutte nello stesso giorno... significa qualche cosa. Come il tabacco. Se mi trovo nel cuore di una foresta e sento odore di tabacco bruciato, so che c'è vicino un uomo.

— E allora?

— Può darsi che a qualcuno *piaccia* l'eucalipto.

— Avete le idee più strambe... — incominciò Norris.

— Qualcuno deve pure averle, se vogliamo fare progressi. — Harper affondò le mani nelle tasche, guardandosi pensosamente intorno. — Comunque, perché certa gente non dovrebbe avere una passione per quel profumo? I coala l'adorano, per quanto ne so io.

— Ne mangiano le foglie — lo informò Norris. — Però, non abbiamo a che fare con i coala. Stiamo inseguendo esseri con denti e zampe ben più grossi.

— E con questo? Anche le tigri hanno i loro capricci.

Norris lo guardò accigliato, poi allungò una mano verso il telefono, prendendolo con delicatezza per non cancellare eventuali impronte. Formò un numero e parlò per qualche istante.

— Potrebbe essere una pista completamente falsa, ma prendetene nota ugualmente: controllate tutti gli individui che hanno addosso odore di eucalipto. — Nel riappendere la cornetta, osservò: — Mi sembrerebbe una cosa stupida, se l'intera faccenda non fosse così pazzesca.

— Dato che mi dedico solo saltuariamente al lavoro di Sherlock Holmes — disse Harper — ho la tendenza a lasciar perdere alcuni fatti che sembrano ovvi a voi, mentre ne scopro altri che voi trascurate. Per esempio, qual è la conclusione scientifica che si può dedurre dalla passione per l'eucalipto?

— Non lo so.

— Che altrove la preda naturale è vegetariana e si nutre di piante aromatiche simili all'eucalipto. Così, giunti sulla Terra, i nostri ospiti provano un bisogno formatosi in secoli di condizionamento. In altre parole, hanno trovato qui una sostanza, una droga che gli ricorda la loro casa, dolce casa.

— Di che cosa diavolo state parlando?

— Scusate, dimenticavo che vi è stata raccontata soltanto una parte della storia — disse Harper. — Dovreste conoscerla tutta, per arrivare alle conclusioni che sto cercando di trarre io.

— L'eucalipto non è una droga — dichiarò Norris, sconcertato.

— Non per noi, certamente. Ma per altri individui, potrebbe esserlo.

— Sentite, avete fiutato quella roba anche quando avete sparato alla ragazza?

— No, non mi sono avvicinato abbastanza, né mi sono fermato a lungo nei dintorni. Dato che il suo caso era il primo, mi trovavo completamente all'oscuro, e ho dovuto tagliare la corda alla svelta; non ho avuto il tempo né la voglia di cercare quello che solamente adesso sto sospettando.

— Già! — Norris rimase pensieroso per un istante, poi tornò verso il telefono, compose il numero dei Baum e parlò con Rausch. — Siamo stati sfortunati, qui. L'uccello era già scappato. — Ascoltò alcuni secondi, poi continuò: — Harper sente odore di eucalipto, dice che lo aveva sentito anche dai Baum. Io non lo avevo notato. E voi?

Rausch rispose: — Sì. Ma non pensavo che avesse importanza.

Interrompendo la comunicazione, Norris osservò: — Dovrei farmi fare delle inalazioni per sgombrare le cavità nasali.

— È un elemento importante — fece notare Harper. — Ambrose e Philip emanavano questo odore. Chiunque sia stato qui, aveva quel profumo. Forse ci si sono buttati addosso con la medesima gioia di un branco di cavallette che ha scoperto un campo di grano. Se è così, si passeranno la notizia l'un con l'altro.

— E poi?

— Questo darà un piccolo vantaggio all'umanità. Se non potete indovinare che cosa sta succedendo in una mente sospetta, almeno potete fiutare il fiato. — Harper si fermò un attimo a pensare, poi aggiunse: — Sto parlando delle forze dell'ordine, in generale. *Voi* non vi accorgereste di una capra sotto il vostro letto.

— Grazie per la critica — borbottò Norris. Tacque mentre l'esperto delle impronte digitali si metteva al lavoro. Quest'ultimo raccolse le impronte di tutta la stanza, la maggior parte delle quali apparteneva senza dubbio ai fratelli Baum. Quando ebbe finito, Norris ordinò: — Fatele controllare al più presto e comunicatemi i risultati. — Si rivolse a Harper: — Per il momento siamo arenati. Torniamo nel vostro ufficio.

— Per attaccare un'altra volta il verme all'amo, vero?

Norris diede un'occhiata all'orologio. — Non credo. È troppo tardi per un'ulteriore azione là. Avrete appena il tempo di chiudere l'ufficio e di andare a casa. Se qualcuno cerca di succhiarvi il sangue prima di domani, è molto probabile che lo faccia mentre siete a letto.

— Ecco un'idea che mi procurerà un sonno delizioso.

— Non vi preoccupate. Siete ben custodito.

— Lo so. Anche troppo, per i miei gusti. Da come si presenta la faccenda, avrò una scorta ufficiale per il resto della vita.

— Oh, non direi — azzardò Norris. — Questa musica è soltanto per la durata dell'emergenza.

— Così si è detto — borbottò Harper. — Ma là, in alto, ci sono alcune teste vuote che hanno in mano il potere e che trovano offensivi i fatti inalterabili della vita. Se ne hanno voglia, possono far seguire un'emergenza a un'altra e continuare così finché non si saranno divertiti abbastanza coi loro giochi di potere,

Entrò in macchina sedendosi vicino a Norris e non parlò più. Il suo umore nero non era certo addolcito dal pensiero che, quando quello stato di emergenza fosse terminato (ammesso che questo avvenisse), avrebbe dovuto affrontare il problema di come togliersi di dosso le autorità, e per sempre.

Non sarebbe stato facile.

Il mattino seguente portò delle novità. Norris cacciò la testa nell'ufficio, e fece cenno a Harper di seguirlo fuori dalla portata dell'orecchio di Moira.

— Le acque cominciano a muoversi — annunciò. — Ci sono state due telefonate a casa Baum, durante la notte. La comunicazione è stata interrotta appena Rausch ha risposto. Entrambe le chiamate provenivano da un telefono pubblico. Questo significa che l'uomo che era in contatto con i Baum si trova ancora in città.

— Supponendo che ce ne sia uno solo — disse Harper. — Per quanto ne sappiamo, potrebbero essercene una dozzina.

— Può darsi. Comunque abbiamo trovato impronte identificabili nell'ufficio di quel magazzino. Sono di McDonald.

— Ah, così era *lui* che aspettava là!

Norris fece un cenno di assenso. — Lo abbiamo mancato per pochi minuti. Inoltre abbiamo scoperto che una sera si è incontrato con i Baum in un albergo. Se ne è andato con loro nell'auto di Ambrose, e da allora non è più stato visto. Due camerieri e un barista hanno riconosciuto la fotografia.

— Quando li ha agganciati?

— Sei giorni fa.

— Esattamente il tempo che avevamo calcolato — notò Harper.

— Adesso stiamo cercando il luogo in cui si può essere nascosto — continuò Norris. — Se è ancora in giro, oggi lo troviamo.

— Potrebbe rivelarsi più difficile di quanto pensate.

— Perché?

— Non sarà in un albergo o in una pensione. Ci caverete ben poco a farli ispezionare. Non sarà neppure in un appartamento in affitto. Né dormirà all'aria aperta.

— E cosa fa dunque?

— Vive in una casa privata, come membro della famiglia... dal momento che si è *fatto* membro della famiglia. — Harper lo guardò con aria scettica. — Come farete a condurre ricerche in parecchie migliaia di case private?

— Non proveremo. Ci sono vie più rapide per raccogliere le notizie.

— Quali?

— Ogni strada ha il suo pettegolo, il suo inguaribile ficcanaso. Abbiamo un numero sufficiente di fotografie di McDonald da accontentare tutti i ficcanaso in un raggio di parecchi chilometri. Inoltre, non può lavorare standosene seduto in una stanza sul retro, con le tende tirate. Ogni tanto deve emergere dal suo rifugio. Se è stato lui a chiamare Rausch deve essere uscito dal buco. Ha corso un rischio e ha avuto una fortuna incredibile a non essere riconosciuto.

— Non sarebbe il caso di indagare su vendite anormali di eucalipto nelle farmacie?

— Ci abbiamo già pensato. Quattro agenti sono al lavoro.

Il telefono trillò nell'ufficio. Moira sollevò la cornetta, poi li chiamò: — È per il signor Norris o per il signor Rausch.

Norris entrò, ascoltò per un attimo, quindi tornò verso Harper dicendo: — Era Jemeson.

— Qualche cosa di nuovo?

— Sì. Langley è morto.

— Ah, l'hanno trovato?

— È stato individuato all'alba in una macchina rubata. C'erano con lui due uomini, Waggoner e un certo Joe Scaife. Si erano imbattuti in un blocco stradale, allora hanno abbandonato l'auto e sono fuggiti verso i boschi. Polizia, agenti e uomini della Guardia Nazionale si sono dati all'inseguimento. Jameson dice che si sono battuti così disperatamente che è stato impossibile prenderli vivi. Langley e Scaife sono stati uccisi. Waggoner ha sparato la sua ultima pallottola contro se stesso. È successo circa un'ora fa. Adesso non sanno che cosa raccontare a quegli insaziabili pescicani dei giornalisti.

— È una brutta faccenda — ammise Harper.

— Brutta non è la parola adatta — osservò Norris con aria seria. — Il gesto di Waggoner non ha bisogno di spiegazioni. Se queste reazioni sono consone al loro modo di agire, ci troviamo di fronte a una banda di pazzi che, piuttosto che farsi prendere vivi, preferiscono uccidersi.

— Anche i Baum si sono comportati nello stesso modo — ricordò Harper. — Hanno agito secondo il principio che è meglio la morte del disonore.

— È inumano.

— È chiaro che è inumano! Ficcatevi in testa che stiamo lottando contro mentalità di tipo molto diverso dalla vostra e dalla mia. Per loro, la cattura potrebbe essere un destino notevolmente peggiore della morte. Se è così, non basta che cerchiamo di vincere una battaglia. Occorre ben altro. Dobbiamo anche impedire il suicidio dell'ultimo momento, per prenderne uno vivo.

— I nostri ordini sono di prenderli vivi a tutti i costi.

— Più facile da dire che da fare.

— Bene, voi dovreste essere l'asso nella manica — fece notare Norris. — Come agireste se vi accadesse di trovarne uno, McDonald per esempio?

Harper rimuginò il problema, poi rispose: — La cosa più importante è di non fargli sospettare di essere pedinato. Non vedo altra possibilità che starmene fermo ad aspettare con pazienza l'occasione di fargli perdere i sensi o di immobilizzarlo prima che possa fare una mossa.

— È bello sentirlo dire da chi ha organizzato la brillante cattura di Ambrose Baum!

— Ho dovuto suscitare in lui una reazione per identificarlo. Fino a quel momento non era possibile scoprirlo in mezzo alla folla che si trovava per strada. Non sapevamo nulla di lui. Per McDonald le cose stanno diversamente. Sappiamo che aspetto ha. Non abbiamo bisogno di fargli un trabocchetto perché si tradisca. Ci basta vederlo in faccia.

— È vero.

— Se succedesse così — proseguì Harper — e se potessi organizzare la caccia a modo mio, cosa che purtroppo non posso fare, non cercherei di prendere McDonald vivo o morto. Lo lascerei libero.

— Perché?

— Così mi condurrebbe dagli altri.

— Non impiegherebbe molto ad accorgersi del gioco — lo schernì Norris. — Se pensate di poterlo sfruttare per mesi, vi sbagliate.

— Per quale ragione?

— Perché non serve che vi conduca dagli altri se non ne approfittate. Perciò prima o poi dovrete prenderli. E appena i suoi uomini cominceranno a scomparire si metterà in allarme, cercherà riparo in un buon nascondiglio oppure si sparerà un colpo in testa. — Mostrando il suo disprezzo per le tattiche da dilettante, Norris concluse: — Se riusciremo a catturarlo intatto e senza un graffio, ci condurrà dove vogliamo noi, che gli piaccia o no. Provvederemo noi!

— Fate come vi pare. — Harper rientrò nell'ufficio dicendo: — Vado a smaltire un po' di lavoro, altrimenti resterà sempre lì. — Si accomodò dietro la scrivania, passò mezz'ora studiando lo schema di un progetto, poi dedicò dieci minuti alla lunga lettera che lo accompagnava. — Bene, Moira, prendete la matita e fate attenzione alle parole difficili. Io...

Norris fece capolino e ordinò: — Mettetevi il cappello. Siete desiderato di nuovo.

— Oh, non ora, certamente! — borbottò Harper. — Ho un lavoro importante da terminare.

— Ne sono convinto — convenne Norris. — Ma non dovete farlo qui. Alzate i tacchi e seguitemi.

Lanciandogli un'occhiataccia, Harper disse a Moira: — Ancora un po' di questa musica e avrete l'ufficio in regalo, dato che siete l'unica che possa occuparsene senza seccature.

— Sbrigatevi — lo incitò Norris. — Lasciate perdere le lamentele.

Harper obbedì, lo seguì fino all'automobile e salì.

— Credono di aver scoperto dove è nascosto McDonald — gli spiegò Norris.

Dopo una breve corsa, l'auto si fermò in fondo a una lunga strada che correva tra gli alberi, e ai cui lati si allineavano due file ordinate di villette. Nessun'altra automobile della polizia era in vista, quando Norris tese un dito contro il parabrezza e parlò.

— È una casa rosa, un po' avanti, sulla sinistra. I ragazzi stanno alla larga per non mettere in allarme gli abitanti. Ci passeremo vicino come per caso. Datele una occhiata e ditemi che cosa ne pensate.

Ingranò la marcia e guidò a velocità ridotta. Superarono la casetta rosa, che aveva un prato tagliato all'inglese sul davanti e un'autorimessa chiusa su un lato. Non si vedeva nessuno in giro, né occhi curiosi che spiassero dalle finestre. Raggiunto l'altro capo della strada, Norris si accostò al marciapiede.

— Qual è il verdetto?

— Niente di fatto.

Norris mostrò una profonda delusione. — Ne siete sicuro?

— Possiamo fare il giro e ritentare, se non siete soddisfatto.

Fecero il giro.

— Niente — ripeté Harper. — Per quanto posso dire io, la casa è vuota. — Diede un'occhiata all'altro. — Da chi avete ottenuto questo indirizzo?

— Uno dei nostri agenti ha fatto il giro delle società dei taxì, basandosi sull'idea che se era stato veramente McDonald a telefonare ai Baum, non doveva aver percorso a piedi la strada fino al telefono pubblico. L'agente ha trovato un tassista che ha riconosciuto la fotografia di McDonald, e che sostiene di averlo fatto salire dopo mezzanotte e di averlo portato qui.

— Dopo di che, McDonald ha girato l'angolo e ha raggiunto il suo vero nascondiglio — suggerì Harper.

— L'autista lo ha visto usare una chiave ed entrare. È abbastanza probabile. Dopo tutto, McDonald non è un criminale incallito, esperto degli usi dei bassifondi. Potrebbe essere abbastanza ingenuo da non pensare alla traccia fornita da un taxì.

— Può darsi. Comunque, tutto quello che posso dirvi è che in questo momento non si trova qui. Forse è nel mio ufficio a organizzare i preparativi per il mio ritorno. Moira non ne sarebbe affatto contenta. Torniamo indietro.

— Calmatevi — sbottò Norris. — La vostra corrispondenza può aspettare. Dovrà aspettare. Andrà pure al diavolo quando sarete morto, no?

— Nessuno mi seccherà più, allora. Non dovrò più mangiare, quando sarò sottoterra.

Senza prestargli attenzione, Norris meditò per qualche istante, poi decise: — Correrò il rischio di metterlo in allarme. — Girò l'automobile e si avvicinò alla casetta che sorgeva vicino a quella rosa. Una donna di mezza età stava sulla soglia, guardandolo. Le fece cenno, e la donna attraversò il prato, osservandolo con occhi curiosi. — Sapete dirmi chi vive nella casa vicina? — le domandò indicando la villetta.

— I signori Reed — lo informò la donna.

— Nessun altro?

— No. Non hanno famiglia. Non sono i tipi, direi. — Tacque con aria pensierosa, poi aggiunse: — C'è un nipote che sta con loro in questi giorni. Dev'essere dell'Ovest, mi pare di aver sentito dire.

— Sarebbe questo il nipote? — chiese Norris mostrandole la fotografia di McDonald.

— Sì. Solo, è un po' più vecchio di così.

Norris respirò a fondo. — Da quanto tempo si trova qui?

— Da circa una settimana. — La donna meditò un attimo, e riprese: — Sì, l'ho visto giovedì scorso. — I suoi occhi acuti studiarono gli abiti borghesi del suo interlocutore, esaminarono l'automobile. La sua mente mostrava di essere stata impressionata dal tono ufficiale di Norris. — Siete della polizia?

— Se fossimo della polizia, ve lo avremmo detto — rispose Norris in tono evasivo. — Volevamo solo essere sicuri dell'indirizzo dei Reed.

— Quella è la loro casa — confermò la donna. — Ma non ci troverete nessuno. Sono usciti in macchina questa mattina e non sono rientrati.

— A che ora sono partiti?

— Alle otto. E sembrava che avessero molta fretta, ve lo assicuro.

— Non sapete, per caso, dove sono andati? — tentò Norris con un filo di speranza.

— Oh, no. Non mi hanno detto nulla, e io non ho fatto domande. Mi occupo dei fatti miei, e non vado a curiosare in quelli degli altri.

— Molto corretto da parte vostra — osservò Norris. — Penso che non ci resti altro da fare che venire più tardi, quando saranno tornati.

— Dio sa quando torneranno — disse la donna. — Hanno portato via un bagaglio imponente. Il che mi ha fatto pensare che avessero intenzione di star lontani per un po'. Non che siano affari miei, naturalmente. Ma a volte non si può fare a meno di notare quello che succede intorno.

Norris meditò sulla capacità della donna di occuparsi dei fatti suoi, poi chiese: — Hanno amici, qui, che possano metterci in contatto con loro?

— Che io sappia, non ne hanno. Questi Reed non sono gente socievole e lo sono diventati ancora meno da quando è arrivato il nipote.

Anzi, a dire la verità, in questi ultimi giorni erano veramente intrattabili. Non parlavano se non quando erano direttamente interrogati, e non dicevano una parola più di quanto fosse necessario. Con me si comportavano come se fossi un'estranea; con me, che sono la loro vicina di casa da dodici anni. Mi chiedevo che cosa mai gli fosse capitato. Quel nipote c'entra per qualche cosa, ne sono sicura.

Harper intervenne: — Chi vi ha detto che era un loro nipote?

— La signora Reed — lo informò la donna. — Le ho chiesto: «Chi è quel giovane?». Mi ha rivolto una rapida occhiata e ha buttato lì un: «Soltanto un nipote». Dal modo in cui ha risposto si sarebbe detto che le avevo chiesto cento dollari in prestito. Naturalmente non ne ho più parlato. So bene quando devo tenere la bocca chiusa.

— Grazie delle informazioni — disse Norris. Mise in moto la macchina, mentre la donna rimaneva ferma sul prato, col volto atteggiato al più vivo disappunto per aver dato così tanto e ricevuto così poco.

— Se quella bada solo ai suoi affari — osservò Harper mentre giravano l'angolo — che cosa riusciremmo a sapere da uno che ficca il naso in quelli degli altri?

Norris fece udire un grugnito, ma non fece commenti.

— Che cosa proponete di fare per McDonald? — continuò Harper. — Avete intenzione di piantonare questa zona come avete fatto per il mio ufficio?

— È stata tenuta sotto continua osservazione dalle nove, ma evidentemente abbiamo cominciato troppo tardi. E anche se non lo avete notato, è ancora sotto controllo. — Norris diresse l'auto in mezzo al traffico e proseguì: — Per prima cosa, dobbiamo richiedere all'ufficio immatricolazione il numero di targa dell'automobile dei Reed e dare l'allarme a tutte le pattuglie. Il secondo passo sarà di perquisire la casa con qualche pretesto. Il terzo, di scoprire come e dove McDonald ha agganciato i Reed e, soprattutto, se ha avuto contatti con altri oltre ai Reed e ai Baum. Infine, voglio sapere come ha fatto a scomparire da questa zona, visto che tutte le strade sono bloccate.

— Forse non è uscito dalla città. Può darsi che sia nascosto in qualche angolo qui intorno.

— Lo sapremo presto. — Norris guidò per un altro chilometro, poi chiese: — Bene, a che cosa state pensando?

— Langley è morto. McDonald non è lontano e lo stiamo cercando.

— E allora?

— Strano che non abbiamo sentito nulla del terzo, Gould.

— Già, non si è saputo niente — ammise Norris. — Sembra che sia svanito nell'aria. Questo non dimostra nulla, tranne che la fortuna aiuta qualcuno più degli altri.

— Se si tratta di fortuna.

— Che cosa volete dire?

— Può non essere fortuna. Forse è il più abile dei tre, un tipo veramente in gamba. Se è così, è anche il più pericoloso.

— Si tradirà con le sue stesse mani, alla fine — assicurò Norris. — Capita sempre così!

— Io stesso sono stato oggetto di una caccia su base nazionale — fece osservare Harper. — Ammetto che non era altrettanto pressante e intensa. Ma ho dovuto fare i salti mortali per uscirne salvo. So che cosa significa essere in fuga, molto meglio di quanto lo sappiate voi, che siete sempre stato l'inseguitore e mai l'inseguito. Chi è in grado di scomparire come Gould è in gamba. Troppo in gamba, perché possiamo respirare tranquilli.

— Ma non se la caverà sempre.

— Non si tratta di sempre. Il tempo che abbiamo a nostra disposizione si sta accorciando. Ogni giorno, ogni ora che perdiamo, aumenta il nostro svantaggio. — Harper spalancò la portiera; erano arrivati a destinazione. — Voi sapete solo quello che i capi hanno ritenuto opportuno raccontarvi. Io vi dirò un'altra cosa.

— Che cosa?

— Se i nostri progressi si dimostreranno troppo lenti e finiremo per essere sconfitti, vi troverete nel nido del vostro cervello l'uovo di un altro uccello. Avrete la testa bacata in un senso completamente nuovo. Come tutti gli altri, del resto. Per lo meno avrete la consolazione di seguire la moda... quando l'ultimo grido sarà di appartenere alla categoria dei morti che camminano!

10

Il lavoro di Harper subì un nuovo arresto il mattino seguente, prima ancora che lui avesse avuto il tempo di leggere la posta. Giunse in ufficio, seguito dalla scorta, si tolse il cappello e fece per lanciarlo sull'apposito gancio.

— Non lasciatelo andare — gli consigliò Norris. — Rimettetelo in testa. Siete di nuovo in partenza.

— Per dove?

— Non lo so. Non hanno creduto opportuno confidarmelo.

Era vero. La mente di Norris non rivelava altro, se non che era arrivata un'auto della polizia per condurre Harper in qualche posto, che sarebbe stato assente tutto il giorno, e che la polizia aveva ricevuto l'ordine di piantonare l'ufficio durante la sua assenza.

Questa volta Harper non tentò nemmeno di discutere. Benché riluttante, si stava rassegnando alla situazione. Rimettendosi il cappello, uscì e prese posto nell'auto occupata soltanto dal guidatore.

Appena si mossero, furono seguiti da un'altra macchina con a bordo quattro uomini. Harper lanciò un saluto ironico a Norris, che era rimasto immobile sul marciapiedi, tentando di indovinare la ragione di questo improvviso allontanamento dell'esca dalla trappola. Voltato l'angolo, una terza automobile si staccò dal marciapiede e si portò in testa al gruppo. Anche in questa aveva preso posto un quartetto dall'aspetto deciso.

— Un vero corteo — osservò Harper. — Qualcuno mi sta accordando l'importanza che da un pezzo meritavo.

L'autista non diede risposta, concentrato unicamente sull'auto che lo precedeva. Era un individuo dalle sopracciglia folte e sporgenti, il tipo d'uomo che non conosce il significato della parola paura... né di alcun'altra parola. Dietro di loro, la terza vettura si teneva alla prudente distanza di venti metri.

— Cento dollari se seminate tutto il branco.

Nessuna risposta. Neppure un accenno di sorriso.

Rinunciando al suo tentativo, Harper si sprofondò nel sedile con gli occhi semi-chiusi, mentre la sua mente sondava i dintorni come un faro invisibile. Scoprì che anche il suo autista non sapeva nulla, tranne che doveva tenersi dietro alla prima macchina, tenersi pronto a trovarsi nei guai, e non cercare in alcun modo di affrontarli se riusciva a tenersene fuori.

Il faro continuava a esplorare.

Gli uomini dell'auto che apriva la marcia sapevano dove era diretta la processione. E da quel momento lo seppe anche Harper. Meditò per un minuto o due sull'informazione appena scoperta, poi, abbandonando il problema di cui avrebbe avuto la soluzione a suo tempo, si mise a guardare pigramente fuori dal finestrino. Seguendo l'abitudine che aveva preso in quegli ultimi giorni, di tanto in tanto soffermava la sua attenzione sulla mente delle persone che gli passavano vicino.

Avevano superato due semafori e più di una decina di incroci, quando fu raggiunto da impulsi extraterrestri, deboli per la distanza, ma chiaramente discernibili. Qualche cosa che proveniva da una strada laterale, a sette-ottocento metri, forse a un chilometro di distanza. Qualcosa che trasmetteva spasmodicamente pensieri non umani interrotti da brevi risatine e borbottii.

Balzò a sedere, rosso in volto, e gridò: — Svelto! Girate là!

Le sopracciglia irsute si aggrottarono e l'uomo, con un colpo di clacson in segno di avvertimento, aumentò la velocità. Dalla vettura che li precedeva due teste si girarono a sbirciare attraverso il finestrino posteriore, quindi aumentarono anch'essi la velocità. Sfrecciarono sulla strada senza voltare e continuarono diritti.

— Siete tanto lento che non riuscite neppure a tener dietro alle vostre scarpe! — esclamò Harper con gli occhi scintillanti, e sempre in ascolto. — Girate alla prossima curva. Svelto. Forse riusciamo a tornare indietro e riprenderlo prima che scompaia.

L'auto continuò la sua corsa. Ignorò la prima strada laterale, poi la successiva e tutte le altre. La mente che si agitava in lontananza si affievolì, poi scomparve.

— Testa di rapa! — inveì Harper. — Avete perso un'occasione d'oro.

Nessuna risposta.

Di nuovo Harper rinunciò e si chiuse in un iroso silenzio, chiedendosi se le brevi emanazioni che aveva captato provenivano da McDonald in persona o da un altro dei suoi insospettati tirapiedi. Non c'era modo di saperlo. Menti simili non si rivelano in termini di identità umana. L'unica cosa certa era che un nemico mortale si stava aggirando in libertà, nonostante l'intera città stesse prendendo l'aspetto di un campo fortificato.

Il senso di irritazione che lo aveva invaso lo accompagnò per un altro paio d'ore; infine, il corteo di auto superò un cancello e si infilò in un'area accuratamente cintata; superarono una collinetta e si fermarono davanti a un gruppo di case nascoste alla vista di chi passava lungo la strada principale. Un cartello dipinto portava una scritta:

DIPARTIMENTO
DELLA DIFESA
Laboratorio di Ricerche Biologiche

I quattro uomini della vettura di testa scortarono Harper all'ingresso principale con l'aria circospetta di chi fosse convinto che lui avrebbe colto anche solo una mezza possibilità di tagliare la corda. Sempre gente che conosceva soltanto una parte della storia ed esagerava il resto, concluse Harper.

Prese una sedia e sedette nella sala d'attesa, guardato a vista da tre dei suoi accompagnatori, mentre il quarto andava a cercare qualcuno. Poco dopo quest'ultimo tornò in compagnia di un individuo dal camice bianco e i capelli grigi, che ebbe una reazione di improvvisa meraviglia.

— Wade Harper! Che sorpresa!

— Che cosa c'è di tanto sorprendente? — borbottò Harper. — Non vi sentivate tanto emozionato l'ultima volta che ci incontrammo, quattro anni fa.

Uno della scorta intervenne dicendo: — Se voi e il dottor Leeming vi conoscete già, non c'è bisogno di presentazione. Perciò noi ce ne andiamo. — Uscì, facendo cenno agli altri di seguirlo.

Leeming spiegò: — Ho avuto ordine di eseguire un controllo con l'aiuto di uno specialista che sarebbe stato condotto qui questa mattina. Mi si è fatto capire che le sue conclusioni devono essere considerate decisive. Non mi è stata rivelata l'identità dello specialista. — Si allontanò di qualche passo, guardando l'altro dalla testa ai piedi. — E siete voi. Quattro anni non vi hanno migliorato. Siete più vecchio e più brutto.

— Lo sareste anche voi se vi trovaste nei miei panni. — Harper espresse sbuffando la sua insoddisfazione, e proseguì: — Sono venuto come un personaggio della casa reale, protetto da una grossa scorta. Piedipiatti davanti, piedipiatti di dietro e, per quanto ne so io, una squadra di elicotteri che girano sopra la mia testa. E non credo che tutta questa parata sia stata organizzata per permettervi di consultarmi sul modo migliore di tagliare i baffi a un bacillo. Inoltre, il mio istinto commerciale mi suggerisce che non avete intenzione di farmi un'ordinazione di apparecchi del valore di dodicimila dollari. Perciò, di che cosa si tratta?

— Ve lo mostrerò. — Il dottor Leeming gli fece un cenno. — Venite.

Facendolo passare lungo una serie di corridoi, Leeming lo condusse in una lunga stanza ingombra di materiale scientifico, di strumenti di vetro e di acciaio inossidabile e di alcuni astucci foderati di seta che contenevano, come Harper notò con una rapida occhiata, gli speciali apparecchi di sua fabbricazione. Un giovane in camice bianco, dallo sguardo serio dietro gli occhiali, rivolse loro un'occhiata nervosa mentre entravano.

— Il mio assistente, dottor Balir — presentò Leeming. — Questo è Wade Harper. — Fece un gesto in direzione di un micromanipolatore completo di tutti gli accessori. — È la persona che fabbrica questa roba.

Balir sembrò notevolmente impressionato e rispose: — Felice di conoscervi.

— Allora, potete considerarvi uno dei pochi privilegiati — rispose Harper.

— Non gli badate — consigliò Leeming a Balir. — Dice sempre la prima cosa che gli salta in testa.

— Donde il caos generale — commentò Harper — visto quello che è capitato negli ultimi giorni. — Si guardò intorno. — Bene, perché sono qui?

Leeming si diresse verso un armadio, ne tolse una fotografia di grande formato e gliela porse. Mostrava una sfera bianca, leggermente sfocata, con una striscia di colore più tenue che ne attraversava il centro.

— Una fotografia del pianeta Giove — azzardò Harper, troppo preoccupato in quel momento per controllare la risposta con una ricerca telepatica nella mente dell'altro.

— Al contrario — lo informò Leeming — è qualcosa di molto più piccolo, per quanto piuttosto massiccio, come succede in queste cose. È la molecola di una proteina ingrandita da un microscopio elettronico.

— Se volete sezionarla, siete proprio sfortunato. Non sono in grado di fornirvi alcun mezzo per maneggiare cose *così* piccole.

— Un vero peccato — rispose Leeming. — Ma non è questo che ci occorre.

Rimessa a posto la fotografia, si diresse verso una pesante cassaforte di acciaio incassata nella parete. Aprendola cautamente, ne estrasse un involucro di plastica trasparente sigillato, contenente una provetta chiusa da un batuffolo di cotone, piena per un quarto di un liquido chiaro incolore.

— Questa — annunciò — è la medesima cosa, moltiplicata un milione di volte. Significa qualche cosa per voi?

Harper scrutò il liquido. — Assolutamente niente.

— Studiatelo con attenzione — gli consigliò Leeming. — Perché, secondo le nostre teorie ottimistiche, è ancora vivo.

— Vivo?

— Intendo dire attivo. È un virus estratto dal cervello e dal midollo spinale di alcuni cadaveri.

— Un virus noto?

— No.

— Filtrabile?

— Non abbiamo provato a filtrarlo. Lo abbiamo isolato con un nuovo procedimento centrifugo.

— Allora, se non è morto, è intontito dalla rotazione — disse Harper. — Fatemi ritentare quando avrà ripreso i sensi.

— Ah! È proprio questo che vogliamo sapere. *Ha* i sensi? Mi hanno detto che voi e soltanto voi siete in grado di dircelo. — Leeming aggrottò le sopracciglia e continuò: — Gli ordini che mi sono stati impartiti dicono che dovete essere voi a pronunciare il verdetto. Se voi asserite che questo virus è innocuo, significa o che è stato reso tale dal processo al quale è stato sottoposto e dall'isolamento, oppure, che siamo sulla strada sbagliata e dobbiamo cominciare tutto daccapo.

Harper osservò: — Comunque, non dovete star lì a tenerlo a braccio teso come uno che abbia appena dissotterrato un gatto morto. Rimettetelo nella sua bara e avvitate il coperchio. Non farà la minima differenza per la mia capacità di studiarlo. Se quella roba avesse avuto la voglia e la capacità di tradire la sua natura sospetta, avrei potuto dirvelo quando ero ancora nella sala d'attesa, senza disturbarmi a venire fin qui.

Leeming richiuse la cassaforte e fece un gesto espressivo con le mani. — Così siamo ancora indietro come quando abbiamo iniziato?

— Non è detto — rispose Harper. Appoggiandosi a un banco del laboratorio, assunse un'espressione meditabonda, mentre indagava nelle menti di Leeming e di Balir. Poi disse: — Vi è stato detto che tre esploratori spaziali sono ritornati da Venere affetti da una malattia infettiva che si sta diffondendo. Vi hanno mandato i corpi di vittime di questa epidemia, cominciando con una ragazza di nome Joyce Whittingham. È vostro compito isolare la causa del male, studiarne la natura e, se possibile, trovarne il rimedio.

— Esatto — ammise Leeming. — Si tratta di un'informazione segreta. Evidentemente ne siete stato messo al corrente anche voi.

— Messo al corrente? Me la sono procurata con le mie mani. Ed è stato come strappare dei denti. — Harper si chinò in avanti e lo guardò fisso negli occhi. — Siete sicuro di avere isolato la vera causa del male sotto forma di quel virus?

— Ne ero abbastanza sicuro... fino al vostro arrivo. Ora non ne sono più così certo.

— Da che cosa derivava la vostra sicurezza?

— Non ci sono parole che vi possano dire con quanta attenzione abbiamo studiato quei cadaveri. Il compito era reso doppiamente difficile dalla necessità di maneggiare tutto da lontano, con infinite precauzioni per impedire il contatto diretto e il contagio. I nostri esperti hanno lavorato per ventiquattro ore al giorno, esaminando fino all'ultimo frammento di carne, sangue, ossa, pelle e capelli. Tutto quello che siamo stati in grado di accertare è che si tratta di un virus finora sconosciuto. Poteva essere quello. Doveva esserlo. — Leeming fece una pausa, poi concluse: — Ma, secondo voi, non lo è.

— Non ho detto questo.

— Avete detto che non ha alcun significato per voi.

— È vero... nel suo stato attuale. — Harper esitò un istante e continuò: — Sono dotato del particolare potere di riconoscere le persone affette da questa malattia. Se non vi hanno detto come faccio, non posso dirvelo neppure io. Chiamatelo un altro segreto. Purtroppo, il mondo sta diventando oppresso dai segreti. Comunque, vi posso dire una cosa.

— Che cosa?

— Io so riconoscere i sintomi. Voi mi chiedete di mettere un dito sulla causa. Non è la stessa cosa. Per quanto mi riguarda, è un problema ben diverso.

— E potete almeno darci un suggerimento? — domandò Leeming.

— Posso dirvi le mie opinioni. Spetta poi a voi decidere se hanno un senso o no.

— Sentiamole. Ci servono tutti i pareri che riusciamo a ottenere.

— Va bene. Non pensate che voglia criticare qualcuno di voi quando dico che ritengo che le autorità mi hanno fatto venire qui perché sono arrivate a una conclusione stupida.

— Qualche conclusione?

— Che ci si possa spogliare quando si è completamente nudo. Che si possa nuotare senza acqua. O pedalare fino in fondo alla strada senza una bicicletta tra le gambe.

— Siate più esplicito — suggerì Leeming.

— Non può esistere una malattia senza qualcosa da aggredire. Non si può correre senza le gambe, parlare senza la bocca, pensare senza il cervello. Se quella roba è veramente quello che voi credete, be', è imbavagliata, legata, compressa, azzoppata. Perciò non è niente di più di quello che sembra in questo momento, cioè una poltiglia informe. Il suo potere, se ne ha, ha cessato di essere effettivo, ed è diventato solo potenziale. Io sono in grado di scoprire una forza in atto. Ma non posso individuare una forza in potenza, più di quanto non sappia leggere il futuro.

— Capisco che cosa intendete dire. — Leeming atteggiò il volto a un leggero sorriso. — Non ci fate credito di molta intelligenza, vero?

— Non vi ho definito stupidi. Sto solo teorizzando sulla mia impossibilità di aiutarvi.

— Va bene. — Leeming indicò la cassaforte. — Non è tutto lì quello che abbiamo. Questo è solo metà. Il resto è stato usato per uno scopo ormai abituale: lo abbiamo sperimentato sui cani.

— Intendete dire che lo avete effettivamente iniettato in qualcuno?

— Sì, un cane, come vi ho detto.

Harper lo guardò con aria abbattuta. In tutta la sua vita non aveva mai captato un pensiero proveniente da un animale inferiore. Telepaticamente parlando, cani, gatti, uccelli e insetti non esistevano. Il loro cervello emetteva impulsi su una lunghezza d'onda diversa da quella umana. Come non riusciva a vedere oltre gli ultra-violetti, così non era in grado di ascoltare il lavorio delle menti animali.

— Che cosa gli è successo?

— È ancora vivo. Volete vederlo?

— Sì.

Il cane era un Labrador nero, imprigionato in una grossa gabbia che sembrava essere stata fatta venire da un circo o da uno zoo vicino. Il pavimento era di acciaio e pesanti sbarre di ferro proteggevano le pareti e la cupola. La gabbia era divisa in due parti da un cancelletto scorrevole, in modo che l'animale potesse venire rinchiuso in una metà mentre l'altra metà veniva pulita e si cambiavano le ciotole del cibo e dell'acqua. L'effetto del cane rinchiuso dietro quelle sbarre sufficientemente robuste da tenere al sicuro un rinoceronte arrabbiato era incongruo e patetico.

Notando i due che si stavano avvicinando, il cane si girò, alzò le zampe verso le sbarre e agitò vigorosamente la coda emettendo un mugolio, lamentoso. Recitando alla perfezione la scena del cane amico dell'uomo, concentrò in modo particolare la sua attenzione su Harper, facendolo oggetto di tutte le moine di un cagnetto che implori di essere comperato dal cliente.

— Commenti da fare? — indagò Leeming.

— Se dobbiamo fermarci alle apparenze, non gli avete iniettato una sostanza più pericolosa dell'acqua fresca.

— Giudicando dalle apprenze, sono d'accordo. Ma possiamo fidarci delle apparenze? Avete detto che potete riconoscere una forza reale. Ebbene, questo cane è sufficientemente reale. Perciò, qual è la vostra diagnosi?

— Non posso formularvene una — rispose Harper. — Non serve che io tenti di fiutare le streghe nella razza canina. Il mio potere funziona soltanto con le creature a due gambe, molto simili a me anche se meno pelose.

— Mm... — Leeming diede uno sguardo al Labrador che stava ora ritto sulle zampe posteriori, e, appoggiate quelle anteriori alle sbarre, sembrava apertamente invitare Harper a condurlo fuori per una passeggiata. Aggrottò le sopracciglia e osservò: — Avete notato che ha diretto tutta la sua attenzione su di voi e finge di ignorare completamente me?

— È naturale. Anch'io preferirei me a voi, se fossi un cane.

— Non sto scherzando — assicurò Leeming. — Sono terribilmente serio.

— Perché?

— Abbiamo iniettato in questo animale una dose di virus ieri a mezzogiorno. Lo abbiamo fatto in questa gabbia, poi siamo usciti rapidamente e abbiamo atteso i risultati al di qual delle sbarre.

— E che cosa è successo?

— All'inizio si è comportato normalmente, leccandosi il punto in cui avevamo inserito l'ago, girando per la gabbia senza meta e gettandoci gli sguardi di accorato rimprovero che alcuni cani hanno quando pensano di essere stati puniti ingiustamente. Dopo quattro minuti ha avuto un collasso seguito da una violenta convulsione che ha scosso il corpo spasmodicamente, schiumava alla bocca ed emetteva mugolii soffocati.

— E dopo?

— Si è rimesso con una rapidità sorprendente — spiegò Leeming. — Ha fatto dieci volte il giro della gabbia, esaminandone ogni singolo particolare, evidentemente cercando un mezzo per fuggire. Non avendone trovati, ha ringhiato contro Balir, che era il più vicino. Ha dato sfogo a un odio feroce... bisognava vedere per crederlo. Acqua fresca o no, non era certo lo stesso cane di prima.

— Adesso sembra calmo — osservò Harper.

— Lo so. E questo è molto significativo, ritengo. Si è scatenato contro Balir. Poi ha diretto la sua furia contro di me. Per un paio d'ore si è avventato con ostilità maniacale contro chiunque si avvicinasse alla gabbia. La reazione emotiva dell'imprigionamento, no?

— Potrebbe essere.

— Ma dopo quelle prime due ore è cambiato completamente, con la destrezza di un attore che cambia costume tra un atto e l'altro. L'odio è svanito. Il cane ha fatto di tutto per ingraziarsi Balir, e ha recitato così bene la sua parte che Balir cominciava ad averne pietà. Avendo capito o intuito l'effetto del suo gesto, il cane ha raddoppiato gli sforzi per accattivarsi l'amicizia di Balir. Comunque, Balir è uno scienziato, e non si è lasciato influenzare da un sentimento irrazionale.

— E dopo, che cosa ha fatto, il cane?

— Allora ha tentato con me le sue moine. Ammetto senza vergogna che ho avuto momenti di pena per lui... finché ho ricordato che la mia pietà poteva esprimersi soltanto in due modi, e cioè avvicinarmi e accarezzarlo, cosa che poteva essere molto pericolosa, oppure liberarlo, il che poteva dimostrarsi altrettanto disastroso. Così non mi sono lasciato impietosire.

— È tutto?

— No. Questa mattina ha giocato le sue carte migliori con Jim Calthorpe, che gli prepara il cibo. Calthorpe era stato avvertito di usare il cancelletto scorrevole e di tenersi lontano dal cane, qualsiasi cosa succedesse. Così si è rifiutato di rispondere alle sue moine. Adesso è il vostro turno. — Leeming diede un'occhiata a Harper e domandò: — Che cosa deducete da un comportamento simile?

— Un pensiero costruttivo — rispose Harper. — Si è reso conto che non potrà fuggire senza aiuto. La sua unica possibilità è trovare un individuo debole disposto a collaborare. Così, sta esaminando i vari candidati in ordine di arrivo.

— È quello che sospetto anch'io. Ma se questa è la spiegazione esatta, se sta selezionando i candidati con uno scopo preciso, non è un po' troppo abile per essere un normale cane?

— Non so. Veramente non saprei rispondervi. Come vi ho detto prima, non sono esperto di cani. Tutto quello che so è che alcuni cani sono ritenuti altamente intelligenti e effettivamente capaci di risolvere problemi moderatamente complessi. Il termine convenzionale che si usa per descriverli è "quasi umani".

— Sì, ma il cane eccezionalmente intelligente ha sviluppato le sue qualità mentali quasi dalla nascita. Non le ha acquisite all'improvviso, come se indossasse un nuovo collare.

— Ebbene?

— L'animale che abbiamo di fronte era un campione comunissimo, come tutti quelli che si incontrano per la strada. Adesso ha raggiunto un livello molto superiore al normale. È saltato da un Quoziente di Intelligenza Canina 70 a un Quoziente 100, o anche di più. Date le circostanze, gli effetti sono allarmanti. Indicano una conclusione che speravamo che voi poteste confermare. Sarà piuttosto difficile provarla, senza il vostro aiuto.

— Esiste una via d'uscita soddisfacente — suggerì Harper — se qualcuno ha il coraggio di servirsene.

— E quale sarebbe?

— Far fuori il cane, recuperare la nostra sostanza e inocularla in un essere umano. O se non vi serve la roba che mi avete mostrato nel laboratorio, usare quella e risparmiarvi tempo e guai.

— Impossibile! — dichiarò Leeming.

— Mostratemi il virus inoculato in un essere umano, e vi saprò dire con precisione se avete scoperto e isolato la vera causa del male.

— Impensabile! — ripetà Leeming.

— Non dite sciocchezze — obiettò Harper. — Come può essere impensabile, dal momento che io l'ho pensato?

— Sapete benissimo che cosa voglio dire. Non possiamo assoggettare un nostro simile a una prova così drastica.

— È un po' tardi perché la scienza incominci a tener conto di considerazioni morali. Cinquant'anni fa era il momento per pensarci. Oggi, un giochetto sporco in più passerà inosservato. La gente si è abituata all'idea che siamo tutti degenerati in un branco di cavie.

Leeming accettò le parole di Harper aggrottando la fronte con aria di disapprovazione, poi disse: — L'idea sarebbe attuabile se trovassimo un volontario. Ma dove lo troveremo? *Voi*, offrireste il vostro corpo per questo esperimento?

— Io no. E anche se fossi abbastanza matto da sottopormi, mi si impedirebbe di farlo. Lo Zio Sam pensa che io sia un bene troppo prezioso per perdermi. — Batté il suo grosso dito sul petto di Leeming. — E proprio questo fatto suggerisce dove potete trovare la vostra carcassa da esperimento, cioè tra coloro che non sono preziosi, la cui perdita non importerebbe a nessuno, nemmeno a loro stessi.

— Che cosa intendete dire?

— Nelle celle della morte ci sono criminali che aspettano di essere impiccati, mandati alla sedia elettrica o nelle camere a gas. Offrite a uno di questi una possibilità su mille di salvarsi e state a vedere come l'afferra con tutte e due le mani. Ditegli che gli volete fare un'iniezione. Se ci resta, non importa; il suo destino non è cambiato di una virgola. Ma se riuscirete a guarirlo, sarà graziato e liberato. E magari lo Zio Sam gli troverà anche un impiego statale come ricompensa per un servizio reso all'umanità.

— Non ho il potere di concludere un simile patto extragiudiziale.

— Qualcuno lo ha. Trovatelo e prendetelo a calci nel fondo dei pantaloni finché si sveglia.

— Dubito che qualcuno al di sotto del Presidente possa farlo, e anche lui dovrebbe estendere i suoi poteri fino al limite massimo.

— E va bene. Allora scocciate il Presidente. Se non ci andate voi, lo farà qualcun altro... e per uno scopo ben più terribile.

— Vedete, Wade, le chiacchiere non costano nulla. L'azione è una questione completamente diversa. Avete mai provato a muovere i pezzi grossi?

— Sì.

— Fino a che punto siete arrivato? — domandò Leeming con interesse.

— Sono arrivato al generale Conway e l'ho fatto saltare come un grillo. Adesso che ci penso, è proprio l'uomo a cui chiedere un pendaglio da forca. Raccontategli esattamente quello che è successo qui, quello che vi ho detto io, e che cosa intendete fare. Spiegategli che la vostra cavia deve essere un uomo e soltanto un uomo. Scaricategli il problema sul groppone e fategli capire che, per quanto vi riguarda, se lo deve risolvere lui. Non se lo coccolerà a lungo, potete scommetterci!

Harper tornò a studiare il cane, lasciando a Leeming il tempo di meditare. Il Labrador mugolò, strofinò le zampe contro le sbarre. Non sembrava proprio niente altro che un cane. Ma questa non era una prova né a favore né contro. Anche altrove si aggiravano creature che avevano l'aspetto di uomini, ma che uomini non erano. Ecco il problema fondamentale: quell'animale era ancora un vero cane o era diventato in realtà una creatura ospite?

Harper tentò di ascoltarne gli impulsi mentali, mentre il cane si sforzava di attirare la sua attenzione, ma non udì assolutamente nulla. La sua gamma naturale di ricezione non era sufficientemente vasta da raccogliere le emanazioni provenienti da esseri non appartenenti alla sua specie. Smise di ascoltare e passò al sondaggio diretto, in una maniera violenta, aggressiva, che in esseri nascosti sotto spoglie umane aveva risvegliato una reazione immediata. Ma non ebbe alcun effetto sul cane, che continuò le sue adulazioni evidentemente incoscio delle pugnalate mentali infertegli dall'uomo.

Il silenzioso esperimento servì soltanto a confermare quello che Harper già sapeva: che il cervello canino funzionava unicamente nei confronti della sua stessa razza e che la cosiddetta abilità dei cani di leggere i pensieri non era altro che un'esperta valutazione di gesti, espressioni, atteggiamenti e toni di voce. Per questa ragione il Labrador rappresentava una linea di ricerca sterile, che Leeming aveva tentato in buona fede, ma con poche probabilità di una soddisfacente conclusione. Giunti a questo punto, non era più possibile proseguire. Un criterio diverso e più produttivo comportava una ricerca condotta su una forma di vita superiore.

Leeming interruppe le sue meditazioni dicendo: — Non mi piace e non credo che ci riuscirò. Comunque sono disposto a lanciare l'amo a Conway, purché mi stiate vicino per darmi una mano. Potrebbe stare a sentire voi, anche se non vuole ascoltare me.

— Non potete saperlo finché non avrete provato.

— Io so che sono uno scienziato, mentre lui è un pezzo grosso dell'esercito. Non parliamo la stessa lingua. La voce accademica ragiona, la voce dell'autorità abbaia. Se non può o non vuole capire quello che cercherò di spiegargli e ha bisogno di un paio di imprecazioni per venirne a capo, vi passerò il telefono e lascerò a voi il compito di trovare quelle adatte.

— Conway non è così stupido. Il potere non vuota le teste, nonostante alcune eccezioni che confermano la regola.

— Andiamo nel mio ufficio — suggerì Leeming. — Mettetemi in contatto con lui e vedrò quello che potrò fare.

Harper chiamò prima Jameson e gli disse: — Mi trovo ai Laboratori di Ricerche Biologiche, come probabilmente già sapete, dato che avete qualcosa a che fare con la mia venuta qui. Sto per chiedere una comunicazione telefonica col generale Conway. Il dottor Leeming desidera un breve colloquio con lui.

— E allora perché avete cercato me? — chiese Jameson.

— Perché ho già tentato di raggiungere Conway, ricordate? È come cercare di stringere la mano di Dio. E né Leeming né io abbiamo il tempo o la pazienza di stare a sentire le chiacchiere di tutti i tirapiedi di Washington. Sta a voi raccomandare loro di passare direttamente la mia telefonata.

— Vedete, Harper...

— Silenzio! — ordinò Harper. — Vi siete servito abbastanza di me. Adesso mi servo io di voi. Mettetevi in moto e fate come vi ho detto.

Sbatté la cornetta sulla forcella, sedette sulla sedia più vicina e sbuffò rivolgendo al telefono uno sguardo accigliato.

Leeming chiese con un tono di apprensione nella voce: — Chi è questo Jameson?

— Un pezzo grosso dell'FBI.

— E *voi* dite a *lui* che cosa deve fare?

— È la prima volta — rispose Harper. — E da quanto ho capito di lui, sarà anche l'ultima. — Meditò un istante, si rabbuiò in volto e poi sbottò: — E poi, perché ci devono essere dei tizi che non fanno che impartire ordini, e altri che devono solo riceverli? È tempo di invertire i ruoli una volta tanto, no? Viviamo in uno stato democratico, o è una mia illusione?

— Su, su — lo calmò Leeming. — Non ve la prendete con me. Io mi limito ad accettare le cose come stanno.

— Un accidente! Se alcuni di voi scienziati si fossero accontentati di lasciare le cose al loro posto, noi tutti... — Harper lasciò perdere il resto della frase, mordicchiandosi il labbro inferiore, poi concluse: — Non ci badate. Una volta al mese devo sfogarmi, altrimenti scoppio.

Jameson ha avuto abbastanza tempo per pensare. Se non si è mosso finora, non ne ha alcuna intenzione.

— Scommetto che non ha fatto niente.

— Le circostanze sono molto favorevoli a voi, per quanto mi pesi riconoscerlo. — Harper riprese in mano il telefono. — Comunque, adesso vediamo. — Compose il numero, e sullo schermo dell'apparecchio apparve una faccia giovanile. — Il mio nome è Wade Harper — disse lui. — Desidero parlare con il generale Conway. È urgente.

— Un attimo, per favore. — La faccia svanì, e fu sostituita da un'altra più vecchia, più ufficiale.

— Perché volete parlare al generale? — domandò il nuovo volto.

— Cosa ve ne importa? — chiese Harper seccamente. — Andate subito dal vecchio e scoprite una volta per tutte se è disposto a parlare con me.

— Temo di non potervi accontentare, se prima non mi dite di che cosa... — La faccia smise di parlare, diede uno sguardo lateralmente, aggiunse in fretta: — Scusatemi un momento — e scomparve. Alcuni secondi dopo riapparve con espressione allarmata. — Rimanete in linea, signor Harper. Vi colleghiamo immediatamente.

Harper fece un ghigno allo schermo vuoto e disse a Leeming: — Sembra che abbiate perso la scommessa. Jameson si è mosso, anche se un po' in ritardo.

Sullo schermo si alternavano strani disegni mentre la linea veniva inserita in un altro canale attraverso il centralino, e alla fine comparve il generale Conway.

— Che cosa succede, signor Harper?

Dopo una spiegazione succinta, Harper cedette il telefono a Leeming, che fece un resoconto dettagliato della situazione e concluse esponendo la necessità di avere a disposizione un soggetto umano, insieme alla speranza che Conway potesse fare qualche cosa.

— Disapprovo una simile tattica — dichiarò recisamente Conway.

Leeming si fece rosso in volto e ribatté: — In tal caso, generale, non possiamo fare ulteriori progressi. Ci troviamo di fronte a un ostacolo insormontabile.

— Sciocchezze! Apprezzo il vostro zelo e l'ingegnosità di quanto suggerite. Ma non posso sprecare tempo prezioso a cercare un mezzo legale per fornirvi un criminale condannato, quando tale mossa è superflua ed evitabile.

— Faccio questa richiesta soltanto perché la ritengo necessaria — osservò Leeming.

— Vi sbagliate. Vi abbiamo mandato i corpi di quattro vittime. Altri due si sono resi disponibili oggi, e li riceverete fra poco. Col diffondersi di questo pericolo e l'aumento del numero di persone colpite sarà inevitabile che fra non molto riusciremo a catturarne uno vivo. Che cosa volete ancora?

Leeming sospirò e insistette con pazienza: — Una vittima ancora viva ci aiuterebbe, ma non in modo determinante. La prova più palese di una causa è la dimostrazione che tale causa crea gli effetti caratteristici. Non posso dimostrare che sussiste il contagio su un soggetto già colpito dal male.

— D'accordo — convenne Conway. — Ma tale soggetto, avendo maggiori possibilità di comunicazione di un cane, può essere messo nelle condizioni di identificare da solo la causa. Non dovrebbe essere superiore alle vostre possibilità studiare una tecnica adatta a stimolare quello che si potrebbe definire auto-tradimento.

— In questo momento mi viene in mente un solo modo per ottenere questo risultato — disse Leeming. — Ma si tratta, purtroppo, di un procedimento lungo e complicato, che comporterà una notevole mole di lavoro eseguito alla cieca.

— Qual è questo metodo?

— Presumendo che il virus sia la vera causa, il che è ancora materia di dubbio, dobbiamo cercare un anti-corpo efficace. La prova dipenderà quindi dalla nostra capacità di guarire gli individui vivi. Se non riusciremo...

— *Bisogna* trovare un rimedio — asserì Conway, con il tono di chi vuol considerare definitivamente chiuso l'argomento. — In qualunque modo. L'unica alternativa sarà lo sterminio sistematico e a lunga scadenza di tutte le vittime, con un risultato finale cui nessuno osa pensare. In realtà, potremmo benissimo trovarci di fronte la maggioranza degli esseri umani, che la minoranza non contagiata non sarebbe assolutamente in grado di affrontare; nel qual caso la minoranza sarebbe condannata, e l'umanità con lei.

— E voi pensate che la vita di un criminale incallito sia un prezzo troppo alto da pagare per scongiurare un destino simile? — domandò Leeming con voce tagliente.

— Non penso niente di tutto questo — si contraddisse Conway. — Sarei pronto a sacrificare senza esitazioni l'intera popolazione delle nostre prigioni se ne avessi il potere e se fossi convinto che è l'unica speranza. Ma non ne ho il potere, e non sono convinto della necessità di tale azione.

— Lasciate che gli parli io — intervenne Harper, vedendo l'atteggiamento disperato di Leeming. Afferrò il telefono e guardò bellicosamente il volto disegnato sullo schermo, conscio che l'altro stava ora guardando il suo. — Generale Conway, avete detto che non avete il potere e non siete persuaso?

— È esatto — rispose.

— Il Presidente, se venisse consultato, potrebbe pensarla diversamente. Ha l'autorità necessaria o, se non ce l'ha, può ottenerla. Non state usurpando il suo diritto di prendere una decisione in merito a questo problema?

— Usurpando? — Conway ripeté la parola come se fosse stato il massimo degli insulti. Si riprese con uno sforzo visibile, e proseguì con voce controllata: — Il Presidente non può lavorare più di ventiquattro ore al giorno. Perciò delega una parte dei suoi poteri e delle sue responsabilità. In questo momento, sto esercitando l'autorità a me assegnata.

— In virtù della quale potete arrivare fino a lui, mentre altri non possono — replicò Harper. — Allora, perché non rimettete a lui la soluzione della faccenda?

— No.

— Va bene. Non vi chiedo più di farlo. Ve lo ordino.

— Date un ordine a me? — La voce del generale tradì la sua incredulità.

— Esatto, generale. O portate davanti al Presidente la proposta di Leeming, oppure non contate più su di me per questo imbroglio.

— Non potete agire così.

— Posso.

— Sapete benissimo che dipendiamo da voi per l'identificazione, quando sarà il momento. Non potete starvene lì a guardare quel che sta succedendo, senza muovere un dito!

— È proprio quello che farò, invece. Non siete l'unico ad avere il diritto di comportarvi come un mulo.

— Questo è un oltraggio! — esplose il generale Conway.

— È anche un ammutinamento — confermò Harper. — È un chiaro tradimento. Potreste farmi fucilare. Provate, e vedrete come vi sarà utile. Morto, servirei ancor meno che muto.

Conway emise un profondo respiro, mentre sul suo volto appariva un'espressione esasperata, poi rispose: — Contro la mia volontà, rimetterò questo problema nelle mani del Presidente, e farò del mio meglio per persuaderlo. Prometto di tentare di ottenere la necessaria decisione nel minor tempo possibile, ma non offro garanzie di successo.

— La vostra parola è più che sufficiente, per me — disse Harper. — Siete un ufficiale e un gentiluomo. E nonostante il nostro antagonismo, stiamo lavorando entrambi per il medesimo scopo, non è vero?

Ricevette in risposta un grugnito di irritazione. Chiudendo la comunicazione, Harper lanciò uno sguardo a Leeming. — Lo farà. È il tipo che mantiene le promesse, una volta che gli sono state strappate.

— Avete una bella faccia tosta — osservò Leeming, con una sfumatura di invidia. — Ne avete tanta che mi chiedo come possiate avere amici. Un giorno vi spingerete troppo oltre e qualcuno vi farà saltar fuori il sale che avete in zucca, spaccandovela.

— Che cosa dite! Conway è un uomo e io sono un uomo. Tutti e due ci facciamo tagliare i capelli, tutti e due indossiamo i pantaloni. Tanto tempo fa, tutti e due camminavamo a quattro zampe e ci bagnavamo i pannolini. Ed entrambi manderemo un puzzo ugualmente spiacevole un mese dopo che saremo morti. E nell'intervallo dovrei baciargli i piedi?

— No, suppongo di no.

— Allora siamo d'accordo. — Harper consultò l'orologio. — Prima di andarmene, c'è una cosa che mi piacerebbe sapere, se potete dirmela.

— Che cosa?

— Come diventa epidemica questa malattia? Come avviene il contagio?

— Nello stesso modo in cui è avvenuto per il cane — lo informò Leeming. — Joyce Whittingham aveva subito un'iniezione nella parte superiore del braccio, probabilmente sangue di una vittima.

— Non possiamo dire con certezza che il cane ne è affetto.

— No, ma sappiamo che la Whittingham lo era. E sappiamo che le era stata praticata un'iniezione. E anche altri due. Il quarto cadavere aveva un taglio, coperto da un cerotto, che raccontava la medesima storia. Immagino che le reazioni siano state identiche a quelle del cane: qualche minuto di turbamento, un breve collasso, convulsioni, e rapido miglioramento.

— Bene, che il solo contatto non sia evidentemente sufficiente è già un vantaggio — meditò Harper. — Significa che il candidato non può venire colpito con un semplice starnuto nella sua direzione. Deve essere afferrato e tenuto fermo il tempo sufficiente a ricevere e assorbire un'iniezione, no?

Leeming approvò col capo e proseguì: — Se questo virus non è la causa reale, è un sotto-prodotto ben determinato; e se non è la causa, be'... — Tese le mani con gesto espressivo. — Siamo completamente al buio.

— Qualche altra informazione da darmi?

— Sì. È localizzato nel cervello e nel midollo spinale. È il suo habitat naturale. Il resto è teoria, e ve lo do per quel che vale. È mia opinione che il virus si sviluppi fino a riversarsi nel sangue, creando così un impulso a trasmettere l'eccedenza e a cercare un altro sistema circolatorio che conduca a un altro cervello e a un altro midollo spinale. Potete pensare a un equivalente non umano del desiderio sessuale, in cui l'effettivo trasferimento sostituisca la copulazione. È l'irresistibile risposta alla legge universale: crescete e moltiplicatevi.

— Mmm! — Harper rimuginò la teoria per un po' di tempo. Era curioso di sapere come si compiva nel mondo di origine il passaggio del parassita da una creatura all'altra. Forse su Venere l'ospite preferito dal virus apparteneva a una forma di vita sufficientemente sviluppata da saper produrre e maneggiare aghi ipodermici? Oppure si trovava, a un livello più basso, un essere dotato di speciali denti capaci di trasmettere sangue infetto con un semplice morso?

Propendeva per l'ultima ipotesi. Per quanto completamente estranea alle concezioni terrestri, quella pestilenza era stata generata dalla Natura, e destinata a esistere in simbiosi con un essere altrettanto evoluto. Perciò era probabile che il sistema di riproduzione fosse naturale anziché artificiale, e la tecnica dell'inoculazione adottata sulla Terra fosse solo un sostituto giustificato dal fatto di essersi dimostrato soddisfacente.

Se, per ipotesi, queste audaci supposizioni erano vere, il cane imprigionato poteva anche essere capace di crearsi il proprio liberatore e alleato con un solo, abile morso in una gamba incauta, o leccando una mano su cui ci fosse un piccolo taglio. La presenza del virus nella sua saliva gli avrebbe aperto i cancelli della libertà e avrebbe dato il via a una trasformazione globale della vita umana. Teoricamente, l'animale era più pericoloso di una bomba all'idrogeno.

— Se volete il mio consiglio — disse a Leeming — fareste bene a far fuori quel cane prima che lui faccia fuori voi.

— Non preoccupatevi. Siamo abituati a trattare con certi soggetti, qui. Nessuno si avvicina al punto da ricevere uno sputo addosso, e tanto meno da essere toccato.

— Conoscete il vostro mestiere. Ed è tempo che io torni a occuparmi del mio. Vado a casa, in quella trappola con cui Conway spera di poterne acchiappare uno vivo. — Harper fece una risata aspra. — Se mi va male, magari vi capiterà fra le mani uno zombie che si dibatte, e scoprirete che sono io.

— Cosa intendete? — domandò Leeming, con gli occhi sbarrati.

— Non ci badate. Cerchiamo la mia scorta. Se torno senza di loro dovrò pagare la multa. — Harper alzò gli occhi al soffitto, come per chiamare il cielo a testimonio. — Che mondo!

11

Rausch era in ufficio quando Harper arrivò, la mattina dopo. Gli disse: — Siamo rimasti bloccati qui fino alle otto, ieri sera, pensando che sareste tornato. Se la vostra guardia del corpo non ci avesse avvertito che vi avevano riportato sano e salvo a casa, saremmo rimasti rinchiusi in questo buco tutta la notte.

— Tra una cosa e l'altra, comprese tre soste lungo il ritorno, sono rientrato in città troppo tardi. — Dopo aver appeso il cappello, Harper sedette al suo tavolo e prese il pacco della posta. — Dov'è Norris? Perché siete qui voi? Pensavo che foste ancora in casa dei Baum a tendere imboscate.

— Abbiamo perso ogni speranza di arrestare qualcuno laggiù. La notizia è stata pubblicata dai giornali della sera di ieri; ne hanno parlato come di un incidente automobilistico. Il telegiornale di mezzanotte ha mostrato l'immagine dell'auto fracassata mentre veniva trascinata via. Nonostante i nostri sforzi, è più che sufficiente per mettere sul chi vive gli amici dei Baum. Non ne sorprenderemmo uno, laggiù, nemmeno in un anno di attesa.

— Insomma, tutto quello che posso dire è che certa gente sembra molto in gamba nel prendere per il naso voi federali. — Harper aprì un paio di lettere e ne scorse rapidamente il contenuto. — Sono troppo abili per i miei gusti. E stanno mandando all'aria la mia teoria preferita, secondo cui, sostanzialmente, tutti i criminali sono sciocchi. — Poi alzò gli occhi dalla terza lettera e aggiunse pensoso: — Semprechè questo gruppo possa essere chiamato un gruppo di criminali.

— In che altro modo li vorreste definire?

— Una minaccia. Una minaccia mortale. Come una muta di cani idrofobi. O come un gruppo di vaiolosi sfuggiti alle autorità sanitarie. Solo, molto peggio, infinitamente peggio. — Rilesse la lettera e la gettò nel cestino della carta straccia. — Dove avete detto che è andato Norris?

— Non l'ho detto. Se la cosa vi fa piacere, è partito come un razzo per inseguire un'altra traccia che si rivelerà probabilmente infruttuosa.

— Perché avete detto "un'altra"?

— Ieri, quando eravate via — spiegò Rausch — i nostri ragazzi hanno sorpreso non meno di otto MacDonald. Sarebbe stato un successo senza precedenti, se uno solo fosse stato veramente McDonald. Ma non è stato così. Mezz'ora fa Norris è andato a controllare il sospetto numero nove.

— E come fa a controllare?

— È facile. Ha con sé fotografie, copia delle impronte digitali, eccetera. Ha di che identificare la persona giusta al di là di ogni dubbio. Ma non abbiamo ancora messo le mani sulla persona giusta.

— Darei un milione per sapere come fa a tenersi al largo — osservò Harper. — La sua tecnica mi potrebbe tornare immensamente utile un giorno o l'altro.

Rausch lo fissò. — Che cosa avete in mente?

— Scappare con la cassa. — disse Harper. Poi scoppiò in una risata forzata. — Ma certo, come sono sciocco. Se scappo con i soldi di questo ufficio, non faccio che prendere ciò che è già mio. Il che prova che un datore di lavoro non può fare niente di male. Pensateci.

— Ci sto pensando — disse Rausch con aria sospettosa. — E ho idea che mi stiate prendendo in giro. E penso anche che non ci sia niente da ridere.

— Non volevo fare lo spiritoso. — Harper prese dell'altra posta e lacerò le buste. — Non è successo altro che dovrei sapere?

— Il vostro amico poliziotto, Riley, è venuto a farvi visita nel pomeriggio ed era molto curioso di sapere dove eravate andato.

— Glielo avete detto?

— E come facevamo a dirglielo? Non lo sapevamo nemmeno noi. E anche se lo avessimo saputo; non glielo avremmo detto. Non ha nessun diritto di ricevere informazioni sul vostro conto.

— Ha detto perché era venuto?

— No. Ho avuto l'impressione che fosse venuto senza uno scopo, per fare due chiacchiere. Ha detto che sarebbe tornato oggi. Ha fatto un po' il furbo con la vostra segretaria, poi se n'è andato.

Harper lasciò cadere la lettera che aveva in mano e guardò Rausch intensamente. — Ripetete quello che avete detto a proposito della mia segretaria.

— Riley ha scherzato un po' con lei, poi se n'è andato.

— Impossibile! Assolutamente impossibile! Non farebbe mai la corte a Moira nemmeno se fosse lei a chiederglielo in ginocchio. È così posato che fa pena.

— Però ci ha provato — asserì Rausch. — Può darsi che il suo solido senso morale incominci a vacillare. Questo particolare può esservi sfuggito: è amico vostro, ma non dormite insieme.

Harper, acquietato, disse: — Può esserci del vero in quanto dite. Moira dovrebbe arrivare fra dieci minuti; glielo chiederò.

— Non ne vedo il bisogno; a meno che non abbiate qualche diritto sulla sua vita affettiva.

— Il legame fra noi due è basato sul fatto che a entrambi piacciono i quattrini in contanti — replicò Harper. — Questo e nient'altro.

— Pensatela come volete — disse Rausch scrollando le spalle. Andò a bighellonare nell'officina, divertendosi a osservare il montaggio dei micromanipolatori. Ritornò quando comparve Moira.

Appena la ragazza si fu seduta dietro alla macchina per scrivere, Harper le domandò:

— Che cos'è questa storia fra voi e Riley?

Era sinceramente stupita. — Non capisco, signor Harper.

— Mi hanno detto che quel grosso elefante ha tentato di fare il cascamorto con voi.

— Oh, no, no davvero. — Moira arrossì lievemente. — Mi ha solo preso un poco in giro. Sapevo che non era niente di serio.

— Però non lo aveva mai fatto prima, vero?

— No, signor Harper. Penso che lo facesse per passare il tempo, non avendovi trovato qua.

Harper si sporse in avanti guardandola fissa ma senza leggerle nella mente. — Ha tentato di darvi un appuntamento?

Moira reagì con una nota d'indignazione nella voce. — No di certo. Mi ha solo offerto un biglietto di teatro che gli avevano regalato. Mi ha detto che lui non poteva andare e che me lo cedeva volentieri.

— L'avete accettato?

— No. Era per ieri sera. Avevo già un impegno e non potevo andare a teatro.

— È rimasto deluso quando avete rifiutato?

— Non l'ho notato. — Moira spostò la sua attenzione su Rausch, che aveva ascoltato il dialogo, poi riportò lo sguardo su Harper, evidentemente perplessa. — Ma che cosa è questo interrogatorio?

— Niente di grave, cara. Sto cercando di stabilire se Riley era sobrio o ubriaco ieri pomeriggio. È una speculazione interessante poiché, da quando lo conosco, non l'ho mai visto nella parte dello sbronzo.

— Non è indispensabile che uno sia ubriaco per accorgersi della mia esistenza — reagì Moira, molto polemica.

— Brava! — approvò Rausch schierandosi dalla sua parte. — Gli avete dato la risposta che si merita.

— Tenete il becco fuori dalle mie questioni domestiche — gli ordinò Harper. Prese una lettera. — Lasciate perdere, Moira. Pensiamo agli affari. Preparate questa risposta per la clinica Vester. Gli aghi di ricambio in lega di titanio per il Modello Quattordici sono immediatamente disponibili in confezioni di sei. Facendo seguito alla vostra...

Aveva appena finito di dettare la lettera ed era sceso in officina per controllare l'andamento del lavoro quando ritornò Norris. L'agente federale aveva l'aria molto seccata. — Non potete nemmeno immaginare — disse — quanta gente assomigli a un ricercato, sia pure vagamente.

— Hanno fatto cilecca un'altra volta?

— Sì. Un tipo abbastanza simile a McDonald da giustificare l'arresto. Per di più, aveva una fretta indiavolata, ha perso la testa e ha cercato di forzare il blocco stradale. Questo è stato il suo errore.

— Sentite — fece Harper — McDonald è scappato con armi e bagagli e quando l'abbiamo accertato aveva già un'ora di vantaggio. Credete davvero che sia ancora in città?

— No. Ammetto che ci sono novantanove probabilità su cento che non ci sia più. Non solo non abbiamo trovato traccia di lui, ma nemmeno dei Reed o della loro automobile. Penso che siano passati fra le maglie dei posti di blocco e siano ormai lontani. Ma non trascuriamo nessuna possibilità, per quanto remota sia.

— Bene. Allora vi dirò una cosa: se quei tre se ne sono andati, hanno lasciato per lo meno uno dei loro in città.

— Come fate a saperlo? — domandò Norris.

— Perché gli sono passato accanto ieri. Ho cercato di convincere il corteo di auto a inseguirlo, ma si sono rifiutati di fermarsi. Avevano ricevuto ordini e si sono attenuti scrupolosamente agli ordini. Dimostra come l'obbedienza cieca mandi a gambe all'aria lo spirito d'iniziativa.

A Norris non piaceva quell'ultima osservazione, ma preferì lasciar correre e chiese: — Avete idea di chi potesse essere?

— Nessuna idea. Se l'avessi avuta ve l'avrei riferita ieri sera, risparmiandovi tempo e fatica. Poteva essere chiunque. L'unica cosa che posso fare è lavorare di fantasia.

— Avanti con la fantasia. Avete centrato più di un'ipotesi, ultimamente.

— Questa è decisamente avventurosa — anticipò Harper con aria di scusa. — Non posso fare a meno di pensare che il nascondiglio più sicuro per un uomo ricercato sia una città dove ogni piedipiatti sta dando la caccia a un altro ricercato. Approfitta della distrazione generale, capite? Il suo margine di sicurezza è molto aumentato dal fatto evidente che la polizia può concentrarsi su un solo obiettivo e ignora gli altri.

— Proseguite — lo esortò Norris interessato.

— Perciò, se la presenza della mia carcassa fa di questa città una zona di attrazione irresistibile per il nemico, e tutti quanti danno la caccia a McDonald...

— Concludete, amico, concludete!

— Che rifugio meraviglioso per William Gould. — Harper guardò Norris negli occhi. — Chi sta dando la caccia a *lui*?

— Tutto il paese. Lo sapete.

— Io non sto prendendo in considerazione l'intero paese. Ma penso solo a questa città. A differenza del resto degli Stati Uniti, qui siamo ossessionati a tal punto dalla presenza di McDonald, che Gould potrebbe venire a casa vostra a offrirvi di fare il baby-sitter e voi gli dareste due dollari all'ora, con tanti ringraziamenti. — Tamburellò nervoso con le dita sul tavolo in attesa che la battuta arrivasse a destinazione, poi aggiunse, per colmare la misura. — Dopo di che, il bebè non sarebbe più lo stesso di prima.

Reagì Rausch per primo. — Vera o falsa che sia questa ipotesi, non fa nessuna differenza. Diamo la caccia a Gould con la stessa energia con cui cerchiamo McDonald. Non sarebbe male richiamare l'attenzione dei nostri uomini su di lui.

— Certo che non sarebbe male — fece eco Norris. — Fatelo immediatamente. — Norris seguì con lo sguardo la rapida uscita di Rausch, poi riprese il dialogo con Harper: — Dove cavate fuori queste idee?

— Lo spettatore vede la partita meglio dei contendenti. E come vi ho già detto, anch'io ho dovuto fare la lepre, mentre voi non siete mai stato inseguito. È molto utile mettersi nei panni del nemico. Ecco perché il primo e forse uno dei migliori detective del mondo è stato un ex galeotto, con una lunga esperienza di delinquente alle spalle.

— Chi sarebbe?

— Eugene François Vidocq.

— Bisogna che lo vada a trovare un giorno o l'altro — promise Norris. — Sempreché, prima di allora, non vada io stesso in galera a perfezionare la mia cultura.

— Non potrete andarlo a trovare. È morto molto tempo prima che voi nasceste. Comunque, io...

Si interruppe di colpo. Il suo faro telepatico aveva fatto uno dei sondaggi periodici e aveva trovato qualcosa nell'oceano di emanazioni mentali che lo circondava. Rimase in silenzio, mentre il suo cervello ascoltava.

Stava venendo di nuovo.

Norris non aveva notato la sua preoccupazione improvvisa e chiese: — Stavate dicendo?

— Niente d'importante. Lasciate perdere.

Harper fece un gesto noncurante e ritornò in ufficio. Si sedette in posizione eretta sulla sedia e tastò sotto l'ascella per accertarsi che la pistola fosse a portata di mano.

— Moira — disse con voce inalterata — in officina c'è un pacchetto da spedire all'Istituto Schultz-Masters. È urgente. Vorrei che lo portaste immediatamente alla posta. Fate in modo che parta con la distribuzione di mezzogiorno. Poi potete prendervela con calma, non c'è bisogno che torniate stamattina. Vi aspetto nel pomeriggio, alla solita ora.

— E la lettera che mi avete dettato, signor Harper?

— Avrete tutto il pomeriggio per occuparvene. Ora spicciatevi e andate a consegnare il pacchetto; così avrò una risposta pronta per l'Istituto Schultz-Masters se telefoneranno per protestare.

— Molto bene. — Moira si pose in testa con cura il cappello, prese la borsetta e si avviò verso l'officina per ritirare il pacchetto.

Harper, dalla finestra, la vide allontanarsi in fretta lungo la strada, nella direzione opposta a quella da dove veniva il pericolo. Bene, Moira non sarebbe stata presente quando sarebbero incominciati i guai.

Un paio di robusti individui camminavano a una decina di metri di distanza da Moira. Sapevano dove stava andando, poiché il microfono istallato in ufficio aveva informato Norris o chi stava ascoltando. Ma comunque non se la sarebbero lasciata sfuggire, come non se l'erano mai lasciata sfuggire da quando era stata preparata la trappola. Tutto sommato, era un bene.

Non aprì la finestra come aveva fatto nel caso di Ambrose Baum. Lasciandola chiusa, rimase ritto accanto ai vetri, tenendo d'occhio quanta più strada poteva; contemporaneamente estese al massimo i suoi poteri ricettivi.

Stavolta non avrebbe commesso l'errore di trasmettere un impulso mentale che avrebbe fatto fuggire il nemico con le informazioni che desiderava tanto ardentemente. Si sarebbe limitato ad ascoltare, lasciando così la mente dell'altro nella più beata incoscienza. Non avrebbe saputo che lui la leggeva a suo piacimento. È vero, ciò implicava che non avrebbe potuto stimolare le informazioni desiderate e avrebbe dovuto accontentarsi di quanto lo sconosciuto gli avrebbe offerto spontaneamente, fossero notizie utili o inutili.

Allontanatosi dalla finestra si lasciò cadere pesantemente sulla sua sedia guardando, senza vederla, la scrivania di Moira e continuando invece ad ascoltare e aspettare. Era un'esperienza unica e straordinaria, nonostante i precedenti incontri.

A giudicare dalla lentezza con cui la potenza dei lontani impulsi aumentava, l'entità che si stava avvicinando doveva procedere a passo lentissimo; probabilmente camminava con cautela e si fermava spesso, fingendo di guardare le vetrine. Ma non si trattava di esitazione o paura: quell'essere, al contrario, era freddamente conscio dei molti pericoli e cercava di evitarli appena si profilavano.

La mente non gli si identificò in termini umani, perché in quel momento non stava pensando in termini umani. Nel pensiero, era bilingue. Lo strano chiocciare che emanava da quel cervello era la colonna sonora di un altro pianeta, sincronizzata con le forme di pensiero umano. Obbediva all'abitudine, contratta in lunghi secoli di vita parassitaria, di pensare nei termini mentali delle creature che la ospitavano. Il fatto di aver occupato un cervello umano non era di nessun ostacolo a quella funzione. Tutti i cervelli utilizzano i dati di cui dispongono, e quello era dotato della conoscenza di due mondi e di almeno due specie distinte.

Benché la sua attenzione fosse concentrata altrove, Harper riusciva ugualmente a riflettere. E se lo sconosciuto che avanzava lento e circospetto fosse stato William Gould? Come poteva sperare di arrivare fino a Harper e attuare il suo piano?

Era molto improbabile che il suo scopo fosse quello di uccidere, anche a costo della propria vita, poiché avrebbe guadagnato ben poco da un'impresa simile. Ciò che il nemico voleva ottenere a ogni costo era la conoscenza precisa del fenomeno mediante il quale poteva essere identificato. Uccidere la sola persona capace di rivelare questo segreto, lo avrebbe lasciato pericolosamente ignaro come prima.

La sola tattica razionale per i Venusiani era di catturare Harper e tenerlo in loro potere per tutto il tempo necessario a cavargli la verità. Una volta catturato, la tecnica per farlo parlare sarebbe stata semplice ed efficace. Si sarebbero impossessati di lui come avevano già preso possesso di altri; dopo di che, avrebbero trovato nella sua mente il dato desiderato e sarebbe diventato patrimonio loro, interamente loro, da usare come meglio credevano.

Solo questa strada li avrebbe condotti a scoprire contro che cosa dovevano combattere e li avrebbe messi in grado di trovare i mezzi per affrontare altri eventuali pericoli del genere, provenienti da altre fonti. Perciò l'essere che stava avvicinandosi doveva essere, nella migliore delle ipotesi, incaricato di saggiare le difese preposte all'ufficio di Harper, oppure, nella peggiore, incaricato di rapire Harper con un colpo di mano.

Nella seconda ipotesi bisognava concludere che la situazione attuale doveva essere più complessa di quel che sembrava. Il nemico era tutt'altro che stupido. Nessun loro delegato avrebbe tentato di rapire Harper in quelle circostanze, se non ci fosse stata per lo meno qualche probabilità di successo.

La corrente mentale extraterrestre era diventata ormai molto più forte ed era piena di brevi immagini irriconoscibili, come rapide visioni di un paesaggio d'incubo. Harper staccò la sua attenzione da quella mente per un attimo, per cercarne altre simili nei dintorni. Forse in una dozzina o in venti stavano convergendo su di lui, in un attacco preordinato, sperando di sopraffarlo con la forza numerica.

Non ce n'erano altre. O, per lo meno, non riuscì a scoprirne altre. Solo una si stava avvicinando e se ce n'erano altre in giro dovevano essere nascoste oltre il suo limite di ricezione. Se era così, avevano scelto per pura coincidenza la distanza di sicurezza oppure avevano incominciato ad arrivare a conclusioni molto acute?

Harper evitò ancora di fare sondaggi telepatici. E neppure avvertì Norris, come avrebbe dovuto. Rimase seduto immobile, deciso, per questa volta, a giocare la partita a modo suo. La strategia ufficiale non aveva ottenuto alcun risultato all'infuori di numerosi cadaveri e della fotografia di una sfera nebulosa. Forse un'azione irregolare avrebbe ottenuto esito migliore. Non pensò nemmeno di prendere in considerazione il rischio connesso, che poteva anche costargli la pelle. Ciò era dovuto più alla sua impazienza che al suo coraggio.

La mente aliena stava ora passando sotto le sue finestre, ma lui non provò nemmeno a dare una occhiata nel timore che, se si fosse esposto, avrebbe causato un allarme prematuro. Se avesse continuato lungo il marciapiede, oltre il suo portone, sarebbe uscito a tutta velocità e l'avrebbe inchiodato. Ma se fosse entrato, lo avrebbe lasciato salire fino in quella stanza, e l'avrebbe affrontato a tu per tu: da uomo a falso uomo.

Giunto all'altezza del portone, l'essere vi si infilò decisamente e il flusso dei suoi pensieri incominciò a trasmettere sulla lunghezza d'onda umana, con la chiarezza di un'immagine sullo schermo televisivo che improvvisamente ritorna a fuoco. C'era una ragione per farlo. Il nuovo venuto si era trovato di fronte due poliziotti e si era immediatamente adattato alla situazione umana. Il mutamento avvenne rapidamente e con la perfezione possibile solo a una forma di vita che non aveva mai avuto un corpo che non fosse una maschera, dato che non aveva un proprio volto.

E in quel momento critico, Harper seppe chi doveva aspettare. Lesse il nome del visitatore nella mente degli agenti che stavano scambiando poche parole con il nuovo venuto.

"*È in ufficio lo scimmione? O è uscito in caccia di delinquenti?*"

"*Sta scaldando la sedia.*"

"*Vi dispiace se faccio un salto da lui?*"

"*Accomodatevi.*"

Harper sorrise in modo sinistro. Registrò le immagini mentali dei poliziotti che avevano lasciato passare il nemico. Si concentrò poi su Norris che sedeva su una panca nell'officina, e quasi poté vedere la scena attraverso i suoi occhi che guardavano l'essere extraterrestre avvicinarsi alla porta dell'ufficio.

In quell'istante entrò il Venusiano e Harper lo salutò, fingendo la buona fede più assoluta. — Salve, Riley. Qual buon vento vi porta?

Riley spostò la sedia vuota di Moira e si sedette lentamente continuando a guardare Harper. Senza rendersene conto gli rivelò una parte dei suoi pensieri.

"*Dovrebbe riconoscerci a vista, in qualche modo misterioso. Tutto sembra provarlo. Eppure non sta reagendo. È strano. C'è qualcosa che non va.*"

Ad alta voce, Riley rispose al saluto. — Vi sto tenendo d'occhio.

— Perché?

— C'è sempre a disposizione la taglia di cinquemila dollari per chi trova l'assassino di Alderson. Il capitano Ledsom non se ne è dimenticato, nonostante tutto il suonare di grancassa che si fa per tre tizi che hanno combinato chissà cosa. E nemmeno io me ne sono dimenticato. È un bel gruzzolo.

— Allora sperate di vendermi per quei quattrini, un giorno o l'altro?

— No, assolutamente. Non credo che l'abbiate uccisa voi. Ma penso che la sappiate più lunga di quanto abbiate detto. E scommetto che quando questa storia sarà finita tornerete a occuparvene.

— E allora?

— Forse avrete bisogno del mio aiuto. O forse, io avrò bisogno del vostro. Potremmo mettere insieme le mani su quel sacchetto d'oro.

— Cominciate a perdere la testa dietro ai soldi oltre che dietro le gonnelle, alla vostra età?

— Cosa volete dire a proposito di gonnelle?

Dirigendo con cautela la conversazione su canali rivelatori, Harper precisò: — Avete fatto il satiro con Moira, mentre ero via.

— Sciocchezze!

— Avete cercato di adescarla con un biglietto di teatro.

Aveva colto il segno.

Il lampo di pensieri nascosti suscitato da quella battuta non durò più di due o tre secondi, ma fu abbastanza dettagliato per fornire a Harper il quadro completo. Moira, vittima innocente, che si godeva la rappresentazione nella poltrona U-17. William Gould che faceva lo stesso nella poltrona U-18. Conversazione negli intermezzi, auto all'uscita, Moira accompagnata a casa... e non più essere umano.

Gould era giovane, attraente, aveva sufficiente fascino per far riuscire il piano. Solo un impegno già preso aveva mandato tutto a monte. Comunque, le fedelissime guardie del corpo di Moira sarebbero state un bel fastidio, a meno che Gould non fosse riuscito a evitarli convincendo Moira a invitarlo in casa sua. Forse era proprio questo il loro piano. La breve rivelazione uscita dal cervello di Riley non specificava questo punto.

— Io non potevo utilizzarlo — ribatté Riley. — Cosa dovevo farne? Mangiarlo?

— Avreste potuto darlo a vostra moglie.

Un'altra immagine si formò nella mente di Riley, in risposta a quell'osservazione, confermando ciò che Harper, sia pure con riluttanza, già dava per scontato. La moglie di Riley non era più una moglie. Era una coltura vivente di sfere nebulose che sentivano il bisogno di diffondersi, ma erano del tutto indifferenti al sesso del corpo che le ospitava. Per logica conseguenza, quel pensiero aggiungeva un ulteriore dato alla conoscenza che Harper si stava facendo del nemico; e cioè che un essere umano non poteva essere trasformato in Venusiano per mezzo di un rapporto sessuale con un altro essere umano già conquistato. Il virus poteva entrare o preferiva entrare nel corpo di un altro essere solo attraverso l'apparato circolatorio.

— Non le piace andare a teatro da sola — obiettò Riley. — Comunque, di che cosa vi occupate? Che importanza ha, per voi, sapere dove va Moira o come passa una serata?

E poi: "*C'è qualche cosa di significativo in questo improvviso interesse per Moira. Puzza di sospetto. Eppure non vedo perché dovrebbe essere sospettoso. O sa o non sa, e da come si comporta direi che non sa*".

— Secondo gli agenti federali io sarei in pericolo — lo informò Harper. — Se è così, anche Moira è in pericolo perché lavora con me ed è la persona a me più vicina. Non voglio che abbia a soffrire per colpa mia.

Quella frase aveva l'effetto, calcolato, di calmare la mente di Riley. Era come una partita a scacchi orale, pensò Harper. Mossa e contromossa, inganno e trappola, trarre profitto di ogni vantaggio o apertura che potesse condurre allo scacco matto.

L'istante successivo Riley diede una dimostrazione della validità del paragone, con una mossa audace e pericolosa. — Quanto dite è possibile. Ma io non sono Gould, McDonald o Langley. E allora, perché ce l'avete con me?

Non c'era che da accettare la sfida con una mossa ancora più audace. Guardandolo con fermezza, Harper disse: — Non è con voi personalmente che ce l'ho. Mi sento nervoso perché non so chi vi abbia dato il biglietto.

La risposta mentale fu automatica: "*Gould*".

— Ma che importanza ha questo? — fece Riley evadendo il problema. — La persona che me l'ha offerto, come faceva a sapere se l'avrei utilizzato io o lo avrei ceduto a Moira?

— Oh, lasciamo perdere l'argomento — suggerì Harper, fingendosi seccato. — Questa caccia a tre uomini mi ha fatto diventare talmente nervoso che metterei in dubbio anche le parole di mia madre.

Ancora una mossa suadente. Il cervello dell'interlocutore la bevve solo perché era plausibile.

— Prima saranno presi e meglio sarà per me — continuò Harper calando una nuova esca. — Prendete McDonald, per esempio. È stato visto da queste parti, recentemente. Un poliziotto in gamba come voi dovrebbe essere capace di acciuffarlo.

Eureka! La reazione venne chiara come se fosse stata scritta su un foglio di carta. Gould, McDonald, i Reed e altre due persone finora ignote erano nascosti nella casa di Riley, in attesa che Harper cadesse in trappola, attratto da un pretesto qualsiasi presentatogli da Riley.

Ecco la vera ragione della visita. Riley non era ancora arrivato al dunque, ma lo avrebbe fatto prima di andarsene. Vieni a trovarmi, disse il ragno alla mosca...

Prima o poi, speravano, Harper avrebbe fatto visita ai Riley mentre le ombre che lo accompagnavano a ogni passo avrebbero atteso educatamente fuori. Sarebbe entrato in quella casa come un agnello che viene condotto al macello e, dopo un po', sarebbe uscito apparentemente uguale a prima. Le sue guardie del corpo lo avrebbero accompagnato a casa, dove lo avrebbero lasciato a strani sogni di una terra lontana, dove parassiti ciechi divoravano i loro stessi morti, cactus con le spine avvelenate si agitavano qua e là su radici mobili e solo poche creature agili avevano anime che potevano chiamare proprie.

L'intelligenza venusiana che ora animava Riley si dimostrò acuta al punto da rilanciare l'esca al pescatore: — Che cosa vi fa pensare che io potrei riuscire dove un reggimento di agenti federali ha fallito?

Harper dovette reagire in fretta per trovare una risposta: — Solo perché siete un poliziotto del luogo. Loro vengono da fuori. Voi disponete di fonti di informazione che loro nemmeno immaginano. Voi conoscete ogni angolo della città; o almeno dovreste, dopo tanti anni.

Non parve sufficiente a Riley.

— E allora, perché non contano sulla polizia locale, invece che sciamare qui a dozzine?

— Non posso rispondervi — disse Harper scuotendo le spalle. — Probabilmente in alto hanno deciso che più gente c'è meglio è.

— Finora non sono andati molto avanti, vero? — chiese Riley in tono che parve sarcastico. Ma non era sarcasmo. Era una trappola nascosta sotto un manto di tenue polemica. Era un invito a parlare dei Baum, a uscire con una risposta che indicasse come avessero fatto a riconoscerli per quello che erano.

La mente di Riley agiva in fretta, sospinta dall'ansia dell'entità estranea che la dominava. Ma per quanto cercasse, non riusciva a trovare una spiegazione soddisfacente del contrasto fra la sua immunità e la rapida fine degli altri della sua specie.

Per il momento, l'unica teoria che si adattasse alle circostanze era quella poco convincente, che la minacciosa capacità di Harper funzionasse a casaccio o in certe condizioni specifiche, che non esistevano in quell'occasione. Tuttavia era una teoria che non serviva a spiegare la causa del fenomeno. La situazione attuale complicava molto il problema. Che natura poteva avere una facoltà che riusciva a scoprirli, ma operava solo a intermittenza?

Nei pochi secondi in cui Riley rimuginò tutti questi pensieri, Harper si diede da fare per affrontarne alcuni dei suoi. Dirigendo la conversazione sugli argomenti che voleva, quanto sarebbe riuscito a cavare a Riley, senza tradirsi? Quale era il modo migliore per formulare domande e osservazioni capaci di rubare informazioni essenziali dalla mente del suo interlocutore? Come scoprire il modo in cui Riley stesso era passato al nemico, come fare a sapere quanti altri esseri umani erano in loro possesso, i loro nomi, i luoghi dove si nascondevano, i progetti, eccetera?

— No — ammise Harper deludendo Riley. — Non hanno fatto nemmeno un passo.

Deciso a non farsi dare scacco, Riley volle andare più a fondo.

— Sono riusciti soltanto a far fuori un paio di individui di nome Baum. Un nostro poliziotto ci ha inviato un rapporto. Ma non era un incidente d'auto, nonostante la versione ufficiale. È stato il risultato di un'azione, in cui anche voi eravate coinvolto.

Harper non fece commenti.

— Forse non sono affari miei — continuò Riley, mescolando la giusta dose di risentimento e persuasione — ma se sapessi come e perché i Baum sono stati eliminati, avrei in mano un buon elemento per arrivare fino a questo McDonald.

— È perché? — domandò Harper, guardandolo fisso. — Le due cose sono collegate?

— Sapete benissimo che lo sono. Sono tante tessere dello stesso pazzesco mosaico.

— Chi ve lo dice?

La mente di Riley ebbe un attimo di confusione, generata dall'improvviso bisogno di mettere in dubbio ciò che sapeva.

— Ma insomma, non è forse così?

— Forse sì e forse no — ribatté Harper, mantenendo un'espressione perfettamente neutra.

— All'inferno, se non sapete voi che cosa sta succedendo, chi dovrebbe saperlo?

Era un altro trabocchetto ben preparato, un invito a dare una risposta evasiva che avrebbe potuto rivelare molto con i sottintesi. Harper intravide e aggirò il pericolo in tempo, sentendo un brivido gelido corrergli giù per la spina dorsale.

— Vi posso solo dire che avevano avuto dei rapporti con McDonald. Per questo erano ricercati, per essere interrogati. Appena furono localizzati, cercarono di fuggire e gli eventi precipitarono. — Fece una pausa e ricambiò la mossa astuta con un'altra astuzia, buttata lì come una finta riflessione. — Sinceramente, non li ho capiti. Non erano accusati di nessun delitto: perché quindi fuggire in quel modo?

Un turbine vero e proprio sconvolse la mente dell'avversario. Era proprio la domanda a cui cercava una risposta, una risposta che significava per lui vita o morte. E proprio colui che doveva essere il depositario del segreto cercava la soluzione.

Perché erano fuggiti?

"*Perché erano fuggiti?*"

La sua mente girava e rigirava il problema e continuamente tirava l'unica conclusione possibile, che i Baum si erano dati alla fuga perché erano stati scoperti e si erano resi conto di *come* erano stati scoperti. Pertanto, il sistema di identificazione doveva rivelarsi alla mente identificata. Nessuno di loro poteva essere scoperto senza rendersene automaticamente conto.

Eppure, ora che si era esposto volontariamente alla prova, non c'era nessun riconoscimento, nessun contatto palpabile, nulla.

Quale poteva essere la risposta?

"*Ipotesi possibile: questo pianeta è abitato da bipedi classificabili in due categorie, A e B. Il tipo A è vulnerabile perché può essere identificato con metodi ancora ignoti. Joyce Whittingham apparteneva al tipo A e così i Baum. Anche altri possono essere del tipo A. Ma per ragioni sconosciute, il tipo B è refrattario al potere di Harper e di chi altro abbia un potere analogo. Per pura fortuna questo corpo chiamato Riley appartiene al tipo B.*"

Così rimuginava il flusso mentale del Venusiano e Harper ascoltava, ringraziando Dio che avesse conservato il suo ruolo di pseudo-essere umano e non riflettesse nel suo idioma trans-spaziale.

La mente proseguì: "*Se questa ipotesi è esatta, allora la salvezza è a portata di mano. Dobbiamo scoprire il fattore critico che protegge il tipo B e imparare a distinguere un tipo dall'altro. Da ora in poi dobbiamo impossessarci solo di individui di tipo B. Affronteremo gli esseri vulnerabili in un secondo tempo*".

Noi! Si esprimeva al plurale! In quel momento, nella sua concentrazione, Riley pensava a se stesso in termini di agglomerato.

Dentro di sé, Harper si sentiva male di fronte a quella orribile realtà che gli veniva presentata di prima mano. L'invasore era un'orda di molti milioni. La cattura di ogni essere umano era la vittoria di un intero corpo d'armata rappresentato da poche gocce di un liquido potente nel quale il guerriero singolo era... che cosa? Una minuscola sfera dai contorni incerti.

Una palla nebulosa.

Una piccola sfera sfocata.

Deciso a trarre il massimo profitto da quell'occasione, fino a che sarebbe durata, Harper riprese a parlare. — Qualcuno ha notato che la sola differenza fra la gente in galera e quelli in libertà è che gli ultimi non sono mai stati scoperti. Forse i fratelli Baum avevano un peso sulla coscienza e avevano creduto, erroneamente, di essere stati scoperti. E allora si sono messi a correre come lepri.

— Può darsi — ammise Riley mentre i suoi pensieri dicevano: "*È una spiegazione che non regge. L'unico motivo che avevano di fuggire era la coscienza di essersi traditi. Harper sapeva che cosa erano, ma si rifiuta di ammetterlo. Per lo meno è coerente. Ha sempre tenuto la bocca chiusa sui suoi poteri*". Una pausa, seguita da: "*Eppure, in questo momento è privo dei suoi poteri. Perché? Devo trovare la risposta!*".

— Comunque, perché perdere tempo in chiacchiere? — proseguì Harper, spingendo abilmente l'altro a parlare. — A chiacchierare non si arriva da nessuna parte e io ho molto da fare.

— Non potete darmi nessuna traccia utile su McDonald?

— No. Andatevelo a cercare voi. Vi guadagnerete un bel po' di gloria, se lo pizzicate. E inoltre vi potrebbe condurre anche a Gould, che è desiderato quanto McDonald.

— Gould? — Fissò nel vuoto, pensoso. "*Sanno o sospettano, che è in questa città?*"

— E le persone con cui ha avuto rapporti — aggiunse Harper, tirando un colpo a caso. — Tutti quanti, da tre mesi a questa parte.

Il risultato fu deludente. Ricevette immagini frammentarie e imprecise di una dozzina di persone, senza i particolari necessari per scoprire chi fossero e dove vivessero o che parte avessero avuto nella lotta per la conquista di un mondo.

— Quando Gould e McDonald saranno ammanettati e messi al sicuro — proseguì — forse avremo tempo per metterci a caccia dell'assassino di Alderson e dei cinquemila di taglia che vi stanno a cuore.

Fu una buona battuta. Il riferimento a Alderson suscitò la reazione desiderata: un frammento della memoria irradiò un'immagine vivida. McDonald che teneva ferma Joyce Whittingham, mentre Gould le conficcava un ago nel braccio. Joyce che si dibatteva e gridava. Una vettura della polizia che si fermava alle spalle. Alderson che saltava giù e correva verso la Thunderbug. Langley che tirava fuori la pistola e lo abbatteva, prima che potesse intervenire. Quindi, era stato Langley.

Ah! Questo gli rammentava un altro particolare molto significativo. Tutte le forze dell'ordine del paese, compreso Riley, avevano ricevuto l'ordine di catturare tre uomini, non due. Eppure, Riley non aveva mostrato nessuna curiosità sul conto di Langley. Aveva chiesto di McDonald. Aveva accettato senza reagire il sondaggio che riguardava Gould. Qualsiasi individuo normale avrebbe sollevato l'argomento della terza preda... a meno che non sapesse già che era morto. Riley lo sapeva? E se lo sapeva, come aveva fatto a scoprirlo? Come farglielo dire?

Affrontò l'argomento con grande audacia. — Quanto a Langley, non c'è più da preoccuparsene.

Riley non disse nulla, ma espresse mentalmente: "*No di certo. È finito*".

— Chi ve lo ha detto? — domandò Harper.

— Detto che cosa?

— Di Langley.

— Non capisco che cosa diciate. Nessuno mi ha mai riferito niente sul suo conto.

— Ho appena accennato al fatto che Langley è ormai fuori causa — gli ricordò Harper. — Voi non avete fatto alcun commento, né mostrato sorpresa. Così, ho immaginato che fosse una notizia vecchia per voi, anche se non riesco a capire come abbiate fatto ad apprenderla.

— Vi sbagliate — lo contraddisse Riley, affrettandosi a riparare all'errore. — È la prima volta che ne sento parlare. Non ho reagito perché in un primo tempo non avevo afferrato.

Era lento. La sua mente era in ritardo di qualche secondo rispetto all'agilità di Harper e la lingua era intervenuta ancora più tardi. Nonostante la distanza di centinaia di chilometri, Riley aveva saputo istantaneamente della fine di Langley. L'aveva percepito con la stessa precisione con cui una persona, da un lato all'altro di una valle, vede l'improvviso spegnersi di una luce lontana.

Era una facoltà completamente estranea alle caratteristiche umane. L'individuo posseduto dai Venusiani aveva la straordinaria coscienza dell'esistenza degli esseri simili a lui. La perdita di coscienza nei confronti di un determinato punto focale significava la morte di un compagno lontano, oltre l'orizzonte. Solo il fatto materiale della morte, senza particolari. Quello stesso senso straordinario poteva captare un segnale di ansia mortale irradiato da un individuo della stessa specie, l'equivalente di un grido d'aiuto. Era un fenomeno strettamente non telepatico. Un fattore psichico, piuttosto. Insomma, Riley era in grado di sentire a distanza, vedere la luce vitale che emanava da uno come lui, sentirla lanciare un richiamo d'aiuto, vederla spegnersi. Niente di più.

Forse era una forma estrema di ciò che sulla Terra chiamavano l'istinto del gregge. Un sistema alieno di auto-protezione che si era evoluto su un mondo diverso dove la sopravvivenza della specie richiedeva a volte il rapido raduno in forze di tutti gli appartenenti al gruppo, mentre quelli che rimanevano isolati soccombevano.

Perciò, su Venere dovevano avere un nemico naturale, un antagonista tradizionale non abbastanza forte da tenerli in soggezione perpetua, ma sufficientemente organizzato per limitare la loro diffusione e mantenere sul lontano pianeta l'equilibrio di forme di vita concorrenti.

Che cosa poteva essere questo avversario? Un animale con eccezionali capacità digerenti che bramava e consumava il virus con l'avidità di un gatto affamato che lecca un piatto di latte? Una creatura capace di divorare un corpo posseduto dal microrganismo senza risentirne? O qualche cosa di altrettanto piccolo che avanzava in orde come formiche guerriere e viveva fagocitando eserciti del microscopico parassita?

Il dato era prezioso e valeva la pena di scoprirlo. Ma come fare? Come riuscire a strappare quella confessione da una mente ostile e cautissima, senza tradirsi? Come chiedere informazioni a un Venusiano sulla fauna e la flora di Venere, fingendo contemporaneamente di considerarlo un normale essere umano?

Una seconda spedizione su Venere sarebbe un giorno riuscita a scoprire la verità... ammesso che non finisse nella stessa rete della prima. Ma se non riuscivano a risolvere sulla Terra, e subito, quei problemi urgenti non ci sarebbe mai stata una seconda spedizione, o per lo meno non una che fosse veramente umana.

La conoscenza del nemico numero uno del mortale avversario era lì a due passi da lui, dall'altro lato del tavolo, sepolta dentro un cervello abilmente controllato. Se fosse riuscito a strappare il segreto, gli scienziati avrebbero potuto perlustrare la Terra in cerca dell'equivalente locale dell'essere capace di affrontare la minaccia venusiana. Era una meta luminosa che alla lunga avrebbe avuto un valore enormemente superiore alla cattura stessa di tutti gli esseri umani posseduti dai Venusiani. Significava la possibilità di affrontare il problema alla radice stessa, invece che stare a perder tempo dietro ai sintomi.

Harper cercò disperatamente un sistema per mascherare la mossa profondamente pericolosa dietro l'apparenza di una domanda innocente. Guardò fisso gli occhi di Riley che chiedevano informazioni su Langley e apparivano del tutto normali, senza la minima traccia di ciò che si annidava nel cervello.

Bagnandosi le labbra disse: — Langley e alcuni altri individui sono caduti in trappola. Si sono messi a sparare all'impazzata. È stato impossibile prenderli vivi.

Riley inarcò un sopracciglio, fingendo sorpresa. — Tutti sapevano che era ricercato ma a nessuno è stato detto il perché. A giudicare dalla reazione, il motivo deve essere stato molto serio. E allora, perché tutto questo segreto?

— Non chiedetelo a me. Non metto il naso nella politica del governo. — Harper fece un gesto imbarazzato. — Sapete quanto si divertono, a volte, quelli che stanno in alto a fare i misteriosi.

L'altro fece un grugnito in segno di disprezzo.

E ora era venuto il momento del gioco rischioso. Harper doveva agire delicatamente, come se stesse maneggiando dinamite. Un errore, e ci sarebbe stata una violenta esplosione che avrebbe preso di sorpresa Norris e gli altri. Grazie al cielo, Moira era fuori causa.

Fingendo di fare una specie di riflessione ad alta voce, Harper riprese: — Magari Langley era davvero pazzo. Se era così, non mi va per niente. Ognuno ha le sue paure e anch'io ho le mie.

— Per esempio?

— Da piccolo avevo paura dei cani neri. Ora che sono cresciuto provo una repulsione violenta per le malattie mentali. I pazzi mi terrorizzano. — Fece una smorfia di disgusto, finse un brivido nervoso e fece la mossa mancina. — Che vi spaventa di più?

Dio, ce l'aveva fatta! Ebbe la risposta chiara e vivida, come solo un terrore istintivo può esprimere. E c'era di più: era certo di aver riconosciuto quella mortale minaccia, non dalla forma, ma dalla natura brutale. Ed era lì, sulla Terra, che aspettava di essere utilizzata. Dovette serrare le labbra per impedirsi di gridare.

Alzandosi in piedi, Riley lo guardò con aria corrucciata e gli chiese in tono secco: — Perché me lo chiedete? — E la mente tenne dietro alle parole con questo pensiero: "*Appena un momento fa ha detto che le chiacchiere sono inutili, che aveva molto da fare... Eppure continua a conversare come se niente fosse. Mi ha provocato ripetutamente e ho dovuto di continuo evitare i suoi argomenti. Tuttavia, sembra soddisfatto delle risposte che sono stato ben attento a non dargli. Come può essere?*"

La mente dell'avversario stava reagendo con un allarme che aumentava di minuto in minuto. La telepatia era completamente estranea alla sua esperienza, non avendo mai incontrato il fenomeno nel suo ambiente nativo. Ma quando una mente astuta non riesce a risolvere un problema sulla base dei dati dell'esperienza ed esce dai limiti dell'esperienza stessa per trovare una soluzione nel campo delle ipotesi, qualsiasi cosa è possibile.

Da un momento all'altro Riley avrebbe concepito ciò che gli era stato fino ad allora inconcepibile. E allora sarebbe venuta la catastrofe.

12

Grattandosi con disinvoltura l'ascella per avere le dita vicino alla pistola, Harper disse: — Non so nemmeno io perché ve l'ho chiesto. A dire il vero, è un argomento che non mi interessa minimamente. Se ho toccato un tasto sensibile, è stato senza intenzione. Ho anche fatto troppe chiacchiere a vuoto, considerando il lavoro arretrato che ho da fare. È meglio che andiate e che io mi occupi dei miei affari.

Il tentativo di far cambiare direzione ai pensieri di Riley fallì completamente.

"*Ha una pistola sotto l'ascella*" continuava la sua mente "*gliel'ho vista portare molte volte. Tiene la mano sull'impugnatura e non riesce a nascondere la sua tensione. Non si comporterebbe così, se non sospettasse di nulla. Perciò sa qualcosa, nonostante tutti i miei tentativi di nascondergli la verità.*" Una pausa perplessa, e poi: "*Sono venuto da lui come vecchio amico. Eppure si prepara ad affrontarmi per quello che sono*".

Facendogli un sogghigno, Harper ritrasse la mano da sotto l'ascella e si grattò la testa. Fu un errore.

"*Per la Grande Roccia di Karsim, sa leggere i miei pensieri!*"

La scrivania si rovesciò con un frastuono che fece tremare il pavimento e Harper si slanciò al di sopra per afferrare la mano di Riley che stava pescando affannosamente in una tasca della giacca. Un oggetto metallico, di forma ovale, era nella tasca; ma ci rimase.

Riley esplose in una violenta imprecazione in una lingua sconosciuta e con la mano libera cercò di far mollare la presa a Harper. Era un uomo pesante, poderoso, con mani massicce che avevano afferrato in una morsa spietata più di un pericoloso criminale. Esercitò una pressione irresistibile sul braccio di Harper, ma fu colto di sorpresa da Harper che, invece di opporsi, seguì il suo sforzo spingendo nella stessa direzione. L'inattesa collaborazione gli fece perdere l'equilibrio. Fu a questo punto che Harper lo colpì, con tutta la sua forza.

Rotolarono per terra insieme, Riley sotto, Harper sopra. Gli occhi di Riley erano iniettati di sangue, tutto il suo volto era paonazzo per lo sforzo; si dibatteva per allontanare l'avversario di quanto bastava per afferrare il piccolo oggetto che aveva in tasca. Cercare di tenerlo inchiodato al pavimento, era come cercare di legare una tigre infuriata.

Un pugno con le nocche dure come pietra colse Harper in piena bocca, facendogli uscire uno spruzzo di sangue dalle labbra spaccate. La vista del sangue scatenò un'orrenda frenesia nell'espressione di Riley. Raddoppiò gli sforzi per scuotersi di dosso il peso di Harper, spingendo con una pressione formidabile e tenendo lo sguardo fisso sul sangue.

Ansimando per lo sforzo di mantenersi in posizione di vantaggio, Harper fu raggiunto da una ginocchiata nello stomaco e, insieme al fiato e a qualche goccia di sangue, gli uscì un urlo dalle labbra: — No, non ce la farai, verme!!! — Mollò la presa sul polso destro di Riley, lo afferrò al collo con entrambe le mani e premette i pollici sulla trachea.

In quell'istante Norris balzò sulla soglia con la pistola spianata e gridò: — Basta! Basta, vi dico!

Riley spinse con la forza della disperazione, rovesciò Harper all'indietro e cercò di sferrargli un calcio alla testa mentre rotolava sul pavimento per scansarsi. Il colpo andò a vuoto. Si rialzò in piedi, fissando con uno sguardo d'odio Norris, senza badare assolutamente alla pistola puntata su di lui. Fece per infilare la mano in tasca, ma cadde pesantemente a terra prima di riuscire nell'intento perché Harper, ruotando sul pavimento, gli aveva afferrato le gambe all'altezza delle caviglie.

Si avvinghiarono di nuovo e si agitarono come forsennati, le gambe e le braccia che colpivano a destra e a sinistra. Urtarono contro uno schedario che vacillò e piombò in avanti facendo volare per tutto l'ufficio pacchi di documenti e di corrispondenza. Il telefono venne strappato dal tavolo, due calamai e una bottiglia di colla liquida rotolarono per terra. I due contendenti continuarono a battersi rabbiosi in mezzo al caos.

Rausch e altri due agenti comparvero sulla porta proprio mentre Norris, a labbra strette, stava intervenendo, deciso a mettere fine alla lotta. I quattro fecero un attacco coordinato che allontanò Harper da una parte e si concluse con l'immobilizzazione di Riley. Lo sollevarono in piedi.

Sudando a profusione, Riley, immobile nella loro stretta, simulò una giusta indignazione con ogni muscolo del viso e dichiarò, con risentimento abbastanza plausibile: — Quell'uomo è impazzito. Mi ha assalito di sorpresa, senza alcuna ragione. Gli deve aver dato di volta il cervello.

Lo disse con aria tanto naturale che Norris, in un terribile istante di tensione, si chiese se Harper fosse passato dalla parte del nemico proprio sotto il loro naso e nonostante tutte le loro preoccupazioni.

— Controllategli le tasche e vedete che cos'ha — suggerì Harper. Seduto sull'orlo del tavolo rovesciato tamponò con il fazzoletto il sangue che gli colava dalle labbra.

Norris eseguì, trovò una bomba a mano e la esaminò. — Granata dell'esercito, gemella di quella di Baum. — Guardò Riley con occhi spietati. — Un oggetto strano con cui andare a spasso, per un poliziotto, non vi pare?

— Non è più un funzionario di polizia — spiegò Harper. — E non è più nemmeno Riley. Portatelo d'urgenza ai Laboratori di Ricerche Biologiche. Ne hanno bisogno immediatamente.

Queste parole suscitarono una improvvisa frenesia nel prigioniero. Le sue braccia erano immobilizzate, ma le gambe no. Sferrò un calcio nel ventre di Norris, si liberò dalla presa con uno strattone e tentò di rientrare in possesso della bomba a mano. Norris si piegò in due per il dolore, ma non mollò la granata. Riley gli si avventò addosso, urlando e schiumando, emettendo strani suoni lamentosi mentre i tratti del volto gli si contraevano fino a renderlo irriconoscibile.

Un agente lo colpì con violenza. Riley barcollò, gli si velarono gli occhi e le braccia gli caddero inerti lungo il corpo. L'agente calò di nuovo il pugno: un colpo di maglio inferto con fredda cattiveria, senza pietà. Riley si afflosciò come un sacco vuoto. Giacque sul pavimento con gli occhi chiusi e le labbra serrate, respirando a fatica con strani borbottii gutturali.

— Non ho tempo da perdere con chi tira calci nel ventre — commentò l'agente.

Norris si raddrizzò faticosamente, con il volto sbiancato e contratto dal dolore. Tese la bomba a mano ai suoi uomini. — Portatela in qualche posto dove non possa far male a nessuno.

— Lo stesso vale per il proprietario — ricordò Harper. — Legatelo in modo che non possa strozzarsi con le sue mani e portatelo ai Laboratori.

— È anche lui un...?

— Sì. Ed è per colpa mia. Aveva libero accesso a quest'ufficio e gli è costato l'anima.

— Pensavo che foste in grado di fiutarli prima che arrivassero — si lamentò Norris. — Che bisogno c'è di farvi la guardia per un raggio di un chilometro, se poi possono entrare indisturbati nella vostra stanza e...

— Sapevo che stava venendo.

— E allora perché non ce l'avete detto? Stavo ascoltando la vostra conversazione e pensavo che fosse sospetta. Voi lo stavate sondando, per una ragione o per l'altra. Ma vedendo che non davate l'allarme, abbiamo...

— Sentite — lo interruppe Harper con fermezza. — Non è il momento per spiegazioni o recriminazioni. Portatelo di volata ai Laboradori Biologici e consegnatelo al dottor Leeming. E non dategli la minima possibilità di uccidersi per strada. Vi avverto che, se non riuscirà a fuggire, tenterà di suicidarsi con tutti i mezzi a portata di mano. Deve essere consegnato vivo e intatto.

— Va bene.

Norris fece un cenno agli altri. Sollevarono Riley di peso; gli avevano assicurato le manette ai polsi e alle caviglie, ed era ancora svenuto. Lo trascinarono via. Continuando a tamponarsi il sangue sulla bocca, Harper osservò di malumore il disastro nel suo ufficio. In realtà, però, non vedeva nulla. Era scosso fisicamente e spiritualmente e stava lottando per riprendersi. Circostanze pazzesche avevano mandato a gambe all'aria l'antica legge dell'amicizia e avevano fatto diventare vero l'opposto: un uomo stronca la vita dell'amico, per salvare la propria.

Orribile! Orribile!

Moira rientrò dicendo: — Ho dimenticato i soldi, così non ho potuto... — Si interruppe, spalancando gli occhi, e soffocò un grido. — Signor Harper, cosa diavolo è successo?

— Ho fatto uno starnuto troppo forte.

Rialzò in piedi la scrivania rovesciata e la sedia, e si sedette continuando a meditare fra sé, mentre Moira raccoglieva i fogli sparsi qua e là. Poi, d'improvviso, si diede una violenta pacca sulla fronte e proruppe: — Divento imbecille, invecchiando.

Si precipitò fuori mentre Moira, che stava in ginocchio sul pavimento, si voltava a guardarlo stupefatta.

Norris e Rausch erano fermi sul marciapiede con le mani in tasca a osservare due autopattuglie che si allontanavano a gran velocità.

— È partito — comunicò Norris a Harper. — Lo consegneranno fra breve a Leeming. — Poi con un'ombra di dubbio: — Spero che sappiate ciò che state facendo. Avremo un sacco di guai, se finisce male anche questa.

— Non avete fatto nemmeno la metà del lavoro — lo informò Harper con impazienza. — C'è un'intera banda di loro nascosta in casa di Riley. E, per di più, ho buone ragioni di pensare che abbiano saputo della sua cattura nell'istante in cui il vostro agente l'ha messo a nanna. Scommetto un milione che si sono datti alla fuga in quel preciso istante. Dovrete muovervi in fretta per bloccarli.

— Non possiamo fare più del nostro meglio — rispose Norris, per nulla impressionato e senza muovere un passo.

— C'è McDonald con molti altri — incalzò Harper. Lo squadrò con aria di rimprovero. — Insomma, vi muovete o devo andarci io?

— Calma — rispose Norris sorridendo. — Sappiamo benissimo dove sta Riley. È stato pedinato in ogni istante.

— E con questo?

— Quando lo abbiamo trascinato fuori, una perquisizione a casa sua è stata la logica misura conseguente. Venti uomini su cinque automobili sono partiti immediatamente. Arresteranno tutte le persone su cui riusciranno a mettere le mani. Poi, se sarà necessario, ci serviremo di voi per sapere chi sono.

— Allora ci siete arrivato prima di me, eh?

— Qualche volta succede — ribatté Norris sorridendo di nuovo. — Non si può stare al timone per tutto il tempo. Nessuno è capace, qualunque siano le sue capacità mentali.

— Grazie per avermelo ricordato. Volete mandare uno dei vostri ragazzi a raccogliere un mucchietto di cenere dove si bruciano le immondizie? Vorrei cospargermi il capo mentre l'operazione è in corso.

Tornò in ufficio. Moira era già riuscita a dare una parvenza di ordine alla stanza. Ripose gli ultimi documenti nell'armadio, lo chiuse con gran fracasso, poi rimase a guardare Harper come una madre addolorata davanti a un figlio irresponsabile. A Harper quel diluvio di affetto non servì a molto.

— Grazie, angelo. Andate a mangiare, ora.

Aspettò che se ne fosse andata, poi fece una interurbana a Leeming.

— Una cavia viva sta per arrivare lì da voi e, con un po' di fortuna, ne avrete parecchi altri fra non molto. Non ditemi che cosa intendete fare al primo che vi arriva. Non voglio saperlo.

— Perché no? — domandò Leeming, mostrandosi molto curioso sullo schermo dell'apparecchio. — È un vostro amico?

— Sì. Un poliziotto grande e grosso, un cuor d'oro, che conosco da anni. Non posso sopportare l'idea che lo facciate a pezzetti.

— Non ci sarà bisogno di farlo a pezzi. Abbiamo fatto tutti gli esperimenti necessari sui cadaveri. I soggetti viventi ci serviranno per gli esperimenti con i vaccini.

— Che probabilità avete di scoprire una cura soddisfacente? — domandò Harper.

— C'è un problema molto più importante di questo — osservò Leeming. — E cioè, se riusciremo a scoprirla in tempo. Potrebbe darsi che ce la facciamo, ma inutilmente, perché il successo è venuto troppo tardi.

— Non è una risposta alla mia domanda.

— Mi rifiuto di darvi una risposta in questo momento. Non siamo i soli a occuparcene. Di fronte a una crisi simile, il governo si rivolge a chiunque sia in grado di dare una mano, laboratori privati inclusi. Qualcun altro potrebbe infilare la strada giusta e trovare la soluzione, mentre noi ancora brancoliamo nel buio. L'unica cosa che possiamo fare è lavorare come forzati, e pregare.

— L'eventuale vaccino prodotto dovrebbe essere innocuo, non è vero? — chiese Harper.

— Che cosa volete dire?

— La cura non dovrebbe essere sempre meglio del male?

— Dove volete arrivare?

Harper ebbe un attimo di esitazione, poi continuò, soppesando le parole: — Voglio dirvi qualcosa. Quel virus, come tale, non è un'entità pensante; ma diventa pensante quando si impossessa di un cervello razionale. E io conosco uno dei suoi pensieri. È spaventato a morte dai meningococchi.

— Che cosa? — urlò Leeming, sconvolto come se gli fosse esploso un fulmine ai piedi.

— Vi sto riferendo un fatto vero, essenziale. Quell'incubo extraterrestre ha a sua volta un incubo. Nessun essere vivente può essere preda di quel virus e avere contemporaneamente la meningite cerebro-spinale. Uno dei due deve soccombere, ed è il virus che soccombe.

— Da dove l'avete tirata fuori questa storia?

— Da una delle vittime. Esattamente da quella che vi stanno portando in questo istante.

— Come avete fatto a saperlo?

— Me l'ha detto senza accorgersene. Ha citato ciò che più lo ossessiona e io ve lo riferisco, per quello che vi può servire.

Leeming respirò a fondo, mostrando eccitazione negli occhi.

— Potrebbe servire, e molto. Potrebbe essere la soluzione. Le zone di infezione sono identiche. Cervello e colonna spinale. Potete vedere che cosa significa... una lotta per lo spazio vitale.

— Supponiamo che voi riempiate un soggetto di meningococchi — continuò Harper — e che quello guarisca dall'infezione del virus. Ma quali conseguenze subirà dalla cura stessa?

— È una cosa che ancora dobbiamo scoprire — rispose Leeming, asciutto e ben deciso.

— Bene, non ho altra scelta: è tutto nelle vostre mani. Vi chiedo solo di ricordare che la vostra prima cavia è un mio amico.

Interruppe la comunicazione, riappese la cornetta e rimase seduto, facendo girare i pollici e guardandosi le dita. Dopo un po' si prese il volto fra le mani e mormorò: — Doveva toccare proprio a Riley e a sua moglie. Poveri diavoli!

Nel tardo pomeriggio Norris gli fece segno di seguirlo lontano dalle orecchie di Moira e gli disse: — Abbiamo preso la signora Riley, la signora Reed e due uomini di nome Farley e Moore. Abbiamo scoperto che le due donne sono sorelle e che Farley e Moore erano amici dei Reed. Moore aveva anche rapporti d'affari con i fratelli Baum. Potete vedere i collegamenti attraverso i quali si è diffuso il guaio da uno all'altro.

— Si sono battuti?

— Potete scommetterlo. Quando i nostri ragazzi sono arrivati, la casa era vuota e la porta principale ancora aperta. I topi erano scappati ma non ancora scomparsi. La signora Riley, Farley e Moore sono stati sorpresi per strada, a meno di un chilometro di distanza. Ci sono voluti tre agenti per ciascuno, per ammanettarli.

— E gli altri?

— La signora Reed è stata arrestata in un negozio dove fingeva di essere una cliente. Ha reagito come un gatto selvatico. Reed si è gettato da un tetto, piuttosto che farsi prendere. McDonald è stato chiuso in trappola in un parcheggio d'auto mentre cercava di rubare una macchina. Era armato. Ha sparato finché gli è rimasto fiato in corpo.

— È morto?

— Sì, come Langley e per la stessa ragione. È stato impossibile prenderlo vivo.

— E Gould?

Norris fece un sobbalzo. — Che cosa volete dire con questa storia di Gould?

— Era anche lui in casa dei Riley.

— Ne siete certo?

— Certissimo.

Norris non obiettò e aggiunse: — Non ne abbiamo trovato traccia, ma prenderemo anche lui. — Meditò per qualche secondo e proseguì: — Stiamo ora controllando tutte le conoscenze dell'intero gruppo e facendo arresti a dozzine. Probabilmente, il totale sarà nell'ordine di qualche centinaio. Chiunque si sia trovato a meno di tre metri di distanza da ciascuno di loro è soggetto al fermo preventivo. Sarà bene che vi teniate pronto a passarli in rassegna appena li avremo radunati.

— Sono pronto.

— La cosa potrebbe andare per le lunghe: settimane, forse mesi.

— Sopporterò con calma. — Harper lo guardò con aria perplessa. — Avete detto che la casa dei Riley era vuota quando i vostri uomini sono arrivati?

— Sì.

— Chi li ha avvertiti?

— Nessuno — rispose Norris. — Quando hanno visto che Riley non tornava in tempo, si sono allarmati e sono fuggiti.

— Non è stato così semplice — ribatté Harper. — Sono stati avvertiti.

— Da chi?

— Dallo stesso Riley. E senza nemmeno saperlo. Ha perso conoscenza e questo è stato sufficiente per loro. Sono scappati nello stesso istante in cui il vostro agente ha colpito Riley alla testa. Hanno capito che era stato preso.

— Non vedo come — protestò Norris.

— Non preoccupatevene, per il momento. Vi assicuro che ciascuno di loro sa quando un altro del gruppo viene messo fuori combattimento.

— Che cosa ce ne importa, comunque?

— Ai Laboratori di Ricerche Biologiche tengono in gabbia un cane infetto. Ho la sensazione che, prima o poi, quell'animale sarà in grado di chiamare aiuto. È un'ipotesi, e niente di più. Che ne dite di convincere Jameson a mettere un corpo di guardia al Laboratorio?

— È già ampiamente protetto. Dovreste saperlo, dato che ci siete stato.

— C'è solo un piccolo reparto militare. Non è addestrato contro il nemico che abbiamo dovuto affrontare.

— Voi fate le identificazioni qui — disse Norris. — Chi le farà laggiù?

— Io.
— Ma come, a tanta distanza?
— Andrò là. Sono un costante centro d'interesse per il nemico, dovunque mi trovi. Quel cane è per loro un punto focale. E lo è ogni prigioniero vivo. Radunateli tutti in un solo punto e riuscirete a creare una calamita irresistibile. Il desiderio di vendetta, l'ansia di liberare i compagni e la tensione accumulata a furia di nascondersi saranno motivi più che sufficienti per attirare tutta la forza del nemico in quel solo posto. Le loro possibilità migliori stanno in uno sforzo concentrato. Probabilmente è l'unica speranza che abbiamo di sconfiggerli tutti quanti in un sol colpo.
— Proporrò il piano a Jameson e gli chiederò di consultarsi con il generale Conway — disse Norris. — È un piano degno di considerazione.
— Già che ci siete, potete dire a Jameson che io sto andando al Laboratorio, comunque decida.
— Non potete farlo.
— E invece posso. Cercate di darmi ordini diversi e vedrete dove andrete a finire. — Harper fece un ghigno a Norris. — Sono un individuo libero e intendo rimanere tale, con o senza il permesso del generale Conway o di chicchessia.
— Ma io e Rausch dobbiamo restarvi accanto — obiettò Norris — e abbiamo avuto ordini di organizzare questa trappola. Funziona bene, non vi pare? Pensate alla retata di oggi.
— L'esca si trasferisce in una trappola più grande ed efficiente — ribatté Harper. — Dipende da voi se vorrete venire o no.
Si avviò al suo ufficio e prese da un cassetto la borsa da viaggio. Dopo aver controllato il contenuto disse a Moira: — Difendete il fortino, consegnate i prodotti ordinati, fate le debite scuse per la mia assenza e mettete in banca i quattrini che arrivano. Paparino deve fare un altro viaggetto.
Norris e Rausch si infilarono a bordo della sua macchina mentre stava per partire; il primo disse: — Siamo costretti a starvi alle costole, qualunque cosa facciate. Il vostro ufficio rimane sotto controllo. Ma se qualcuno di quei maledetti viene dentro, non ci sarà nessuno a dare l'allarme.
— Quanto dite è vero anche per il Laboratorio Biologico, con la differenza che è un obiettivo molto più seducente. — Harper si staccò dal marciapiede e portò la macchina nel centro della strada. — E io non posso essere contemporaneamente in due posti.
Guidò velocemente, seguito da una vettura della polizia molto carica. Mentre attraversava la città sondava con la mente tutto intorno. Questa volta, decise, anche la più lieve traccia di un pensiero extraterrestre non sarebbe stata ignorata. Guidava lui e l'avrebbe seguita.
Ma non rilevò niente di anormale. Lasciarono la città e si lanciarono attraverso la campagna; una volta tanto non stavano inseguendo a rotta di collo uno sconosciuto in mezzo alla moltitudine. Non significava che Gould o i suoi eventuali compagni di cospirazione se ne fos-

sero andati; solo che, se erano ancora da quelle parti, si annidavano fuori dalla portata dei suoi poteri telepatici.

L'automobile giunse a destinazione un'ora dopo il tramonto. Norris telefonò immediatamente a Jameson e gli riferì gli ultimi eventi. Dopo qualche minuto, Jameson richiamò.

— Avete vinto voi — comunicò Norris a Harper. — Conway ha disposto speciali misure di protezione per il Laboratorio.

— A meno che mi sia sbagliato di grosso, ne avremo bisogno.

Ne ebbero bisogno.

L'attacco fu sferrato quattro giorni dopo, quando l'attesa aveva già fatto sorgere in alcuni la segreta certezza che non sarebbe accaduto niente. La tattica impiegata era caratteristica di menti controllate da un'intelligenza extraterrestre, che utilizzavano una duplice serie di dati d'esperienza e cercavano di combinare i suggerimenti che provenivano da entrambe. Fu un compromesso fra astuzia e assalto frontale.

A mezzogiorno, una grande automobile, dall'aspetto ufficiale, si fermò davanti ai cancelli che sbarravano l'ingresso principale. L'autista era in divisa di sergente della polizia militare, e l'unico passeggero era un uomo dal profilo autoritario, con i capelli grigi, in uniforme da generale con quattro stellette. Il sergente porse alla sentinella un vistoso lasciapassare, con tanto di timbri e firme ufficiali e un grande sigillo. La sentinella lo esaminò attentamente, senza curarsi di aprire il cancello. Aveva sentito profumo di eucalipto.

— Sveglia, giovanotto! — lo esortò il sergente con autorità, mentre il generale assumeva un'espressione di rimprovero, muto ma severo.

Benché innervosita dalla presenza di un personaggio d'alto rango, la sentinella continuò ad agire con estrema lentezza. Negli ultimi giorni il personale di guardia era stato ben addestrato e aveva assorbito il concetto che il cancello era chiuso anche per il Padre Eterno in persona a meno che un campanello, sistemato nel vicino posto di guardia, desse il segnale che il visitatore poteva entrare.

Il campanello non suonò. Nel posto di guardia dietro la recinzione un agente federale di servizio premette un pulsante. Un campanello suonò in un edificio a circa mezzo chilometro di distanza, attirando l'attenzione di Harper sulla cancellata. Harper udì il suono, smise di chiacchierare con Rausch, si mise in ascolto e premette un altro pulsante. Un suono acuto risuonò nel posto di guardia e la sirena d'allarme incominciò a ululare in ogni angolo del centro di ricerche biologiche.

La sentinella, stupefatta, lasciò cadere il lasciapassare e puntò il fucile contro il sergente. Quattro agenti federali balzarono fuori dal posto di guardia con le armi in pugno. Un'altra dozzina comparve sulla strada, alle spalle dell'automobile.

Ancora una volta i nemici dimostrarono il loro spregio disumano per le pallottole e la morte violenta. Senza cambiare minimamente espressione, il sergente fece fare all'automobile un balzo in avanti. La sentinella fece fuoco due secondi prima che il muso della vettura lo colpisse in pieno. L'automobile investì il cancello nel centro e si disintegrò con una spaventosa esplosione.

Il cancello, la facciata anteriore del posto di guardia, l'automobile, i due passeggeri, la sentinella e sei agenti federali furono fatti a pezzi. Altri quattro agenti rimasero uccisi, dilaniati dai frammenti sparsi dall'esplosione. Sei loro compagni caddero lungo la recinzione, feriti ma vivi.

Due automobili, cariche all'inverosimile, sopraggiunsero a gran velocità dalla strada e si infilarono nello squarcio aperto dall'esplosione. Gli agenti feriti spararono contro le due auto mentre passavano, ma senza risultati apprezzabili.

Né l'uno né l'altro dei due veicoli riuscirono a percorrere più di una ventina di metri dalla cancellata distrutta, nonostante la velocità folle con cui erano arrivate. L'allarme era stato dato con troppa prontezza, i preparativi erano stati troppo meticolosi, le esercitazioni troppo ben assimilate.

L'automobile che precedeva si trovò la strada sbarrata da un carro armato di ottanta tonnellate che avanzava dalla direzione opposta sputando pallottole sul bersaglio, alla velocità di duemila al minuto. In un turbine di frammenti di cristallo e metallo, l'automobile sbandò verso il prato e si rovesciò sull'erba. Nessuno si mosse dai rottami.

La macchina che seguiva si bloccò appena oltrepassata la recinzione; ne uscirono otto uomini che si sparsero a ventaglio e si misero a correre verso l'edificio principale, tenendosi fuori dal tiro del carro armato. Senza badare agli uomini, il pesante veicolo corazzato proseguì e schiacciò la loro automobile.

In un punto imprecisato si udì un rumore sordo e, improvvisamente, dalla superficie del prato, si alzarono colonne di vapore denso, pochi passi avanti agli otto invasori, che non si fermarono né rallentarono la corsa. Si slanciarono a testa bassa attraverso la cortina di vapore, fecero un'altra ventina di metri e caddero a terra uno dopo l'altro.

Due di loro lasciarono cadere le granate che tenevano in pugno, quando il vapore ebbe ridotto all'incoscienza la loro mente. Dato che la sicura era già stata strappata, le bombe a mano esplosero con due brevi eruzioni di erba, terriccio e membra dilaniate.

Una squadra di uomini protetti da maschere anti-gas raccolse i sei corpi che giacevano svenuti, mentre il carro armato procedeva sui cingoli sferraglianti fino a bloccare lo squarcio aperto nella cancellata. Altri spari e grida risuonarono in lontananza, dall'altro capo della zona cintata, dove sei uomini avevano abbattuto due sentinelle, avevano scavalcato la palizzata ed erano stati presi in trappola. Era una tattica disperata che poteva riuscire solo se l'azione diversiva all'ingresso principale fosse stata sufficiente a scardinare il sistema difensivo.

Cinque minuti dopo la fine della battaglia, una colonna di autoblindo uscì dal recinto dei Laboratori per perlustrare la campagna circostante in un raggio di ottanta chilometri. Harper era a bordo del primo mezzo. Passarono due ore prima che riuscisse a individuare una traccia.

— Laggiù! — esclamò Harper, indicando una vecchia fattoria abbandonata.

Harper fu tenuto a distanza di sicurezza per tutto il tempo dell'attacco. Il risultato fu tre cadaveri e due feriti gravi.

Non trovarono nient'altro fino all'alba, quando la perlustrazione fu completata. Harper ritornò con gli occhi arrossati, i capelli in disordine e i nervi a pezzi.

— Gould si trovava a bordo della prima automobile — lo informò Norris.

— Morto?

— Tutti quanti. Erano in nove. Quel carro armato ha fatto un macello. — Norris scrollò le spalle e aggiunse: — Ora abbiamo il compito di identificarli, anche quelli fatti a pezzi dall'esplosione. Dopo di che, dovremo controllare, una a una, tutte le persone che sono state in contatto con loro e farvele esaminare, prima di rilasciarle. Non riesco a vedere la fine di questa faccenda.

Entrò nella stanza Leeming. Era pallido e disfatto dopo una serie di notti insonni. Disse a Harper: — Vorrei che veniste a dare un'occhiata.

Leeming lo guidò lungo corridoi presidiati a ogni angolo da guardie armate e lo fece entrare in un locale che conteneva una fila di celle chiuse da grosse sbarre di ferro. Indicò una delle celle.

— Che mi dite? — domandò con voce strozzata, colma d'ansia.

Harper guardò. All'interno, con indosso solo le calze e le mutande, sedeva Riley sull'orlo di una branda; aveva gli occhi spenti, ma sul volto bovino era dipinta un'espressione di gioia infantile.

— Allora? — incalzò Leeming. — Il virus è debellato?

— Sì. — Nella voce di Harper non si sentiva nessuna nota di trionfo e anche Leeming udì l'affermazione senza gioia.

— Potete affermare con certezza che non è più attivo nel suo corpo?

— Sì.

Leeming esitò un momento, poi parlò in tono solenne. — Gli ho iniettato ciò che voi mi avete detto che temeva di più. Dovevamo tentare. Non si poteva aspettare di trovare un vaccino. Si deve fare una scala di valori... e l'umanità viene prima dell'individuo. Allora ho chiamato Gottlieb e Mathers dell'Istituto Batteriologico della Difesa e abbiamo fatto l'esperimento.

Harper non fece alcun commento.

— Si è dimostrata un'ottima cura — proseguì Leeming. — Non ci sono state conseguenze negative. Il soggetto non mostra alcun sintomo di meningite. Tuttavia ha pagato un prezzo. Io lo so già ma voglio avere la conferma da voi. — Guardò Harper, come se sperasse che si avverasse quella probabilità su mille che la sua diagnosi fosse errata. — Qual è il prezzo?

— La pazzia — rispose Harper.

— È orribile sentirlo dire. — Leeming rimase immobile, in silenzio per qualche istante, assaporando le ceneri amare della vittoria; poi disse con un filo di speranza: — C'è un altro soggetto nella cella vicina. Un uomo di nome Moore.

Harper si avvicinò, guardò dentro e disse: — Anche lui. — Poi sentì qualcosa cedere dentro di sé e mormorò: — È meglio che muoiano. Mi capite? La loro mente è spappolata, è un inferno: è meglio che muoiano.

— Sono già morti — gli disse Leeming, sulle difensive. — Erano già morti quando me li avete portati qua. Non posso ridare a un uomo uno spirito già perduto, né posso richiamare indietro un'anima scacciata dal corpo. La scienza ha i suoi limiti. Il massimo che possiamo fare è di difendere la comunità umana da una fonte d'infezione. Ed è ciò che abbiamo fatto.

— Lo so, lo so. Non crediate che me la voglia prendere con voi o con chiunque altro. — Harper batté la mano sulla spalla di Leeming come per confortarlo. — E nemmeno dovete rimproverarvi. È una mia abitudine irrazionale quella di dispiacermi degli aspetti più sudici della vita, anche quando non possono essere modificati.

— Faremo tutto il possibile per loro — lo rassicurò Leeming. — Ora li stiamo sottoponendo tutti allo stesso tipo di cura, perché siamo certi che è rapida e sicura. Poi i migliori specialisti di malattie mentali del paese se ne occuperanno. È fuori dal mio campo, tuttavia io non direi che il loro caso è senza speranze. Forse altre persone saranno in grado di farli tornare normali.

— Impossibile — asserì Harper. — Un campo di battaglia è una zona sconvolta e sterile, disseminata di crateri, coperta di rottami, avvolta dall'odore della decomposizione. Ecco che cosa sono diventati i loro cervelli.

Si allontanò torcendosi le dita. La guerra per il mondo era stata vinta perché, come al solito, i pochi si erano sacrificati per i molti. I pochi che erano il meglio dell'umanità. Era sempre stato così, sarebbe sempre stato così.

Passarono due anni prima che gli ultimi echi della lotta si spegnessero. Fu quando chiamarono Harper per controllare e giudicare un piccolo gruppo di persone terrorizzate, finalmente scovate nei luoghi più distanti. Erano gli ultimi rimasti fra quanti erano stati in contatto con i contaminati. Tutti negativi.

In quei due lunghi anni Harper aveva controllato più di ottomila sospetti, molti di loro rispediti in patria dall'estero grazie alla cooperazione di governi resi nervosi da un allarme mondiale. La prima settimana aveva scoperto quattro uomini che non erano uomini e nella seconda una donna che non era più una donna. Dopo, non ce n'erano stati più. Il mondo era stato ripulito dall'infezione mentale.

L'astronave perduta era stata ritrovata a duecento metri di profondità nello stretto di Puget, e squadre di recupero stavano ancora riportandola a galla, pezzo per pezzo. Gli scienziati erano indaffaratissimi a ideare mezzi efficienti di protezione per una seconda spedizione su Venere e a scoprire un'arma efficace con cui liberare gli Wend, creature agili e intelligenti, simili a lemuri, capaci di esprimersi con un loro linguaggio.

"*Var silvin Wend?*"

La Compagnia per lo Sviluppo Lunare aveva vinto la causa e i suoi concorrenti avevano dovuto incassare il colpo. La taglia di cinquemila dollari era stata offerta per dare il via alla costituzione di un fondo per i familiari dei cosmonauti e il totale raccolto aveva oltrepassato il milione. Dal punto di vista di Harper, erano le due cose più piacevoli accadute in quei due anni.

Ma non c'era più una mano pesante che spalancava la sua porta, nessuno che scompigliava le sue carte per sedersi su un angolo del tavolo, nessuno che pretendesse una parte del suo tempo per uno scambio amichevole di insulti. Riley era lontano, in una grande casa di campagna; faceva l'aiuto giardiniere, svolgendo i compiti più umili, sorrideva ai passeri che cinguettavano, si lasciava accompagnare docilmente a letto quando veniva l'ora del sonno. Come tutti gli altri, un bimbo. Non sarebbe mai stato diverso. Mai, mai, mai.

Per quanto riguardava Harper personalmente, le conseguenze di quell'episodio non lo avrebbero abbandonato più per tutta la vita. Non solo nei ricordi, ma anche in ogni avvenimento di tutti i giorni.

Per esempio, gli affari si erano ingigantiti a mano a mano che allargava la sua attività a settori connessi. Ora lavoravano nella sua officina quaranta uomini. Uno di loro, Weiss, non solo era un tecnico altamente specializzato, ma anche un tirapiedi del governo. L'occhio di Conway. Avrebbe potuto accecare il generale, sparando a quell'uomo... Con l'unico risultato di avere un guardiano diverso. Non aveva nessuna possibilità di sbarazzarsene.

La sua posta veniva letta. Spesso gli era sorto il sospetto che anche il telefono fosse controllato. Ogni volta che partiva improvvisamente in aereo o in macchina, era seguito. Norris o Rausch venivano a trovarlo una volta al mese per fare due chiacchiere inutili, che servivano a ricordargli che la memoria dell'autorità è lunga e non perdona.

Ciò che volevano avere era la prova costante della sua genuina unicità fino alla fine dei suoi giorni; oppure, la prova che gli uccelli della stessa specie si stavano riunendo in un solo stormo. Un Harper era più che sufficiente. Due sarebbero stati pericolosi. Dieci avrebbero rappresentato una grossa minaccia.

Nonostante un benessere economico in continuo aumento, Harper era nervoso, frustrato e disperatamente solo. Provava la sensazione di straziante solitudine che prova un animale nello zoo, sottoposto incessantemente allo sguardo di innumerevoli occhi curiosi. A volte, pensava che lo avrebbero ucciso volentieri e imbalsamato, se non fosse stato per la possibilità, per quanto remota, del ripetersi degli ultimi eventi. Avrebbero potuto aver bisogno di lui ancora.

Sì, lo temevano, ma temevano di più altre cose.

Non c'era altro modo di sfuggire a quella situazione, se non seppellirsi negli affari, concentrarsi su un argomento, escludendo tutto il resto. Lo faceva, mettendoci tutte le sue capacità. Così la fabbrica era cresciuta e i micromanipolatori erano diventati uno dei tanti prodotti che fabbricava. Stava avanzando a grandi passi verso la posizione di uomo ricco, rinchiuso in una prigione grande come il mondo.

Passarono lenti altri trenta mesi, in totale quattro anni e mezzo dall'inizio dell'avventura venusiana. Poi, avvenne il miracolo. Era incredibile. Ma era vero.

Stava per ritirare l'automobile da un posteggio, quando captò il mormorio di un pensiero alieno. Ne fu colpito come da una frustata. Rilevò automaticamente la direzione e la distanza: veniva da sud, a circa sei chilometri. Una distanza molto superiore alla sua normale capacità ricettiva.

Con la mano imperlata di sudore, immobile sulla maniglia della portiera, rimase ad ascoltare di nuovo, rintracciando il pensiero all'orizzonte. Eccolo venire ancora. Non era alieno. Gli era parso così al primo momento perché era nuovo e strano, diverso da tutto ciò che aveva sperimentato fino ad allora. Aveva una potenza e una chiarezza diversa da tutti gli altri pensieri umani, come lo champagne è diverso dall'acqua.

Lanciò un sondaggio telepatico e immediatamente venne la risposta: una scossa identica alla sua. Salì in auto e si sedette, percorso da un brivido. La sua mente ribolliva eccitata; guardava fisso, senza vedere, al di là del vetro dell'auto; sembrava che sognasse a occhi aperti. Infine, si diresse verso un ristorante, entrò e ordinò da mangiare.

Lei aveva un tavolo all'angolo opposto della sala; era sola. Una biondina ben tornita, sulla trentina. Il suo viso era piacevolmente punteggiato di lentiggini e aveva il nasetto all'insù. Nemmeno una volta lei lo guardò. E nemmeno lui mostrò la minima attenzione quando lei uscì.

Dopo quella prima volta si incontrarono spesso, senza mai avvicinarsi, senza mai scambiarsi una parola, con la voce. A volte lui mangiava in un ristorante mentre lei prendeva il caffè in un bar a un chilometro di distanza. Altre volte lui meditava con aria assente in ufficio, mentre lei si fermava pensosa in mezzo a un negozio. Andavano insieme al cinema o a teatro, lui in un angolo della sala, lei in un altro, e nessuno dei due prestava molta attenzione allo schermo o al palcoscenico.

Insieme aspettavano... aspettavano che l'occasione propizia arrivasse in modo tanto naturale e inevitabile da non insospettire l'osservatore più attento. L'occasione si avvicinava e lo sapevano entrambi. Moira aveva al dito un anello di fidanzamento.

Quando venne il giorno, Moira se ne andò portando con sé congratulazioni e un dono di nozze. Venti ragazze risposero all'inserzione sul giornale. Harper le intervistò tutte, trattandole con la stessa cortesia, senza mostrare favoritismi per una o per l'altra.

Scelse Frances, una biondina ben tornita, con il naso all'insù.

Dopo dieci giorni venne Norris, per una delle sue visite periodiche. Guardò la nuova venuta, le rivolse un sorriso di simpatia e mentalmente la definì carina, niente di più. Si sedette e incominciò la solita chiacchierata; Harper ascoltava, ma il suo sguardo sognante era fisso su un punto alle spalle di Norris.

"*Per la cinquantesima volta, vuoi sposarmi?*"

"*Per la cinquantesima volta, sì. Ma devi essere paziente. Ci arriveremo, piano piano.*"

— E allora questo tizio mostrò al direttore un mucchio di documenti che dimostravano che era un funzionario della sede centrale della banca. — La voce di Norris giungeva come il ronzio di un'ape nelle orecchie di Harper. — Il direttore ci cascò e... — Si interruppe e a voce più alta aggiunse: — Ehi! Mi state ascoltando?

— Certamente. Continuate. Non sto più nella pelle per sapere come va a finire.

"*Non voglio essere paziente. Non voglio andare piano. Voglio arrivarci in fretta.*"

"*Lo sai meglio di me. Dobbiamo essere cauti.*"

"*Voglio dei bambini come noi.*"

"*Aspetta!*"

Frances infilò un foglio di carta nella macchina per scrivere, lo squadrò arrossendo e sorrise.

— Questo fu il suo errore — concluse Norris, completamente all'oscuro del gioco mentale. — E così si legò mani e piedi per tutta la vita.

— Non succede a tutti? — disse Harper, celando la felicità che lo pervadeva.

Imponderabile più X

Titolo originale: *The Space Willies*

Traduzione di Guido Zurlino

1

Sapeva che stava rischiando l'osso del collo ma era troppo tardi per tirarsi indietro. Era stato così fin dall'infanzia, quando si era pentito immediatamente dopo aver accettato una sfida. Si dice che si impara dalle esperienze; se fosse stato vero, adesso la razza umana sarebbe stata esente dalla follia. Nella vita aveva imparato molte cose, ma ne dimenticava la maggior parte nel giro di una settimana. Così, ancora una volta si era cacciato in una brutta situazione e ora doveva cercare di uscirne nel miglior modo possibile.

Bussò di nuovo alla porta, un po' più forte, ma non in modo imperioso. Dietro i pannelli una sedia scricchiolò e una voce aspra rispose con impazienza.

— Avanti!

Entrando, si fermò sull'attenti davanti alla scrivania, la testa eretta, i pollici in linea con la cucitura dei pantaloni, e i piedi divaricati a quarantacinque gradi. "Un robot" pensò. "Proprio un dannato robot."

L'ammiraglio Markham lo osservò da sotto le sopracciglia ispide, spostando il suo sguardo gelido dai piedi alla testa e abbassandolo poi dalla testa ai piedi.

— Chi siete?

— Pilota esploratore John Leeming, signore.

— Ah, già! — Markham continuò a fissarlo, poi ringhiò all'improvviso: — Allacciatevi i pantaloni!

Leeming sussultò, mostrando imbarazzo. — Non posso, signore. La cerniera è difettosa.

— Allora perché non siete andato dal sarto? Il vostro comandante approva che i suoi uomini si presentino da me vestiti in modo trasandato? Ne dubito! Cosa diavolo ne pensate voi?

— Con tutto il rispetto, signore, non ritengo che abbia importanza. Durante una battaglia un uomo non si occupa di cosa può accadere ai suoi pantaloni. L'importante è sopravvivere.

— Sono d'accordo — disse Markham. — Ma quello che mi preoccupa è il dubbio di quanto altro materiale più importante possa essere difettoso. Se gli appaltatori civili falliscono in piccole cose come le cerniere, faranno sicuramente degli errori anche in quelle più grandi. Errori che possono costare molte vite umane.

— Sì, signore — annuì Leeming chiedendosi dove volesse arrivare l'ammiraglio.

— Per esempio, un'astronave nuova non collaudata — continuò Markham. — Se funziona come stabilito va tutto bene, ma se non lo fa... — Lasciò che la frase si spegnesse lentamente, pensò un po', poi continuò: — Abbiamo richiesto dei volontari per speciali pattuglie di ricognizione a largo raggio. Voi siete il primo che si presenta. Voglio sapere perché.

— Se un lavoro deve essere fatto ci vuole qualcuno che lo faccia — rispose Leeming in modo evasivo.

— Sono pienamente consapevole di questo fatto, ma voglio sapere esattamente *perché* vi siete offerto volontario. — Aspettò un attimo, poi incalzò: — Avanti, parlate! Non punirò qualcuno disposto a rischiare solo per le sue motivazioni.

Incoraggiato, Leeming disse: — Mi piace l'azione. Amo lavorare da solo. Non sopporto l'inutile disciplina che si applica nella base. Voglio continuare a fare il lavoro che mi si addice, tutto qui.

Markham annuì con indulgenza. — È così per la maggior parte di noi. Credete che non mi senta frustrato a star seduto dietro una scrivania mentre si combatte una guerra così importante? — Senza attendere risposta, aggiunse: — Non ho tempo per un uomo che si offre volontario perché è stato tradito in amore, o cose del genere. Voglio un pilota competente, che sia nello stesso tempo un individualista e soffra di irrequietezza.

— Sì, signore!

— Voi sembrate la persona adatta. Il vostro stato di servizio tecnico è eccellente, quello disciplinare pessimo. — Squadrò il suo interlocutore, senza espressione. — Due rapporti per mancata obbedienza a un ordine legittimo. Quattro per insolenza e insubordinazione. Uno per aver marciato con il berretto a rovescio. Perché diavolo l'avete fatto?

— Avevo avuto un tremendo attacco di "chissenefrega", signore — spiegò Leeming.

— Davvero? Be'... è evidente che siete un maledetto lavativo. La base spaziale sarà senz'altro più tranquilla senza di voi.

— Sì, signore.

— Come sapete, noi, assieme ad alcuni alleati, stiamo combattendo contro una grande coalizione guidata dai Lathiani. Ma non siamo preoccupati dal numero degli avversari. Quello che ci manca in quantità lo compensiamo in competenza ed efficienza. Il nostro potenziale bellico è notevole e cresce rapidamente. Spelleremo vivi i Lathiani prima che la guerra sia finita.

Leeming non fece commenti, stanco di continuare a dire "sissignore".

— Ma abbiamo una grave debolezza — lo informò Markham. — Ci mancano adeguate informazioni sull'entroterra cosmico del nemico. Conosciamo l'estensione della Lega, ma non sappiamo a quale profondità arrivi nel campo stellare. È vero che anche il nemico non sa quasi niente di noi, ma questi sono problemi che non ci riguardano.

Leeming non fece nessuna osservazione.

— Le normali navi da guerra non hanno un'autonomia sufficiente per addentrarsi oltre il fronte spaziale della Lega. Questa difficoltà sarà superata quando avremo conquistato uno o più dei loro pianeti avamposti forniti di attrezzature per le riparazioni e i rifornimenti. Comunque, non possiamo aspettare fino ad allora. Il nostro Servizio Segreto vuole dati precisi al più presto. Mi capite?

— Sì, signore.

— Bene. Abbiamo progettato un nuovo tipo di nave da esplorazione superveloce. Non posso dirvi esattamente come funziona, ma non utilizza per la propulsione la normale formula a ioni di cesio. Il tipo di unità energetica adoperato è coperto dalla massima segretezza e per questo motivo non deve assolutamente finire in mano al nemico. In casi estremi il pilota deve distruggere l'astronave... anche a costo della propria vita.

— Distruggere completamente un'astronave, anche piccola, è molto più difficile di quanto sembri.

— Non questa — ribatté Markham. — Nella sala macchine è sistemata una carica ad alto potenziale. Il pilota deve solamente premere un pulsante e disseminare un'ampia zona con i frammenti dell'unità energetica.

— Capisco.

— Questa carica è l'unico esplosivo a bordo. La nave non trasporta armamenti di nessun tipo. È un vascello spogliato di tutto ciò che era sacrificabile a vantaggio della velocità, e la sua unica difesa consiste nel battersela rapidamente. È in grado di farlo, ve l'assicuro. Nulla in tutta la galassia la può raggiungere, a patto che utilizzi i suoi venti propulsori.

— Mi sembra interessante, signore — approvò Leeming, umettandosi le labbra.

— *È* interessante. Deve esserlo. L'unico problema ancora irrisolto è se la nave può sopportare un viaggio molto lungo. I tubi propulsori sono la parte più debole di qualsiasi veicolo spaziale. Prima o poi si bruciano. È questo che mi preoccupa. I propulsori di questa nave hanno dei rivestimenti molto speciali e in teoria dovrebbero durare per mesi. Ma in pratica? Capite cosa significa?

— Niente riparazioni e niente sostituzioni in territorio nemico... nessuna certezza di tornare indietro — si permise di osservare Leeming.

— Esatto. E la nave dovrà essere distrutta. Da quel momento il pilota, se è sopravvissuto, si troverà isolato da qualche parte nelle nebbie del creato. Le sue possibilità di rivedere esseri umani saranno abbastanza remote.

— Potrebbero esserci anche situazioni peggiori, signore. Io preferirei essere vivo da qualche parte che morto stecchito qui. Finché c'è vita c'è speranza.

— Accettate di andare fino in fondo con questa missione?

— Certo, signore.

— Sia fatta dunque la vostra volontà — disse Markham con tetro umorismo. — Proseguite lungo il corridoio, la settima porta a destra, e presentatevi al colonnello Farmer. Dite che vi mando io.

— Sì, signore.
— E prima di andarvene, provate a chiudere quella maledetta cerniera.
Docilmente, Leeming ci provò. La cerniera si chiuse liscia come l'olio. Guardò l'ammiraglio con un'espressione di stupore mista a innocenza ferita.
— Vengo dalla gavetta, e non lo dimentico mai — disse Markham con severità. — Non mi si può ingannare tanto facilmente!

Il colonnello Farmer del Servizio Segreto Militare era un tipo robusto dal viso colorito che, malgrado l'espressione stupida, possedeva un'intelligenza acuta. Quando Leeming entrò, stava esaminando una mappa stellare appesa alla parete. Si girò di scatto, come se temesse di essere colpito alle spalle.
— Non vi hanno insegnato a bussare prima di entrare?
— Sì, signore.
— E perché non l'avete fatto?
— L'ho dimenticato, signore. Avevo la mente ingombra per la conversazione che ho appena avuto con l'ammiraglio Markham.
— È stato lui a mandarvi da me?
— Sì, signore.
— Ah, dunque siete voi il pilota per la ricognizione a largo raggio? Non credo che il commodoro Keen sarà dispiaciuto di vedervi partire. Siete stato fonte di continue preoccupazioni per lui, non è vero?
— Sembrerebbe di sì, signore. Ma io mi sono arruolato solo per aiutare a vincere una guerra, e per nessun altro motivo. Non sono un delinquente incarcerato dal commodoro o da qualcun altro per espiare le sue colpe.
— Lui non sarebbe d'accordo. Tiene molto alla disciplina — Farmer si lasciò scappare una risatina, pensando a qualche battuta spiritosa, poi aggiunse: — Keen... un uomo asciutto come il suo nome. — Studiò l'altro per un breve istante, poi riprese serio: — Vi siete scelto un compito difficile.
— Questo non mi preoccupa — rispose seccamente Leeming.
— Potreste non ritornare più.
— Fa poca differenza. Prima o poi partiamo tutti per un viaggio senza ritorno.
— Be', non c'è bisogno di dirlo con tanta diabolica soddisfazione — protestò Farmer. — Siete sposato?
— No, signore. Ogni volta che me ne viene voglia mi distendo tranquillamente per un po'... finché il desiderio mi passa.
Farmer alzò gli occhi al cielo ed esclamò: — Oh, Signore!
— Che cosa vi aspettavate? — domandò Leeming, mettendo in mostra una certa aggressività. — Un pilota esploratore lavora da solo; deve imparare a fare a meno di molte cose, soprattutto della compagnia. È sorprendente a quanto possa rinunciare un uomo, se ci prova.
— Ne sono certo — lo rassicurò Farmer. Poi fece un gesto verso la mappa. — I punti luminosi più vicini rappresentano il fronte nemico.

Quella nuvola di stelle oltre i punti costituisce un territorio sconosciuto. La Lega potrebbe essere molto più debole di quanto crediamo, perché il suo fronte è molto sottile. Oppure potrebbe essere molto potente, perché la sua autorità si estende molto in profondità nelle retrovie. L'unico modo per scoprire esattamente contro chi stiamo combattendo è effettuare una penetrazione profonda oltre le linee spaziali del nemico.

Leeming non disse nulla.

— Noi intendiamo inviare una nave da ricognizione in questa zona, dove si trovano isolati molti mondi abitati. Le difese della Lega sono molto allentate e i solo dispositivi radar relativamente diradati. — Farmer indicò con il dito una chiazza scura. — Con la velocità della vostra nave, il nemico non farà in tempo a identificarvi come veicolo ostile prima di aver perso le vostre tracce. Abbiamo ragione di credere che potrete passare inosservato e raggiungere le loro retrovie senza problemi.

— Lo spero — aggiunse Leeming, accorgendosi che l'altro si aspettava una replica.

— L'unico punto pericoloso è qui. — Farmer spostò il dito e lo posò su una stella luminosa. — È un sistema solare controllato dai Lathiani che comprende almeno quattro grandi stazioni della loro flotta spaziale. Se quelle flotte fossero in navigazione nella zona potrebbero intercettarvi... più per caso che per abilità. Quindi, fino a questo punto sarete accompagnato da una forte scorta.

— È confortante!

— Se la scorta dovesse ingaggiare un combattimento, voi non siete tenuto a prendervi parte. Dovrete anzi avvantaggiarvi di tale diversione per allontanarvi e penetrare indisturbato oltre il fronte della Lega. È chiaro?

— Sì, signore.

— Una volta all'interno, dovrete usare la vostra iniziativa. Tenete presente che non vogliamo sapere quanto sono lontani i mondi con vita intelligente... non potreste raggiungerne la fine nemmeno se continuaste a procedere fino al giorno del giudizio. Vogliamo sapere soltanto fin dove si trovano i pianeti in costante contatto con i diversi membri della Lega. Ogni volta che sorvolerete un mondo organizzato che collabora con loro, ci trasmetterete immediatamente i dati che riuscirete a raccogliere.

— D'accordo.

— Non appena sarete sicuro di aver calcolato la profondità delle forze nemiche, tornerete indietro a tutta velocità. Se sarà possibile riporterete la nave, ma se per un motivo qualsiasi non doveste farcela ricordate che avete l'ordine di distruggerla. Non dovete abbandonarla nello spazio, né scaricarla in qualche oceano o cose del genere. La nave *deve* essere distrutta. Markham ha sottolineato sufficientemente l'importanza di questo punto, vero?

— Sì, signore.

— Benissimo. Vi diamo quarantotto ore di tempo per sistemare le vostre faccende. Poi vi presenterete allo spazioporto numero dieci. — Farmer sollevò una mano. — Vi auguro buona fortuna.

— Credete che ne avrò bisogno, vero? — sogghignò Leeming. Poi aggiunse: — Sembrate assolutamente certo che non ci rivedremo mai più. L'avete scritto in faccia. Tornerò... volete scommetterci?

— No — disse Farmer. — Non scommetto mai, perché detesto perdere. Ma vi giuro che, se e quando tornerete, verrò a rimboccarvi personalmente le coperte del letto.

— È una promessa — lo ammonì Leeming.

Il decollo ebbe luogo un'ora dopo il tramonto. Il cielo era sereno, di un nero vellutato e trapunto di stelle. Era strano pensare che lassù, molto lontano, nascosti solo dalla distanza, c'erano innumerevoli mondi abitati attorno ai quali volteggiavano con circospezione le navi da guerra della Lega, mentre le flotte terrestri, siriane, rigeliane, e degli altri alleati erano a caccia di preda lungo un fronte sconfinato.

Sotto, lunghe catene di luci ad arco tremolavano nella brezza leggera che soffiava sullo spazioporto. Al di là delle barriere di sicurezza che delimitavano la zona di lancio un gruppo di persone attendeva di assistere alla partenza. Se la nave si fosse rovesciata invece di salire, pensò Leeming con tetra ironia, sarebbero tutti corsi nel rifugio con la schiena infuocata.

Una voce uscì dal piccolo altoparlante sistemato su una parete della cabina. — Accendete i motori, pilota.

Lui premette un pulsante. Qualcosa fece *uumph*, poi l'astronave brontolò ed ebbe un fremito mentre una grossa nube circolare di vapore sommergeva la piazzola di cemento nascondendo le barriere di sicurezza. Il cupo brontolio e il tremito continuarono mentre Leeming rimaneva seduto in silenzio, concentrato sul banco degli strumenti. Gli aghi dei venti manometri si spostarono verso destra, oscillarono per un po', poi si stabilizzarono. Ciò significava pressione costante nei venti propulsori di poppa.

— Tutto bene, pilota?

— Sì.

— Decollate in qualsiasi momento. — Una pausa, poi: — Buona fortuna!

— Grazie!

Leeming lasciò che i propulsori sbuffassero per un altro mezzo minuto prima di tirare verso di sé la piccola leva di accelerazione. Il tremore aumentò, il brontolio crebbe fino a diventare un urlo, gli oblò della cabina si appannarono, e il cielo si oscurò.

Per un secondo esasperante la nave si dondolò sui sostegni. Poi cominciò a muoversi verso l'alto. Trenta centimetri, un metro, dieci metri. L'urlo adesso era un sibilo. La lenta velocità di ascesa cambiò improvvisamente, come se qualcosa avesse dato alla nave una fortissima spinta dal fondo. Saliva; trenta metri, trecento, tremila. Attraversava le nuvole e si lanciava nel profondo della notte. Gli oblò erano di nuovo trasparenti, il cielo era pieno di stelle, e la luna sembrava enorme.

— Ottimo lavoro, pilota — disse la voce stridula e disturbata dell'altoparlante.

— Tutti i miei lavori sono ottimi — replicò Leeming. — Ci vediamo al manicomio.

Non ci fu nessuna risposta. Sapevano che era stato colto dall'esagerata sensazione di libertà provocata dall'ebbrezza del decollo. La maggior parte dei piloti ne soffriva non appena si lasciavano un pianeta alle spalle e vedevano le stelle davanti a loro. I sintomi consistevano in commenti sarcastici e insulti che piovevano dal cielo.

— Andate a farvi tagliare i capelli! — urlò Leeming nel microfono. — Non avete imparato come si saluta? Cervelli da gallina!

Non risposero neppure a questo.

Ma giù, nella torre di controllo dello spazioporto, l'ufficiale di servizio fece una smorfia e guardò Montecelli. — Sai una cosa? — disse. — Credo che Einstein non sia mai andato a fondo della questione.

— Cosa vuoi dire?

— Ho una mia teoria secondo la quale quando un uomo raggiunge la velocità della luce, tutte le sue inibizioni scompaiono.

— Potrebbe esserci qualcosa di vero — concesse Montecelli.

— Fagioli e maiale, fagioli e maiale! Perdio, ancora fagioli e maiale! — gracchiò con potenza decrescente l'altoparlante della torre di controllo. — Spogliati, devo controllarti la vista. Adesso inspira...

L'ufficiale di servizio disinserì l'altoparlante.

2

Leeming raggiunse la sua scorta nel settore siriano, e il loro primo incontro avvenne mentre era profondamente addormentato. L'allarme, attivato da un segnale stimolato da una frequenza prestabilita, suonò proprio sopra la sua testa facendolo schizzare fuori dalla cuccetta ancora mezzo addormentato. Per un attimo si guardò attorno confuso, mentre la nave vibrava e il pilota automatico emetteva il suo caratteristico *tic-tic*.

— *Zern kaid-whit?* — gracchiò l'altoparlante. — *Zern kaid-whit?*

Era un messaggio in codice, e significava: "Identificatevi... amico o nemico?"

Sedendosi al posto di pilotaggio, Leeming girò una chiave e fece partire dal suo trasmettitore una breve serie ultrarapida di numeri. Poi si fregò gli occhi e osservò il campo stellare che aveva davanti: a parte un maestoso ammasso di soli splendenti nell'oscurità, a occhio nudo non c'era niente di visibile.

Accese allora gli schermi radar termosensibili e fu ripagato da una linea di punti luminosi in rotta parallela a tribordo, mentre un secondo gruppo, in formazione di freccia, stava per incrociare in lontananza davanti al suo naso. Lui, naturalmente, non vedeva le navi, ma solo la traccia visibile dei loro tubi propulsori incandescenti e le code fiammeggianti.

— *Keefa!* — disse l'altoparlante, intendendo: "Tutto esatto!"

Trascinandosi di nuovo nella cuccetta, Leeming si tirò la coperta sulla testa, chiuse gli occhi e lasciò che il pilota automatico conducesse la nave. Dopo dieci minuti la sua mente cominciò a galleggiare in un sogno piacevole e rilassante in cui lui dormiva nello spazio libero, senza nessuno che lo disturbasse.

Abbandonando il linguaggio in codice, l'altoparlante brontolò: — Sei sordo? Rallenta, prima che ti perdiamo!

Leeming scese con rabbia dalla cuccetta, si sedette ai comandi e li sistemò lentamente. Controllò i misuratori finché gli sembrò che le lancette fossero scese abbastanza da far felici gli altri. Poi tornò a letto e si nascose sotto le coperte.

Gli sembrava di dondolare su un'amaca celeste, e stava gustando a fondo quello stato di indolenza quando l'altoparlante gracchiò di nuovo: — Rallenta di più! Rallenta di più!

Schizzò fuori dalle coperte, si trascinò fino ai comandi e rallentò. Poi accese il trasmettitore e fece una dichiarzione decisamente accalorata. Si trattò in parte di un sedizioso scoppio d'ira, e in parte di una lezione sulle funzioni basilari del corpo umano. Per quel che ne sapeva, tra gli ascoltatori sbalorditi potevano esserci due contrammiragli e una dozzina di commodori. Se era così... li stava istruendo.

Non ricevette repliche stizzose, né accalorate espressioni autoritarie. Il fatto che il lavoro di ricognitore solitario creasse un inevitabile stato di follia tra coloro che lo svolgevano, e che il novanta per cento di loro dovesse sottoporsi a trattamento psichiatrico, era una consuetudine accettata nella Flotta Spaziale. Un ricognitore in servizio poteva dire, e spesso diceva, cose che nessun altro avrebbe osato pensare. Era una cosa meravigliosa essere accettato come pazzo.

Lo scortarono per tre settimane in un silenzio sinistro, come genitori che si prendessero cura di un figlio deficiente. Durante questo periodo Leeming si irritò spesso perché la loro velocità massima era molto, molto inferiore alla sua, e l'obbligo di mantenere il passo con loro lo faceva sentire come un automobilista impaziente intrappolato dietro la processione di un funerale.

La nave ammiraglia siriana *Wassoon* era la principale responsabile; un grande congegno goffo e mal costruito che navigava come un ippopotamo borioso, mentre una moltitudine di incrociatori e cacciatorpediniere più veloci erano costretti a procedere lentamente insieme a lei. Leeming non conosceva il suo nome, ma sapeva che era una nave ammiraglia perché sugli schermi radar assomigliava a un pisello incandescente in mezzo a uno schieramento di capocchie di spillo ardenti. Ogni volta che guardava il pisello gli lanciava contro tremende invettive. Stava manifestando di nuovo la sua ira, quando l'altoparlante si intromise e parlò per la prima volta dopo molti giorni.

— *Ponk!*

Ponk? Cosa diavolo significava *ponk*? Leeming ricordava solo che quella parola rappresentava qualcosa di estremamente importante. Cercò in fretta nel suo codice crittografico, e la trovò: *Nemici in vista*!

Sugli schermi non si vedevano segni di nemici. Evidentemente si trovavano al di là del raggio d'azione del radar ed erano stati individuati solo dall'avanguardia della scorta, costituita dai quattro cacciatorpediniere che si trovavano molto più avanti.

— Sintonizzati sulla F — ordinò l'altoparlante.

Stavano cambiando frequenza per prepararsi alla battaglia. Leeming sintonizzò il suo ricevitore multibanda, spostandolo dalla frequenza *T* alla *F*.

Sugli schermi cinque punti luminosi virarono rapidamente, abbandonando il gruppo principale della scorta. Quattro non erano altro che punte di spillo; la quinta, che si trovava al centro, era circa la metà del pisello. Un incrociatore e quattro cacciatorpediniere stavano abbandonando la zona della battaglia con il proposito, tempo permettendo, di inserirsi fra il nemico e la sua base più vicina.

In condizioni tridimensionali, quando le velocità erano altissime e lo spazio molto vasto, questa tattica non funzionava mai. Questo però non impediva a entrambe le parti di provarci ogni volta che se ne presentava l'occasione. A seconda delle diverse condizioni del fegato di un individuo, questo modo di agire poteva essere considerato come eterno ottimismo oppure perseverante stupidità.

Il gruppo destinato all'attacco a sorpresa filò via più velocemente che poté, sperando di scomparire nel tumulto confuso delle luci stellari prima che il nemico si fosse avvicinato abbastanza da accorgersi di quella manovra. Nel frattempo, la *Wassoon* e la schiera che l'accompagnava si portavano uniformemente all'attacco. Più avanti, quasi al limite del raggio radar della flotta, i quattro cacciatorpediniere continuavano ad avanzare senza tentare di disperdersi o di cambiare rotta.

— Due gruppi di dieci unità convergono verso destra da quarantacinque gradi, con inclinazione di discesa quindici — riferirono i cacciatorpediniere in avanscoperta.

— Classificazione? — chiese la *Wassoon*.

— Non è ancora possibile.

Silenzio per sei ore, poi: — I due gruppi mantengono ancora la medesima rotta. Ciascuno appare costituito da due incrociatori pesanti e otto monitori armati.

Lentamente, molto lentamente, venti puntini appena visibili apparvero sugli schermi di Leeming. Questo era il momento in cui lui e la sua scorta potevano essere scoperti dagli apparecchi radar del nemico. Gli avversari dovevano aver individuato i cacciatorpediniere di testa diverse ore prima; quindi, o non erano spaventati da quattro navi, oppure, e era più probabile, avevano ritenuto che fossero amiche. Sarebbe stato interessante vedere la loro reazione quando avessero scoperto il forte contingente che le seguiva.

Leeming ebbe l'opportunità di osservare quello spettacolo. L'altoparlante emise un suono rauco. — Stai attento allo zenith! — Automaticamente il suo sguardo si spostò verso gli schermi sopra la sua testa. Erano punteggiati da una moltitudine di piccole luci che si allargavano rapidamente. Leeming calcolò che settanta o ottanta navi stessero tuffandosi con un'inclinazione di novanta gradi rispetto al piano di volo della scorta, ma non perse tempo a contarle. Una sola occhiata bastò a fargli capire che si trovava in una situazione decisamente difficile.

Immediatamente, sollevò il sottile muso della nave e inserì la velocità superiore. La spinta che ne risultò lo inchiodò al sedile mentre il suo intestino sembrava volersi avvolgere alla spina dorsale. Era facile immaginare l'effetto di quell'azione sugli schermi del nemico. Avrebbero visto un veicolo misterioso non identificabile abbandonare la zona bersaglio e aggirarli a una velocità che fino a quel momento era ritenuta impossibile.

Con un po' di fortuna era probabile che i nemici supponessero che, se una nave poteva farlo, sarebbe stato possibile anche per tutte le altre. Se c'è qualcosa che il capitano di una nave spaziale detesta è un vascello più veloce che ti sorprende furtivamente alle spalle. L'estremità infuocata della coda di una nave spaziale è il suo punto più debole perché non c'è modo di sistemare armamenti adeguati in una zona piena di propulsori.

Caparbiamente, Leeming assunse una rotta circolare verso l'alto che, se fosse riuscito a mantenerla abbastanza a lungo, lo avrebbe condotto ad affiancare gli attaccanti in avvicinamento e ad aggirarli alle spalle. I nemici che avanzavano lungo una rotta rettilinea rimasero in gruppo, compatti e minacciosi, per almeno quattro ore, riuscendo quasi a trovarsi a portata di tiro della scorta, ma all'ultimo momento mancò loro il coraggio. Il fatto che gli Alleati si mantenessero ancora in formazione immutata, mentre una sola nave si dirigeva dietro di loro come una meteora luminosa, fece loro sospettare una trappola. Ciò che non faceva mai difetto a quelli della Lega era la diffidenza verso le mosse degli Alleati e la fede incrollabile nella propria astuzia.

Così, eseguirono delle secche virate ad angolo retto e si dispersero in tutte le direzioni, sondando lo spazio con i radar alla ricerca di una flotta più grande che si nascondesse in agguato da qualche parte.

Un incrociatore leggero lathiano che procedeva alla massima velocità si rese conto che la sua nuova rotta poteva portarlo nel raggio dei missili di cui era presumibilmente armata la strana astronave superveloce di Leeming. Tentò così di mettersi in salvo cambiando rotta e con quella manovra si consegnò nelle mani dei calcolatori elettronici della *Wassoon*. L'ammiraglia fece fuoco e i suoi missili colpirono l'incrociatore nell'attimo stesso in cui entrò in linea con loro. L'incrociatore e i missili cercarono di occupare contemporaneamente lo stesso spazio e il risultato fu un'enorme esplosione silenziosa e un lampo di calore che oscurò contemporaneamente tutti gli schermi radar entro il suo raggio d'azione.

In alto fra le stelle, lontano dal campo di tiro degli armamenti della scorta, ci fu un'altra esplosione. Qualche minuto più tardi una voce acuta e stridente, distorta dalle scariche elettrostatiche, riferì che un cacciatorpediniere nemico disperso era stato sorpreso dal gruppo in avanscoperta. Quella perdita improvvisa, lontano dalla scena dove si svolgeva l'azione, sembrava confermare la convinzione del nemico che la *Wassoon* e la flotta che l'accompagnava non erano altro che l'esca di una trappola caricata con qualcosa di formidabile. Continuarono così a divergere dal loro centro comune, nel tentativo di individuare quella minaccia nascosta ed evitare nello stesso tempo di venire colpiti in gruppo.

Vedendoli schizzar via a quel modo come un branco di pesci spaventati, Leeming imprecò silenziosamente. Una flotta dispersa sarebbe stata una facile preda per una nave superveloce in grado di raggiungere e colpire le sue unità una dopo l'altra. Ma senza un'arma efficace non poteva approfittare di un'opportunità che forse non si sarebbe mai più presentata. Per un attimo si era quasi dimenticato del suo ruolo, e in particolare degli ordini rigorosi di evitare a tutti i costi uno scontro.

La *Wassoon* glieli ricordò con un richiamo imperioso. — Pilota ricognitore, dove diavolo credete di andare?

— In giro — replicò seccamente Leeming.

— Siete più un pericolo che una sicurezza! — ribatté la *Wassoon*, indifferente ai suoi sforzi. — Andatevene finché siete in tempo.

Leeming urlò nel microfono: — Lo so quando non sono desiderato, sapete? Siamo sabotati dalle cerniere difettose, lo capite? Avanti, alzate quei piedi, fannulloni... un, due, tre, *op*!

Anche questa volta gli interlocutori non gli prestarono attenzione. Leeming virò verso una nuova rotta, esattamente parallela a quella della scorta ma molto al di sopra. Adesso erano visibili sugli schermi che aveva all'altezza della chiglia; erano nella medesima formazione compatta ma stavano virando in un ampio cerchio per eseguire un'inversione di rotta. Ciò significava che lo stavano lasciando e che sarebbero tornati verso casa. Il nemico, ancora sparpagliato e fuori tiro, doveva aver interpretato questa manovra come una pericolosa tentazione, perché continuava a trattenersi da un attacco diretto.

Rapidamente, mentre la nave di Leeming si allontanava, la schiera di puntini luminosi della scorta scivolò via dai suoi schermi. Davanti, a dritta, i radar mostrarono i due gruppi nemici apparsi poco prima. Non si erano dispersi allo stesso modo del gruppo principale ma la loro rotta indicava che stavano abbandonando quella zona alla maggior velocità possibile. Questo fatto faceva pensare che fossero semplicemente due convogli di navi mercantili che viaggiavano con i loro incrociatori di scorta. Leeming li guardò allontanarsi con profondo rammarico. Se fosse stato armato avrebbe potuto piombare su quella enorme sfilata e distruggere un paio di navi cariche di rifornimenti merci prima che gli incrociatori avessero il tempo di accorgersene.

Si tuffò a tutta velocità nel fronte della Lega, dirigendosi verso le retrovie sconosciute. Appena prima che i suoi radar uscissero dal campo di portata, il suo schermo di coda fu illuminato da due bagliori in rapida successione. Molto lontano dietro di lui due navi avevano cessato di esistere, ma non c'era nessuna possibilità di stabilire se quelle perdite erano state subite dalla scorta o dai nemici.

Tentò di scoprirlo chiamando sulla frequenza della flotta. — Che succede? Che succede?

Nessuna risposta.

Un terzo bagliore oscurò lo schermo. Era debole a causa della distanza e perse rapidamente luminosità.

Comunicando con il trasmettitore il suo numero di codice, Leeming chiamò di nuovo.

Nessuna risposta.

Mordicchiandosi il labbro inferiore, contrariato, si sedette rigidamente sul sedile del pilota e guardò imbronciato davanti a sé, mentre la nave sfrecciava verso un passaggio scuro nel campo stellare nemico. Poco dopo superò il limite della portata massima delle navi da guerra alleate. Da quel momento non avrebbe avuto più nessun aiuto.

Il primo pianeta fu un giochetto da ragazzi. Pensando che fosse impossibile per una nave alleata penetrare a quella distanza senza fare rifornimento e cambiare i tubi, il nemico supponeva che ogni nave individuata nella zona dovesse essere amica, o almeno neutrale. Perciò, quando i loro radar lo rilevarono, non si preoccuparono nemmeno di chiedergli un'identificazione radio. Lo lasciarono semplicemente sfrecciare via, libero e indisturbato.

Così, aveva trovato il primo mondo abitato semplicemente seguendo di nascosto un convoglio diretto all'interno del fronte spaziale, pedinandolo per un periodo sufficiente a tracciare una mappa accurata della sua rotta. Poi, siccome non poteva permettersi di sprecare giorni e settimane procedendo alla loro velocità relativamente bassa, li aveva sorpassati e aveva raggiunto il pianeta abitato verso il quale erano diretti.

Controllare il pianeta fu altrettanto semplice. Girò due volte attorno all'equatore a una quota sufficientemente bassa da permettergli una rapida osservazione visiva. Non fu necessaria un'indagine completa di tutta la sfera per farsi un'idea precisa del suo stato, il suo sviluppo, e le sue potenzialità.

Ciò che poté vedere in una stretta striscia attorno al suo ventre gonfio era più che sufficiente per gli scopi del Servizio Segreto Terrestre.

In breve tempo, individuò tre spazioporti; due vuoti, e il terzo con otto navi mercantili di origine sconosciuta e tre navi da guerra della Lega. Altri segni dimostravano che il pianeta era abbondantemente popolato e piuttosto progredito, e Leeming poté contrassegnarlo con sicurezza come un pianeta pro-Lega di considerevole importanza militare.

Rientrando in fretta nello spazio libero, si sintonizzò sulla frequenza *X*, quella speciale a lungo raggio, e inviò le informazioni insieme al diametro approssimativo del pianeta, la sua massa, e le coordinate spaziali.

Non ricevette nessuna risposta al suo messaggio, ma del resto non se l'aspettava. Lui poteva inviare segnali impunemente verso l'esterno, ma loro non potevano rispondere all'interno del territorio nemico senza rischiare di far capire alle stazioni di ascolto avversarie che nelle loro retrovie stava operando qualche estraneo. I segnali irradiati erano altamente direzionali e il nemico era sempre all'erta per individuare e decifrare qualunque messaggio in arrivo dal fronte degli Alleati, ignorando tutte le trasmissioni dalle retrovie.

I successivi dodici pianeti furono trovati più o meno nello stesso modo del primo; tracciando le rotte delle spedizioni interplanetarie e interstellari e seguendole fino ai loro punti terminali. Leeming segnalò tutti i dettagli relativi a ciascun pianeta, ma in nessuna occasione ebbe risposta. Questa volta si trovò dispiaciuto della necessaria mancanza di contatti. Era lontano da casa da abbastanza tempo e cominciava a sentire nostalgia delle voci umane.

Dopo settimane che si trasformarono in mesi, chiuso in una bottiglia rombante, cominciò a essere afflitto da una solitudine spaventosa. In mezzo a quella distesa di stelle, con pianeti che sembravano non finire mai e sui quali non viveva un'anima, gli sarebbe piaciuto sentire arrivare da lontano una voce stizzita che lo strapazzava a puntino per qualche errore, reale o immaginario. Se ne sarebbe rimasto seduto a immergere la mente nel flusso di ingiurie. Quel silenzio costante e senza fine era la cosa peggiore, la più difficile da sopportare.

Finalmente, mentre stava seguendo un convoglio mercantile nella speranza di rintracciare il tredicesimo pianeta, avvertì qualche suono di voci che interrompeva almeno la monotonia di quel viaggio. Stava seguendo quel gruppo di navi da lontano e molto al di sopra di loro, e quelle, sentendosi al sicuro come nel giardino di casa, non avevano mantenuto il controllo radar ed erano ignare della sua presenza. Giocherellando pigramente con i comandi del ricevitore, Leeming azzeccò all'improvviso una frequenza interflotta nemica cogliendo una conversazione tra alcune navi.

Le forme di vita sconosciute che costituivano l'equipaggio di quelle astronavi possedevano voci forti e abbastanza aggressive, e parlavano una lingua con forme sonore curiosamente simili al linguaggio terrestre. Alle orecchie di Leeming giungevano flussi di conversazioni incrociate che la sua mente elaborava istintivamente in frasi terrestri. Più o meno così:

Prima voce: — *Il sindaco Snorkum preparerà il dolce.*

Seconda voce: — *Perché mai il dolce sarà preparato da Snorkum?*

Prima voce: — *Vuole inamidarsi i baffi.*

Seconda voce: — *Sono tutte frottole. Come può inamidarsi un topolino tiepido?*

I successivi dieci minuti passarono in quello che si sarebbe potuto definire un dibattito astioso su ciò che uno di loro chiamava ripetutamente un topolino tiepido mentre l'altro insisteva a definirlo un tavolino torbido. Leeming trovò che cercare di seguire il punto e il contrappunto di quella controversia gli procurava una certa tensione al cervelletto. La sopportò finché non scattò qualcosa dentro di lui.

Sintonizzando il trasmettitore sulla stessa frequenza, urlò: — Topolino o tavolino? Decidetevi, maledizione!

Questo provocò un momento di silenzio stupefatto, prima che la prima voce dicesse in tono stridulo: — *Gnof, puoi levigare una catena sudicia?*

— No, non può! — gridò Leeming, togliendo allo sfortunato Gnof ogni possibilità di vantarsi della propria abilità come levigatore di catene sudicie.

Ci fu un'altra pausa, poi Gnof disse a tutti con risentimento: — *Darò una strigliata a mia madre!*

— Bastardo schifoso — disse Leeming — Vergognati!

L'altra voce comunicò, misteriosamente: — *La mia è grassa.*

— Posso immaginarlo — convenne Leeming.

— *Conchiglia?* — domandò Gnof, in un tono facilmente traducibile in: "Chi è là?"

— Il sindaco Snorkum — rispose Leeming.

Per qualche strano motivo chiaro solo alle menti aliene questa informazione fece ricominciare la discussione. Iniziarono dibattendo i precedenti e le prospettive future del sindaco Snorkum (o almeno così sembrava) e poi gradualmente e con entusiasmo finirono col parlare del tiepido topolino (o del torbido tavolino).

Ci furono momenti in cui si scaldarono entrambi per questa o quella cosa, forse per l'abitudine di Snorkum di legare con una catena sudicia il suo topolino. Alla fine, lasciarono cadere l'argomento di comune accordo e si rivolsero all'astruso argomento di come intorbidire la torba (secondo uno dei due) o come turbare le turbe (secondo l'altro).

— Per le vacche di Budda! — esclamò Leeming con fervore.

Questo dovette assomigliare a qualcosa di molto potente nella lingua degli ascoltatori, perché si interruppero e Gnof disse di nuovo in modo provocatorio: — *Conchiglia?*

— Va all'inferno, animale! — lo invitò Leeming.

— *Arinale? Il mio arsenale è arinale, enk?* — Il suo tono sembrava abbastanza interessato all'argomento. — *Arinale, enk?*

— Sì! — confermò Leeming. — *Enk!*

Evidentemente questa fu la goccia che fece traboccare il vaso; le loro voci scomparvero e perfino il debole ronzio dell'onda portante si dissolse. Sembrava che fosse riuscito a pronunciare qualcosa di estremamente volgare senza avere la minima idea di quello che aveva detto.

Poco dopo l'onda portante tornò e una nuova voce parlò in cosmoglotta, gutturale ma fluente. — Quale nave? Quale nave?

Leeming non rispose.

Un lungo intervallo, poi la voce chiese di nuovo. — Quale nave?

Leeming non ci fece caso neanche questa volta. Il semplice fatto che non gli avessero chiesto di identificarsi usando il codice di guerra dimostrava che non ritenevano possibile l'infiltrazione di una nave nemica nella zona. In realtà, lo faceva pensare anche il modo impassibile in cui il convoglio procedeva senza cambiare rotta o dare chiari segnali d'allarme.

Poiché aveva già ottenuto dati sufficienti sulla rotta del nemico, Leeming si lanciò in avanti superando il convoglio e raggiungendo in breve tempo il tredicesimo pianeta. Trasmise le informazioni a casa e andò alla ricerca del prossimo. Lo trovò rapidamente, perché era situato in un sistema solare adiacente.

Il tempo passava veloce e le sue ricerche gli avevano fatto attraversare una notevole estensione dello spazio controllato dalla Lega. Dopo aver scoperto il cinquantesimo pianeta fu tentato di tornare alla base per fare una revisione della nave e ricevere altri ordini. Si era stancato di fare esplorazioni e sentiva un gran bisogno di rivedere la Terra, assaporare l'aria fresca, i prati verdi, e la compagnia degli esseri umani.

Ciò che gli fece cambiare idea fu il fatto che la nave procedeva senza problemi e aveva consumato solo un quarto del carburante. Inoltre, non resisteva al pensiero che, con quanta più accuratezza avesse svolto il suo compito, maggiore sarebbe stato il trionfo al ritorno... e le possibilità di una rapida promozione.

Così proseguì, accumulando informazioni per un totale di settantadue pianeti prima di raggiungere un punto prestabilito nelle profonde retrovie del nemico, in una posizione che fronteggiava gli avamporti degli alleati attorno a Rigel. Da là sperava di lanciare un segnale in codice a cui avrebbero risposto, e questo sarebbe stato l'unico messaggio che avrebbero tentato di inviargli.

Trasmise la parola "*Awa*" ripetuta a intervalli regolari per un paio d'ore. Significava: "In grado di procedere; attendo istruzioni". A questa dovevano rispondere con un messaggio talmente breve da non poter essere intercettato dal nemico; o la parola "*Reeter*", che significava: "Abbiamo informazioni sufficienti, rientrare subito", oppure la parola "*Buzz*", che significava: "Abbiamo bisogno di altre informazioni, continuare la ricognizione".

Quello che ebbe in risposta fu una breve serie di suoni che gli sembrò una sfilza ultrarapida di numeri. Arrivavano così in fretta che non era possibile distinguerli, così li registrò e mentre li riascoltava più lentamente consultò il cifrario.

Il risultato fu: "47926, Pilota-Ricognitore John Leeming promosso tenente dalla data del ricevimento del messaggio".

Fissò a lungo quelle parole prima di ricominciare a trasmettere: "*Awa... Awa*". Come premio per i suoi sforzi ricevette la parola: "*Foit.*" Ritentò, e ancora una volta fu ricompensato con un "Foit". Gli sembrò vagamente blasfemo, come l'imprecazione preferita di una creatura viscida e gommosa priva di palato.

Irritato da quella parola senza senso la ripeté più volte nella mente concludendo che qualche stazione della Lega doveva essere intervenuta e faceva il suo stesso gioco trasmettendo qualcosa di incomprensibile allo scopo di intorbidire le acque. In teoria, il nemico non avrebbe dovuto essere in grado di interferire perché la frequenza che lui utilizzava era molto più alta di quelle che loro prediligevano. Tuttavia, *qualcuno* lo stava facendo.

Concludendo che nessuna risposta corrispondeva a non essere richiamati, riprese la ricerca di altri pianeti nemici. Quattro giorni dopo, mentre sfogliava distrattamente il cifrario, scoprì che la parola "Foit" significava: "Usare il proprio giudizio".

Ci pensò sopra e decise che tornare a casa con un primato di settantadue pianeti nemici scoperti e identificati sarebbe stata una cosa splendida, ma venire accreditato di un numero imponente e tondo come cento sarebbe stato così stupefacente da rasentare il miracolo. Come minimo l'avrebbero nominato ammiraglio.

L'idea era così allettante che stabilì subito di raggiungere come traguardo finale la quantità di cento pianeti prima di rientrare alla base. Quasi per fargli pregustare la gloria ormai prossima, quattro pianeti occupati dal nemico si fecero individuare nel successivo sistema solare. Questo risultato portò a settantasei il totale.

Poi Leeming alzò il punteggio a ottanta. Quindi a ottantuno.

Mentre si avvicinava al numero ottantadue ebbe i primi avvertimenti del disastro imminente.

3

Due punti brillarono sui suoi schermi radar. Erano grandi ma si muovevano lentamente, ed era impossibile stabilire se fossero navi da guerra o mercantili. Ma procedevano in fila davanti a lui e si dirigevano ovviamente verso qualche posto dove non era ancora stato. Utilizzando la solita tattica di seguirli finché non avesse tracciato la loro rotta, gli rimase dietro per un po', si accertò verso quale stella erano diretti, e poi li superò.

Aveva sorpassato di gran lunga le due astronavi, tanto che erano scomparse dagli schermi, quando all'improvviso un tubo propulsore fece volar via lungo i sessanta chilometri della scia dei retrogetti il proprio rivestimento disseccato. Leeming se ne accorse solo quando il campanello d'allarme suonò acuto sul banco degli strumenti, l'ago del manometro si abbassò a metà, e quello del misuratore di calore salì lentamente fino alla linea rossa che indicava il punto di fusione.

Leeming interruppe immediatamente l'alimentazione di quel propulsore. Il manometro cadde subito a zero, l'indicatore del calore salì di qualche altro grado, oscillò, si fermò per un attimo, poi, quasi con riluttanza, scivolò indietro.

La coda della nave era provvista di venti propulsori giganteschi attorno ai quali si trovavano otto reattori direzionali di diametro relativamente piccolo. Se un propulsore cessava di funzionare il risultato non era preoccupante. Significava solo una perdita di potenza del cinque per cento e una corrispondente diminuzione dell'efficienza della nave. Sulla Terra gli avevano detto che avrebbe potuto sacrificare fino a otto propulsori, purché fossero situati in modo simmetrico, prima che la velocità e la manovrabilità della nave si riducessero a quelle di un cacciatorpediniere della Lega.

Così rassicurato, respinse caparbiamente l'impulso di invertire la rotta e puntare verso Rigel. Proseguì invece verso il pianeta numero ottantadue, lo raggiunse, lo esaminò, e inviò alla base le informazioni raccolte. Poi individuò una rotta commerciale che conduceva a un vicino sistema solare e la seguì nella speranza di trovare l'ottantatreesimo pianeta da aggiungere alla lista. Un secondo propulsore perse il suo rivestimento quando si trovava a metà strada, e un terzo poco prima dell'arrivo.

Malgrado ciò, circumnavigò il pianeta a velocità ridotta e si diresse verso lo spazio aperto per irradiare i suoi dati. Ma non riuscì mai a farlo. Altri cinque propulsori rigettarono contemporaneamente i loro rivestimenti. Leeming dovette affrettarsi a interrompere l'alimentazione prima che i loro scoppi rischiassero di far fondere tutta la coda.

I propulsori difettosi dovevano essere tutti radunati lontano dal centro, perché la nave rifiutava di procedere in linea retta. Cominciò invece a descrivere un'ampia curva che alla fine lo avrebbe riportato verso il pianeta che aveva appena lasciato, seguendo una lunga circonferenza. Per peggiorare le cose, la nave cominciò anche una rotazione lenta e regolare lungo il suo asse longitudinale, col risultato che tutto il firmamento sembrava girare davanti agli occhi di Leeming.

Ovviamente il veicolo spaziale era ormai perduto e l'unica cosa che potesse sperare di fare era atterrare tutto intero per salvarsi almeno la pelle. Leeming si concentrò completamente in questa direzione. Sebbene in pessime condizioni, la nave non era del tutto incontrollabile; i reattori erano in grado di funzionare perfettamente purché non fossero impediti da un propulsore scentrato, e i razzi di frenata potevano ancora ruggire a tutta potenza.

Quando la sagoma del pianeta riempì gli oblò anteriori e la sua superficie increspata si distese in colline e vallate, Leeming spense tutti i propulsori di coda usando i reattori direzionali per mantenersi in linea retta, e accese ripetutamente i razzi frenanti. La rotazione longitudinale cessò e la velocità di discesa diminuì mentre le sue mani sudavano copiosamente sui comandi.

Era assolutamente sicuro che non sarebbe riuscito ad atterrare nel solito modo, cioè facendo scendere la nave verticalmente sulla coda. Non aveva abbastanza energia per abbassarsi su una colonna di fiamme controllandone l'emissione. La condizione del veicolo, soprannominata nell'ambiente spaziale "culo-floscio", era troppo rischiosa e l'unica alternativa era atterrare sulla pancia a velocità sufficiente da garantire il controllo della nave fino all'ultimo momento.

Tese lo sguardo verso l'oblò di sinistra mentre le colline si allargavano avvicinandosi, le valli si allungavano, e la rugosità della superficie del pianeta si mutava in un ammasso di cime d'alberi. Poi sembrò che quella visione balzasse verso di lui come messa a fuoco all'improvviso da un potente microscopio. Nel tentativo di mettersi in posizione orizzontale, bruciò quattro propulsori e i reattori direzionali più bassi.

Il muso dell'astronave si sollevò attraversando una valle ed evitò per un pelo di schiantarsi contro la collina di fronte. Nei due minuti successivi Leeming vide otto chilometri di cime d'alberi, una radura da cui salivano numerosissimi tralicci che reggevano delle antenne radio, un grosso villaggio accanto a un fiume e un'altra grande estensione di alberi seguita da una distesa leggermente ondulata di brughiera.

Ecco il posto giusto! Recitando mentalmente una breve preghiera, Leeming si lanciò in una stretta curva con tutti i reattori di frenata a piena potenza. Nonostante l'abile manovra, il primo contatto lo fece scivolar via dal sedile e lo scaraventò contro la parete metallica sotto la cuccetta. Ammaccato e scosso, ma tuttavia sano e salvo, strisciò da sotto la cuccetta mentre la nave continuava a slittare in avanti accompagnata dai rumori dello sfregamento e degli urti sul lato inferiore.

Raggiungendo il banco di controllo, Leeming spense i reattori di frenata e interruppe l'energia. Un attimo più tardi l'astronave esaurì la forza d'inerzia e si fermò. Il silenzio che seguì non assomigliava a niente di quello che aveva udito per mesi. Sembrava che rimbombasse quasi nelle orecchie. Ogni respiro diventava un sibilo rumoroso, ogni passo un fastidioso fragore metallico.

Andando verso la camera stagna, esaminò l'analizzatore dell'atmosfera. Registrava una pressione di sei virgola sette chilogrammi e indicava che era abbastanza simile a quella della Terra, a parte una concentrazione leggermente maggiore di ossigeno. Leeming attraversò subito la camera di decompressione e si fermò sull'orlo del portello esterno, a quattro metri dal suolo.

La scaletta automatica era inservibile in questa situazione perché era stata costruita per estendersi dalla camera stagna fino alla coda della nave, e ora si trovava in posizione orizzontale. Leeming poteva appendersi con le mani e lasciarsi cadere, ma non sarebbe poi riuscito a fare un salto di quattro metri per risalire a bordo. Gli serviva una lunga fune... proprio l'unica cosa che non aveva a portata di mano.

Brontolando qualche imprecazione appropriata, ritornò nella cabina e cercò inutilmente qualcosa da utilizzare al posto della fune. Stava per strappare le coperte e ricavarne delle strisce quando si ricordò dei cavi elettrici che serpeggiavano dal banco di controllo fino alla stanza dei motori. Impiegò una buona mezz'ora per staccare una lunghezza sufficiente di cavo dai terminali ed estrarlo dalle canaline lungo le pareti.

Durante tutto questo tempo aveva i nervi tesi come corde di violino e teneva le orecchie continuamente all'erta per individuare rumori esterni che indicassero l'approssimarsi dei nemici. Se fossero arrivati in tempo per intrappolarlo all'interno della nave, non gli sarebbe rimasta altra possibilità che innescare la carica esplosiva e saltare in aria insieme a quella. Ma quando fissò il cavo nella camera stagna e gettò la parte rimanente all'esterno scivolando fino a terra, il silenzio era ancora assoluto.

Atterrò su una vegetazione spessa e morbida che assomigliava vagamente all'erica. Corse verso la coda della nave e diede un'occhiata alla schiera dei propulsori. Si rese conto che era stato molto fortunato a salvare la pelle. Undici dei grandi tubi erano completamente privi del loro rivestimento, i rimanenti nove erano in pessime condizioni e non avrebbero potuto ovviamente resistere più di altri tre o quattro giorni al costante inaridimento.

Poi diede una rapida scorsa alla parte visibile del mondo su cui si trovava. Il cielo era di un profondo azzurro scuro tendente leggermente al porpora, con una debole foschia simile a nuvole sull'orizzonte orientale. Il sole, che ora aveva superato lo zenith, sembrava un po' più grande del Sole e un po' più rosso.

L'erba simile all'erica che cresceva sotto i suoi piedi copriva un paesaggio ondulato che correva verso l'orizzonte orientale, dove la prima fila di alberi faceva la guardia. A ovest, l'erba lasciava di nuovo il posto a grandi alberi, e a distanza di mezzo chilometro appariva l'estremità di una foresta.

Ora Leeming si trovava dinanzi un altro problema. Se avesse fatto saltare subito la nave avrebbe distrutto insieme a quella una gran quantità di cose che potevano servirgli in futuro... in particolare una notevole scorta di cibo concentrato. Per conservarlo avrebbe dovuto tirarlo fuori dall'astronave e portarlo al sicuro lontano dal luogo dell'esplosione, rischiando così di venire scoperto dai nemici.

Una sensazione di urgenza gli impedì di riflettere a lungo su quella situazione. Era il momento di agire, non di pensare. Si mise al lavoro come un ossesso, afferrando pacchi e lattine dalla stiva della nave e gettandoli fuori dalla camera stagna. Continuò finché tutto il deposito del cibo non fu svuotato. Fino a quel momento il nemico non si era fatto vivo.

Raccolse sulle braccia gli oggetti del mucchio e cominciò a trasportarli all'estremità della foresta. Quando ebbe finito salì a bordo della nave e diede un'ultima occhiata in giro per vedere se non aveva dimenticato niente di utile. Arrotolò le coperte e le avvolse in un lenzuolo impermeabile formando un involto compatto.

Convinto che non restasse più niente che valeva la pena di prendere, indossò l'impermeabile e strinse l'involto sotto il braccio, poi premette il pulsante rosso su un lato del banco di controllo. Era previsto un intervallo di due minuti tra l'attivazione della carica e lo scoppio. Non era molto. Lanciandosi attraverso la camera stagna saltò direttamente fuori e cominciò a correre a tutta velocità verso la foresta. Nel tempo che impiegò a raggiungere gli alberi non accadde niente. Si acquattò dietro la spessa protezione di un grosso tronco, in attesa dell'esplosione.

I secondi passarono senza che accadesse nulla. Doveva essersi danneggiato qualcosa. Leeming sbirciò con cautela dietro l'orlo del tronco, dibattendo con se stesso sulla necessità o meno di tornare indietro a esaminare i collegamenti della carica esplosiva. In quel momento la nave saltò in aria.

Si disintegrò con un tremendo boato. Gli alberi si piegarono e il cielo tremò. Una grossa colonna di fumo, di terriccio e di piccole masse informi, salì a una considerevole altezza. Pezzi di metallo contorti sibilarono tra le cime degli alberi, spezzando grossi rami che precipitavano a terra rumorosamente.

Abbastanza impaurito dalla violenza inattesa dell'esplosione, Leeming diede un'occhiata furtiva al di là del tronco e vide un cratere fumante circondato da due o tre acri di vegetazione divelta. Era consolante pensare che per innumerevoli milioni di chilometri era rimasto seduto in cima a una bomba di quelle dimensioni.

Quando i nemici sarebbero arrivati, sicuramente avrebbero cominciato subito a dar la caccia all'equipaggio disperso. L'esame preliminare che Leeming aveva fatto di quel mondo, benché limitato a un rapido sguardo attorno all'equatore, gli aveva dato la prova dell'esistenza di una civiltà abbastanza organizzata. Aveva visto uno spazioporto che conteneva cinque mercantili e un incrociatore leggero della Lega, e aveva raggiunto la conclusione che la forma di vita locale possedeva un'intelligenza più o meno normale ed era in grado di usarla.

La scarsa profondità del cratere e l'ampio raggio di dispersione dei detriti erano una chiara prova che la nave misteriosa non era precipitata distruggendosi, ma piuttosto era esplosa dopo un atterraggio ben riuscito. Gli abitanti del villaggio vicino potevano confermare che era trascorso un intervallo abbastanza lungo tra la discesa della nave sopra i loro tetti e la successiva esplosione. L'indagine dei frammenti avrebbe rivelato che non si trattava di materiali della Lega. Inevitabilmente, avrebbero concluso che quella era una nave nemica e che il suo equipaggio ne era uscito sano e salvo.

Sarebbe stato prudente, stabilì Leeming, porre una maggiore distanza tra sé e il cratere prima che i nemici arrivassero e cominciassero a fiutare in giro. Forse era destinato comunque a essere catturato, ma sentiva che era meglio per lui rinviare il più possibile quel giorno funesto.

Le necessità fondamentali della vita sono il cibo, le bevande e un rifugio; e la prima delle tre è sicuramente la più importante. Questo fatto ritardò un po' la sua partenza. Aveva cibo a sufficienza per resistere diversi mesi, ma un conto era averlo, un altro conservarlo al sicuro. Doveva assolutamente trovare un nascondiglio migliore dove tornare di tanto in tanto con la certezza di trovare ancora le sue provviste.

Si addentrò nella foresta, spostandosi a zig-zag e guardandosi attorno alla ricerca di un nascondiglio adatto. Alla fine trovò un'apertura simile a una caverna situata tra le grandi radici inarcate di un enorme albero. Non era certo la soluzione ideale, ma aveva il vantaggio di trovarsi ben nascosta tra la vegetazione.

Impiegò più di un'ora a trasferire le provviste per la terza volta e ammucchiarle in quel buco, lasciando fuori una piccola quantità per le razioni di una settimana. Quando ebbe terminato questa impresa, chiuse una parte dell'apertura con blocchi di pietra e utilizzò rami e fronde per coprire il resto. Adesso aveva la certezza che se un reggimento di truppe nemiche avesse esplorato la zona, come era prevedibile, avrebbero avuto scarse possibilità di scoprire, oppure di distruggere o sequestrare, le provviste da cui poteva dipendere la sua libertà.

Ficcò le razioni della settimana in uno zainetto, vi legò le coperte avvoltolate, e si allontanò di buon passo lungo il margine della foresta in direzione nord. Stava camminando faticosamente da circa tre ore, quando un aereo a reazione si levò all'orizzonte. Divenne sempre più grande e silenziosamente gli passò sopra la testa. Qualche secondo più tardi, l'apparecchio fu seguito da un fischio lacerante.

Era facile indovinare che quell'aereo era arrivato in risposta a una comunicazione radio che parlava di una nave spaziale in avaria e di una successiva esplosione. Senza dubbio doveva esserci un'intensa attività nella base da cui era partito. Una volta giunta la conferma che una nave era dispersa, le autorità avrebbero sicuramente immaginato che si trattava di una *loro* nave e avrebbero cominciato a controllare via radio quale potesse essere. Con un po' di fortuna sarebbe passato parecchio tempo prima che accettassero il fatto che un'astronave di origini sconosciute, probabilmente nemica, fosse arrivata così lontano.

In ogni caso avrebbero immediatamente dato inizio alla ricerca dei superstiti. Leeming decise che era il momento di abbandonare il margine della foresta e proseguire restando al coperto. Sarebbe stato costretto a rallentare, ma almeno avrebbe viaggiato senza essere visto. Prendendo la via del bosco correva due pericoli, ma doveva accettarli come il male minore.

Da un lato, se non faceva la massima attenzione poteva perdere il senso dell'orientamento e deviare facendo un'ampia curva che l'avrebbe ricondotto al cratere e quindi nelle mani di chiunque fosse là ad aspettare. Dall'altro lato, c'era il rischio di incontrare qualche sconosciuta forma di vita selvaggia provvista di armi inimmaginabili e appetiti fuori del comune.

Contro il secondo pericolo Leeming possedeva un'arma estremamente potente, ma orribile da usare. Era una pistola ad aria compressa che sparava proiettili di un fetore così immondo che una sola zaffata faceva vomitare per un'ora chiunque l'avesse inalata, compreso molto spesso anche chi se ne serviva.

Alcuni cervelloni terrestri avevano stabilito che il re della foresta non era il leone o l'orso grigio, ma una vivace creatura chiamata Joe Puzzola, le cui battaglie erano, per così dire, azioni vittoriose della retroguardia. Qualche altro genio aveva sintentizzato un liquido tremendo, settantasette volte più potente di quello di Joe, con il risultato che un'astronauta in pericolo non riusciva mai a decidere se darsela a gambe e rischiare di essere catturato, oppure rimanere immobile, sparare, e di conseguenza vomitare fino alla morte.

Per la libertà vale la pena di rischiare, per cui Leeming si tuffò nella foresta e continuò a camminare. Dopo circa un'ora sentì il *whup-whup* di molti elicotteri passare sopra la sua testa, diretti a nord. A giudicare dal rumore dovevano essere parecchi, ma attraverso la fitta vegetazione non se ne vedeva nemmeno uno. Immaginò che fosse uno squadrone di mezzi di trasporto di truppe che trasferiva un gruppo di ricerca verso la zona del cratere.

Ben presto cominciò a sentirsi stanco e decise di fermarsi un po' su un pendio ricoperto di muschio. Mentre riposava comodamente considerò quella stanchezza e si rese conto che, sebbene la sua esplosione avesse dimostrato che il pianeta era più o meno delle stesse dimensioni della Terra, doveva in effetti essere un po' più grande, oppure avere una massa leggermente maggiore. Il peso del suo corpo doveva essere aumentato di un buon dieci per cento, calcolò, anche se non aveva la possibilità di controllarlo.

Poi fu colpito dal fatto che il giorno sembrava considerevolmente più lungo che sulla Terra. Il sole che stava tramontando si trovava ora a quarantacinque gradi circa sull'orizzonte. Dal momento in cui lui era atterrato, l'arco descritto dal sole indicava che una giornata durava trenta-trentadue ore. Leeming doveva adattarsi a quella situazione camminando a lungo e facendo lunghe dormite, e non sarebbe stato facile. Dovunque si trovavano, i Terrestri avevano la tendenza a conservare le proprie abitudini.

L'isolamento nello spazio era una cosa tremenda, pensò mentre giocherellava pigramente con un rigonfiamento piatto di forma rettangolare che aveva sotto la tasca sinistra della giacca. Era là da tanto tempo che si era quasi scordato della sua esistenza ma ora gli venne in mente come un'intuizione quasi geniale che qualcuno, moltissimo tempo prima, gliene aveva parlato definendolo "un equipaggiamento d'emergenza".

Estrasse il temperino e se ne servì per scucire la tasca. Ne uscì una scatola piatta e bassa, di plastica marrone. Una linea sottilissima correva tutto attorno alla scatola, ma non c'erano aperture visibili. Malgrado Leeming provasse a tirare e a spingere in diversi modi, non ottenne nessun risultato.

Pronunciando parecchi dei nove milioni di nomi di Dio, diede un calcio esasperato alla scatola. Forse quello era uno dei modi previsti ufficialmente, oppure qualche nome pronunciato era particolarmente potente, perché la scatola si aprì di scatto. Leeming cominciò subito a esaminare il contenuto che, in teoria, avrebbe dovuto garantirgli la sopravvivenza.

Il primo oggetto era una fialetta delle dimensioni di una goccia di plastica trasparente con impresso un teschio, e conteneva un liquido giallognolo e oleoso. Presumibilmente era un veleno mortale da prendersi solo in caso estremo. A parte il teschio, non c'era niente che lo distinguesse da un filtro d'amore.

Poi c'era un barattolo sigillato che non aveva nessun segno di identificazione ed era privo di apertura. Per quel che ne sapeva poteva contenere del lucido da scarpe, del salmone rosa, o dello stucco. Non era del tutto improbabile che alla base gli avessero fornito premurosamente dello stucco nel caso dovesse riparare una finestra su qualche pianeta e salvarsi la vita ingraziandosi chi l'aveva catturato.

L'altro barattolo era più lungo e più stretto, e aveva un coperchio girevole. Leeming svitò il tappo e trovò uno spruzzatore. Lo premette verso il palmo della mano e ne uscì una nuvoletta di polvere che sembrava pepe. Bene, gli sarebbe stata molto utile per confondere i cani da fiuto, ammesso che ve ne fossero da quelle parti. Con estrema cautela si annusò il palmo della mano. Quella roba aveva esattamente l'odore del pepe.

Lasciò andare un violento starnuto, si ripulì la mano con un fazzoletto, richiuse il barattolo, e lanciò qualche commento colorito all'indirizzo dei tecnici della base spaziale. Questo dovette fare immediatamente effetto, perché il fazzoletto prese fuoco all'interno della sua tasca. Leeming lo tolse in fretta, lo gettò per terra, e lo calpestò. Aprì di nuovo il barattolo e lasciò cadere alcuni grani di pepe su un pezzo di legno marcio. Un attimo più tardi ne uscirono delle scintille e il legno cominciò a bruciare. La colonna di fumo che si alzava verso il cielo rischiava di tradirlo, così Leeming si mise a calpestare il ramo finché il fuoco non fu spento.

Il quarto oggetto era una macchina fotografica in miniatura che si poteva nascondere nel palmo della mano. La sua utilità ai fini della sopravvivenza era nulla. Doveva essere stata inclusa nell'equipaggiamento con qualche altro scopo. Forse i servizi segreti terrestri avevano insistito perché fosse fornita nella speranza che, chiunque riuscisse a scappare da un pianeta ostile potesse raccogliere e portare a casa dei dati fotografici. Be', era piacevole pensare che qualcuno fosse *tanto* ottimista. Leeming la mise in tasca, senza aspettarsi di utilizzarla, ma unicamente perché era uno splendido capolavoro dell'ingegno umano e non meritava di essere buttato via. Il quinto e ultimo articolo fu il più gradito e, secondo lui, l'unico che avesse valore; una bussola luminosa. La ripose con cura nella tasca della giacca. Dopo aver riflettuto un po' decise di tenere solo la scatola del pepe. Gettò il veleno in un cespuglio vicino, poi scaraventò più lontano che poté la scatoletta che conteneva lucido, salmone, o stucco.

Il risultato fu uno schianto tremendo e un ruggito di fiamme. Un enorme albero balzò in aria per dieci metri, lasciando cadere grandi blocchi di terra dalle radici. Lo spostamento d'aria scaraventò Leeming lungo disteso sul muschio, e quando si rialzò vide un'alta colonna di fumo salire oltre le cime degli alberi come un dito teso. Ovviamente, sarebbe stato visibile a molti chilometri di distanza e non avrebbe potuto essere più efficace di un pallone aerostatico lanciato nel cielo con la scritta: "*Sono qui!*"

C'era una sola cosa da fare; andarsene via in tutta fretta. Raccolse il suo carico e corse il più velocemente possibile tra gli alberi, verso sud. Aveva percorso circa quattro chilometri quando sentì in lontananza il *whup-whup* soffocato di un elicottero che scendeva sul luogo del misfatto. C'era spazio sufficiente per atterrare poiché il barattolo esplosivo, o qualsiasi altra cosa fosse, aveva aperto un'ampia radura tra gli alberi. Leeming tentò di aumentare la velocità schivando cespugli, arrampicandosi su pendii scoscesi, superando a balzi profonde depressioni simili a canali di irrigazione, e procedendo con piedi di piombo che sembravano calzare stivali giganteschi.

Si costrinse a proseguire finché non scese il buio. Poi cenò e si coricò in una radura appartata, stringendosi addosso le coperte e tenendo a portata di mano la pistola maleodorante. Non sapeva che tipo di animali feroci potevano assalirlo durante la notte, ma non se ne preoccupò. Un uomo doveva dormire a qualsiasi costo, persino con il rischio di svegliarsi nello stomaco di qualcuno.

4

Cullato dal silenzio della propria stanchezza, riposò dodici ore. Ma nonostante il lungo sonno ristoratore, quando si svegliò capì che era trascorsa solo una parte della notte aliena. Dovevano passare ancora diverse ore prima dell'alba. Poiché si sentiva rinvigorito e si annoiava nell'attesa, arrotolò le coperte, consultò la bussola, e tentò di riprendere la marcia verso sud. Ma dopo pochi passi inciampò su alcune radici nascoste cadendo a capofitto, e quando si rialzò finì in un ruscello con l'acqua fino alle ginocchia.

In aperta campagna sarebbe stato possibile procedere alla luce delle stelle e delle lune, ma non all'interno della foresta. Con riluttanza rinunciò al tentativo. Era inutile affaticarsi procedendo alla cieca lungo radure appena visibili che si alternavano a zone di oscurità tetra. In qualche modo riuscì a ritrovare lo spiazzo e rimase coricato tra le coperte, attendendo con impazienza che arrivasse l'alba tardiva.

Non appena la luce del giorno fu abbastanza intensa da permettergli di procedere, riprese lo spostamento verso sud, continuando a camminare fino a mezzogiorno. Poi trovò una grande apertura nella roccia che assomigliava a una cava abbandonata. Folti alberi e cespugli crescevano attorno all'ingresso, mentre piante più basse coprivano il fondo della grotta e vari tipi di rampicanti scendevano lungo le pareti. Una piccola sorgente alimentava un ruscelletto che serpeggiava sul fondo della cava scomparendo in un foro nella roccia. C'erano almeno sei fenditure seminascoste nelle pareti che variavano dalle dimensioni di piccole spaccature alla grandezza di una stanza.

Esaminando quel luogo, Leeming comprese che si trattava di un nascondiglio ideale. Non pensava di sistemarsi lì per tutta la vita ma poteva servirsene come rifugio finché avessero smesso di cercarlo e lui avesse avuto il tempo di preparare un piano d'azione per il futuro.

Scendere alla base delle pareti scoscese, quasi verticali, fu un compito arduo. Dal suo punto di vista era molto meglio così; qualunque cosa difficile per lui lo sarebbe stato anche per le pattuglie in perlustrazione che volessero ficcare il naso da quelle parti.

Trovò presto una grotta adatta e vi si sistemò deponendo il carico sul terreno asciutto e sabbioso. Il suo successivo impegno fu prepararsi da mangiare. Accese un focherello senza fumo con alcuni frammenti di legno, colmò d'acqua la gavetta e trasformò una parte delle sue razioni in una zuppa densa che servì a riempirgli lo stomaco assicurandogli una piacevole sensazione di benessere.

Quando finì di mangiare si riposò un po', poi prese a esplorare il suo regno sepolto. Tuttavia, pur facendo ogni cosa con la maggior lentezza possibile, si accorse che non riusciva a lottare contro la lunghezza del giorno. Esaminò da un lato all'altro la cava, mangiò altre due volte, eseguì diversi lavori, più o meno necessari, ma il sole non voleva saperne di tramontare. Con la migliore approssimazione ci sarebbero volute ancora sei ore prima che calasse l'oscurità. Restava solo una cosa da fare; al primo sbadiglio si avvolse nelle coperte e si lasciò cullare in un piacevole sonno privo di sogni.

Alla fine del quarto giorno nella grotta, Leeming era annoiato a morte. Quello non rappresentava certamente il suo ideale di vita movimentata, e lui non riusciva più a resistere alla necessità di sentirsi impegnato in qualcosa. Molto presto avrebbe dovuto darsi da fare per rifornire le sue scorte di cibo. Ormai era arrivato il momento e sapeva che doveva cominciare di nuovo il noioso compito di trasferire verso sud le sue provviste nascoste e sistemarle nella grotta.

Partì all'alba e si spinse a nord il più velocemente possibile. Questo esercizio fisico gli risollevò l'animo e dovette reprimere il desiderio di fischiettare un motivetto mentre camminava. Faceva già abbastanza rumore con il suo passo affrettato e non c'era bisogno di dare ulteriori avvertimenti del suo arrivo alle pattuglie in perlustrazione nel bosco.

Mentre si avvicinava al luogo dell'atterraggio rallentò l'andatura. Là, più che in ogni altro posto, era essenziale la cautela perché non poteva sapere quanti nemici fossero annidati nella zona. Quando fu nei pressi del nascondiglio sgattaiolò da un albero all'altro, fermandosi spesso per guardare e ascoltare attentamente.

Fu un sollievo scoprire che il suo deposito segreto non era stato toccato. Le sue scorte di cibo erano ancora intatte, esattamente come le aveva lasciate. E non c'era neppure un segno della presenza dei nemici nelle vicinanze. Incoraggiato da ciò, Leeming decise di andare ai margini della foresta per dare un'altra occhiata al cratere. Sarebbe stato interessante vedere se la forma di vita locale aveva mostrato abbastanza intelligenza da portare via i resti della nave esplosa per individuarne la provenienza.

Con la calma e l'attenzione di un gatto che si avvicinasse furtivamente a una preda, Leeming strisciò lungo la breve distanza che lo separava dai margini del bosco, giungendo a un paio di centinaia di metri dal punto in cui si aspettava di vedere il cratere.

Procedette lungo gli alberi, si fermò, e guardò la tomba della sua nave concentrando su quella la sua attenzione ed escludendo tutto il resto. Molti pezzi di metallo contorto giacevano ancora al suolo ed era impossibile dire se i nemici avevano rimosso qualche rottame.

Mentre si guardava attorno per abbracciare tutta la zona dell'esplosione, Leeming fu sorpreso di vedere tre elicotteri fermi vicino agli alberi. Erano a circa mezzo chilometro, sembravano vuoti, e non si vedeva nessuno nelle vicinanze. Ciò significava che i loro equipaggi dovevano trovarsi poco più lontano. Leeming cominciò subito a indietreggiare verso la foresta con la schiena percorsa da una sensazione di pericolo. Aveva fatto solo due passi quando le foglie secche scricchiolarono dietro di lui. Qualcosa di duro lo colpì in mezzo alle spalle, e una voce gli parlò in tono aspro e gutturale.

— *Smooge!* — disse.

Un senso di irritazione per la propria incoscienza si diffuse nell'animo di Leeming mentre si voltava per vedere chi aveva parlato. Si trovò di fronte un umanoide più basso di lui di venti centimetri ma quasi due volte più largo; una creatura tozza e possente che indossava un'uniforme grigia con un casco metallico e impugnava uno strumento mortale che somigliava a una pistola. Quel personaggio aveva la pelle squamosa come una lucertola, gli occhi ricoperti di uno strato corneo, ed era completamente privo di palpebre. Osservò Leeming con lo sguardo freddo e immobile di un serpente a sonagli.

— *Smooge!* — ripeté la creatura pungolandolo con la pistola.

Leeming alzò le mani abbozzando un falso sorriso, e disse in cosmoglotta: — Quella non ti serve, sono un amico. Un alleato della Lega.

Fiato sprecato. O l'alieno non capiva il cosmoglotta, oppure sapeva riconoscere una bugia mastodontica come quella. La sua faccia da rettile non registrò il minimo cambiamento d'espressione; i suoi occhi mantennero lo sguardo assente mentre le labbra emettevano un fischio lacerante.

In risposta al richiamo altri venti nemici uscirono dalla foresta da un punto vicino agli elicotteri e salirono l'erta con l'andatura pesante tipica delle persone tarchiate. Circondarono Leeming e lo esaminarono con la solita espressione immobile. Poi parlottarono tra loro in una lingua che ricordava vagamente la stravagante conversazione che lui aveva interrotto nello spazio.

— *Lasciatemi illustrare l'oca.*

— *Smettila, i bostanik hanno tutti sei piedi.*

— Ascoltate! — intervenne Leeming abbassando le mani.

— *Smooge!* — urlò quello che l'aveva catturato, facendo un gesto minaccioso con la pistola.

Leeming sollevò di nuovo le mani e li guardò in cagnesco. Ora stavano tenendo una breve conferenza che trattava prevalentemente di formaggi e candele. Terminarono con unanime soddisfazione, quindi lo perquisirono. Questa operazione fu compiuta con il semplice metodo della confisca, sequestrando tutto quello che possedeva, compresa la cintura.

Fatto questo, lo spinsero verso gli elicotteri. Leeming si mosse lentamente e con riluttanza, reggendosi i calzoni con le mani. Al loro ordine salì sull'elicottero e si voltò bruscamente per chiudere il portello, sperando di tenerli a bada abbastanza a lungo da alzarsi in volo senza essere colpito. Ma non gliene diedero la possibilità. Uno di loro lo seguiva come un'ombra e quando Leeming si girò era già per metà all'interno della cabina. Altri quattro salirono a bordo. Il pilota prese posto e avviò il motore. Sopra di loro le pale ebbero uno scossone, cominciarono a ruotare lentamente, accelerarono.

L'elicottero sobbalzò un paio di volte, si staccò dal suolo e si innalzò in volo nel cielo violaceo. Non viaggiarono a lungo. Dopo aver attraversato la vasta estensione della brughiera e il bosco attiguo scesero su uno spiazzo di cemento dietro un edificio dall'aspetto severo. Nella mente di Leeming questo posto evocò l'idea di una caserma o di un manicomio.

Entrarono nell'edificio e i suoi nemici lo sospinsero lungo un corridoio fino a una cella dalle pareti di pietra. Poi chiusero pesantemente la grossa porta, che aveva una minuscola apertura munita di sbarre. Un attimo dopo uno di loro sbirciò dalla grata.

— *Piegheremo i calzini di Murgatryd!* — annunciò in tono rassicurante.

— Grazie — rispose Leeming. — È maledettamente gentile da parte vostra.

La faccia da lucertola se ne andò e Leeming fece dieci giri intorno alla cella prima di sedersi su una tavola di legno che presumibilmente doveva servirgli sia da sedile sia da letto. Non c'erano finestre per osservare il mondo esterno, nessun'altra apertura tranne la porta. Appoggiò i gomiti sulle ginocchia e nascose il viso tra le mani.

Non sapeva quanto a lungo fosse rimasto seduto in quella posizione. Gli avevano tolto l'orologio e non aveva modo di seguire il percorso del sole, così non poteva calcolare il tempo che passava. Ma dopo molto tempo una guardia aprì la porta e fece un gesto eloquente indicandogli di uscire. Leeming uscì e trovò in corridoio un'altra guardia che l'aspettava. Con una guardia davanti e una dietro, fu condotto attraverso l'edificio fino a una grande stanza.

L'unico occupante di quell'ufficio era un individuo dispotico seduto a una scrivania sulla quale erano ordinati gli oggetti rinvenuti nelle tasche del prigioniero. Leeming si fermò davanti alla scrivania continuando a reggersi i calzoni. Le guardie si sistemarono ai lati della porta sforzandosi di assumere un'espressione di cieco servilismo.

In cosmoglotta fluente, quello dietro alla scrivania disse: — Sono il maggiore Klavith. Dovrai rivolgerti a me con il rispetto dovuto al mio rango, chiaro?

— Sì.

— Qual è il tuo nome, il tuo grado, e il numero di matricola?

— John Leeming, tenente, 47926.

— La tua specie?

— Terrestre. Non avete mai visto un Terrestre?

— Sono io che faccio le domande! — replicò Klavith. — Tu limitati a rispondere. — Si interruppe, lasciando che ciò che aveva detto si imprimesse nella mente di Leeming. Poi proseguì: — Sei arrivato qui su una nave di origine terrestre, vero?

— Certo — convenne Leeming, compiaciuto.

Piegandosi in avanti, Klavith chiese con grande enfasi: — Su quale pianeta ha fatto riforimento la tua nave?

Il silenzio calò nella stanza, mentre i pensieri di Leeming correvano freneticamente. Era ovvio che non potevano credere che fosse arrivato fin là senza soste, perché una simile impresa andava ben oltre le loro capacità tecnologiche. Quindi, pensavano che fosse stato aiutato da qualche pianeta incluso nello schieramento della Lega. Gli avrebbero ordinato di fare i nomi dei traditori, e sarebbe stata un'ottima opportunità per creare discordia, ma purtroppo Leeming non era in grado di sfruttarla. Aveva fatto solo qualche ricognizione attorno ai pianeti nemici, senza atterrare su nessuno. In nessun modo avrebbe potuto nominare o descrivere qualche specie della Lega incontrata sulla rotta che aveva percorso.

— Non mi dirai che non lo sai? — lo provocò Klavith, sarcastico.

— Sì e no — rispose lui. — Il pianeta mi è stato indicato col nome XB173. Non ho idea di come lo chiamiate voi, né di quale sia la sua vera denominazione.

— Domani mattina ti mostreremo una mappa stellare chiara e comprensibile e tu ci indicherai l'esatta posizione di quel pianeta. Nel frattempo, ti converrà dare una ripassatina alla memoria. — Un'altra pausa, accompagnata dal gelido sguardo da lucertola della sua razza. — Ci hai procurato molti fastidi. Sono stato portato fin qui in volo perché sono l'unica persona di questo pianeta che parli il cosmoglotta.

— I Lathiani lo parlano.

— Noi non siamo Lathiani, e tu lo sai bene. Siamo Zangastani e non imitiamo pedissequamente i nostri alleati in tutto ciò che fanno. La Lega è un'associazione di popoli liberi.

— Questa è la vostra opinione. Ce ne sono anche altre.

— Non mi interessano affatto le altre opinioni, e non sono qui per scambiare quattro chiacchiere con te sulla politica interstellare. — Osservando il materiale sul piano della sua scrivania, Klavith diede un colpetto al barattolo del pepe. — Quando ti hanno catturato portavi questo contenitore di polvere incendiaria. Sappiamo cos'è, perché l'abbiamo provata. Perché ne eri rifornito?

— Faceva parte dell'equipaggiamento d'emergenza.

— Come mai nel tuo equipaggiamento d'emergenza avevi bisogno di polvere incendiaria?

— Per accendere un fuoco e cucinare, e anche per scaldarmi — rispose Leeming, maledicendo mentalmente l'inventore sconosciuto degli equipaggiamenti d'emergenza.

— Stai mentendo! — affermò Klavith seccamente. — Portavi questa sostanza per scopi di sabotaggio.

— Quali sabotaggi potrei compiere accendendo un focherello a miliardi di chilometri da casa? Quando vogliamo colpire la Lega lo facciamo con molta più potenza ed efficacia.

— Può darsi — concesse Klavith. — Ma nonostante ciò vogliamo analizzare questa polvere. È evidente che non si incendia a contatto con l'aria, altrimenti sarebbe pericoloso trasportarla. Deve essere messa a contatto con sostanze infiammabili perché agisca. Una nave carica di questo materiale potrebbe distruggere molti raccolti. La distruzione sistematica dei raccolti potrebbe ridurre alla fame un'intera specie obbligandola ad arrendersi, non è vero?

Leeming non rispose.

— Credo che uno dei motivi per cui sei venuto qui fosse provare l'efficacia militare di questa polvere.

— Perché darsi tanta pena, quando potevamo provarla sulle nostre terre deserte senza rischiare di trasportarla dall'altra parte della galassia?

— Non è la stessa cosa come colpire il nemico.

— Se fossi venuto fin qui per provocare un grosso incendio ne avrei portato cento tonnellate e non solo mezz'etto — gli fece notare Leeming.

Klavith non riuscì a trovare una risposta soddisfacente. Cambiò argomento e indicò il terzo oggetto sulla scrivania. — Ho identificato questo aggeggio come una macchina fotografica in miniatura. È uno strumento notevole, costruito con intelligenza. Ma siccome la fotografia aerea è più semplice, più veloce, di maggiore portata, e più efficace di ciò che si può ottenere con questo oggetto, non vedo lo scopo di esserne equipaggiati.

— Neppure io — ammise Leeming.

— Allora, perché la porti con te?

— Perché mi sembrava un peccato gettarla via.

Questa spiegazione fu accettata senza discutere. Afferrando la macchina fotografica, Klavith la mise in tasca.

— Posso capirlo. È bella come un gioiello. D'ora in poi diventerà mia proprietà personale. — Mise in mostra i denti in quello che nelle sue intenzioni, doveva essere un sorriso trionfale. — Bottino di guerra! — Poi, con sdegnosa generosità, raccolse la cintura e la lanciò a Leeming. — Questa posso rendertela. Mettila subito. Un prigioniero deve essere vestito decorosamente in mia presenza. — Lo guardò in silenzio mentre lui si sistemava i pantaloni, poi aggiunse: — Eri anche in possesso di una bussola luminosa. Questo è comprensibile. Era l'unico oggetto intelligente...

Leeming non fece commenti.

— A parte forse questa! — Klavith raccolse la pistola a proiettili maleodoranti. — Potrebbe essere un'arma fasulla... oppure essere vera — premette il grilletto un paio di volte, ma non accadde nulla. — Quale delle due ipotesi?

— È vera.

— Allora, come funziona?

— Per innescarla bisogna spingere indietro la canna.

— Si deve farlo ogni volta che va usata?

— Sì.

— Quindi, è solo una pistola ad aria compressa?

— Corretto.

— Mi risulta difficile credere che i tuoi superiori ti abbiano equipaggiato con un oggetto così primitivo — osservò Klavith, chiaramente sospettoso.

— Non dovete disprezzare quest'arma — commentò Leeming. — Ha i suoi vantaggi. Non ha bisogno di cartucce esplosive, può sparare qualsiasi proiettile che entri nella canna, ed è relativamente silenziosa. Inoltre, intimidisce l'avversario come ogni altro tipo di pistola.

— È abbastanza plausibile — ammise Klavith. — Ma non credo che tu mi abbia detto tutta la verità.

— Nulla vi impedisce di provarla e verificare con i vostri occhi — lo sfidò Leeming. Al solo pensiero il suo stomaco cominciò a contrarsi.

— Intendo proprio farlo — Parlando nella propria lingua, Klavith disse un fiume di parole a una delle guardie.

Mostrando un po' di riluttanza, la guardia appoggiò il fucile contro il muro, attraversò la stanza, e prese la pistola. Seguendo le istruzioni di Klavith, puntò l'arma verso il pavimento e spinse la canna. Questa rientrò e balzò fuori quando la pressione cessò. Rivolgendo la pistola verso il muro, la guardia tirò il grilletto.

La pistola produsse un sibilo: *pfff!* Una minuscola pallottola esplose contro la parete e il suo contenuto si trasformò immediatamente in gas. Per un attimo Klavith rimase seduto a osservare la macchia umida. Poi, quella tremenda puzza lo colpì. La sua faccia si chiazzò in modo visibile, si piegò in avanti, e vomitò così violentemente che cadde dalla sedia.

Leeming si chiuse il naso con la sinistra e afferrando con la destra la bussola dalla scrivania, corse verso la porta. La guardia che aveva sparato si rotolava sul pavimento ed era così concentrata nel tentativo di trattenere il vomito che non sapeva, né gli interessava sapere, cosa facessero gli altri. L'altra guardia aveva lasciato cadere il fucile e si era appoggiata al muro in preda a violenti conati. Nessuno dei tre sarebbe stato in grado neppure di tirarsi su le calze, figurarsi se potevano pensare di inseguire un fuggiasco.

Continuando a stringersi le narici, Leeming aprì la porta, si precipitò nel corridoio, e uscì dall'edificio. Sentendo il rumore dei suoi passi, altre tre guardie uscirono in fretta da un'altra stanza, ma si fermarono come trattenute da una mano invisibile e si vomitarono addosso a vicenda.

All'esterno, Leeming si rilasciò il naso. Respirò a pieni polmoni l'aria fresca e scattò verso l'elicottero che l'aveva condotto fin lì. Quel mezzo rappresentava l'unica possibilità di salvezza, dato che la caserma e l'intero villaggio sarebbero stati messi subito all'erta e lui non poteva sperare di cavarsela fuggendo a piedi.

Raggiunto l'elicottero, salì a bordo e chiuse il portello. I comandi alieni non erano un problema per lui perché aveva fatto molta attenzione durante il volo precedente. Ancora con il fiato grosso e i nervi tesi per l'eccitazione, accese il motore. Le pale cominciarono a girare.

Nessuno era ancora uscito dalla porta che lui aveva usato per fuggire, ma qualcuno stava sopraggiungendo da un'altra uscita dell'edificio. Questa guardia era disarmata e sembrava inconsapevole del fatto che fosse accaduto qualcosa di straordinario, ma aveva capito benissimo che l'elicottero era nelle mani sbagliate. Urlò e agitò le braccia, mentre le pale acceleravano. Poi rientrò nell'edificio e ne uscì imbracciando un fucile.

L'elicottero fece i soliti balzi preliminari, poi si levò in volo. Sotto, a circa cento metri di distanza, il fucile detonò come un petardo. Quattro fori apparvero nella cupola di plastica del velivolo e qualcosa colpì il lobo dell'orecchio sinistro di Leeming, che cominciò a sanguinare. Sul pannello dei comandi il tachimetro andò in pezzi. Un paio di colpi violenti, simili a martellate, risuonarono contro il motore, ma gli ingranaggi continuarono a girare e l'elicottero prese quota.

Piegandosi su un lato, Leeming osservò la cupola perforata. Il suo avversario stava freneticamente inserendo un altro caricatore nel fucile. La seconda raffica arrivò quando l'elicottero era quasi a duecento metri di quota e filava via veloce. Quando un frammento di metallo si staccò dall'elica di coda si sentì un sibilo acuto, ma quello fu l'unico colpo che giunse a segno.

Leeming guardò giù un'altra volta. Il cecchino era stato raggiunto da una mezza dozzina di compagni e tutti guardavano verso il cielo. Nessuno cercava più di sparare, perché ormai il fuggitivo era fuori tiro. Poi, mentre lui li osservava, corsero in gruppo verso l'edificio utilizzando ancora la porta che non era impregnata dal fetore della pistola. Leeming poté immaginare dove erano diretti. Verso la sala radio.

Quel pensiero gli tolse ogni esultanza. Aveva tutto il cielo a disposizione, ma non per molto. Il problema da risolvere adesso era come riuscire a guadagnare un certo vantaggio prima di atterrare e procedere di nuovo a piedi.

5

In effetti quello non era il modo più semplice per scappare. Sotto molti aspetti si trovava in condizioni peggiori di prima. Nella foresta, a piedi, era in grado di spostarsi di nascosto, nutrirsi, e dormire. Ora invece tutti sapevano, o avrebbero saputo presto, che un Terrestre era in libertà. Per stare tranquillo mentre volava avrebbe dovuto avere un paio di occhi dietro la testa, ma nemmeno quelli gli sarebbero serviti nel caso fosse sopraggiunto un reattore. E anche se fosse riuscito a liberarsi dell'elicottero senza farsi vedere, avrebbe dovuto vagare per quel mondo senza l'aiuto di nessun tipo di arma.

Ormai non era lontano dalla foresta in cui si era nascosto in precedenza. Ricordava che quando l'avevano catturato e portato via erano rimasti due elicotteri nella zona. Forse erano partiti subito dopo verso una base sconosciuta. Oppure erano ancora là e stavano per decollare in risposta all'allarme radio.

La sua attenzione aumentò, e mentre l'elicottero procedeva ronzando si mise a dare occhiate in tutte le direzioni. Venti minuti più tardi apparve un puntino all'orizzonte. A quella distanza non era possibile dire se si trattava di un elicottero, di un aereo a reazione, o di qualcos'altro. Il motore scelse proprio quel momento per mettersi a perdere colpi e sputare fumo. Le pale esitarono per un attimo, poi ripresero a girare regolarmente.

Madido di sudore per l'ansia, Leeming continuò a fissare quel puntino lontano. Di nuovo il motore perse colpi e sputò fumo. Il puntino si ingrandiva, ma l'angolazione con cui si spostava indicava che non si dirigeva verso di lui. Forse era l'araldo della caccia aerea che si sarebbe scatenata entro pochi minuti.

Adesso il motore sembrava asmatico, le pale rallentavano e l'elicottero perdeva quota. Fumi densi e scuri uscivano dalla carcassa in una serie di sbuffi vigorosi accompagnati da puzza di pesce. Se un proiettile aveva colpito il condotto dell'olio, pensò Leeming, non sarebbe rimasto in volo per molto. Doveva affrettarsi ad atterrare finché poteva ancora controllare il velivolo.

Mentre scendeva, fece oscillare l'elica di coda nel tentativo di eseguire una manovra a zig-zag per trovare una radura tra gli alberi. Scese fino a trecento metri, centocinquanta, senza riuscire a scorgere un varco. Non restava che usare un albero come cuscino e sperare per il meglio.

Invertì il movimento dell'elica di coda per bloccare lo spostamento in avanti e si lasciò cadere su un albero enorme che sembrava in grado di sorreggere un'intera casa. L'apparenza però l'aveva ingannato, perché gli enormi rami erano fragili e si spezzarono facilmente sotto il peso calato improvvisamente sopra di loro. Accompagnato da una serie di schianti l'elicottero precipitò nel fogliame, rimbalzando e sussultando ripetutamente e facendo sentire il suo occupante come se fosse rinchiuso in un barile che rotolasse lungo una ripida scalinata.

L'ultimo salto fu il più lungo e terminò su un'area fitta di cespugli e di sottobosco che contribuirono ad attutire il colpo. Leeming strisciò fuori dalla cabina con gli zigomi contusi e il corpo scosso da violenti tremiti. Guardò in su; nella vegetazione che lo sovrastava c'era ora un'ampia apertura. Ma era improbabile che un osservatore aereo potesse notarla a meno che non volasse molto basso.

L'elicottero giaceva inclinato su un fianco, con le pale piegate e contorte ad angolo acuto rispetto all'albero motore, tra pezzi di rami spezzati e di corteccia sbucciata. Leeming ispezionò in fretta la cabina del sei-posti per cercare qualcosa che potesse servirgli. Armi, non ce n'erano. Nella cassetta degli attrezzi trovò una chiave lunga almeno sessanta centimetri, di un metallo che assomigliava al bronzo, e la prese immediatamente pensando che fosse sempre meglio di niente.

Sotto i sedili posteriori trovò dei compartimenti pieni di cibo alieno. Si trattava di una strana sostanza dall'aspetto poco invitante, ma lui aveva così fame che avrebbe divorato anche una capra morta da una settimana, con contorno di mosche. Provò un sandwich circolare formato da due dischi di qualcosa che sembrava pane non lievitato con un sottile strato di grasso bianco. Il sandwich andò giù, ci rimase, e lo fece sentire meglio. Per quel che ne sapeva, quel grasso poteva essere ricavato da una lucertola gravida. Ma non se ne preoccupò. Il suo stomaco reclamava altro cibo e mangiò altri due sandwich.

Ce n'era un bel mucchio, di quelli, oltre a un buon numero di cubetti verde-azzurri che sembravano composti di verdura compressa. C'era anche una lattina di segatura che aveva l'odore di arachidi tritate e il gusto di una strana mistura di manzo e di alghe marine. E infine, una bottiglia di plastica con alcune tavolette bianche.

Non volendo correre rischi con le tavolette le gettò nel sottobosco, ma conservò la bottiglia perché avrebbe potuto servirgli per portare l'acqua. Il barattolo metallico che conteneva la polvere disidratata era ugualmente prezioso. Era robusto, ben fatto, e poteva servire come utensile da cucina. Adesso aveva cibo e un'arma rudimentale, ma gli mancava un mezzo per trasportare ogni cosa. C'era troppa roba per metterla tutta nelle tasche.

Mentre rifletteva su questo problema, qualcosa attraversò sibilando il cielo circa due chilometri verso est. Il rumore era quasi svanito, quando qualcos'altro passò fischiando su una rotta parallela, un chilometro più a ovest. Era chiaro che la caccia era aperta.

Controllando l'impulso di correre verso un luogo più nascosto prese dalla cassetta degli attrezzi uno strumento simile a una sega e se ne servì per tagliare la tela che ricopriva i sedili. Ne ricavò una borsa dalla forma abbastanza strana, senza cinghie né maniglie, ma di misura perfetta. La riempì di provviste, poi ispezionò per l'ultima volta l'elicottero distrutto e notò che il quadrante dell'altimetro era coperto da una lente d'ingrandimento. L'anello che reggeva la lente era robusto e ben saldo, e Leeming dovette lavorare con molta attenzione per non rompere la lente mentre la estraeva.

Sotto la calotta del motore trovò il serbatoio dello spruzzatore per il parabrezza. Aveva la forma di una bottiglia di metallo e conteneva circa un litro d'acqua. Leeming la staccò, la svuotò, e la riempì con una parte del carburante dell'elicottero. Ora poteva di nuovo accendere il fuoco, e Klavith poteva tenersi il pepe e l'accendino automatico e incendiare con quelli tutta la caserma. Lui, Leeming, aveva di meglio; una lente che non si esauriva e non si sarebbe mai consumata. Era così soddisfatto del suo bottino che non ricordò che la lente sarebbe stata inservibile di notte.

Adesso che era pronto a mettersi in movimento non gli importava quanto tempo avrebbero impiegato i suoi inseguitori per individuare il varco dell'albero spezzato dall'elicottero. Prima che fossero riusciti a trasportare le truppe in quel punto, lui poteva svignarsela tranquillamente confondendosi nel folto degli alberi. L'unica cosa che lo spaventava era la possibilità che avessero animali addestrati a seguire le sue tracce.

Non gli piaceva l'idea di una piovra zangostana, o di qualunque altra cosa, che se ne andasse in giro di notte annusando la sua scia e lo abbracciasse con i suoi tentacoli appiccicosi mentre dormiva profondamente. C'era parecchia gente sulla Terra che meritava un simile destino; chiacchieroni professionisti che sarebbero stati messi a tacere per il meglio. Comunque, bisognava correre il rischio. Si mise la borsa sulle spalle, e si allontanò dalla scena.

Verso l'imbrunire aveva posto circa sei chilometri tra sé e l'elicottero abbandonato. Anche se avesse voluto, non avrebbe potuto fare di più. Le stelle e le tre piccole lune non fornivano un'illuminazione sufficiente da permettere ulteriori progressi. L'attività aerea continuò senza sosta durante tutto quel tempo, ma cessò al tramonto del sole.

Il miglior rifugio che riuscì a trovare per la notte fu un avvallamento tra le enormi radici di un albero. Con i sassi e alcune zolle erbose costruì un riparo accanto a un'estremità della depressione, abbastanza alto da celare un falò a chiunque si avvicinasse furtivamente al livello del terreno. Fatto questo, raccolse una buona scorta di ramoscelli asciutti, trucioli di legno, e foglie. Quando tutto fu pronto si rese conto che non aveva modo di far scaturire una scintilla. Al buio, la lente era inutilizzabile; poteva servirsene solo durante il giorno, sotto un sole splendente.

Questo fatto lo indusse a pronunciare una lunga serie di imprecazioni, dopo di ché andò in giro finché non trovò un bastone appuntito. Lo sfregò energicamente contro la fenditura di un ceppo di legno. Continuò a sfregare con tutta la sua forza sul bastoncino, finché nel solco si raccolse un po' di polvere di legno. Ci vollero ventisette minuti di sforzi continui prima che la polvere si accendesse e si sprigionasse un filo di fumo. Rapidamente, Leeming gettò al centro del minuscolo braciere un pezzetto di legno imbevuto del carburante dell'elicottero e una fiamma guizzò prontamente. Quella vista lo fece sentire eroico come se avesse appena vinto la guerra da solo.

Ora il fuoco ardeva a dovere. Il crepitio e le faville erano di gran conforto alla sua solitudine. Svuotò il composto di manzo e di alghe su una foglia lucida grande la metà di un lenzuolo, poi riempì d'acqua per tre quarti il barattolo metallico e lo mise sul fuoco. Aggiunse all'acqua un cubo di verdura e una piccola quantità del composto che aveva messo sulla foglia, e sperò che ne risultasse una zuppa calda e nutriente. Mentre aspettava che quella miscela aliena cuocesse, raccolse dell'altro materiale combustibile e lo ammassò lì vicino. Poi si sedette accanto al falò e mangiò un sandwich imbottito di grasso.

Dopo che la zuppa ebbe bollito per un po' di tempo la tolse dal fuoco perché potesse raffreddarsi abbastanza da sorbirla direttamente dal barattolo. Quando alla fine la assaggiò trovò che aveva un gusto migliore di quel che si aspettava. Era densa e consistente, con un vago sapore di funghi. La mangiò tutta, lavò il barattolo in un ruscello poco lontano, lo fece asciugare sul fuoco, e infine lo riempì di nuovo attentamente con il composto che aveva messo sulla foglia. Scelse i pezzi di legno più grossi della scorta, li sistemò sul fuoco in modo che durassero il più a lungo possibile, poi si coricò poco lontano per assaporarne il calore.

Intendeva passare un'ora o due riflettendo sulla propria attuale situazione e studiando piani per il futuro, ma il calore rilassante e la sensazione di pieno allo stomaco lo cullarono facendogli venire sonno in pochi minuti. Si distese nella giungla sotto un grande albero troneggiante, circondato dalle sue radici, con il fuoco che ardeva accanto ai piedi, e cominciò a russare debolmente. Fece uno dei sonni più lunghi e profondi che avesse mai gustato in tutta la vita.

Al sorgere del sole fece colazione con un'altra porzione di zuppa e sandwich. Disperse a calci i resti del fuoco, raccolse le sue cose e si incamminò verso sud. Questa direzione lo avrebbe condotto lontano dal centro delle ricerche anche se, con suo grande dispiacere, avrebbe posto un'enorme distanza tra lui e il nascondiglio del cibo autentico che aveva portato dalla Terra. D'altra parte, uno spostamento verso sud lo avrebbe portato più vicino alla cintura equatoriale, dove aveva visto tre spazioporti durante la circumnavigazione. Dove c'erano i porti, c'erano le navi.

Così, continuò per tutto il giorno il cammino verso sud. Una mezza dozzina di volte si nascose al riparo mentre sopra la sua testa sfrecciavano aerei da ricognizione di ogni tipo. Al tramonto era ancora all'interno della foresta e le ricerche aeree cessarono. Quella notte fu una replica di quella precedente... con lo stesso rammarico per la perdita delle coperte e la difficoltà ad accendere il fuoco. Quando si sedette accanto alla fiamma ristoratrice, con lo stomaco pieno e le gambe che godevano del dolce riposo, si sentì sorpreso che il nemico non avesse pensato di continuare le ricerche anche di notte. Benché lui avesse sistemato il falò al riparo di eventuali osservatori al livello del suolo, il fuoco sarebbe stato sicuramente visibile dall'alto e avrebbe tradito la sua presenza prima che avesse il tempo di spegnerlo.

Il giorno seguente trascorse senza incidenti. Sembrava che tutte le attività aeree fossero cessate, o almeno, nessun aereo passò sopra di lui. Forse, per qualche motivo che conoscevano solo loro, i suoi nemici avevano concentrato altrove le ricerche. Proseguì a lungo senza interruzioni o fastidi di nessun genere, e quando il sole era alto usò la lente per accendere un fuoco senza fumo e prepararsi un altro pasto. Mangiò abbondantemente perché il cibo alieno, insipido ma nutriente, non aveva provocato effetti negativi sul suo organismo. Controllando la scorta, calcolò che ne aveva ancora in abbondanza per altri cinque o sei giorni.

Due giorni più tardi, a metà pomeriggio circa, raggiunse il confine della foresta e si trovò di fronte una larga strada. Al di là si stendevano pianure coltivate, con molti edifici isolati; probabilmente fattorie. A circa sei chilometri sorgeva un gruppo di costruzioni di pietra, circondate da un alto muro. Da quella distanza non riuscì a distinguere se si trattava di una fortezza, una prigione, un ospedale, un manicomio, uno stabilimento di massima sicurezza, o di qualcosa di impensabile che gli Zangastani preferivano nascondere alla vista. Qualunque cosa fosse, aveva un aspetto minaccioso, e l'istinto suggerì a Leeming di tenersi alla larga.

Rientrò nella foresta per circa duecento metri e trovò una valletta protetta da folti alberi, dove si mise a sedere per riordinare le idee. Aveva di fronte una pianura esposta che si estendeva fin dove giungeva lo sguardo, con abitazioni sparse e forse con città e villaggi oltre l'orizzonte, ed era evidente che non poteva più procedere alla luce del giorno. Su un pianeta popolato da gente bassa, tozza, e con la pelle di lucertola, un esile Terrestre dalla faccia rosa avrebbe dato nell'occhio come un panda gigante in un concilio ecumenico. Lo avrebbero riconosciuto a prima vista, soprattutto se la radio e la televisione avevano trasmesso la sua descrizione denunciando la sua fuga.

La Lega comprendeva circa venti specie e, anche se indubbiamente gli Zangastani non ne avevano mai visto più della metà, dovevano almeno avere un'idea approssimata dell'aspetto dei loro alleati, tale da poter riconoscere immediatamente un Terrestre. Le sue speranze di ingannare chi lo avesse catturato, affermando di essere un alleato sconosciuto, erano piuttosto esigue; anche se fosse riuscito a convincere alcuni contadini ignoranti, questi lo avrebbero trattenuto in attesa di un controllo delle autorità.

Fino a quel momento si era annoiato nella foresta, con la sua interminabile sfilata di alberi, il suo silenzio, la sua mancanza di vita visibile. Ora invece la considerava un rifugio sicuro che presto l'avrebbe privato della sua protezione. D'ora in poi avrebbe marciato di notte e dormito di giorno... ammesso che fosse riuscito a trovare luoghi adatti per nascondersi. Una prospettiva poco allettante.

Ma non aveva scelta. Se voleva raggiungere uno spazioporto e rubare una nave da ricognizione doveva spingersi in avanti malgrado il terreno scoperto e i rischi. L'unica altra alternativa era rimanere al sicuro nella foresta, cercando in continuazione cibo attorno ai suoi confini e vivendo come un eremita fino al giorno della morte.

Mancavano ancora parecchie ore al tramonto, e Leeming decise di mangiare e dormire un po' prima che calasse l'oscurità. Accese un fuoco, si preparò una porzione di zuppa calda e mangiò due sandwich. Poi si rannicchiò al riparo di alcune grosse foglie e chiuse gli occhi. Il sole irradiava un tepore piacevole e Leeming si lasciò cullare dal sonno. Una mezza dozzina di veicoli sopraggiunsero rombando sulla strada vicina, svegliandolo di soprassalto. Li maledisse di gusto, chiuse gli occhi, e tentò di riaddormentarsi. Non passò molto prima che il traffico lo disturbasse di nuovo.

Tutto questo continuò finché non spuntarono le stelle e due delle cinque lune diffusero sul paesaggio un chiarore sinistro. Leeming rimase all'ombra di un albero a sorvegliare la strada e attese che gli abitanti del posto andassero a letto... ammesso che andassero a letto e non si appendessero a testa in giù a una trave alla maniera dei pipistrelli.

Durante quel periodo passarono alcuni veicoli simili a piccoli furgoni. Avevano fari arancioni ed emettevano sbuffi di fumo bianco simile a vapore. Il rumore assomigliava a quello di locomotive in miniatura, e Leeming immaginò che funzionassero ad acqua, probabilmente riscaldata con una caldaia a legna. Ma era impossibile controllarlo.

Normalmente, non gli sarebbe importato un fico secco di come funzionavano i camion zangastani, ma ora la questione era piuttosto importante. Poteva nascere l'opportunità di rubare uno di quei veicoli e servirsene per dirigersi ovunque decidesse di andare. Tuttavia, malgrado Leeming fosse un pilota ricognitore qualificato, non aveva la più vaga idea di come si guidava un veicolo a vapore. Per la verità, se l'avessero minacciato di ucciderlo a colpi di frusta, sarebbe stato costretto a confessare che non sapeva andare nemmeno in bicicletta.

Mentre meditava sugli svantaggi dell'istruzione tecnologica, gli capitò di pensare che era stupido muoversi furtivamente nella notte sperando nell'opportunità di rubare un'automobile o un camion. Un uomo ricco di iniziativa si *crea* da sé le opportunità e non se ne sta seduto a pregare che gli piovano giù dal cielo.

Continuando a rimproverarsi, cercò nell'oscurità finché trovò un sasso ben levigato della grandezza di una mano. Poi attese che arrivasse una vittima. Il primo veicolo che sopraggiunse viaggiava nella direzione opposta, percorrendo l'altra carreggiata. Passò quasi un'ora prima che passassero altri due automezzi insieme, anch'essi sull'altra carreggiata, a breve distanza l'uno dall'altro.

Al di là della strada non c'erano alberi, cespugli, o altri ripari per nascondersi; non gli restava altra possibilità che rimanere da quella parte e aspettare pazientemente che la fortuna girasse. Dopo un periodo che gli parve interminabile, un paio di luci arancioni brillarono in lontananza dirigendosi verso di lui. Quando si fecero più grandi e più intense Leeming si tese, pronto ad agire.

Esattamente al momento giusto balzò fuori da dietro l'albero, gettò il sasso e fece un salto indietro, nel buio. Ma per la fretta e l'eccitazione mancò il bersaglio. Il sasso colpì l'orlo del parabrezza e rimbalzò sulla strada. Non avendo notato altro che l'apparizione di un'ombra confusa che gesticolava, il conducente proseguì tranquillamente, inconsapevole di essere sfuggito a un agguato.

Esprimendo commenti più enfatici che logici, Leeming ritrovò la pietra e riprese l'attesa. Il camion successivo arrivò contemporaneamente a un altro che giungeva dalla direzione opposta. Leeming si spostò dietro il tronco dell'albero mentre i due veicoli si incrociavano quasi all'altezza del suo nascondiglio. Guardando in cagnesco i due mezzi che si allontanavano, riprese il suo appostamento.

Il traffico si era assottigliato data l'ora tarda, e passò un bel pezzo prima che altri fari comparissero all'orizzonte e si avvicinassero sulla strada. Questa volta Leeming agì con più attenzione e prese meglio la mira. Fece un rapido balzo, scagliò la pietra, e saltò indietro.

Il risultato fu un *whup* sordo provocato dal foro che si aprì nella plastica trasparente. Una voce gutturale gridò qualcosa sulla zampa di un tacchino, sicuramente un'espressione in un dialetto locale, e il camion proseguì per venti metri prima di fermarsi. Una figura tozza e massiccia balzò fuori dalla cabina correndo verso la parte posteriore del veicolo, evidentemente convinto di aver investito qualcosa.

Leeming, che aveva previsto questa mossa, si presentò con la chiave in mano. Il camionista non lo vide neppure; mentre correva verso la coda del veicolo la chiave lo colpì con violenza sulla zucca facendolo crollare a terra senza un lamento. Per un terribile istante Leeming pensò di averlo ucciso. Non che uno Zangastano morto fosse più o meno importante nello schema generale delle cose, ma lui doveva prendere in considerazione la sua situazione reale. Persino i Terrestri mostravano scarsa clemenza verso i prigionieri che uccidevano durante la fuga.

Comunque, la vittima emetteva sbuffi gorgoglianti come una scrofa durante il parto ed era ancora vivo e vegeto. La trascinò sul ciglio della strada e la perquisì, ma non trovò niente che valesse la pena di portar via. Il pacco di banconote che possedeva era privo di valore per un Terrestre che non avrebbe avuto nessuna occasione per spenderle.

Proprio in quel momento apparve rombando un'autobotte lunga e bassa. Stringendo con forza la chiave, Leeming osservò il suo avanzare, e si preparò a combattere o a fuggire a seconda delle circostanze. L'automezzo lo sorpassò e proseguì senza mostrare alcun interesse per il camion fermo sulla carreggiata.

Leeming salì in cabina, diede un'occhiata in giro e si rese conto che il camion non era alimentato a vapore come aveva pensato. Il motore continuava a girare, ma non c'era nessuna caldaia o qualcosa che le somigliasse. L'unico indizio sulla possibile fonte di energia era un intenso odore di alcool misto a olio fortemente aromatico.

Tanto per provare, premette un pulsante sul banco di controllo. I fari si spensero. Lo premette di nuovo, e i fari si riaccesero. Il pulsante vicino produsse un lamento stridulo simile al grido di un gatto. Il terzo non fece assolutamente niente; Leeming pensò che controllasse lo starter automatico. Dopo aver perso un po' di tempo trovò che l'unico pedale a disposizione era il freno, mentre una leva sul volante faceva muovere il mezzo avanti o indietro con velocità proporzionale al suo spostamento. Non c'erano interruttori per l'accensione, né leve del cambio, commutatori dei fari, o freni d'emergenza. Tutto l'equipaggiamento era una bizzarra combinazione di ultramoderno e di antico.

Lieto di aver scoperto di essere in grado di guidarlo, Leeming portò in avanti la leva. Il camion si mosse, accelerò lentamente e continuò a procedere a velocità costante. Leeming spinse ulteriormente la leva, e la velocità aumentò. La foresta scorreva alla sua sinistra, le pianure alla sua destra, e la strada sembrava un nastro continuo giallo che si snodava sotto il cassone del camion. Gente, quella sì era vita! Rilassandosi sul sedile, cominciò a canticchiare un motivetto.

La strada si biforcava. Senza esitare, Leeming prese il braccio che si dirigeva verso sud. Passò attraverso un paese con poche case sparse, nelle quali si vedevano alcune luci accese. Raggiungendo la campagna oltre il centro abitato imboccò una strada che correva rettilinea attraverso la pianura. Nel cielo c'erano cinque lune e il paesaggio aveva un aspetto spettrale e minaccioso. Spingendo la leva di qualche grado, Leeming aumentò la velocità.

Dopo circa dodici chilometri costeggiò una città; il traffico lungo la strada era disordinato, ma riuscì a proseguire in pace e senza intoppi. Subito dopo passò accanto a un alto muro di pietra che circondava un gruppo di edifici simili a quelli che aveva visto in precedenza. Alzando lo sguardo mentre passava, cercò di vedere se c'erano delle guardie che facevano la ronda in cima al muro, ma era impossibile stabilirlo senza fermare il camion e scendere a terra. Proprio quello che non voleva fare! Molto meglio continuare a viaggiare il più veloce e il più lontano possibile mentre tutto procedeva senza intralci.

Erano diverse ore che viaggiava senza sosta e ad alta velocità quando una scia di fuoco illuminò il cielo spostandosi come una piccola piuma rossa tra le stelle. Mentre Leeming la osservava, la piuma si librò nell'aria, disegnando un'ampia curva e cominciò a scendere diventando sempre più grande e luminosa. Una nave stava atterrando. Leggermente a sinistra rispetto alla sua posizione e ben oltre l'orizzonte, doveva esserci uno spazioporto.

Forse c'era una nave da ricognizione a portata di mano, completamente rifornita di carburante e pronta solo a decollare. Leeming si umettò le labbra con la lingua al solo pensiero.

Con il motore che continuava a girare silenziosamente, il camion attraversò un tratto di bosco. Leeming fissò nella memoria quel posto temendo di dover essere costretto ad abbandonare il camion entro breve tempo per procedere di nuovo a piedi. Dopo le recenti esperienze aveva capito che stava sviluppando dentro di sé un grande affetto per le foreste; in quel mondo ostile erano gli unici luoghi che gli offrivano anonimato e libertà.

Lentamente la strada girò verso sinistra, conducendolo sempre più vicino al luogo dove doveva trovarsi lo spazioporto nascosto. Il camion attraversò in rapida successione quattro piccoli paesi, tutti bui, silenziosi e profondamente addormentati. Poi la strada si divideva ancora e Leeming si trovò nei pasticci. Quale braccio l'avrebbe condotto dove c'erano le astronavi?

Poco lontano c'era un segnale stradale, ma la scrittura aliena non aveva alcun significato per lui. Fermò il camion, scese a terra, ed esaminò le due strade nella luce fioca della notte. Il braccio di destra sembrava il più battuto a giudicare dalle condizioni della superficie. Decise per quella direzione e si mise di nuovo in viaggio.

Passò tanto tempo senza nessun segno evidente della presenza di uno spazioporto che Leeming pensò di aver sbagliato strada, ma a un tratto un bagliore apparve nel cielo di fronte a lui. Arrivava da qualche parte dietro un'altura, e via via che il camion si avvicinava diventava sempre più intenso. Leeming arrivò in cima a una collina, ne superò la cresta, e vide in una vallata pianeggiante una grande distesa di edifici illuminati da potenti riflettori, con piazzole di cemento e quattro eleganti astronavi appoggiate sulle code.

6

Sarebbe dovuto essere felicissimo, e invece fu colto da un senso di diffidenza e di terrore. La fuga non poteva essere tanto semplice come l'aveva progettata, pensò. Doveva esserci qualche insidia nascosta.

Accostando il camion sul lato della strada, tirò il freno e spense le luci. Poi osservò attentamente la scena. Da quella distanza le quattro navi sembravano troppo grandi per essere dei ricognitori, troppo piccole e antiquate per essere vascelli da guerra. Probabilmente si trattava di navi da carico.

Ammesso che fossero in buone condizioni e pronte per il volo, non era impossibile per un pilota esperto e deciso farne decollare una. E se, per di più, erano equipaggiate con pilota automatico avrebbe potuto viaggiare per intere settimane. Senza quel supporto Leeming sarebbe morto di stanchezza molto prima di arrivare in qualsiasi posto che valesse la pena di raggiungere. Quel problema non si presentava nel caso di una nave da ricognizione, perché quei veicoli spaziali erano *sempre* provvisti di aiuti robotici. Leeming calcolò che quelle astronavi mercantili fossero dotate di un equipaggio di almeno dodici unità l'una, forse addirittura venti.

Per di più, aveva visto una nave atterrare... quindi, almeno una delle quattro non era ancora stata sottoposta ai controlli di manutenzione e non era in grado di volare. Era impossibile stabilire quale fosse l'ultima arrivata. Ma una nave a portata di mano era meglio di dieci navi in qualsiasi altro posto. Per un uomo della sua professione la vista di quei vascelli spaziali era irresistibile.

La riluttanza a separarsi dal camion fino all'ultimo, più la sua innata audacia, gli fecero decidere che non aveva senso cercare di attraversare a piedi lo spazioporto illuminato e raggiungere una nave. Avrebbe fatto meglio a cogliere i nemici di sorpresa, guidando coraggiosamente all'interno dello spazioporto, parcheggiando di fianco a una nave, e correndo sulla scaletta prima che i nemici avessero il tempo di decidere cosa fare.

Una volta all'interno di uno scafo a chiusura stagna sarebbe stato relativamente salvo. Avrebbero impiegato più tempo a catturarlo di quanto ne servisse a lui per familiarizzare con i comandi sconosciuti e prepararsi a decollare. Si sarebbe trovato rinchiuso in una fortezza metallica e la prima esplosione dei propulsori avrebbe sgombrato un'area di almeno duecento metri di raggio tutto attorno. La loro unica possibilità per fermarlo sarebbe stata chiamare l'artiglieria pesante e perforare o far cadere la nave. Ma nel tempo che avrebbero impiegato a portare i cannoni sulla scena lui si sarebbe trovato in volo oltre l'orbita della luna più vicina.

Si consolò con quei pensieri mentre manovrava il camion e lo conduceva lungo la strada, ma nel profondo della mente sapeva che avrebbe corso un rischio pazzesco. C'erano buone possibilità di finire a bordo di una nave con poco carburante e non in grado di decollare. In quel caso gli Zangastani dovevano semplicemente sedersi attorno alla nave e aspettare che lui morisse di fame o si arrendesse. La possibilità che fossero tanto lenti da dargli il tempo di cambiare nave era quasi inesistente.

Rombando giù per la strada della valle, il camion superò un'ampia curva e si lanciò verso il cancello principale dello spazioporto. Era chiuso parzialmente, con un varco di circa un metro nel mezzo. C'era una sentinella armata in piedi su un lato del cancello, e più in là una baracca che ospitava il resto delle guardie.

Quando il camion apparve ruggendo, la guardia spalancò la bocca per lo stupore e mostrò la tipica reazione di un individuo non abituato alle zone di combattimento. Invece di puntare l'arma automatica, pronto a far fuoco, saltò in mezzo alla strada e tirò freneticamente il cancello per aprirlo. La metà che stava tirando si spalancò appena in tempo per permettere al camion di passare a tutta velocità, sfiorando i due lati del cancello. A quel punto la sentinella se la prese con il conducente perché non aveva detto nemmeno "Buongiorno!" o "Crepa!", o qualcosa di simile. Agitando la sua arma, eseguì una goffa danza di guerra accompagnata da aspri commenti.

Concentrandosi esclusivamente nella guida e dimenticando tutto il resto, Leeming girò a tutta velocità attorno al perimetro di cemento dello spazioporto verso il punto dove erano parcheggiate le astronavi. Un gruppo di Zangastani dalla pelle di lucertola che camminavano sulla strada si dispersero per evitare di essere travolti. Poco più avanti, un carretto a motore lungo e basso, carico di bidoni di carburante, uscì da una rimessa e si fermò in mezzo alla strada. Il conducente saltò giù in fretta quando il camion lo sfiorò sterzando bruscamente e minacciando di rovesciarsi. Leeming scelse l'astronave più lontana perché il nemico avrebbe impiegato più tempo per raggiungerla. Si fermò vicino alla sezione di coda, saltò a terra, e guardò in su. Nessuna scaletta. Girò velocemente attorno alla base e trovò la scala dall'altra parte. Vi si arrampicò come una scimmia spaventata.

Era come salire sul fianco della ciminiera di una fabbrica. A metà strada, si fermò per riprendere fiato e si guardò attorno. Rimpiccioliti dalla distanza e dall'altezza, centinaia di nemici stavano correndo verso di lui. C'erano anche quattro camion che sopraggiungevano, e una cosa che assomigliava a un'autoblindo. Continuò a salire procedendo il più velocemente possibile ma facendo anche molta attenzione, perché ora si trovava così in alto che uno scivolone sarebbe stato fatale.

Via via che si avvicinava alla camera stagna in cima alla nave, la sua ansia cresceva. Ancora qualche secondo e sarebbe stato fuori della portata di tiro. Ma quello lo sapevano anche loro, ed era facile che cominciassero a far fuoco su di lui finché erano in tempo. Mentre Leeming cercava di aumentare la velocità il suo stomaco si contrasse al pensiero di venire colpito da una pallottola proprio all'ultimo istante. Le sue mani si serrarono in rapida successione su mezza dozzina di pioli, raggiunsero il bordo della camera stagna e... la sua testa andò a sbattere contro una sbarra di metallo imprevista. Sorpreso, sollevò lo sguardo, e si trovò di fronte la canna di un fucile.

— *Shatsi!* — ordinò il proprietario dell'arma, muovendola verso il basso. — *Amash!*

In un attimo di follia Leeming pensò di reggersi con una mano per afferrare con l'altra il piede del suo avversario. Si drizzò, pronto a scattare, ma quel tipo doveva essere impaziente, oppure gli aveva letto nel pensiero, perché colpì le dita di Leeming con la canna del suo fucile.

— *Amash! Shatsi... Amash!*

Leeming cominciò a scendere lentamente e con riluttanza lungo la scaletta. La sua disperazione diventava più nera a ogni scalino che scendeva. Una cosa era venire catturato all'inizio della caccia; un'altra essere preso quasi alla fine, quando era ormai vicino al successo. Accidenti, stava per farcela, e la situazione sembrava ancora più amara proprio per quello.

Da quel momento l'avrebbero gettato in guardina e controllato con maggiore attenzione. Anche se fosse riuscito a liberarsi una seconda volta, nonostante il raddoppio delle precauzioni le probabilità di fuga sarebbero state troppo scarse per meritare di essere prese in considerazione. Essendoci una guardia armata a bordo di ogni nave, Leeming sarebbe finito in trappola non appena avesse messo la testa dentro la camera stagna. A giudicare dalle apparenze, era condannato a restare in quel mondo schifoso finché un'unità operativa terrestre non l'avesse espugnato, oppure fino alla fine della guerra, ma entrambe le eventualità potevano verificarsi anche dopo un paio di secoli.

Quando raggiunse la base della scaletta, saltò sul cemento e si voltò aspettandosi un calcio nello stomaco o un pugno sul naso. Si trovò invece di fronte un gruppo che brontolava qualcosa anche se i loro volti erano privi di espressione. Quello che sembrava un ufficiale aveva un atteggiamento più perplesso che arrabbiato. Fissando Leeming con lo sguardo immobile, pronunciò una sfilza di parole senza senso che terminarono con un punto di domanda. Leeming allargò le braccia e si strinse nelle spalle.

L'ufficiale ritentò, e Leeming rispose con un'altra alzata di spalle facendo del suo meglio per apparire pentito. Dando per scontata l'impossibilità di comprendersi, l'ufficiale si rivolse urlando alla compagnia. Dal gruppo uscirono quattro guardie armate che spinsero il prigioniero sull'autoblindo, chiusero con forza la portiera, e lo portarono via.

Alla fine del viaggio lo condussero nella stanza posteriore di una casa di pietra, controllato a vista da due guardie, mentre le altre due restavano fuori dalla porta. Seduto su un sedile basso e scomodo, Leeming sospirò e fissò con sguardo assente la parete per due ore. Anche le guardie si misero a sedere, osservandolo silenziosamente e senza espressione come due serpenti in agguato.

Alla fine un soldato portò cibo e acqua. Leeming buttò giù tutto in silenzio, restando a fissare la parete per altre due ore. Nel frattempo mille pensieri gli frullavano nella mente. Sembrava abbastanza evidente, concluse, che i nemici non si erano resi conto di aver catturato un Terrestre. Tutte le loro azioni dimostravano che erano ben lontani dal sapere chi avevano fatto prigioniero.

In un certo senso questo era comprensibile. Sul fronte di guerra degli Alleati combatteva una coalizione composta da tredici forme di vita, quattro delle quali umane e tre di aspetto molto simile all'uomo. La

Lega era costituita da una federazione eterogenea e instabile di almeno venti forme di vita, delle quali solo tre erano abbastanza somiglianti al tipo umano. In attesa di informazioni da parte delle autorità competenti, quel particolare gruppo di esseri somiglianti ai rettili non era in grado di distinguere un alleato da un nemico.

Era evidente che non volevano correre rischi, e Leeming immaginò cosa stava succedendo mentre lo costringevano a star seduto a far niente. L'ufficiale avrebbe preso il telefono, o qualsiasi cosa usavano al suo posto, e avrebbe chiamato la più vicina città sede di presidio. Là, l'ufficiale di grado più elevato avrebbe prontamente passato la responsabilità al quartier generale. Laggiù, l'allarme di Klavith era stato probabilmente archiviato e dimenticato, e un pezzo grosso con dieci stellette avrebbe trasmesso la richiesta alla più importante stazione emittente. Un operatore avrebbe irradiato il messaggio, chiedendo ai tre alleati dall'aspetto umano se per caso avevano perduto in quella regione un'astronave da ricognizione.

Quando fosse tornato il messaggio con la risposta negativa, la banda locale avrebbe compreso che nelle profondità dell'impero spaziale era stato catturato un uccello raro. Non sarebbero stati troppo contenti. Le truppe di stazionamento che si trovavano lontano dalle linee condividevano con i combattenti solo la gloria e non i dolori, ed erano ben liete di mantenere le cose come stavano. L'improvvisa comparsa di un nemico dove non aveva diritto di trovarsi era un elemento di disturbo del normale tenore di vita e non poteva essere salutato con urla di gioia marziale. Inoltre, per quanto ne sapevano, dove poteva intrufolarsi un nemico poteva benissimo arrivare anche un esercito, ed era sconcertante pensare di essere sorpresi in forza dalle retrovie.

Poi, quando la notizia fosse circolata, Klavith sarebbe arrivato al galoppo per ricordare a tutti che non era la prima volta che Leeming veniva catturato, bensì la seconda. Che cosa gli avrebbero fatto? Leeming non poteva immaginarlo, perché la volta precedente non aveva dato loro il tempo di mettersi al lavoro. Era però improbabile che lo uccidessero subito. Se erano abbastanza civilizzati lo avrebbero sottoposto a un interrogatorio e poi l'avrebbero sbattuto in prigione. Se invece erano incivili, avrebbero chiamato Klavith o chiunque altro conoscesse la sua lingua, e gli avrebbero strappato di bocca tutte le informazioni che possedeva con metodi spietati e sanguinari.

Agli albori della storia, quando i conflitti erano limitati a un solo pianeta, esisteva un dispositivo di protezione chiamato Convenzione di Ginevra. Questa organizzazione ispezionava i campi di prigionia, portava ai detenuti lettere da casa, forniva pacchi di provviste che mantenevano in vita persone che altrimenti sarebbero morte di fame.

Oggi non c'era nulla di simile. Un prigioniero aveva solo due forme di protezione; le sue risorse personali e la possibilità che i suoi alleati si rivalessero sui prigionieri dell'altro fronte. La seconda era una minaccia più potenziale che reale. Non poteva esserci rappresaglia se non si aveva una reale conoscenza di eventuali maltrattamenti subiti dai propri alleati.

Il giorno passò lentamente, le guardie furono cambiate due volte, arrivò altro cibo e altra acqua. Alla fine l'unica finestra gli mostrò che stava calando l'oscurità. Osservando furtivamente l'apertura, Leeming concluse che sarebbe stato un suicidio cercare di raggiungerla sotto il tiro di due fucili. Era piccola e alta, difficile da avvicinare. Come avrebbe desiderato avere con sé in quel momento la sua pistola maleodorante!

Il primo dovere di un prigioniero è la fuga. Ciò significava attendere il momento opportuno con enorme pazienza finché non si presentava un'occasione da cogliere e sfruttare completamente. C'era riuscito una volta e l'avrebbe fatto ancora. Se non esisteva nessuna possibilità di scappare, ne avrebbe inventata una lui.

In effetti, le prospettive che aveva di fronte erano piuttosto spiacevoli e con il passare del tempo sarebbero ulteriormente peggiorate. Se solo fosse stato in grado di parlare la lingua locale, o una qualsiasi altra lingua della Lega, sarebbe riuscito a convincere perfino il poliglotta Klavith che ciò che sembrava nero era in realtà bianco.

A volte la sfacciataggine può dare ottimi risultati. Forse avrebbe potuto atterrare con la sua astronave e blandirli con parole di lusinga condite di autodeterminazione e del giusto tocco di arroganza, convincendoli a riparare i suoi propulsori e ad augurargli buon viaggio senza che avessero il minimo sospetto di essere stati persuasi a fornire aiuto e conforto a un nemico.

Era un sogno meraviglioso ma assurdo. L'impossibilità di comunicare in qualsiasi lingua della Lega aveva mandato in fumo quel piano fin dall'inizio. Non si può ingannare un ingenuo e convincerlo a donarti i suoi calzoni solo esprimendosi per mezzo di suoni inarticolati. Leeming doveva trovare qualche altra possibilità e sfruttarla con la massima attenzione, ammesso che i nemici fossero abbastanza stupidi da permetterglielo.

Esaminando le due guardie nello stesso modo in cui aveva valutato l'ufficiale e i primi Zangastani che l'avevano catturato, non sembrava che quella specie andasse annoverata tra le più intelligenti della Lega. Tuttavia, erano abbastanza efficienti e astuti da riuscire a catturare qualcuno e sbatterlo in gabbia per il resto della sua vita.

In effetti, sembravano nati per fare i guardiani di prigione.

Rimase in quella casa per quattro giorni, mangiando e bevendo a intervalli regolari, dormendo metà di quelle notti interminabili, pensando per molte ore, e guardando in cagnesco i suoi impassibili guardiani. Concepì, esaminò, e scartò mentalmente un centinaio di modi per riconquistare la libertà, la maggior parte dei quali era troppo spettacolare, fantastica e impossibile per essere attuata.

A metà mattino del quarto giorno, l'ufficiale si presentò impettito e gridò: — *Amash! Amash!* — gesticolando verso la porta. Il suo tono e i suoi modi erano decisamente ostili. Ovviamente, qualcuno aveva identificato il prigioniero per uno spregevole Alleato.

Leeming si alzò dalla sedia e uscì, due guardie davanti e due dietro, e l'ufficiale in coda. Un'auto simile a una scatola d'acciaio attendeva in strada. Lo spinsero all'interno e chiusero a chiave la portiera. Un paio di guardie si sistemarono in piedi sulla piattaforma posteriore aggrappandosi al corrimano. Una terza raggiunse l'autista in cabina. Il viaggio durò tredici ore e il prigioniero lo percorse interamente sballottato avanti e indietro nella più completa oscurità.

Quando l'auto si fermò, Leeming aveva inventato una nuova parola decisamente repellente. La usò subito mentre la portiera posteriore si apriva.

— Quilpole... *enk*? — ringhiò. — *Enk?*

— *Amash!* — urlò la guardia senza apprezzare quel contributo alieno al suo vocabolario di invettive. E gli assestò un violento spintone.

Con riluttanza, Leeming obbedì. Per un attimo vide alti muri spuntare nella notte e una zona di luce brillante che sovrastava il tutto. Poi venne spinto attraverso un portone di metallo e di lì in uno stanzone. Qui lo attendeva un comitato di accoglienza costituito da sei individui dall'aspetto assassino. Uno dei sei firmò la carta che la scorta gli porse. Le guardie si allontanarono, la porta si rischiuse, e i sei studiarono il nuovo arrivato con un'espressione per niente amichevole.

Uno di loro disse qualcosa con voce autoritaria e fece dei gesti significativi, indicandogli di spogliarsi.

Leeming li chiamò puzzolenti "quilpole", generati in un acquitrino alieno.

Ciò non produsse niente di buono. I sei lo afferrarono e lo denudarono, strappandogli i vestiti di dosso. Perquisirono ogni centimetro quadrato dei suoi indumenti, facendo particolare attenzione alle cuciture e alle fodere. Ostentarono la tecnica esperta di chi, avendo fatto quel lavoro innumerevoli volte, sapeva esattamente come guardare e dove cercare. Nessuno mostrò il minimo interesse per il suo corpo alieno, nonostante Leeming fosse completamente nudo. Tutto ciò che possedeva fu messo da parte e solo alla fine i vestiti gli furono restituiti. Si rivestì in fretta mentre gli altri maneggiavano goffamente il bottino, borbottando tra loro soddisfatti perché ora il prigioniero non possedeva altro che quanto gli serviva a nascondere le sue vergogne. Poi lo condussero al di là di un'altra porta, su per una rampa di scalini di pietra, lungo un corridoio di pietra, e infine dentro una cella. La porta sbatté con un rumore che evocava il giorno del giudizio universale.

Nel buio della notte, otto piccole stelle e una minuscola luna splendevano attraverso un'apertura chiusa da sbarre che si trovava in alto sulla parete. In fondo all'apertura era visibile un debole chiarore giallastro proveniente forse dall'illuminazione esterna.

Annaspando nell'oscurità, Leeming trovò una panca di legno addossata alla parete. La tirò e quella si mosse facilmente. La trascinò allora sotto l'apertura e vi montò sopra, ma mancava ancora mezzo metro per poter guardare fuori. Benché la panca fosse piuttosto pesante, Leeming riuscì ad appoggiarla alla parete con una certa inclinazione, quindi vi si arrampicò con cautela e guardò attraverso le sbarre.

Dieci metri sotto di lui c'era uno spazio vuoto, lastricato in pietra e largo una cinquantina di metri, che si estendeva a perdita d'occhio a destra e a sinistra. Oltre il cortile un muro di pietra liscio si innalzava fino al livello della sua cella. La sommità del muro era inclinata di circa sessanta gradi per formare un angolo secco, lungo il quale scorreva a distanza di trenta centimetri una lunga striscia di filo teso, senza spine. Da qualche parte fuori vista arrivava un potente fascio di luce che inondava l'intera area tra il blocco delle celle e il muro esterno, e allo stesso modo un altro raggio illuminava lo spazio oltre il muro. Non c'era nessun segno di vita. Si vedevano solo il muro, i fasci luminosi, la notte incombente e le stelle lontane.

— Così, sono in prigione — disse. — Questo sistema veramente le cose!

Saltò giù sul pavimento, e il lieve spostamento fece cadere la panca con uno schianto rumoroso. Come se avesse acceso un razzo che l'avrebbe spedito attraverso il soffitto, un rumore di passi si avvicinò lungo il corridoio esterno e una luce apparve da uno spioncino aperto improvvisamente nella spessa porta di metallo. Nello spioncino comparve un occhio.

— *Sach, invigia, faplap!* — gridò la guardia.

Leeming ripeté quelle parole e ne aggiunse altre sei, vecchie, quasi cadute in disuso, ma dal significato ancora potente. Lo spioncino venne richiuso con violenza e il buio ricadde nella cella. Il prigioniero si sdraiò sulla panca e cercò di addormentarsi. Dopo meno di un'ora cominciò a tirare calci da mulo alla porta, e quando lo spioncino si aprì, gridò alla guardia: — *Faplap a te!*

La colazione consistette in una brodaglia calda in cui galleggiava qualcosa che sembrava miglio, e in una scodella d'acqua. Entrambe furono servite con disprezzo e consumate con disgusto. Non erano buone come la porcheria aliena che aveva mangiato nella foresta, ma naturalmente quelle non erano razioni da prigioniero, bensì gli alimenti dello sfortunato equipaggio dell'elicottero che lui aveva rubato.

Un po' più tardi un individuo magro, dalle labbra sottili, arrivò in compagnia di due guardie. Con una lunga serie di gesti complicati spiegò che il prigioniero doveva imparare una lingua civile, e per di più in fretta, altrimenti... L'insegnamento sarebbe cominciato immediatamente.

Confuso da quella richiesta insolita, Leeming chiese: — Che ne è del maggiore Klavith?

— *Nasostorto?*

— Perché non viene Klavith a interrogarmi? È diventato muto all'improvviso? Gli è successo qualcosa?

Una luce si fece strada nella mente dell'interlocutore. Eseguendo strani gesti con l'indice, disse: — *Klavith, fat, fat, fat!*

— Eh?

— Klavith... *fat, fat, fat!* — Si percosse diverse volte il petto, facendo l'atto di crollare a terra, e riuscì a fargli capire che Klavith era spirato con l'assistenza ufficiale di un plotone d'esecuzione.

— Porca vacca! — esclamò Leeming.

Con aria professionale il tutore, se così si poteva chiamare, estrasse un pacco di libri illustrati per ragazzi e iniziò la lezione mentre le guardie se ne stavano appoggiate al muro con espressione annoiata. Leeming collaborò come si usa collaborare con il nemico, cioè fraintendendo tutto, pronunciando male le parole e non tralasciando nulla di quanto potesse farlo apparire come un idiota negato per l'apprendimento delle lingue.

La lezione terminò a mezzogiorno e fu festeggiata con l'arrivo di un'altra scodella di pappa contenente un pezzo di una sostanza viscida e gommosa che sembrava la parte posteriore di un topo. Leeming succhiò la brodaglia, spolpò il pezzo di carne, e mise da parte il recipiente. Poi analizzò il significato della decisione di insegnargli a parlare. Togliendo di mezzo lo sfortunato Klavith erano diventati vittime della loro stessa crudeltà. Si erano privati dell'unica persona che parlava il cosmoglotta. Forse qualcun altro lo conosceva su qualche pianeta amico, ma sarebbe stata una perdita di tempo e un problema complicato farlo arrivare. Qualcuno aveva commesso un errore grossolano ordinando l'esecuzione di Klavith e adesso si cercava di riparare insegnando a parlare al prigioniero. Era evidente che quella gente non possedeva niente che assomigliasse al cerebro-analizzatore elettronico dei Terrestri. Per ottenere qualche informazione doveva ricorrere al puro e semplice interrogatorio con l'ausilio di qualche misterioso mezzo di persuasione. Era chiaro che volevano sapere delle cose da lui ed erano disposti a tutto pur di farlo. Ma, con maggiore lentezza Leeming avesse appreso la loro lingua, più tempo sarebbe passato prima che lo torturassero... ammesso che fossero quelle le loro intenzioni.

Le sue riflessioni terminarono quando le guardie aprirono la porta e gli ordinarono di uscire. Lo condussero lungo il corridoio, giù per le scale, e lo lasciarono libero in un grande cortile stipato di persone che vagavano senza meta sotto un sole splendente. Leeming si fermò sorpreso.

Rigeliani! Erano circa duemila, ammassati in quel cortile. Erano Alleati, amici della Terra. Li guardò con eccitazione crescente cercando di trovare qualche viso familiare in mezzo a quella folla. Forse uno o due Terrestri, oppure qualche Centuriano umanoide. Ma non ce n'erano. Solamente Rigeliani dalle membra gommose e gli occhi sporgenti che si trascinavano intorno nel tipico modo desolato di chi deve affrontare anni inutili senza nessun futuro in cui sperare.

Guardandoli, Leeming avvertì qualcosa di strano. Anche loro potevano vederlo, e poiché lui era l'unico Terrestre rappresentava un oggetto degno di attenzione, un amico proveniente da un'altra stella. Avrebbero dovuto affollarsi attorno a lui, subissandolo di domande per conoscere le ultime notizie sulla guerra e fornirgli allo stesso tempo informazioni utili.

Non fu assolutamente così. Non gli fecero quasi caso e si comportarono come se l'arrivo di un Terrestre non avesse nessuna importanza. Lentamente, ma con decisione, Leeming attraversò il cortile sollecitando qualche reazione fraterna, ma quelli si allontanarono non appena lo videro avvicinarsi. Alcuni lo osservarono furtivamente, ma la maggior parte fece finta di non accorgersi della sua esistenza. Nessuno gli disse una parola di conforto.

Alla fine Leeming riuscì a serrarne alcuni in un angolo e chiese con malcelata irritazione: — Nessuno di voi comprende il terrestre?

Loro guardavano il cielo, il muro, la polvere, o si fissavano l'un l'altro senza rispondere.

— Nessuno conosce il centuriano?

Nessuno risposta.

— Be', allora il cosmoglotta?

Nessuna risposta.

Seccato, se ne andò e tentò con un altro gruppo. Peggio ancora. In un'ora si rivolse a due o trecento individui senza ottenere nessuna risposta. Ciò lo sconcertò. Quell'atteggiamento non era sprezzante né ostile, ma nascondeva qualcos'altro. Tentò di analizzarlo e alla fine giunse alla conclusione che per qualche motivo sconosciuto erano diffidenti, timorosi di parlare con lui.

Sedendosi su un gradino di pietra li osservò a lungo, finché un fischio lacerante segnalò che l'ora d'aria era finita. I Rigeliani si riunirono in lunghe file, pronti a tornare marciando nei loro settori. Le guardie di Leeming gli diedero un calcio nel fondo dei pantaloni e lo trascinarono nella sua cella.

Per il momento decise di abbandonare il problema degli Alleati scontrosi. Avrebbe avuto abbastanza tempo per pensarci quella sera, perché non ci sarebbe stato niente altro da fare. Ora, voleva passare le ultime ore di luce studiando i libri illustrati per mettersi avanti con l'apprendimento della lingua locale, anche se avrebbe continuato a fingere di rimanere indietro. Un giorno o l'altro la capacità di parlare correttamente avrebbe potuto rivelarsi utile. Era un peccato, per esempio, che non avesse mai imparato il rigeliano.

Così, si applicò diligentemente a quel compito finché le lettere e le figure non si poterono più distinguere nel buio. Poi, dopo aver consumato la sua porzione di zuppa, si sdraiò sulla panca, chiuse gli occhi, e si mise a pensare.

In tutta la sua vita non aveva mai avuto occasione di incontrare più di qualche dozzina di Rigeliani. Nemmeno una volta aveva visitato i loro tre sistemi solari, e quel poco che sapeva di loro l'aveva sentito raccontare. Si diceva che avevano un livello di intelligenza molto alto, che erano tecnologicamente progrediti, e che si erano dimostrati amichevoli fin dai primi contatti con i Terrestri, avvenuti quasi mille anni prima. Il cinquanta per cento di loro parlava il cosmoglotta, e circa l'uno per cento conosceva la lingua terrestre.

Quindi, secondo la statistica, diverse centinaia di quelli che aveva incontrato nel cortile dovevano essere in grado di conversare con lui in una o nell'altra lingua. Perché allora l'avevano evitato ed erano rimasti in silenzio? Perché l'avevano ignorato completamente?

Deciso a risolvere questo dilemma, inventò, esaminò e scartò una dozzina di teorie, tutte abbastanza assurde. Passarono circa due ore prima che giungesse alla soluzione ovvia.

Sicuramente i Rigeliani erano prigionieri da lunghi anni e avevano di fronte la triste prospettiva di altri anni di quella vita. Solo qualcuno di loro doveva aver incontrato una volta o l'altra un Terrestre, ma tutti sapevano che nella Lega c'era quâlche specie dall'aspetto umano. Non potevano essere certi che lui fosse un Terrestre vero, e non volevano rischiare, temendo che fosse una spia, un orecchio del nemico posto tra loro per ascoltare i loro piani.

Questo d'altronde, significava anche un'altra cosa; quando un gruppo di prigionieri diventa eccessivamente sospettoso nei confronti di un possibile traditore, deve avere qualcosa da nascondere. Sì, era proprio così! Per la soddisfazione si diede una gran botta sul ginocchio. I Rigeliani avevano in preparazione un piano di fuga e non volevano correre rischi con uno sconosciuto.

Erano rimasti là abbastanza a lungo da essere come minimo annoiati, se non addirittura disperati e ansiosi di cambiare la loro situazione. Poiché avevano trovato un sistema, o stavano per trovarne uno, non volevano che il piano rischiasse di essere mandato a monte da uno straniero di dubbia provenienza. Adesso il problema era riuscire a superare la loro diffidenza, guadagnarsi la loro fiducia e prendere parte a ciò che avevano in corso. Pensò a lungo a questa possibilità.

Il giorno seguente, alla fine dell'ora d'aria, una guardia fece ondeggiare una gamba e gli somministrò il solito calcione. Leeming si girò prontamente e gli assestò un gran pugno sul muso. Quattro guardie vennero in soccorso del compagno e diedero una dura lezione al ribelle. Fecero le cose tanto per bene che nessuno dei Rigeliani presenti poté crederla una messinscena. Non c'era dubbio che si era trattata di una strigliata data con intenzioni tutt'altro che amichevoli. Il corpo esanime del Terrestre venne portato via dal cortile e trascinato all'interno. Il suo viso era ridotto a una maschera insanguinata.

7

Passò una settimana prima che Leeming fosse in condizioni di riapparire in cortile. Il prezzo della fiducia era stato alto, brutale, pesante, e i suoi lineamenti erano ancora visibilmente segnati. Gironzolò tra la folla, ignorato come al solito, scelse un punto al sole, e si sedette.

Subito dopo un prigioniero si accovacciò stancamente per terra, un paio di metri da lui. Dopo aver controllato le guardie lontane, disse in un sussurro: — Da dove vieni?

— Dalla Terra.

— Come sei arrivato fin qui?

Leeming gli raccontò brevemente la sua avventura.

— Come sta andando la guerra?

— Li stiamo respingendo lentamente, ma con sicurezza. Ma ci vorrà ancora molto prima che sia finita.

— Quanto credi?

— Non lo so. Se lo chiedono tutti. — Leeming lo fissò incuriosito. — Come mai siete finiti qui tutti quanti?

— Noi non siamo combattenti, ma solo coloni civili. Il nostro governo aveva inviato delle squadre di preparazione formate da soli maschi su quattro pianeti che ci appartenevano per diritto di scoperta. In tutto eravamo dodicimila. — Il Rigeliano si interruppe per un attimo, guardandosi attorno attentamente per controllare la posizione delle guardie. — La Lega calò in forze su di noi. Accadde circa due anni fa. Fu facile; non eravamo preparati ad affrontare un attacco. Non eravamo armati a sufficienza, non sapevamo neppure che c'era in corso una guerra.

— Si sono impadroniti dei vostri quattro pianeti?

— Esatto. E poi ci hanno riso in faccia.

Leeming annuì con comprensione. L'appropriazione illecita cinica e crudele era stata la causa determinante del conflitto che ora si estendeva attraverso una larga porzione della galassia. Su un pianeta alcuni coloni avevano opposto un'eroica resistenza ed erano stati tutti uccisi. Quel sacrificio aveva scatenato il furore degli Alleati che avevano restituito il colpo e si stavano ancora battendo con forza e coraggio.

— Dodicimila, hai detto? Dove sono gli altri?

— Sparsi in prigioni come questa. Hai scelto proprio bene a scendere qui per restare fuori dalla guerra. La Lega ha fatto di questo pianeta la sua principale colonia penale. È lontano dal fronte, ed è improbabile che venga scoperto. La forma di vita locale non è molto adatta al combattimento nello spazio, ma va benissimo per sorvegliare i prigionieri che i suoi alleati catturano. Stanno costruendo enormi prigioni su tutto il pianeta. Se la guerra durerà abbastanza a lungo questa fogna cosmica si riempirà di prigionieri.

— Così, siete qui da due anni?

— Già... ma sembrano almeno dieci.

— E non avete tentato di scappare?

— Non proprio — ammise il Rigeliano. — Ma quaranta di noi sono stati fucilati perché stavano organizzando qualcosa.

— Mi dispiace... — mormorò Leeming in tono sincero.

— Non preoccuparti. So esattamente come ti senti. Le prime settimane sono le peggiori. L'idea di restare rinchiusi per sempre può farti impazzire se non impari a prenderla con filosofia. — Rifletté un po', poi indicò una guardia tarchiata che passeggiava nei pressi del muro più lontano. — Qualche giorno fa quel porco bugiardo si è vantato dicendo che ci sono già duecentomila prigionieri alleati su questo pianeta, e ha aggiunto che l'anno prossimo in questo periodo ce ne saranno due milioni. Spero che non viva abbastanza a lungo per vederlo.

— Io uscirò di qui — disse Leeming.

— Come?

— Non lo so ancora, ma ne uscirò. Non voglio restare qui a marcire. — Rimase in attesa, sperando di sentire qualche consenso da parte degli altri, forse un accenno a un piano di evasione futura, un'allusione o un invito a unirsi a loro.

Alzandosi, il Rigeliano mormorò: — Be', ti auguro buona fortuna. Ne avrai bisogno.

Se ne andò via camminando lentamente e senza aver tradito nessun segreto. Si sentì un fischio e le guardie gridarono: — *Merse, faplap! Amash!* — L'ora d'aria era finita.

Durante le quattro settimane successive Leeming ebbe frequenti conversazioni con lo stesso Rigeliano e con circa altri venti. Raccolse bizzarre informazioni, ma li trovò tutti stranamente evasivi quando l'argomento cadeva sulla libertà. Erano amichevoli, cordiali, ma tutti con le bocche abbottonate.

Un giorno che stava conversando segretamente con un prigioniero, gli chiese: — Perché continuano tutti a parlarmi di nascosto e sottovoce? Non sembra che le guardie facciano gran caso se ci riuniamo e scambiamo quattro chiacchiere.

— Non ti hanno ancora interrogato. Se si accorgono che parliamo troppo con te cercheranno di costringerti a raccontare quello che ti abbiamo detto... con particolare riguardo ai tentativi di fuga.

Leeming colse al volo quella parola gradevole. — Ah, la fuga; ecco la sola ragione di vita in questo momento! Se qualcuno pensasse di filarsela potrei essergli d'aiuto, e lui potrebbe aiutare me. Sono un esperto pilota spaziale, e credo che questo valga qualcosa nella nostra situazione.

L'altro si raffreddò immediatamente. — Niente da fare.

— E perché no?

— Siamo rinchiusi tra queste mura da molti mesi e abbiamo imparato a nostre spese che i tentativi di fuga falliscono se troppe persone ne sono a conoscenza. Qualche spia ci tradisce sempre, oppure qualche pazzo fa le cose sbagliate al momento sbagliato.

— Io non sono una spia né un pazzo. Non sono così stupido da compromettere la mia unica possibilità di fuga.

— Può darsi — concesse il Rigeliano. — Ma la prigionia impone da sé le sue leggi. Una regola fissa che abbiamo tutti accettato è che un piano di fuga è di esclusiva proprietà di chi lo concepisce. Solo loro hanno il diritto di sfruttarlo, di tentare. Nessun altro ne viene messo al corrente. La segretezza è una misura protettiva che i potenziali fuggiaschi devono usare a tutti i costi. Non permetterebbero a nessuno di curiosare, nemmeno a un Terrestre o a un provetto pilota spaziale.

— Sicché, sono completamente solo?

— Temo di sì. Saresti solo in ogni caso. Noi alloggiamo in dormitori, cinquanta per camerata. Tu sei rinchiuso in cella, tutto solo. Non sei in grado di aiutare nessuno.

— Posso benissimo aiutare me stesso! — ribatté Leeming con rabbia. E se ne andò.

Era in gabbia da tredici settimane quando il suo insegnante gli offrì una potenziale arma di cui servirsi. Terminando una lezione contraddistinta solo dalla sonnolenza di Leeming e dalla sua lentezza nell'apprendere, lo guardò severamente e gli passò alcune informazioni.

— Ti piace recitare la parte dell'idiota e credere di ingannarmi, ma non sperare di farla franca. Non sono un ingenuo... tu hai appreso più di quanto vuoi far intendere. Riferirò al comandante che sarai pronto per essere interrogato tra sette giorni.

— Come avete detto? — chiese Leeming, assumendo un'espressione perplessa.

— Sarai interrogato dal comandate tra sette giorni.

— Sono già stato interrogato dal maggiore Klavith.

— Quello era solo un interrogatorio verbale. Klavith è morto e non ci sono documentazioni di ciò che gli hai detto.

La porta si richiuse con un gran tonfo. Arrivò la brodaglia, con un malloppo galleggiante giallastro e immasticabile. Il dipartimento locale addetto al servizio vivande sembrava ossessionato dalla commestibilità dei posteriori dei ratti. Seguì la solita ora d'aria.

— Mi hanno detto che mi metteranno sotto il torchio tra una settimana.

— Non farti impressionare da loro — lo avvertì il Rigeliano. — Ti ucciderebbero come se niente fosse, ma qualcosa li trattiene.

— Sarebbe?

— Anche gli Alleati hanno catturato dei prigionieri.

— D'accordo, ma se non sanno quello che succede qui non vedo perché i nostri carcerieri dovrebbero preoccuparsi.

— Potrebbe esserci molto di più che una semplice preoccupazione per l'intera specie zangastana, se un giorno i vincitori reclamassero i loro uomini vivi e si vedessero restituire solo dei cadaveri.

— Non hai tutti i torti — convenne Leeming. — Anzi, forse sarebbe utile trovare due metri di corda da far penzolare come avvertimento davanti agli occhi del comandante.

— Io preferirei una bottiglia di *vitz* e una femmina ben fatta che mi accarezza i capelli — sospirò il Rigeliano. — Puoi tenerti la tua corda.

— Se ti senti così dopo due anni di astinenza, come starai alla fine della cura?

— È solo un gioco della mente — rispose il Rigeliano. — Mi piace immaginare e lavorare di fantasia.

Di nuovo il fischio. Ancora studio approfondito finché durò la luce. Un'altra scodella di zuppa schifosa. L'oscurità e due stelline che facevano capolino attraverso le sbarre dell'apertura, in alto nella cella. Il tempo sembrava immobile, come sempre quando si è rinchiusi tra quattro muri.

Leeming si distese sulla panca e nella sua mente scaturirono idee simili a bolle gorgolianti da una sorgente. Nessun posto, nessuno, poteva considerarsi così sicuro da impedire una fuga. Se si ha fegato e cervello, tempo e pazienza, c'è sempre una via di salvezza. I fuggiaschi abbattuti durante i loro tentativi avevano scelto il momento e il posto sbagliati, oppure il momento giusto e il posto sbagliato, il posto giusto e il momento sbagliato. O forse avevano trascurato la forza a favore dell'intelligenza, un errore comune delle persone troppo guardinghe. O avevano penalizzato l'intelligenza in favore della forza, un errore classico degli avventati.

A occhi chiusi rivide attentamente la situazione. Si trovava in una cella con le pareti di granito spesse oltre un metro. L'unica apertura era rappresentata dalla finestra munita di sbarre, e la porta blindata era continuamente guardata da sentinelle armate.

Addosso non aveva seghetti, nessuno strumento adatto a scassinare la serratura, nessun arnese di alcun genere, niente altro che i vestiti sporchi con cui dormiva. Se avesse fatto a pezzi la panca e fosse riuscito in qualche modo a non farsi sentire, avrebbe ricavato alcune assi, una dozzina di chiodi da venti centimetri e un paio di bulloni d'acciaio. Tutta roba che non serviva per aprire la porta o segare le sbarre della finestra. E non c'era altro materiale a disposizione.

All'esterno c'era un varco molto ben illuminato, largo cinquanta metri, che si doveva attraversare per guadagnare la libertà. Poi c'era un muro di pietra alto dodici metri, senza nessun appiglio. In cima al muro c'era una sporgenza troppo ripida per poterla superare, e in più quel filo metallico, che doveva sicuramente essere collegato a qualche sistema d'allarme.

Quell'enorme muro circondava completamente la prigione. La cinta era di forma ottagonale e a ogni angolo si ergeva una torre di guardia che ospitava le guardie, i fari, e le armi. Per uscire bisognava superare il muro proprio sotto il naso delle guardie, in piena luce, e senza mai toccare il filo. E non finiva lì. Oltre il muro c'era un'altra zona illuminata da superare. Un fuggiasco sfortunato che per qualche miracolo fosse riuscito a scavalcare il muro sarebbe stato fatto a pezzi durante il tratto successivo che lo separava dall'oscurità.

Sì, l'intera costruzione era stata progettata da qualcuno che sapeva il fatto suo quando si trattava di sorvegliare dei prigionieri. Fuggire superando il muro era quasi impossibile, anche se Leeming non voleva ammettere questa impossibilità. Se qualcuno usciva dalla propria cella con una fune e un rampino, e se aveva un complice coraggioso che irrompeva nella centrale per togliere l'energia al momento giusto, avrebbe potuto farcela. Bastava arrampicarsi sul muro e superare il cavo inattivato, con la protezione dell'oscurità più totale.

Ma in una cella solitaria non c'erano funi, né rampini o qualcos'altro che potesse servire al suo scopo. Non c'era nemmeno un complice disperato e degno di fiducia. E anche se tutte quelle cose fossero state disponibili, lui l'avrebbe sempre considerato un progetto quasi suicida.

Se pensava una sola volta alle più remote possibilità e analizzava le risorse indispensabili per realizzarle, ci ripensava poi altre cento volte. Fin oltre mezzanotte si arrovellò il cervello esaminando qualsiasi soluzione, comprese alcune idee assolutamente assurde.

Per esempio, avrebbe potuto strappare un bottone di plastica dal suo vestito, ingoiarlo e sperare che lo trasferissero in un ospedale. Era pur vero che l'ospedale si trovava entro i confini della prigione, ma poteva offrire migliori possibilità di fuga. Poi ci ripensò e concluse che un blocco intestinale non gli avrebbe garantito nessun trasferimento. L'avrebbero semplicemente purgato e la sua avventura sarebbe finita nel peggiore dei modi.

Spuntava l'alba quando giunse a una conclusione. Una cinquantina di Rigeliani avrebbero potuto, lavorando con pazienza e determinazione, scavare un tunnel sotto le mura fin oltre le due zone illuminate, uscendo così indisturbati. Ma lui, essendo solo, aveva un'unica risorsa, proprio una sola. L'astuzia. Per quanto si sforzasse di pensare non vedeva nient'altro che potesse aiutarlo.

Emise un sospiro aspro e mormorò: — Così, dovrò utilizzare tutte e due le mie teste!

Quell'osservazione insensata filtrò attraverso i più remoti recessi della sua mente e cominciò a fermentare come lievito. Dopo qualche minuto si rizzò a sedere, colpito da un'idea improvvisa. Diede un'occhiata alla piccola porzione di cielo stellato che riusciva a vedere, e esclamò in un tono che si avvicinava a un urlo. — Ma certo, ecco la risposta! Dovrò usare *entrambe* le mie teste!

Rimuginando all'infinito quell'idea, Leeming stabilì che gli occorreva qualche talismano. Un crocifisso, o una sfera di cristallo possono fornire ottimi vantaggi psicologici. Il suo talismano poteva avere qualsiasi forma, misura o disegno, poteva essere fatto di qualunque materiale, purché sembrasse indiscutibilmente un marchingegno. Inoltre, la sua potenzialità sarebbe stata maggiore se non lo avesse costruito con materiali a disposizione all'interno della cella, come potevano essere parti dei suoi vestiti o della panca di legno. Doveva essere costruito preferibilmente con materiali provenienti da qualche altro posto e avrebbe dovuto trasmettere l'irresistibile suggestione di una tecnologia strana e sconosciuta.

Dubitava che i Rigeliani potessero aiutarlo. Lavoravano come schiavi per dodici ore al giorno nelle officine della prigione, un destino che lui avrebbe condiviso dopo che l'avessero interrogato per definire le sue capacità. I Rigeliani fabbricavano divise militari, bretelle e stivali, oltre a un numero limitato di parti elettroniche e meccaniche. Detestavano lavorare per il nemico, ma non avevano scelta; lavorare o morire di fame.

Stando a quanto gli avevano detto, i Rigeliani non potevano portar fuori dalle officine niente di veramente utile come coltelli, scalpelli, martelli, o lame seghettate. Alla fine del turno tutti i lavoratori venivano allineati e nessuno poteva abbandonare i ranghi finché non erano state controllate tutte le macchine e tutti gli attrezzi erano stati raccolti e messi al sicuro.

I primi quindici minuti della sosta pomeridiana li trascorse a cercare nel cortile qualunque oggetto disperso che potesse in qualche modo sembrargli utile. Si aggirava con gli occhi fissi al suolo come un ragazzino che avesse perso una moneta. Le sole cose che riuscì a trovare furono due pezzi di legno di dieci centimetri di lato per due e mezzo di spessore. Li raccolse e li mise in tasca senza la minima idea di cosa farsene. Finita la ricerca, si accovacciò accanto al muro e cominciò a parlare sottovoce con due Rigeliani. Ma poiché aveva la mente occupata in altri pensieri non seguiva attentamente la conversazione e quelli finirono per allontanarsi vedendo avvicinarsi una guardia. Più tardi, un altro Rigeliano lo raggiunse.

— Terrestre, stai ancora pensando ad andartene da qui?

— Hai indovinato.

L'altro ridacchiò e si grattò un orecchio, un gesto che la sua specie usava per indicare scetticismo. — Penso che noi abbiamo migliori possibilità di riuscita di te.

Leeming gli lanciò un'occhiata sarcastica. — Perché?

— Siamo in molti — rispose evasivamente il Rigeliano, come se si fosse reso conto di essere stato sul punto di dire troppo. — Che cosa puoi fare tu, da solo?

Proprio in quel momento Leeming notò l'anello sul dito dell'altro che si grattava l'orecchio e ne fu affascinato. Aveva già visto altre volte quell'ornamento. Un buon numero di Rigeliani portava oggetti simili. E anche qualche guardia. Erano cerchietti di filo metallico, intrecciati in quattro o cinque spirali per formare le iniziali del possessore.

— Dove hai trovato quel gioiello? — gli chiese.

— Dove ho trovato cosa?

— L'anello.

— Ah, questo! — Abbassando la mano, il Rigeliano osservò l'anello con soddisfazione. — Li facciamo noi in officina. Tanto per rompere la monotonia.

— Vuoi dire che le guardie non ve lo impediscono?

— Non ci badano. Del resto non c'è niente di male, tanto più che ne facciamo parecchi anche per loro. Costruiamo anche accendini automatici, e se ci servissero potremmo farne molti anche per noi. — Si interruppe, parve impensierirsi, e poi aggiunse: — Crediamo che le guardie vendano gli accendini e gli anelli fuori della prigione. O almeno... così speriamo.

— Perché?

— Forse riusciranno a dar vita a un piccolo commercio. Poi, quando la richiesta aumentarà, smetteremo di costruirli e chiederemo in cambio razioni extra e piccoli privilegi non ufficiali.

— Mi sembra un'ottima idea — approvò Leeming. — Sarebbe utile avere un rappresentante che si dia da fare per vendere la merce nelle grandi città. Potreste mettermi in lista per questo lavoro.

Il Rigeliano sorrise debolmente, poi continuò: — I piccoli oggetti che costruiamo a mani nude non hanno importanza, ma fa che manchi anche solo un cacciavite e scoppia il finimondo. Tutti vengono denudati immediatamente e il colpevole viene punito.

— Non si preoccuperebbero se perdessero un po' di quel filo, vero?

— Ne dubito. Ce n'è un sacco, e non si curano di verificare le riserve. Che cosa si può fare con un po' di filo?

— Lo sa il cielo — concesse Leeming. — Però ne voglio un po'.

— Non ci apriresti una serratura nemmeno se provassi all'infinito — lo avvertì l'altro. — È troppo debole e sottile.

— Ne voglio abbastanza per fare un feticcio come quelli che usano gli zulù — rispose Leeming. — Vado matto per l'arte africana, soprattutto per i braccialetti degli zulù.

— E che cosa sono?

— Lascia perdere. Procurami solo un po' di quel filo... Non ti chiedo altro.

— Potrai rubarlo da te molto presto. Quando ti avranno interrogato ti manderanno in officina.

— Mi serve prima. Appena possibile. Prima è, meglio è.

Il Rigeliano ci pensò su, poi disse: — Se hai in mente un piano, tientelo per te. Non lasciarti sfuggire niente con nessuno. Apri la bocca una volta di troppo, e qualcuno ne approfitterà.

— Grazie per il consiglio, amico — disse Leeming. — E adesso, che ne diresti di procurarmi un po' di quel filo?

— Ci vediamo domani a quest'ora.

Il Rigeliano se ne andò, perdendosi tra la folla dei prigionieri.

All'ora stabilita il Rigeliano apparve allo stesso posto e gli consegnò il bottino. — Non te l'ha dato nessuno, chiaro? L'hai trovato per terra in cortile. Oppure, nascosto nella tua cella. O l'hai fatto apparire dal nulla... ma non te l'ha dato nessuno!

— Non preoccuparti, non voglio coinvolgerti in alcun modo. E mille grazie.

Il filo era in realtà un piccolo gomitolo di rame, così sottile e morbido da stare comodamente in tasca. Quando Leeming lo srotolò nel buio della sua cella calcolò che misurava un po' più della sua statura; quasi due metri.

Lo piegò in due, poi lo fece ruotare avanti e indietro finché si spezzò. Ne nascose metà sotto la panca, e poi passò un paio d'ore a lavorare per togliere un chiodo dall'estremità dell'asse di legno. Era piuttosto tenace, ma Leeming insisté finché uscì.

Fatto questo, prese uno dei pezzi di legno, ne determinò approssimativamente il centro e vi conficcò il chiodo battendolo con il tacco dello stivale. Sentì un rumore di passi in corridoio e gettò tutto sotto la panca, fuori vista, stendendosi un attimo prima che si aprisse lo spioncino. Apparve una luce, un gelido occhio da rettile guardò dentro, e qualcuno brontolò. La luce si spense e lo spioncino si chiuse.

Leeming riprese a lavorare, facendo girare il chiodo da una parte e dall'altra, e battendolo di tanto in tanto con lo stivale. Era un lavoro noioso ma gli dava almeno qualcosa da fare. Perseverò finché non ebbe formato un foro netto che attraversava il pezzo di legno per due terzi.

Successivamente, prese la metà del filo, la divise in due parti disuguali, e piegò la più corta fino a formare un cappio con due gambe ciascuna, lunga una decina di centimetri. Cercò di dare all'anello la forma di un cerchio quanto più perfetto poteva. Avvolse il pezzo più lungo attorno all'anello, in modo da formare una stretta spirale, le cui estremità incontravano le gambe del cappio.

Appoggiò la panca al muro, si arrampicò fino alla finestra, e esaminò il suo capolavoro alla luce dei proiettori esterni, eseguendo qualche piccolo ritocco finché non si ritenne soddisfatto. Rimise a posto la panca e usò il chiodo per incidere due piccole tacche sul suo bordo che rappresentava il diametro esatto dell'anello. Infine, contò i giri della spirale. Erano ventisette.

Era importante ricordare quei particolari perché con ogni probabilità avrebbe dovuto fare un secondo marchingegno il più possibile identico a quello. L'esatta somiglianza sarebbe servita a confondere il nemico. Quando una persona sospetta costruisce due oggetti identici seguendo un medesimo schema, è difficile non pensare che sappia cosa sta facendo e che abbia uno scopo ben preciso.

Per completare i suoi preparativi, infilò di nuovo il chiodo al suo posto. Forse gli sarebbe servito ancora, e inoltre non l'avrebbero mai trovato e non glielo avrebbero portato via perché, nella mente delle guardie che eseguivano le perquisizioni, tutto ciò che non appariva visibilmente fuori posto non era sospetto.

Introdusse a forza le quattro gambe del filo avvolto a spirale nel foro che aveva praticato, trasformando così il pezzo di legno in una base di supporto. Ora aveva un aggeggio, un gingillo, un mezzo per raggiungere il suo scopo. Era l'inventore e l'unico proprietario di un Manipolatore-Leeming.

Certe reazioni chimiche avvengono solo in presenza di un catalizzatore, allo stesso modo dei matrimoni che debbono essere legalizzati dalla presenza di un ufficiale di stato civile. Alcune equazioni si risolvono solo introducendo una quantità incognita chiamata X. Se non si ha abbastanza materiale per ottenere il risultato desiderato ci si deve arrangiare con quello che si trova. Se si ha bisogno di un aiuto esterno che non esiste, bisogna inventarlo.

Ogni volta che l'Uomo si era trovato nell'incapacità di dominare l'ambiente a mani nude, pensò Leeming, il suddetto ambiente era stato costretto con le minacce a sottomettersi all'Uomo con l'aiuto del fattore X. Era stato così fin dalla notte dei tempi; l'Uomo, più un'arma o un attrezzo.

Ma il fattore X non doveva essere necessariamente qualcosa di concreto o di solido, non doveva essere letale, e neppure visibile. Poteva non essere tangibile, né dimostrabile; come la minaccia del fuoco dell'inferno o la promessa del paradiso. Poteva essere un sogno, un'illusione, o una bugia macroscopica... *qualsiasi cosa.*

Restava una sola cosa da fare; accertarsi che funzionasse.

Se funzionava, era efficiente.

Ora l'avrebbe visto.

Non era opportuno usare il linguaggio terrestre, eccettuato forse il caso in cui fosse necessario lanciare qualche incantesimo. Là nessuno capiva il terrestre; per loro era solo un borbottio alieno. Inoltre, la tattica di fingere di essere lento nell'apprendimento della lingua locale ormai non era più efficace. Sapevano che era in grado di parlare bene quasi quanto loro.

Reggendo con la mano sinistra il marchingegno che aveva costruito andò vicino alla porta e accostò l'orecchio allo spioncino per ascoltare i passi delle sentinelle. Passarono venti minuti prima che un pesante rumore di stivali si avvicinasse.

— Ci sei? — chiamò una voce non troppo alta, ma sufficiente a farsi sentire. — Ci sei?

Poi, allontanandosi rapidamente, si coricò bocconi sul pavimento e sistemò l'anello a pochi centimetri dal viso.

— Ci sei?

Lo spioncino si aprì di scatto e la luce saettò improvvisamente nella cella. Uno sguardo severo frugò nell'interno.

Ignorando completamente l'osservatore e comportandosi con l'aria di qualcuno troppo concentrato nel suo lavoro per accorgersi di essere spiato, Leeming continuò a parlare nell'anello.

— Ci sei?

— Che cosa stai facendo? — chiese la guardia.

Leeming riconobbe la voce dell'altro e pensò che per una volta la fortuna doveva essere dalla sua parte. Quel tipo, uno sciocco chiamato Marsin, ne sapeva tanto quanto bastava per puntare un fucile e sparare, oppure, se non lo poteva fare lui, arrivava al punto di chiedere aiuto. Per tutto il resto, non apparteneva certo al *trust* dei cervelli più brillanti. In effetti c'era da chiedersi come quell'idiota avesse potuto passare la visita di leva ed essere stato abile.

— Cosa stai facendo? — insisté Marsin alzando la voce.

— Chiamo — rispose Leeming, fingendo di risvegliarsi da un altro mondo.

— Chiami? Che cosa, e dove chiami?

— Pensa ai fatti tuoi! — sbottò Leeming in tono abbastanza aspro. Concentrando la propria attenzione sull'anello, lo girò di un paio di gradi. — Ci sei?

— È proibito! — insisté Marsin.

Leeming si lasciò sfuggire un sospiro di impazienza. — Che cosa è proibito? — chiese.

— Chiamare.

— Non essere ignorante. La mia specie ha *sempre* il permesso di chiamare. Dove saremmo se non fosse così, *enk*?

Questa dichiarazione mise Marsin nei pasticci. Lui non sapeva niente dei Terrestri, o dei particolari privilegi essenziali per la loro vita. Inoltre, non aveva la minima idea di dove sarebbero stati senza di quelli.

Per di più, non osava entrare nella cella e interrompere ciò che stava accadendo. Nessuna sentinella armata poteva entrare da sola in una cella, e quella regola era applicata ancor più rigidamente da quando un Rigeliano esasperato aveva colpito con violenza una guardia, gli aveva strappato di mano il fucile, e aveva ucciso sei carcerieri nel tentativo di fuggire.

Se voleva saperne di più, Marsin doveva andare a parlare con il sergente e chiedergli di fare qualcosa affinché l'alieno dalla pelle rosa la smettesse di far rumori attraverso dei cappi metallici. Il sergente era un tipo antipatico con la tendenza a raccontare ai quattro venti i particolari più intimi delle storie personali di tutti. Per di più quello era un pessimo momento, tra mezzanotte e l'alba, un orario in cui il fegato del sergente funzionava malissimo. E infine, lui, Marsin, si era rivelato troppe volte un maledetto *faplap*.

— Smettila di chiamare e vai a dormire! — ordinò Marsin con un tono di disperazione nella voce. — Altrimenti, domattina farò rapporto sulla tua insubordinazione all'ufficiale di servizio.

— Vai al diavolo! — lo invitò Leeming. Ruotò l'anello come se stesse eseguendo un'attenta regolazione. — Ci sei?

— Ti ho avvertito — ripeté Marsin, osservando con l'unico occhio visibile attraverso lo spioncino il cappio che ondeggiava.

— Fuori dai piedi! — ringhiò Leeming.

Marsin richiuse lo spioncino e si tolse dai piedi.

Leeming dormì fino a tardi come era comprensibile, essendo rimasto sveglio quasi tutta la notte. Il suo risveglio fu improvviso e scortese. La porta si spalancò con uno schianto e tre guardie piombarono dentro, seguite da un ufficiale.

Senza troppe cerimonie il prigioniero fu buttato giù dalla panca, svestito e spinto completamente nudo nel corridoio. Le guardie ispezionarono con cura i suoi indumenti mentre l'ufficiale passeggiava attorno osservandoli attentamente.

Non trovando niente nei vestiti, si misero a ispezionare la cella. Immediatamente uno di loro trovò l'insieme degli anelli e lo consegnò all'ufficiale, che lo sollevò con circospezione come se fosse una bomba nascosta in un mazzo di fiori.

Un'altra guardia calpestò il secondo pezzo di legno, lo allontanò con un calcio e non vi fece più caso. Percossero il pavimento e le pareti cercando spazi vuoti. Spostarono la panca dal muro, controllarono la parte nascosta, ma non la girarono sottosopra per vedere se c'era sotto qualcosa. Tuttavia, trafficarono così a lungo attorno alla panca che Leeming si innervosì e decise che era giunto il momento di fare una passeggiatina. Cominciò a camminare lungo il corridoio, indifferente al fatto di essere completamente nudo.

L'ufficiale lanciò un urlo sdegnato e lo indicò con il dito. Le guardie spuntarono dalla cella e gli ordinarono in malo modo di fermarsi. Un'altra guardia, richiamata dal rumore, svoltò dall'angolo del corridoio e puntò minacciosamente il fucile contro di lui. Leeming fece dietrofront e ritornò adagio sui propri passi.

Si fermò quando raggiunse l'ufficiale, che ora era uscito dalla cella fumante di rabbia. Assunse una posa pudica, e disse: — Guarda... *un bel mattino di settembre!* — in terrestre.

Quelle parole non significavano nulla per l'altro, che, mettendogli l'anello sotto il naso, gesticolò rabbiosamente e urlò: — Che cos'è questo?

— Mi appartiene — dichiarò Leeming con molta dignità.

— Non hai alcun diritto di possederlo! Come prigioniero di guerra non ti è permesso possedere nulla.

— Chi lo dice?

— *Lo dico io!* — replicò con violenza l'ufficiale.

— E tu chi sei? — domandò Leeming, mostrando solo interesse accademico.

— Per il Grande Sole Azzurro, te lo farò vedere io chi sono! Guardie, portatelo dentro e...

— Tu non sei il capo qui — lo interruppe Leeming con sicurezza disarmante. — Il capo è il comandante. Lo dico io, e lo dice anche lui. Se vuoi metterlo in dubbio, andiamo a chiederlo a lui personalmente.

Le guardie esitarono, assumendo un'espressione di indecisione cronica. Erano concordi nel lavarsene le mani e lasciare all'ufficiale ogni responsabilità, ma quest'ultimo era stato colto di sorpresa. Fissando con incredulità il prigioniero, parve diffidare.

— Vuoi asserire che il comandante ti ha dato il permesso di tenere questo oggetto?

— Ti sto dicendo che non me l'ha rifiutato. E che non sta a te lasciarmelo o rifiutarmelo. Torna nel tuo porcile, e non usurpare il posto dei tuoi superiori.

— Porcile? E che cos'è?

— Non puoi saperlo.

— Consulterò il comandante a questo proposito. — Confuso e insicuro, l'ufficiale si rivolse alle guardie. — Rimettete il prigioniero in cella e dategli la colazione, come al solito.

— Cosa ne diresti di restituirmi la mia proprietà, *enk*? — lo provocò Leeming.

— Non prima che io abbia parlato col comandante.

Lo sospinsero nella cella. Leeming si rivestì. Arrivò la colazione. La solita scodella di sbobba. Imprecò contro le guardie perché non preparavano uova e pancetta. Per portare avanti quel gioco era necessario mettere in mostra un po' di aggressività.

Per qualche strano motivo l'insegnante non comparve, e Leeming trascorse la mattina esercitandosi con il solo aiuto dei libri. A mezzogiorno lo lasciarono uscire in cortile, e mentre raggiungeva il resto dei prigionieri notò che non lo tenevano sotto maggiore sorveglianza di ogni altro giorno.

Il Rigeliano gli sussurrò: — Ho trovato un altro rocchetto di filo, e l'ho preso, nel caso te ne servisse ancora. — Glielo fece scivolare nella mano e lo guardò mentre lo faceva scomparire in tasca. — È tutto quello che intendo fare per te. Non chiedermi di rubarne dell'altro. Non si può sfidare la fortuna troppo a lungo.

— Cos'è successo? È diventato pericoloso? Sospettano di te, forse?

— Per ora non ci sono problemi — Il Rigeliano si guardò attorno, circospetto. — Ma se qualcuno dei prigionieri scopre che rubo del filo, cominceranno a prenderlo tutti. Lo porteranno via cercando di scoprire cosa intendo farne, per utilizzarlo poi allo stesso scopo. Due anni di prigione possono dare origine all'egoismo più sfrenato. Ognuno è costantemente a caccia di qualche vantaggio, reale o immaginario, a spese degli altri. Questa vita disgustosa tira fuori la parte peggiore di noi, oltre che la migliore.

— Capisco.

— Un paio di gomitoli di filo non si noteranno — continuò l'altro — ma se tutti cominciano a farne incetta, quella roba sparirà in quantità enormi. E succederà l'inferno. Non voglio correre il rischio di scatenare il finimondo.

— Intendi dire che non potete rischiare una perquisizione approfondita in questo momento? — suggerì Leeming con arguzia.

Il Rigeliano esitò come un cavallo spaventato. — Io non ho detto niente del genere.

— Ma io so fare due più due, come chiunque altro. — Leeming ammiccò in modo rassicurante. — Però so anche tenere la bocca chiusa.

Lo guardò allontanarsi. Poi andò in cerca di altri pezzi di legno, ma non ne trovò nemmeno uno. Oh, be', non era un problema. In una situazione d'emergenza avrebbe potuto anche farne a meno. Anzi, a questo punto poteva benissimo farne a meno.

Nel pomeriggio si dedicò allo studio della lingua e riuscì a concentrarsi senza essere interrotto. Forse quello era l'unico vantaggio di essere chiusi in gabbia. Un uomo poteva istruirsi da solo. Quando la luce divenne insufficiente e tra le sbarre della finestra cominciarono ad apparire le prime stelle, lui prese a tirare calci contro la porta, finché il rumore non rimbombò per tutta quell'ala della prigione.

8

Si udirono dei passi di corsa e lo spioncino si aprì. Era di nuovo Marsin.

— Ancora tu, *faplap*? — lo salutò Leeming. Poi emise un sospiro di disprezzo. — Dovevi blaterare, naturalmente! Dovevi cercare di ingraziarti l'ufficiale facendo rapporto su di me! — Si rizzò maestosamente in tutta la sua altezza. — Be', mi rincresce per te. Preferirei non essere al tuo posto.

— Ti dispiace per me? — Marsin apparve un po' confuso. — Perché?

— Perché dovrai soffrire atrocemente.

— *Io?*

— Sì, tu! Non subito, se può in qualche modo consolarti. Prima dovrai passare attraverso il normale periodo dell'angoscia. Ma alla fine pagherai. Non mi aspetto che tu ci creda, naturalmente. Ma sarà sufficiente aspettare, e lo vedrai.

— Ho fatto solo il mio dovere — protestò Marsin, quasi scusandosi.

— Questo sarà tenuto in considerazione come attenuante — lo rassicurò Leeming. — E le tue sofferenze saranno alleviate in debita proporzione.

— Non capisco — si lamentò Marsin sentendo un brivido serpeggiare nelle ossa.

— Capirai... quando verrà il tuo momento. E capiranno anche quegli schifosi *faplap* che mi hanno picchiato in cortile. Puoi informarli da parte mia che la loro razione di tormenti è in arrivo.

— Non dovrei stare qui a parlare con te — disse Marsin, rendendosi conto debolmente che più a lungo restava accanto allo spioncino maggiori sarebbero stati i guai che avrebbe passato. — Dovrei andarmene.

— D'accordo. Ma voglio qualcosa.

— Che cosa?

— Voglio il mio *bopamagilvie*... la cosa che l'ufficiale mi ha portato via.

— Non puoi riaverlo, a meno che il comandante non dia il permesso. Oggi non c'è, e non tornerà prima di domani mattina.

— È inutile. Lo voglio subito.

— Non puoi averlo adesso.

— Non importa. — Leeming agitò nervosamente una mano. — Ne farò un altro.

— È proibito — gli ricordò molto debolmente Marsin.

— Ah, ah! — replicò Leeming.

Quando si fece buio completamente, Leeming prese il filo sotto la panca e fabbricò un altro anello in tutto e per tutto identico al primo. Fu interrotto due volte, ma non venne scoperto.

Finito il lavoro, mise la panca in piedi e vi si arrampicò. Tolse di tasca il pezzo di filo che gli aveva dato il Rigeliano e ne annodò un'estremità alla sbarra centrale, appendendo la spirale all'esterno della finestrella. Con lo sputo e la polvere camuffò la superficie lucida di rame dell'estremità del filo, e si assicurò che non fosse visibile se non a un palmo dal naso. Poi si lasciò scivolare giù e rimise a posto la panca. La finestrella era molto in alto sul muro e il davanzale e diversi centimetri di sbarre erano invisibili dal basso.

Andò alla porta e tese l'orecchio, e al momento giusto chiamò. — Ci sei?

Quando lo spioncino si aprì e apparve la luce, Leeming ebbe la sensazione istintiva che dietro la porta ci fosse un gruppo di guardie; anche l'occhio che si vedeva non era quello di Marsin.

Ignorandoli completamente, ruotò l'anello con cura e lentamente, e nel frattempo continuò a chiamare: — Ci sei? Ci sei?

Dopo averlo fatto ruotare di circa quaranta gradi, si fermò e diede alla propria voce un tono di profonda soddisfazione, esclamando: — Finalmente ci sei! Perché diavolo non resti nei paraggi, così possiamo parlare senza che io debba ricorrere all'anello?

Poi tacque e assunse l'espressione di una persona che ascoltava attentamente. L'occhio nello spioncino si allargò, poi venne scostato e sostituito da un altro.

— Bene — disse Leeming, sistemandosi più comodamente — Te li indicherò alla prima occasione e lascerò che te ne occupi come meglio credi. Ma parliamo nella nostra lingua, ci sono troppi curiosi qui intorno per i miei gusti. — Tirando un lungo respiro si mise a parlare in fretta e senza interruzione. — La trappola è scattata e lo specchio si è infranto da un lato all'altro, la maledizione è scesa su di me, pianse la signora di...

La porta si spalancò e due guardie, nella fretta di afferrare l'oggetto, caddero quasi lunghe distese sul pavimento della cella. Altre due si appostarono all'esterno, con gli occhi fiammeggianti dell'ufficiale alle spalle. Marsin si teneva in disparte, spaventato.

Una guardia afferrò il congegno con gli anelli, gridando: — L'ho preso! — e schizzò fuori. Il suo compagno lo seguì di corsa. Sembravano entrambi isterici per la felicità. Prima che la porta si chiudesse ci fu un intervallo di dieci secondi, e Leeming sfruttò quell'occasione. Puntò l'indice e il mignolo della mano verso il gruppo e fece dei movimenti orizzontali come per sferrare delle stilettate. Fece il classico gesto delle corna come quando era bambino; il gesto tipico di chi lanciava il malocchio su qualcuno.

— Eccoli! — declamò teatralmente, parlando a qualcosa o a qualcuno che nessuno poteva vedere. — Sono quelli i brutti ceffi dalla pelle squamosa di cui ti ho detto. Vanno in cerca di guai. Sono loro che lo vogliono. Puniscili senza pietà!

L'intero gruppo gli apparve piuttosto allarmato prima che la porta si chiudesse con uno schianto, nascondendoli. Origliando accanto all'uscio, li sentì allontanarsi di corsa, borbottando tra di loro.

Non erano passati più di dieci minuti che Leeming aveva spezzato un altro pezzo di filo dal rotolo appeso alla sbarra della finestrella, e sistemato di nuovo la mascheratura di polvere e di sputo sul capo annodato. Un'ora più tardi aveva finito di preparare un altro *bopamagilvie*. L'esercizio gli consentiva ormai di farli molto rapidamente.

In mancanza del pezzo di legno come base d'appoggio, si servì del chiodo per scavare un buco nel terriccio tra le grosse lastre di pietra del pavimento della cella. Introdusse le gambe dell'anello nel foro, facendo ruotare il congegno da una parte all'altra per eseguire la procedura usuale. Poi cominciò a dare violenti calci alla porta.

Quanto arrivò il momento giusto, si stese sulla pancia e prese a recitare nell'anello il terzo paragrafo del Capitolo 27, Sezione 9, Sottoparagrafo B, del Regolamento Spaziale. L'aveva scelto perché era un gioiello di fraseologia burocratica, dove ogni singola frase era lunga mille parole e aveva un significato che Dio solo conosceva.

— Quando si deve effettuare il rifornimento di carburante come misura d'emergenza in una stazione non catalogata ufficialmente come tale nelle apposite liste o definibile per scopi speciali come stazione base secondo la Sezione A (5) emendamento A (5) B, detta stazione dovrà essere considerata come se fosse definibile Stazione Base secondo la Sezione A (5) emendamento A (5) B, a condizione che l'emergenza ricada sotto quanto previsto dalla lista autorizzata delle necessità tecniche quali specificate nella Sezione J (29-33), con i supplementi aggiunti applicabili alle stazioni-base di rifornimento dove le suddette sono..

Lo spioncino si spalancò e si richiuse. Qualcuno corse via a tutta velocità. Un minuto dopo il corridoio fu scosso da quella che sembrava una massiccia carica di cavalleria. Lo spioncino si aprì di nuovo e si richiuse. La porta si spalancò rumorosamente.

Questa volta lo denudarono, ispezionarono i suoi indumenti e rastrellarono la cella da cima a fondo. Le loro maniere erano quelle di chi manca decisamente di amore fraterno. Girarono sottosopra la panca, la percossero, la presero a pugni, a calci, fecero tutto quanto era possibile tranne che osservarla con l'aiuto di una grossa lente d'ingrandimento.

Mentre seguiva queste operazioni, Leeming li stuzzicava con risolini sinistri. C'era stato un tempo in cui non sarebbe stato capace di emettere risolini come quelli neppure se avesse vinto una grossa scommessa. Ma adesso li poteva fare. I modi in cui un uomo può reagire a seconda delle situazioni sono infiniti.

Con uno sguardo carico di odio mortale, una guardia uscì, tornò barcollando con una pesante scala a pioli e vi salì, esaminando scrupolosamente la finestrella. Se doveva essere un esame approfondito, fallì nel suo intento perché la mente della guardia era preoccupata soltanto della solidità delle sbarre. Le afferrò tutte, una alla volta, con entrambe le mani e le scosse vigorosamente. Le sue dita non toccarono il filo e i suoi occhi non lo scorsero. Soddisfatto, scese e riportò fuori la scala.

Gli altri uscirono. Leeming si rivestì e origliò accanto allo spioncino. Si udiva un lieve soffio di un respiro e di tanto in tanto un fruscìo di abiti. Si sedette sulla panca e aspettò. Poco dopo le luci si riaccesero e lo spioncino si aprì di scatto.

Puntando due dita tese verso la porta, Leeming esclamò con enfasi:

— Crepa, *faplap*!

Lo spioncino si richiuse bruscamente. Un rumore di passi che si allontanavano rapidi svanì nel silenzio. Aspettò ancora. Dopo mezz'ora di assoluto silenzio l'occhio ricomparve e come punizione ricevette un'altra invettiva da parte delle due dita tese. Cinque minuti più tardi ne ricevette un'altra. Se si trattava dello stesso occhio ogni volta, bisognava pensare che il suo proprietario gradisse un simile trattamento.

Quel gioco continuò a intervalli irregolari per quattro ore prima che l'occhio ne avesse abbastanza. Leeming costruì immediatamente un altro anello e parlò di nuovo attraverso il cappio, alzando il più possibile la voce e provocando un'altra incursione delle guardie. Questa volta non lo spogliarono e non ispezionarono la cella. Si accontentarono di sequestrargli l'aggeggio. E mostrarono sintomi di esasperazione.

Gli restava ancora del filo a sufficienza per costruire un altro strumento in grado di mandare alle stelle la loro pressione. Decise di con servarlo in caso di necessità futura e di dormire un poco Lo scarso cibo che gli veniva somministrato e la mancanza di riposo cominciarono a far sentire i loro effetti.

Lasciandosi cadere pesantemente sulla panca, sospirò e chiuse gli occhi cerchiati di rosso. Dopo un po' si mise a russare così rumorosamente da sembrare che stesse segando le sbarre. Questo fatto determinò il panico nel corridoio e indusse la squadra delle guardie a fare un'altra incursione.

Svegliato dal fracasso, Leeming li maledisse fino alla dannazione. Poi si distese nuovamente. Era stanco morto... ma lo erano anche gli altri.

Dormì ininterrottamente fino a mezzogiorno, a parte la sosta per la solita colazione disgustosa. Poi arrivò il solito pranzo schifoso. Durante l'ora d'aria lo tennero chiuso in cella. Bussò e diede calci alla porta, chiese di sapere perché non gli era permesso passeggiare in cortile, urlò minacce di dissezione ghiandolare per tutti quanti. Ma nessuno gli fece caso.

Così si sedette sulla panca e rifletté. Forse il rifiuto di farlo uscire era una forma di rappresaglia per averli fatti saltare tutta la notte come pulci affamate. Oppure, il Rigeliano era caduto in sospetto e avevano deciso di impedirgli ogni contatto con gli altri prigionieri.

Comunque, aveva messo in agitazione i nemici. Da solo stava creando una gran confusione, e ben lontano dalla prima linea. Era veramente notevole. Il fatto che un combattente fosse prigioniero non significava che fosse fuori dalla battaglia. Perfino dietro spesse mura poteva impegnare con ripetuti attacchi il nemico, assorbendo il suo tempo e le sue energie, indebolendogli il morale, occupando almeno una parte delle sue forze.

Il passo successivo, concluse, era quello di amplificare e rinforzare le maledizioni. Doveva farlo nel modo più comprensibile che poteva. Tanto più grosse le sparava e più ambigui erano i termini con cui le esprimeva, tanto più facilmente avrebbe potuto godere di credito per le disgrazie che prima o poi sarebbero certamente accadute.

Era la tecnica delle previsioni delle zingare. La gente tende ad attribuire particolari significati all'ambiguità quando le circostanze si presentano assumendo forme a cui dare speciali dimensioni. Non è neppure necessario che la gente sia particolarmente credulona. Basta renderla ansiosa e incuriosirla circa gli avvenimenti futuri.

"*Nel prossimo futuro un uomo alto e bruno passerà sul tuo cammino...*"

Dopodiché, ogni maschio di altezza superiore alla media e non biondo si adatterà all'immagine. E ogni momento, sia tra cinque minuti sia tra cinque anni, sarà inteso come prossimo futuro.

"*Mamma, quando è passato l'assicuratore mi ha proprio sorriso. Ti ricordi cosa aveva detto la zingara?*"

Se si desidera concludere qualcosa di utile bisogna adattarsi all'ambiente. Se questo è radicalmente diverso dall'ambiente di tutti gli altri, il sistema di adattamento deve essere altrettanto differente. Per quanto ne sapeva Leeming, lui era l'unico Terrestre in quella prigione, e l'unico detenuto segregato in isolamento. Di conseguenza, la sua tattica poteva non avere niente in comune con gli schemi che avevano in mente i Rigeliani.

Non c'era dubbio che i Rigeliani stessero preparando qualcosa. Non sarebbero stati così diffidenti e riservati. Quasi sicuramente stavano scavando una galleria. Forse alcuni di loro erano sottoterra proprio in quel momento, a raschiare e a grattare senza attrezzi. A togliere pochi grammi per volta di terriccio e di roccia. A fare progressi al ritmo patetico di dieci centimetri per notte. Con il rischio costante di venire scoperti, intrappolati, o forse fucilati. Un progetto lungo anni, che poteva essere interrotto in un secondo da un urlo e dalla scarica di un fucile automatico.

Ma per evadere da una cella di pietra dentro una prigione di pietra non era necessario ricorrere a una fuga disperata e spettacolare. Se si aveva abbastanza pazienza, intraprendenza, astuzia e coraggio, si poteva convincere il nemico ad aprire la porta e a farsi buttare fuori.

Sì, Leeming poteva ricorrere all'ingegno che Dio gli aveva concesso.

Secondo la legge delle probabilità potevano succedere diverse cose dentro e fuori della prigione, e non tutte gradite al nemico. Qualche ufficiale poteva prendersi una colica fulminante, o una guardia cadere da una scala e rompersi una gamba. Qualcuno poteva perdere dei soldi, o i calzoni, o i sensi. Peggio ancora, poteva crollare un ponte, deragliare un treno, oppure una nave spaziale poteva schiantarsi durante il decollo. Poteva avvenire un'esplosione in una fabbrica di munizioni. O un capo militare morire stecchito.

Leeming avrebbe giocato la carta vincente se fosse riuscito a rivendicare i diritti d'autore su questi incidenti. La cosa essenziale era mettere la situazione in modo tale che i nemici non potessero reagire né vendicarsi con lui nella camera della tortura.

La strategia ideale consisteva nel convincerli del suo potere malefico e nello stesso tempo della loro impotenza. Se ci riusciva, e le probabilità a suo favore non erano poi tante, sarebbero arrivati alla logica conclusione che l'unico modo per liberarsi di un problema continuo era sbarazzarsi di Leeming... vivo e tutto intero.

Certamente era un problema la cui soluzione l'avrebbe atterrito anche a casa. In effetti sembrava impossibile, nonostante la lezione numero uno della conquista spaziale secondo la quale non esisteva nulla di impossibile. Ma ormai Leeming aveva avuto a disposizione tre mesi di solitudine per inventare una soluzione... e il cervello viene stimolato in modo sorprendente dalle situazioni difficili. Era una fortuna che ora avesse un'idea in testa; gli restavano solo dieci minuti prima che arrivasse il momento di metterla in atto.

La porta si aprì, tre guardie lo fissarono in modo torvo, e una gli disse in tono asprò: — Il comandante vuole vederti subito. *Amash, faplap!*

— Una volta per tutte, io non sono un *faplap*, chiaro? — esclamò Leeming uscendo dalla cella.

La guardia gli assestò un calcio nel sedere.

Il comandante stava accoccolato dietro la scrivania con due ufficiali di rango inferiore seduti ai suoi fianchi. Era un individuo di costituzione robusta, e i suoi occhi privi di palpebre e ricoperti di una sostanza cornea gli conferivano un'espressione glaciale mentre studiava attentamente il prigioniero.

Leeming si accomodò su una sedia a portata di mano, e l'ufficiale di destra parve andare su tutte le furie. — Alla presenza del comandante si sta sull'attenti! — urlò.

— Lasciatelo stare seduto — lo contraddisse il comandante con un gesto annoiato.

"Una concessione in partenza" pensò Leeming. Con curiosità osservò un mucchio di carte sulla scrivania. Immaginò che si trattasse di un rapporto completo sul suo conto. Tra breve l'avrebbe saputo. Comunque, lui aveva a disposizione alcune armi per difendersi. Sarebbe stato un peccato, per esempio, non sfruttare la loro ignoranza. Gli Alleati non sapevano niente degli Zangastani. D'altra parte, però, anche gli Zangastani sapevano poco o niente delle diverse specie di Alleati, compresi i Terrestri. Per loro, misurarsi con lui, significava misurarsi con un fattore incognito, imponderabile. E d'ora in poi quel fattore sarebbe stato raddoppiato dall'aggiunta di una *X*.

— Mi hanno informato che ora parlate la nostra lingua — cominciò il comandante.

— Sarebbe inutile negarlo — confermò Leeming.

— Molto bene. Ci darete le informazioni che vi riguardano.

— Le ho già date al maggiore Klavith.

— Questo non mi interessa. Risponderete alle mie domande, e sarà bene che le risposte siano veritiere. — Posando un modulo stampato sulla scrivania, sollevò una penna, pronto a scrivere. — Nome del pianeta d'origine?

— Terra.

L'altro scrisse secondo la fonetica della propria scrittura, poi continuò: — Nome della razza?

— Terrestre.

— Nome della specie?

— *Homo nosipaca* — disse Leeming, restando impassibile.

Mentre trascriveva, il comandante parve dubbioso. — Che cosa significa?

— Uomo che viaggia nello spazio — lo informò Leeming.

— Uhm! — Suo malgrado, il comandante era visibilmente impressionato. — Il vostro nome?

— John Leeming.

— John Leeming — ripeté il comandante, scrivendo.

— E anche Eustachio Phenackertiban — aggiunse Leeming, con indifferenza.

Anche questo nome venne trascritto, sebbene il comandante trovasse una certa difficoltà a tracciare riccioli e sgorbi adatti a esprimere il suono della parola Phenackertiban. Gli chiese due volte di ripetere il cognome, e Leeming obbedì cortesemente.

Osservando il risultato, che assomigliava a una ricetta cinese per la preparazione di una zuppa di uova marce, il comandante disse: — È una vostra consuetudine quella di avere due nomi?

— Certamente — gli assicurò Leeming. — Non possiamo evitarlo, visto che siamo in due.

Il comandante fece l'atto di sollevare le sopracciglia che non aveva. — Volete dire che siete generati a coppie? Due maschi o due femmine, completamente identici ogni volta?

— Oh, no. Niente affatto — replicò Leeming con l'aria di chi doveva spiegare una cosa ovvia. — Ogni volta che nasce, ognuno di noi acquisisce immediatamente un Eustachio.

— Un Eustachio?

— Sì.

Il comandante aggrottò la fronte, si stuzzicò i denti con un dito e lanciò un'occhiata agli altri ufficiali. Se stava cercando ispirazione, la fortuna non era dalla sua parte; quelli preferirono rivolgere lo sguardo altrove, come se fossero lì solo per tenergli compagnia.

— Che cos'è un Eustachio? — domandò alla fine.

Leeming lo guardò a bocca aperta, fingendo incredulità. — Non lo sapete?

— Le domande le faccio io! Voi limitatevi a rispondere. Che cos'è un Eustachio?

— Un'entità invisibile che fa parte di noi stessi — lo informò Leeming.

Un barlume d'intelligenza apparve sul viso squamoso del comandante. — Ah, volete dire un'anima? Date un nome diverso dal vostro alla vostra anima?

— Niente affatto. Io ho una mia anima, e Eustachio ha la sua. — Poi, ripensandoci, aggiunse: — Almeno, spero che l'abbiamo.

Il comandante si appoggiò allo schienale e lo fissò. Ci fu un lungo silenzio, durante il quale gli ufficiali di scorta continuarono a fare i tonti.

Alla fine il comandante disse: — Non capisco.

— In questo caso — annunciò Leeming trionfalmente — è evidente che voi non avete nessun equivalente alieno di un Eustachio. Siete unici e soli. Che sfortuna!

Battendo la mano sulla scrivania, il comandante assunse un tono più militare e gli intimò: — Che cos'è esattamente un Eustachio? Spiegatemelo il più chiaramente possibile!

— Non sono nella posizione di rifiutare informazioni — ammise Leeming con falsa riluttanza. — Non che importi molto, comunque; anche se riusciste a capire perfettamente di cosa si tratta, non potreste farci nulla ugualmente.

— Questo resta da vedere — ribatté il comandante assumendo un'aria minacciosa. — Smettetela di essere evasivo e ditemi tutto quello che sapete di questo Eustachio

— Ogni terrestre vive una doppia vita, dalla nascita alla morte — disse Leeming. — Esiste in costante associazione mentale con un'entità che si chiama sempre Eustachio e qualcos'altro. Il mio si chiama Eustachio Phenackertiban.

— Potete *vedere* questa entità?

— No, mai. Non possiamo vederla, né avvertirne l'odore o la presenza fisica.

— Dunque, come fate a sapere che non si tratta di un'illusione della vostra specie?

— Prima di tutto, perché ogni Terrestre può sentire il proprio Eustachio. Io sono in grado di fare lunghe conversazioni con il mio, sempre che sia nelle vicinanze, e lo sento parlare con chiarezza e con logica nel profondo della mia mente.

— Non lo udite con le orecchie?

— No, solo con la mente. La comunicazione è telepatica, o per essere precisi, quasi telepatica.

— Ah, davvero? — osservò il comandante con molto sarcasmo. — Vi hanno sentito parlare a voca alta, gridare con quanto fiato avevate in gola. Telepatia, *enk*?

— Se devo lanciare i miei pensieri a una certa distanza, lo faccio meglio esprimendomi a parole. La gente fa la stessa cosa quando parla da sola per risolvere un problema difficile. Non avete mai parlato da solo?

— Non vi riguarda. Avete altre prove che il vostro Eustachio non sia immaginario?

Tirando un profondo respiro, Leeming proseguì con sicurezza. — Ha il potere di fare molte cose che lasciano un segno evidente del suo operato. — Spostò la sua attenzione sull'ufficiale di sinistra. — Per esempio, se il mio Eustachio è in collera con quell'ufficiale e mi avverte che intende farlo cadere dalle scale, e se prima che passi molto tempo l'ufficiale qui presente cade dalle scale e si rompe l'osso del collo...

— Potrebbe essere una semplice coincidenza — lo interruppe il comandante.

— Potrebbe — convenne Leeming. — Ma ci sono troppe coincidenze. Se un Eustachio promette di far accadere quaranta o cinquanta cose di seguito, e queste accadono tutte, significa che è lui a provocarle come aveva promesso, oppure che è un profeta formidabile. Gli Eustachi non sostengono di essere profeti. Nessun essere, visibile o invisibile, è in grado di prevedere il futuro con precisione così accurata.

— Questo è vero.

— Voi accettate il fatto di avere un padre e una madre?

— Naturalmente — ammise il comandante.

— Non lo considerate strano, o anormale?

— Certamente no! È inconcepibile che qualcuno nasca senza i genitori.

— Nello stesso modo noi accettiamo il fatto di avere gli Eustachi, e non possiamo concepire di esistere senza loro.

Il comandante ci pensò su, poi si rivolse all'ufficiale alla sua destra. — Questo puzza di reciproco parassitismo. Sarebbe interessante sapere quali vantaggi traggono l'uno dall'altro.

— È perfettamente inutile chiedere che cosa può ricavare da me il mio Eustachio — intervenne Leeming. — Non ve lo posso dire perché non lo so.

— Vi aspettate forse che ci creda? — chiese il comandante, assumendo l'aria di chi la sa lunga e non si lascia ingannare facilmente. Mise in mostra i denti. — Stando a voi, potete parlare con lui. Perché non glielo avete mai domandato?

— Noi Terrestri ci siamo stancati di fare domande da un sacco di tempo. Abbiamo lasciato perdere l'argomento e accettato la situazione.

— Perché?

— La risposta era sempre la stessa. Gli Eustachi dichiarano subito che noi siamo essenziali alla loro esistenza, ma non possono spiegare come, perché non hanno il modo di farcelo capire.

— Questa potrebbe essere una scusa, una scappatoia per l'autoconservazione — ipotizzò il comandante. — Non ve lo dicono perché non vogliono che lo sappiate.

— Be', ammettiamolo pure. In questo caso cosa ci consigliereste di fare?

Ignorando la domanda, il comandante continuò l'interrogatorio. — E quali benefici ottenete *voi*, da questa comunione? In che cosa *vi* è utile il vostro Eustachio?

— Mi fa compagnia, mi dà conforto, informazioni, consigli e...

— E cosa?

Piegandosi in avanti con le mani appoggiate sulle ginocchia, Leeming gli sibilò la risposta in faccia. — Se necessario, vendetta!

Quell'affermazione colpì nel segno. Il comandante si appoggiò allo schienale, mostrando irritazione e scetticismo nello stesso tempo. I due subalterni parvero colti da un'ansia disciplinata. Quando un uomo può essere abbattuto da un fantasma, la guerra che sta combattendo diventa un inferno.

Riprendendosi con uno sforzo, il comandante sorrise. — Voi siete prigioniero. Siete qui da alcuni mesi. Non mi sembra che il vostro Eustachio abbia fatto molto per voi.

— Non ancora — convenne Leeming allegramente.

— Cosa significa "non ancora"?

— Poiché è libero di girovagare su un pianeta nemico, ha dei compiti di priorità assoluta che lo tengono occupato per un po'. Ha fatto molto, anche troppo, e farà molto di più... ma al momento opportuno e secondo i metodi che preferisce.

— Ah, è così? E che cosa intende fare?

— Aspettate e lo vedrete — gli comunicò Leeming con grande sicurezza.

Questo non fece piacere ai suoi nemici.

— Nessuno può imprigionare più di mezzo Terrestre — continuò Leeming. — Solo la metà visibile, quella tangibile e materiale. L'altra non può essere catturata in nessun modo. Sfugge a ogni possibilità di controllo. Se ne va in giro liberamente, raccoglie informazioni di importanza militare, si compiace di commetere piccoli atti di sabotaggio, e fa tutto quello che gli pare. Voi avete creato questa situazione con le vostre stesse mani, e adesso dovete affrontarla.

— L'abbiamo creata noi? Non siamo stati noi a invitarvi qui. Ci siete venuto senza chiedere il permesso.

— Non avevo scelta. Ho dovuto eseguire un atterraggio d'emergenza. Questo poteva essere un pianeta amico. Non lo era. Di chi è la colpa? Se insistete a combattere con la Lega contro gli Alleati dovete prepararvi a subirne le conseguenze, compreso tutto ciò che un Eustachio ritiene giusto fare.

— Abbiamo sempre una soluzione possibile — ribatté il comandante con un sorriso crudele. — Potremmo uccidervi e liberarci di voi... e del vostro Eustachio.

Leeming fece una risata sprezzante. — Ciò renderebbe le cose cinquanta volte peggiori.

— In che modo?

— La lunghezza della vita di un Eustachio è superiore a quella del suo compagno terrestre. Quando un uomo muore, il suo Eustachio impiega da sette a dieci anni per scomparire. Un'antica canzone dice che gli Eustachi in realtà non muoiono mai, scompaiono soltanto. Il nostro pianeta è pieno di Eustachi che svaniscono lentamente, ma non sappiamo con precisione cosa avvenga di loro dopo la nostra morte.

— E con questo?

— Uccidendomi avrete isolato il mio Eustachio su un pianeta nemico, senza un uomo o un altro Eustachio per compagnia. Saprà di avere i giorni contati e non avrà più nulla da perdere non essendo limitato dalla preoccupazione della mia sicurezza. Poiché io sarò morto, potrà escludermi dai suoi piani e concentrarsi su tutto quello che deciderà di fare. — Mentre terminava, Leeming guardò i suoi interlocutori. — È facile immaginare che se ne andrà in giro in preda a follia omicida provocando orgie di distruzione. Ricordate, per lui siete solo una forma di vita aliena. Non avrà sentimenti né rimorsi nei vostri riguardi.

Il comandante rifletté in silenzio. Era estremamente difficile credere a tutto quello, e il suo primo istinto fu di rifiuto. Ma prima della conquista spaziale era stato altrettanto difficile ammettere cose ancor più straordinarie che ora venivano accettate come luoghi comuni. Non osava respingere quella possibilità considerandola una sciocchezza; era passato il tempo in cui ci si poteva permettere di essere dogmatici. Le avventure spaziali di tutte le specie della Lega e degli Alleati avevano a malapena scalfito una delle innumerevoli galassie che formavano l'universo. Nessuno poteva dire quali straordinari segreti dovevano ancora essere rivelati, comprese, forse, entità eteriche come gli Eustachi.

D'accordo, gli stupidi credono a certe cose perché sono ingenui... oppure sono ingenui a causa della loro stupidità. Gli intelligenti non accettano nulla ciecamente, ma essendo coscienti della propria ignoranza, non negano neppure l'esistenza di qualcosa. Proprio in quel momento il comandante si rendeva conto della generale ignoranza riguardo la forma di vita che chiamavano Terrestri. Era possibile che esistessero creature doppie, per metà John, e per metà Eustachi.

— Tutto questo non è impossibile — mormorò lentamente — ma mi sembra improbabile. Ci sono più di venti razze amiche nella Lega, ma non ne conosco nessuna che viva in associazione con un'altra.

— I Lathiani — lo contraddisse Leeming, citando i capi dell'opposizione, causa principale della guerra.

Il comandante sembrò sbigottito. — Intendete dire che anche loro hanno un Eustachio?

— No. Hanno qualcosa di simile, ma inferiore. Ogni Lathiano è controllato inconsciamente da un'entità che si chiama Traveggola. Loro, naturalmente, non lo sanno. Noi stessi non l'avremmo saputo se non ce l'avessero detto i nostri Eustachi.

— Come l'hanno scoperto?

— Come sapete, finora le battaglie più importanti sono state combattute nel settore lathiano. Da entrambe le parti sono stati fatti dei prigionieri. I nostri Eustachi ci hanno detto che ogni prigioniero lathiano aveva una forza che lo controllava, anche se ne era ingenuamente inconsapevole. — Sorrise, poi aggiunse: — Hanno messo in chiaro che non hanno molta stima delle Traveggole. Apparentemente, queste ultime appartengono a una forma di vita inferiore.

Agrottando la fronte, il comandante disse: — Questa è un'affermazione che dovremo controllare. Ma come possiamo farlo se i Lathiani ignorano lo stato delle cose?

— Facile come mangiare una torta — propose Leeming. — Loro hanno un gruppo di prigionieri terrestri. Fate chiedere a questi prigionieri, presi separatamente, se i Lathiani hanno o no le Traveggole.

— Faremo proprio così — disse bruscamente il comandante, assumendo l'aria di chi stava per smascherare un bluff. Si rivolse all'ufficiale alla sua destra. — Bajashim, manda un messaggio al nostro ufficiale capo di collegamento presso il quartier generale lathiano e ordinagli di interrogare questi prigionieri.

— Visto che ci siete, potete fare un secondo controllo — intervenne Leeming. — Da noi coloro che dividono la propria vita con un essere invisibile sono chiamati Citrulli. Chiedete ai prigionieri terrestri se i Lathiani sono tutti Citrulli, oppure no.

— Prendi nota, e fai chiedere anche questo — ordinò il comandante. Poi rivolse di nuovo la sua attenzione a Leeming. — Dato che non siete stato in grado di prevedere il vostro atterraggio forzato e la vostra cattura, e dato che siete stato in isolamento, è chiaro che non c'è possibilità di contatto tra voi e i prigionieri terrestri lontani da qui.

— Esatto.

— Quindi valuterò la vostra testimonianza alla luce delle risposte al messaggio. — Fissò Leeming con fermezza. — Se non confermeranno le vostre affermazioni saprò che siete un bugiardo svergognato. Su questo pianeta abbiamo sistemi molto efficaci per trattare con i bugiardi.

— Lo immaginavo. Ma se le risposte confermeranno quanto ho detto, saprete che ho affermato il vero, non trovate?

— No! — disse il comandante furibondo.

Ora fu Leeming a mostrare sorpresa. — Perché no?

Stringendo le labbra, il comandante sibilò: — Perché, come ho detto, non può esserci stata nessuna comunicazione diretta tra voi e i prigionieri terrestri, ma questo non significa nulla. Potrebbero esserci contatti tra il vostro Eustachio e i loro.

Poi si piegò di lato, aprì un cassetto, e tirò fuori un anello. Poi un altro, e un altro ancora. Una serie intera di anelli identici.

— Bene — cominciò con un'aria maliziosamente trionfale. — Cosa avete da dirmi di questi oggetti?

9

Leeming fu colto quasi dal panico. Poteva capire cosa intendeva il capitano. Lui era in grado di parlare con il suo Eustachio, che a sua volta poteva comunicare con gli altri Eustachi. E questi potevano parlare con i loro compagni prigionieri.

Doveva tirarsi fuori da quel pasticcio.

Leeming aveva una mente agile, ma dopo tre mesi di semi-digiuno cominciava a perdere il passo. La mancanza di nutrizione adeguata lo stava segnando; i suoi pensieri erano lenti proprio quando avrebbe avuto bisogno che fossero pronti e scattanti.

I tre dietro la scrivania aspettavano osservando la sua faccia, contando i secondi che gli occorrevano per trovare una risposta. Più tempo impiegava a trovarne una, meno credibile sarebbe stata. Più in fretta rispondeva, più plausibile sarebbe sembrato. Sui loro visi si stava disegnando un'espressione di cinica soddisfazione e lui si sentiva già al limite del parossismo, quando intravide una possibilità e la colse al volo.

— Vi sbagliate su due punti.

— Spiegatevi.

— Prima di tutto, un Eustachio non può comunicare con un altro a una distanza così grande. La potenzialità della sua mente non arriva tanto lontano. Per comunicare da un pianeta a un altro deve ricevere l'aiuto di un Terrestre che, a sua volta, abbia a disposizione un'apparecchiatura radio.

— Abbiamo solo la vostra parola — gli fece notare il comandante. — Se un Eustachio *potesse* comunicare senza limiti, sarebbe nel vostro interesse tenerlo nascosto.

— Non posso fare altro che darvi la mia parola, senza badare al fatto che ci crediate o meno.

— Non vi credo. Non ancora...

— Nessuna unità operativa terrestre è venuta per liberarmi, come sarebbe accaduto invece se il mio Eustachio avesse potuto parlare di me.

— Puah! — Sbottò il comandante. — Ci sarebbe voluto molto più tempo di quanto ne abbiate passato in prigionia. Almeno il doppio. E anche in questo caso solo per miracolo avrebbero evitato di essere distrutti lungo il viaggio. La mancanza di una spedizione di soccorso non significa nulla. — Attese una risposta che non arrivò, e proseguì: — Se avete qualcos'altro da dire, sarà meglio per voi che sia convincente.

— Ma lo è! — asserì Leeming. — E in questo caso non abbiamo la mia parola, ma la vostra.

— Sciocchezze! Io non ho fatto nessuna affermazione riguardo gli Eustachi.

— Al contrario. Avete detto che potrebbe esserci contatto tra loro.

— E allora?

— Potrebbero esserci contatto solo se gli Eustachi esistono veramente, e in tal caso la mia dichiarazione è veritiera. Ma, se è falsa, allora gli Eustachi non esistono e non è possibile che ci sia collaborazione tra cose inesistenti.

Il comandante rimase immobile, mentre sulla sua faccia compariva una debole ombra rossastra. Sembrava e si sentiva come un cacciatore caduto nella sua stessa trappola. L'ufficiale alla sua sinistra aveva l'espressione di qualcuno che cercava di trattenere a forza una risatina irriverente.

— Se — proseguì Leeming calcando la dose — non credete agli Eustachi, non potete logicamente credere in una cospirazione tra loro. D'altra parte, se credete in questa possibilità, dovete per forza di cose ammettere la loro esistenza. Questo, naturalmente, nel caso in cui siate in possesso di tutte le vostre facoltà mentali.

— Guardie! — strillò il comandante puntando il dito con un gesto rabbioso. — Riportatelo in cella!

I militari obbedirono immediatamente cominciando a spingerlo verso la porta, ma a un tratto il comandante cambiò idea e urlò: — Alt! — Afferrò un anello e lo fece ruotare sotto gli occhi di Leeming. — Dove vi siete procurato il materiale per costruirlo?

— Me lo ha portato il mio Eustachio. Chi altri?

— Portatelo via!

— *Merse, faplap*! — incalzarono le guardie, colpendolo con i fucili. — *Amash! Amash!*

Trascorse il resto di quella giornata e la seguente seduto o steso sulla panca ripensando a quanto era accaduto, cercando di decidere la prossima mossa, e in alcuni momenti compiacendosi della propria abilità di bugiardo.

Di tanto in tanto si chiedeva come apparivano i suoi sforzi di conquistarsi la libertà con le parole, in confronto ai tentativi dei Rigeliani di farlo a mani nude. Chi aveva fatto più progressi? Ma ancora più importante era sapere chi, una volta fuori, sarebbe riuscito a rimanerci. Una cosa era certa: il suo metodo era meno estenuante per un fisico malnutrito e indebolito, sebbene più logorante per i nervi.

Un altro vantaggio era che in questo modo era riuscito a distogliere i nemici dalle loro intenzioni di spremergli informazioni militari. O forse non era così? Era possibile che dal loro punto di vista le sue rivelazioni circa la doppia natura dei Terrestri fossero infinitamente più importanti dei dettagli sugli armamenti, i cui dati potevano comunque essere falsi. Allo stesso modo, aveva evitato per un po' un interrogatorio che poteva essere estenuante e doloroso. Rinviando quell'agonia, aveva aggiunto splendore alla gemma originale della saggezza, vale a dire che le panzane potevano ingannare anche le menti più acute.

Tanto per divertirsi ancora di più, aspettò il momento opportuno, e quando lo spioncino si aprì si fece cogliere nell'atto di ringraziare Eustachio per qualche strano servizio non meglio specificato. Come aveva previsto, ciò indusse l'impressionabile Marsin a chiedersi chi fosse caduto sotto le grinfie di quel brutto ceffo di Eustachio. Senza alcun dubbio, entro breve tempo anche il sergente avrebbe riflettuto sulla medesima questione. E, a tempo debito, lo avrebbero fatto anche gli ufficiali.

Verso mezzanotte, poiché non riusciva a dormire, pensò che non ci fosse nessun motivo di lasciare le cose a metà. Se una cosa meritava di essere fatta meritava di essere fatta bene... e ciò si applicava alle menzogne esattamente come a ogni altra cosa. Perché accontentarsi di mostrare un sorriso ogni volta che il nemico subiva una piccola sventura?

La sua tattica poteva essere spinta molto più in là. Nessuna forma di vita era al sicuro di fronte ai capricci del fato. In qualunque parte del cosmo, poteva arrivare sia la buona sia la cattiva sorte. Non c'erano motivi per cui un Eustachio non potesse ricevere credito per entrambe. Nessun motivo per cui lui, Leeming, non dovesse attribuirsi la facoltà di punire o premiare ciò che aveva inventato con la propria fantasia.

Neppure quello era il limite. La fortuna e la sfortuna erano fasi positive dell'esistenza. Lui poteva attraversare la zona neutra e requisire le fasi negative. Per mezzo di Eustachio poteva assumersi la responsabilità non solo delle cose che accadevano, sia buone che cattive, ma anche di quelle *non* fatte. Nei momenti in cui non accampava diritti su cose accadute, poteva sfruttare quelle che non erano successe.

La voglia di cominciare subito era irresistibile. Alzandosi dalla panca, si mise a battere alla porta con violenza. La guardia era appena cambiata, perché l'occhio che sbirciò nella cella era quello di Kolum; un tipo che gli aveva appioppato un calcio nel sedere non molto tempo prima. Kolum era un po' più sveglio di Marsin, e se gli si dava il tempo di riflettere sapeva perfino contare su tutte e dodici le dita.

— Così, sei tu! — disse Leeming, dimostrandosi sollevato. — Ne sono molto felice! L'avevo pregato di lasciarti in pace, di non disturbarti almeno per un poco. Ma lui è troppo impetuoso e troppo drastico. Mi sembra di capire che sei più intelligente delle altre guardie, e quindi sei in grado di cambiare le cose per il meglio. Per la verità, gli ho fatto osservare che sei troppo educato per essere un sergente. Lui non si lascia convincere molto facilmente, ma sto facendo quello che posso per te.

— Eh? — fece Kolum, mezzo lusingato e mezzo spaventato.

— Dunque, ti ha lasciato in pace fino a ora? — continuò Leeming, sapendo che l'altro non poteva negarlo. — Non ti ha fatto niente... ancora? — Poi aumentò la dose. — Farò del mio meglio per tenerlo sotto controllo. Solamente gli stupidi che agiscono per pura brutalità meritano una morte lenta e atroce.

— È vero — convenne Kolum con molto ardore. — Ma che cosa...

— Adesso... — lo interruppe Leeming con fermezza — sta solo a te dimostrare che la mia fiducia è giustificata, e proteggere così te stesso dal destino che colpirà quelli che saranno meno svelti a capire. Il cervello è fatto per essere usato, non è vero?

— Sì, ma...

— Chi non ha cervello non può usare ciò che non ha, vero?

— No, non possono, ma...

— Tutto quello che devi fare per mostrare la tua intelligenza è portare un messaggio al comandante.

Kolum sbatté gli occhi per lo spavento. — È impossibile. Non oserei mai disturbarlo a quest'ora. Il sergente di guardia non lo permetterà. Lui...

— Nessuno ti ha chiesto di portare il messaggio immediatamente. Deve riceverlo personalmente domani mattina, quando si sveglia.

— Be', allora è diverso — convenne Kolum, notevolmente sollevato. — Ma devo avvertirti che se non approverà il messaggio punirà te e non me.

— Non mi punirà per paura che io punisca lui a mia volta — gli assicurò Leeming, come se stesse affermando una verità accertata. — Scrivi il mio messaggio.

Appoggiando il fucile al muro del corridoio, Kolum prese di tasca carta e matita. Mentre si preparava all'arduo compito di scrivere, i suoi occhi assunsero un'espressione tesa.

— Al più Eminente Lurido Strozzino — cominciò Leeming.

— Che cosa significa "Lurido Strozzino?" — chiese Kolum mentre si sforzava di trascrivere le strane parole terrestri seguendo la fonetica della sua lingua.

— È un titolo. Significa «Vostra Altezza». Caspita... quanto è in alto! — Mentre l'altro rileggeva il foglio attentamente, Leeming si grattò il naso. Poi continuò a dettare, procedendo lentamente per stare alla pari con le capacità letterarie di Kolum. — Il cibo è poco e fa schifo. Io sono fisicamente debole, ho perduto molto peso, e si cominciano a vedere le costole. Al mio Eustachio tutto questo non piace. Più io dimagrisco, più lui si fa minaccioso. Si avvicina il momento in cui dovrò negare ogni responsabilità sulle sue azioni. Chiedo quindi alla Vostra Lurida Strozzinaggine di prendere in considerazione questo problema.

— Ci sono molte parole, e alcune sono troppo lunghe — si lagnò Kolum con un'espressione da rettile martirizzato. — Dovrò riscriverle in modo più leggibile alla fine del turno.

— Lo so, e apprezzo il disturbo che ti stai prendendo a mio favore — disse Leeming concedendogli uno sguardo amorevolmente fraterno. — È per questo che credo che vivrai abbastanza a lungo per portare a termine il tuo lavoro.

— Ma io voglio vivere ancora più a lungo! — insisté Kolum, sbattendo di nuovo gli occhi. — Ho il diritto di vivere, non è vero?

— È proprio quello che ho pensato anch'io — disse Leeming nel tono di chi si è sforzato tutta la notte per lottare contro l'irrefutabile, ma non è ancora sicuro della riuscita.

— Non posso parlare con te oltre — lo informò Kolum, raccogliendo il fucile. — Non ho il permesso di farlo. Se il sergente mi scopre...

— I giorni del sergente sono contati — annunciò Leeming solennemente. — Non vivrà abbastanza a lungo da sapere che è morto.

Kolum si bloccò con la mano tesa, pronto a chiudere lo spioncino, e sul suo volto apparve un'espressione sgomenta. — Come è possibile che *qualcuno* viva abbastanza a lungo da sapere che è morto?

— Dipende dal modo in cui muore — asserì Leeming. — Ci sono modi di cui non hai mai sentito parlare e che non potresti neppure immaginare.

Kolum non riuscì più a sopportare quella conversazione e chiuse lo spioncino. Leeming tornò alla panca e si coricò. La luce si spense. Sette stelle fecero capolino dalla finestrella... e non erano più così lontane.

Il mattino seguente la colazione arrivò con un'ora di ritardo, ma consisteva in una scodella piena di zuppa fragrante, due fette di pane integrale abbondantemente spalmate di grasso, e una larga tazza di un liquido caldo che ricordava vagamente il caffè. Leeming buttò giù tutto con un'aria di trionfo crescente. Al confronto con ciò che gli avevano dato fino ad allora, quell'abbondanza rendeva quel giorno simile a Natale. Con la pancia piena si ragionava meglio.

Quel giorno e il giorno successivo non arrivò nessuna convocazione per un secondo interrogatorio. Il comandante non fece altre mosse per più di una settimana. Era ovvio che Sua Lurida Strozzinaggine stava ancora aspettando una risposta dal settore lathiano e non si sentiva propenso a prendere ulteriori iniziative prima di averla ricevuta. Comunque, i pasti rimasero più sostanziosi, cosa che Leeming considerò una prova evidente che qualcuno si stava premunendo contro possibili sventure.

Poi, un mattino presto, i Rigeliani entrarono in azione. Dalla sua cella li sentiva, ma non poteva vederli. Ogni giorno, circa un'ora dopo l'alba, si udiva lo scalpiccio di duemila paia di piedi allontanarsi verso le officine. Generalmente non si sentiva altro, niente voci, niente conversazioni, solo la camminata stanca di quei piedi e l'urlo occasionale di qualche guardia.

Questa volta uscirono cantando, con un tono di sfida nelle voci rauche. In un frastuono dissonante gridavano qualche cosa riguardo Asta Zangasta, un uomo vecchio e sporco, con le pulci sul petto e una piaga sul naso. Poteva apparire una filastrocca stupida e infantile, ma non lo era. Lo sforzo comune sembrava contenere una minaccia indiretta.

Le guardie urlavano per farli smettere; ma il canto divenne più forte, e insieme al volume aumentava anche la sfida. In piedi sotto la finestrella, Leeming ascoltava attentamente. Era la prima volta che sentiva menzionare il nome odiato di Asta Zangasta, probabilmente il re di quel pianeta, o forse il capo supremo di quella banda di farabutti.

Il rumore di duemila voci salì in un crescendo parossistico. Le guardie urlavano come ossessi, ma le loro grida venivano soffocate nel fragore generale. Da qualche parte fu sparato un colpo di avvertimento. Sulle torrette, le guardie fecero ruotare le armi, puntandole verso il cortile.

— Oh, che gran bastardo è Asta Zangasta! — gridavano i Rigeliani avvicinandosi alla conclusione di quel loro poema epico.

Seguirono scoppi, spari, rumori di scaramucce, urla infuriate. Una pattuglia di venti guardie armate passò di corsa sotto la finestra di Leeming dirigendosi verso l'invisibile trambusto. La baraonda continuò ancora per mezz'ora circa prima di spegnersi gradualmente. Il silenzio che seguì era quasi assordante.

Nell'ora d'aria, Leeming ebbe tutto il cortile a disposizione perché non c'era nessun altro prigioniero in vista. Si aggirò lentamente, solo e sperduto, finché incontrò Marsin che faceva la ronda nel cortile.

— Dove sono gli altri? Che cosa è successo?

— Si sono comportati molto male e hanno perso un sacco di tempo. Resteranno nelle officine finché non avranno recuperato le ore di produzione perdute. È tutta colpa loro. Hanno cominciato tardi a lavorare per sabotare la produzione. Non abbiamo neanche avuto il tempo di contarli, questa mattina.

Leeming sogghignò. — È rimasta ferita qualche guardia?

— Sì — ammise Marsin.

— Non gravemente — suggerì lui. — Giusto quel tanto da far sentire il gusto di quanto sta per arrivare. Pensaci!

— Che cosa intendi dire?

— Quello che ho detto... pensaci! — Poi aggiunse: — Ma *tu* non sei rimasto ferito. Pensa anche a questo!

Si allontanò lentamente, lasciando l'altro sconcertato e a disagio. Fece sei volte il giro del cortile, meditando profondamente. L'improvvisa rivolta dei Rigeliani aveva messo in agitazione la prigione creando uno stato di confusione che sarebbe durato almeno una settimana. Si chiedeva che cosa l'avesse provocata. Forse l'avevano fatto per ottenere un po' di sollievo dopo le tante privazioni della prigionia. A volte la noia può condurre la gente a compiere le azioni più folli.

Mentre stava concludendo il settimo giro, continuando a riflettere, un'osservazione lo colpì con la violenza di un diretto al volto. "*Non abbiamo neanche avuto il tempo di contarli, questa mattina.*" Porca vacca! Doveva essere *quello* il motivo di quella messinscena. Il coro di quella mattina aveva evitato la conta. Poteva esserci una sola ragione per desiderare di sfuggire alla consueta sfilata di fronte alle guardie.

Quando incontrò di nuovo Marsin, gli disse: — Domani ci sarà qualche guardia che pregherà di non essere mai nata.

— È una minaccia?

— No, è solo una promessa profetica. Riferisci all'ufficiale di servizio ciò che ti ho detto. Dillo anche al comandante. Potrà esserti utile per evitare qualche sgradevole conseguenza.

— Glielo dirò — annuì Marsin, disorientato ma pieno di gratitudine.

Il mattino seguente Leeming ebbe la conferma della sua supposizione che i Rigeliani non si erano fatti malmenare senza una ragione. Il nemico aveva impiegato un giorno intero per arrivare alla stessa conclusione.

Un'ora dopo l'alba i Rigeliani furono fatti uscire marciando dai dormitori, una camerata per volta a gruppi di cinquanta anziché in massa come al solito. Quel semplice metodo di calcolo provocò il finimondo quando da una baracca uscirono solo dodici prigionieri, tutti ammalati, feriti, o in qualche modo inabili al lavoro.

Le guardie infuriate entrarono nella camerata per stanare i trentotto assenti. Non c'erano. La porta era al suo posto, le sbarre delle finestre ancora intatte. I militari controllarono freneticamente lo stanzone in lungo e in largo finché uno di loro notò un leggero dislivello tra due lastre di pietra del pavimento. Le sollevarono, spostandole, e scoprirono un pozzo stretto e profondo dalla cui base si dipartiva un tunnel. Con grande riluttanza una guardia si calò nel pozzo, strisciò lungo la galleria, e infine uscì all'esterno delle mura della prigione. Inutile dire che la galleria era vuota.

Le sirene cominciarono a ululare mentre le guardie correvano da ogni parte e gli ufficiali davano ordini contradditori, e ben presto sembrò che tutta la prigione si fosse trasformata in un manicomio. I Rigeliani erano riusciti a impedire la conta del mattino precedente e avevano dato ai fuggitivi un'intera giornata di vantaggio. La vendetta delle guardie fu immediata. Gli stivali e i calci dei fucili furono usati senza parsimonia, e molti prigionieri che non avevano alcuna colpa di quanto era successo furono trascinati via feriti e privi di sensi.

Il prigioniero di grado più elevato del dormitorio dal quale erano fuggiti i Rigeliani, un tenente che zoppicava vistosamente, fu accusato di aver organizzato la fuga, processato, condannato, messo al muro, e fucilato. Leeming non poté vedere nulla di tutto questo, ma intese gli ordini urlati con voce aspra nel cortile: — Caricate... puntate... fuoco! — e la raffica successiva.

Si aggirò nervosamente nella cella, stringendo e aprendo i pugni, imprecando violentemente tra sé. Tutto quello che voleva, tutto quello che chiedeva, era avere tra le mani la gola di un altro ufficiale zangastano. Lo spioncino si aprì di scatto, ma si richiuse in fretta prima che lui avesse il tempo di sputare nell'occhio che lo osservava.

Lo scompiglio continuò senza sosta mentre le guardie infuriate perquisivano i dormitori uno a uno, controllando porte, sbarre, muri, pavimenti, e persino i soffitti. Gli ufficiali urlavano minacce sanguinose ai gruppi di Rigeliani prigionieri che erano lenti a rispondere agli ordini.

Al crepuscolo, le guardie riportarono indietro sette fuggitivi, laceri, sfiniti, stracciati, che erano stati sorpresi mentre tentavano di allontanarsi. L'accoglienza loro riservata fu breve e rapida: — Caricate... puntate... fuoco! — Leeming cominciò a bussare freneticamente alla porta, ma lo spioncino non si aprì e nessuno rispose. Due ore più tardi costruì un altro anello col filo che gli era rimasto. Passò metà della notte a parlare attraverso il congegno a voce alta e in tono minaccioso. Nessuno gli prestò la benché minima attenzione.

Verso mezzogiorno del giorno seguente fu assalito da una profonda frustrazione. Aveva calcolato che la fuga dei Rigeliani doveva aver richiesto almeno un anno di preparazione. Risultato: otto morti e trentuno persone ancora libere. Se restavano uniti, quei trentuno potevano formare un equipaggio compatto e impadronirsi di una nave di qualsiasi stazza, oppure di un cacciatorpediniere spaziale. Ma, sulla base delle sue esperienze, Leeming pensò che avessero pochissime possibilità di portare a termine un'impresa di quel genere.

Con l'intero pianeta in stato d'allarme dopo quella fuga colossale, ci sarebbero stati enormi appostamenti militari attorno a ogni spazioporto, costantemente all'erta, finché tutti i trentuno fuggitivi non fossero stati catturati. Se erano fortunati, quelli che erano liberi lo sarebbero rimasti ancora per un po', ma erano pur sempre confinati su quel pianeta, destinati a essere ripresi e di conseguenza giustiziati.

Nel frattempo i loro compagni stavano amaramente subendo le conseguenze, mentre tutti gli sforzi personali di Leeming erano andati a monte. Non era risentito per il tentativo di fuga, neanche un po'. Augurava loro tutte le fortune... ma se solo fosse successo due mesi prima, o due mesi dopo!

Stava terminando malinconicamente il suo pasto quando quattro guardie vennero a prenderlo. — Il comandante vuole vederti subito! — I loro modi erano sbrigativi, ma sottomessi. Uno di loro portava una benda sulla testa squamosa, un altro aveva un occhio tumefatto.

Non avrebbero potuto scegliere un momento peggiore, pensò Leeming. Il comandante sarebbe stato sicuramente pronto a scattare come una molla al minimo accenno di opposizione. Non si può discutere con un ufficiale infuriato; le emozioni hanno il sopravvento, le parole vengono trascurate, e la logica viene mortificata. Sarebbe stato un compito molto gravoso.

I quattro lo condussero lungo il corridoio, due davanti e due dietro. Sinistra, destra, sinistra, destra, passo, passo, passo... tutto faceva pensare alla classica parata verso la ghigliottina. Dietro l'angolo doveva esserci sicuramente un prete, una lama sospesa, un cesto di vimini, e una cassa di legno.

Camminando con passo pesante si diressero verso la medesima stanza della volta precedente. Il comandante era seduto dietro la scrivania, ma non c'erano ufficiali di grado inferiore. L'unica altra persona era un civile anziano che occupava una sedia alla destra del comandante. Quando il prigioniero entrò e si sedette, questi lo studiò attentamente.

— Questo è Pallam — lo presentò il comandante con un'affabilità che sorprese il suo interlocutore. Poi, mostrando una certa reverenza, aggiunse: — È stato mandato qui niente meno che da Zangasta in persona.

— Uno psicologo, suppongo? — tentò di indovinare Leeming, sospettando una trappola.

— Niente affatto — rispose Pallam tranquillamente. — Sono interessato principalmente ai vari aspetti della simbiosi.

Leeming era agitato. Non gli andava l'idea di venire interrogato da un esperto. Quei tipi avevano menti penetranti, una logica non militare, e l'abitudine malefica di distruggere una buona storia mediante l'esibizione delle proprie contraddizioni. Quel civile dall'aspetto mansueto era decisamente una minaccia, concluse tra sé.

— Pallam desidera rivolgervi qualche domanda — lo informò il comandante — ma queste verranno dopo. — Assunse un'espressione soddisfatta. — Tanto per cominciare, desidero informarvi che sono in debito per le rivelazioni che ci avete fornito durante il primo interrogatorio.

— Intendete dire che si sono dimostrate utili per voi? — chiese Leeming, non credendo quasi alle proprie orecchie.

— Moltissimo! Soprattutto alla luce di questa stupida ribellione. Tutte le guardie del Dormitorio Quattordici saranno trasferite al fronte, dove verranno sistemate su spazioporti esposti agli attacchi. È la punizione per aver trascurato il loro dovere. — Lo guardò pensieroso, poi proseguì. — Il mio destino non sarebbe stato molto diverso se Zangasta non avesse considerato la fuga un problema minore rispetto alle importanti informazioni che ho avuto da voi.

Sebbene colto di sorpresa, Leeming fu abbastanza abile da trarne profitto. — Ma, quando vi ho chiesto di considerare la possibilità di farmi avere del cibo migliore... di sicuro vi aspettavate una ricompensa?

— Ricompensa? — Il comandante fu preso alla sprovvista. — Non ho mai pensato a niente di simile.

— Allora, tanto meglio così — annuì Leeming, ammirando la sua magnanimità. — Una buona azione è due volte migliore quando è fatta senza secondi fini. Eustachio lo terrà in debita considerazione.

— Volete dire — intervenne Pallam — che il suo codice etico è identico al vostro?

Al diavolo quel tipo! Perché doveva intromettersi? Attenzione!

— In un certo senso è simile, ma non identico.

— Qual è la differenza più significativa?

— Be' — disse Leeming cercando di guadagnare tempo — è difficile stabilirlo. — Si sfregò la fronte mentre la sua mente girava in modo vorticoso. — Direi, riguardo alla vendetta.

— Spiegatemi la differenza — gli ordinò Pallam, seguendo la pista come un segugio.

— Dal mio punto di vista — lo informò Leeming, imprecando dentro di sé contro quell'altro — mi sembra inutilmente sadico.

Ecco, ciò forniva la copertura necessaria a ogni rivendicazione che poteva essere conveniente fare in futuro.

— In che modo? — insisté Pallam.

— Il mio istinto è di agire immediatamente, togliermi il pensiero e farla finita. La sua tendenza, invece, è di prolungare l'agonia.

— Proseguite — lo sollecitò Pallam, incalzante.

— Se io e voi fossimo nemici mortali, e io avessi un'arma e voi no, vi sparerei e vi ucciderei. Ma se Eustachio avesse decretato la vostra morte, vi sopprimerebbe in modo lento e graduale.

— Descrivetemi il suo metodo.

— Prima di tutto, vi fa sapere che siete condannato. Poi non fa assolutamente niente, cosicché alla fine diventate ossessionato dall'idea che sia tutta un'illusione e che non accadrà nulla. A quel punto, lui ve lo rammenta con un colpo leggero. Quando il timore e l'allarme risultanti si sono dissipati, lui sferra un colpo più forte. E così via, con crescente intensità finché lo ritiene necessario.

— Necessario per cosa?

— Finché la sua condanna non diventa chiara e la tensione dell'attesa insopportabile. — Leeming rifletté per un momento, poi aggiunse: — Nessun Eustachio ha mai ucciso veramente qualcuno. Lui usa una tattica molto personale. Combina gli incidenti, oppure istiga le vittime a morire per mano propria.

— Volete dire che spinge le vittime al suicidio?

— Esattamente.

— E non c'è modo di evitare un tale destino?

— Sì che c'è — lo contraddisse Leeming. — In qualunque momento la vittima può conquistare la propria salvezza e la libertà dal terrore compensando il torto che ha fatto al compagno di quell'Eustachio.

— Una simile ammenda pone immediatamente fine alla vendetta?

— Proprio così.

— Sia che voi lo approviate personalmente, o no?

— Sì; se il mio rancore cessa di essere reale e diventa immaginario, il mio Eustachio rifiuta di riconoscerlo e di vendicarlo.

— Dunque, riassumendo — concluse Pallam concisamente — il suo metodo fornisce moventi e opportunità per il pentimento, mentre il vostro no.

— Immagino che sia così.

— Significa che lui ha un senso della giustizia molto più equilibrato?

— Può essere maledettamente inesorabile — obiettò Leeming, momentaneamente incapace di pensare a una risposta meno debole.

— Questo non c'entra con i fatti — scattò Pallam. Ricadde in un silenzio pensoso, e infine si rivolse al comandante. — Sembra che l'associazione non sia fra pari. Il componente invisibile è anche la parte superiore. In effetti, è il padrone di uno schiavo materiale, ma esercita il suo potere con tale astuzia che lo schiavo sarebbe il primo a negare il proprio stato.

Lanciò un'occhiata provocatoria a Leeming, il quale strinse i denti senza dire nulla. "Vecchia volpe!" pensò... Se stava pensando di indurlo a una accalorata smentita sarebbe rimasto deluso. Che restasse pure nell'illusione che Leeming era inferiore. Non è una vergogna essere definito inferiore all'invenzione della propria fantasia.

Pallam incalzò, sicuro di sé: — Quando il vostro Eustachio si assume il compito di vendicarvi, lo fa perché le circostanze impediscono che una punizione adeguata venga amministrata da voi o dalla comunità terrestre, è corretto?

— Quasi — ammise Leeming con cautela.

— In altre parole, funziona solo quando voi o la legge siete impotenti?

— Lui subentra quando si presenta la necessità.

— Siete evasivo. Dobbiamo chiarire questo punto. Se voi o i vostri compagni possono punire qualcuno, e lo fanno, lo punisce anche il vostro Eustachio?

— No — rispose Leeming, nervosamente.

— Se voi o i vostri compagni non potete punire qualcuno, e non lo fate, un Eustachio interviene e impone la punizione?

— Solo se un Terrestre vivente ha subito un'ingiustizia.

— L'Eustachio di chi soffre agisce nell'interesse del compagno?

— Sì.

— Bene! — esclamò Pallam. Si chinò in avanti, guardò l'altro con occhi penetranti, e assunse un atteggiamento vagamente minaccioso. — Ora, supponiamo che il vostro Eustachio trovi un giustificabile motivo per punire un altro Terrestre... *che cosa fa l'Eustachio della vittima?*

10

Si trattava di una trappola intelligente, basata sulla sicurezza che si poteva rispondere automaticamente, quasi senza riflettere, a domande sulle cose reali, familiari, e di tutti i giorni. Invece un bugiardo che cerca una menzogna per sostenere la sua tesi, ha bisogno di tempo per darle consistenza. Leeming rischiava di finire nei pasticci, e se non successe così non fu certo per la sua intelligenza.

Mentre la sua mente turbinava, la sua bocca si aprì e le parole: — Non molto — uscirono spotaneamente. Per un attimo si chiese se non fosse arrivato Eustachio in mezzo al gruppo.

— Perché no?

Incoraggiato dalla capacità della sua lingua di controllare la situazione, Leeming la lasciò fare. — L'ho detto prima e lo ripeto, nessun Eustachio si occuperebbe neppure per un attimo di un torto completamente immaginario. Un Terrestre colpevole di un crimine non ha nessun motivo di protestare. Ha attirato su di sé la vendetta, e il rimedio è solo nelle sue mani. Se non gli piace soffrire, non deve fare altro che impegnarsi per annullare qualunque torto abbia fatto a un altro.

— Il vostro Eustachio vi stimola o vi influenza a fare le azioni necessarie per evitare la punizione?

— Non sono mai stato un criminale — rispose Leeming con aria virtuosa. — Non sono in grado di dirvelo. Non credo di essere lontano dal vero affermando che i Terrestri si comportano bene perché l'associazione con gli Eustachi li costringe ad agire di conseguenza. Non hanno scelta.

— D'altra parte, i Terrestri non hanno nessun modo per costringere i loro Eustachi a comportarsi bene, non è vero?

— Non è necessaria alcuna costrizione. Un Eustachio ascolta sempre le ragioni del proprio compagno e agisce nei limiti della giustizia comune.

— Come vi ho detto — mormorò Pallam in disparte, rivolto al comandante. — Il Terrestre è la parte inferiore dei due. — Poi si rivolse di nuovo al prigioniero. — Tutto ciò che ci avete detto è accettabile perché possiede coerenza... ma fino a un certo punto.

— Che significa, fino a un certo punto?

— Lasciatemi finire — rispose Pallam. — Non riesco a trovare nessuna motivazione razionale perché l'Eustachio di un criminale debba permettere al suo compagno di venire spinto al suicidio. Essendo totalmente indipendenti l'uno dall'altro, l'inerzia di un Eustachio è contraria alla legge fondamentale della sopravvivenza.

— Nessuno si suicida se non è svitato.

— Se non è *cosa*?

— Sì, se non è diventato matto — spiegò Leeming. — Un matto è indegno come compagno materiale. Per un Eustachio è già morto, e non merita protezione né vendetta. Gli Eustachi si associano solo con i sani di mente.

Insistendo su quel tasto, Pallam disse eccitato: — Dunque il beneficio che ricavano è legato in qualche modo alle menti dei Terrestri? È il sostegno mentale ciò che traggono da voi?

— Non lo so.

— Il vostro Eustachio non vi fa mai sentire stanco, esausto, forse anche un po' sbigottito?

— Sì — rispose Leeming con enfasi. — Com'è vero, amico! Come è vero... — In quel momento avrebbe provato un gran piacere a soffocare Eustachio con le sue mani.

— Mi piacerebbe poter studiare questo fenomeno per mesi — disse Pallam al comandante. — È un soggetto molto interessante. Non si hanno notizie in associazioni simbiotiche fra esseri superiori alle piante, tranne in sei specie di *elames* inferiori. Trovare una simile simbiosi fra vertebrati superiori, intelligenti, è straordinario, veramente straordinario.

Il comandante sembrò impressionato anche senza sapere di cosa stesse parlando l'altro.

— Dategli il vostro rapporto — lo sollecitò Pallam.

— Il nostro ufficiale di collegamento, il colonnello Shomuth, ha risposto dal settore lathiano — disse il comandante rivolto a Leeming. — Parla correntemente il cosmoglotta, e ha potuto interrogare molti prigionieri terrestri senza ricorrere a un interprete lathiano. Gli abbiamo inviato qualche altra informazione e il risultato è stato significativo.

— Che altro vi aspettavate? — osservò Leeming, struggendosi dentro di sé per la curiosità.

Senza fargli caso, il comandante proseguì: — Ha riferito che la maggior parte dei prigionieri ha rifiutato di fare commenti o di ammettere qualcosa. Hanno mantenuto un silenzio risoluto. Questo è comprensibile, perché niente poteva far crollare la loro convinzione che sarebbero stati indotti a cedere informazioni di importanza militare. Hanno resistito al potere di persuasione del colonnello Shomuth e hanno tenuto la bocca chiusa. — Sospirò al pensiero di tanta ostinazione. — Ma qualcuno ha parlato.

— Qualcuno è sempre disposto ad aprire il becco — osservò Leeming.

— Hanno parlato alcuni ufficiali, tra cui il capitano di incrociatore Tompass... Tompus...

— Thomas?

— Sì, quella parola. — Girandosi sulla poltrona il comandante premette un pulsante incassato nel muro: — Questa è la registrazione originale trasmessa dal colonnello Shomuth.

Un sibilo gracchiante uscì da una griglia perforata sulla parete. Aumentò d'intensità, poi si affievolì, riducendosi a un semplice fruscio di sottofondo. Dalla griglia uscirono alcune voci.

Shomuth: — Capitano Thomas, mi hanno ordinato di controllare alcune informazioni di cui siamo venuti in possesso. Voi non avete niente da perdere se rispondete, e niente da guadagnare se rifiutate. Non ci sono Lathiani presenti, siamo solo noi due. Potete parlare liberamente, e quello che direte sarà trattato in modo confidenziale.

Thomas: — Vi interessano all'improvviso notizie sui Lathiani, eh? Non mi fregate con questo trucco. I nemici sono nemici, comunque si chiamino e comunque siano fatti. Non saprete niente da me.

Shomuth, calmo: — Vi suggeriamo, capitano Thomas, di ascoltare e considerare le domande prima di decidere se rispondere o meno.

Thomas, in tono annoiato: — Va bene, che cosa volete sapere?

Shomuth. — I nostri alleati Lathiani sono veramente Citrulli?

Thomas, dopo una lunga pausa: — Volete la cruda verità?

Shomuth: — La vogliamo.

Thomas, un po' sarcastico: — Odio parlare alle spalle di chiunque, persino di un lurido Lathiano. Ma ci sono casi in cui uno è costretto a ammettere che la sporcizia è sporcizia, che il peccato è peccato, e che un Lathiano è quello che è no?

Shomuth: — Per favore, rispondete alla domanda.

Thomas: — I Lathiani sono Citrulli.

Shomuth: — E hanno le... Traveggole?

Thomas: — Ditemi, dove avete avuto queste informazioni?

Shomuth: — Sono affari nostri. Volete essere così gentile da rispondere?

Thomas, in tono bellicoso: — Non solo hanno le traveggole, ma tra non molto questa situazione aumenterà in modo incontrollato.

Shomuth, stupito: — Come può essere? Abbiamo saputo che ogni Lathiano è controllato inconsapevolmente da queste entità. Quindi, il loro numero complessivo deve essere limitato. Non può aumentare che in caso di nascita di altri Lathiani.

Thomas, con prontezza di spirito: — Mi avete frainteso. Volevo dire che con l'aumento delle perdite lathiane, la situazione peggiorerà sensibilmente.

Shomuth: — Capisco cosa intendete. Ci saranno più Traveggole in libertà, in proporzione ai Lathiani superstiti. Questo dovrebbe creare un problema fisico di notevole gravità... — Pausa. — Adesso, capitano Thomas, avete qualche motivo per supporre che un gran numero di queste entità solitarie possa prendere sotto controllo un'altra forma di vita? Come la mia specie, per esempio?

Thomas, con voce abbastanza minacciosa da meritare una medaglia al valore spaziale: — Non mi sorprenderei affatto se ciò accadesse.

Shomuth: — Però, non siete sicuro che possa accadere?

Thomas: — No.

Shomuth: — È vero o no che voi Terrestri conoscete la vera natura dei Lathiani perché siete stati messi in guardia dal vostro Eustachio?

Thomas, sorpreso: — Dal nostro *cosa*?

Shomuth: — Dal vostro Eustachio. Perché dovete essere sorpreso di questo?

Thomas, riprendendosi tanto in fretta da guadagnarsi un nastrino insieme alla medaglia: — Ma certo, il mio Eustachio! Avevo capito mustacchio. Che stupido. Sì, il mio Eustachio. Avete perfettamente ragione.

Shomuth, in tono più basso: — Qui ci sono più di quattrocento Terrestri prigionieri. Ciò significa che più di quattrocento Eustachi se ne vanno in giro incontrastati su questo pianeta, esatto?

Thomas: — Non posso negarlo.

Shomuth: — L'incrociatore lathiano *Veder* si è disintegrato durante l'atterraggio provocando un disastro senza uguali. I Lathiani l'hanno attribuito a un errore di calcolo dell'equipaggio. Ma questo è accaduto tre giorni dopo che i vostri prigionieri sono stati portati qui. È una semplice coincidenza?

Thomas: — Cercate voi una risposta.

Shomuth: — Vi rendete conto che il vostro rifiuto di rispondere equivale a una risposta?

Thomas: — Interpretatelo come vi pare. Non tradirò mai i segreti militari terrestri.

Shomuth: — E va bene. Permettetemi di chiedervi qualcos'altro. Il più grande deposito di carburante di questo lato della galassia si trova pochi gradi più a sud di qui... Una settimana fa l'intera stazione è saltata in aria, distruggendosi completamente. La perdita è stata gravissima e metterà in difficoltà le flotte della Lega per molto tempo.

Thomas, con entusiasmo: — Evviva!

Shomuth: — I tecnici lathiani pensano che una scintilla provocata da forze elettrostatiche abbia fatto esplodere un serbatoio difettoso, provocando la deflagrazione dell'intera stazione. Ebbene, il deposito era stato costruito più di quattro anni fa. In tutto questo tempo nessuna scintilla aveva mai creato problemi.

Thomas: — Dove volete arrivare?

Shomuth, severo: — Avete ammesso voi stesso che più di quattrocento Eustachi vagano in questa zona, liberi di fare ciò che vogliono.

Thomas, con impeto patriottico: — Non ammetto un bel niente! Mi rifiuto di rispondere a qualsiasi altra domanda.

Shomuth: — È il vostro Eustachio a indurvi a dire così?

Silenzio.

Shomuth: — Se il vostro Eustachio è presente, posso interrogarlo per vostro tramite?

Nessuna risposta.

Il comandante spense l'apparecchio e si rivolse a Leeming. — Ecco qui. Altri otto ufficiali terrestri hanno fornito più o meno la stessa testimonianza. I rimanenti hanno cercato di nascondere i fatti, ma non ci sono riusciti. Zangasta stesso ha ascoltato le registrazioni ed è profondamente preoccupato per questa situazione.

— Non ha nessun motivo di preoccuparsi — suggerì Leeming.

— Perché no?

— È solo un mucchio di fandonie, un imbroglio. C'è stato un contatto tra il mio Eustachio e il loro.

Il comandante sembrò stizzito. — Come mi avete fatto notare voi stesso durante il nostro ultimo incontro, non può esserci contatto senza gli Eustachi... il che non fa nessuna differenza.

— Sono lieto che alla fine lo abbiate capito.

— Lasciamo stare — intervenne Pallam con impazienza. — La cosa non ha alcuna rilevanza. La testimonianza di conferma è sufficiente, e non importa come noi consideriamo la faccenda.

Imbeccato, il comandante continuò: — Ho condotto qualche indagine per conto mio. In due anni abbiamo avuto una lunga serie di piccoli incidenti con i Rigeliani, niente di veramente serio. Ma dopo il vostro arrivo ecco una grande fuga, che ovviamente doveva essere stata progettata molto tempo prima che voi compariste, ma che è accaduta in modo da far pensare a un aiuto esterno. Da dove è arrivata questa assistenza?

— Non saprei — disse Leeming con aria sorniona.

— In diverse occasioni otto delle mie guardie si sono guadagnate la vostra inimicizia maltrattandovi in vari modi. Di queste, quattro sono all'ospedale gravemente ferite, altre due stanno per essere mandate in prima linea. Suppongo che sia solo questione di tempo prima che le altre due finiscano nei guai.

— Le altre due si sono pentite e hanno guadagnato il perdono. Non gli succederà nulla.

— Davvero? — Il comandante parve sorpreso.

Leeming proseguì: — Non posso garantire la stessa cosa per il plotone d'esecuzione e per l'ufficiale responsabile, o il più alto grado che ha ordinato di giustiziare i prigionieri disarmati.

— Noi giustiziamo *sempre* i prigionieri che tentano di fuggire. È una consuetudine stabilita molto tempo fa e un atto deterrente indispensabile.

— E noi facciamo sempre i conti con i carnefici! — ribatté Leeming.

— Con "noi", intendete voi e il vostro Eustachio? — intervenne Pallam.

— Sì.

— Perché dovrebbe preoccuparsi il vostro Eustachio? Le vittime non erano Terrestri. Si trattava semplicemente di una banda di Rigeliani ribelli.

— I Rigeliani sono nostri alleati. E gli alleati sono amici. Sono indignato per quel massacro a sangue freddo. Eustachio è sensibile alle mie emozioni.

— Ma non necessariamente obbediente a loro?

— No.

— In effetti — insisté Pallam, deciso a stabilire quel punto una volta per tutte — se si tratta di decidere quale dei due è subordinato all'altro, siete *voi* a servire *lui.*

— Nella maggior parte delle volte, forse — concesse Leeming come se gli avessero strappato un dente.

— Be', questo conferma ciò che ci avete appena detto. — Pallam fece un breve sorriso. — La principale differenza tra i Lathiani e i Terrestri è che voi sapete di essere controllato, mentre i Lathiani non sono consci del loro stato.

— Noi non siamo controllati, né consciamente né inconsciamente — insisté Leeming. — Esistiamo in mutua società, come fate voi con le vostre mogli. Talvolta loro cedono a voi, altre volte voi cedete a loro. Nessuno si preoccupa di valutare chi ha ceduto più volte in un particolare periodo di tempo, e nessuno di voi insiste perché si mantenga un certo equilibrio. Ecco come stanno le cose. Non c'è superiorità da parte di nessuno.

— Non saprei. Non ho mai avuto moglie. — Pallam si rivolse al comandante. — Proseguite, per favore.

— Come probabilmente ormai saprete, questo pianeta è stato scelto come principale luogo penale della Lega — affermò il comandante. — Abbiamo già molti prigionieri, soprattutto Rigeliani.

— E allora?

— Ce ne sono molti altri in arrivo. Duemila Centauriani e seicento Thetani dovrebbero arrivare la settimana prossima e riempire una nuova prigione. Le forze della Lega trasferiranno altre specie di nemici non appena saranno pronti gli alloggi per loro e le navi da trasporto saranno disponibili. — Fissò Leeming, pensieroso. — È solo questione di tempo prima che comincino a depositare qui anche dei Terrestri.

— Questa prospettiva vi mette in agitazione?

— Zangasta ha deciso di rifiutare di accettare i Terrestri.

— Sono affari suoi — disse Leeming, con una certa indifferenza.

— Zangasta ha una mente penetrante — replicò il comandante trasudando ammirazione patriottica. — È convinto che mettere insieme un'armata enorme di prigionieri misti di tutti i pianeti, e aggiungere qualche migliaia di Terrestri al totale, significhi creare una situazione potenzialmente pericolosa. Prevede problemi su scala molto più grande di quanto siamo in grado di controllare. In pratica potremmo addirittura perdere il controllo di questo pianeta, situato strategicamente nelle retrovie della Lega, e subire gli attacchi violenti dei nostri stessi alleati.

— Questo è probabile — convenne Leeming. — In effetti è *abbastanza* probabile, quasi sicuro. Ma non è l'unica cosa di cui Zangasta si deve preoccupare. È l'unica che ha pensato di divulgare. Ma ne ha anche una molto personale.

— Vale a dire?

— Zangasta ha promulgato l'ordine di fucilare i prigionieri fuggiti. Deve essere stato così... altrimenti nessuno avrebbe osato farlo. Adesso è molto nervoso, perché un Eustachio potrebbe starsene seduto sul suo letto e sogghignare ogni notte davanti a lui. Pensa che qualche migliaio di Eustachi sarebbero in proporzione una minaccia molto più grande per lui, ma ha torto.

— Perché ha torto? — s'informò il comandante.

— Perché non sono solo i pentiti a non aver motivo di preoccuparsi. Nemmeno i morti ce l'hanno. L'arrivo su questo pianeta di cinquanta milioni di Eustachi non significa nulla per un cadavere. È meglio che Zangasta revochi l'ordine di fucilare i prigionieri, se vuole continuare a vivere.

— Lo informerò dei vostri consigli. Comunque, non sarà necessaria una tale revoca. Come ho già detto, Zangasta è molto astuto. Ha concepito una ingegnosa strategia che metterà definitivamente alla prova le vostre dichiarazioni e allo stesso tempo risolverà pienamente i suoi problemi.

Un po' allarmato, Leeming chiese: — Mi è consentito domandare cosa intende fare?

— Ha dato ordine che vi venga esposto. Nel frattempo si è già messo al lavoro. — Il comandante controllò l'effetto delle sue parole, poi concluse: — Ha inviato agli alleati una proposta di scambio di prigionieri.

Leeming si agitò nervosamente sulla sedia. Santo cielo, la faccenda si stava complicando in modo imprevedibile. Fin dall'inizio la sua intenzione era stata quella di convincerli a farlo uscire di prigione e inserirlo in qualche situazione più favorevole a una fuga dal pianeta. Aveva semplicemente cercato di superare il muro di cinta servendosi della propria lingua. Ora loro avevano creduto alla sua storia e la stavano diffondendo in tutta la galassia.

— Non è tutto — continuò il comandante. — Gli Alleati hanno risposto che accettano la proposta, a patto che vengano scambiati prigionieri di pari grado, cioè, un capitano per un capitano, un navigatore con un navigatore, e così via.

— Mi sembra ragionevole.

— Zangasta — continuò il capitano con un sogghigno lupesco — ha accettato a sua volta... purché gli alleati riprendano per primi i prigionieri terrestri e lo scambio avvenga in ragione di due per uno. In questo momento sta attendendo la risposta.

— Due per uno? — gli fece eco Leeming strabuzzando gli occhi. — Intendete dire che vuole il rilascio di due vostri prigionieri per ogni Terrestre rimandato a casa?

— No! Certamente! No! — Il sogghigno del comandante si allargò, mettendo in mostra le gengive. — Chiederemo due prigionieri della Lega per ogni Terrestre e per il suo Eustachio che rendiamo. Equivale a uno scambio alla pari, ed è più che ragionevole, non vi pare?

— Non sta a me dirlo. — Leeming deglutì faticosamente. — Deciderà la nostra Alleanza.

— Sino a quando non arriverà la risposta e non si sarà raggiunto un accordo reciproco, Zangasta desidera che il vostro trattamento sia migliore. Sarete trasferito negli alloggi degli ufficiali all'esterno della cinta carceraria, dividerete i pasti con loro e vi sarà permessa qualche passeggiata in campagna. Sarete temporaneamente considerato un non-combattente e vi troverete sicuramente a vostro agio. È necessario però che mi diate la vostra parola che non tenterete di fuggire.

Maledetti! Ecco un vero guaio! Tutto il suo lavoro aveva come obiettivo la fuga finale. Leeming non poteva rinunciare proprio adesso. Ma non voleva neppure dare la sua parola d'onore sapendo già che non aveva nessuna intenzione di mantenerla.

— Rifiuto di dare la mia parola — disse con fermezza.

Il comandante non riusciva a crederlo. — Non direte sul serio?

— Certo. Non ho altra scelta. La legge marziale terrestre non per mette ai prigionieri di guerra di fare una simile promessa

— Perché no?

— Perché nessun Terrestre può assumersi la responsabilità per il suo Eustachio. Come posso giurare di non tentare la fuga quando la metà di me è sempre libera? Un gemello può forse fare un giuramento a nome del fratello?

— Guardie! — chiamò il comandante, visibilmente contrariato.

Per ben dodici giorni, Leeming si aggirò sconsolato nella cella, parlando occasionalmente con Eustachio di notte per il beneficio delle guardie che lo spiavano da dietro la porta. Si era decisamente cacciato in un pasticcio dal quale sarebbe stato difficile uscire senza ricorrere a qualche nuova fantasiosa invenzione, con il rischio di essere smascherato da un momento all'altro.

Il cibo era migliore rispetto alla quantità, anche se non si poteva dire lo stesso circa la qualità. Le guardie lo trattavano con la tipica diffidenza riservata ai prigionieri che in qualche modo sono in buoni rapporti con i loro superiori. Altri quattro Rigeliani fuggiti furono riportati indietro, ma non vennero fucilati. Tutto indicava che Leeming aveva ancora un grande ascendente su suoi nemici.

Sebbene non avesse parlato con nessuno di loro, gli altri prigionieri avevano saputo misteriosamente che lui era il responsabile del miglioramento generale delle loro condizioni di prigionia. Durante l'ora d'aria lo trattavano come una persona astuta e saggia, in grado di ottenere l'impossibile. Di tanto in tanto la curiosità li spingeva a rivolgergli qualche domanda.

— Hai saputo che non hanno giustiziato gli ultimi quattro?

— Sì.

— Si dice che sei stato tu a far smettere le fucilazioni

— Chi lo dice?

— Sono voci che girano.

— Giusto, sono voci che girano.

— Mi domando perché hanno fucilato il primo gruppo e non il secondo. Deve pur esserci una ragione.

— Forse gli Zangastani hanno fatto un esame di coscienza tardivo — suggerì Leeming.

— Deve esserci qualcos'altro.

— Per esempio?

— Qualcuno li ha spaventati.

— E chi?

— Non lo so. Circola una voce insistente secondo la quale ti sei lavorato per benino il comandante.

— È possibile, non credi?

— Secondo me no, ma non si può mai sapere con voi Terrestri. — Il Rigeliano meditò per un po', e alla fine chiese: — Cosa hai fatto con quel filo che avevo rubato per te?

— Sto facendomi un paio di calzini. Non c'è niente di meglio di un bel paio di calzini di rame.

In quel modo rintuzzava la loro curiosità e manteneva il segreto, poiché non voleva alimentare false speranze. Dentro di sé, tuttavia, era seriamente preoccupato. Gli Alleati in generale, e i Terrestri in particolare, non sapevano assolutamente nulla degli Eustachi ed era quindi probabile che trattassero la proposta di scambiare due prigionieri per uno con il giusto disprezzo. Il loro rifiuto l'avrebbe costretto a subire un altro interrogatorio, al quale non avrebbe saputo come rispondere.

Presto o tardi, i suoi nemici si sarebbero accorti che avevano a che fare con il più grande mistificatore dell'universo. Avrebbero inventato per lui prove diaboliche, e se non le avesse superate, come era prevedibile, sarebbe scoppiata la bomba.

Lui stesso non riteneva di meritare troppo credito per averli ingannati così a lungo. I pochi libri che aveva letto sugli Zangastani dicevano che la loro religione era basata sulla venerazione degli spiriti ancestrali, e che avevano anche una certa familiarità con quelli che venivano chiamati fenomeni poltergeist. Era come se qualcuno avesse preparato in anticipo il terreno per lui; tutto quello che aveva dovuto fare era stato seguire semplicemente il percorso e mietere il raccolto. Quando una vittima potenziale crede già nell'esistenza di due tipi di esseri invisibili, non è difficile convincerla che ne esiste un terzo.

Ma quando gli Alleati avrebbero risposto alla proposta di Asta Zangasta con un invito ad andare a quel paese, era possibile che quel terzo tipo di spirito venisse sconfessato con la violenza... a meno che Leeming non fosse riuscito a farglielo ingoiare di nuovo per mezzo della sua chiacchiera facile e convincente quando l'avevano già rigurgitato per metà. Come farlo?

Stava ancora rimuginando questo problema nella sua cella quando vennero di nuovo le guardie a prelevarlo. C'era il comandante, naturalmente, ma non Pallam. Al suo posto, nella sala dell'interrogatorio c'era una dozzina di individui in abiti civili che lo osservavano attentamente. In totale, aveva di fronte tredici nemici, pensò con un brivido; un numero ideale per pronunciare la sua condanna a morte.

Sentendosi al centro dell'attenzione generale come una bestia a sei code in uno zoo, si mise a sedere, e subito quattro civili cominciarono a fargli delle domande a raffica. Sembravano interessati solo a un argomento, e precisamente i *bopamagilvie*, ossia i suoi anelli metallici. Probabilmente avevano giocato per delle ore con quegli esemplari, senza ottenere altro che una certa pratica nel comportarsi come pazzi. In effetti non sembravano molto soddisfatti.

Su quale principio funzionava un *bopamagilvie*? Focalizzava l'energia telepatica in un raggio di lunga portata? A quale distanza il suo Eustachio usciva dalla zona di conversazione diretta e doveva essere chiamato con l'ausilio di quell'oggetto? Perché era necessario eseguire una ricerca direzionale prima di ottenere risposta? E, soprattutto, come faceva a sapere come si costruiva un anello?

— Non posso spiegarlo. Come fa un uccello a sapere come si costruisce il nido? È una conoscenza assolutamente istintiva. Sono stato in grado di chiamare il mio Eustachio fin da quando ero abbastanza grande da manipolare un pezzetto di filo metallico.

— Può essere che il vostro Eustachio infonda la conoscenza necessaria nella vostra mente?

— Francamente, non ho mai preso in considerazione una simile idea, ma è possibile.

— Si può utilizzare qualsiasi tipo di filo?

— Purché non sia ferroso.

— Gli anelli di tutti i Terrestri sono della medesima forma e dimensione?

— No, variano a seconda degli individui.

— Abbiamo fatto una ricerca profonda e attenta tra i prigionieri terrestri catturati dai Lathiani. Nessuno di loro possiede un simile apparecchio. Come spiegate questo fatto.

— Non ne hanno bisogno.

— Perché no?

— Perché quando più di quattrocento terrestri sono imprigionati insieme, possono sempre contare su alcuni dei loro Eustachi che si troveranno a portata di mano al momento giusto.

In qualche modo Leeming aveva rintuzzato il loro attacco, ma si sentiva spossato. Alla fine prese la parola il comandante.

— Gli Alleati hanno rifiutato con fermezza di accettare i prigionieri Terrestri prima di ogni altra specie, e di scambiare due prigionieri nostri per uno dei loro. Hanno anche rifiutato di continuare a discutere l'argomento. Cosa avete da dire a questo proposito?

Irrigidendosi, Leeming commentò: — Statemi a sentire. Tra i vostri alleati ci sono più di venti forme di vita diverse, tra le quali i Lathiani e gli Zebi sono di gran lunga le più potenti. Ora, se gli Alleati della nostra federazione volessero dare la priorità ai prigionieri di una specie, pensate che le altre accetterebbero? Se, per esempio, la specie privilegiata fosse quella dei Tansiti, i Lathiani e gli Zebi darebbero parere favorevole a farli rientrare a casa prima degli altri?

Un civile alto e dall'aspetto autoritario si intromise. — Sono Daverd, aiutante personale di Zangasta. Anche lui è della vostra opinione, e pensa che i Terrestri siano stati messi in minoranza durante la discussione della proposta. Comunque, mi ha ordinato di rivolgervi una domanda.

— Quale?

— I vostri Alleati sono a conoscenza dell'esistenza degli Eustachi?

— No.

— Siete riusciti a tener nascosto questo particolare?

— Non si trattava di nasconderlo. Tra amici, certi fatti non si rendono apparenti. Gli Eustachi agiscono solo contro i nostri nemici, e questo è un fenomeno che non si può tenere nascosto per sempre.

— Molto bene. — Daverd si avvicinò, assumendo un'espressione di complicità. — I Lathiani hanno dato l'inizio a questa guerra e gli Zebi si sono uniti a loro per ragioni di collaborazione militare. Il resto di noi vi è stato coinvolto per un motivo o per l'altro. I Lathiani sono potenti e arroganti, ma come sappiamo ora non sono responsabili delle loro azioni.

— Questo non mi riguarda.

— Poiché siamo numericamente inferiori, le nostre razze prese separatamente non possono fronteggiare i Lathiani e gli Zebi. Ma unendoci possiamo uscire dal conflitto e rivendicare il nostro diritto alla neutralità. A questo proposito Zangasta ha consultato tutti i nostri alleati minori.

Signore! Cosa mai si può combinare con pochi metri di filo di rame!

— Oggi ha ricevuto le loro risposte — proseguì Daverd. — Sono tutti d'accordo sulla creazione di un fronte comune nell'interesse di una pace reciproca... a patto che gli Alleati siano disposti a riconoscere il loro stato di neutralità e a scambiare i prigionieri con loro.

— Questa improvvisa coalizione tra pesci piccoli mi fa pensare a qualcosa di buono — osservò Leeming maliziosamente.

— Cosa vi fa pensare?

— Che ultimamente le nostre forze hanno riportato una grande vittoria. Qualcuno deve essersi preso una bella strigliata.

Daverd non smentì né confermò quell'affermazione. — Voi siete il solo Terrestre prigioniero su questo pianeta. Zangasta pensa di poter fare buon uso di voi.

— E come?

— Ha deciso di rimandarvi sulla Terra. Sarà vostro compito convincere gli Alleati ad accettare i nostri piani. Se fallirete, duecentomila ostaggi ne sopporteranno le conseguenze... ricordatevelo!

— Ma i prigionieri non c'entrano; non sono responsabili. Se sfogherete su di loro la vostra rabbia, verrà senz'altro il giorno in cui dovrete pagare... non *dimenticatelo*!

— Gli Alleati non lo sapranno mai — replicò Daverd. — Qui non ci sarà nessun Terrestre, e di conseguenza nessun Eustachio in grado di informarli. D'ora in avanti non vogliamo più Terrestri. Gli Alleati non potranno servirsi di conoscenze che non possiedono.

— No — convenne Leeming. — È assolutamente impossibile servirsi di qualcosa che non si possiede.

Misero a sua disposizione un cacciatorpediniere leggero con un equipaggio di dieci Zangastani. Dopo una sosta per fare riforimento ed eseguire la sostituzione dei tubi propulsori raggiunsero un pianeta che fungeva da stazione base situato ai confini della zona dei combattimenti. Si trattava di un avamposto lathiano, ma nessuno fece caso a ciò che combinavano quegli alleati poco importanti, e nessuno si rese conto che quella creatura simile a un Terrestre era veramente un Terrestre. Si misero al lavoro per rivestire i tubi del cacciatorpediniere affinché potesse affrontare il viaggio verso casa. Nel frattempo, Leeming fu trasferito su una nave da ricognizione lathiana disarmata. Prima di lasciarlo, i dieci Zangastani lo salutarono rendendogli gli onori riservati agli ufficiali.

Da quel momento in poi fu completamente solo. Il decollo fu un vero inferno perché il sedile era troppo largo e sagomato per adattarsi alla schiena di un Lathiano, e cioè incurvato nel modo sbagliato. I comandi erano strani e troppo distanti tra loro. La piccola astronave era veloce e potente, ma rispondeva in maniera diversa dalla sua. Leeming non seppe mai come riuscì a staccarsi dal suolo, ma in qualche modo ce la fece.

Ora si trovava costantemente nel pericolo di essere individuato dalle stazioni radar alleate e fatto saltare per aria. Sfrecciò veloce tra le stelle sperando per il meglio, e non toccò mai la trasmittente; un messaggio su una frequenza nemica poteva farlo finire arrosto prima che avesse il tempo di dire "bah!".

Puntò diritto verso la Terra, dormendo sonni brevi e scomodi. Non poteva fidarsi dei razzi sebbene la durata del volo fosse solo un terzo di quello che aveva coperto con la sua nave. Nemmeno il pilota automatico era troppo sicuro, perché era di tipo sconosciuto, e per lo stesso motivo tutta la nave era poco affidabile. D'altra parte, Leeming non poteva fidarsi nemmeno dei propri alleati, perché sapeva che avevano l'abitudine di sparare prima e fare le domande poi.

Più per fortuna che per abilità, riuscì a penetrare nel fronte alleato senza venire intercettato. Era un'impresa che i nemici potevano compiere, se ne avessero avuto l'audacia, ma che non avrebbero mai tentato perché il rischio di entrare in territorio nemico non era nulla in confronto alla difficoltà per uscirne.

Al momento opportuno, raggiunse il lato oscurato della Terra e fece posare l'astronave in un campo a quattro chilometri dal più importante spazioporto. Sarebbe stato da folli tentare di atterrare con una nave lathiana nel bel mezzo di uno spazioporto terrestre. Qualcuno seduto dietro un disintegratore avrebbe potuto balbettare per l'emozione e sparare un colpo.

La Luna splendeva alta nel cielo quando Leeming si presentò alla porta principale dello spazioporto. Una sentinella gli urlò: — Alt! Chi va là?

— Siamo il tenente Leeming... e Eustachio Phenackertiban.

— Venite avanti e fatevi riconoscere.

Leeming camminò lentamente, pensando che quell'ordine era piuttosto stupido. Fatevi riconoscere! La sentinella non l'aveva mai visto in vita sua e non l'avrebbe distinto da qualsiasi altro soldato. Oh, be', una buona storia avrebbe ingannato anche lui.

All'ingresso, Leeming venne colpito da un potente fascio di luce. Qualcuno con tre galloni sulla manica uscì da una baracca vicina, reggendo un analizzatore attaccato a un sottile cavo nero. Lo fece passare tutto attorno al nuovo arrivato, dalla testa ai piedi, concentrandosi in particolare sul suo viso.

Un altoparlante all'interno della baracca ordinò: — Portatelo al Quartier Generale dei Servizi Segreti.

Cominciarono a camminare.

A un tratto, la sentinella si lasciò sfuggire un grido allarmato. — Ehi, ma dov'è quell'altro tipo?

— Quale tipo? — domandò il sergente, fermandosi e guardandosi attorno.

— Annusategli il fiato — gli consigliò Leeming.

— Mi avete dato *due* nomi — insisté la sentinella, risentita.

— Be', se lo chiedi gentilmente al sergente, lui te ne darà altri due — sorrise Leeming. — Non è vero, capo?

— Andiamo! — brontolò il sergente con impazienza.

Raggiunsero il Quartier Generale del Servizio Segreto. L'ufficiale di turno era il colonnello Farmer. Guardò Leeming, ed esclamò: — Caspita! — Sette volte di seguito.

Senza troppi preamboli, Leeming gli chiese: — Cos'è questa storia di rifiutare lo scambio di due prigionieri contro uno?

Farmer parve risvegliarsi con uno sforzo da un sogno fantastico. — Ne siete al corrente?

— Come avrei potuto chiedervelo se non lo sapessi?

— D'accordo, d'accordo. Ma perché mai dovremmo accettare una proposta così assurda? Non siamo mica matti, sapete?

Chinandosi sulla scrivania dell'altro, e appoggiandovi le mani, Leeming rispose: — Dobbiamo solo dichiararci d'accordo con loro... ma a una condizione.

— Quale condizione?

— Che loro accettino la stessa proposta riguardo i prigionieri lathiani. Due dei nostri uomini per un Lathiano e la sua Traveggola.

— La sua *che*?

— Traveggola. I Lathiani accetteranno senza fiatare. Hanno sempre dichiarato che uno di loro vale due individui di quasiasi altra specie. Sono troppo presuntuosi per rifiutare una simile offerta. Se ne serviranno come dimostrazione che perfino i nemici conoscono il loro valore.

— Ma... — cominciò Farmer, leggermente confuso.

— I loro alleati si affretteranno ad accettare. Lo faranno per motivi differenti, ma, i Lathiani se ne renderanno conto solo quando sarà troppo tardi. Provare per credere. Due dei nostri per un Lathiano e la sua Traveggola.

Farmer si alzò, mettendo in mostra il suo pancione sporgente.

— Cosa diavolo è una Traveggola?

— Potete scoprirlo facilmente — gli rispose Leeming. — Chiedetelo al vostro Eustachio.

Un po' allarmato, Farmer abbassò il tono di voce, dicendo il più gentilmente che poté: — La vostra apparizione è stata una grande sorpresa per me. Diversi mesi fa eravate stato dato per disperso, probabilmente ammazzato.

— Ho dovuto eseguire un atterraggio di fortuna, e sono stato fatto prigioniero su un pianeta delle retrovie nemiche — gli spiegò Leeming. — È abitato da una razza con la pelle coperta di squame, chiamata Zangastani. Sono stati loro a sbattermi in gabbia.

— Sì, sì — rispose il colonnello Farmer tentando di calmarlo con ampi gesti. — Ma come diavolo avete fatto a scappare?

— Farmer, vi dirò la verità. Li ho ipnotizzati con il mio *bopamagilvie*.

— *Cosa?*

— Mi hanno accompagnato con tutti gli onori — continuò Leeming — e quando sono partito c'erano dieci *faplap* a salutarmi. — Cogliendo l'altro di sorpresa, lasciò andare un violento calcio alla scrivania e fece schizzare un getto d'inchiostro sulla carta assorbente. — Adesso vediamo se il loro servizio segreto è abbastanza intelligente. Inviate il messaggio. Due di noi per un pidocchioso Lathiano e per la sua Traveggola. — Si guardò attorno, con un'espressione feroce negli occhi. — E trovatemi un posto per dormire... sono stanco morto.

Trattenendosi a stento, Farmer osservò: — Tenente, vi sembra il modo di rivolgervi a un colonnello?

— Io parlo come mi pare a chi voglio! Il sindaco Snorkum preparerà il dolce. — Leeming sferrò un altro calcio alla scrivania. — Datevi da fare, e venite a rimboccarmi le coperte.

Missione su Jaimec

Titolo originale: *Wasp*

Traduzione di Lella Pollini

1

Attraversò la stanza, si accomodò sulla sedia che gli era stata indicata, e tacque. L'espressione perplessa era stampata sul suo viso da tanto tempo che ormai cominciava a sentirsene stanco.

L'individuo corpulento che lo aveva condotto lì fin dall'Alaska se ne andò, chiudendo la porta senza far rumore e lasciandolo solo con l'uomo che lo fissava da dietro la scrivania. Una targa indicava che il nome di questo personaggio era William Wolf: ma era inesatto: quell'uomo assomigliava piuttosto a un alce maschio che a un lupo.

Wolf parlò con voce seria e piatta.

— Signor Mowry, avete diritto a una spiegazione. — Ci fu una pausa, seguita da un solenne: — E l'avrete. — Wolf continuava a fissarlo senza batter ciglio.

Per un attimo lunghissimo James Mowry sopportò quell'attento esame, poi domandò: — Quando?

— Presto.

E intanto, Wolf continuava a fissarlo. A Mowry, quello sguardo sembrava sgradevolmente acuto e indagatore; e la faccia del suo interlocutore era calda ed espressiva quanto un macigno.

— Alzatevi, per favore.

Mowry si alzò.

— Giratevi.

Si girò, senza preoccuparsi di nascondere quanto fosse seccato.

— Camminate avanti e indietro per la stanza.

Obbedì, ancora una volta.

— Uhm uhm — fece Wolf, senza lasciar trasparire né soddisfazione né disapprovazione. — Vi assicuro, signor Mowry, che è con tutta serietà che vi domando di camminare a gambe piegate.

Mowry saltellò in giro, come se cavalcasse un cavallo invisibile.

— Spero che ci sia da guadagnare parecchio, in questa faccenda. Mi dispiacerebbe aver fatto più di mille chilometri per venire a esibirmi gratis come pagliaccio.

— Non c'è denaro da guadagnare, in questa faccenda — disse Wolf. — Se sarete fortunato, porterete a casa la pelle.

— E se non sarò fortunato?

— Ce la rimetterete.

— Devo riconoscere che siete maledettamente esplicito sull'argomento — commentò Mowry.

— In questa faccenda bisogna esserlo. — Wolf tornò a fissarlo, con una lunga occhiata penetrante. — Be', lo farete. Sono sicuro che lo farete.

— Farò... che cosa?

— Ve lo dirò fra un attimo. — Wolf aprì un cassetto, ne trasse alcuni fogli e glieli passò. — Questi vi permetteranno di comprendere meglio la situazione. Leggeteli attentamente... sono una premessa a quello che dovrò dirvi.

Mowry gettò un'occhiata ai fogli. Erano copie di comuni notizie giornalistiche. Tornò a sedersi e le esaminò più attentamente.

La prima giungeva dalla Romania e parlava di un buontempone locale. Questo bel tipo non aveva fatto altro che fermarsi in mezzo alla strada e guardare il cielo con aria estatica, gridando «Fiamme azzurre!». Alcuni curiosi gli si erano stretti attorno e avevano dato segni di grande meraviglia. Il crocchio era diventato una piccola folla, la piccola folla era diventata una moltitudine.

In poco tempo la ressa aveva bloccato il traffico sulla strada e si era riversata nelle vie accanto. La polizia aveva tentato di disperderla, ma era stato peggio. Qualcuno aveva chiamato i vigili del fuoco. Alcuni isterici giuravano di vedere o di aver visto qualcosa di soprannaturale al di sopra delle nuvole.

Erano piombati sul posto giornalisti e operatori dei Servizi di Attualità; e correvano le voci più assurde. Il governo aveva dato ordine alla flotta aerea di levarsi in volo per dare un'occhiata da vicino alla situazione, e il panico si era sparso su un'area di trecento chilometri quadrati, dalla quale l'uomo che era l'origine di tanti guai si era, nel frattempo, prudentemente eclissato.

— Divertente, se non altro — notò Mowry.

— Continuate.

La seconda notizia riguardava una audacissima evasione. Due pericolosi assassini avevano rubato un'automobile; ed erano riusciti a percorrere quasi mille chilometri prima di essere catturati, quattordici ore dopo la fuga.

La terza notizia riferiva di un incidente stradale. Tre morti, un ferito gravissimo, la macchina ridotta un rottame. L'unico superstite era morto dopo nove ore.

Mowry restituì i fogli.

— E cosa c'entro io con tutto questo?

— Prendiamo queste notizie nell'ordine in cui le avete lette — cominciò Wolf. — Provano qualcosa di cui ci siamo resi conto da tempo, ma che voi non potete avere afferrato. Prendiamo la prima. Questo signore romeno non ha fatto niente, assolutamente niente, se non fissare il cielo e borbottare qualcosa. Eppure, ha costretto un governo a fare salti mortali, come una pulce su una lastra arroventata. Questo dimostra che, in determinate condizioni, azione e reazione possono essere ridicolmente sproporzionate fra loro. Compiendo gesti insignificanti nella circostanza adatta, si possono ottenere risultati mostruosamente superiori allo sforzo compiuto.

— Sono d'accordo con voi — convenne Mowry.

— E adesso occupiamoci dei due ergastolani. Neanche loro hanno fatto molto. Hanno scavalcato un muro, si sono impadroniti di una macchina, e hanno guidato come pazzi finché hanno avuto benzina, poi sono stati ripresi. — Wolf si piegò in avanti e continuò con maggiore enfasi. — Ma per la maggior parte di quelle quattordici ore, hanno monopolizzato l'attenzione di sei aerei, dieci elicotteri e centoventi autopattuglie. Hanno tenuto impegnati diciotto centralini e un numero incalcolabile di linee telefoniche e di collegamenti radio, per non parlare della polizia, dei deputati, delle squadre di volontari, cacciatori, guardie forestali e uomini della Guardia Nazionale. Un totale di ventisettemila uomini, sparsi in tre Stati.

— Accidenti! — Mowry alzò le sopacciglia.

— Infine, occupiamoci di questo incidente. Il passeggero che era sopravvissuto ha potuto spiegarne la causa, prima di morire. Ha detto che il guidatore aveva perso il controllo della macchina, mentre viaggiava ad alta velocità, perché cercava di scacciare una vespa che era entrata dal finestrino e stava ronzandogli intorno al viso.

— Già. Anche a me è capitato qualcosa di simile.

Wolf ignorò il commento e proseguì: — Il peso di una vespa è circa mezza oncia. Paragonata a un essere umano, la taglia d'una vespa è minuscola, la sua forza è trascurabile. La sua sola arma è un piccolissimo pungiglione in grado di iniettare una goccia di acido formico. E, in questa circostanza, la vespa non l'ha neppure adoperato. Tuttavia, ha ucciso quattro uomini grandi e grossi e ha trasformato una massiccia, potente automobile in un ammasso di ferraglia contorta.

— Me ne rendo conto; ma ve lo ripeto, io cosa c'entro?

— Eccoci al punto — disse Wolf. — Ci occorre che voi diventiate una *vespa*.

Mowry si piegò all'indietro e lo fissò strabiliato.

— Il fusto che mi ha condotto qui era un agente del Servizio Segreto, e mi ha provato l'autenticità delle sue credenziali. Questo è un ufficio governativo e voi siete un funzionario di grado elevato. Anche così, sono costretto a dirvi che siete pazzo.

— Può darsi che lo sia — ammise Wolf, impallidendo. — Ma non lo credo.

— Volete propormi di fare qualcosa?

— Sì.

— Qualcosa di specialissimo?

— Sì.

— Rischiando la mia pelle?

— Temo di sì.

— E tutto questo senza ricompensa.

— Esattamente.

Mowry si alzò.

— Ma non sono matto, io.

— Lo sareste — continuò Wolf con lo stesso tono piatto — se rimaneste tranquillo ad aspettare che i Siriani ci cancellino dalla faccia dell'Universo.

Mowry ricadde a sedere.

— Cosa avete detto?

— C'è una guerra, in corso

— Lo so. Lo sanno tutti — Mowry ebbe un gesto sprezzante. — Siamo in guerra da dieci mesi contro l'Impero Siriano. I giornali, la radio, la televisione e il governo lo sostengono. Sono abbastanza ingenuo da prestar fede a tutti quanti.

— Allora, forse, sarete disposto ad estendere la vostra credulità un po' oltre e a prendere per buono qualche altro particolare — suggerì Wolf.

— Quale?

— L'opinione pubblica terrestre è soddisfatta perché, fino a oggi, non è accaduto nulla di grave in questo settore. Si sa che il nemico ha sferrato due attacchi contro il nostro Sistema Solare e che entrambi sono stati respinti. L'opinione pubblica ha la massima fiducia nel sistema difensivo terrestre. E si tratta di una fiducia giustificata. Nessuna forza siriana riuscirà mai a spuntarla.

— Be', e allora perché preoccuparsi?

— Le guerre possono essere vinte o perdute. Non esiste una terza alternativa. Non possiamo vincere semplicemente tenendo il nemico alla distanza di un braccio. Non potremo conquistarci la vittoria semplicemente evitando di essere sconfitti. — Improvvisamente, Wolf calò pesantemente un pugno sul piano della scrivania, con tanta forza che una penna volò in aria per una quarantina di centimetri, prima di ricadere. — E dobbiamo fare di più. Dobbiamo prendere l'iniziativa e mettere l'avversario con le spalle al muro finché non saremo riusciti a scacciare il demonio che è in lui.

— Ma lo faremo al momento opportuno, non è così?

— Forse — disse Wolf. — O forse no. Dipende.

— Dipende... da che?

— Se riusciremo a sfruttare con intelligenza e completamente le nostre risorse: gente speciale... gente come voi.

— Posso pregarvi di essere più chiaro? — propose Mowry.

— Ecco. Dal punto di vista tecnico noi siamo più progrediti dell'Impero Siriano: si tratta di un divario minimo in certi settori e grandissimo in altri. Questo ci assicura il vantaggio di una maggiore efficenza degli armamenti. Ma ciò che l'opinione pubblica ignora... perché nessuno se la sente di metterla al corrente... è che i Siriani hanno a loro volta un vantaggio su di noi. Sono più numerosi nella proporzione di dodici a uno e le loro riserve di materie prime sono più cospicue delle nostre nella stessa proporzione.

— E questo è un fatto accertato?

— Sfortunatamente sì, sebbene i nostri uffici propaganda si guardino dal farne cenno. Il nostro potenziale bellico è superiore da un punto di vista qualitativo; i Siriani ci sono superiori da un punto di vista quantitativo. Questo è uno svantaggio molto grave per noi, e dobbiamo bilanciarlo nella maniera più adatta.

— Vedo — James Mowry si mordeva il labbro inferiore e appariva pensieroso.

— Tuttavia — fece Wolf — il problema diventa meno colossale di quanto appaia a prima vista se si considera che un uomo ha potuto far tremare un governo, due ergastolani hanno tenuto in scacco per qualche tempo un esercito forte di ventisettemila unità, e che una piccola vespa ha potuto uccidere quattro persone che erano giganti al suo confronto e per giunta distruggere la loro potentissima macchina. — Fece una pausa per studiare l'effetto che le sue parole avevano prodotto su Mowry, poi continuò. — Ciò significa che, scarabocchiando sul muro le parole opportune, l'uomo giusto, piazzato nel posto giusto nel momento giusto, potrebbe immobilizzare una divisione corazzata.

— È un modo poco ortodosso di fare la guerra.

— E anche il migliore.

— Bene, io sono abbastanza perverso da apprezzare questi metodi. Mi vanno a genio.

— Lo sappiamo — disse Wolf. Prese un fascicolo dalla scrivania e cominciò a sfogliarlo. — A quattordici anni siete incorso in una multa di cento talleri siriani perché avete espresso la vostra opinione sul conto di un ufficiale, scrivendola su un muro a lettere alte venti pollici. Vostro padre intervenne a scusarsi dicendo che eravate un ragazzino molto impetuoso. I Siriani furono molto seccati, ma lasciarono cadere la cosa.

— Razaduth era un bugiardo grasso e intrigante e io non ho fatto che dire questo. — Mowry sbirciò l'incartamento. — C'è la storia della mia vita, lì dentro?

— Già.

— Non vi sembra di essere un ficcanaso?

— Dobbiamo fare cose del genere. Le consideriamo come una parte del prezzo che dobbiamo pagare per sopravvivere. — Wolf spinse da un lato la pratica, poi spiegò. — Abbiamo una scheda intestata a ciascun Terrestre vivente. In un tempo ridicolmente breve possiamo selezionare elettronicamente le schede di tutti coloro che hanno denti falsi, o portano scarpe numero quarantatre, o hanno la madre con i capelli rossi. È ovvio che possiamo anche selezionare un particolare tipo di pecora da tutto il gregge.

— E io sarei una di queste pecore speciali?

— Metaforicamente parlando, certo, e senza offesa. — Sulla faccia di Wolf passò una smorfia tetra; sembrava che fosse la cosa più somigliante a un sorriso che riusciva a produrre. — Per prima cosa, abbiamo scovato circa sedicimila persone che parlassero correntemente i vari dialetti siriani. Scartando le donne e i bambini abbiamo ridotto il numero a novemila unità. Poi, passo passo, abbiamo eliminato dall'elenco i vecchi, i malati, i deboli, i bugiardi abituali, i disadatti. Poi abbiamo cancellato coloro che erano troppo bassi, troppo alti, troppo grassi, troppo magri, troppo stupidi, troppo avventati, troppo prudenti, e così via. Non ne erano rimasti molti, fra i quali cercare le *vespe*.

— E quali sono le caratteristiche di una *vespa*?

— Molte. Ma in particolare si tratta di un uomo piccolo, che possa camminare con le gambe un po' storte, che abbia le orecchie appuntite e aderenti al cranio e il viso rosso. In altre parole, che possa sostenere la parte di un nativo di Sirio... così bene da trarre in inganno i Siriani.

— Mai! — scattò Mowry. — Neanche nella settimana dei tre venerdì. Ho la carnagione rosea, ho messo il dente del giudizio, e ho le orecchie a sventola!

— I denti di troppo si possono estirpare. La rimozione chirurgica di una piccola parte di cartilagine fisserà le vostre orecchie all'indietro, senza lasciare tracce visibili dell'intervento. Si tratta di una cosetta facile, per niente dolorosa; guarirete perfettamente in due settimane. Non c'è da discuterne, è provato dalla scienza medica. — E di nuovo esibì quella tetra smorfia. — Per la carnagione colorita, niente paura. Ci sono molti Terrestri che hanno una faccia molto più rossa di parecchi Siriani, e hanno acquistato il colorito grazie a un buon numero di bottiglie. Abbiamo una sostanza speciale garantita per quattro mesi, e un piccolo strumento per applicarla: vi permetterà di mantenere la tinta per tutto il tempo necessario.

— Ma...

— Statemi a sentire. Siete nato a Masham, capitale di Diracta, il pianeta madre dei Siriani. Vostro padre era commerciante. Avete vissuto a Diracta fino a diciassette anni, poi siete tornato dai vostri parenti, sulla Terra. Per fortuna avete proprio la statura e la taglia di un Siriano. Adesso avete ventisei anni e parlate perfettamente il siriano, con un forte accento mashambi, il che, se non altro, costituisce un vantaggio. Rende la faccenda più plausibile. Circa cinquanta milioni di Siriani parlano con accento mashambi. Voi siete il tipo ideale per il lavoro che ci interessa.

— E se io vi pregassi di gettare questa proposta nel cestino? — chiese Mowry, in tono interessato.

— Mi dispiacerebbe — disse freddamente Wolf — perché in tempo di guerra vale il vecchio adagio secondo il quale un volontario è meglio di mille uomini reclutati d'autorità.

— Il che significa che sarei richiamato alle armi? — Mowry non poté reprimere un gesto di irritazione. — Maledizione! Preferisco imbarcarmi in un'impresa di mia volontà, piuttosto che esservi spinto a forza.

— È quello che risulta dal vostro incartamento. James Mowry, di anni ventisei, irrequieto e testardo. Si può fare affidamento su di lui per qualsiasi cosa... purché l'alternativa che gli si propone sia peggiore.

— Ragionate come mio padre. È stato lui a suggerirvelo?

— Il Servizio non rivela mai le fonti delle sue informazioni.

— Uff. — Mowry meditò un po', poi chiese: — Immaginiamo che io mi offra volontario. Che cosa succederà?

— Vi manderanno a scuola. C'è un corso speciale, breve e difficile, di sei, otto settimane. Verrete istruito su tutti gli argomenti che vi potranno essere utili: armi, esplosivi, sabotaggio, propaganda, guerra psicologica, lettura delle mappe e della bussola, trucco e travestimenti, judo, radiotecnica, e forse un'altra dozzina di materie. Quando la vostra preparazione sarà compiuta, sarete qualificato per fungere da perfetto guastafeste.

— E dopo?

— Verrete condotto clandestinamente su uno dei pianeti occupati dai Siriani dove rimarrete solo e dovrete cercare di rendervi più fastidioso possibile.

Ci fu un lungo silenzio, e finalmente Mowry ammise con un grugnito: — Una volta che era molto arrabbiato con me, mio padre mi disse: «Ragazzo mio, sei nato matto e matto morirai». — Emise un lungo, profondo sospiro. — Il vecchio aveva ragione. Mi offro volontario.

— Esattamente come avevamo previsto — disse Wolf, imperturbabile.

Rivide Wolf due giorni dopo la fine del corso, che aveva superato con risultati soddisfacenti. Wolf arrivò alla scuola e andò a trovare James Mowry nella sua stanza.

— Come va?

— Sadismo puro — disse Mowry con una smorfia. — Sono a pezzi, corpo e cervello. Mi sento come uno storpio rimbecillito.

— Avete tutto il tempo per superare questo stato d'animo. Il viaggio sarà abbastanza lungo. Partirete giovedì.

— E per quale destinazione?

— Mi dispiace, non posso dirvelo. Al pilota verranno consegnati gli ordini in busta sigillata, da aprire all'ultimo momento. In caso di incidenti o di intercettazione da parte del nemico, li distruggerà senza leggerli.

— C'è il rischio di essere catturati durante il viaggio?

— È un rischio minimo. L'astronave è molto più veloce di quelle in possesso del nemico. Ma anche la nave migliore può avere un incidente per puro caso e noi non vogliamo lasciare nulla al caso. Lei sa di quale fama goda la Polizia siriana, la Kaitempi. Quella gente riuscirebbe a costringere una lastra di granito a confessare i suoi delitti. Se vi intercettassero durante il viaggio e scoprissero la vostra destinazione, prenderebbero le contromisure per intrappolare all'arrivo il vostro successore.

— Il mio successore? Ecco una domanda cui nessuno sembra aver voglia di rispondere. Forse voi potete dirmi qualcosa.

— E cioè? — chiese Wolf.

— Dovrò agire completamente solo, o ci saranno altri Terrestri che opereranno sullo stesso pianeta? E se ve ne saranno altri, come prenderò contatto con loro?

— Per quello che vi concerne, sarete l'unico Terrestre per un raggio di cento milioni di miglia — replicò Wolf. — Non avrete contatti con nessuno, così non potrete tradire nessuno, nemmeno involontariamente. Quelli della Kaitempi non potranno estorcervi informazioni di cui non siete in possesso, giusto?

— Tutto questo suonerebbe meglio se non vi leccaste le labbra di fronte a questa orrenda prospettiva — protestò Mowry. — Tuttavia, mi sarebbe di conforto e di incoraggiamento sapere che ci sono altre *vespe* in azione, anche se fossero soltanto una per pianeta.

— Non vi sentireste solo, eh? Ma gli altri non saranno sul posto solo per tenervi compagnia. — Wolf agitò una mano. — Buona caccia, cercate di essere una vera maledizione per il nemico e... tornate vivo.

— Tornerò — sospirò Mowry. — Sebbene la strada sia dura e il cammino lungo.

Ma questo, pensò mentre Wolf se ne andava, era più una pia speranza che una promessa fondata. Oltre tutto, quell'accenno al suo *successore* indicava chiaramente che erano previste perdite e che erano stati addestrati uomini di riserva.

Poi, Mowry rifletté che forse lui stesso era il *successore* di qualcun altro. Forse, nel mondo su cui stava per recarsi, qualche *vespa* sfortunata era stata intrappolata ed eliminata senza chiasso. Se le cose stavano così, la Kaitempi forse spiava i cieli, in attesa della prossima vittima... un certo James Mowry, ventiseienne, irrequieto e testardo.

Bene, si era impegnato e non poteva tirarsi indietro, ormai. Pareva che fosse condannato a diventare un eroe perché gli mancava il coraggio di essere un vigliacco. Poco a poco, si abbandonò a una rassegnazione da filosofo, che si era completamente impadronita di lui quando, parecchie settimane dopo, il capitano dell'astrocorvetta lo convocò nella cabina di comando.

— Dormito bene?

— Non proprio — ammise Mowry. — I propulsori facevano più baccano del solito e tutta la nave sussultava e scricchiolava.

Il capitano esibì un sorriso ironico.

— Voi non lo sapevate, ma c'erano quattro caccia siriani che ci inseguivano. Abbiamo spinto la velocità al massimo e li abbiamo seminati.

— Siete sicuro che non ci stiano seguendo più?

— Dal momento che sono usciti dal raggio dei nostri detector, è ragionevole pensare che noi siamo usciti dal raggio dei loro, no?

— E ringraziamo il cielo, allora — disse Mowry.

— Ho aperto la busta degli ordini. Dobbiamo farvi sbarcare entro quarantotto ore terrestri.

— E dove?

— Su un pianeta che si chiama Jaimec. Mai sentito nominare?

— Sì, le trasmissioni siriane più recenti lo hanno ricordato, qualche volta. È uno dei loro mondi di frontiera, se non sbaglio... sottopopolato e sottosviluppato. Ma non ho mai incontrato nessuno di quelle parti e non ne so molto. — E continuò, leggermente seccato. — La segretezza è una bella cosa, ma potrebbe essere utile a un povero diavolo fargli sapere dove sta andando e fornirgli qualche informazione utile.

— Quando atterrerete, avrete tutti i dati che vi servono — sbottò il capitano. — Insieme agli ordini, mi hanno affidato anche le informazioni. — Mise sul tavolo un fascio di carte, corredato da parecchie mappe e da grandi fotografie, poi si diresse verso un mobile appoggiato alla parete. — Questo è un visore stereoscopico. Cercate pure il luogo adatto per l'atterraggio: la scelta spetta a voi. Il mio compito consiste nel farvi atterrare illeso nel posto che più vi piace e di andarmene senza farmi scoprire.

— E quanto tempo ho a disposizione?

— Dovrete indicarmi la località prescelta non oltre quaranta ore a partire da questo momento.

— E quanto tempo impiegherete per calare al suolo me e il mio equipaggiamento?

— Venti minuti al massimo. Non di più. Mi dispiace, ma non si può fare altro. Se scendessimo sul posto e ce la prendessimo comoda, lasceremmo tracce inconfondibili del vostro atterraggio, un grosso solco che potrebbe essere visto dalle pattuglie aeree, con il risultato di scatenare una caccia all'uomo contro di voi. Così, dovremo usare i meccanismi antigravitazionali e muoverci in fretta. E i meccanismi antigravitazionali assorbono molta energia. Una sosta di venti minuti è tutto quello che possiamo concederci.

— Sta bene — Mowry alzò le spalle rassegnato, prese le carte e cominciò a leggerle, non appena il capitano fu uscito.

Jaimec, novantaquattresimo pianeta dell'Impero Siriano. La sua massa era sette ottavi di quella terrestre. I continenti occupavano un'area che era circa la metà rispetto alla Terra; tutto il resto era oceano. Era stato occupato duecentocinquant'anni prima; la popolazione attuale era calcolata approssimativamente in ottanta milioni di persone. Jaimec aveva città, grandi vie di comunicazione, spazioporti e tutte le caratteristiche della civiltà importata dai Siriani. Ciò nonostante, sotto molti aspetti era sottosviluppato e in condizioni primitive; molte zone erano ancora inesplorate.

James Mowry si dedicò a uno studio scrupoloso della superficie del pianeta, come appariva dal visore stereoscopico. Allo scadere della quarantesima ora, aveva fatto la sua scelta. Non era stato facile giungere a una decisione; tutti i luoghi che sembravano adatti all'atterraggio presentavano qualche caratteristica poco vantaggiosa, a dimostrazione del fatto che il posto ideale per nascondersi non esiste. Uno era ottimo dal punto di vista strategico, ma mancava di un nascondiglio adatto. Un altro offriva un formidabile rifugio naturale, ma era in una zona pericolosa.

— Spero che abbiate scelto una località sulla faccia non illuminata del pianeta — disse il capitano, entrando. — Altrimenti, saremo costretti a girare in orbita fino al sopraggiungere dell'oscurità, e non sarà uno scherzo. La tattica migliore consiste nello scendere e uscire prima che quelli abbiano tempo di dare l'allarme e organizzare un contrattacco.

— Ecco qui. — Mowry indicò il punto scelto su una fotografia. — Non dista più di trentacinque chilometri da una via di comunicazione, e si trova in mezzo a una foresta vergine. Quando avrò bisogno di prendere qualcosa dalla mia base segreta mi occorrerà un giorno per arrivarci, forse due. Ma per la stessa ragione sarà al sicuro da occhi indiscreti, e questo è ciò che conta.

Il capitano mise la foto nel visore, lo accese e guardò attraverso gli oculari. Poi corrugò la fronte, intento.

— Intendete dire il punto segnato su quel costone roccioso?

— No, è alla base del costone, non sopra. Vedete quelle rocce che affiorano? Non sembra un breve prolungamento del costone, verso nord?

Il capitano tornò a guardare la fotografia.

— È difficile stabilirlo con certezza, ma sembrerebbe una caverna. — Si voltò e attivò l'interno. — Hame, puoi venire, per favore?

Hamerton, l'ufficiale navigatore, arrivò, studiò la fotografia e localizzò il punto indicato: lo confrontò con le mappe dei due emisferi di Jaimec e fece rapidi calcoli.

— Ce la faremo a scendere durante la notte, ma proprio per un pelo.

— Ne sei sicuro? — chiese il capitano.

— Se arrivassimo laggiù con una rotta lineare, potremmo risparmiare un paio d'ore. Ma non possiamo. La loro rete radar segnalerebbe un punto in caduta al di sopra di mezzo miglio di quota, e così dobbiamo passare al di sotto della portata dei radar. Questa manovra ci porterà via un po' di tempo, ma con un minimo di fortuna potremo effettuare l'operazione mezz'ora prima del levar del sole.

— E allora andiamo diritti — proruppe Mowry. — Per voi il pericolo sarà minore, e io sono disposto a correre il rischio di venir catturato. È un rischio che corro comunque, no?

— Niente da fare — ritorse il capitano. — È una rete radar così fitta che i loro detector ci hanno già individuato. Abbiamo ricevuto la loro richiesta di identificazione e non abbiamo potuto rispondere, dato che non conosciamo il loro codice. Presto sospetteranno che siamo nemici e ci scaricheranno addosso una gragnuola di missili a contatto... e come sempre ce li manderanno contro troppo tardi. Nel momento in cui balzeremo al di sotto della loro rete radar, intraprenderanno una ricerca su uno spazio aereo di cinquecento miglia di raggio, attorno al punto in cui noi scompariremo. — E fece un cenno a Mowry. — E voi, ragazzo mio, sareste il punto focale di quel cerchio.

— Sembra che abbiate già fatto questo lavoro altre volte — scattò Mowry, nella speranza di provocare una risposta precisa.

Ma il capitano continuò imperterrito.

— Quando saremo giunti al livello delle cime degli alberi, non potranno rintracciarci con il radar. Quindi effettueremo la picchiata oltre tremila chilometri prima del punto scelto per il lancio e percorreremo questa distanza in un batter d'occhio. Io ho il compito di farvi atterrare là dove volete essere lasciato, senza che l'intero pianeta se ne accorga. Se le cose non andranno così, l'intera spedizione sarà fallita. Allora, volete lasciare fare a me?

— E va bene — convenne Mowry, avvilitissimo. — Fate come credete.

I due ufficiali uscirono, lasciandolo solo a meditare. Il segnale d'allarme squillava dalla parete della cabina. Si aggrappò alle maniglie di sicurezza e si tenne stretto ad esse mentre l'astronave deviava violentemente, prima da un lato, poi dall'altro. Non poteva vedere né sentire niente altro che il cupo gemito dei reattori di direzione: ma l'immaginazione gli suggeriva la visione di cinquanta scie malauguranti che salivano dal suolo verso l'astronave: cinquanta lunghi missili carichi di esplosivo, che cercavano avidamente la traccia del metallo straniero...

L'allarme squillò ancora undici volte, mentre l'astronave continuava le sue acrobazie. Poi, lo scafo risuonò del lento sibilo dell'attrito con l'atmosfera, che diventò un fischio più intenso man mano che questa si addensava.

Era arrivato il momento

Mowry si guardava le dita con espressione assente. Era calmo, ma sudava. Brividi elettrici gli correvano su e giù lungo la spina dorsale. Si sentiva le ginocchia deboli e lo stomaco ancora più fiacco.

Lontano, oltre lo spazio, c'era un pianeta che disponeva di un perfetto sistema di schedari; e a causa di tutto questo James Mowry stava per mettere la testa nelle fauci del leone. Maledisse mentalmente il sistema degli schedari, coloro che lo avevano inventato e coloro che se ne servivano.

I razzi propulsori si spensero e l'astronave rimase silenziosa, in bilico sui suoi congegni antigravità al di sopra della località prescelta, e Mowry fu preso dall'impazienza fatalista di un uomo in procinto di affrontare un' azione decisiva che non può essere rimandata. Scese, affrettandosi e sdrucciolando, per la scala di nylon, fino al suolo. Una dozzina degli uomini dell'astrocorvetta lo seguirono, animati dalla sua stessa fretta ma per un motivo diverso. Lavoravano come pazzi, ma non smettevano di tener d'occhio il cielo.

2

Il costone roccioso faceva parte di un altopiano che dominava la foresta da un'altezza di circa milleduecento metri. C'erano due grotte, una larga e poco profonda, l'altra stretta ma profondissima. Davanti alle grotte, c'era una radura coperta da una distesa di piccoli ciottoli e limitata da un ruscello che scorreva rapido e tumultuoso.

Contenitori cilindrici di duralluminio, trenta in tutto, furono calati dal ventre dell'astronave fino alla radura, e sistemati nella caverna più profonda, in modo che i numeri impressi in codice sui loro coperchi fossero rivolti verso la luce. Poi, gli uomini dell'equipaggio si arrampicarono come scimmie per la scala, che venne ritirata immediatamente. Un ufficiale agitò la mano attraverso la botola e gridò: — Rendi la vita difficile a quella gente, ragazzo!

I reattori di coda della corvetta ruggirono, facendo ondeggiare le cime degli alberi, con un soffio d'aria surriscaldata, per almeno un miglio lì intorno. Anche questo faceva parte dei rischi calcolati. Se le foglie, per il calore eccessivo, fossero avvizzite o avessero cambiato colore, un aereo in perlustrazione avrebbe visto la freccia gigantesca puntata verso la grotta. Eppure si era dovuto correre anche questo rischio. Aumentando gradualmente velocità, la grande nave spaziale si allontanò, mantenendosi a bassa quota e seguendo la direzione della vallata, verso nord.

James Mowry notò che non prendeva direttamente la rotta di ritorno. L'equipaggio cercava di proteggerlo con una manovra diversiva, emergendo ad alta quota proprio al di sopra di una zona dove sorgevano città e installazioni militari. Con un po' di fortuna, questa tattica avrebbe convinto i nemici che l'astronave era stata mandata in ricognizione per scattare fotografie aeree e non per sbarcare una persona.

Le ricerche avrebbero potuto durare finché ci fosse stata luce, e già sorgeva l'alba. Una ricerca aerea sistematica nei dintorni avrebbe dimostrato che i sospetti del nemico erano stati acuiti dalle evoluzioni della corvetta. La mancanza di ricerche non avrebbe però provato il contrario, perché, per ciò che ne sapeva Mowry, la caccia avrebbe potuto venir effettuata altrove.

La piena luce del giorno gli era necessaria per muoversi attraverso la foresta, che, nelle zone più fitte, era buia anche a mezzogiorno. Mentre aspettava che sorgesse il sole, sedette su un masso e guardò nella direzione in cui era scomparsa l'astronave. Non avrebbe voluto essere al posto del capitano, stabilì, neanche per un sacco di diamanti. E probabilmente il capitano non avrebbe voluto essere al posto di Mowry, neanche per due sacchi.

Dopo un'ora entrò nella grotta, aprì un contenitore e ne trasse una valigia di cuoio, usata e di inequivocabile fattura siriana. Neanche l'occhio più acuto avrebbe potuto scoprire qualcosa di strano in quel bagaglio; gli apparteneva da tempo, da quando l'aveva acquistata a Masham, su Diracta.

Superò con un balzo il ruscello, raggiunse la foresta e si diresse verso occidente, ricorrendo spesso all'aiuto d'una bussola tascabile. Il cammino era lungo, ma non presentava grandi difficoltà; la foresta non era una giungla. Gli alberi crescevano robusti e fitti, formando una spessa volta che nascondeva tutto, salvo qualche raro squarcio di cielo. Per fortuna, però, il sottobosco era rado; si poteva procedere comodamente e a buona andatura, purché si stesse attenti a non inciampare nelle radici che affioravano. Inoltre, come Mowry notò subito, il cammino era facilitato dal fatto che il suo peso, su Jaimec, si era ridotto di circa otto chili, e il suo bagaglio era più leggero nella stessa proporzione.

Due ore prima del tramonto raggiunse la strada, dopo aver percorso trentacinque chilometri. S'era concesso una breve sosta per il pasto, e brevissime pause per consultare la bussola. Depose la valigia dietro un albero, ci si sedette sopra, e si prese quindici minuti di riposo prima di iniziare una attenta sorveglianza della strada. Non si sentivano aerei né astronavi volteggiare nel cielo, e non c'erano segni di attività anormale sulla strada; infatti, durante la sua attesa, neanche un veicolo transitò, in nessuna delle due direzioni.

Rinfrancato dalla sosta, ripulì scarpe e pantaloni dalla polvere e dalle foglie, si riannodò la cravatta come soltanto un Siriano avrebbe potuto annodarla, poi si guardò in uno specchietto metallico. I suoi abiti, buone copie terrestri di vestiti siriani, rispondevano alle necessità; non aveva dubbi in proposito. La sua faccia color porpora, le orecchie appuntite rivolte all'indietro e l'accento mashambi erano altrettanto convincenti. Ma la sua maggiore protezione era costituita dal blocco psicologico tipico in ogni Siriano; non avrebbero mai sospettato che un Terrestre si travestisse da Siriano, perché questa idea, secondo loro, era troppo ridicola.

Soddisfatto di essersi calato nel suo nuovo ruolo, Mowry uscì dal folto degli alberi, attraversò la strada e si dedicò a un riepilogo accurato della strada che aveva percorso per uscire dalla foresta. Era essenziale per lui potersela ricordare senza fatica e nei minimi particolari. La foresta era lo schermo mimetico attorno al suo rifugio e non poteva sapere se sarebbe stato costretto a precipitarsi lì in fretta e furia.

Cinquanta metri più avanti, lungo la via, c'era un albero basso e dall'aspetto insolito, con una strana escrescenza a spirale intorno al tronco e con una fitta formazione di ramoscelli nodosi. Cercò di imprimerselo bene in mente e, per maggior sicurezza, trascinò una lastra di pietra, a forma di tavola, fino a piazzarla in verticale sotto l'albero.

Il risultato aveva l'aspetto di una tomba solitaria. Fissò la pietra e non gli fu difficile immaginare alcune parole incise su di essa: JAMES MOWRY, TERRESTRE. GIUSTIZIATO DALLA KAITEMPI.

Abbandonando i funesti pensieri sulla Kaitempi, cominciò a procedere a fatica lungo la strada, con un'andatura leggermente claudicante. Da quel momento, lui era a tutti gli effetti un Siriano, di nome Shir Agavan. Agavan era una guardia forestale alle dipendenze del ministero delle Risorse Naturali di Jaimec, quindi un funzionario governativo esente dal servizio militare. Avrebbe potuto essere anche chiunque altro, finché continuava ad avere l'apparenza di un Siriano e finché poteva produrre i documenti che lo dimostrassero.

Si mosse rapidamente mentre il sole scendeva dietro l'orizzonte. Doveva trovare un veicolo; gliene serviva uno che offrisse un minimo di comodità, ma soprattutto gli serviva trovarlo il più lontano possibile dal punto in cui aveva lasciato la foresta. Come tutti gli altri esseri viventi, i Siriani avevano una lingua e parlavano. Gli altri ascoltavano e qualcuno di quegli individui poteva avere il vizio di ascoltare e di sommare due più due fino ad arrivare a quattro. Il pericolo maggiore, per lui, era rappresentato proprio dalle lingue troppo attive e dalle orecchie troppo attente.

Aveva percorso quasi due chilometri quando due auto a dinamo e una macchina a benzina gli passarono davanti, in rapida successione; tutte andavano nella direzione opposta alla sua. Nessuno degli occupanti lo degnò di uno sguardo più che superficiale. Ci volle un altro chilometro e mezzo prima che arrivasse qualcuno avviato nella sua stessa direzione. Si trattava di un camion a benzina, una grossa, polverosa, ingombrante mostruosità che ansimava e sbuffava a ogni giro di ruota.

Fece un cenno con l'aria di arrogante autorità che non mancava mai di impressionare tutti i Siriani, tranne coloro che erano ancor più arroganti e autoritari. Il veicolo si fermò con un sobbalzo, sbuffando fragorosamente dai tubi di scappamento: era carico di una ventina di tonnellate di radici commestibili. Dalla cabina, due Siriani lo guardarono.

Erano male in arnese e indossavano vestiti sciupati e stinti.

— Io sono un funzionario governativo — dichiarò Mowry, con il dovuto tono di importanza. — E voglio un passaggio fino alla città.

Il più vicino dei due aprì lo sportello e si accostò al guidatore per fargli posto. Mowry salì a bordo e si guardò in giro. In tre si stava stretti: dovette tenere la valigia sulle ginocchia. La macchina emise un sordo boato e arrancò in avanti, mentre il Siriano che stava in mezzo fissava stupidamente la valigia.

— Lei è di Masham, mi pare — azzardò il guidatore.

— Esatto. Sembra che non possiamo aprire bocca senza che la gente lo capisca.

— Non sono mai stato a Masham — continuò il guidatore, con il tipico accento monotono di Jaimec. — Mi piacerebbe andarci, un giorno o l'altro. È un posto famoso. — Si voltò di scatto verso il suo collega. — No, Snat?

— Già — disse Snat, continuando a fissare la valigia.

— E poi, a Masham o in qualsiasi altro posto su Diracta si starà sempre meglio che qui. È stata una giornataccia, no, Snat?

— Già — disse Snat.

— Perché? — chiese Mowry.

— Questo maledetto camion si è rotto tre volte, da questa mattina, e per due volte è andato a impantanarsi nella palude. L'ultima volta abbiamo dovuto scaricarlo per alleggerirlo, e poi riempirlo daccapo. Con questo carico, è stata una bella faccenda. — E sputò fuori dal finestrino. — No, Snat?

— Già — fece Snat,

— Un bel guaio — fece Mowry, con comprensione.

— Come per il resto, voi lo sapete — proseguì il guidatore in tono iroso. — È stata una giornataccia.

— E che cosa dovrei sapere? — interruppe Mowry.

— Le ultime novità.

— Sono stato nella foresta dal levar del sole fino a pochi minuti fa. Non si può venire a sapere le ultime novità standosene in mezzo agli alberi.

— La radio delle dieci ha annunciato che le tasse di guerra aumenteranno, come se non pagassimo già abbastanza. Poi la radio delle dodici ha detto che una astronave degli Spakum ronzava da queste parti. Lo hanno ammesso perché la nave è stata vista da molti posti. Non siamo sordi quando i cannoni sparano, e non siamo ciechi quando l'obiettivo è visibile. — E diede una gomitata al compagno. — O lo siamo, Snat?

— No — dichiarò Snat.

— Lo immaginate... una pidocchiosa astronave spakum che gironzolava sopra i nostri tetti. Sapete cosa significa: stavano cercando obiettivi da bombardare. Bene, spero che nessuno di loro se la cavi. Spero che tutti gli Spakum che hanno queste intenzioni vadano a sbattere contro gli sbarramenti di protezione.

— Anch'io — disse Mowry. E diede una gomitata nelle costole del suo vicino. — E voi, no?

— Già — disse Snat.

Per tutto il viaggio, il guidatore continuò le sue lamentele a proposito della giornataccia e di tutto quello che andava storto: l'iniquità dei fabbricanti di automezzi, le spese di guerra; e l'inaudita impudenza di una astronave nemica che aveva sorvolato Jaimec in pieno giorno. Per tutto quel tempo, Snat continuò a dondolarsi, fissando con occhi vitrei la valigia di pelle di Mowry, e rispondendo a monosillabi solo quando lo chiamavano direttamente in causa.

— Eccoci — annunciò Mowry quando furono giunti ai sobborghi della città, in un vasto crocevia. Il veicolo traballante si fermò, e lui scese. — Lunga vita!

— Lunga vita! — rispose il guidatore e se ne andò.

Mowry sostò sul marciapiede e guardò pensieroso il grosso camion finché non lo perse di vista. Bene, si era esposto al minor numero di domande possibile e se l'era cavata senza destare sospetti. Né il guidatore né Snat immaginavano, neppure lontanamente, che lui era uno di coloro che essi chiamavano Spakum (letteralmente, questa parola significava "cimice"): un termine, usato per indicare i Terrestri, che aveva ascoltato senza alcun risentimento. James Mowry non poteva prendersela: fino a nuovo ordine, lui era Shir Agavan, Siriano di nascita e per educazione.

Tenendo stretta la valigia, James Mowry entrò in città.

Pertane, capitale di Jaimec, aveva una popolazione di poco inferiore ai due milioni. Non c'era altra città, sul pianeta, che le si avvicinasse come vastità: era il centro dell'amministrazione civile e militare di Jaimec, il vero cuore della potenza planetaria del nemico. Per la stessa ragione, era anche, potenzialmente, il posto più pericoloso nel quale un Terrestre isolato potesse andare a zonzo.

Dirigendosi verso la città bassa, Mowry vagabondò fino al crepuscolo, studiando l'ubicazione e l'aspetto esteriore di parecchi alberghi. Finalmente ne trovò uno in una strada secondaria, a fianco dell'arteria principale della città. Tranquillo, dall'apparenza modesta, gli sarebbe servito per qualche tempo, mentre si cercava un rifugio migliore. Ma, dopo aver deciso, aspettò un po' prima di entrare.

In primo luogo, era necessario controllare se le sue carte erano valide attualmente. I documenti che gli avevano fornito erano copie, curate fino ai dettagli microscopici, di quelle valide nell'Impero Siriano nove o dieci mesi prima: ma nel frattempo potevano essere state apportate modifiche. In quella situazione, carte di identità scadute o non più in uso potevano significare per lui la cattura immediata.

Era meglio rimanere al sicuro sulla strada, perché, se le cose si fossero messe male, avrebbe sempre potuto buttar via la valigia e battersela a tutta velocità. E così camminò a casaccio oltre l'albergo e perlustrò le strade vicine fino a che non trovò un poliziotto. Si guardò intorno studiando una possibile ritirata e si diresse verso il dignitoso funzionario.

— Scusatemi, sono nuovo di qui — disse, assumendo una espressione volutamente stupida. — Sono arrivato pochi giorni fa da Diracta.

— E vi siete perso, eh?

— No, signor ufficiale, sono preoccupato. — Mowry frugò in tasca, ne levò la carta d'identità e la presentò al poliziotto. I muscoli delle gambe erano tesi, pronti a scattare se fosse stata necessaria la fuga. — Un mio amico di Pertane mi ha detto che il mio documento non va bene, perché adesso occorre anche fare applicare una propria fotografia a figura intera e nudi. Ma questo mio amico si diverte a fare certi scherzi, e io non so se credergli o no.

Il poliziotto si accigliò, esaminò prima una facciata del documento, poi l'altra; poi la restituì.

— È in perfetta regola. Il vostro amico è un bugiardo. Farebbe meglio a tenere la bocca chiusa. — L'espressione divenne più severa. — E se non lo farà, avrà da pentirsene. La Kaitempi non è tenera con coloro che spargono voci infondate.

— Sì, signor ufficiale — disse Mowry, fingendosi improvvisamente spaventato. — Lo avvertirò. Lunga vita!

— Lunga vita! — tagliò corto il poliziotto.

Mowry tornò all'albergo prescelto, entrò come se gli appartenesse e fissò una camera con bagno, per dieci giorni.

— La carta d'identità, prego? — chiese il portiere.

Mowry gli consegnò il documento.

L'altro trascrisse le generalità, gliela restituì, girò il registro e additò un punto sulla pagina. — Firmate qui.

Per prima cosa, dopo aver preso possesso della stanza, Mowry fece il bagno. E intanto riesaminò la propria posizione. Si era fatto riservare la stanza per dieci giorni, ma era una manovra diversiva: non aveva intenzione di rimanere a lungo in un luogo così ben controllato dalle autorità. Se anche su Jaimec vigevano le abitudini siriane, era possibile che qualcuno si desse la pena di controllare il registro dell'albergo e, forse anche di fargli qualche domanda imbarazzante prima che fosse trascorsa una settimana. Aveva pronte tutte le risposte, ma la vera tattica di una *vespa* consiste nel non farsi interrogare, finché è possibile.

Era arrivato troppo tardi per cercarsi un alloggio migliore. Avrebbe dedicato il giorno seguente alla ricerca di una stanza in affitto, preferibilmente in un quartiere i cui abitanti badassero ai fatti propri.

Prima di mettersi in movimento, si concesse un pasto abbondante. A un Terrestre, quel cibo sarebbe sembrato strano, addirittura disgustoso: ma James Mowry mangiò di buon grado, e il sapore servì solo a ricordargli la sua infanzia. Mentre finiva, si chiese se qualche altra *vespa* si era per caso tradita mostrandosi nauseata dalla cucina siriana.

Poi uscì, ma la sua passeggiata attraverso Pertane non fu così casuale come sembrava. Gironzolò intorno, mandando a memoria tutti i particolari che avrebero potuto essergli utili come punti di riferimento. Ma soprattutto, cercò di tastare il polso dell'opinione pubblica, con particolare riguardo per l'opinione della minoranza.

In tutte le guerre, per quanto sia grande la forza di un governo, il suo dominio non è mai assoluto. In tutte le guerre, per quanto giusta sia la causa, lo sforzo non è mai totale. Nessuna lotta è stata combattuta mai con il consenso unanime della classe dirigente e con il cento per cento della popolazione compatta alle sue spalle.

C'è sempre una minoranza che si oppone a una guerra per parecchie ragioni: la riluttanza a sottoporsi ai sacrifici necessari, la paura di morire o di soffrire, le convinzioni etiche o filosofiche contrarie alla guerra come metodo per risolvere le controversie. C'è la mancanza di fiducia nell'abilità della classe dirigente, il risentimento di essere stato chiamato a un ruolo subordinato; la pessimistica convinzione che la vittoria è improbabile ed è possibile, invece, la sconfitta; la soddisfazione egoistica di non confondersi nel gregge, e altre mille e una ragione.

Nessuna dittatura politica o militare era mai riuscita a identificare e a sopprimere al cento per cento i malcontenti che aspettavano l'occasione buona. Mowry era sicuro che, secondo la legge delle probabilità, anche a Jaimec dovevano essercene. E, insieme ai pacifisti e ai quasi-pacifisti, c'erano anche le classi di criminali, il cui solo scopo nella vita consisteva nell'arraffare denaro e nel cercare di tenersi lontani dai guai.

Una *vespa* avrebbe potuto utilizzare tutti coloro che non sentivano squillare le trombe né rullare i tamburi del patriottismo. In realtà, anche se era impossibile trovare le tracce di persone simili e utilizzarle individualmente, Mowry era per lo meno certo della loro esistenza.

A mezzanotte tornò in albergo, convinto che Pertane alloggiava una buona quantità di capri espiatori. Sui mezzi di trasporto pubblici e nei bar aveva tenuto conversazioni frammentarie con una quarantina di cittadini, e aveva ascoltato le parole di almeno altri cento.

Non uno di loro aveva pronunciato una parola che si potesse definire come antipatriottica o, peggio ancora, proditoria o sovversiva, ma almeno dieci persone avevano parlato con quel tono vago ed elusivo di chi ha ben altro in mente che compiacere lo Stato. In qualche circostanza, due di questi tipi conversavano insieme; quando ciò accadeva, veniva fatto con un'aria di cospirazione che chiunque avrebbe potuto riconoscere a cinquenta metri di distanza, ma che non poteva essere portata come prova davanti a un tribunale militare.

Tutti costoro, gli obiettori di coscienza, gli egoisti, gli avidi, i risentiti, i boriosi, i vigliacchi e i criminali, potevano essere utilizzati a favore della causa terrestre.

Disteso sul letto in attesa di addormentarsi, Mowry arruolò tutti questi oppositori potenziali in una fantomatica organizzazione, che chiamò *Dirac Angestum Gesept*, il Partito Siriano della Libertà. Si promosse presidente del DAG, segretario, tesoriere e dirigente del distretto planetario di Jaimec. Il fatto che l'intera massa degli adepti non sapesse neppure di essere stata arruolata, e non avesse avuto voce in capitolo nelle elezioni, non aveva importanza.

Né aveva importanza il fatto che prima o poi la Kaitempi avrebbe cominciato a organizzare una collezione di iscritti del DAG sotto forma di morti strangolati, e che qualche membro del partito avrebbe potuto essere preso da entusiasmo per la Causa o, viceversa, avrebbe potuto non volerne sapere. Se una parte dei Siriani si fosse dedicata, come attività principale, alla caccia e all'impiccagione di altri Siriani, e se questi altri si fossero dedicati allo sport di sparare contro gli impiccatori, allora una certa razza che viveva su mondi lontani avrebbe avuto tutto da guadagnare.

James Mowry, alias Shir Agavan, si addormentò mentre rimuginava questi lieti pensieri. Il suo respiro era stranamente lento e regolare, rispetto al viso purpureo; russava in un tono stranamente basso, e stava disteso sul dorso, anziché sul ventre. Ma, nell'intimità della stanza, non c'era nessuno che potesse vedere e ascoltare.

3

Quando un uomo deve sostenere la parte di un esercito invasore, l'essenziale è muoversi in fretta, sfruttare al massimo ogni occasione favorevole e non disperdere le energie. James Mowry doveva girare per la città e cercarsi un rifugio migliore. D'altra parte, era necessario che cominciasse a compiere le prime mosse del suo gioco: e così decise di prendere due piccioni con una fava.

Aprì il suo bagaglio, usando con molta cura una chiave di plastica. Anche se sapeva esattamente di cosa si trattava, Mowry sentì un brivido corrergli per la schiena. La serratura non era innocua come sembrava; in realtà, era una trappola mortale. Non poteva liberarsi dal pensiero che un giorno o l'altro avrebbe potuto dimenticare che una chiave di plastica non è una chiave di metallo. Se avesse commesso un simile sbaglio, il risultato sarebbe stato la devastazione di un'area di cento metri lì intorno. Oltre l'involucro che conteneva la carica mortale, e che era collegato alla serratura, la valigia conteneva una dozzina di pacchetti, una quantità di carta stampata, e nient'altro. La carta era di due specie: manifestini e denaro, quest'ultimo in abbondanza. In talleri siriani, Mowry era milionario, e con qualche prelievo supplementare dalla sua lontana base nella grotta, si poteva dire multimilionario.

Prese un mucchietto di manifestini stampati, il necessario per il lavoro di un giorno, abbastanza pochi perché potesse gettarli via senza farsi notare se si fosse presentata la necessità; poi richiuse la valigia con le stesse precauzioni.

Era un lavoro difficile, quel continuo gingillarsi con una potenziale esplosione, ma c'era anche una contropartita. Se qualche poliziotto si fosse messo in mente di frugare nella valigia e di aprire il suo bagaglio, avrebbe distrutto la prova insieme a se stesso. Inoltre, l'inevitabile devastazione sarebbe stata un chiaro avvertimento per lui, quando fosse ritornato verso il suo temporaneo rifugio.

Uscì, salì su un autobus della linea radiale e appiccicò il primo manifesto a un finestrino dell'imperiale, in un momento in cui gli altri posti a sedere erano vuoti. Scese alla fermata successiva e, per combinazione, vide che una dozzina di persone salivano sull'autobus. Metà di esse salirono sull'imperiale.

Il manifestino diceva a lettere chiare e di facile lettura: *La guerra è la fortuna per pochi, la miseria per la maggioranza. Nel momento opportuno, il Dirac Angestun Gesept punirà i profittatori, e darà il suo aiuto alla povera gente.*

Era stata una coincidenza fortunata, essere arrivato contemporaneamente all'annuncio dell'aumento delle tasse di guerra. Probabilmente quelli che avrebbero letto il manifesto dovevano sentirsi troppo tartassati dal fisco, per strappare il foglietto in uno slancio di furore patriottico. E c'era anche la probabilità che essi diffondessero la notizia, e il pettegolezzo è eguale in qualsiasi angolo del vasto universo: più si sparge e più diventa consistente.

In cinque ore e mezzo, Mowry aveva collocato ottanta manifestini senza farsi cogliere sul fatto. Aveva corso qualche rischio, aveva tremato più di una volta, ma l'aveva fatta franca. Inoltre, quello che accadde dopo l'applicazione del cinquantaseiesimo manifestino gli procurò una grossa soddisfazione.

Uno scontro, senza conseguenze, tra due macchine, si risolse in una scenata fra i guidatori e richiamò una folla di curiosi. Approfittando della situazione, Mowry piazzò il manifestino numero cinquantasei nel bel mezzo di una vetrina, mentre si trovava alle spalle della gente occupata a tener d'occhio i litiganti. Poi si confuse fra la folla prima che qualcuno notasse il manifesto e attirasse su di esso l'attenzione di tutti. Finalmente la gente si voltò, James Mowry con gli altri, e la meraviglia fu generale.

Quello che l'aveva individuato, uno sparuto Siriano di mezz'età con gli occhi sporgenti, tese un dito e sbottò: — Ma g-g-guardate! Debbono essere m-matti in questo negozio! La Kaitempi li arresterà t-t-tutti.

Mowry si spinse in avanti per vedere meglio e leggere il manifesto. *Coloro che oggi occupano posizioni di rilievo e approvano apertamente la guerra se ne pentiranno amaramente il giorno che saliranno sul patibolo. Dirac Angestun Gesept.*

Corrugò la fronte.

— Quelli del negozio non possono esserne responsabili. Non oserebbero.

— Q-qualcuno ha pure osato — disse Occhi Sporgenti, non del tutto a torto.

— Già. — Mowry gli gettò un'occhiata severa. — Siete il primo a dirlo. Così è possibile che siate stato voi, eh?

— Io? — Occhi Sporgenti diventò di un viola pallido, il che per un Siriano equivale a diventar bianco come un panno lavato. — Non sono stato io a metterlo lì. Mi credete m-matto?

— Bene, come avete detto voi, qualcuno ha pure osato.

— Ma io no — negò Occhi Sporgenti, furioso e agitato. — Deve essere stato qualche decifiente.

— Deficiente — corresse Mowry.

— Proprio come d-dite voi.

Un altro Siriano, più giovane e più bisbetico saltò su, inaspettatamente.

— Questa non è opera di un isolato. Debbono essere stati in parecchi.

— E perché? — chiese Occhi Sporgenti.

— Un individuo isolato avrebbe scarabocchiato qualche sciocchezza. — E fece un cenno verso l'oggetto della discussione. — Questo è il lavoro di uno stampatore professionista. Ed è una minaccia. Qualcuno ha rischiato il collo per attaccarlo qui. Scommetto che questo colpo è opera di una organizzazione illegale.

— Dice così, no? — intervenne una voce. — Il Partito Siriano della Libertà.

— Mai sentito nominare — commentò un altro.

— L'avete sentito nominare adesso — disse Mowry.

— Qualcuno dovrebbe fare q-qualcosa — dichiarò Occhi Sporgenti, agitando le braccia.

Qualcuno fece qualcosa: un poliziotto. Fendette la folla, si guardò intorno torvo e ruggì: — E allora, di che si tratta?

Occhi Sporgenti additò ancora il manifesto, questa volta con l'aria d'importanza di chi sente di meritare una lode per la sua scoperta. — G-guardate cosa c'è s-scritto sulla vetrina.

Il poliziotto guardò e vide. Poiché sapeva leggere, esaminò la scritta due volte, mentre la sua faccia diventava di parecchi toni più cupa del color porpora abituale. Poi dedicò la sua attenzione alla folla.

— Chi è stato?

Nessuno lo sapeva.

— Avete gli occhi e non li usate?

Apparentemente, nessuno li usava.

— Chi l'ha visto per primo?

— Io — disse Occhi Sporgenti, con orgoglio.

— Ma non avete visto nessuno attaccarlo al vetro?

— No.

Il poliziotto sporse in fuori la mascella.

— Ne siete sicuro?

— Sì, agente — ammise Occhi Sporgenti, cominciando ad innervosirsi. — C'è stato un incidente, nella strada. Noi stavamo guardando i due l-litig... — Si ingarbugliò e non riuscì a proseguire.

Il poliziotto lo spinse via, poi si rivolse alla folla in tono minaccioso.

— Se qualcuno conosce l'identità del colpevole e rifiuta di rivelarla, sarà giudicato egualmente reo e subirà la stessa punizione.

Coloro che si trovavano in prima fila arretrarono di un metro o due. Quelli che stavano indietro scoprirono di avere importanti affari da sbrigare altrove. Circa una trentina di curiosi inguaribili rimasero sul posto; e Mowry fra loro.

— Forse nel negozio potranno dirle qualcosa — suggerì, dolcemente.

Il poliziotto si accigliò.

— So il mio mestiere.

Sbuffò forte ed entrò nel negozio, dove chiese del proprietario. Dopo pochi minuti, il degno uomo uscì, guardò la vetrina con orrore e cominciò a dar segni di collasso nervoso.

— Noi non ne sappiamo nulla, agente. Vi assicuro che non è opera nostra. È all'esterno della vetrina, non all'interno, come potete vedere benissimo. Qualche passante può averlo messo lì. Ma non riesco a immaginare perché l'abbia appiccicato a questa vetrina. La nostra lealtà patriottica è fuori discussione e...

— Non inducete la Kaitempi a perdere cinque secondi per discuterla — disse cinico il poliziotto.

— Ma io stesso sono della riserva in...

— Chiudete quella bocca! — Il poliziotto puntò un pesante pollice contro la scritta illuminata. — E togliete quella roba.

— Sì, agente. Certo, agente. La toglierò subito.

Il negoziante raschiò con le unghie gli angoli del manifesto, nel tentativo di strapparlo. Non andò alla maniera sperata, perché la superiorità tecnica terrestre si estendeva anche ai comuni adesivi. Dopo parecchi sforzi inutili, il negoziante gettò al poliziotto uno sguardo implorante, entrò nella bottega, ne uscì con un coltello e riprovò. Ci volle un bel po' di tempo per riuscire a strappare un triangolino di carta a ogni angolo, ma la scritta rimase intatta.

— Prendete dell'acqua calda e inzuppatelo a dovere. Verrà via — ordinò il poliziotto che cominciava a perdere la pazienza. Poi si voltò verso la folla. — Via. Muoversi, circolare.

La folla arretrò, riluttante. James Mowry, sbirciando da un cantone, vide il negoziante che arrivava con un secchio fumante e si dava da fare per togliere il manifesto; e sogghignò fra sé, perché sapeva bene che l'acqua era proprio quello che ci voleva per sciogliere e attivare la base fluoridrica spalmata sotto la stampa.

Mowry proseguì il suo giro e affisse altri due manifesti dove potevano essere visti facilmente e causare il massimo scompiglio. Gli occorsero venti minuti per arrivare a cinquantotto, e alla fine non resistette alla tentazione e tornò indietro, passando vicino al negozio.

Il manifesto era sparito: ma la suo posto, c'era il messaggio inciso profondamente, a lettere smerigliate, nel cristallo della vetrina. Il poliziotto e il negoziante stavano discutendo vivacemente sul marciapiede, mentre una dozzina di cittadini sostavano, sbirciando alternativamente i due e la vetrina.

Mentre Mowry passava, il poliziotto urlò: — Non me ne importa niente se questa vetrina è costata duemila talleri. O lo coprite o sostituite il vetro.

— Ma, agente...

— Fate come vi ho detto. Tenere in mostra la propaganda sovversiva è la peggiore offesa all'autorità costituita, sia intenzionale o no.

Mowry tirò avanti, senza che nessuno gli badasse o sospettasse di lui; e aveva addosso ancora diciotto manifestini da usare prima che il giorno finisse.

Al calare delle tenebre, li aveva affissi tutti senza incidenti. E per giunta si era trovato un comodo rifugio.

Quando arrivò all'albergo si fermò al banco per parlare con il portiere.

— Questa guerra complica le cose. Uno non può più fare un progetto sicuro. — E fece il gesto che equivaleva, fra i Siriani, a una scrollata di spalle. — Devo partire domani e starò fuori sette giorni. È una grossa seccatura.

— Desiderate disdire la stanza, signor Agavan?

— No. L'ho prenotata per dieci giorni e pagherò per dieci giorni. — Si frugò nelle tasche, ne estrasse un mucchietto di talleri. — Può darsi che mi serva, se tornerò in tempo. E se no... pazienza.

— Come desiderate, signor Agavan. — Indifferente al fatto che l'ospite stesse gettando via il denaro, il portiere scarabocchiò una ricevuta e gliela tese.

— Grazie — disse Mowry. — Lunga vita!

— Lunga vita! — Il portiere rispose in tono spento; era evidente che non gli sarebbe importato nulla se il cliente fosse morto all'istante.

James Mowry andò a mangiare al ristorante. Poi tornò alla sua stanza, dove si gettò lungo disteso sul letto, concedendosi un meritato riposo, mentre aspettava che si facesse scuro. Quando gli ultimi bagliori del tramonto furono svaniti, prese un altro mucchietto di manifestini e un grosso pastello dalla valigia, e partì.

Era un lavoro molto più facile, questa volta. L'illuminazione scarsa lo proteggeva; e poi aveva acquistato una certa familiarità con i luoghi più degni di attenzione; per giunta, non era distratto dalla necessità di trovarsi un altro alloggio più sicuro. Per oltre quattro ore, poté concentrarsi nel compito di imbrattare i muri e fare scempio delle più ampie e costose lastre di vetro che, durante il giorno, sarebbero state notate più facilmente.

Dalle sette e mezzo a mezzanotte aveva appiccicato esattamente cento manifestini su negozi, uffici e veicoli del servizio pubblico cittadino; e aveva scritto anche chiaramente, a grosse lettere, la sigla DAG su ben ventiquattro muri.

Quest'ultima impresa fu compiuta mediante un pastello terrestre, una sostanza indelebile simile a gesso che sfruttava la porosità dei mattoni, quando veniva a contatto con l'acqua: più veniva innaffiata e più rimaneva ostinatamente visibile.

La mattina dopo, fece colazione, prese la sua valigia e, ignorando una fila di dynotaxi in attesa di clienti, salì su un autobus. Ne cambiò nove, andando qua e là senza una direzione precisa. Cinque tragitti li fece senza la valigia, che lasciò in un deposito. Questo non sarebbe stato necessario, ma il compito di Mowry non consisteva soltanto nell'evitare i pericoli reali, ma anche nel prevedere quelli ipotetici.

Quando fu certo che neanche il segugio più abile avrebbe potuto seguirlo nel suo tortuoso giro attraverso la città, Mowry ritirò la valigia e la portò con sé al terzo piano di un edificio dall'aspetto squallido, dove prese possesso di un appartamentino di due stanze, che puzzava di rancido. Passò il resto della giornata a pulirlo e a renderlo abitabile.

Era difficilissimo che potessero rintracciarlo. Il padrone di casa, un tipo dagli occhi sfuggenti, non gli aveva chiesto la carta d'identità, e lo aveva accolto come il signor Gast Hurkin, un funzionario di basso rango delle ferrovie, onesto, lavoratore e abbastanza stupido da pagare l'affitto regolarmente alle scadenze fissate.

Dopo aver terminato le pulizie, Mowry comprò un giornale e vi cercò qualche notizia che si riferisse alla sua attività del giorno prima, ma non vi trovò una sola parola. Dapprima se ne sentì deluso; poi ci pensò meglio e concluse che era meglio così.

L'opposizione alla guerra, l'aperta sfiducia nel governo erano novità che avrebbero giustificato titoli a piena pagina: ma nessun cronista, nessun direttore di giornale avrebbe passato un pezzo sull'argomento. L'autorità li teneva in pugno e si serviva di una pesante censura.

Tuttavia, questo era un punto di partenza. Il primo ronzio della *vespa* Mowry aveva costretto l'autorità a interferire nell'attività della stampa. Per di più, era una contromisura debole e di scarso effetto, che doveva servire solo come palliativo, mentre i cervelli responsabili si davano da fare per attuare provvedimenti più efficaci.

Quanto più a lungo un governo mantiene il silenzio su una determinata faccenda, tanto più la gente ne parla e ci ragiona sopra. Più a lungo e più ostinato è questo silenzio, e più il governo fa brutta figura nei confronti dei cittadini. In tempo di guerra, non c'è domanda più avvilente di questa: «Che cosa ci tengono nascosto, *adesso*?»

Parecchie centinaia di cittadini si sarebbero posti questa domanda, fra un giorno o fra una settimana. Le parole *Dirac Angestun Gesept* sarebbero corse su innumerevoli labbra, avrebbero mulinato in innumerevoli cervelli, solo perché il governo non aveva il coraggio di parlarne apertamente.

E se un governo ha paura di ammettere certi insignificanti particolari, l'uomo della strada può forse prestargli fede quando proclama di non avere paura di nulla?

Una malattia diventa una calamità pubblica quando si diffonde, assumendo i caratteri di una epidemia. E per questo motivo, la prima uscita di Mowry dalla nuova abitazione fu dedicata a un viaggio fino a Radine, una città settanta chilometri a sud di Pertane. Radine contava trecentomila abitanti, e aveva centrali idroelettriche, miniere di bauxite e impianti per l'estrazione dell'alluminio.

Prese il primo treno, affollato di gente costretta a spostarsi per necessità derivate dalla guerra: operai accigliati, soldati malcontenti, ufficiali pieni di boria, nullità incolori. Sul sedile di fronte a lui c'era un tipo dal ventre grosso e dalle fattezze porcine, una specie di ritratto caricaturale del ministro per l'Alimentazione di Jaimec.

La gente saliva e scendeva nelle stazioni intermedie. Faccia-di-porco ignorò sprezzante Mowry, guardò con signorile disgusto il paesaggio, e finalmente si addormentò, a bocca aperta. In quella posa, era ancora più simile a un maiale, e sarebbe stato perfetto se avesse avuto un limone in bocca.

Cinquantacinque chilometri prima di Radine, la porta del vagone si aprì ed entrò un poliziotto, seguito da due tipi dalla faccia severa, vestiti con abiti borghesi.

Il trio si fermò accanto al primo passeggero.

— Biglietto — fece il poliziotto.

Il passeggero lo porse, con aria spaventata. Il poliziotto lo guardò attentamente, poi lo passò ai compagni, che lo studiarono a turno.

— Carta d'identità.

La carta di identità subì lo stesso trattamento.

— Permesso di viaggio.

Anche questo subì un triplice esame, poi fu reso, insieme al biglietto e alla carta di identità: il legittimo proprietario li ricevette con una espressione di sollievo.

Il poliziotto abbordò un altro viaggiatore.

— Biglietto.

Mowry, che era seduto a metà del vagone, osservò lo spettacolo con molta curiosità e un po' di apprensione; ma quando il trio raggiunse il settimo passeggero, lui si mise in allarme.

Per qualche ragione che soltanto gli interessati potevano conoscere, la coppia in borghese si occupò più a lungo e più attentamente dei documenti di quest'ultimo passeggero, che cominciava a dare segni di agitazione. L'espressione dei due agenti era quella di due animali da preda sul punto di ghermire la vittima.

— In piedi! — gridò il più alto dei due.

Il passeggero scattò in piedi. Barcollava leggermente, e non per il rollio del treno. Mentre il poliziotto stava a guardare, i due in borghese perquisirono il malcapitato, gli levarono dalle tasche tutto quello che c'era, maneggiando gli oggetti senza riguardo e restituendoglieli in malo modo. Gli misero in disordine gli abiti, senza il minimo rispetto.

Non trovarono nulla di interessante, e finalmente uno di essi muggì una bestemmia, poi apostrofò malamente la vittima.

— Be', cos'è che vi mette i brividi?

— Mai stato così bene — protestò debolmente il passeggero.

— Davvero, e allora cosa avete?

— È la stanchezza. Io faccio sempre questo percorso con questo treno...

— Già, già. — Il poliziotto guardò il compagno, che fece un gesto di noncuranza. — Va bene. Potete sedervi.

Il poveraccio ricadde sul sedile e respirò pesantemente, con l'aspetto di chi è ancora incerto tra la paura e il sollievo. Il poliziotto lo sbirciò per un attimo, sbuffò, poi rivolse l'attenzione al passeggero numero otto.

— Biglietto.

C'erano ancora dieci persone, prima che il terzetto degli inquisitori arrivasse a Mowry. Il poliziotto era soltanto un funzionario ma gli altri due erano agenti della potentissima Kaitempi; e se gli avessero messo le mani nelle tasche, sarebbe stata la fine. A tempo debito, poi, quando sulla Terra si fossero resi conto che James Mowry non dava notizie di sé perché era morto, un individuo a sangue freddo chiamato Wolf avrebbe detto in tono piatto ad un altro gonzo: “ Si giri. Cammini a gambe piegate. A noi occorre che diventiate una *vespa.*”

Intanto la maggior parte dei passeggeri dedicava la loro attenzione a quanto stava succedendo, e ostentava un'aria di patriottica rettitudine. James Mowry sbirciò insospettito Faccia-di-Porco: teneva davvero gli occhi chiusi, o lo stava guardando attraverso le palpebre accostate?

Comunque, il terzetto si avvicinava sempre più; doveva correre il rischio. Tastò furtivamente dietro di sé, e trovò una fessura stretta ma profonda nell'imbottitura, dove lo schienale si congiungeva al sedile. Senza perdere d'occhio per un attimo Faccia-di-Porco, si levò dalle tasche il pacchetto dei manifestini e i due pastelli, li ficcò nella fessura, ben nascosti.

Due minuti dopo, il poliziotto urtò la spalla di Faccia-di-Porco che si svegliò sbuffando, lo guardò, guardò i due in borghese e brontolò:

— Cosa succede?

— Biglietto — disse il poliziotto.

— Controllo del movimento viaggiatori, eh? — replicò Faccia-di-Porco, in tono comprensivo. — Oh, bene. — Si frugò nelle tasche con le grosse dita e ne tolse una carta di identità avvolta in una custodia di plastica, l'esibì al terzetto, e il poliziotto assunse immediatamente un'aria servile; gli altri si irrigidirono come reclute a una parata.

— Scusateci, maggiore — intonò il poliziotto.

— Siete scusati — assicurò Faccia-di-Porco, con un ben dosato miscuglio di arroganza e di condiscendenza. — State facendo il vostro dovere. — E lanciò a tutti i presenti un'occhiata di trionfo, sentendosi evidentemente molto al di sopra dei comuni mortali.

Ancora imbarazzato, il poliziotto si rivolse a Mowry.

— Biglietto.

Mowry lo mostrò, cercando di apparire innocente e seccato. Non era facile mostrarsi disinvolto, dato che era al centro dell'attenzione dei passeggeri. Il maggiore Faccia-di-Porco lo fissava e i due agenti della Kaitempi gli rivolgevano occhiate durissime.

— Carta di identità.

— Permesso di viaggio.

Consegnò anche quello e si preparò a sentirsi impartire l'ordine di alzarsi. Ma l'ordine non venne. I tre avevano fretta di sottrarsi al freddo sguardo del maggiore: quindi diedero un'occhiata alle carte, le restituirono senza commenti, e passarono oltre. Mowry si rimise in tasca i documenti, cercando di dare alla sua voce un tono di sollievo, quando disse all'altro: — Mi meraviglia che siano stati così sbrigativi.

— Non è affar vostro — disse il maggiore, con il tono più insultante che conoscesse.

— No, certamente no — convenne Mowry.

Fra loro cadde il silenzio. Il maggiore guardava fuori dal finestrino e non dimostrava la minima intenzione di proseguire il sonnellino. “Accidenti a lui!" pensò Mowry; recuperare i manifestini diventava un problema, sotto gli occhi di quell'individuo sveglio e sospettoso.

Si sentì sbattere una porta, quando il poliziotto e gli agenti della Kaitempi ebbero finito con quel vagone e passarono al successivo. Un minuto dopo, il treno si fermò di colpo, e un paio di passeggeri scivolarono addirittura dai loro posti per lo scossone. Giù dal treno e verso la coda del convoglio si levarono alte grida.

Il maggiore Faccia-di-Porco si alzò pesantemente, aprì un finestrino, e si affacciò per guardare cosa stava succedendo. Poi, con una rapidità sorprendente in un individuo così corpulento, si levò di tasca una pistola e percorse il vagone in tutta fretta, fino a sparire attraverso la porta posteriore. Fuori, intanto, il baccano cresceva.

Mowry si alzò a sua volta e gettò un'occhiata dal finestrino. Vicino alla coda del treno, un gruppetto di persone stava correndo lungo i binari, e il poliziotto e gli agenti della Kaitempi erano in testa a tutti. Mentre guardava, questi ultimi estrassero le armi; si sentirono parecchi spari. Ma era impossibile vedere chi stessero cercando di colpire.

Intanto il maggiore avanzava pesantemente verso il gruppo, tenendo in pugno la pistola. Teste di curiosi si sporgevano dai finestrini delle altre carrozze.

— Cosa è successo? — gridò Mowry al passeggero più vicino.

— Quei tre stavano controllando i documenti. Un tipo, appena li ha visti, ha spalancato lo sportello ed è balzato giù. Hanno fermato il treno e adesso lo inseguono. Ha fatto un bel salto, quello. Saranno fortunati, se riescono a pigliarlo.

— Ma chi è?

— Non ne ho idea. Forse qualche criminale ricercato.

— Bene — commentò Mowry. — Se mi inseguisse la Kaitempi correrei come uno Spakum spaventato.

— E chi non lo farebbe? — disse l'altro.

Mowry si ritrasse e tornò a sedere. Tutti gli altri viaggiatori s'erano affacciati, la loro attenzione era diretta altrove: era il momento propizio. Infilò la mano nel nascondiglio, ne trasse manifestini e pastelli e li infilò in tasca.

Il treno rimase fermo mezz'ora, durante la quale non accadde nulla di emozionante. Alla fine si rimise in moto e, nello stesso tempo, il maggiore Faccia-di-Porco rientrò e si abbandonò sul sedile. Aveva un aspetto particolarmente acido.

— L'avete preso? — chiese Mowry, improntando il proprio tono alla massima cortesia e al massimo rispetto.

Il maggiore gli lanciò un'occhiata bieca.

— Non sono affari vostri.

— No, credo proprio di no.

Il silenzio tornò a cadere mentre il treno proseguiva per Radine. Poiché era la stazione terminale, tutti scesero. Mowry fendette la folla avviandosi verso l'uscita della stazione, ma non cominciò a cercare con lo sguardo vetrine e muri da imbrattare.

Aveva deciso di seguire il maggiore.

4

Il pedinamento non fu difficile. Il maggiore camminava sicuro di sé, con l'arroganza di chi sa di avere la legge dalla propria parte e considera tutti gli altri esseri umani poco meno che polvere.

Appena fuori dalla stazione, il maggiore voltò a destra e si diresse a un parcheggio cento metri più in là; si accostò a una lunga auto-adinamo di color verde chiaro e si frugò in tasca per cercare le chiavi.

Indugiando all'ombra di un'arcata, James Mowry vide la sua preda aprire la portiera e infilarsi al posto di guida. Attraversò la strada verso un posteggio di taxi e salì sul primo che trovò libero. La manovra fu un capolavoro di tempismo; infatti si accomodò sullo strapuntino nel preciso momento in cui la macchina verde spariva cigolando.

— Dove andiamo? — chiese il tassista.

— Non saprei dirlo con esattezza — disse Mowry, in tono evasivo. — Ci sono stato una volta sola, l'anno scorso. Ma conosco la strada, gliela indicherò io.

La dinamo emise un ruggito e la macchina si avviò, mentre Mowry non perdeva di vista l'automobile che li precedeva e impartiva di volta in volta gli ordini. Sarebbe stato molto più facile se avesse potuto ordinare: "Seguite quella macchina verde". Ma avrebbe rischiato di rimanere impresso nella memoria del tassista insieme al maggiore, o almeno insieme alla macchina verde del maggiore. Quelli della Kaitempi erano abilissimi a snidare simili indizi e a seguirli fino a ottenere un risultato completo. Così, invece, il tassista non sospettava che lui stesse pedinando qualcuno.

Preda e cacciatore seguirono il loro tragitto attraverso il centro di Radine, fino a che la vettura pedinata compì una stretta svolta e discese la rampa delle autorimesse di un grande palazzo. Mowry lasciò che il taxi percorresse ancora circa duecento metri, poi ordinò al tassista di fermarsi.

— Eccomi arrivato. — E levò del denaro dalla tasca. — Bella cosa avere buona memoria, no?

— Già — disse il tassista. — Fa un tallero e sei decioni.

Mowry gli diede due talleri e aspettò che si fosse allontanato. Tornò in fretta verso il palazzo, entrò, prese posto su un piccolo sedile nell'immenso atrio e fece finta di appisolarsi mentre aspettava qualcuno. C'erano parecchie persone, sedute lì intorno, e nessuno gli chiese niente.

Non era passato mezzo minuto che il maggiore Faccia-di-Porco entrò dall'altra estremità dell'atrio, sbucando da una porta che conduceva alle rimesse sotterranee. Senza neanche guardarsi intorno, si diresse verso uno degli ascensori e lo sportello si richiuse alle sue spalle. La luce-spia sul quadrante si accese per indicare il piano raggiunto dall'ascensore, e si fermò al numero sette.

Dopo cinque minuti, Mowry sbadigliò, si stirò, guardò l'orologio e uscì. Camminò fino a che non trovò una cabina telefonica, e chiamò il centralino del palazzo da cui era appena uscito.

— Dovevo incontrare una persona nell'atrio, circa un'ora fa — spiegò. — Ma non ho potuto essere puntuale. Se mi sta ancora aspettando, ditegli, per favore, che sono stato trattenuto.

— E chi è? Un nostro inquilino? — chiese il centralinista.

— Sì. Ma ho dimenticato come si chiama. Non ho memoria per i nomi. È grosso, con i lineamenti pesanti, abita al settimo piano. Il maggiore... il maggiore... che maledetta memoria debbo avere!

— Sarà il maggiore Sallana — disse il centralinista.

— Esatto! — confermò Mowry. — Il maggiore Sallana... l'avevo sulla punta della lingua.

— Un attimo. Guardo se sta ancora aspettando. — Vi fu un minuto di silenzio, prima che il centralinista fosse di ritorno. — No, non c'è. Ho chiamato il suo appartamento, ma non ha risposto. Volete lasciar detto qualcosa?

— Non è necessario. Mi aveva dato un appuntamento... ma non si tratta di una cosa importante. Lunga vita!

— Lunga vita! — fece il centralinista.

Così, non aveva risposto. Pareva che il maggiore Sallana fosse arrivato in fretta e in fretta se ne fosse andato... a meno che fosse in bagno. Ma non era verosimile: non avrebbe avuto il tempo di riempire la vasca, di svestirsi e di entrare in acqua. E se era veramente uscito, per Mowry si presentava un'occasione unica.

Sebbene fosse necessario agire in fretta, sostò ancora un attimo per fare un altro lavoretto. Sbirciò attraverso il vetro della cabina, si assicurò che nessuno gli badasse, poi applicò un manifestino bene in vista, in modo che chiunque entrasse per servirsi del telefono non potesse fare a meno di leggerlo.

Il manifestino diceva: *Individui assetati di potere impongono la guerra. Dirac Angestun Gesept segnerà la fine per l'una e per gli altri.*

Ritornò al palazzo, attraversò con aria disinvolta l'atrio e salì su un ascensore libero. Girò la testa di scatto, sentendo che qualcuno si avvicinava, e rimase costernato nello scorgere il maggiore.

Aveva, è vero, un'espressione pensierosa e non aveva ancora visto Mowry, ma questo sarebbe inevitabilmente accaduto, se la *vespa* non agiva in fretta. Chiuse la porta e premette il terzo bottone. L'ascensore salì, si fermò al terzo piano. Lo tenne fermo, con la porta chiusa, fino a che non udì il rumore dell'altro ascensore che saliva ai piani superiori. Allora ridiscese a pianterreno e tornò a uscire dal palazzo, imprecando contro la sfortuna nera.

Da quel momento fino a sera riuscì a decorare Radine con centoventi manifesti e quindici scritte. Poi, convinto di aver lavorato abbastanza per quel giorno, gettò il pastello mezzo consumato in un tombino.

Alle dieci fece uno spuntino: era dal mattino che non mangiava. Quando ebbe finito, cercò il numero di Sallana, lo chiamò e non ottenne risposta. Era il momento buono. Ripetendo la nota manovra tornò al palazzo e salì in ascensore fino al settimo piano, questa volta senza incidenti. Si avviò senza far rumore sul pesante tappeto del corridoio, leggendo le targhe di tutte le porte finché non trovò il nome che cercava.

Bussò. Nessuno rispose.

Bussò ancora, più forte, ma non abbastanza forte da attirare l'attenzione dei vicini.

Ancora silenzio.

Era il momento di mettere in pratica ciò che gli era stato insegnato nel corso di addestramento. Estrasse dalle tasche un mazzo di chiavi che sembravano normalissime ma non lo erano, e trafficò intorno alla serratura, fino a che la porta si aprì, nel giro di trentacinque secondi. Era di importanza vitale agire rapidamente: se qualcuno fosse passato nel corridoio in quel momento, lui sarebbe stato colto con le mani nel sacco.

Entrò e richiuse la porta dietro di sé. Per prima cosa andò a controllare se in qualche stanza c'era qualcuno, addormentato o ubriaco; ma tutte e quattro le stanze erano vuote.

Ritornando nel primo locale, compì un sopralluogo accurato e scoprì una pistola posata sopra uno scaffale. Controllò che fosse carica e se la mise in tasca. Subito dopo scassinò una grossa scrivania e frugò nei cassetti. I suoi metodi erano quelli caratteristici di un criminale professionista, ma in realtà era tutto merito del corso speciale di addestramento.

Il contenuto del quarto cassetto a sinistra gli fece drizzare i capelli sul capo. Era sua intenzione procurarsi qualcosa che rendesse un po' affabili i poliziotti e mettesse sull'attenti gli agenti della Kaitempi; ma, quando aprì il cassetto, restò di sasso nello scorgere un grosso pacco di carta da lettera che recava una intestazione ufficiale.

C'era scritto: DIRAC KAIMINA TEMPITI - *Leshun Radine*: in altre parole "Polizia Segreta Siriana" - Distretto di Radine". Non era strano che i due sul treno si fossero ammorbiditi di colpo: il maggiore era un pezzo grosso della Kaitempi e contava più di un generale dell'esercito, più del comandante d'una intera flotta spaziale.

La scoperta ebbe il potere di accrescere la rapidità dell'azione di Mowry. Dai bagagli accatastati in un ripostiglio scelse una valigetta, ne forzò la serratura e rovesciò sul pavimento gli abiti che conteneva; poi vi stipò dentro tutta la carta della Kaitempi. Poco dopo trovò una piccola macchina punzonatrice, che portava impresse le lettere DKT sormontate da una spada alata e gettò anche quella nella valigetta.

Quando ebbe finito il suo lavoro attorno alla scrivania, si dedicò allo scaffale, e le narici gli fremevano per l'eccitazione, mentre trafficava intorno ai cassetti. Improvvisamente gli giunse all'orecchio un rumore; si fermò, in ascolto. Era il rumore di una chiave che girava nella toppa... anzi, al primo tentativo girò a vuoto.

Mowry fece un balzo verso il muro, vi si appiattì contro per essere nascosto dalla porta, quando si fosse aperta. La chiave stridette una seconda volta, la serratura scattò, e la porta si spalancò, nascondendogli la visuale, mentre il maggiore Sallana entrava.

Il maggiore fece quattro passi nella stanza prima di accorgersi che qualcosa non andava: si fermò e rimase ritto e infuriato a guardare la scrivania manomessa, mentre dietro di lui la porta girava e si chiudeva. Con una decisione improvvisa, girò su se stesso e allora vide l'intruso.

— Buonasera — disse Mowry, con voce tranquilla.

— Voi? — Il maggiore lo squadrò con aria di autorità oltraggiata. — Cosa state facendo qui? Cosa significa tutto questo?

— Io sono qualcosa di simile a un ladro. E tutto questo significa che voi siete stato derubato.

— Lasciate che vi dica...

— Quando si commette un furto — Mowry avanzò di un passo — deve esserci un derubato. Questa volta è il vostro turno. Non sarebbe giusto che voi aveste sempre la fortuna dalla vostra, no?

Il maggiore Sallana fece a sua volta un passo avanti.

— Sedetevi! — ordinò Mowry. L'altro si fermò, ma non sedette. Restò ritto al centro del tappeto, con una luce ostinata nei piccoli occhi acuti.

— Mettete giù quella pistola.

— Chi, io? — chiese Mowry.

— Non sapete quello che state facendo — declamò Sallana, condizionato da una intera esistenza all'abitudine di incutere paura. — Perché non sapete chi sono io. Ma quando lo saprete, voi...

— Ma io so chi siete — l'interruppe Mowry. — Siete uno dei grossi porci della Kaitempi. Un boia professionista, uno strangolatore prezzolato, un criminale senza coscienza che tortura e ammazza per denaro e per il piacere di farlo. E adesso sedetevi e dove vi dico io.

Ancora una volta, il maggiore rifiutò di sedersi. Al contrario, sembrava smentire l'opinione popolare, secondo la quale gli spacconi sono vigliacchi: come molti della sua razza, aveva il coraggio del bruto. Fece un pesante ma veloce scarto da un lato, mentre la mano correva nella tasca.

Ma gli occhi che avevano assistito tranquillamente alla morte di tanti altri esseri umani, questa volta lo tradirono. Non si era ancora spostato di lato, la mano aveva appena raggiunto la tasca, quando la pistola di Mowry sparò, senza troppo rumore, ma con risultati notevoli.

Per cinque o sei secondi il maggiore Sallana rimase in piedi, con una espressione meravigliata sul volto, poi con un tonfo che risuonò nella stanza, crollò all'indietro e rotolò su se stesso. Le sue grosse gambe si contrassero un paio di volte, poi tutto fu finito.

Mowry aprì la porta cautamente e sbirciò nel corridoio. Non si udiva rumore di passi diretti verso l'appartamento; nessuno gridava aiuto. Se qualcuno aveva udito lo sparo, lo aveva scambiato probabilmente per uno dei tanti rumori del traffico stradale.

Era più tranquillo quando chiuse la porta e tornò verso il cadavere. Il maggiore Sallana era morto quanto era possibile esserlo; la breve raffica della pistola mitragliatrice gli aveva fatto sette fori nel corpo obeso.

Era un peccato: Mowry avrebbe preferito stordirlo con un colpo in testa, legarlo e poi ottenere da lui la risposta a parecchie domande.

C'erano molte cose che desiderava sapere sul conto della Kaitempi; in particolare gli interessava l'identità delle sue vittime attuali, le loro condizioni fisiche e il luogo dove erano nascoste. Nessuna *vespa* avrebbe potuto trovare sostenitori più leali ed entusiasti degli abitanti originari del pianeta, se li avesse sottratti al laccio dello strangolatore.

Ma non era possibile ottenere informazioni da un cadavere, e questo era il suo unico dispiacere. Sotto ogni altro aspetto, doveva congratularsi con se stesso. I metodi della Kaitempi erano tali che uccidere uno dei suoi membri significava fare un favore tanto ai Siriani quanto ai Terrestri. Inoltre, un assassinio era il tocco più drammatico della sua recita; e dava una consistenza tragica ai manifesti e alle scritte sui muri.

Era la dimostrazione che c'era qualcuno capace di agire, oltre che di parlare. La *vespa*, fino a quel momento, aveva solo ronzato, ma adesso aveva mostrato il pungiglione.

Perquisì il cadavere e trovò quello che aveva adocchiato quando Sallana era diventato, sul treno, l'oggetto dell'adulazione dei poliziotti: il documento nella custodia di plastica. Recava firme, sigilli e timbri attestanti che il portatore era un maggiore della Polizia Segreta, ma non portava scritto il nome e nemmeno i connotati, soltanto un numero in codice. La Polizia Segreta era segreta in tutto e per tutto, un'abitudine di cui però altri potevano trarre vantaggio.

Mowry rivolse l'attenzione al contenuto dello scaffale: molto del materiale non era da prendere in considerazione, poiché non rivelava nulla che non fosse già noto allo spionaggio terrestre. Ma c'erano tre fascicoli personali, redatti secondo le abitudini della Kaitempi, e cioè con le identità degli interessati nascoste sotto un numero in codice. Il maggiore doveva averli prelevati dal quartier generale e li aveva portati a casa per esaminarli con comodo.

Diede una rapida scorsa agli incartamenti, e scoprì che i tre individui in questione erano nemici potenziali di colore che attualmente detenevano il potere. I fascicoli non specificavano se essi fossero vivi o morti. Era evidente che la loro sorte era ormai segnata; altrimenti era improbabile che Sallana perdesse il suo tempo su quei documenti. Era indubbio che la sparizione di incartamenti così preziosi avrebbe mandato su tutte le furie le autorità, e forse avrebbe anche causato un panico notevole.

Ripose i fascicoli nella valigetta, insieme al resto del bottino. Fece un ultimo sopralluogo, ma non trovò niente che valesse la pena di prelevare. L'ultima precauzione consistette nel cancellare tutte le tracce che avrebbero potuto collegarlo con il fattaccio.

Con la valigetta in mano e la pistola in tasca. Mowry si fermò sulla soglia e si voltò a guardare il cadavere.

— Lunga vita!

Il maggiore Faccia-di-Porco Sallana non si degnò di rispondere. Riposava in silenzio, e nella mano destra stringeva un foglio su cui era scritto: *Giustiziato dal Dirac Angestun Gesept.*

Chiunque avesse scoperto il cadavere avrebbe riferito il messaggio. E quelle parole sarebbero passate da una bocca all'altra, per via gerarchica, fino a che fossero giunte fino ai capi supremi: senza dubbio avrebbero messo addosso a più di un pezzo grosso una salutare paura.

James Mowry non dovette aspettare a lungo il treno per Pertane; ed era una discreta fortuna perché la polizia ferroviaria aveva la tendenza ad assumere un atteggiamento inquisitorio verso tutti quelli che sostavano troppo a lungo in stazione. Se qualcuno gli si fosse avvicinato, poteva senza dubbio mostrargli i propri documenti o, come estrema risorsa, avrebbe potuto servirsi della tessera della Kaitempi, ma era molto meglio non farsi notare troppo in quel posto e in quei momenti.

Il treno arrivò e Mowry riuscì a salire prima che uno solo dei numerosi poliziotti si accorgesse di lui. Era abbastanza tardi, e di conseguenza i viaggiatori erano pochi. Il vagone che aveva scelto aveva molti posti vuoti. Poté agevolmente trovare un posto che gli evitasse di venir afflitto da compagni di viaggio chiacchieroni o di essere osservato per tutta la durata del viaggio da qualcuno dotato di buoni occhi e di buona memoria.

Una cosa era certa: se il corpo di Sallana fosse stato trovato nelle prossime tre o quattro ore, il finimondo che ne sarebbe derivato sarebbe stato sufficiente a provocare la estensione delle indagini anche ai treni. Gli inquirenti non avevano una descrizione dell'individuo sospetto, ma avrebbero frugato tutti i bagagli, e non avrebbero avuto difficoltà a riconoscere gli oggetti sottratti al morto.

Mowry si appisolò, controvoglia, al ritmo ipnotico del treno. Tutte le volte che una porta sbatteva o una finestra si chiudeva di scatto, si svegliava, con i nervi a pezzi e i muscoli tesi. Un paio di volte gli venne in mente che l'arrivo del treno poteva essere preceduto da un ordine radio.

“Fermate e controllate tutti i viaggiatori e tutti i bagagli del treno delle undici e venti da Radine”.

Non vi furono controlli, lungo il percorso. Il treno rallentò, si spostò rumorosamente sugli scambi di una vasta rete, ed entrò in Pertane. I passeggeri scesero, insonnoliti, e si diressero verso l'uscita. Mowry si regolò in modo da trovarsi in mezzo al gruppo, e intanto guardava attentamente davanti a sé, cercando di vedere se mai un manipolo di individui dall'espressione torva aspettare alla barriera d'uscita.

Se c'erano davvero i poliziotti, in agguato ad attenderlo, gli restavano due possibilità. Poteva lasciar cadere la valigia con il prezioso bottino, sparare per primo e più in fretta e sperare di riuscire a squagliarsela nell'immancabile confusione. Come tattica, gli avrebbe dato il vantaggio della sorpresa. Ma il fallimento del piano avrebbe significato la morte e, anche se gli fosse andata bene, poteva sempre rischiare di incassare un paio di pallottole.

Oppure, poteva dirigersi a viso aperto verso il poliziotto più grosso e più brutto, mettergli nelle mani la valigia e dirgli, con il dovuto rispetto: “Scusatemi, agente, ma uno di quelli che sono usciti adesso ha lasciato questo proprio di fronte a me. Non riesco a immaginare perché abbia abbandonato il suo bagaglio.” Poi, nel caos che ne sarebbe derivato, c'era la possibilità di svoltare l'angolo e di filarsela a razzo.

Si accorse di sudare, per reazione, quando scoprì che i suoi timori erano infondati. Era stato il suo primo assassinio, e lo era a tutti gli effetti e secondo la definizione corrente. E lui stava già scostandolo, nella propria immaginazione, credendosi braccato prima che la caccia avesse inizio. Dietro la barriera scorse due poliziotti che tenevano d'occhio la folla con scarso interesse e sbadigliavano di tanto in tanto. Passò letteralmente sotto il loro naso, e quelli lo notarono meno degli altri.

Ma non era ancora fuori dai guai. I poliziotti in servizio alla stazione erano abituati a vedere persone che portavano bagagli, a qualsiasi ora del giorno e della notte. I poliziotti in servizio per le strade cittadine, invece, a quell'ora erano propensi a fare domande in una situazione del genere.

Il problema avrebbe potuto essere risolto facilmente chiamando un taxi: ma c'era un altro guaio. I taxi erano guidati dai tassisti, e anche il più taciturno tra questi sarebbe diventato loquace, se fosse stato interrogato dalla Kaitempi.

Di conseguenza, Mowry decise di depositare la valigia in una cassetta di sicurezza della stazione e di andarsene. In teoria, la valigia sarebbe stata al sicuro per un giorno intero: in pratica, poteva venire scoperta e usata come esca.

In un mondo in cui non c'era nulla di inviolabile, la Kaitempi poteva avere le chiavi di tutto. Non avrebbero esitato ad aprire e a frugare tutti i contenitori chiusi nel raggio di mille chilometri, se si fossero messi in testa che questo era il modo migliore per fare progressi nelle indagini.

Mentre tornava in fretta verso casa, due poliziotti lo chiamarono da un portoncino buio dall'altra parte della strada. Uno dei due fece un cenno per indicare il cielo stellato e la strada deserta.

— Bel posto per passeggiare, no?

— Non c'è niente di male, vero? — domandò, in tono di scusa.

— Noi vi abbiamo fatto una domanda — replicò il poliziotto. — Dove siete stato fino a quest'ora?

— Su un treno.

— Proveniente da dove?

— Da Khamasta.

— E adesso dove siete diretto?

— A casa.

— Avreste fatto prima con un taxi, no?

— Certo — convenne Mowry. — Ma purtroppo sono uscito per ultimo dalla stazione. C'è sempre qualcuno che esce per ultimo. E intanto tutti i taxi sono stati occupati da altri.

— Già.

A questo punto, l'altro poliziotto adottò la Tecnica Numero Sette, che consisteva nell'aggrottare la fronte e nell'usare un tono di voce minaccioso. Entro un attimo, avrebbe dovuto essere ricambiato con uno sguardo colpevole, o con una esagerata espressione di innocenza. Il poliziotto era espertissimo nella manovra, dato che l'aveva provata con la moglie e davanti allo specchio.

— E se non fosse affatto vero che siete stato dalle parti di Khamasta? Forse siete stato a gironzolare per Pertane, e a imbrattare i muri e le vetrine con scritte insensate, no?

— No — fece Mowry. — Perché nessuno mi pagherebbe un tallero falso per il disturbo. Mi credete pazzo?

— Non abbastanza da essere trattenuto in osservazione — ammise il poliziotto. — Ma qualcuno l'ha fatto, sia pazzo o no.

— Be', non posso rimproverarvi se cercate di accalappiarlo. Neanche a me piacciono certi individui. Mi fanno venire la pelle d'oca. — Ebbe un gesto di impazienza. — Se state cercando me, decidetevi. Ho avuto una giornata faticosa, sono stanco morto e vorrei andare a casa.

— Non mi pare che siamo così seccanti, noi — disse il poliziotto. — Fateci vedere la carta d'identità.

Mowry l'esibì. Il poliziotto non vi sprecò sopra più di una occhiata superficiale, mentre il suo compagno se ne disinteressava del tutto.

— È in regola. Se ci tenete tanto a girare per le strade a quest'ora, dovete aspettarvi di essere fermato e interrogato. C'è una guerra in corso, lo sapete?

— Sì, agente — disse umilmente Mowry.

Filò via di buon passo, ringraziando il cielo di essersi sbarazzato della valigia. Se l'avesse avuta con sé, quelli l'avrebbero considerata, e non a torto, come una prova evidente di colpevolezza. Per impedire loro di aprirla e di frugarla, avrebbe dovuto tenerli a bada con la tessera della Kaitempi. E non desiderava valersi di questa tattica, se era possibile, fino a che non fosse trascorso molto tempo dalla scoperta dell'uccisione di Sallana e non si fosse smorzata la reazione che il fattaccio avrebbe provocato: doveva passare almeno un mese.

Arrivato a casa, Mowry si svestì, ma non si addormentò subito. Si sdraiò, guardò e riguardò la preziosa tessera.

Il sistema sociale e politico dell'Impero Siriano era quello che era, e di conseguenza una tessera della Kaitempi era un mezzo di prim'ordine per incutere paura alla gente in ogni pianeta occupato dai Siriani. Bastava la vista di quel temutissimo feticcio per indurre il novantanove per cento degli abitanti a gettarsi in ginocchio in atteggiamento di venerazione. Questo faceva della tessera della Kaitempi un'arma di enorme valore per ogni *vespa*. La Terra non gliel'aveva potuta fornire: se l'era conquistata da solo. La conclusione ovvia era che lo Spionaggio Terrestre non ne possedeva una copia originale.

Lontano, nello spazio, su un pianeta verdazzurro chiamato Terra, erano in grado di fare duplicati di qualsiasi cosa, tranne che di un essere vivente: avrebbero potuto fornire una riproduzione perfetta anche di quel documento. Forse quella tessera sarebbe stata utile, laggiù: forse si poteva armare ogni *vespa* di un falso grado di maggiore della Kaitempi.

Per Mowry, consegnare quella tessera sarebbe stato lo stesso che sacrificare la regina in una combattuta partita a scacchi. Tuttavia, prima di addormentarsi prese la sua decisione: alla sua prima visita alla grotta, avrebbe trasmesso un rapporto dettagliato su quanto era accaduto, e sul bottino che aveva conquistato.

Sulla Terra avrebbero poi deciso se era o no il caso di privarne lui nell'interesse della Causa.

5

A mezzogiorno, Mowry tornò alla stazione, e sostò all'ingresso per una ventina di minuti, come se aspettasse un viaggiatore. E intanto sbirciava in tutte le direzioni, anche se fingeva di interessarsi soltanto della gente che usciva. Altre cinquanta o sessanta persone erano lì, ad aspettare qualcuno; e, fra queste, non c'era nessuno che tenesse d'occhio la fila delle cassette di sicurezza. C'erano sì, almeno dodici individui muscolosi con l'aspetto duro del poliziotto; ma sembravano interessati soltanto alla gente che usciva dai cancelli della stazione.

Finalmente decise di rischiare; camminò con fare disinvolto fino alla sua cassetta, infilò la chiave nella serratura, e intanto pensava che gli sarebbe piaciuto avere un terzo occhio sulla nuca per guardarsi alle spalle. Il momento peggiore fu quando, aperto lo sportello e prelevata la valigetta, ebbe fra le mani quella prova pericolosissima. Se doveva accadere qualcosa, era proprio quello il momento in cui una mano pesante poteva abbatterglisi sulla spalla, e un cerchio di facce minacciose poteva stringerglisi intorno.

Invece, non successe nulla. Mowry trottò via con aria innocente, ma si sentiva come una volpe che sente in distanza l'abbaiare della muta. Appena fuori dalla stazione, saltò sul primo autobus della linea radiale, continuando a sbirciare se mai qualcuno lo pedinasse: ma c'erano buone probabilità che nessuno lo avesse notato.

Forse non gli badavano perché a Radine la Kaitempi probabilmente si stava mordendo la coda, senza sapere da che parte incominciare. Ma Mowry non poteva esserne troppo sicuro, né si azzardava a sottovalutare l'efficienza del nemico. C'era sempre la possibilità che lo tenessero d'occhio; forse avevano deciso di non prenderlo subito, sperando che li conducesse fino al grosso della presunta organizzazione. La Kaitempi non aveva l'abitudine di mettere in allarme un gruppo arrestandone un membro: preferiva, di solito, fare il colpo grosso.

Durante il percorso, quindi, continuò a voltarsi, a osservare i passeggeri che salivano e scendevano, cercando di vedere se per caso una macchina seguisse l'autobus da lontano. Cambiò autobus ben cinque volte, fece un lungo giro per due squallidi viali, e attraversò da un ingresso all'altro tre grandi magazzini.

Quando fu finalmente certo di non essere seguito rientrò in casa, mise la valigetta sotto il letto e sospirò. Lo avevano avvertito che quel genere di vita avrebbe significato per lui una continua tensione nervosa: ed era la sacrosanta verità.

Tornò a uscire e andò a comprare un pacco di buste e una piccola macchina da scrivere. Poi, adoperando la carta della Kaitempi, per il resto della giornata e parte di quella successiva continuò a scrivere. Non doveva preoccuparsi di lasciare sui fogli le proprie impronte digitali. Un opportuno trattamento ai polpastrelli aveva trasformato le sue impronte in macchie confuse e inclassificabili.

Quando ebbe finito, cominciò una paziente ricerca nella biblioteca cittadina. Prese molti appunti, poi, tornato a casa, cominciò a scrivere gli indirizzi su una quantità di buste.

Verso sera, impostò più di duecento lettere per i direttori dei giornali, gli annunciatori della radio, gli ufficiali superiori, i funzionari civili più importanti, i capi della polizia, gli uomini politici più in vista e i membri del governo. Battuto a macchina sotto l'intestazione della Kaitempi e fregiato del sigillo con la spada alata, il messaggio annunciava:

Sallana è il primo.
Verrà il turno degli altri.
La lista è lunga.
Dirac Angestun Gesept.

Bruciò la scatola delle buste e gettò la macchina da scrivere nel fiume, nel punto in cui le acque erano più profonde. Se gli fosse capitato di scrivere altre lettere, avrebbe comprato un'altra macchina e poi se ne sarebbe sbarazzato nello stesso modo. Se fosse stato necessario, avrebbe comprato anche cento macchine da scrivere: meglio ancora se fossero state di più. Se la Kaitempi avesse esaminato i caratteri delle lettere minatorie e avesse scoperto che era stato usato un grandissimo numero di macchine da scrivere, sarebbe giunta alla conclusione che era all'opera una organizzazione colossale.

La sua mossa successiva fu una visita a una agenzia, dove noleggiò un'auto a dinamo per una settimana, dando il nome di Shir Agavan e l'indirizzo dell'albergo in cui era sceso al suo arrivo in città. Questo significò cinquecento manifestini affissi sui vetri di sei cittadine e di trenta villaggi dei dintorni. Si trattava di un lavoro più rischioso di quello che aveva svolto a Radine o a Pertane.

I villaggi erano la zona d'operazioni più difficile: e più erano piccoli, e più rappresentavano un grosso problema. In una città che conta più di duecentomila abitanti un forestiero è una nullità insignificante: in un paese di meno di mille anime è notato, osservato, ogni suo movimento è tenuto d'occhio.

In molte occasioni un gruppo di contadini gli diede la possibilità di appiccicare un manifestino perché l'attenzione generale si concentrava sulla sua macchina, più che su lui stesso. Due volte vide qualcuno segnarsi il numero della targa solo per il gusto di farlo. Era stata un'ottima idea provvedere a vanificare la pista dell'automobile, perché la polizia che indagava sulla diffusione dei manifesti sovversivi avrebbe per lo meno ricollegato l'intera faccenda al laconico, frettoloso forestiero che guidava la macchina targata XC 17978.

James Mowry era ormai su Jaimec da quattro settimane quando un bel giorno applicò l'ultimo dei manifesti, e questo segnò la conclusione della prima fase delle operazioni. A questo punto, cominciava a sentirsi scoraggiato.

I giornali e la radio mantenevano un silenzio assoluto sulle attività sovversive. A proposito dell'uccisione del maggiore Sallana non si era saputa una sola parola. Tutto sembrava indicare che il governo era rimasto insensibile ai ronzii della *vespa* e che addirittura ignorava l'esistenza dell'immaginario *Dirac Angestun Gesept*.

Poiché non s'erano avute reazioni sensibili, Mowry non aveva modo di sapere quali risultati avesse ottenuto la sua azione. Ad un giudizio retrospettivo, questa battaglia cartacea sembrava piuttosto futile, anche se Wolf aveva garantito che si poteva battere un esercito anche con molto meno.

Era difficile conservare l'entusiasmo dei primi momenti, in una situazione simile. Sarebbe bastato che si fosse levata una voce dall'opposizione per rialzargli il morale e dimostrargli che finalmente si stava muovendo su terreno solido.

Stava pagando lo scotto psicologico tipico di chi agisce da solo. Non aveva un compagno che lo aiutasse a formulare ipotesi consolanti su possibili manovre segrete del nemico; nessuno da incoraggiare, nessuno che lo incoraggiasse; nessuno con cui dividere la cospirazione, i pericoli e, qualche rara volta, anche le risate.

Divenne di umore così depresso che per due giorni rimase in casa senza far altro che annoiarsi. Al terzo giorno, il suo pessimismo svanì, sostituito da un vivo senso di allarme. Sapeva di cosa si trattava. Al corso preparatorio lo avevano messo in guardia tantissime volte.

Ricordò, quasi con stupore, che la sua abilità nel fiutare il pericolo era così grande da sembrare addirittura frutto di telepatia. E difficilmente la polizia faceva irruzione in casa di qualcuno senza un motivo preciso o al solo scopo di un sopralluogo preliminare. Era meglio filarsela.

Infatti, Mowry arraffò i suoi bagagli e se la squagliò per la porta di servizio. Nessuno gironzolava nei dintorni, in quel momento. Nessuno lo aveva visto arrivare, nessuno lo seguì quando se ne andò.

Quattro tipi sospetti vennero a piazzarsi a un tiro di schioppo dalla stessa porta secondaria, un po' prima di mezzanotte. Due camionette cariche di individui della stessa risma vennero a fermarsi nello stesso momento davanti all'entrata principale: gli uomini che ne discesero si fecero aprire la porta, salirono, rimasero tre ore e quasi ammazzarono il padrone di casa prima di convincersi che era all'oscuro di tutto.

Mowry non ne seppe nulla; e, anche se quella era una notizia clamorosa, era meglio che continuasse a ignorarla.

Il suo nuovo rifugio, a quasi due chilometri di distanza, era una stanza lunga e stretta all'ultimo piano di un edificio mezzo in rovina nel quartiere più malfamato di Pertane. Nessuno gli chiese né il nome né i documenti, dato che una delle abitudini più simpatiche della zona era quella di impicciarsi solo degli affari propri. Fu necessario soltanto tirar fuori una banconota da cinquanta talleri. Il denaro fu arraffato da una mano avida, che gli porse in cambio una chiave ormai consunta per l'uso.

Per prima cosa, Mowry comprò una serratura nuova e l'applicò alla porta; applicò anche un paio di chiavistelli supplementari alla finestra, sebbene questa si affacciasse a dodici metri dal livello stradale. Finalmente, aprì una botola che poteva permettergli di fuggire attraverso i tetti, nel caso che le scale fossero state assediate dai poliziotti.

Ormai il peggior pericolo consisteva nei ladruncoli dei dintorni. La serratura e i chiavistelli erano sufficiente, invece, per tenere a bada la polizia.

Dedicò un po' di tempo a trasformare la stanza in una abitazione decente. Se quelli della Kaitempi l'avessero preso, sarebbe finito nella cella della morte: ma finché rimaneva libero, Mowry rivendicava il diritto di rendersi fastidioso.

Lo scoraggiamento e il presentimento di una catastrofe imminente lo avevano fortunatamente abbandonato; e fu nelle migliori condizioni di spirito che uscì e camminò finché non trovò un campo abbandonato, coperto di rifiuti. Aspettò che non ci fosse nessuno nei dintorni e buttò via la pistola del maggiore Sallana, abbastanza vicino al ciglio della strada, in modo che potesse essere vista facilmente.

Camminando con le mani in tasca e con un passo un po' ondeggiante raggiunse un portone, vi si appoggiò ostentando un'aria tra astuta e seccata, esattamente l'espressione di moda in quella zona. Fingeva di guardare distrattamente sulla strada, ma in realtà teneve d'occhio la pistola, settanta metri più in là.

Ciò che accadde gli dimostrò ancora una volta che neanche una persona su dieci adopera davvero i propri occhi. In brevissimo tempo, almeno trenta persone passarono vicino alla pistola senza vederla. Sei la sfiorarono addirittura: uno, poi, vi posò sopra un piede senza accorgersi di niente.

Finalmente qualcuno la vide: un giovanotto dal torace rattrappito e dalle gambe sottili, che aveva sulle guance chiazze purpuree più scure del normale. Si fermò vicino alla pistola, la fissò, si chinò per guardarla più da vicino, ma non la toccò. Si guardò frettolosamente intorno, ma non vide Mowry che si era ritratto nel portone; tornò a chinarsi verso la pistola, allungò una mano per prenderla, ma all'ultimo momento cambiò idea e se ne andò.

— La vorrebbe, ma ha troppa paura per raccoglierla — sentenziò Mowry.

Passarono ancora venti pedoni. Di questi, due notarono la pistola ma fecero finta di niente. Nessuno tornò indietro a prendersela quando non c'era nessuno in vista; probabilmente ritenevano che quell'arma fosse un pericoloso corpo del reato che qualcuno aveva visto gettar via, e non volevano correre il rischio di farsela trovare addosso. Colui che la avrebbe raccolta sarebbe stato senza dubbio uno specialista nel suo genere.

Il tipo in questione, un individuo tozzo, dalle guance cascanti e dall'andatura ondeggiante, oltrepassò la pistola, poi andò a fermarsi al primo angolo della via, cinquanta metri più avanti, si guardò intorno con l'aria di un forestiero incerto sulla direzione da prendere. Si levò dalla tasca un libriccino di appunti e si diede un gran daffare a consultarlo. E intanto i suoi occhietti acuti sorvegliavano la strada; ma non riuscì a scorgere Mowry appostato nel portone.

Dopo un po' ritornò sui suoi passi, lasciò cadere il notes sulla pistola, raccolse entrambi gli oggetti con un gesto rapidissimo, e se ne andò con fare disinvolto. Il notes restò in evidenza nelle sue mani, mentre l'arma scomparve.

Mowry lasciò che l'individuo proseguisse per un po', poi uscì dal portone e lo seguì, sperando che l'altro dovesse percorrere poca strada. Un volpone simile non avrebbe tardato ad accorgersi del pedinatore e a seminarlo. E Mowry non intendeva lasciarselo scappare, dopo aver faticato tanto a trovare un arraffa-pistole così svelto.

Guance Cascanti a un tratto svoltò in una stradina sporca, poi, al primo crocicchio, girò a sinistra. Non diede mai segno d'essere insospettito, non adottò tattiche diversive, né parve accorgersi di essere pedinato.

Al termine della viuzza entrò in un'osteria dalle finestre polverose e dall'insegna rotta e illeggibile. Un attimo dopo, sopraggiunse James Mowry e vide subito di che posto si trattava: era il tipico locale nel quale gli elementi della malavita si radunano ad aspettare che si faccia notte. Ma chi non risica non rosica: quindi aprì la porta ed entrò.

Il locale puzzava di gente sudata, di cibi rancidi e di *zith*. Dietro il banco, un barista dalla faccia scialba lo fissò con l'espressione ostile riservata agli sconosciuti. Una dozzina di clienti, seduti nella penombra lungo la parete stinta, lo guardarono in cagnesco. Avevano tutta l'aria di una sceltissima accolta di delinquenti.

Mowry puntò verso il banco e apostrofò Faccia Scialba con voce profonda.

— Voglio una tazza di caffè.

— Caffè? — quello sobbalzò come se fosse stato punto. — Sangue di Jaime, è una bevanda in uso fra gli Spakum.

— Già — fece Mowry. — Voglio sputarla sul pavimento. — E rise, aspramente. — Svegliati, e dammi uno *zith*.

Il barista si mosse, prese da uno scaffale una tazza di vetro non troppo pulita, la riempì di *zith* scadente e gliela porse.

— Sei decioni.

Mowry pagò, e si portò la bevanda a una piccola tavola nell'angolo più buio, mentre una dozzina di paia d'occhi seguivano ogni suo movimento. Sedette, si guardò attorno pigramente, con il modo di fare tipico di chi è di casa nei bassifondi. Guance Cascanti si alzò dal suo posto, con il bicchiere in mano, e venne a sedersi accanto a lui.

Questa mossa ebbe il potere di allentare la tensione. Gli altri clienti persero ogni interesse per Mowry, il barista tornò a oziare e la conversazione generale riprese. Sembrava che Guance Cascanti fosse popolarissimo lì dentro, al punto che chiunque lo conoscesse veniva accolto senza discussioni.

Nel frattempo, quello affrontava Mowry faccia a faccia e si presentava:

— Mi chiamo Urhava, Butin Urhava. — Fece una pausa in attesa di una risposta, che non venne, poi continuò. — Siete forestiero. Di Diracta; più esattamente, di Masham. L'ho capito dall'accento.

— Sei intelligente — lo incoraggiò Mowry.

— Bisogna essere intelligenti per cavarsela. Gli stupidi non ci riescono. — E bevette un sorso di *zith*. — Non sareste entrato in questo locale, se non foste uno straniero autentico... o uno della Kaitempi.

— Davvero?

— Davvero. E la Kaitempi non avrebbe mandato qui un uomo solo. Ne avrebbe mandato sei: o forse più. La Kaitempi ci va piano, con il Caffè Susun.

— Ecco qualcosa che mi fa molto comodo — disse Mowry.

— Fa comodo anche a me. — Butin Urhava mostrò la bocca della pistola di Sallana appena sopra l'orlo del tavolo; la teneva puntata contro lo stomaco di Mowry. — Non mi piace essere pedinato. È meglio che parlate. Perché mi avete seguito, eh?

— Allora sapevi che ti sono stato alle costole per tutto il tempo?

— Certo. E perché l'avete fatto?

— Non lo crederesti, se te lo dicessi. — Tendendosi attraverso il tavolo, Mowry fissò Urhava e sogghignò. — Perché volevo darti mille talleri.

— Carino — fece Urhava, per niente impressionato. — Molto carino. — E gli occhi gli si strinsero. — E li avevate in tasca per darmeli, eh?

Mowry annuì, continuando a sogghignare.

— Sì, a meno che non preferisca prenderteli tu stesso.

— Non me la date da bere — replicò Urhava. — Ho assunto il controllo della situazione e intendo continuare a tenerlo. Fuori il malloppo, ma se quello che esce dalla tasca è una pistola, sarete voi, non io, a buscarvi una pallottola.

Mentre l'altro gli teneva l'arma puntata addosso, Mowry si frugò nella tasca destra, ne levò un pacchetto di banconote da venti talleri e lo spinse attraverso il tavolo.

— Eccoli. Sono tutti tuoi.

Per un momento, Urhava lo fissò con l'espressione d'incredulità più totale; poi allungò una mano e le banconote sparirono. Sparì anche la pistola. Si appoggiò allo schienale della seggiola e studiò Mowry con un misto di sospetto e di stupore.

— E adesso fuori il rospo.

— Nessun rospo — lo rassicurò Mowry. — È solo un dono di un ammiratore.

— E cioè?

— Io.

— Ma voi non mi conoscete, per la Statua di Jaime!

— Ma lo spero — disse Mowry. — Spero di conoscerti abbastanza per convincerti di una cosa importante.

— Che sarebbe?

— Nel posto da cui proviene questo denaro ce n'è ancora di più.

— È così, eh? — Urhava fece una smorfia d'intesa. — Bene, da dove proviene?

— Te l'ho detto... da un ammiratore.

— Non me la date a bere.

— Benissimo. Il nostro colloquio è terminato. Lietissimo di averti conosciuto. E adesso torna al tuo posto.

— Non fate lo sciocco. — Urhava si leccò le labbra e ridusse la voce ad un sussurro. — Quanto?

— Ventimila talleri.

L'altro agitò le mani come per scacciare una mosca importuna.

— Ssst! Non parlate così forte. — E si guardò intorno circospetto. — Avete detto proprio *ventimila*?

— Già.

Urhava respirò fondo.

— Chi volete che ammazzi?

— Un tizio... per cominciare.

— Dite sul serio?

— Ti ho appena dato mille talleri, e questo non è uno scherzo. Ci puoi provare. Tagli la gola a uno e incassi. Mi sembra abbastanza facile.

— Tanto per cominciare, dite?

— Già. Ciò significa che se il tuo modo di lavorare mi piace ti offrirò nuove possibilità di guadagno. Ho una lista di nomi, e pagherò ventimila talleri ogni cadavere.

Mentre sorvegliava Urhava per vedere che effetto gli avevano fatto quelle parole, Mowry proseguì, con una sfumatura di diffidenza nella voce.

— La Kaitempi ti darebbe diecimila talleri se mi consegnassi nelle mani dei suoi scagnozzi. Ma in questo modo rinunceresti alla possibilità di guadagnare una somma maggiore, forse un milione o più. — Tacque un attimo, poi riprese. — Nessuno è così sciocco da allagare la propria miniera d'oro, no?

— No, a meno che sia suonato. — Urhava sembrava leggermente sconcertato. — E cosa vi fa pensare che io sia un assassino professionista?

— Niente. Ma tu probabilmente hai un conto aperto con la polizia; altrimenti, non avresti raccolto questa pistola. E non saresti conosciuto in un posto come questo. Questo significa che sei la persona adatta per fare questo lavoro al mio posto e per presentarmi altri individui che siano in grado di fare altrettanto. Personalmente, non mi interessa chi sia a farlo. Il fatto è che io puzzo di quattrini, e a te quest'odore piace. Se vuoi continuare a fiutarlo, bisogna che tu faccia qualcosa, in cambio.

Urhava annuì lentamente; teneva la mano in tasca e palpava i mille talleri. C'era uno strano fuoco nei suoi occhi.

— Io non faccio questo genere di lavoro. Non è nel mio stile. E richiede più di una persona, ma..

— Ma cosa?

— Non ho detto niente. Vorrei avere il tempo di pensarci. Debbo discuterne con un paio di amici.

Mowry si alzò.

— Ti do quattro giorni di tempo per trovarli e parlarne. Così deciderai in un senso o nell'altro. Tornerò qui fra quattro giorni, alla stessa ora. — E urtò l'altro, leggermente, ma con fare imperativo. — E a *me* non piace essere seguito. Stattene tranquillo, se vuoi invecchiare ricco.

E se ne andò.

6

Di buon mattino Mowry si recò a un'altra agenzia e noleggiò un'altra macchina, sotto il nome di Morfid Payth, con recapito a Radine. Non poteva azzardarsi a servirsi due volte della stessa agenzia; era molto probabile che la polizia avesse fatto visita alla prima e avesse fatto domande molto precise... Lo avrebbero riconosciuto subito come l'oggetto di un'indagine ufficiale e lo avrebbero trattenuto con qualche pretesto; nel frattempo avrebbero avvertito telefonicamente gli agenti.

Lasciò la città guidando con prudenza e cercando di non attirare l'attenzione delle autopattuglie. Finalmente raggiunse l'albero dalle strane ramificazioni, sotto il quale giaceva ancora quella specie di pietra tombale. Si fermò per qualche minuto lì presso, fingendo di darsi da fare attorno alla dinamo, finché sulla strada vi fu traffico. Poi guidò la macchina in mezzo all'erba, tra gli alberi.

Ritornò a piedi sulla strada per controllare se era ben nascosta. Cancellò con i piedi i segni lasciati dalle ruote sull'erba, per eliminare ogni possibile traccia; e, finalmente, si diresse verso la grotta.

Vi arrivò nel tardo pomeriggio. Quando fu a meno di un chilometro dalla meta, l'anello che portava all'anulare sinistro cominciò a dargli prurito. La sensazione diventava più intensa man mano che si avvicinava: e così poté accostarsi senza prendere precauzioni. L'anello non gli avrebbe creato problemi se il Contenitore 22 avesse cessato di emettere radiazioni, e questo poteva accadere solo se il suo raggio fosse stato interrotto da qualcosa, grande più o meno come un uomo, che fosse entrato nella grotta.

Ma nella grotta c'erano molte cose più stupefacenti di quell'invisibile sistema di allarme. Poteva essere certo che nessuno aveva tentato di aprire i cilindri di duralluminio, compreso il Contenitore numero 30. Se lo avessero manomesso, l'esplosione che avrebbe provocato sarebbe stata così forte che l'avrebbero sentita anche a Pertane.

Aprì il Contenitore numero 2; si diede da fare fino all'ultimo raggio di luce, e si concesse un pasto composto di veri cibi terrestri. Non era affatto un buongustaio, ma si consolava dell'esilio gustando i sapori familiari. Ogni boccone di ananas sapeva di paradiso. Il pasto gli rinfrancò il morale; e gli parve che la Terra fosse un po' meno lontana.

Quando furono calate le tenebre, trascinò il Contenitore numero 5 all'ingresso della caverna e lo sistemò nella piccola radura. Adesso, era un basso cilindro grigio-argento puntato verso le stelle. Inserì una manopola nell'apposito vano della base e la manovrò con forza. Subito si sentì un ronzio piatto e costante.

Tolse il coperchio al cilindro, vi si sedette accanto e aspettò. Appena il cilindro si fu scaldato, emise un leggero scatto e il ronzio assunse un tono più profondo.

— Qui Jaimec! Qui Jaimec!

Non poteva fare altro che aspettare, adesso. La chiamata non era diretta verso la Terra, troppo lontana per consentire un dialogo in un tempo necessariamente limitato. Mowry stava chiamando un posto d'ascolto spaziale e i comandi di zona abbastanza vicini ai confini dell'Impero Siriano, o addirittura all'interno di essi. Non ne conosceva l'esatta ubicazione; perché, come sosteneva Wolf, un uomo non poteva rivelare ciò che non sapeva.

Era improbabile che rispondessero subito; lassù dovevano raccogliere centinaia di chiamate su molte frequenze. Passarono circa tre ore, mentre il cilindro, piazzato sulla distesa di sassi, continuava a emettere il suo fievole ronzio. Poi, improvvisamente, una spia rossa si accese ammiccando.

Mowry trafficò intorno alla sommità del cilindro e ne trasse qualcosa che sembrava un normale telefono, se lo portò all'orecchio e mormorò nel microfono: — JM da Jaimec.

Passò qualche minuto prima che giungesse la risposta: una voce che sembrava filtrata attraverso un mucchio di ghiaia. Ma era una voce terrestre che parlava una lingua terrestre.

— Pronti per ricevere il rapporto. Parlate.

"*Il racconto di una vespa* di Samuele Sucker", pensò ironicamente, mentre si accingeva a rispondere. Riferì tutto, fino ai minimi particolari, poi si interruppe.

Allora la voce gracidò: — Bene! Un lavoro eccellente!

— Davvero? Non mi pare che vada così bene. Ho appiccicato manifesti su tutto il pianeta e non è successo niente.

— Sono successe parecchie cose — lo contraddisse la voce. — Vi trovate nel posto meno adatto per vedere la situazione nella prospettiva giusta.

— Potete darmene un'idea, allora?

— La pentola comincia a bollire, poco per volta ma senza rimedio. Le flotte aeree sono state dislocate qua e là, e ci sono vasti movimenti di truppe dal sistema principale verso i pianeti esterni dell'Impero. Stanno cacciandosi in un ginepraio. Non possono tenere le loro posizioni senza impegnare tutte le loro forze. E più lo schieramento è vasto, meno è saldo. E meno è saldo, più è facile farvi breccia. Aspettate un momento, intanto che cerco la pratica. — La voce tornò a farsi udire dopo un po'. — Sì, la situazione è questa: non osano allontanare parte delle loro forze da Jaimec, per quanto ne abbiano bisogno altrove. Anzi, hanno rafforzato le guarnigioni che già vi si trovano, a spese di Diracta. Ed è tutto merito vostro.

— Molto gentile — disse Mowry. Lo assalì un pensiero improvviso e disse, frettolosamente. — Ehi, chi vi ha dato queste informazioni

— Il Servizio Informazioni e Cifra. Hanno intercettato le comunicazioni radio del nemico.

— Oh. — Si sentì deluso, perché aveva sperato di aver notizie di qualche agente dello spionaggio terrestre in azione su Jaimec. Ma, naturalmente, non gli avrebbero detto nulla. Non gli avrebbero dato informazioni che la Kaitempi potesse costringerlo a rivelarle. — E della tessera della Kaitempi e della punzonatrice, cosa intendete fare? Debbo lasciarle qui perché mandiate a ritirarle, o debbo tenermele?

— Aspettate che mi informo. — La voce tacque per un bel po', poi annunciò. — Scusatemi per il ritardo. Potete tenere quella roba e adoperarla come credete più opportuno. Lo Spionaggio Terrestre se ne è procurata una, recentemente. Un agente ne ha comprata una.

— *Comprata* una? — E sbatté gli occhi per la sorpresa.

— Già, pagandola con la vita. Perché, qual'è il prezzo della vostra?

— La vita del maggiore Sallana, ve l'ho già detto.

— Già. Queste tessere costano care. — Ci fu una pausa, poi:
— Passo e chiudo. Buona fortuna!

— Grazie.

Lentamente, quasi con riluttanza, Mowry ripose il microfono, spense la trasmittente, la richiuse e la rotolò di nuovo nella grotta. Avrebbe voluto poter prolungare ancora quel colloquio. «Buona fortuna!» aveva detto la voce senza sapere quanto significasse per lui, più della abituale frase straniera «Lunga vita!».

Da un altro contenitore prelevò alcuni pacchetti, se ne sistemò addosso qualcuno, e mise gli altri in un sacco a spalla del tipo in uso fra i contadini di Jaimec. Ormai si era familiarizzato con la foresta, e si sentiva sicuro anche se doveva attraversarla nell'oscurità. Il cammino era faticoso, il viaggio lungo, ma non poteva resistere all'impulso di tornare alla macchina il più presto possibile.

Prima di muoversi, premette il pulsante segreto del Contenitore numero 22, che aveva smesso di emanare radiazioni nel momento in cui lui era entrato nella grotta. Un minuto dopo, l'invisibile barriera era di nuovo in funzione.

Si era allontanato di poco quando l'anello cominciò a prudergli; poi il prurito si attenuò con l'aumentare della distanza e cessò dopo circa ottocento metri.

Da quel momento, consultò la bussola luminosa almeno cento volte; sbucò sulla strada settecento metri oltre il luogo in cui era nascosta la macchina, un margine di errore ammissibile su un percorso di trentacinque chilometri.

Il giorno dell'appuntamento di James Mowry con Butin Urhava cominciò con un evento molto significativo. Attraverso la radio, la televisione, i giornali murali e i quotidiani il Governo diffuse la nuova disposizione. Mowry poté apprenderla dalla voce muggente di un annunciatore, a tre isolati di distanza, e dalle grida degli strilloni. Comprò un giornale e lo lesse mentre faceva colazione.

Per ordine del ministero della Difesa: tutte le organizzazioni, società, partiti e simili dovranno venir registrati presso l'Ufficio Centrale del Registro di Pertane, entro il giorno venti di questo mese. I responsabili dovranno dichiarare per esteso gli scopi delle rispettive organizzazioni, partiti, società e simili, segnalare gli indirizzi degli abituali luoghi di ritrovo e fornire una lista completa degli iscritti.

Per ordine del ministero della Difesa: a partire dal giorno ventuno di questo mese ogni organizzazione, società, partito o simile sarà considerato illegale se non sarà stato registrato in ottemperanza alle presenti disposizioni. L'appartenenza a un movimento illegale, l'aiuto o il favoreggiamento procurato a un membro di un movimento illegale costituirà un reato punibile con la pena capitale.

Finalmente si erano decisi a mettere in atto la controffensiva. *Dirac Angestun Gesept* doveva inginocchiarsi nel confessionale o sul patibolo. Con un espediente legale avevano portato il DAG dove volevano: o dentro o fuori. Era una tattica densa di minacce psicologicamente abili, ben calcolate per spingere tutti i deboli fuori dai ranghi del DAG.

I deboli, i paurosi parlano; tradiscono i compagni, uno per uno, fino a che si arriva ai capi dell'organizzazione. Rappresentano il punto debole di una organizzazione e possono portarla alla rovina. In teoria, almeno.

Mowry rilesse il bando, sogghignando e congratulandosi con se stesso a ogni parola. Il Governo avrebbe avuto il suo daffare per trovare informatori nelle file del DAG. C'era poco da estorcere a una massa di iscritti che erano completamente all'oscuro della propria condizione.

Certo, Butin Urhava era un membro ben pagato dell'organizzazione, ma non lo sapeva. La Kaitempi poteva arrestarlo e torturarlo, ma non sarebbe riuscita a sapere una parola sul conto del Partito Siriano della Libertà.

Verso mezzogiorno, Mowry andò a dare un'occhiata all'Ufficio Centrale del Registro. La coda arrivava dalla porta allo sportello, dove due impiegati che si davano molte arie sbrigavano le formalità necessarie.

La coda poco a poco avanzò: c'erano i funzionari delle associazioni più disparate, dalle unioni industriali alle leghe dei bevitori di *zith*, ai club degli appassionati della TV. Il più ossuto e più anziano della fila era il Supervisore di Zona dell'Associazione Pan-Siriana degli Osservatori di Lucertole; l'uomo dalla faccia arcigna che lo precedeva di un passo rappresentava invece il Club dei Razzomodellisti di Pertane.

Mettendosi in coda, Mowry disse a Ossuto, in tono discorsivo:

— Una bella seccatura, no?

— Altro che. Solo la statua di Jaime sa perché lo ritengano necessario.

— Forse cercano di selezionare persone che abbiano particolari requisiti — suggerì Mowry. — Radiotecnici, fotografi e così via. In tempo di guerra i tecnici possono diventare utili.

— Potevano parlare chiaro — disse Ossuto con impazienza. — Bastava che pubblicassero un elenco e dessero ordine agli interessati di presentarsi.

— Già, è giusto.

— Il mio gruppo si dedica all'osservazione delle lucertole. Di che utilità può essere un osservatore di lucertole, eh?

— Non riesco davvero a immaginarlo. Ma perché osservate le lucertole?

— Avete mai osservato una lucertola?

— No — riconobbe Mowry, senza nessuna vergogna.

— Allora non sapete quanto sia affascinante farlo.

Faccia Rincagnata si voltò e disse, in tono di superiorità: — Il mio gruppo costruisce modellini di missili.

— Roba da ragazzi — sentenziò Ossuto.

— Lo dite voi. Ogni membro dell'associazione è uno specialista di razzi allo stato potenziale e in tempo di guerra gli specialisti di razzi sono ricercatissimi.

— Andate avanti — disse Ossuto, sospingendolo, poi si rivolse a Mowry. — E il vostro gruppo cosa fa?

— Noi incidiamo su vetro.

— Bene, è una forma d'arte molto elevata. Anch'io ho visto molti esempi pregevolissimi. Oltre a tutto si tratta d'un articolo di lusso. Qualcosa che permette di emergere dalla massa. — E sbuffò pesantemente. — Ma a cosa possono servire gli incisori su vetro, per vincere le battaglie?

— Provate a indovinare — propose Mowry.

— Tornando ai razzi — saltò su Faccia Arcigna. — Il razzo è indispensabile nella guerra spaziale e...

— Andate avanti — intimò di nuovo Ossuto.

Erano arrivati allo sportello in cui si distribuivano i moduli. Il gruppo si sciolse, ciascuno per la propria strada mentre una fila di nuovi arrivati si faceva avanti. Mowry andò alla Posta Centrale, sedette a un tavolo libero e cominciò a riempire il modulo, adoperando con la massima soddisfazione una penna del governo e l'inchiostro del governo.

Denominazione dell'associazione: *Dirac Angestun Gesept.*
Scopo dell'associazione: *Rovesciamento dell'attuale governo e fine della guerra contro la Terra.*
Luogo di ritrovo abituale: *Dove la Kaitempi non può trovarci.*
Nome e indirizzo dei dirigenti in carica: *Lo saprete quando sarà troppo tardi.*
Allegare l'elenco completo degli iscritti: *No.*
Firma: *Jaime Shalapurta.*

Quest'ultimo tocco rappresentava un insulto premeditato alla veneratissima Statua di Jaime. Tradotto senza fronzoli, significava Giacomo Sedere-di-Pietra.

Stava per impostare il modulo, quando gli venne in mente che poteva rendere più efficace lo scherzo. Si portò a casa il modulo e vi impresse lo stemma della Kaitempi: poi l'imbucò.

La faccenda lo divertì moltissimo. Un mese prima, quelle risposte sarebbero state considerate come l'opera di un imbecille, ma adesso le circostanze erano cambiate di molto. La casta al potere era allarmata, se non addirittura spaventata. Con un po' di fortuna, quel modulo di iscrizione avrebbe portato all'esasperazione il furore degli organi governativi, e questo sarebbe stato un nuovo passo avanti. Infatti, un cervello esasperato non può ragionare secondo una logica fredda e meditata. Quando si combatte una guerra di quel genere, pensò Mowry, a lungo andare, se usata rettamente, la carta può diventare più letale di un potente esplosivo. La carta poteva diventare avvertimento privato, minaccia pubblica, tentazione segreta, sfiducia aperta, manifesti da incollare sui muri, manifesti appiccicati ai vetri, volantini gettati a migliaia dall'alto dei tetti, biglietti lasciati a bella posta sui sedili o fatti scivolare nelle tasche e perfino... perfino *denaro*.

Già, denaro.

All'ora fissata, James Mowry uscì per dirigersi verso il Caffè Susun.

Poiché non avevano ancora ricevuto il certificato di iscrizione del DAG, che avrebbe avuto l'effetto di un pugno in un occhio, le autorità di Jaimec erano ancora in grado di pensare in modo razionale e pericoloso. Probabilmente la loro controffensiva non era limitata alla nuova legge.

Per un puro caso Mowry non cadde in trappola. Mentre si dirigeva verso il luogo dell'appuntamento, all'improvviso una fila di poliziotti in divisa si spiegò attraverso la via; contemporaneamente, una seconda fila comparve quattrocento metri più indietro. Dalla folla stordita intrappolata fra le due schiere emerse un buon numero di agenti della Kaitempi in borghese, che cominciarono a perquisire minuziosamente tutti i fermati. Per fortuna, i poliziotti concentravano la loro attenzione all'interno della trappola, badando che nessuno scivolasse di nascosto in un portone o si chiudesse in una delle case per sfuggire alla perquisizione collettiva.

James Mowry ringraziò la sua buona stella di essersi trovato fuori dalla trappola e di essere stato ignorato; e si dileguò, precipitandosi verso casa. Nella sua stanza bruciò tutti i documenti di Shir Agavan.

Da uno dei pacchetti che aveva ritirato alla grotta prelevò altri documenti, che gli attribuivano l'identità di Krag Wulkin, inviato speciale di una agenzia d'informazioni con residenza a Diracta. Tutto sommato, era il suo travestimento migliore; per giunta giustificava l'accento Mashambi. Inoltre, un controllo completo della sua identità avrebbe richiesto almeno un mese.

Uscì di nuovo. Anche se ora poteva far fronte con più sicurezza a domande imbarazzanti, il rischio di sentirsele porre era diventato molto maggiore, adesso che la Kaitempi aveva adottato quel nuovo sistema; e si avviò per la via con il presentimento che, prima o poi, i cacciatori avrebbero finito per mettersi sulle sue tracce.

Per fortuna, nessuna trappola scattò su di lui prima che raggiungesse il Caffè Susun. Entrò, trovò Urhava che seduto insieme ad altri due pendagli da forca al tavolino più appartato e seminascosto nella penombra, teneva d'occhio la porta.

— Siete in ritardo — protestò Urhava. — Pensavamo che non sareste venuto.

— Ho dovuto evitare una retata dei poliziotti, lungo la strada. Sembrano inviperiti, gli amici. Avete rapinato una banca o qualcosa del genere?

— No. — Urhava fece un cenno verso i suoi compagni. — Questi sono Gurd e Skriva.

Mowry accettò la presentazione con un cenno del capo e li osservò. Erano molto simili, probabilmente erano fratelli: facce piatte, occhi acuti. Ciascuno di loro aveva l'aria di esser disposto a vendere l'altro per pochi soldi, se non avesse avuto paura di una coltellata.

— Non abbiamo sentito il *vostro* nome — disse Gurd, parlando fra i denti.

— E non lo sentirete nemmeno — replicò Mowry.

Gurd si offese. — Perché no?

— Perché a voi il mio nome non interessa — disse Mowry. — Purché salviate la pelle, a voi è completamente indifferente chi sia colui che vi farà avere un mucchio di quattrini.

— È giusto — intervenne Skriva, con gli occhi che gli brillavano. — Il denaro è denaro, da qualsiasi mani provenga. Silenzio, Gurd.

— Volevo soltanto sapere... — brontolò Gurd, arrendendosi.

Urhava esordì:

— Fate la vostra proposta a questi ragazzi. Sono interessati. — E li guardò. — O no?

— Certo — fece Skriva, concentrando la sua attenzione su Mowry. — Volete spedire qualcuno sottoterra. Giusto?

— Voglio fare secco qualcuno, e non mi interessa se verrà sepolto o no.

— Possiamo incaricarcene noi — continuò Skriva. — Per cinquantamila.

Mowry si alzò e si diresse verso la porta.

— Lunga vita!

— Tornate indietro! — Skriva balzò in piedi, facendo grandi gesti di richiamo. Urhava aveva la faccia di un povero diavolo che scopre di essere stato escluso dal testamento di uno zio ricco. Gurd si succhiava i denti con aria allarmata.

Mowry si fermò sulla porta, ma continuò a tenerla aperta.

— Veramente?

— Certo — garantì Skriva. — Stavo scherzando. Tornate qui e sedetevi.

— Portaci quattro *zith* — ordinò Mowry al barista, mentre tornava a sedersi al tavolo. — E basta con gli scherzi. Non mi piacciono.

— Scordatevene — insisté Skriva. — Abbiamo un paio di domande da farvi.

— Falle — concesse Mowry. Prese il suo bicchiere di *zith* dalle mani del barista, ne bevve un sorso e fissò Skriva con superbia crescente.

— Chi volete che facciamo fuori? — chiese Skriva. — E come facciamo a sapere se avremo il compenso concordato?

— La vittima è il colonnello Hage-Ridarta — scarabocchiò rapidamente poche parole su un foglio e glielo porse. — Questo è l'indirizzo.

— Vedo — fece Skriva. — E i quattrini?

— Vi anticiperò cinquemila talleri ora, come caparra, e quindicimila a lavoro compiuto. — S'interruppe e gettò sui tre un'occhiata gelida. — E non mi fiderò della vostra parola. Debbono strombazzarlo perfino alla televisione, prima che vi consegni ancora un solo decione.

— Avete molta fiducia in noi, eh? — ringhiò Skriva.

— Non più del necessario.

— Be', potremmo dire la stessa cosa anche noi.

— Ascoltate — incalzò Mowry. — È molto semplice. Io vi darò un elenco. Se voi fate il primo lavoretto per conto mio e io non vi pago, voi non andreste certo a sbrigarmi anche gli altri, vi pare?

— No.

— E per giunta, mi fareste la pelle appena ne avreste l'occasione, no?

— Potete esserne certo.

— D'altra parte, se voi faceste i furbi con me, vi precludereste la possibilità di incassare un bel mucchio di quattrini. Mi pare di essere più generoso della Kaitempi e di parecchio. O siete individui che non ci tengono ad arricchire?

— Va bene — fece Skriva. — Fuori questi cinquemila.

Mowry gli passò il pacchetto sotto il tavolo. I tre esaminarono il denaro tenendolo sulle ginocchia. Dopo un po', Skriva sbirciò in su, con la faccia leggermente arrossata.

— Ai suoi ordini. Chi è questo maledetto Hage-Ridarta?

— Un mascalzone che ha vissuto anche troppo.

Il che era solo mezza verità. Hage-Ridarta faceva parte del Consiglio Comunale in qualità di ufficiale incaricato degli approvvigionamenti per la flotta spaziale. Ma il suo nome figurava in calce a una lettera, trovata negli incartamenti del defunto maggiore Sallana. Il tono della lettera era quello usato da un superiore verso un sottoposto. Anche se aveva un incarico ufficiale per mascherare la sua vera attività, Hage-Ridarta occupava un posto al vertice della Kaitempi.

— E perché volete toglierlo di mezzo? — chiese Gurd.

Prima che Mowry avesse il tempo di rispondere, Skriva insorse contro il fratello. — Ti avevo già detto di stare zitto. Per me va bene così. Non sai tenere la bocca chiusa neanche per ventimila talleri?

— Ma non li abbiamo ancora — insisté Gurd.

— Li avrete — scattò Mowry. — E anche di più, molti di più. Il giorno in cui la notizia della morte di Hage-Ridarta apparirà sui giornali, o verrà trasmessa per radio, io verrò qui, a questa stessa ora, con gli altri quindicimila talleri e con il nome della seconda vittima. Se per qualsiasi motivo non potessi essere puntuale, sarò qui la sera dopo.

— Sarà meglio per voi — informò Gurd, accalorandosi.

Urhava aveva una domanda da fare.

— E quale è la mia percentuale per avervi presentato i ragazzi?

— Non lo so. — Mowry si rivolse a Skriva. — Quanto intendi dargli?

— Chi? Io? — Skriva lo fissò stralunato.

— Sì, tu. Questo signore desidera la sua parte. Non penserai che lo paghi io, eh? Credi che sia imbottito di denaro?

— Qui c'è qualcuno che farebbe meglio a pagare — dichiarò Urhava. — Oppure...

Skriva sollevò verso di lui la faccia accigliata e gli alitò in faccia.

— Oppure *che cosa*?

— Niente — disse Urhava. — Proprio niente.

— Meglio così — approvò Skriva. — Così va proprio bene. Stattene tranquillo e fai il bravo ragazzo, Butin, e noi ti daremo le briciole del nostro banchetto. Alza un dito, e ti troverai nella condizione di non mangiarle. Infatti, non potresti inghiottirle. È un guaio quando un uomo non può inghiottire. E a te non piacerebbe, vero, Butin?

Urhava restò seduto senza rispondere. La sua faccia era piena di chiazze.

Skriva ripeté il gesto di poco prima e sbottò:

— Ti ho rivolto educatamente una domanda. Ho detto che non ti piacerebbe, vero?

— No — ammise Urhava, tirandosi indietro.

Mowry stabilì che era giunto il momento di abbandonare quella graziosa scenetta; ma volle ancora avvertire Skriva: — E non farti brutte idee sul mio conto... se vuoi rimanere in affari.

E se ne andò. Non prese neanche in considerazione la probabilità che uno di loro lo seguisse: non erano certo disposti ad offendere il miglior cliente che fosse mai capitato da quelle parti da quando a Pertane era stato commesso il primo delitto.

Si allontanò rapidamente, rifletté sul lavoro della serata e concluse che era stato saggio insistere nel sostenere che il denaro non cresceva sugli alberi. Era stata una mossa abile anche rifiutare una provvigione a Urhava e lasciare che litigassero fra loro. La reazione era stata indicativa. Una collettività, anche piccola, è forte solamente nella misura in cui lo è il più debole dei suoi elementi. Era importante per lui scoprire chi avrebbe potuto tradire i complici, prima che fosse troppo tardi. Da questo punto di vista Butin Urhava non aveva offerto un bello spettacolo.

«Qualcuno dovrà pagare oppure...»

Il momento decisivo sarebbe venuto quando lui avrebbe pagato i quindicimila talleri a lavoro compiuto, e ai tre sarebbe toccato dividersi il compenso. Bene, se la situazione lo avesse richiesto, il secondo nome che avrebbe segnalato ai fratelli Gurd-Skriva sarebbe stato quello di Butin Urhava.

Proseguì, diretto verso casa, così immerso nei suoi pensieri da non badare a dove metteva i piedi. Era giunto alla conclusione che la gola di Urhava doveva essere tagliata, prima o poi, quando una mano pesante gli si abbatté sulla spalla e una voce gracchiò: — Mani in alto, Sognatore. Ci faccia un po' vedere cosa ha di bello nelle tasche. Su, non è mica sordo; mani in alto, ho detto.

Come colpito da un fulmine, Mowry alzò le braccia, mentre un paio di mani cominciava a frugargli gli abiti. Vicino a lui, quaranta o sessanta passanti altrettanto spaventati stavano assumendo la stessa posa. Una fila di poliziotti bloccava la via cento metri indietro: dal lato opposto una fila eguale fissava la scena con la stessa indifferenza.

Ancora una volta la trappola era scattata.

7

Una folla di pensieri fulminei turbinò nella mente di James Mowry, mentre se ne stava con le braccia alzate. Ringraziò il cielo di essersi liberato del denaro. Non sarebbe stato piacevole se gli avessero chiesto perché portava con sé una somma così ingente. Se stavano cercando Shir Agavan, non avrebbero trovato un bel niente. Ad ogni modo, non era disposto a permettere che lo prendessero, neanche per un semplice interrogatorio. Gli rimaneva sempre la possibilità di rompere l'osso del collo al poliziotto che lo frugava e di scappare come un fulmine.

"Se i poliziotti mi sparano, sarà una fine più rapida e meno dolorosa" pensò. "E quando sulla Terra non avranno più mie notizie, Wolf mi sceglierà un successore..."

— Eh? — L'agente della Kaitempi interruppe il corso dei suoi pensieri: aveva aperto il portafoglio e guardava sorpreso la tessera di Sallana. L'espressione dura svanì dai suoi pesanti lineamenti come se fosse stata cancellata. — Uno di noi? Un ufficiale? — E la guardò più da vicino. — Ma io non vi conosco.

— Certo che no — disse Mowry, con il dovuto tono di arroganza. — Sono arrivato oggi dal Quartier Generale di Diracta. — Ed esibì una grinta risentita. — E questa è l'accoglienza che ricevo.

— Non potevo farci niente — si difese l'agente. — Il movimento rivoluzionario deve essere stroncato ad ogni costo, e qui è molto pericoloso, come su gli altri pianeti. Sapete come stanno le cose su Diracta... ecco, su Jaimec non vanno meglio.

— Ma non è tutto — replicò Mowry, in tono autorevole. — Su Diracta ci stiamo dando da fare per risolvere completamente la situazione. Dopodiché qui non avrete molto da fare. Quando avete tagliato la testa, il corpo muore.

— Spero che abbiate ragione. È già un grosso guaio la guerra con gli Spakum, senza bisogno che un esercito di traditori ci colpisca alle spalle. — L'agente chiuse il portafoglio e glielo rese; nell'altra mano teneva i documenti di Krag Wulkin, che non erano stati ancora guardati. Mentre Mowry intascava il portafoglio, gli porse il resto e disse, in tono scherzoso: — Ecco i vostri documenti falsi.

— Un documento emesso per ordine delle autorità non è falso — disse Mowry, aggrottando la fronte con aria di disapprovazione.

— No, direi di no. Non avevo considerato la cosa da questo punto di vista. — L'agente arretrò. — Dolente di avervi disturbato. Vi consiglierei di chiedere al Quartier Generale di Zona di fare circolare al più presto le vostre fotografie, in modo che possiamo riconoscervi. Altrimenti, può capitarvi ancora di essere fermato e perquisito.

— Lo farò — dichiarò Mowry; ma non riusciva ad immaginare qualcosa che egli desiderasse di meno.

— Scusatemi... Adesso debbo occuparmi degli altri — fece l'agente, e si diresse verso un borghese dalla faccia sudata che aspettava di essere frugato.

Mowry camminò lungo la fila dei poliziotti, che si aprì per lasciarlo passare. In momenti simili, pensava, uno dovrebbe essere fresco, e sprizzare da tutti i pori la massima fiducia in se stesso. Ma non era affatto così: anzi, aveva le ginocchia molli e si sentiva sfinito. Ma si fece forza e riprese il suo cammino ostentando la massima indifferenza.

Percorse circa seicento metri e raggiunse la prima svolta prima che l'istinto gli suggerisse di voltarsi indietro. La polizia bloccava ancora la strada, ma quattro della Kaitempi stavano parlottando fra loro. Uno di essi, l'agente che l'aveva lasciato andare, stava facendo dei cenni per indicare la direzione in cui si era avviato lui. Il conciliabolo non durò più di dieci secondi, prima che prendessero una decisione.

— Fermatelo!

Il poliziotto più vicino si girò e si lanciò di corsa. Mowry aveva le gambe che fremevano nell'istinto di fuggire, ma si costrinse a rimanere immobile.

C'era parecchia gente per strada: molti s'erano fermati per assistere alla retata, altri camminavano nella stessa direzione di Mowry. Parecchi di questi ultimi non desideravano essere coinvolti in ciò che stava succedendo più in là, e ne approfittarono per dirigersi altrove. James Mowry si avviò in mezzo a loro, senza mostrare troppa fretta. I poliziotti si lasciarono ingannare: per un paio di secondi rimasero fermi, con le armi in pugno, mentre cercavano la traccia del colpevole.

Questo attimo di incertezza fu sufficiente per permettergli di girare l'angolo e di togliersi di mezzo. A questo punto, quelli della Kaitempi si accorsero che i poliziotti s'erano fermati, persero la pazienza e si esibirono in una rabbiosa volata. Almeno sei poliziotti si accodarono immediatamente.

Mowry adocchiò un giovanotto che passeggiava nei pressi e gli diede un urtone alle spalle.

— Presto... Vi stanno inseguendo. La Kaitempi!

— Ma io non ho fatto niente che...

— E sperate di convincerli? Filate e in fretta, sciocco!

Dopo qualche istante l'altro udì i passi pesanti, le grida degli inseguitori che si avvicinavano all'angolo. Impallidì e si buttò a correre con tutte le sue forze: avrebbe facilmente raggiunto e superato una lepre lanciata a piena velocità.

Mowry entrò in un negozio, si guardò intorno per vedere che merce vendevano lì dentro, poi chiese:

— Vorrei dieci di quei pasticcini con le mandorle tostate e...

Il braccio secolare della legge tuonava, mentre svoltava l'angolo. L'inseguimento proseguì, mentre gli uomini che guidavano il drappello lanciavano grida di trionfo nello scorgere da lontano la figura dell'uomo... che non aveva fatto niente. Mowry guardò, in silenzioso stupore.

Il grosso siriano che stava dietro il banco occhieggiò verso la vetrina con aria rassegnata.

— Che succede? — chiese Mowry.

— Stanno inseguendo qualcuno — diagnosticò Grassone, sospirando e grattandosi la pancia prominente. — Stanno sempre inseguendo qualcuno. Che mondo! Che guerra!

— Siete stufo, eh?

— Eh, già. Tutti i giorni, tutti i momenti è la stessa storia. L'altra notte, secondo quello che dicono nella nuova trasmissione, hanno distrutto per la decima volta il grosso delle forze Spakum. Oggi stavano inseguendo i resti di ciò che raccontano di avere annientato. Per mesi interi abbiamo compiuto ritirate trionfali davanti a un nemico demoralizzato che avanza nel più completo disordine. — E fece un gesto di disgusto. — Ne ho abbastanza, come vedete. Queste cose mi fanno diventar scemo. Be', desiderate?

— Dieci pasticcini con le mandorle tostate...

Un poliziotto ritardatario passò correndo al di là della vetrina. Era almeno duecento metri indietro rispetto al grosso; arrancò via, trafelato e sparò due colpi in aria.

— Avete visto cosa intendo dire? — continuò Grassone. — Desiderate?

— Dieci pasticcini con le mandorle tostate. E vorrei ordinare una torta speciale, per una ricorrenza: dovrebbe essere pronta fra cinque giorni. Potete mostrarmene qualcuna, o darmi qualche consiglio, eh?

Rimase per venti minuti nel negozio, e quell'intervallo di tempo valeva bene i pochi talleri che gli costava. Venti minuti, calcolò, era il tempo necessario perché l'eccitazione si placasse, anche se l'inseguimento continuava.

Quando fu sulla via di casa, provò la tentazione di offrire i pasticcini a un poliziotto ingrugnato, ma si trattenne.

Giunto nella sua stanza, si buttò sul letto vestito e ricapitolò gli eventi della giornata. Era sfuggito a una trappola, ma solo per un pelo. Questo dimostrava che alle trappole si poteva sfuggire... ma non poteva andare sempre così.

Evidentemente l'agente che l'aveva lasciato andare aveva anche riferito l'episodio ai compagni; uno di essi doveva aver ricollegato quel grado di maggiore alla tessera sottratta a Sallana dopo la sua morte, un altro poteva aver trovato strano che il presunto maggiore non si fosse presentato al Quartier Generale per l'identificazione. E adesso la situazione si era complicata. Fino a quel momento, la Kaitempi non sapeva dove cercare l'uccisore di Sallana, se non nelle file del fantomatico DAG. Adesso, invece, sapeva che l'assassino si trovava a Pertane, aveva i suoi connotati: e non sarebbe stato difficile per un agente della Kaitempi riconoscerlo alla prima occhiata.

Era un bel guaio. Da allora, per lo meno finché si trovava a Pertane, rischiava di finire da un momento all'altro in una camera di tortura e poi sul patibolo. D'altra parte l'incidente gli aveva fornito qualche notizia preziosa.

«Il movimento rivoluzionario... è un grosso pericolo qui come sugli altri pianeti. Sa come vanno le cose su Diracta... ecco, su Jaimec non vanno meglio».

Glielo aveva detto chiaro e tondo: e questo dimostrava che il *Dirac Angestun Gesept* non era soltanto un incubo manipolato da Wolf e destinato a turbare i sonni degli uomini politici su Jaimec. Era un movimento esteso su tutto l'Impero, ossia su più di cento pianeti; la sua forza – o meglio la sua presunta forza – era maggiore nel pianeta-madre Diracta, centro nevralgico e cuore pulsante della collettività siriana. Era almeno cento volte più grande di quanto fosse sembrato a Mowry fino a quel momento.

Per le forze siriane, il DAG rappresentava un grosso pericolo, poiché agiva nelle retrovie, mentre i Terrestri attaccavano di fronte. C'erano altre *vespe* al lavoro...

Qualcuno del Comando Supremo Siriano – psicologo o cinico – si era accorto che più la popolazione veniva vessata, più il suo morale scendeva a livelli preoccupanti. Il continuo succedersi di nuove disposizioni di emergenza, di divieti, di restrizioni, l'incessante attività della polizia e della Kaitempi, i fermi, le perquisizioni, gli interrogatori, contribuivano a diffondere quello stato d'animo di rassegnazione pessimistica di cui il comportamento di Grassone, nella pasticceria, era stato un chiaro esempio. Bisognava correre ai ripari.

Di conseguenza, la messinscena era stata preparata con cura. La radio, la televisione e i giornali erano stati incaricati di battere la grancassa.

GRANDE VITTORIA NEL SETTORE DI ALPHA CENTAURI

Ieri le potenti forze spaziali terrestri sono state bloccate nella zona di Alpha Centauri, dove una violentissima battaglia si è conclusa con la loro completa disfatta. La IV, la VI e la VII Flotta siriane, manovrando con coraggio e incomparabile abilità strategica, hanno reso vani i tentativi compiuti dai Terrestri per mettersi in salvo. Gravissime perdite sono state inflitte al nemico. Non è possibile fornire dati precisi, ma il rapporto più recente inviato dalla zona della battaglia informa che le nostre forze hanno subito la perdita di quattro astronavi da battaglia e un incrociatore leggero. Gli equipaggi sono stati tratti in salvo. Più di sessanta astronavi da battaglia terrestri sono state distrutte.

La cronaca continuava su questo tono, per parecchi minuti di trasmissione e per parecchie colonne di giornale, corredata di fotografie dell'astronave da battaglia *Hashim*, dell'incrociatore pesante *Jaimec*; di alcuni uomini dell'equipaggio, quando s'erano imbarcati, un anno prima; del contrammiraglio Pent-Gurhana che salutava un prosperoso armatore; della Statua di Jaime che gettava la sua ombra su una bandiera terrestre opportunamente collocata; ma le fotografie più graziose erano quelle, vecchie di cinquecento anni almeno, di un gruppo di feroci banditi mongoli, autorevolmente descritti come "i soldati terrestri che i nostri hanno salvato dalla morte mentre stavano precipitando, con le loro astronavi, in direzione del sole Alpha Centauri".

Un commentatore, confessando con candore di non avere dati probanti a disposizione e ricorrendo invece all'aiuto di un cosidetto esperto, dedicava mezza pagina a una sensazionale descrizione dell'impresa dei marines siriani, impegnati a salvare gli equipaggi terrestri nello spazio aperto. Quant'erano fortunati i vili Terrestri, esclamava, che avevano avuto a che fare con avversari così coraggiosi e cavallereschi!

Mowry non riuscì a stabilire se il rapporto tra le perdite subite dalle due flotte fosse stato invertito, e se il combattimento avesse veramente avuto luogo. Sbuffando di indignazione, sorvolò sul resto della cronaca, e trovò una breve notizia nell'ultima pagina.

> Il colonnello Hage-Ridarta, comandante della 77ª Compagnia dei Marines dello Spazio, è stato trovato morto nella sua macchina ieri a mezzanotte. Era stato ferito alla testa da un colpo di pistola; l'arma era abbandonata a poca distanza dal corpo. Non sembra possibile che si sia trattato di suicidio, e la polizia continua le indagini.

Così la ditta Gurd-Skriva aveva lavorato in fretta: aveva sbrigato la commissione poche ore dopo averne ricevuto l'incarico. Certo, il denaro era una cosa meravigliosa, specialmente quando i Poligrafici di Stato della Terra potevano fornirne una quantità illimitata con poca fatica e nessuna spesa.

L'imprevedibile sollecitudine con cui i due fratelli avevano compiuto l'incarico pose a Mowry un nuovo problema. Adesso doveva pagarli, ma rischiava di incappare in una retata mentre si dirigeva all'appuntamento. Ormai non poteva arrischiarsi ad usare la tessera di Sallana finché era a Pertane, che invece poteva essere utile altrove. Forse i documenti intestati a Krag Wulkin, inviato speciale, potevano levarlo d'impaccio, a patto che i poliziotti non lo perquisissero ancora, non lo trovassero troppo carico di talleri e non gli rivolgessero domande imbarazzanti.

Ma, un'ora dopo, il Comando Supremo aveva risolto il problema al posto suo: doveva esserci una grande manifestazione celebrativa in occasione della grande vittoria. Mentre una dozzina di bande militari suonavano marce trionfali, un corteo di soldati, carri armati, cannoni, unità-radar motorizzate, lanciafiamme, batterie di missili e lancia-gas entrò in Pertane da occidente passò con un fracasso d'inferno, diretto verso est.

Gli elicotteri e gli aerei a reazione sfrecciavano a bassa quota, mentre una pattuglietta di caccia spaziali passava altissima nel cielo. I cittadini si affollavano per le vie, preoccupandosi di dimostrare il più sincero entusiasmo.

Era un'occasione mandata dal cielo. Le retate continuavano probabilmente nelle strade secondarie e nei quartieri bassi della città, ma era impossibile che qualcuno pensasse di organizzare sull'arteria principale est-ovest, proprio mentre c'era quel passaggio di truppe. Aveva la possibilità di filarsela indisturbato da Pertane.

Pagò al padrone di casa due mesi più del dovuto, senza suscitare in lui nient'altro che una lieta sorpresa. Poi controllò i documenti falsi, gettò nella valigia i talleri, una piccola scorta di manifestini, un paio d'altri pacchetti e se ne andò.

Non incappò in nessuna retata, mentre si dirigeva verso il centro. Tanto lui che la valigia passarono inosservati, lungo l'arteria principale, poiché era impossibile notarli in mezzo alla folla immensa; in compenso, procedere nella direzione voluta gli costò tempo e fatica.

Molti negozi davanti ai quali passò avevano le vetrine chiuse, prova evidente che erano state toccate dalla sua propaganda; altre avevano vetri nuovi. Trovò il modo di attaccare manifestini ad altri ventisette negozi, mentre la folla dei possibili testimoni era occupata ad assistere alla parata militare. Un manifestino l'attaccò addirittura sul dorso di un poliziotto, poiché quella schiena nera gli era sembrata un invito irresistibile.

Chi pagherà per questa guerra?
Pagheranno coloro che l'hanno voluta.
Pagheranno con i loro beni e con la loro vita.
Dirac Angestun Gesept.

Dopo tre ore di spintoni, di urti e di manifesti appiccicati qua e là senza destare sospetti, Mowry raggiunse la periferia della città, dove la coda del corteo transitava in quel momento con grande frastuono. Gli spettatori cominciavano a diradarsi ma un gruppetto, che si era radunato alla spicciolata, seguiva le truppe a passo di marcia.

Davanti a Mowry c'era la campagna e la strada per Radine; seguì il corteo, fino a che quello non svoltò a sinistra, avviandosi verso Khamasta per la grande parata. I borghesi che si erano accodati si fermarono, sostando ancora a guardare le truppe che si allontanavano, prima di ritornare a Pertane. Con la valigia in mano, Mowry proseguì invece verso Radine.

Era ossessionato dal pensiero di aver dovuto lasciare Pertane, anche se temporaneamente, e questo non gli andava a genio. Ogni passo che muoveva gli pareva una nuova vittoria per il nemico, una nuova sconfitta personale per lui.

Era ancora infuriato quando raggiunse un cartello indicatore, piantato sull'orlo della strada. C'era scritto: RADINE: 33 DEN. Si guardò in giro, si assicurò che non ci fosse nessuno in vista, poi tolse dalla valigia un pacchetto e lo sotterrò ai piedi del palo che reggeva il cartello.

8

Quella sera, James Mowry prese alloggio nell'albergo più caro di Radine. Se la polizia di Jaimec fosse riuscita a ricostruire i suoi spostamenti attraverso Pertane, avrebbe anche notato la sua predilezione per i rifugi posti nelle zone più povere e malfamate e lo avrebbe cercato in tutte le topaie del pianeta. Un albergo di lusso doveva essere l'ultimo luogo in cui avrebbero pensato di dargli la caccia. Ma non doveva neanche dimenticare che la Kaitempi controllava abitualmente i registri degli alberghi.

Lasciò la valigia nella stanza e uscì. Il tempo stringeva. Si diresse verso un telefono pubblico, senza incappare in nessuna retata; per qualche ragione, sembrava che queste avvenissero solo nella capitale. Dal posto telefonico, che distava quasi due chilometri dall'albergo, chiamò Pertane.

Una voce rauca rispose: — Qui è il Caffè Susun — mentre lo schermo del telefono rimaneva spento.

— C'è Skriva?

— Chi lo vuole?

— Io.

Dall'apparecchio uscì un sordo brontolio, poi vi fu un lungo silenzio, e finalmente si udì la voce di Skriva.

— Chi parla?

— Mostrami il tuo muso e io ti mostrerò il mio.

— Ho capito... riconosco il tono — disse Skriva, e accese il proprio schermo: le sue sgradevoli fattezze apparvero agli occhi di Mowry, che a sua volta fece scattare l'interruttore. Skriva lo fissò, accigliato e sospettoso. — Dovevamo vederci qui. Da dove telefonate?

— Sono stato chiamato fuori città e non potrò tornare per qualche tempo.

— Che *cosa*?

— Proprio così — scattò Mowry. — E non sperare di rifarti con me perché non starò ad aspettarti, sai? — S'interruppe per un attimo, poi chiese: — Puoi procurarti una macchina?

— Forse — fece Skriva, in tono evasivo.

— Puoi metterti in viaggio?

— Forse.

— Se vuoi quella roba, piantala con i "forse" e spicciati. — Mowry portò il microfono davanti allo schermo, lo tappò e indicò le proprie orecchie per far capire che forse qualcuno stava intercettando la comunicazione. — Prendi la strada per Radine e guarda sotto il cartello del trentatreesimo *den*. Non portare con te Urhava.

— Ehi, ma...

Mowry riattaccò, interrompendo le proteste dell'altro. Sulla via del ritorno, passò a dare un'occhiata al Quartier Generale della Kaitempi, di cui aveva trovato l'indirizzo nella corrispondenza del maggiore Sallana.

Non mancò di andare a vedere anche il Palazzo di Città, e gli edifici più importanti, sempre passeggiando per le strade con aria distratta, e finalmente ritornò all'albergo.

La mattina dopo si cacciò in tasca un pacchetto prelevato dalla valigia e si diresse verso un edificio che aveva notato la sera prima. Con passo sicuro entrò nell'atrio, prese l'ascensore fino all'ultimo piano, poi salì a piedi fino alla soffitta. Vi trovò una botola polverosa, che conduceva sui tetti.

Non c'era nessuno in vista. Si arrampicò per la scaletta a pioli, sollevò la botola e si trovò sul tetto; allora aprì il pacchetto e ne trasse una piccola spina munita di due morse, e l'attaccò a un cavetto non più grosso di un capello che terminava, all'altra estremità, con due piccoli tappi.

Cominciò a contare i fili del cavo telefonico, controllò in quale direzione corresse il settimo di essi e vi applicò con ogni cura la piccola spina. Poi si trascinò dietro il filo fino sull'orlo del tetto, e cominciò a calarlo dolcemente, finché lo vide penzolare sulla strada in tutta la sua lunghezza. I piccoli tappi terminali dondolavano nell'aria a non più di un metro e venti dal suolo.

Si sporse un poco e vide cinque o sei pedoni che passavano accanto al filo senza mostrare nessun interesse. Uno o due guardarono pigramente in su, videro che c'era qualcuno sul tetto e tirarono dritto. Nessuno si chiede cosa faccia un uomo che si arrampica sui tetti o che scende in un tombino, purché lo faccia apertamente e con la necessaria disinvoltura.

Non vi furono incidenti. Dopo un'ora, Mowry aveva ripetuto lo stesso lavoretto in un altro edificio senza che nessuno lo notasse. La mossa seguente fu l'acquisto di carta, buste, macchina da scrivere e di una piccola stampante a mano. Era solo mezzogiorno quando Mowry rientrò in albergo e cominciò a lavorare più velocemente che poteva. Sgobbò per tutto quel giorno e buona parte del giorno successivo. Quando ebbe finito, trovò il modo di far scomparire silenziosamente macchina da scrivere e stampante gettandole nel lago.

Nella valigia aveva pronte duecento lettere; duecento ne aveva appena spedite, agli stessi che avevano ricevuto il primo avvertimento. Sperava che i destinatari fossero deliziati dall'arrivo della seconda lettera, mentre una terza non si sarebbe fatta aspettare troppo.

Hage-Ridarta è il secondo.
La lista è lunga.
Dirac Angestun Gesept.

Dopo colazione, consultò i giornali di quel giorno e del giorno precedente, la cui lettura lo tenne parecchio occupato. Ma la notizia che cercava non c'era; non una parola su Butin Urhava. Si chiese se per caso fosse andato male qualcosa.

Le notizie di carattere generale erano sempre le stesse: la vittoria finale era sempre più vicina. Le perdite nella battaglia dell'Alpha Centauri erano confermate ufficialmente: undici astronavi da battaglia per Sirio, novantaquattro per la Terra.

In una pagina interna, in un angolo, veniva data la notizia che le forze siriane avevano abbandonato i mondi gemelli di Fedora e di Fedira, il quarantasettesimo e quarantottesimo pianeta dell'Impero; naturalmente, per "ragioni strategiche". Vi si accennava, inoltre, alla possibilità di evacuare presto anche Gooma, il sessantaduesimo pianeta, "allo scopo di rafforzare le nostre posizioni in settori più importanti".

Dunque, dovevano ammettere una realtà che non poteva essere tenuta nascosta più a lungo: due pianeti erano stati abbandonati, e presto sarebbe stata la volta di un terzo. Anche se i giornali non lo dicevano, certamente quello che i Siriani "abbandonavano", i Terrestri "occupavano".

Le parole del grosso pasticcere gli tornavano alla memoria: «Per mesi interi abbiamo compiuto trionfali ritirate strategiche davanti ad un nemico demoralizzato che avanza nel più completo disordine».

Uscì per telefonare al Caffè Susun.

— L'avete trovato?

— L'abbiamo trovato — disse Skriva. — Ed anche la seconda commissione è stata sbrigata.

— Sì? Io non ho ancora letto niente in proposito.

— Infatti... non ne hanno ancora scritto niente.

— Bene, te l'avevo detto prima che io pago solo quando ho le prove. Fino ad allora, niente da fare. Niente prove, niente compenso.

— Ma noi abbiamo la prova. Basta che veniate a dare una occhiata.

Mowry rifletté in fretta.

— Avete ancora la macchina?

— Sì.

— Forse è meglio che ci incontriamo. Facciamo alle dieci, stessa strada, al cartello *den 8*.

Furono puntuali. Mowry aspettava sull'orlo della strada: era una figura confusa nell'oscurità della notte. La macchina arrivò e ne discese Skriva, che prese dal portabagagli un sacco, lo aprì e ne mostrò il contenuto alla luce dei fari.

— Cristo! — singhiozzò Mowry.

— È stato un lavoraccio — riconobbe Skriva. — Aveva il collo duro, e Gurd aveva fretta. Cosa gliene pare?

— Non mi lamento.

— Non ne avrebbe neanche motivo. — Skriva richiuse il sacco.

— Buttalo via.

Skriva gettò il sacco in un fosso e tese una mano.

— I quattrini.

Mowry gli consegnò il denaro e aspettò in silenzio che l'altro l'avesse controllato insieme a Gurd. Quando ebbero finito, Skriva gracidò:

— Ventimila talleri per niente. Mai guadagnato del denaro così facilmente.

— Cosa intendi con quel *per niente*?

— Lo avremmo fatto fuori lo stesso, anche se voi non ce lo aveste ordinato. Butin stava per cantare, glielo si leggeva negli occhi. Cosa ne dici, Gurd?

Gurd si contentò di scuotere il capo.

— Niente di meglio che essere al sicuro — disse Mowry. — E adesso ho un altro genere di lavoro per voi. Ve la sentite di accettare?

Senza aspettare risposta, mostrò l'altro sacco.

— Qui ci sono dieci spine, attaccate a fili lunghissimi. Voglio che li applichiate alle linee telefoniche nel centro di Pertane. Dovete collocarli in modo che non siano visibili dalla strada, ma che si vedano invece i cavi penzolanti.

— Ma — obiettò Skriva. — Se i cavi saranno visibili, sarà una cosa da niente seguirli fino a scoprire le spine. Che senso ha nascondere qualcosa che verrà trovato senz'altro?

— E che senso ha che io vi paghi profumatamente per farlo? — replicò Mowry.

— Quanto?

— Cinquemila talleri al pezzo. Il che fa cinquantamila in tutto.

Skriva sporse le labbra in un sibilo silenzioso.

— Io controllerò se li avrete messi davvero — continuò Mowry. — Così non mi imbroglierete.

— Sono convinto che voi siete matto — commentò Skriva arraffando il pacco. — Ma che me ne importa?

I fari si riaccesero, la macchina ripartì a tutta velocità. Mowry rimase a guardarla finché non fu scomparsa, poi tornò a Radine e si diresse a un telefono pubblico. Chiamò il Quartier Generale della Kaitempi, stando attento a tenere spento lo schermo e a dare alla propria voce il tono monotono tipico dei nativi di Jaimec.

— Hanno decapitato un tale.

— Eh?

— C'è la sua testa, in un sacco, al cartello indicatore dell'ottavo *den*, sulla strada per Pertane.

— Chi parla? Chi...

Riattaccò, mentre la voce continuava a gracidare. Era certo che si sarebbero mossi; ed era necessario per il suo piano che la testa venisse ritrovata e identificata. Tornò all'albergo, ne uscì, e imbucò duecentoventi lettere.

Butin Urhava è il terzo.
La lista è lunga.
Dirac Angestun Gesept.

Prima di andare a dormire passeggiò circa un'ora per le strade, riflettendo, come al solito, sul lavoro compiuto nella giornata. Non sarebbe passato molto tempo, ne era certo, prima che qualcuno notasse quei fili volanti e che un elettricista o un tecnico dei telefoni fosse chiamato a investigare. E, come immancabile risultato, ci sarebbe stato un immediato controllo dell'intera rete telefonica di Jaimec, e l'inevitabile scoperta di altre spine.

E allora le autorità si sarebbero trovate alle prese con tre domande senza risposta, e tutte spiacevoli: "Chi aveva intercettato le conversazioni telefoniche? Per quanto tempo? E che cosa era venuto a sapere?"

Poco prima delle dodici, imboccò la strada del suo lussuoso rifugio, ma si arrestò bruscamente. Fuori dall'albergo c'era una fila di macchine della polizia, un'autopompa e un'ambulanza. Parecchi poliziotti in divisa si aggiravano intorno ai veicoli, e alcuni tipi duri, in abiti borghesi, sovraintendevano allo spettacolo.

Due di essi gli si pararono davanti all'improvviso e lo scrutarono severamente.

— Cos'è successo? — chiese Mowry.

— Lasciate perdere quello che è successo, e mostrateci i documenti. Avanti, cosa aspettate?

James Mowry porse loro la carta d'identità, poi la tessera personale e il permesso di viaggio; sperava che questo fosse sufficiente, ma i due non sembravano soddisfatti.

— Un inviato speciale — disse il più grosso dei due, pronunciando con disprezzo quelle parole. — Cosa c'è di speciale in un inviato?

— Mi hanno mandato qui perché procuri notizie di guerra dalla zona di Jaimec. Non mi occupo delle altre notizie: quelle sono competenza dei corrispondenti ordinari.

— Vedo. — Fece l'altro e lo fissò con aria ancora più gelida.

— E da dove attingete queste notizie di guerra?

— Dalle fonti ufficiali... soprattutto dall'Ufficio Stampa della Difesa a Pertane.

— E non avete altre fonti?

— Sì, naturalmente. Tengo le orecchie aperte.

— E cosa ve ne fate di tutto questo materiale?

— Be', mi sforzo di trarne conclusioni logiche, scrivo i miei servizi e li sottopongo all'Ufficio Censura. Se li approvano, bene. Se no, pazienza.

— E di conseguenza — disse l'agente della Kaitempi — voi dovreste essere ben conosciuto tanto dai funzionari dell'Ufficio Stampa della Difesa quanto dall'Ufficio Censura, eh? Garantirebbero per voi se glielo chiedessimo, eh?

— Senza dubbio — assicurò Mowry, pregando perché quel guastafeste rimanesse morto stecchito al più presto.

— Bene. Dateci il nome di quelli che vi conoscono meglio e noi controlleremo immediatamente.

— Come, a quest'ora? Di notte?

— Che ve ne importa dell'ora? Si tratta della vostra pelle e...

Fu questione di un attimo. Mowry gli sferrò un pugno in pieno viso, rapidamente, con tutte le sue forze; e quello crollò all'indietro e rimase immobile.

L'altro agente non perse tempo, fece un passo avanti puntando la pistola contro la faccia di Mowry.

— Su le mani, porco maledetto, oppure...

Con la rapidità e la temerarietà di chi non ha più niente da perdere, Mowry si tuffò al di sotto della linea di mira, afferrò l'agente per un braccio, e gli diede una spallata sollevandolo da terra. Quello emise un gemito e volò in aria: la pistola cadde al suolo. Mowry l'afferrò e cominciò a scappare.

Girò l'angolo, si lanciò per la strada, infilò il vicolo su cui si apriva l'ingresso posteriore dell'albergo. Nonostante tutto, vide con la coda dell'occhio che a una finestra mancava un vetro, e che c'era un grosso buco nel muro. Evitando di inciampare in un mucchio di mattoni sbriciolati e di assi sfasciate, raggiunse il termine del vicolo e si precipitò nella prima strada che si vide davanti.

Dunque l'avevano fiutato, probabilmente attraverso il controllo dei registri dell'albergo. Avevano perquisito la sua camera e avevano tentato di aprire la valigia con un grimaldello metallico. E c'era stata, naturalmente, l'esplosione. Se c'erano molti agenti nella stanza, l'esplosione poteva averne uccisi come minimo una dozzina.

Mowry correva più velocemente che poteva, impugnando la pistola, con le orecchie tese per sentire i passi degli inseguitori. Non avrebbero tardato a lanciare un allarme radio, avrebbero chiuso tutte le uscite della città, bloccando treni, autobus, strade... tutto. A qualsiasi costo, doveva batterli sul tempo.

Muovendosi più rapidamente che poteva, percorse vicoli e viali, evitando le strade principali sulle quali correvano le autopattuglie. A quell'ora tarda non c'era folla in mezzo alla quale nascondersi. Le strade erano quasi vuote, e un uomo che correva nella notte tenendo in pugno una pistola non sarebbe passato inosservato. Ma non poteva farci niente: andare in giro tranquillo e con aria innocente avrebbe significato dare alla trappola il tempo di scattare su di lui.

L'unico elemento favorevole era l'oscurità. Corse da viale a viale, attraversò d'un balzo sei strade e si fermò in un angolo buio prima di attraversare la settima. Passò una macchina carica di poliziotti e di agenti della Kaitempi che avevano tutta l'aria di cercare proprio lui.

Per qualche minuto, Mowry rimase immobile e silenzioso nel buio, mentre il cuore gli batteva forte e un rivolo di sudore ghiacciato gli scendeva per la schiena. Appena gli inseguitori si furono allontanati, si buttò di corsa nella direzione opposta. Dovette fermarsi altre cinque volte, sempre maledicendo quella perdita di tempo forzata, per lasciar passare altre macchine della polizia.

La sosta numero sei fu un po' diversa. Stava svoltando l'angolo di un viale quando vide i fari di una macchina che avanzava lentamente. Un'auto-a-dinamo tutta inzaccherata gli passò davanti e si fermò venti passi più in là. Ne scese un cittadino tutto solo che si avvicinò a un portone e infilò la chiave nella serratura. James Mowry si mosse con la rapidità di un gatto.

Nello stesso momento in cui il portone si apriva, la macchina schizzò via, con un acuto gemito del motore. Folgorato dalla sorpresa, il legittimo proprietario rimase a boccheggiare per mezzo minuto, prima di decidersi a entrare di corsa in casa e a telefonare alla polizia.

La fortuna ha i suoi alti e bassi, stabilì Mowry mentre stringeva convulsamente il volante: doveva esserci il bene a compensare il male. Svoltò in una via larga e ben asfaltata, rallentò e proseguì a una velocità moderata.

Due autopattuglie stracariche l'incrociarono, filando a tutta velocità. Ai poliziotti non interessava una macchina impolverata; stavano inseguendo un fuggiasco trafelato che se la batteva a piedi. Sarebbero occorsi almeno dieci minuti prima che la radio di bordo facesse loro cambiare idea. Forse avrebbe fatto meglio a uccidere il proprietario della macchina; ma non l'aveva fatto, ed era troppo tardi per pentirsene.

Sette minuti dopo si lasciava alle spalle le ultime case di Radine e si dirigeva verso la campagna, lungo una strada che non conosceva.

Venti minuti dopo attraversava a tutta velocità un villaggio immerso nel sonno. Un paio di chilometri più in là scorse, davanti a sé, una sbarra bianca che bloccava la strada e, dietro quella, il luccichio di bottoni e di elmetti metallici. Strinse i denti e si buttò avanti, senza ridurre la velocità. La macchina urtò la barriera, l'infranse, e proseguì. Qualcuno gli sparò contro: nel lunotto posteriore apparvero due buchi nettissimi, e un terzo proiettile andò a piantarsi proprio dove il parabrezza si congiungeva col tetto.

Questo dimostrava che era stato dato l'allarme, e tutte le forze disponibili erano mobilitate in una zona molto estesa. L'aver infranto il blocco era solo un diversivo; adesso sapevano in quale direzione si stava muovendo. E per rincarare la dose lui stesso non sapeva esattamente dove si trovava. La zona gli era sconosciuta, e non aveva a portata di mano una mappa da consultare: aveva perduto la valigia ed era rimasto privo di ogni cosa, tranne gli abiti che indossava, una macchina che scottava e una pistola rubata.

Arrivò a un incrocio; all'angolo, c'era un cartello indicatore quasi illeggibile. Frenò di colpo, balzò a terra e lo decifrò, alla debolissima luce delle stelle. C'era scritto: RADINE: 27 DEN. Una freccia nella direzione opposta avvertiva che Valapan distava 92 *den*. Dunque era diretto verso Valapan. Senza dubbio la polizia era già là ad aspettarlo con tutti gli onori.

Il cartello sul lato sinistro della strada diceva: PERTANE: 51 DEN. Balzò di nuovo in macchina e girò a sinistra. Apparentemente, nessuno lo inseguiva, ma non poteva esserne certo. Probabilmente i poliziotti si tenevano in contatto via radio e studiavano sulla carta la manovra migliore per intrappolarlo.

Subito dopo il cartello che indicava il nono *den*, c'era un altro incrocio, che riconobbe immediatamente. Pertane era ormai vicina, poteva vedere il riflesso delle sue luci diritto davanti a lui; a destra, invece, c'era la strada che conduceva alla grotta.

Corse il rischio di guidare la macchina ancora per quasi quattro chilometri verso Pertane, prima di abbandonarla. Quando i poliziotti l'avrebbero trovata, avrebbero probabilmente concluso che aveva cercato di nascondersi nella grande città; e sarebbe stata un'ottima cosa se avessero impegnato tempo e uomini a frugare Pertane da un capo all'altro.

Tornò indietro, raggiunse la foresta e continuò a camminare lungo il ciglio della strada; gli ci vollero due ore per arrivare all'albero e alla pietra tombale. Dovette nascondersi undici volte fra gli alberi, mentre passavano macchine cariche di poliziotti che gli davano la caccia. Sembrava che fosse stato mobilitato un intero esercito, per quell'inseguimento notturno. Era esattamente il risultato che Wolf aveva previsto.

Si addentrò nella foresta e si diresse verso la grotta.

Nella grotta tutto era intatto e in perfetto ordine. Per qualche minuto, Mowry stette seduto su un contenitore, assorto in un dilemma fra il dovere e il desiderio. Gli ordini che gli erano stati impartiti prevedevano che, a ogni visita alla grotta, egli dovesse usare il trasmettitore e inoltrare un rapporto dettagliatissimo. Non era difficile indovinare cosa sarebbe accaduto non appena avesse riferito gli ultimi avvenimenti: gli avrebbero ordinato di interrompere immediatamente ogni attività, poi avrebbero mandato un'astronave a prelevarlo per trasferirlo su un altro pianeta dell'Impero Siriano, dove avrebbe ricominciato tutto da capo. E avrebbero lasciato su Jaimec il suo successore.

Tutto questo andava benissimo per tutti coloro che si riempivano la bocca di paroloni sui vantaggi tattici che offriva l'atto di sostituire un agente ancora sconosciuto a un agente già individuato: ma per l'uomo che doveva essere sostituito, questo provvedimento suonava come una dichiarazione di incompetenza e di fallimento. E James Mowry rifiutava di accettarla.

E poi, aveva portato a termine la Fase Uno, e aveva quasi completato anche la Fase Due. Ma c'era ancora la Fase Tre.

La Fase Tre prevedeva un'attività dinamitarda; avrebbe dovuto svolgerla lui stesso, o farla svolgere a pagamento da qualcun altro. Aveva abbastanza denaro e abbastanza materiale per portare a termine anche questo compito. Alcuni dei contenitori che non erano stati ancora aperti contenevano denaro sufficiente per comprare una dozzina di astronavi da battaglia. Inoltre, c'erano ordigni di una quarantina di tipi diversi, perfettamente camuffati e calibrati in modo da esplodere al posto giusto nel momento giusto.

Veramente non aveva immaginato di cominciare l'azione relativa alla Fase Tre prima che gli dessero ordini in proposito, tanto più che questa fase di solito era immediatamente precedente a un attacco in forze da parte dei Terrestri. Ma nel frattempo poteva lavorare in questo senso, tanto per costringere l'opinione pubblica a non dimenticare il *Dirac Angestun Gesept*.

Decise che non avrebbe trasmesso il suo rapporto; voleva lavorare ancora per un poco su quel pianeta... abbastanza per conquistarsi il diritto di rimanere fino alle fasi conclusive delle operazioni, a meno che la Kaitempi non lo catturasse prima.

Aprì un paio di contenitori e indossò una cintura imbottita di talleri che lo faceva sembrare due volte più grosso di quello che era. Poi indossò gli abiti pesanti e di pessimo taglio, simili a quelli usati abitualmente dai contadini siriani, si arruffò le sopracciglia e cambiò pettinatura, in modo da assumere un aspetto più credibile.

Con lo speciale colorante purpureo si ritoccò il viso; poi diede il tocco finale al suo travestimento praticandosi una iniezione nella narice destra: entro due ore, gli sarebbe spuntato un bel bitorzolo color arancio, che aveva avuto occasione di vedere spesso sulle facce siriane.

Ormai si era trasformato in un fattore siriano di mezza età, grossolano e ben nutrito. Adesso era Rathan Gusulkin, agricoltore; le sue carte dimostravano che era emigrato da Diracta cinque anni prima; questo spiegava il suo accento mashambi, l'unica cosa che non concordava con il suo aspetto.

Prima di partire, si concesse un altro pasto autenticamente terrestre e quattro ore di sonno. Poi, quando fu a due miglia da Pertane, seppellì un pacco contenente cinquantamila talleri alla base dell'ultimo pilone di un ponte.

Appena entrato in Pertane, dalla prima cabina telefonica chiamò il Caffè Susun. Rispose una voce strana e tagliente, mentre lo schermo rimaneva spento.

— È il Caffè Susun? — chiese Mowry.

— Sì.

— C'è Skriva?

Vi fu un breve silenzio, seguito da: — È qui attorno, da qualche parte: o al piano di sopra o nel retrobottega. Chi lo vuole?

— Sua madre.

— Non me la date a bere! — tuonò la voce. — Vi dico che...

— Ebbene? — interruppe Mowry. — Skriva c'è, sì o no?

La voce divenne così melliflua, da risultare completamente stonata.

— Aspettate un momento. Vado a cercarvelo.

— Non occorre. C'è Gurd?

— No; oggi non si è visto. Vi cercherò Skriva. È di sopra oppure...

— Ascoltate! — ordinò Mowry, e indirizzò all'invisibile interlocutore il più riuscito dei suoi sberleffi.

Riattaccò il microfono e si allontanò dalla cabina alla massima velocità che potesse permettersi senza attirare l'attenzione della gente. Un negoziante alla porta del suo esercizio lo guardò pigramente, e lo stesso fecero quattro persone che stavano spettegolando sul marciapiedi. Questo significava cinque testimonianze, cinque possibili descrizioni dell'uomo che aveva appena telefonato da quella cabina.

E la voce che gli aveva detto "Aspettate un momento", era strana: non era quella del barista, né si era espressa in gergo, come avrebbero fatto i frequentatori abituali del Caffè Susun. Aveva il tono di superiorità tipico degli agenti in borghese o degli uomini della Kaitempi. Già, aspettate un momento. Sciocco, intanto che noi rintracciamo la chiamata e veniamo a mettervi le manette.

Dopo aver percorso trecento metri, Mowry saltò su un autobus. Guardando indietro, non poté stabilire se il negoziante e i quattro pettegoli avessero notato quella mossa. L'autobus partì, mentre una macchina della polizia l'incrociò sfrecciando e andò a fermarsi davanti alla cabina. Proprio sul più bello, l'autobus voltò, e Mowry cominciò a chiedersi che cosa poteva essere accaduto.

Doveva esserci stata una irruzione nel Caffè Susun, senza alcun dubbio; l'arrivo velocissimo dei poliziotti ne era una prova. Cosa li avesse spinti a indirizzare le indagini verso quel locale malfamato, era difficile sapere. Forse stavano indagando sul fu Butin Urhava.

O forse Gurd e Skriva erano stati presi mentre camminavano su un tetto o facevano penzolare cavi in mezzo alla strada. E se li avevano presi, avevano parlato, non c'era da farsi illusioni. La Kaitempi disponeva di mezzi appropriati per estorcere una confessione anche a tipi duri come loro.

Già, avevano parlato, ma tutto quello che avevano potuto raccontare era una storiella sul conto di un idiota dall'accento mashambi e dall'inesauribile scorta di talleri. Non una parola sul conto del *Dirac Angestun Gesept*; non una sillaba sull'intervento terrestre su Jaimec.

9

Scese dall'autobus prima che i poliziotti potessero pensare di bloccarlo, e ne prese un'altro che percorreva un'altra linea. Dopo un po' discese e ne prese un terzo, diretto fuori città, che lo scaricò circa un chilometro e mezzo oltre il ponte sotto ai cui piloni aveva nascosto i cinquantamila talleri: ancora una volta doveva raggiungere la foresta e la grotta.

Tornare al ponte e tentare di recuperare il denaro poteva essere molto pericoloso. Con ogni probabilità, la caccia al corpulento agricoltore non si sarebbe limitata a Pertane. Finché era giorno, la cosa migliore che James Mowry potesse fare era tenersi nascosto, fino a che non avesse potuto cambiare travestimento.

Raggiunse i margini della foresta senza che nessuno lo fermasse e lo interrogasse; ancora una volta camminò lungo il bordo della strada, nascondendosi fra gli alberi ogni volta che sentiva una macchina avvicinarsi. Ma il traffico andava facendosi più intenso, e nascondersi a ogni passaggio diventava una faccenda poco divertente; e poi era stanco. Decise di addentrarsi per qualche centinaio di metri nella foresta, dove trovò un angolo tranquillo e sufficientemente comodo: vi si sdraiò e quasi senza accorgersene si addormentò.

Quando scese la sera si svegliò fresco, riposato, preparato ad affrontare gli eventi. Camminò tutta la notte, e giunse alla grotta che già cominciava ad albeggiare. Sedette in riva al ruscello e cominciò a tracciare un nuovo piano d'azione. Poteva darsi che l'irruzione della Kaitempi al Caffè Susun fosse stata causata da motivi che non avevano niente a che fare con lui; e forse Gurd e Skriva erano ancora liberi. Era necessario accertarsi, innanzi tutto, che l'assedio della Kaitempi al Caffè Susun fosse finito: in questo caso, avrebbe potuto fare una puntata sul posto e trovare qualcuno capace di fornirgli le informazioni che servivano. Ma soltanto il cielo poteva sapere quando quel dannato assedio sarebbe stato tolto.

Ci pensò sopra per un'ora, poi decise che c'era una sola possibile maniera di rimettersi in contatto con i due fratelli. Doveva provare: in fondo quei due erano pendagli da forca, ma non erano stupidi. Poteva lasciare loro un messaggio dove l'aveva lasciato l'ultima volta, sulla strada di Radine, sotto il cartello "33 *den*": se avevano portato a termine con successo il loro ultimo incarico, avrebbero ricevuto i cinquantamila talleri. Un messaggio di questo genere era quello che ci voleva per aguzzare il loro ingegno.

Il sole era ormai alto; ma per quel giorno, Mowry stabilì di concedersi vacanza, per ricaricarsi i nervi. Fino a sera bighellonò dalla caverna al ruscello, godendosi la pace di quel luogo incantevole e preparandosi succulenti spuntini terrestri.

La polizia era troppo occupata a dargli la caccia in città, e non avrebbe avuto certo l'idea di cercarlo in posti così selvaggi: dal loro punto di vista il ragionamento filava, dato che pensavano che il *Dirac Angestun Gesept* fosse una vasta organizzazione, troppo imponente per nascondersi in una grotta.

La notte seguente, James Mowry dormì come un bambino, di un sonno tranquillo e profondo, per dodici ore filate. Poi passò l'intera mattinata oziando e facendo il bagno nel ruscello: verso sera passò decisamente all'azione. Si tagliò i capelli secondo la foggia in uso fra i militari, annientò con un'altra iniezione il bitorzolo sul naso, ritoccò il colorito del volto in un purpureo più chiaro e più vivo; e finalmente si fissò, negli alveoli da cui erano stati estirpati i denti del giudizio, due lamine imbottite che modificarono la linea del suo viso. Si guardò attentamente nello specchio: adesso la sua faccia appariva più larga, più seria, con le mascelle quadrate.

Soddisfatto del trucco si cambiò d'abito. Indossò un paio di scarpe di foggia militare, un abito borghese di stoffa costosa; annodò la cravatta nella maniera caratteristica degli ufficiali spaziali e completò la vestizione con un orologio di platino e con bottoni da polsini anch'essi di platino.

Gli sembrò di essere perfettamente in linea con la sua nuova personalità; e oltre tutto, sarebbe stato impossibile riconoscerlo; si sentiva molto contento di sé, quando sedette su un contenitore e scrisse una breve lettera.

> Ho provato a cercarvi nel caffè e ho trovato il posto pieno di porci della K. Il denaro è a vostra disposizione, sotterrato alla base del pilone di sinistra del Ponte Asako. Se siete liberi e se volete e potete assumere un altro incarico per conto mio, lasciatemi un messaggio nello stesso posto, indicandomi dove e quando possiamo vederci.

Non lo firmò; lo piegò e lo mise in un involucro di plastica a prova di umidità; in tasca si infilò una piccola, silenziosa pistola automatica, di fabbricazione siriana. Naturalmente, non dimenticò anche il relativo porto d'armi.

Due ore dopo il tramonto rimise in funzione il Contenitore numero 22 e si avviò attraverso la foresta. Ancora una volta imprecò alla distanza che separava il suo rifugio dalla strada più vicina: ogni volta doveva sobbarcarsi una noiosissima marcia di trentacinque chilometri. Ma, pensandoci meglio, non era un prezzo troppo caro per la sicurezza che quel rifugio gli offriva.

Questa volta il percorso fu anche più lungo perché non poteva mettersi sul ciglio della strada e chiedere un passaggio: quello era un gesto tutt'altro che in carattere con la sua nuova personalità fittizia, e avrebbe attirato l'attenzione. Arrivò al limitare della foresta nel punto in cui la strada si biforcava, e restò in mezzo agli alberi, in attesa che arrivasse l'autobus di linea.

Scese proprio all'ultima fermata, nel centro di Pertane.

Dopo nemmeno un'ora, vide in un parcheggio la macchina che gli pareva più adatta per i suoi progetti, vi salì e la mise in moto. Nessuno lo rincorse urlando: il furto passò completamente inosservato.

Sulla strada di Radine si fermò, aspettò che la via fosse sgombra e seppellì la lettera sotto il cartello indicatore. Poi tornò a Pertane e lasciò la macchina esattamente nel punto in cui l'aveva prelevata. Il viaggio era durato, nel complesso, non più di un'ora, ed era probabile che nel frattempo il legittimo proprietario non avesse avuto bisogno di usarla.

Subito dopo, Mowry si diresse verso la Posta Centrale, affollata come al solito, prelevò dalla valigia una dozzina di pacchetti e li spedì. Ciascuno di essi conteneva un minuscolo congegno a orologeria e un foglietto; nient'altro.

Sul foglio era scritto questo avvertimento:

Questo pacco avrebbe potuto uccidervi.
Due ordigni di questo genere, messi insieme nel momento adatto e nel luogo adatto, potrebbero uccidere centomila persone.
Si avvicina la fine della guerra e la vostra fine!
Dirac Angestun Gesept.

Una lettera minatoria: tutto qui, ma era abbastanza per scompigliare ancora un po' le file del nemico. I destinatari si sarebbero messi in allarme, il governo avrebbe dovuto fornire una guardia del corpo a tutti i pezzi grossi di Jaimec, e soltanto questo significava sottrarre un reggimento all'attività bellica.

Avrebbero esaminato tutta la posta, avrebbero aperto i pacchi sospetti, avrebbero controllato tutta la città servendosi di rilevatori di radioattività per rintracciare i pezzi di una bomba nucleare. La Difesa Civile sarebbe stata in perpetuo stato d'allarme, in attesa di una gigantesca deflagrazione atomica. Avrebbero arrestato e interrogato tutti coloro che si fossero azzardati a circolare con fare misterioso o con una espressione sospetta.

Dopo tre assassinii, le autorità avrebbero preso molto sul serio le minacce del DAG.

S'era avviato tutto soddisfatto lungo la strada principale, così immerso nei suoi pensieri che gli ci volle qualche secondo prima di rendersi conto che un fischio acutissimo risuonava nell'aria. Si fermò, si guardò intorno, guardò il cielo, ma non vide nulla di anormale. Ma intanto molta gente era scomparsa dalla via, tranne pochissimi che, come lui, s'erano fermati come se cercassero di vedere qualcosa.

Un attimo dopo una mano pesante gli urtò una spalla e una voce ordinò:

— Scendete, imbecille!

— Scendere dove? — Mowry lo guardò, senza capire. — Cosa succede?

— Scendere in cantina! — urlò il poliziotto. — Non riconoscete un segnale d'allarme quando lo sentite? — E, senza aspettare risposta, proseguì, gridando agli altri passanti: — Via! Via, nei rifugi!

Mowry seguì gli altri per una interminabile fila di scalini nei sotterranei di un grosso edificio. Il rifugio era pieno di gente; parecchie centinaia di persone vi erano assiepate, in silenzio. Molti erano in piedi, altri stavano seduti su panche di legno o si appoggiavano al muro. Mowry depose la valigia e vi sedette sopra.

Immediatamente un vecchietto dall'aria irosa lo fissò risentito e gli disse: — Un allarme aereo. Cosa ne pensate?

— Niente — rispose Mowry. — Cosa serve pensare? Non c'è niente da fare, in quanto a questo.

— Ma le flotte spaziali degli Spakum sono state distrutte — gemette il vecchio. — Continuano a ripeterlo, per radio e sui giornali. Le flotte spaziali degli Spakum sono state annientate. E allora perché c'è l'allarme, eh? Chi può venire a fare una incursione, eh? Ditemelo voi.

— Può darsi che sia un'esercitazione — obiettò Mowry.

— Esercitazione? — L'altro sputacchiò con senile furore. — Perché dovremmo fare un'esercitazione del genere? Se le forze degli Spakum sono state battute, non abbiamo più bisogno di nasconderci. Da cosa dovremmo nasconderci, eh?

— Non chiedetelo a me — replicò Mowry, un po' seccato perché la gente cominciava a guardarlo un po' troppo. — Non l'ho mica suonato io, l'allarme.

— L'ha suonato qualche maledetto idiota — insistette il vecchio. — Qualche sporco bugiardo che vuol farci credere che la guerra va bene mentre non è vero. Come facciamo a sapere se quello che ci dicono è la verità? — E sputò sul pavimento. — Una grande vittoria nel settore di Alpha Centauri... e poi suona l'allarme. Ma credono proprio che noi siamo un branco di...

Un individuo tozzo fece un passo verso il vecchio e intimò: — Silenzio!

Il vecchio era troppo infervorato nel suo sfogo per riconoscere che quella era la voce dell'autorità.

— Io non sto zitto. Stavo andando a casa mia quando qualcuno mi ha spinto qui sotto perché è suonato l'allarme e...

L'uomo tozzo si sbottonò la giacca, mostrò un distintivo e ripeté in tono più duro: — Ho detto silenzio!

— Ma chi credete di essere? In tutta la mia vita io non...

Con un movimento fulmineo, l'omone tirò fuori un manganello di gomma e lo picchiò sul capo del vecchio, che cadde a terra come uno straccio.

Una voce si levò dalla folla: — È una vergogna! — Molti altri mormorarono, ma non ebbero il coraggio di far nulla.

Sogghignando, l'omone dimostrò cosa ne pensava di quella disapprovazione generale: infatti pestò di nuovo il manganello sul capo della sua vittima. A un certo punto incontrò lo sguardo di Mowry e chiese, in tono di sfida: — Ebbene?

— Siete della Kaitempi? — fece di rimando Mowry.

— Sì. Perché, vi interessa?

— Affatto. Era solo curiosità.

— Non siate curioso, e tenete fuori il vostro sporco naso da queste faccende. — La gente, intorno, mormorò di nuovo, irrequieta. Due poliziotti che stavano scendendo le scale si fermarono sull'ultimo gradino: parevano nervosi e imbarazzati. L'agente della Kaitempi li raggiunse, si levò dalla tasca una pistola e se l'infilò ostentatamente nella cintura. Mowry gli lanciò uno sorriso enigmatico.

Nella cantina discese il grande silenzio che aleggiava sulla città. La gente era tesa, nervosa, in ascolto. Passò mezz'ora, poi si udirono dei sibili, che raggiunsero una intensità fortissima, prima di svanire.

La tensione aumentò appena la gente si rese conto che si trattava di missili teleguidati. In quel momento, sopra la loro testa, una astronave degli Spakum poteva essere sul punto di lasciare cadere il suo carico di bombe...

Di nuovo si fecero udire dei sibili, poi tornò il silenzio. La gente, nel rifugio, respirava pesantemente, a fatica. C'era nell'aria un acre odore di sudore, tutti i visi tradivano la tensione più atroce. L'unico pensiero di Mowry fu che sarebbe stata una maledetta sfortuna morire sotto le bombe terrestri.

Dieci minuti dopo il suolo sussultò, le pareti tremarono; tutto l'edificio sembrò scosso da una forza immane. Dalla strada arrivò un rumore di vetri infranti. Non si udì altro suono, né il ruggito di una esplosione colossale, né il rombo di astronavi che sorvolassero la città. Il silenzio era divenuto assoluto, mortale.

Passarono tre ore prima che un fischio acuto segnalasse il cessato allarme. La gente si affrettò a risalire le scale, respirando di sollievo; il vecchio che giaceva al suolo fu lasciato lì, senza che nessuno si occupasse di lui. I due poliziotti si avviarono per una strada, l'agente della Kaitempi prese la direzione opposta. Mowry gli si affiancò, lo abbordò in tono gentile.

— Ce la siamo cavata con un po' di paura. Devono avere sganciato abbastanza lontano.

L'altro grugnì.

— Avevo intenzione di parlarvi, ma non potevo farlo, prima, in mezzo a tutta quella gente.

— Eh? E perché non l'avete fatto?

Per tutta risposta, James Mowry gli porse la carta d'identità e il mandato.

— Colonnello Halopti, del Servizio Segreto Militare. — Nel rendergli i documenti, l'agente perse parecchio del suo tono bellicoso e si sforzò di mostrarsi educato. — Cosa desiderate dirmi? Qualcosa a proposito di quel vecchio pazzo linguacciuto?

— No. Se l'era meritato. Voi meritereste un elogio per il modo con cui l'avete messo a posto. — Si accorse che l'altro lo guardava con gratitudine, e aggiunse: — Un vecchio chiacchierone come quello avrebbe potuto far diventare isterica la folla.

— Infatti, è vero. Il migliore sistema per controllare una folla è quello di mettere a tacere i provocatori.

— Quando è suonato l'allarme, ero diretto al Quartier Generale della Kaitempi, per chiedere che mi dessero un agente di scorta — spiegò Mowry. — Quando ho visto voi in azione ho pensato che mi potreste togliere d'impaccio. Lei è proprio l'uomo che cerco, svelto e intelligente. Il vostro nome?

— Sagramatholou.

— Siete del sistema K. 17, eh? Là usano molto i nomi composti.

— Sì. E voi siete di Diracta. Halopti è un cognome comune su Diracta, e voi avete l'accento mashambi.

Mowry rise.

— Non possiamo tenerci nascosto niente l'un l'altro, eh?

— Già. — L'agente lo guardò con aperta curiosità. — E in cosa dovrei esservi utile?

— Ho buone speranze di catturare il capo di una cellula del DAG. Ma bisogna agire rapidamente e senza chiasso. Se la Kaitempi mette al lavoro cinquanta uomini e realizza un'operazione in grande stile, beccherà il capo, ma gli altri prenderanno il volo. La tecnica migliore è "uno alla volta". Come dicono gli Spakum «Piano piano si cattura la scimmia».

— È proprio il sistema migliore — convenne Sagramatholou.

— Sono convinto che riusciremo a prendere quest'individuo, senza spaventare gli altri. Ma occorre essere in due: e ci vuole un uomo che sappia il fatto suo. Voi potreste prendervi tutto il merito della cattura.

L'altro socchiuse gli occhi.

— Sarò lieto di mettermi a vostra disposizione, se il Quartier Generale deciderà in questo senso. Potrei telefonare per chiedere l'autorizzazione.

— Benissimo — fece Mowry, con una noncuranza che era ben lontano dal provare. — Ma voi sapete quello che succederà.

— Credete...

— Mi daranno come collaboratore un ufficiale di pari grado. Non dovrei dirlo, dato che sono un colonnello io stesso, ma preferirei avere al mio fianco un agente esperto e che sappia essere duro, all'occorrenza.

— Troverà senz'altro l'uomo adatto. Vi sono agenti e agenti.
— Esattamente. Bene, voi sareste d'accordo?
— Ma voi vi assumereste la piena responsabilità di fronte ai miei superiori?
— Naturalmente sì.
— Per me va bene. Quando si comincia?
— Subito.
— Benissimo — fece Sagramatholou. — Io sarò di servizio solo fra tre ore.
— Magnifico. Avete una macchina senza la targa della Kaitempi?
— Tutte le nostre macchine sono camuffate da macchine comuni.
— La mia ha la targa dell'esercito — mentì Mowry. — Meglio usare la vostra.
L'altro non fece obiezioni; era infatuato della prospettiva di acquistar merito con un grosso colpo e di trovare un'altra vittima da mandare al patibolo.
Raggiunsero un posteggio, dove Sagramatholou sedette al volante di una grossa macchina nera. Mowry gettò la valigia sul sedile posteriore e sedette accanto all'uomo della Kaitempi. La macchina si mosse.
— Dove?
— Ai sobborghi meridionali, dietro lo stabilimento della Rida Motori. Vi guiderò io.
L'agente fece un gesto teatrale.
— Questa faccenda del DAG ci sta facendo diventar pazzi. Fino ad ora non siamo riusciti a concluder niente. Chi vi ha fornito la pista?
— Abbiamo preso uno di loro, a Diracta, e l'abbiamo indotto a parlare.
— Con il metodo duro? — suggerì Sagramatholou.
— Già.
— È il sistema migliore. Cantano tutti, quando non ce la fanno a resistere. Tanto muoiono lo stesso.
— Già. — ripeté Mowry.
— Noi abbiamo messo sotto torchio una dozzina di individui sospetti, presi in un caffè del rione Laksin — continuò Sagramatholou. — Hanno parlato, anche. Ma non hanno detto niente che ci interessi. Hanno confessato tutti i reati previsti dal codice, tranne l'appartenenza al DAG. Dicono addirittura di non saper niente di questa organizzazione.
— E che cosa vi ha indirizzati verso quel caffè?
— Qualcuno è stato così stupido da farsi tagliare la testa: era un cliente abituale. Abbiamo fatto una fatica incredibile a identificarlo e a pescare un bel gruppetto dei suoi amici più affezionati. Be', sei di loro hanno confessato di averlo assassinato.
— Sei? — si stupì Mowry.
— Già. Ma hanno detto di averlo fatto fuori in sei tempi diversi, in sei posti diversi e per sei diversi motivi. Quegli sporchi animali mentivano perché la finissimo. Ma abbiamo saputo egualmente la verità.

— Secondo me deve essersi trattato di una rissa. Ma c'è un movente politico, o no?

— Non lo so. I superiori questi particolari li tengono per sé. Dicono di avere la prova che si tratta di una esecuzione per ordine del DAG e che l'autore dello scherzetto sia un sicario del DAG.

— Forse qualcuno li avrà pagati per commettere questo delitto — suggerì Mowry.

— Può darsi di sì — sbuffò Sagramatholou. — Ma questa guerra era già abbastanza seria senza che ci si mettessero i traditori e i bugiardi a peggiorare la situazione.

— E con le retate non avete concluso nulla?

— Eh, si sono fatti furbi. Allora abbiamo sospeso le retate per una decina di giorni, in modo che si sentano sicuri e prendano meno precauzioni. E appena sarà il momento opportuno, le ricominceremo.

— Molto bene. Bisogna usare il cervello di questi tempi, no?

— Già.

— Ci siamo. Giri a sinistra e poi nella prima via a destra.

La macchina si addentrò in una stradetta dietro la fabbrica di motori, chiusa fra vecchie case abbandonate e campi deserti. Era una strada senza sbocco, e l'agente della Kaitempi bloccò la macchina a pochi passi da un muro alto circa quattro metri. Non c'era nessuno, nei paraggi, e non si udiva nessun rumore, tranne il frastuono lontano del traffico sulla via principale.

Mowry indicò il portone posto al centro del muro.

— È qui. Mi occorreranno due o tre minuti per fare il giro ed entrare. Non aspettate un secondo di più. — Tentò di aprire la porta. — È chiusa a chiave.

— Meglio aprirla, così quello potrà fare una bella fuga — suggerì Sagramatholou. — Se si trova bloccato, quello può spararvi addosso, e io non sarei in condizione di darvi una mano. Questi animali diventano pericolosi, quando si vedono perduti. — Si frugò in tasca, ne tolse un mazzo di grimaldelli e sogghignò. — La sola via di scampo che gli si offrirà lo porterà dritto fra le mie braccia.

Si avvicinò alla porta, volgendo le spalle a Mowry e trafficò attorno alla serratura. Mowry guardò indietro; non si vedeva nessuno.

Allora impugnò la pistola e disse, con voce calma e posata:

— Hai picchiato quel vecchio, quando era già a terra.

— Certo — convenne l'agente, sempre armeggiando intorno alla serratura. — Spero che muoia presto e... — La voce gli si spezzò, quando l'incongruenza della frase di Mowry si fece strada nella sua mente. Si voltò, e si trovò di fronte alla bocca della pistola. — Che c'è? Chi siete e...

— *Dirac Angestun Gesept* — disse Mowry. La pistola fece udire un rumore soffocato, non più forte del colpo di una pistola ad aria compressa.

Sagramatholou rimase ritto, con un buco bluastro in mezzo alla fronte. La sua bocca si aprì in una espressione idiota, poi le ginocchia gli si piegarono e lui cadde in avanti.

James Mowry rimise in tasca la pistola e scavalcò il cadavere. Lo perquisì in fretta, rimise a posto i documenti dopo avervi buttato una rapida occhiata, ma prese il distintivo. Finalmente risalì in macchina, tornò in città, e si fermò non lontano da una compravendita di macchine usate.

Percorse a piedi le poche centinaia di metri che lo dividevano da quel vasto assortimento di rottami malconci. Un Siriano magro dai lineamenti appuntiti gli venne incontro, dedicando il massimo interesse al suo abito elegante, all'orologio e ai gemelli di platino.

— Siete fortunato — annunciò poi, in tono untuoso. — Avete trovato il posto migliore di tutta Jaimec per concludere un buon affare. Oggi una macchina nuova costa parecchio; c'è la guerra, i prezzi sono saliti alle stelle e voi non avete torto a preferire una macchina usata. Date un'occhiata a questo gioiello qui a destra. Un regalo, un vero regalo. È una...

— Ho gli occhi anch'io — fece Mowry.

— Certo, certo. Volevo dire...

— So quello che voglio — l'informò Mowry. — E non andrei in giro su uno di questi relitti, a meno che non avessi fretta di ammazzarmi.

— Ma...

— Lo so anch'io che c'è la guerra. E prima che finisca abbiamo tutto il tempo di andare in briciole. — E indicò una delle macchine esposte. — Vediamo questa, per esempio. Quanto costa?

— Questa va forte — declamò il venditore. — Vola come se fosse appena uscita dalla fabbrica. Ha una batteria...

— Vedo anch'io che ha la batteria.

— ...ed è solida dal muso alla coda. Stavo per darla via, stavo proprio per darla via.

— Quanto?

— Novecentonovanta — fece l'altro, sbirciando di nuovo l'abito di Mowry.

— È un furto.

Contrattarono finché Mowry non l'ottenne per ottocentoventi, in denaro sonante. Pagò e se ne andò. La macchina scricchiolava, ansimava e rumoreggiava in modo da dimostrare abbondantemente che Mowry era stato truffato almeno di duecento talleri; ma l'interessato non se la prese.

Due chilometri più in là vide un campo coperto di rottami di ferro, completamente abbandonato; si fermò, spaccò il parabrezza e i fari, tolse le ruote e le targhe, asportò tutti i pezzi che si potevano asportare, in modo da trasformare la macchina in un rottame abbandonato. Poco dopo ritornò sul posto con la macchina che era appartenuta al fu Sagramatholou e ci caricò tutti i pezzi asportati.

Mezz'ora dopo, le ruote e il resto finirono nel fiume; e, insieme al resto, ci finirono anche le targhe della macchina di Sagramatholou, che furono rimpiazzate con quelle prelevate dal rottame.

In questo modo né la polizia né la Kaitempi, vedendolo passare, avrebbero sospettato che si trattava della macchina che cercavano; perché era fuori di dubbio che molto presto avrebbero cominciato a cercarla.

Rassicurato dal fatto che per qualche tempo ancora non ci sarebbero state retate, bighellonò in città finché fece buio. Quando ebbe piazzato la macchina in un garage sotterraneo, comprò un giornale e lo lesse mentre cenava.

Secondo il giornale, un caccia terrestre isolato era riuscito a infiltrarsi attraverso il formidabile sbarramento difensivo e aveva sganciato una bomba sul grande complesso industriale di Shugruna, specializzato nella produzione di materiale bellico; ma i danni erano lievi. L'apparecchio nemico era stato abbattuto subito dopo.

Mowry si meravigliò che i lettori credessero a simili fandonie. Shugruna distava oltre cinquecento chilometri, tuttavia le case di Pertane erano state squassate dalla lontana esplosione. Con ogni probabilità, la zona colpita doveva essere ridotta a un cratere di almeno tre chilometri di diametro.

La seconda pagina annunciava che quarantotto membri del sedizioso Partito Siriano della Libertà erano stati catturati dalle forze dell'ordine e sarebbero stati giudicati come meritavano. Non c'erano altri particolari, neanche i nomi degli arrestati.

Quei quarantotto erano spacciati, chiunque fossero. Ma poteva anche essere una frottola diffusa a bella posta dalle autorità.

Una delle pagine interne dedicava poche righe al fatto trascurabile che le forze siriane si erano ritirate dal pianeta Glooma, "*in modo da poter essere più vantaggiosamente impiegate nell'attuale fronte di combattimento*".

Tutto sommato, il pezzo più interessante era l'articolo di fondo. Era un pomposo sermone basato sulla tesi che la guerra totale si sarebbe conclusa con una vittoria assoluta, che poteva e doveva essere conquistata solo impegnando al massimo ogni forza. Nei ranghi siriani non doveva esserci nessuna frattura, nessuna divisione politica. Tutti, senza eccezione, dovevano serrarsi compatti attorno alla classe dirigente, e mostrarsi decisi a combattere fino al successo finale. I dubbiosi e gli incerti, gli imboscati e i malcontenti, i pigri e gli intriganti erano traditori della Causa quanto una spia o un sabotatore. E come tali sarebbero stati giudicati per direttissima, una volta per tutte. Era, senza possibilità di dubbio, un grido di agonia, anche se il *Dirac Angestun Gesept* non era citato a chiare lettere.

Ormai era caduta la notte e James Mowry raccolse la valigia e si diresse verso la sua vecchia stanza. La marcia di avvicinamento fu lenta e prudente. Ogni nascondiglio poteva diventare una trappola: oltre alla possibilità che la polizia o la Kaitempi fossero in agguato, c'era sempre il rischio di imbattersi in un padrone di casa troppo curioso.

L'edificio non era sorvegliato; la stanza era intatta, e Mowry si convinse di essere passato inosservato. Tirò un respiro di sollievo e si buttò sul letto, a riflettere sull'evolversi della situazione.

Il giorno seguente dovette rimpiangere la distruzione della sua prima valigia che era esplosa nella stanza dell'albergo, a Radine. Fu costretto a tornare nella biblioteca pubblica, a copiare nomi e indirizzi, per rimpiazzare l'elenco distrutto.

Servendosi di carta e buste non intestate e di una piccola stampante a mano, impiegò altri due giorni per preparare un nuovo pacco di lettere, che furono regolarmente imbucate come le precedenti.

Sagramatholou è il quarto.
La lista è lunga.
Dirac Angestun Gesept.

Aveva preso più piccioni con una sola fava. Aveva vendicato il vecchio, e questo era un particolare motivo di soddisfazione per lui; aveva colpito di nuovo la Kaitempi e aveva a disposizione una macchina che non poteva essere rintracciata attraverso i noleggiatori o le normali agenzie di vendita. E, soprattutto, aveva nuovamente dimostrato al governo che il DAG era deciso ad agire senza pietà.

Erano passati quattro giorni dal suo ritorno a Pertane quando decise di fare una corsa in macchina fino al cartello del "33 *den*" sulla strada di Radine.

Incrociò parecchie autopattuglie, che però non mostrarono il minimo interessamento nei suoi confronti. Raggiunse il cartello, scavò alla base del palo, e trovò l'involucro di plastica, che adesso conteneva un biglietto. C'era scritto soltanto "*Asako* 19-1713."

L'espediente aveva funzionato.

10

Mowry tornò immediatamente indietro, cercò una cabina telefonica e fece il numero. Gli rispose una voce sconosciuta, mentre lo schermo restava opaco.

— 19-1713 — disse la voce.

— Ci sono Gurd e Skriva? — chiese Mowry.

— Aspettate un momento — ordinò la voce.

— Un momento e non di più — replicò Mowry. — Dopodiché... arrivederci.

Un grugnito fu l'unica risposta. Mowry si sporse per sorvegliare la strada, pronto a mollare il microfono e a filare nello stesso istante in cui l'istinto gli avesse suggerito che era meglio cambiare aria.

Improvvisamente la voce di Skriva si fece sentire.

— Chi è?

— Il tuo benefattore.

— Oh, voi. Ma tenete spento lo schermo.

— Anche tu, direi.

— Questo non è il posto adatto per parlare — fece Skriva.

— È meglio che ci incontriamo. Dove vi trovate?

Una quantità di pensieri turbinarono nella mente di Mowry. *Dove vi trovate?* Forse Skriva aveva acconsentito a fare da esca? Se lo avevano preso e gli avevano offerto un saggio preliminare dei trattamenti in uso presso la Kaitempi, probabilmente si era rassegnato a fare questo e altro.

D'altra parte, se dietro a Skriva ci fossero stati gli agenti della Kaitempi, non avrebbero avuto bisogno di fargli chiedere dove si trovava, dato che avrebbero già avuto tutto il tempo di rintracciare la chiamata. E poi, avrebbero fatto in modo di tirare in lungo la conversazione per dare il tempo ai loro uomini di arrivare sul posto; invece Skriva pareva deciso a tagliare corto.

— Siete diventato scemo? — sbottò infatti, impaziente e insospettito.

— Stavo pensando. Ti va di trovarci dove hai lasciato il numero telefonico.

— Per me va bene dappertutto.

— E vieni solo — avvertì Mowry. — Al massimo puoi portare Gurd. Non voglio che nessuno ci segua o gironzoli nei dintorni.

Arrivò sul luogo dell'appuntamento con venti minuti d'anticipo. Finalmente Skriva arrivò, al volante della solita macchina, saltò a terra e gli corse incontro, ma si fermò improvvisamente e si voltò a guardare se la strada era sgombra.

Mowry sogghignò.

— Cosa ti succede? Rimorsi o qualcosa di simile?

Skriva si accostò, lo fissò un po' incredulo, poi commentò: — Dovrei dire lo stesso di voi. Cosa vi è successo? — E, senza aspettare risposta, gli sedette a fianco. — Non sembrate più lo stesso. Quasi non vi riconoscevo, conciato così.

— Oh, è stata un'idea. Ma se sono cambiato in meglio non devi preoccuparti. Oltre a tutto, sarà più difficile che i poliziotti, seguendo me, arrivino a beccarti.

— Forse. — Skriva tacque per un istante. — Hanno preso Gurd.

Mowry sobbalzò: — Cosa? Quando è successo?

— Quel maledetto sciocco è caduto da un tetto proprio fra le braccia di due di loro. E non contento di questo, li ha presi a sberle e ha cercato di metter mano alla pistola.

— Ma se si fosse comportato in modo da far credere che si trovava sul tetto per un lavoro regolare, poteva tirarsene fuori, no?

— Gurd non saprebbe tirarsi fuori neanche da un sacco vecchio — opinò Skriva. — Non ne è capace. Ho sempre sudato sette camicie per tenerlo fuori dai guai.

— E come mai non hanno preso anche te?

— Io ero sul tetto di un'altra casa e non mi hanno visto. Era finito tutto, del resto, prima che avessi il tempo di scendere.

— E cosa gli hanno fatto?

— Potete immaginarlo. I poliziotti gli hanno dato una botta in testa prima che riuscisse a mettere la mano in tasca per prendere la pistola. L'ultima volta che l'ho visto è stato quando l'hanno caricato su una camionetta. •

— Che sfortuna! — disse comprensivo Mowry, poi chiese: — E che cosa è successo al Caffè Susun?

— Non lo so con certezza. Gurd e io non ci andavamo da un pezzo, un tizio ci aveva detto di stare attenti. Tutto quello che so è che sono arrivati venti agenti della Kaitempi, hanno portato via tutti e hanno messo tutto sottosopra. Io non ci ho più messo piede. Qualche animale deve avere parlato troppo.

— Butin Urhava, per esempio?

— Come potrebbe? — ringhiò Skriva. — Gurd lo ha fatto fuori prima che avesse la possibilità di chiacchierare.

— Forse ha parlato *dopo* che Gurd si è occupato di lui — suggerì Mowry.

Skriva socchiuse gli occhi.

— Che cosa intendete dire?

— Oh, non badarci. Hai ritirato il pacchetto sotto il pilone del ponte?

— Sì.

— Ne vuoi ancora, o ormai ti senti abbastanza ricco?

Skriva lo studiò per un lungo attimo, poi chiese: — Di quanto denaro disponete, *voi*?

— Abbastanza da pagare tutti gli incarichi che intendo affidarti.

— Questo non mi dice nulla.

— Tu cosa pensi?

— A me piacciono i quattrini.

— Questo è più che evidente.

— Anzi, ne vado matto — sottolineò Skriva.

— E chi non ne va matto?

— Già. Anche a Gurd piacciono i quattrini. E anche a parecchia altra gente. — Skriva si interruppe, poi aggiunse. — Credo che il denaro piaccia poco soltanto ai pazzi o ai morti.

— Dimmi dove vuoi arrivare — l'incalzò Mowry. — E piantala con questa commedia.

— Io conosco un tipo a cui piacciono i quattrini.

— E cioè?

— È un secondino.

Mowry lo guardò attentamente.

— Parliamoci chiaro, ho detto. Che cosa è disposto a fare e quanto vuole?

— Mi ha detto che Gurd è in cella insieme a due nostre vecchie conoscenze. Fino ad oggi, non li hanno ancora passati sotto il torchio, ma finiranno per lavorarseli, un giorno o l'altro. I poliziotti hanno l'abitudine di dargli un po' di tempo per pensarci sopra: pare che serva a renderli più malleabili.

— È la tecnica in uso, infatti — riconobbe Mowry. — Far saltare i nervi alla gente prima di cominciare a fargli a pezzi il resto.

— Quei maledetti porci! — Skriva sputò attraverso il finestrino, prima di continuare. — Ogni volta che viene richiesto un detenuto, la Kaitempi telefona alla prigione, poi un agente si presenta per prenderlo in consegna e portarlo al Quartier Generale per l'interrogatorio. A volte lo riportano qualche giorno dopo; naturalmente ridotto a un rottame. Qualche volta non lo riportano affatto. Allora buttano giù una condanna a morte in modo da mettere in regola i registri della prigione.

— Va avanti.

— Questo tale che ama i quattrini mi riferirà il numero e l'ubicazione della cella di Gurd, oltre a tutti i particolari sulle visite della Kaitempi. Ma la cosa più importante è che mi darà anche una copia del modulo ufficiale richiesto per la consegna dei prigionieri. — E, con voce più debole, concluse: — Vuole centomila talleri.

Mowry fischiò piano.

— Credi che riusciremo a portar via Gurd?

— Certo.

— Non capisco come mai tu sia tanto premuroso nei suoi riguardi.

— Per me potrebbe star lì dentro a marcire — fece Skriva. — È uno stupido. Perché dovrei preoccuparmi per lui?

— Benissimo, lascialo lì a marcire. Così risparmieremo centomila talleri.

— Sì — approvò Skriva. — Ma...

— Ma cosa?

— Io potrei continuare a servirmi di lui e degli altri due. E potrebbero esservi utili, per quel lavoro di cui mi avete parlato. Se invece lo prelevano e lo fanno cantare... sa molte cose, troppe. E cosa sono centomila talleri, per voi?

— Troppi per sprecarli in una faccenda così assurda — replicò Mowry deciso. — Io dovrei sbrigarmi a consegnarti tutto quel denaro solo perché tu mi hai raccontato che Gurd è al fresco?

La faccia di Skriva si oscurò.

— Dunque non mi credete, eh?

— Voglio le prove — replicò Mowry, senza scomporsi.

— E cosa dovrei fare, io? Invitarvi a una passeggiatina nella prigione perché Gurd vi additi a tutti?

— Piantala di fare dello spirito. Non dimenticare che se Gurd può additarti come responsabile di cinquanta e più delitti, non può fare altrettanto con me. Non sa niente, sul mio conto. No, quando io spendo del denaro, si tratta di denaro *mio*, e voglio spenderlo per motivi *miei*, non tuoi.

— Così, non sborsereste un tallero per Gurd?

— Non ho detto questo. Io non butto via i miei quattrini, ma sono disposto a pagare per il valore della merce che mi si offre.

— E cioè?

— Riferisci a questo signore che ama i quattrini che gli darò ventimila talleri per un autentico modulo della Kaitempi, *dopo* che l'avrà consegnato. E gli darò altri ottantamila talleri *dopo* che Gurd e i suoi due soci saranno fuori.

Sulla brutta faccia di Skriva si disegnò uno strano miscuglio di espressioni diverse: sorpresa, gratitudine, dubbio, perplessità. — E se non accettasse queste condizioni?

— Resterà povero.

— Bene, e se fosse d'accordo ma non si fidasse? Come potrei convincerlo?

— Non insistere — replicò Mowry. — Deve rischiare, per diventare ricco, come fanno tutti. Se non accetta, lascia che si accontenti della sua miseria.

— Forse preferirà restar povero, piuttosto che correre dei rischi.

— Non lo farà. Non corre nessun pericolo vero e proprio e lo sa benissimo. C'è solo un rischio che può correre, e lo eviterà.

— Cioè?

— Supponi che noi ci presentiamo per liberare quei tre e che ci saltino addosso prima che apriamo bocca o mostriamo il mandato. Vorrebbe dire che questo individuo ci ha imbrogliato. La Kaitempi gli darebbe un premio di cinquemila talleri per la cattura di ciascuno di noi; e così entrerebbe in possesso di altri diecimila talleri, facilmente e legalmente, che aggiunti ai primi venti porterebbero il suo guadagno a trentamila. È esatto?

— Esatto — ammise Skriva, un po' a fatica.

— Ma perderebbe gli ottantamila che dovrebbero essergli versati più tardi. E la differenza è abbastanza consistente da garantirci la sua assoluta lealtà fino al momento in cui non avrà messo le mani sulla somma intera.

— Già — ripeté Skriva, molto più tranquillo.

— Dopo di che, *zack*! — disse Mowry. — Appena avrà messo le unghie sul malloppo dovremo agire in fretta, per l'inferno.

— *Inferno?* — Skriva lo fissò meravigliato. — Ma è una bestemmia Spakum.

— Infatti — fece Mowry, riprendendosi. — Si impara ogni genere di parolacce, in tempo di guerra, specialmente su Diracta.

— Già, su Diracta — fece eco Skriva. E scese dalla macchina. — Vado a parlare con questo secondino. Dobbiamo sbrigarci. Telefonatemi domattina a quest'ora, va bene?

— D'accordo.

Il lavoro del giorno seguente era facilissimo, sebbene non privo di rischi. Tutto quello che doveva fare era attaccare bottone con chiunque fosse disposto ad ascoltarlo, secondo la tattica capillare che gli avevano insegnato nel corso preparatorio.

In ogni città, in qualsiasi parte dell'universo, un giardino pubblico è un posto ideale per gli oziosi e i chiacchieroni: e lo era anche quello verso il quale Mowry si diresse quella sera. Quasi tutte le panchine erano occupate da persone anziane. I giovani si tenevano alla larga, in generale, per evitare che qualche poliziotto cominciasse a chiedere loro come mai non erano a lavorare.

Sedette accanto a un vecchio dalla faccia scura, che tirava continuamente su col naso, poi guardò l'aiuola vicina finché l'altro gli disse, in tono discorsivo: — Se ne sono andati altri due giardinieri.

— Ah, sì? Andati dove?

— Arruolati nell'esercito. Se li richiameranno tutti, non so cosa diventerà questo parco. C'è bisogno che qualcuno lo curi, che diamine!

— C'è un mucchio di lavoro arretrato — riconobbe Mowry. — Ma penso che la guerra abbia la precedenza.

— Certo, tutte le guerre hanno la precedenza — disse Tirasù in tono di blanda disapprovazione. — Ma adesso questa potrebbe anche finire. E invece continua. Qualche volta mi domando quando finirà.

— È una faccenda grossa — replicò Mowry nello stesso tono blando.

— Non è possibile che le cose vadano bene come dicono — continuò Tirasù. — Ma la guerra deve finire. Non può continuare così.

— Personalmente, penso che le cose vadano piuttosto male. — Mowry esitò, poi proseguì in tono confidenziale. — Anzi, *so* che vanno male.

— Lo sapete? Perché?

— Non posso dirvelo... ma salterà fuori la verità, un giorno o l'altro.

— Che cosa? — insiste Tirasù, che ardeva di curiosità.

— Quella brutta faccenda di Shugruna. Mio fratello è tornato questa mattina e me l'ha detto.

— Avanti... che cosa ha detto?

— Era andato là per affari... ma non ha neanche potuto avvicinarsi. La città è presidiata dalle truppe, e quando è arrivato a quaranta *den*, l'hanno costretto a tornare indietro. Nessuno può entrare in quell'area, tranne i militari e gli addetti al pronto soccorso.

— Davvero?

— Mio fratello m'ha detto d'avere incontrato un tale che era scappato dalla città solo con gli abiti che aveva addosso; e questo tale gli ha detto che in pratica Shugruna è stata cancellata dalla faccia del pianeta. Non è rimasta una pietra sull'altra, e i morti sono più di trecentomila. Ha detto che la scena era così terribile che i giornali non osano riferirla... e infatti, non ne hanno fatto cenno.

Tirasù aveva gli occhi sbarrati; non diceva niente, ma aveva l'aria spaventata.

Mowry completò la sua opera con qualche tocco sensazionale, poi si accomiatò. Tutto ciò che aveva detto sarebbe stato raccontato in giro, poteva esserne sicuro. Cinquecento metri più avanti, sedette accanto a un tipo dagli occhi enormi e dalla faccia squallida: il classico tipo avido di brutte notizie.

— Neanche i giornali hanno il coraggio di parlarne — concluse, al termine del discorsetto.

Occhi-grossi agitò una mano.

— Se un'astronave Spakum è riuscita a passare e a sganciare una bomba così potente, lo possono fare anche dozzine di astronavi.

— Infatti, è vero.

— Ma in realtà debbono avere buttato più di una bomba sul bersaglio. Non credete?

— Può darsi che abbiano fatto un'incursione sperimentale. Adesso che si sono accorti che è facile, cominceranno a fare sul serio. E se questo accadrà, di Pertane non rimarrò molto.

— Qualcuno dovrebbe decidersi a fare qualcosa — notò Occhi-grossi, nervosamente.

— *Io* mi sono deciso a fare qualcosa — lo informò Mowry. — Andrò a nascondermi in una tana in mezzo ai campi.

Lasciò l'altro sconvolto dalla paura, fece un'altra passeggiatina, e abbordò un individuo che sembrava un morto in licenza-premio.

— Un mio intimo amico, che è il comandante di una nave spaziale, mi ha detto che gli attacchi degli Spakum avevano reso Glooma completamente inabitabile. È convinto che non abbiano sottoposto allo stesso trattamento anche Jaimec solo perché intendono occuparlo e naturalmente non vogliono trovarsi fra le mani un pianeta inservibile.

— E voi cosa pensate di tutto questo? — chiese l'Imbalsamato.

— Non si sa più cosa pensare, quando il governo dice una cosa e la propria esperienza dimostra il contrario. È solo un'opinione personale del mio amico naturalmente. Ma lui è nella flotta spaziale e sa un mucchio di cose che noi ignoriamo.

— Ma le autorità hanno comunicato ufficialmente che le flotte spaziali degli Spakum sono state distrutte.

— Infatti, e mentre diffondevano questo comunicato la bomba è stata sganciata su Shugruna — gli ricordò Mowry.

— È vero, è vero. A casa mia sono andati in pezzi i vetri di due finestre, e una bottiglia di *zith* è caduta dal tavolo.

Verso la metà del pomeriggio almeno trenta persone erano state catechizzate con le notizie dei disastri di Shugruna e di Glooma, cui Mowry aveva aggiunto, per soprammercato, qualche particolare di prima mano sulla guerra batteriologica e sui vari orrori che il futuro riservava ai Siriani: entro quella stessa sera almeno mille persone sarebbero state messe al corrente di quelle deprimenti novità.

All'ora fissata, Mowry chiamò Skriva. — Ebbene?

— Ho il mandato. Avete i quattrini?

— Sì.

— Vuole essere pagato prima di domani. Ci vediamo nello stesso posto dell'altra volta?

— No — fece Mowry. — Troviamoci in un altro posto.

— Dove?

— Ti ricordi di quel tale ponte? Vediamoci al quinto cartello dopo il ponte, in direzione sud.

— Per me va bene. Venite subito?

— Devo andare a prendere la macchina, mi ci vorrà un po' di tempo. Trovati lì alle sette.

James Mowry fu puntuale, e aspettò l'arrivo di Skriva. Gli consegnò il denaro, prese il mandato e lo esaminò attentamente. Gli bastò un'occhiata per rendersi conto che farne una copia era la cosa più impossibile del mondo. Era un documento pieno di fregi e di ornati, e per giunta era filigranato come una banconota di grosso taglio. Sulla Terra avrebbero potuto riprodurlo, ma lui non sarebbe stato in grado di farlo, neanche se si fosse servito dell'attrezzatura di cui disponeva nella grotta.

Si trattava di un modulo già usato, sottratto, naturalmente, dagli schedari della prigione. In esso veniva richiesta la consegna alla Kaitempi di un prigioniero a nome Mabin Garud, ma c'era spazio bianco sufficiente per altri dieci nomi. Portava la data di tre settimane prima. Tanto la data, quanto il nome e il numero di matricola del prigioniero erano stati dattiloscritti. La firma, invece, era stata fatta a penna.

— Adesso l'abbiamo — proruppe Skriva. — Cosa dobbiamo farne?

— Non possiamo farne delle copie — spiegò Mowry. — Sarebbe un lavoro difficile e troppo lungo.

— Significa che non possiamo usarlo? — Skriva non nascose il suo disappunto.

— Non ho detto questo.

— E allora che cosa volevate dire? Devo dare i ventimila talleri a quel fetente, o devo sbattergli il modulo sul muso?

— Puoi pagarlo. — Mowry tornò a studiare il mandato. — Credo che se questa notte ci lavorerò sopra, potrò togliere la data, il nome e il numero. Lasceremo intatta la firma.

— È rischioso. È facile notare le cancellature.

— Non quando sono fatte come dico io. So come raschiare la superficie. La vera difficoltà consiste nel restaurare la filigrana rovinata. — Meditò un momento, poi decise: — Forse non è necessario. Riuscirò a fare lo stesso un buon lavoro: e sarà difficile che passino il mandato al microscopio.

— Se hanno qualche sospetto, siamo fritti — sottolineò Skriva.

— Mi serve una macchina per scrivere. Dovevo comprarne una questa mattina.

— Io posso procurarvene una per questa notte — si offrì l'altro.

— Puoi farlo? E per che ora?

— Per le otto.

— È in buone condizioni?

— Sì, è praticamente nuova.

Mowry lo fissò. — Penso che non siano affari miei ma non posso credere che *tu* adoperi abitualmente una macchina da scrivere.

— Posso comprarla. Io compero ogni genere di roba.

— Oh, bene, perché me ne preoccupo? Procuramela. Ci troviamo qui alle otto.

Skriva sgusciò via. Quando giudicò che fosse abbastanza lontano, Mowry si diresse a sua volta verso la città. Andò a cena, poi ritornò sul luogo dell'appuntamento. Poco dopo si rifece vivo Skriva, che gli consegnò la macchina da scrivere.

— Ho bisogno del nome completo di Gurd e dei suoi due compagni. Fra l'altro devi procurarti i loro numeri di matricola nel registro della prigione. Puoi farlo?

— Li ho già. — Skriva si levò dalla tasca un pezzetto di carta e dettò, mentre Mowry prendeva appunti.

— Hai saputo anche quando la Kaitempi fa il solito prelevamento di prigionieri?

— Sì. Sempre fra le tre e le quattro. Mai prima, qualche volta più tardi.

— Puoi informarti, domani dopo mezzogiorno, se Gurd e gli altri due sono ancora in prigione? Dobbiamo saperlo... corriamo il rischio di presentarci a reclamare tre prigionieri già prelevati questo pomeriggio.

— Controllerò domani — promise Skriva. — Avete un piano per portarli via *domani*?

— O lo facciamo subito, o mai più. Più li lasciamo là dentro, più è facile che la Kaitempi prenda anche noi. Perché, domani non va bene, eh?

— Niente... non pensavo che fosse così presto.

— Non ti capisco. Abbiamo un mandato: lo alteriamo e chiediamo che ci consegnino i tre prigionieri. O la va o la spacca. Se va, tutto bene. Se non va, spareremo per primi e ce la daremo a gambe.

— La vedete troppo facile, voi — obiettò Skriva. — Tutto quello che abbiamo è questo mandato. E se non bastasse...

— Non basterà di sicuro, te lo dico fin d'ora. Le probabilità sono dieci contro una: alla prigione si aspetteranno di vedere delle facce note, e saranno sorpresi di trovarsi davanti degli sconosciuti. Dovremmo studiare qualche contromisura.

— E cioè?

Bisogna che ci copriamo le spalle. Trova altri due aiutanti. Il loro lavoro consisterà nello starsene seduti in macchina, tenere la bocca chiusa e aguzzare gli occhi. Li pagherai cinquemila talleri l'uno.

— Cinquemila l'uno? Per questo prezzo posso reclutare un reggimento. Certo che li troverò. Ma non so se saranno utili se ci sarà da battersi.

— Non importa; basterà che sembrino dei duri. E non andarli a scegliere al Caffè Susun. Devono avere l'aspetto di agenti della Kaitempi. Lo stesso discorso vale per te. Quando sarà il momento di agire, voglio vedervi tutti e tre puliti e in ordine, con gli abiti ben stirati e le cravatte annodate con cura. Voglio vedervi vestiti come se andaste a nozze. Provatevi a non obbedirmi, e lascerò che vi sbrighiate da soli tutta la faccenda.

— Volete che andiamo ad agghindarci in una gioielleria alla moda? — chiese Skriva.

— È meglio avere un diamante al dito, piuttosto che le mani sporche — replicò Mowry. — Meglio avere l'aspetto un po' ricercato, piuttosto che sembrare dei furfanti. S'intende che quei due aiutanti devono essere i tipi più affidabili che tu riesci a trovare... non vorrei che prendessero i miei cinquemila talleri e subito dopo andassero alla Kaitempi a tradirci per averne altri cinquemila.

Skriva sogghignò.

— Posso garantirvi che nessuno dei due dirà una parola.

Questa dichiarazione aveva un suono sinistro, ma Mowry non ci fece caso.

— Poi, ci servono due macchine. Non possiamo adoperare le nostre, a meno che non cambiamo le targhe. Hai qualche idea in proposito?

— Procurarsi un paio di macchine è più facile che bere un bicchiere di *zith*. Il difficile è riuscire a tenerle per parecchio tempo. Più le usiamo, e maggiore è il rischio di essere beccati da qualche pidocchiosa pattuglia che non ha niente di meglio da fare.

— Le useremo per un tempo brevissimo — disse Mowry. — Anzi, procuratele più tardi che puoi. Noi lasceremo le nostre in quel campo dopo il Ponte Asako. Quando torneremo dalla prigione le riprenderemo e ce la batteremo a tutta velocità.

— Credo che sia la soluzione migliore — ammise Skriva.

— Benissimo. Io aspetterò davanti all'entrata est del Parco Municipale domani pomeriggio alle due. Tu arriverai con le due macchine e i due aiutanti e mi prenderai a bordo.

Skriva cominciò ad agitarsi: aprì la bocca come se volesse dire qualcosa, poi la richiuse.

— Be', che succede? — lo incalzò Mowry. — Non sei stato tu a chiedermi di fare tutto questo?

— Già — fece Skriva. — Gurd non è niente, per voi; e gli altri contano ancora meno. Però pagate un sacco di soldi e correte un bel rischio, per tirarli fuori. Tutto questo non ha senso.

— C'è un sacco di cose che non hanno senso. Anche la guerra non ha senso... ma ci siamo dentro fino al collo.

— Maledetta guerra! Ma non ci si può far niente, purtroppo.

— E invece si può fare qualcosa — lo contraddisse Mowry. — La guerra non mi piace, e non piace neanche a molta altra gente. E se noi infliggiamo al governo colpi abbastanza frequenti e abbastanza forti, può darsi che lo convinciamo a cambiare idea.

— Oh, così è questo che state cercando di fare? — Skriva lo fissò, sinceramente stupito. — Volete rovesciare il governo?

— Hai qualcosa in contrario?

— Non posso farne a meno — ribatté Skriva; e aggiunse, in tono virtuoso: — La politica è una sporca faccenda. Chiunque ci si immischia deve essere matto; tutto quello che ci può guadagnare, alla fine, è un bel funerale...

— Sarà il mio funerale, a ogni modo, non il tuo.

— Esatto — fece Skriva; poi concluse: — Allora, ci vediamo domani al parco.

— Sii puntuale. Se arriverai in ritardo non mi ci troverai più.

Come sempre, Mowry aspettò che l'altro si fosse allontanato, prima di dirigersi a sua volta verso la città. Era un'ottima cosa, pensò, che Skriva avesse la mentalità del criminale: questo gli impediva di far distinzione fra il reato comune e il tradimento.

Tutti gli uomini del giro di Skriva avrebbero consegnato la propria madre alla Kaitempi... ma non per patriottismo, per un compenso di cinquemila talleri. E per lo stesso motivo sarebbero stati leali con lui: perché nessuno è così sciocco da allagare la propria miniera d'oro.

Skriva sarebbe stato puntuale, purché avesse trovato le macchine e gli aiutanti. Mowry ne era perfettamente sicuro.

11

Alle due in punto, una grossa macchina nera si fermò davanti all'ingresso orientale del parco, prese a bordo Mowry e proseguì. Un'altra macchina, più vecchia e un po' rovinata, la seguiva a breve distanza.

Seduto al posto di guida della prima automobile, Skriva aveva un aspetto più lindo e più rispettabile di quanto avesse osato sperare Mowry. Emanava un leggero odore di lozione di buona marca, e ne sembrava orgoglioso. Pur continuando a guardare davanti a sé, fece un cenno per indicare un altro individuo ugualmente pulito e profumato che sedeva sullo strapuntino posteriore.

— Questo è Lithar. È il *wert* più furbo di tutto Jaimec.

Mowry si voltò e accennò un saluto. Lithar lo ricambiò con uno sguardo spento. Mowry si domandò a quale parola terrestre equivalesse quel *wert*; non aveva mai sentito pronunciare quel termine, che probabilmente apparteneva al gergo della malavita locale. Ma non era il caso di ostentare la propria ignoranza in proposito chiedendo spiegazioni.

— L'uomo sull'altra macchina è Brank — disse Skriva. — È un *wert* dalla testa calda, il braccio destro di Lithar. No, Lithar?

Il *wert* più furbo di tutto Jaimec rispose con un grugnito. A Mowry sembrò adattissimo a recitare la parte dell'agente della Kaitempi.

Nel dirigersi verso la prigione, imboccarono un viale, sul quale stava transitando un lungo, rumoroso convoglio di veicoli carichi di soldati, che li costrinsero a fermarsi. Skriva bestemmiò sottovoce.

— Quei soldati si guardano intorno con l'aria di essere nuovi, qui — notò Mowry. — Devono essere appena arrivati.

— Sì, da Diracta — disse Skriva. — Questa mattina sono atterrate sei astronavi da trasporto. In giro si dice che ne erano partite dieci, e che ne sono arrivate soltanto sei. Ma se ci costringeranno a rimanere fermi ancora un po', quei due babbei avranno il tempo di accorgersi che gli abbiamo soffiato le macchine. E i poliziotti ci daranno la caccia finché non ci avranno presi.

— E con questo? — disse Mowry. — Tu hai la coscienza pulita, no?

Skriva rispose con un'occhiata di disgusto. Finalmente il passaggio degli automezzi militari finì e loro poterono proseguire.

Giunto a poca distanza dalla prigione, Skriva accostò la macchina al marciapiede e si fermò; l'altra macchina si arrestò subito dopo.

— E adesso — fece Skriva girandosi verso Mowry — voglio dare un'occhiata al mandato.

Mowry glielo porse, l'altro lo controllò, sembrò soddisfatto, e lo passò a Lithar.

— Per me va bene. Cosa te ne pare?

Lithar osservò senza scomporsi, poi lo restituì.

— Può andar bene e può non andar bene. Lo sapremo fra poco del resto.

Skriva sembrò un po' scosso dal tono sinistro di quella osservazione, e si rivolse a Mowry.

— Il nostro piano prevede che due di noi entrino, presentino questo mandato e si facciano consegnare i prigionieri, vero?

— Esatto.

— E se questo mandato non fosse sufficiente, se volessero qualche prova della nostra identità?

— Io posso provare la mia.

— Ah, sì? E come?

— Cosa te ne importa? Basta che convinca *loro* — ribatté Mowry. — E in quanto a te, appunta questo nell'interno della giacca e mostralo se fosse necessario. — E gli tese il distintivo già appartenuto a Sagramatholou.

Skriva lo prese, con un'espressione di grande meraviglia.

— Come fate ad averlo?

— Me l'ha dato un agente. Io sono influente, non ti pare?

— Vi aspettate che io vi creda? Nessun porco della Kaitempi si sognerebbe mai di...

— Questo me l'ha dato dopo essere morto — interruppe Mowry. — Gli agenti morti sono disposti a collaborare, come forse sapete anche voi.

— L'avete ammazzato?

— Non essere curioso.

— Già, che ce ne importa? — intervenne Lithar. — Tu stai solo perdendo tempo. E deciditi a muoverti... o lascia perdere e torniamo tutti a casa.

Skriva ripartì, andò a fermarsi proprio davanti alla porta della prigione. Mowry scese e l'altro lo seguì, stringendo le labbra.

Mowry premette il pulsante del campanello, e subito si aprì uno spioncino.

— La Kaitempi manda a prelevare tre prigionieri — annunciò James Mowry con la dovuta arroganza.

La guardia gettò uno sguardo alle due automobili e ai *wert* che le occupavano, poi fece entrare i due e chiuse la porta alle loro spalle.

— Un po' in anticipo, oggi.

— Sì, abbiamo molto da fare. Abbiamo fretta.

— Da questa parte.

Si avviarono, in fila indiana, dietro la guardia. Skriva era l'ultimo, e teneva la mano in tasca, sul calcio della pistola. La guardia li condusse nell'ala dell'edificio riservata agli uffici e li fece entrare in una stanza dove un Siriano dall'aspetto particolarmente burbero sedeva dietro una scrivania. Una targa indicava che quel nuovo personaggio era il comandante Tornik.

— Dobbiamo prelevare tre prigionieri per un interrogatorio — disse

Mowry in tono ufficiale. — Ecco il mandato, comandante. Abbiamo fretta e vi sarei grato se poteste consegnarceli subito.

Tornik prese il mandato, ma non lo esaminò da vicino. Premette il bottone del citofono e passò l'ordine di condurre i tre nel suo ufficio. Poi si appoggiò alla spalliera della poltrona e si rivolse ai visitatori con una espressione indecifrabile.

— Ma io non vi ho mai visti.

— Naturalmente, comandante. E c'è una buona ragione.

— Davvero? Quale ragione?

— Sembra che questi prigionieri non siano criminali comuni, ma membri di una organizzazione rivoluzionaria, il *Dirac Angestun Gesept*. Di conseguenza, dovranno essere interrogati tanto dal Servizio Segreto Militare quanto dalla Kaitempi. Io sono qui nella veste di incaricato del Servizio Segreto Militare.

— Davvero? — disse Tornik. — Non abbiamo mai avuto visite del SSM, prima d'oggi. Posso vedere le vostre credenziali?

Mowry gli consegnò i suoi documenti. Le cose non andavano esattamente come aveva sperato. Pregava, in cuor suo, che portassero presto i prigionieri e che tutto finisse in fretta.

Tornik esaminò i documenti, poi li restituì commentando:

— Colonnello Halopti, questa procedura non è regolare. Il mandato va bene, ma io devo consegnare i prigionieri soltanto a una scorta della Kaitempi. È una disposizione severissima che io non posso infrangere, neanche se si presentano gli incaricati di tutti gli altri organismi di polizia.

— Ma la scorta *è* della Kaitempi — rispose Mowry. E gettò uno sguardo significativo a Skriva, che aprì la giacca e mostrò il distintivo. — Mi hanno dato tre agenti, dicendo che era necessaria la loro presenza.

— Sì, è esatto. — Tornik aprì un cassetto e ne trasse un modulo, lo riempì di tutti i dati necessari. — Ma temo di non poter accettare la vostra firma, colonnello. Soltanto un ufficiale della Kaitempi può firmare il modulo attestante l'avvenuta consegna dei prigionieri.

— Firmerò io — si offrì Skriva.

— Voi avete il distintivo, non la tessera plastificata — obiettò Tornik. — Siete solo un agente, non un ufficiale.

— È un agente della Kaitempi, temporaneamente, ai miei ordini — esclamò Mowry. — Mentre io sono un ufficiale, anche se non appartengo alla Kaitempi.

— Lo so, ma...

— Il modulo attestante l'avvenuta consegna dei prigionieri deve essere firmato da un uomo della Kaitempi e da un ufficiale. Mi sembra che tutto vada a posto se firmiamo entrambi.

Tornik rifletté un attimo prima di convenire che la proposta era conforme alla lettera della legge.

— Giusto, i regolamenti vanno rispettati. Firmate tutti e due.

In quel momento la porta si aprì e Gurd entrò, insieme ai due compagni di cella, con un tintinnio di ferri. Li seguiva una guardia che subito aprì loro le manette e le tolse. Gurd, che era preparato alla scena, tenne lo sguardo fisso sul pavimento, mentre uno dei suoi compagni, un attore consumato, evidentemente, fissava Tornik, Skriva e Mowry con aria spaventata.

Mowry firmò il modulo, cui Skriva appose a sua volta un frettoloso scarabocchio.

— Grazie, comandante — fece Mowry, dirigendosi verso la porta. — Andiamo.

— Come, colonnello, li partate via così! — gli risuonò alle spalle la voce di Tornik, in tono scandalizzato. — Non avete le manette?

Gurd tirò su con il naso; i suoi compagni parvero sul punto di svenire. Skriva si cacciò in tasca la mano destra, tenendo d'occhio la guardia.

— Noi usiamo catene di ferro fissate alla pedana della macchina. È il sistema in uso presso il Servizio Segreto Militare, comandante — fece Mowry, e sorrise con aria saccente: — Un prigioniero scappa con i piedi, non con le mani.

— Infatti, è proprio vero — ammise Tornik.

Uscirono, guidati dalla guardia che li aveva introdotti: dal corridoio alla porta metallica, al portone principale, attraverso il cortile. Le sentinelle che montavano di guardia nelle torrette del muro di cinta li guardarono passare senza mostrare alcun interesse. Poi la guardia tirò il catenaccio della porta che dava sulla strada... e in quel momento squillò il campanello. Quel suono improvviso, inatteso, lacerò i nervi di Mowry. La rivoltella di Skriva emerse appena dalla tasca, Gurd mosse un passo verso la guardia, con un'espressione minacciosa. Degli altri due, quello che aveva l'espressione più stordita aprì la bocca per gridare, ma dalla gola gli uscì solo un grido strozzato, perché Mowry si riprese immediatamente e gli pestò un piede per indurlo alla calma.

Solo la guardia non si scompose; volgendo le spalle ai cinque uomini girò la maniglia e aprì la porta. Fuori, c'erano quattro tipi in borghese, dalla faccia severa.

— La Kaitempi manda a prelevare un prigioniero — disse brevemente uno dei quattro.

Per qualche sconosciuta ragione, la guardia non trovò niente di strano nel fatto che fossero stati disposti due prelevamenti a così breve distanza uno dall'altro. Fece entrare i quattro, poi tenne la porta aperta per fare uscire i primi arrivati. Gli agenti della Kaitempi si diressero verso l'ala degli uffici, ma, dopo pochi passi si fermarono contemporaneamente, come per una muta intesa, e rimasero a guardare Mowry e gli altri che varcavano la soglia in quel momento. Probabilmente il fatto che i prigionieri non avessero le manette aveva attratto la loro attenzione.

Appena la porta si chiuse, Mowry, che era uscito per ultimo, sentì la voce di un agente che gridava alla guardia: — Chi sono quelli?

Mowry non riuscì a udire la risposta, ma la domanda era già più che sufficiente.

— Muovetevi! — incalzò. — E in fretta!

Lithar e Brank spalancarono le portiere per farli salire; Skriva balzò al volante e avviò il motore mentre Gurd, che si era buttato verso lo sportello posteriore, crollava letteramente sulle ginocchia di Lithar. Gli altri due prigionieri saltarono nello stesso momento sulla macchina di Brank.

C'era una terza macchina, in sosta proprio dietro le loro, una grossa automobile nera completamente vuota. Mowry sibilò a Skriva:

— Aspetta un momento. Io cerco di prendere la loro... così non potranno inseguirci subito.

Balzò verso l'automobile nera, cercò freneticamente di aprire lo sportello, ma era chiuso a chiave. In quel preciso momento, la porta della prigione si spalancò e qualcuno urlò: — Ferma! Fermatevi, oppure...

Brank sporse la destra armata dal finestrino e sparò quattro colpi verso la porta; non colpì nessuno, ma bastò il gesto per indurre guardie e agenti della Kaitempi a non affacciarsi. Mowry piombò sulla prima macchina e si lasciò cadere seduto accanto a Skriva.

— Quel dannato catenaccio era chiuso. Portaci via di qui, adesso.

La macchina balzò in avanti, sfrecciò lungo la via. Brank, alle loro spalle, accelerò. Guardando attraverso il vetro posteriore, Mowry vide alcuni uomini uscire correndo dalla porta del carcere: prima che avessero aperto la loro automobile e vi fossero saliti, avevano perso altri secondi preziosi.

— Ci inseguono — disse a Skriva. — E daranno l'allarme via radio, adesso.

— Sì, ma non ci hanno ancora presi.

— Nessuno ha pensato di portarmi una pistola? — chiese Gurd.

— Prendi la mia — rispose Lithar, porgendogliela.

Gurd abbrancò l'arma e sogghignò. — Non vuoi farti prendere con questa addosso, eh? Meglio me che te, eh? Sei proprio un *wert*, tu!

— Chiudi il becco! — gridò Lithar.

— Guarda chi mi ordina di chiudere il becco — replicò Gurd. — Sta guadagnando un mucchio di denaro per merito mio, anche se adesso preferirebbe non essere qui. Lui se ne stava tranquillo a casa sua, a controllare i suoi carichi illegali di *zith* mentre la Kaitempi mi teneva in gabbia. E ha il coraggio di dirmi «Chiudi il becco»! Si sporse in avanti e urtò la schiena di Mowry con la canna della pistola. — Quanto ha ricavato costui da questa storia, eh, babbeo mashambi? Quanto gli avete dato perché...

La macchina si infilò, a tutta velocità, in una strada trasversale, poi girò a destra e poi ancora a sinistra. La macchina di Brank infilò la stessa strada alla stessa velocità, compì la svolta a destra ma non quella a sinistra: tirò diritto e uscì di vista. Gli altri girarono ancora in un viale a senso unico, poi tagliarono attraverso la strada più vicina. Degli inseguitori non c'era più traccia.

— Abbiamo perso Brank — disse Mowry a Skriva. — E sembra che abbiamo seminato anche la Kaitempi.

— È una fortuna che abbiano seguito Brank. Erano più vicini a lui che a noi. Ci è andata bene, no?

Mowry non rispose.

— Un pidocchioso *wert* mi ha detto di chiudere il becco — rimuginò Gurd.

Zigzagarono ancora per una dozzina di strade senza incontrare una sola autopattuglia. Nell'istante in cui svoltarono l'ultimo angolo prima del posto in cui avevano lasciato le rispettive automobili, Mowry udì risuonare alle sue spalle il rumore di uno sparo. Si voltò, immaginando di vedere una macchina carica di poliziotti lanciata all'inseguimento, ma dietro non c'era proprio nessuna macchina. Lithar s'era afflosciato e sembrava dormisse; aveva un foro sopra l'orecchio destro, e ne sgocciolava un sottile rivolo di sangue.

Gurd ammiccò.

— Sono stato io a chiudere il becco a *lui* — disse.

— E adesso stiamo portando a spasso un cadavere — fece notare Mowry. — Come se non avessimo abbastanza guai. Bisogna essere matti per...

— Hanno una buona mira, quelli della Kaitempi — l'interruppe Skriva. — Peccato che abbiano centrato proprio Lithar... era il *wert* più furbo di tutto Jaimec.

Frenò, balzò a terra e corse verso la sua macchina. Gurd lo seguì, con la pistola in pugno. Mowry li raggiunse, ma non salì a bordo: parlò a Skriva attraverso il finestrino.

— E Brank?

— Già, e Brank? — fece eco quello.

— Se fossimo arrivati insieme, sarebbe qui senza speranza di poter scappare.

— Cosa? In una città piena di macchine? — Skriva avviò il motore. — E poi Brank non c'è, ed è un peccato. Ma lasciamo che si arrangi un po' da solo. Adesso ce la fileremo in un posto sicuro, finché troveremo via libera. Seguiteci.

E partì. Mowry lasciò che prendesse un vantaggio di quattrocento metri, poi li seguì, lentamente, finché la distanza fra le due macchine crebbe. Non gli conveniva seguire Skriva nel suo nascondiglio. Se avesse avuto bisogno di mettersi in contatto con lui, avrebbe potuto telefonargli; oppure avrebbe sempre potuto servirsi del recapito segreto sotto il cartello indicatore, sulla strada di Radine.

Ma per il momento aveva altro da pensare: in primo luogo il colonnello Halopti era smascherato: e Pertane cominciava a diventare terreno pericoloso per James Mowry; era meglio andarsene prima che fosse troppo tardi.

Inoltre, doveva trasmettere un rapporto, dopo un silenzio così lungo. Se non ne inoltrava uno subito, forse non avrebbe potuto farlo mai più. E la Terra aveva il diritto di essere informata sugli ultimi avvenimenti.

La macchina dei due fratelli ormai era sparita. Svoltò a destra, rientrò in città, e si accorse subito che l'atmosfera era cambiata. Le strade erano piene di poliziotti; le file erano state rafforzate dall'intervento di soldati dell'esercito regolare armati fino ai denti. Le autopattuglie andavano su e giù come impazzite, ma nessuno ebbe l'idea di fermarlo e di interrogarlo. Pochi pedoni percorrevano i marciapiedi, in fretta e con aria furtiva.

Mowry si fermò vicino a un palazzo di uffici; rimase seduto in macchina, come se aspettasse qualcuno e controllò la situazione. I poliziotti, tanto in borghese che in uniforme, circolavano a coppie. I soldati invece erano in gruppi di sei. Pareva che il loro lavoro consistesse unicamente nell'adocchiare individui dall'aria sospetta, fermarli, interrogarli e perquisirli. Tenevano d'occhio anche le macchine, soprattutto i numeri di targa.

Durante la sosta, la macchina di Mowry fu oggetto di attenta osservazione almeno una ventina di volte. Restò al suo posto ostentando un'aria seccata, e passò evidentemente inosservato, dato che nessuno gli si avvicinò per interrogarlo. Ma non poteva durare: era possibile che a qualcuno venisse l'idea di fermarlo, soltanto perché gli altri non l'avevano fatto. Restarsene lì equivaleva a sfidare il destino.

Si allontanò, guidando con prudenza. Gli sembrò che fosse successo qualcosa di grosso, lo si leggeva in faccia alla gente, soprattutto ai poliziotti.

Forse il governo era stato costretto ad ammettere pubblicamente una grossa disfatta. O forse le chiacchiere che aveva messo in giro a proposito di Shugruna erano abbastanza vicine alla verità da spingere le autorità a riconoscere pubblicamente il fatto. O forse qualche alto funzionario governativo aveva aperto uno dei famosi pacchi ed era scappato a rifugiarsi in soffitta, provocando una tremenda ondata di panico negli ambienti responsabili. Una cosa era sicura: non era possibile che l'evasione dei tre prigionieri fosse il solo motivo di quell'allarme generale, anche se poteva essere *uno* dei motivi.

Arrivò nel rione in cui si trovava il suo alloggio, deciso a raccogliere armi e bagagli e a filarsela in fretta. Appena svoltò nella sua via, scorse un gruppo di uomini che oziavano sull'angolo; non era uno spettacolo insolito, solo che questi non avevano l'aspetto di perdigiorno: a dispetto dei vestiti sciupati e degli atteggiamenti da bulli di periferia, erano troppo ben nutriti e i loro occhi erano troppo alteri.

Mowry sentì i capelli drizzarglisi sul capo, mentre un brivido gli correva per la schiena; e tirò dritto.

Due tipi scamiciati erano fermi sotto un lampione; a pochi passi, altri quattro erano appoggiati al muro e fingevano di pensare a chissà che. Sei stavano chiacchierando vicino a una automobile decrepita, parcheggiata proprio di fronte alla casa in cui aveva abitato. Tre stavano addirittura fermi sul portone. E tutti indistintamente lo seguirono con lo sguardo mentre egli procedeva facendo finta di guidare con aria di completa indifferenza.

Tutta la strada era sorvegliata, ma non sembrava che quelli conoscessero i suoi connotati. Forse si sbagliava, ma l'istinto gli suggeriva che ogni metro di quella via era tenuto d'occhio. La sua sola possibilità di fuga consisteva nel continuare a guidare, non fermarsi e fingere il disinteresse più totale. Non si azzardò a gettare una sola occhiata alla casa, ma gli sarebbe piaciuto controllare se c'era stata un'esplosione sul genere di quella nell'albergo di Radine.

Contò più di quaranta tipi sospetti che sostavano nella strada, facendo del loro meglio per sembrare lì per caso.

Era quasi arrivato all'angolo, quando quattro di loro uscirono dal portone, con tutta l'aria di dirigersi verso di lui per fermarlo. Allora frenò, si accostò al marciapiede a un passo da altri due individui in sosta sugli scalini di una casa; e si affacciò dal finestrino.

— Scusate — disse in tono gentile. — Mi avevano detto che per arrivare su Via Asako dovevo prendere la prima strada a destra e la seconda a sinistra, e invece sono finito qui. Devo essermi sbagliato.

— E dove vi hanno dato queste indicazioni?

— Appena fuori dall'accampamento militare.

— Qualcuno che non sa distinguere la destra dalla sinistra — fece uno dei due. — Era la prima a sinistra e la seconda a destra. — Svoltate a destra, adesso, dopo il sottopassaggio.

— Grazie. Guardate un po' come si fa presto a perdere tempo, in questa città, a questo modo!

— Sì, soprattutto quando qualcuno dà indicazioni sbagliate. — L'uomo tornò verso il suo scalino e vi sedette; era evidente che non sospettava di nulla.

Certo stavano aspettando qualcuno, ma non avevano una descrizione esatta della persona in questione; o, forse, non era il colonnello Halopti l'uomo che cercavano. Forse erano in agguato per catturare qualcun altro che abitava per caso nella stessa strada. Ma non era prudente cercare di saperne di più.

I quattro che s'erano avviati verso di lui tirarono dritto, dopo aver visto che Mowry s'era fermato a parlare con i loro colleghi. In quanto a lui, svoltò a destra e accelerò: la strada da percorrere era ancora lunga, e la città stava diventando una gigantesca trappola.

Verso i sobborghi della città, un'autopattuglia gli fece cenno di fermarsi. Per un momento, rimase incerto se obbedire o tirar dritto; poi si decise e si fermò.

L'autopattuglia lo superò e uno degli uomini che erano a bordo si affacciò al finestrino.

— Dove state andando?

— A Palmare — rispose Mowry, citando il nome di un villaggio che si trovava a venti *den* a sud di Pertane.

— Questo lo credete voi. Non avete sentito le ultime notizie?

— Non ho sentito niente; sono in giro per lavoro da questa mattina e non ho neanche avuto il tempo di fermarmi a mangiare. Cosa è successo?

— Tutte le uscite sono bloccate. Nessuno può lasciare la città senza un permesso delle autorità militari. È meglio che torniate indietro e vi informiate. Oppure comprate un giornale della sera.

Il vetro del finestrino risalì e l'autopattuglia sfrecciò via. James Mowry restò a fissarla, incerto. Di nuovo si sentiva come un animale braccato.

Tornò indietro, fino a che trovò un'edicola tappezzata dalle ultime edizioni fresche di stampa. Comprò un giornale e sedette in macchina a leggere i titoli.

PROCLAMATA A PERTANE LA LEGGE MARZIALE.

PROIBITI I VIAGGI. IL SINDACO DICHIARA
CHE LA POPOLAZIONE RESTERÀ CALMA.

DRASTICA AZIONE CONTRO IL *DIRAC ANGESTUN GESEPT*.

LA POLIZIA SULLE TRACCE DEI DINAMITARDI.

DUE AUTORI DEL COLPO DI MANO ALLE CARCERI
SONO STATI UCCISI, DUE CATTURATI.

Lesse in fretta la breve notizia sotto quest'ultimo titolo. Il corpo di Lithar era stato trovato, e la Kaitempi si era attribuita il merito della sua uccisione. In un certo senso Skriva era stato un profeta. Uno dei due ex-prigionieri era stato ucciso, l'altro era stato catturato vivo, insieme a Brank. Questi ultimi avevano confessato la loro appartenenza a una organizzazione rivoluzionaria. Non si parlava degli altri che erano fuggiti, e men che meno del colonnello Halopti.

Probabilmente le notizie relative erano state censurate, nell'intento di dare ai fuggiaschi una falsa sensazione di sicurezza. Bene, da quel momento non poteva mostrare i suoi documenti ai poliziotti e a agli agenti della Kaitempi, ma non ne aveva altri con sé. E fra lui e la sua grotta c'era una barriera di truppe.

Una barriera di *truppe*? Bene, poteva esserci un punto debole, attraverso il quale avrebbe potuto passare.

Era probabile che le forze armate, sebbene forti dal punto di vista numerico, non fossero ancora bene informate come la polizia e la Kaitempi. E certamente, un militare non avrebbe osato interrogarlo, se non fosse stato di rango eguale o superiore al suo: ma era improbabile che tutti i colonnelli e i generali si fossero messi a sorvegliare i posti di blocco.

Mowry pensò che forse aveva trovato il sistema migliore per rompere l'assedio e filarsela.

Le strade che si irradiavano dalla periferia di Pertane erano una sessantina. Le principali, come quelle per Shugruna e per Radine erano probabilmente sorvegliate più strettamente di quelle secondarie e dei viottoli che portavano a qualche villaggio isolato o a qualche grossa fattoria. Era anche probabile che nei blocchi stradali più importanti i contingenti di truppa che li presidiavano fossero rafforzati da poliziotti e da agenti della Kaitempi.

Una scelta sbagliata poteva costargli cara: Mowry si ricordò di una strada poco frequentata che portava a Palmare, e che passava non lontano di lì. Bastava percorrerla fino a raggiungere quella specie di viottolo che lo avrebbe portato sulla strada per Valapan; una volta lì, in mezz'ora sarebbe arrivato al punto nel quale si addentrava abitualmente nella foresta.

Attraversò i sobborghi, e cinque minuti più tardi abbordava una curva che lo portò sulla strada prescelta: duecento metri avanti c'era il posto di blocco. Due camion militari erano piazzati attraverso la via, e dietro i camion una dozzina di soldati, dall'espressione scocciata, tenevano d'occhio la strada gingillandosi con le loro armi automatiche.

Mowry rallentò, fermò, ma continuò a tenere il motore acceso. Dietro il camion più vicino spuntò un sergente basso e tarchiato.

— Avete il permesso di uscita?

— Non ne ho bisogno — rispose Mowry, parlando con un tono autoritario degno di un generale con quattro stelle. Aprì il portafoglio, mostrò la carta d'identità, pregando in cuor suo che il sergente vedendola non esplodesse nel grido di trionfo del cacciatore che ha intrappolato la preda.

Non accadde nulla, invece. Il sergente guardò, tirò su col naso, salutò: e i soldati di guardia, notando quel gesto, si raddrizzarono e assunsero un'aria marziale.

— Mi dispiace, colonnello, ma temo di dovervi chiedere di attendere un attimo — disse il sergente in tono di scusa. — Ho l'ordine di riferire all'ufficiale di servizio se qualcuno chiede di uscire dalla città senza avere il permesso.

— E questo vale anche per il Servizio Segreto Militare?

— Hanno molto insistito sul fatto che l'ordine si riferisce a chiunque, senza eccezione, signore. Io non posso far altro che obbedire.

— Certo, sergente — ammise Mowry in tono condiscendente. — Aspetterò.

Il sergente salutò di nuovo e tornò a sparire dietro i camion, ma dopo un momento ricomparve conducendo con sé un tenente giovane e dall'aspetto infastidito.

Mowry lo vide avvicinarsi alla macchina e non gli lasciò neanche il tempo di aprire bocca.

— State comodo, tenente.

L'altro deglutì, cercò le parole e finalmente sbottò: — Il sergente dice che voi non avete il permesso di uscita, colonnello.

— Infatti. Voi ne avete uno?

Preso alle spalle, il tenente esitò per un secondo, poi disse: — No, signore?

— Perché no?

— Noi siamo di servizio *fuori* della città.

— Anch'io — lo informò Mowry.

— Sì, signore. — Il tenente assunse un'espressione molto infelice. — Volete avere la bontà di mostrarmi la vostra carta d'identità, signore? Per pura formalità. Sono certo che tutto è in perfetta regola.

— Lo credo, che tutto è in perfetta regola — fece Mowry, mostrando il documento.

Il tenente vi buttò un'occhiata frettolosa.

— Grazie, colonnello. Gli ordini sono ordini, come voi ben sapete. —

Poi si diede da fare per dimostrare la propria efficienza. Arretrò di un passo e sfoderò un saluto vistoso, ricambiato da Mowry con un cenno piuttosto vago; poi si girò su se stesso come un automa e gridò a voce spiegata: — Lasciate passare!

I soldati si fecero da parte con sollecitudine. Mowry superò lo sbarramento, sentendosi molto soddisfatto di sé; solo, gli dispiaceva per il tenentino. Non era difficile immaginare quello che sarebbe accaduto non appena un ufficiale superiore fosse venuto a ispezionare il posto di blocco e si fosse sentito dire dal tenente che aveva lasciato passare il colonnello Halopti!

Era inevitabile che accadesse, pensò Mowry mentre procedeva ad andatura sostenuta: forse tra tre o quattro ore, forse entro dieci minuti. Attraversò a tutta velocità il piccolo villaggio addormentato di Palmare, non del tutto sicuro che i poliziotti locali non fossero in agguato ad attenderlo. Invece nessuno gli badò, nessuno lo vide deviare, poco dopo il villaggio, sul viottolo sconnesso che portava all'arteria Pertane-Valapan.

Adesso, gli piacesse o no, era costretto a procedere lentamente: su quel fondo stradale quasi impraticabile la macchina procedeva a scossoni e trabalzi. Due aerei a reazione sfrecciarono nel crepuscolo, ma non sembrava che avessero l'incarico di tenere d'occhio la zona. Poco dopo un elicottero apparve sulla linea dell'orizzonte, ma scomparve subito dopo.

Mowry raggiunse finalmente la strada Pertane-Valapan senza il minimo incidente. Accelerò, finalmente, in direzione del punto in cui di solito si addentrava nella foresta. Un convoglio di grossi automezzi militari avanzava pesantemente, ma nessuna macchina civile si dirigeva verso Pertane o ne proveniva.

Nell'attimo in cui raggiunse l'albero e la pietra tombale, la strada era completamente sgombra; approfittando dell'occasione favorevole, questa volta Mowry si addentrò con la macchina nella foresta finché gli fu possibile procedere.

Ormai era notte alta; non era piacevole compiere il percorso fino alla grotta: sarebbe stato meglio dormire in macchina e riprendere il viaggio all'alba. Ma, d'altra parte, la grotta era accogliente e sicura; là avrebbe potuto rifocillarsi e riposare comodamente. Alla fine, si decise e proseguì il cammino, alla fievole luce delle stelle.

Cominciava ad albeggiare quando Mowry raggiunse la radura, sfinito e con gli occhi arrossati. L'anello gli prudeva da quindici minuti, e ciò significava che poteva avvicinarsi tranquillamente. Per prima cosa si preparò uno spuntino, poi si buttò nel sacco a pelo. La trasmissione del rapporto poteva essere rimandata senza danno a più tardi.

Era di nuovo il crepuscolo, quando si svegliò: si concesse un rapido pasto; si sentiva completamente soddisfatto di sé. Finalmente cominciò a guardare i contenitori ammassati nella grotta, e non poté vietarsi di provare un sottile rammarico. Uno di essi custodiva il materiale necessaria per almeno trenta travestimenti: c'era di tutto, dagli abiti ai documenti falsi.

Un'altro conteneva materiale propagandistico e il necessario per stampare e spedire parecchie lettere.

Ait Lithar è il quinto
La lista è lunga.
Dirac Angestun Gesept.

Ma non era il caso di spedire un simile messaggio, poiché la Kaitempi s'era vantata di quell'uccisione. Oppure bisognava conoscere il nome di qualche vittima delle bombe spedite per posta, in modo che il DAG potesse assumersene il merito. D'altra parte, non era più il momento di perdere tempo in quel genere di propaganda; tutto il pianeta era ormai sottosopra, da Diracta erano stati spediti rinforzi in fretta e furia, era stata intrapresa una vera e propria battaglia contro un esercito rivoluzionario che non esisteva. In circostanze simili, le lettere minatorie diventavano poco più di uno scherzo.

Portò fuori il contenitore numero cinque, lo mise diritto e lo attivò. Per due ore e mezzo non ricevette risposta.

— Qui Jaimec! Qui Jaimec!

Finalmente il contatto fu stabilito e la solita voce giunse fino al suo orecchio.

— Pronto per il collegamento.

— J.M. da Jaimec — rispose Mowry, poi cominciò a parlare ininterrottamente fino a che non ebbe vuotato il sacco. Poi concluse: — Non posso tenere la posizione di Pertane finché le acque non tornano tranquille, e non so per quanto durerà questa situazione. Personalmente, penso che il panico si estenderà alle altre città. Quando si accorgeranno di non essere riusciti a trovare l'uomo che cercavano, cominceranno i rastrellamenti sistematici un po' dappertutto.

Ci fu un lungo silenzio, prima che la voce lontana si facesse udire di nuovo.

— Noi non abbiamo bisogno che le acque restino tranquille, abbiamo bisogno che si agitino, e il più possibile. Passate subito alla Fase Nove.

— Nove? — scattò Mowry. — Ma io sono arrivato alla Quattro. E le fasi intermedie?

— Scordatevele. Il tempo stringe. Un'astronave sta scendendo non molto lontano dal vostro rifugio con un'altra *vespa* a bordo. L'avevamo destinata a svolgere la Fase Nove, pensando che vi avessero catturato. Bene, adesso trasmetteremo istruzioni perché rimanga a bordo; lo destineremo a un altro pianeta. Intanto, voi potete agire.

— Ma la Fase Nove è una tattica che prelude a una invasione immediata!

— Esatto — disse la voce in tono asciutto. — Vi ho detto che il tempo stringe.

La comunicazione si interruppe. Mowry riportò il cilindro nella grotta; poi tornò a uscire all'aperto e guardò le stelle.

12

La Fase Nove doveva portare nuovo scompiglio nelle file dei nemici e infliggere un nuovo colpo alla loro già scricchiolante macchina bellica.

Il progetto prevedeva che si gettasse il panico non solo in terraferma, ma anche sul mare. Jaimec non aveva una flotta molto imponente: era un mondo coloniale popolato da un'unica razza sotto un unico governo, dove non esistevano rivalità nazionali o internazionali, e di conseguenza non aveva una vera e propria flotta. Tutto quello di cui disponeva Jaimec era un certo numero di motovedette veloci, con un armamento leggero, che venivano usate solo per pattugliare le coste. Anche la flotta mercantile era povera cosa, secondo il concetto terrestre: Jaimec era un mondo sottosviluppato e i suoi mari erano solcati da non più di seicento navi, che seguivano una ventina di rotte ben definite.

Su Jaimec non esisteva una sola nave che superasse le quindicimila tonnellate di stazza; tuttavia se, per qualsiasi ragione, il traffico marittimo fosse stato rallentato, tutta l'economia ne avrebbe risentito.

L'ordine inaspettato di passare dalla Fase Quattro alla Fase Nove significava che l'astronave terrestre in arrivo avrebbe portato un carico di ordigni e avrebbe provveduto a seminarli negli oceani del pianeta, prima di tornare ad allontanarsi. I lanci dovevano avvenire durante la notte, e in prossimità delle rotte conosciute.

Durante il corso, Mowry era stato istruito su quella tattica e sulla parte che sarebbe spettata a lui. Gli avevano anche mostrato lo spaccato di uno di quegli ordigni. Sembrava un normale fusto per carburante, che però portava alla sommità un tubo lungo circa sei metri. Il tubo era fatto in modo da poter essere scambiato per un periscopio; la parte simile a un bidone conteneva un semplice meccanismo a sensibilità magnetica: nel complesso, si trattava di oggetti che potevano essere prodotti in serie a costo molto basso.

Una volta gettato in mare, l'ordigno fluttuava sotto la superficie, lasciando sporgere circa un metro e mezzo di tubo. Se una massa di acciaio o di ferro si avvicinava a meno di quattrocento metri, il meccanismo scattava e l'ordigno si immergeva totalmente, scomparendo dalla vista. Appena la massa di metallo si allontanava il periscopio tornava a spuntare minaccioso.

Per funzionare nel metodo migliore, questo trucchetto richiedeva una adeguata messa in scena e una esplosione finale: la prima doveva indurre il nemico a credere che si trattasse di sottomarini tascabili, abbastanza piccoli per poter essere trasportati e lanciati da un'astronave. Mowry doveva provvedere all'esplosione, facendo affondare un paio di navi mercantili.

Gli abitanti di Jaimec erano bravi quanto chiunque altro a sommare due più zero e a convincersi che il risultato era quattro. Se tutto andava secondo i piani, la sola vista di un periscopio avrebbe messo in fuga qualsiasi nave, e avrebbe indotto il comandante a lanciare l'allarme. A loro volta, le altre navi sarebbero state costrette a cambiare rotta, allungando il percorso, o non si sarebbero azzardate a uscire dal porto. I cantieri navali avrebbero interrotto la costruzione di navi da carico per armare in tutta fretta una quantità di caccia completamente inutili. Aerei, elicotteri, vedette spaziali sarebbero stati impegnati nella ricerca e nel bombardamento dei presunti sottomarini.

Alapertane era il porto più importante del pianeta, e si trovava quaranta *den* a ovest della capitale, settanta *den* a nord-ovest della grotta. Aveva una popolazione di duecentocinquantamila abitanti. Non era stata ancora toccata dall'isterismo generale, probabilmente, e la Kaitempi e la polizia dovevano essere meno sospettose. Mowry non vi aveva compiuto nessuna delle sue imprese e quindi il *Dirac Angestun Gesept* vi era completamente sconosciuto.

Ora Mowry doveva andare ad Alapertane e sbrigare il suo lavoro al più presto. Ci sarebbe andato da solo, senza Gurd e senza Skriva, due elementi troppo pericolosi per lui finché continuavano le ricerche.

Aprì un contenitore e tirò fuori un fascio di documenti, per controllare quale delle trenta possibili identità fosse la più conveniente in quelle circostanze: finalmente optò per i documenti che lo qualificavano per un impiegato subalterno dell'Ufficio Planetario per il Traffico Marittimo.

Gli ci volle più di un'ora per truccarsi: alla fine, si era trasformato in un vecchio burocrate che portava antiquati occhiali con la montatura in acciaio. Il suo aspetto sarebbe stato davvero convincente se avesse potuto completarlo con una zazzera piuttosto abbondante, ma aveva i capelli tagliati corti alla foggia militare. Rimediò rasandosi parte del cranio, per simulare una incipiente calvizie.

Scelse la valigia adatta, l'aprì con la chiave di plastica e ancora una volta provò un brivido nel compiere quel gesto. Nonostante tutti i rischi che aveva corso, aprire una valigia che conteneva una carica esplosiva era ancora per lui il momento più cruciale. Non poteva dimenticare che altre *vespe* erano rimaste uccise nel maneggiare valige come quella, poiché la carica di esplosivo era piuttosto instabile...

Da un altro contenitore estrasse tre mine a mignatta; erano piccoli ordigni semisferici molto pesanti ed efficaci. Le mise nella valigia, poi si riempì le tasche di denaro, senza dimenticare però la pistola.

Se ne andò dopo aver riattivato il Contenitore numero 22. Ormai cominciava ad averne abbastanza del lunghissimo tragitto dalla grotta alla strada. Era sembrato uno scherzo, quando l'aveva controllato sulla fotografia aerea, attraverso lo stereovisore, a bordo dell'astronave, ma adesso che doveva percorrerlo portando un carico non indifferente, era una faccenda molto seria.

Come al solito, quando ebbe raggiunto la macchina, si assicurò che non vi fosse traffico, prima di guidarla sulla strada e di lanciarla verso Alapertane.

Un quarto d'ora dopo, fu costretto a rallentare. La strada era ingombrata da un convoglio di veicoli dell'esercito che andavano a fermarsi, uno dopo l'altro, in una vasta piazzola. I soldati che ne discendevano si sparpagliavano fra gli alberi. Una dozzina di borghesi accigliati erano seduti a bordo di un camion, sorvegliato da quattro militari.

Mowry si fermò a osservare la scena e subito un capitano gli si avvicinò, chiedendo: — Da dove arrivate, voi?

— Da Valapan.

— Dove abitate?

— A Kiestra, appena fuori Valapan.

— E dove state andando?

— Ad Alapertane.

L'altro sembrò prenderne atto e si mosse per allontanarsi.

— Capitano — lo richiamò Mowry. — Cosa sta succedendo?

— Un rastrellamento. Stiamo cercando i fuggitivi per riportarli indietro.

— I fuggitivi? — Mowry simulò la massima meraviglia.

— Già. L'altra notte, parecchi di questi sporchi animali se la sono battuta da Pertane e hanno preso la strada dei boschi. Cercavano di salvarsi la pelle, sapete? Molti altri li hanno seguiti, ieri mattina. Se non avessimo bloccato la città, mezza popolazione si sarebbe squagliata. Questi borghesi mi hanno stomacato.

— E che cosa li ha messi in fuga?

— Chiacchiere. — Il capitano ebbe una smorfia di disprezzo. — Soltanto un mucchio di chiacchiere.

— Bene, a Valapan non è successo niente di simile — fece Mowry.

— Non ancora — replicò il capitano, tornando indietro.

Gli ultimi camion stavano lasciando la strada e Mowry proseguì. Dopo il colpo di mano alla prigione, il governo doveva avere preso provvedimenti veramente drastici. Mowry cominciò a pensare cosa poteva essere accaduto a Skriva e a Gurd. Mentre attraversava un villaggio, per un momento provò la tentazione di telefonare al loro recapito segreto. Poi non ne fece nulla, e l'unica sosta che fece fu soltanto per acquistare un giornale del mattino.

Le notizie erano il solito miscuglio di minacce, promesse, direttive, avvertimenti. Un trafiletto informava in tono categorico che più di ottanta membri del *Dirac Angestun Gesept* erano stati catturati; compreso "uno dei loro cosiddetti generali". Mowry si chiese chi potesse essere quel disgraziato cui veniva attribuito il rango di generale rivoluzionario. Non c'era nessun cenno a Gurd e a Skriva, non una parola sul colonnello Halopti.

Gettò via il giornale e continuò il viaggio. Poco prima di mezzogiorno raggiunse il centro di Alapertane e chiese a un pedone la via per recarsi al porto. Alapertane non era circondata; nessuna autopattuglia lo fermò per interrogarlo. La situazione era apparentemente favorevole, ma poteva volgersi presto al peggio: Mowry non perse tempo e si diresse verso il porto.

Lasciò la macchina nel parcheggio riservato a una compagnia marittima, si avviò a piedi verso l'ingresso del primo molo e chiese al poliziotto di servizio dove si trovassero gli uffici della Capitaneria di Porto.

Appena vi fu entrato, si diresse allo sportello con aria frettolosa e impaziente. Un giovane scritturale alzò gli occhi dal suo lavoro e domandò: — Desiderate?

Mowry esibì i documenti.

— Vorrei sapere quali sono le navi che partiranno prima di domattina, e da quale molo salperanno.

L'altro tirò fuori un registro lungo e stretto e cominciò a consultarlo. Non si sognò neanche di chiedere il motivo di quella richiesta: un pezzo di carta intestata "*Ufficio Planetario per il Traffico Marittimo*" era più che sufficiente per tenerlo tranquillo. Del resto lo sapevano tutti che né Alapertane né le sue navi erano minacciate dalle forze degli Spakum.

— Anche la destinazione?

— No, non occorre. Mi servono solo i nomi, l'orario di partenza e il numero del molo. — Mowry tirò fuori carta e matita e sbirciò al di sopra degli occhiali.

— Ce ne sono quattro — informò l'impiegato. — La *Kitsi* alle otto, molo tre. L'*Anthus* alle otto, molo uno. La *Su-Cattra* alle diciannove, molo sette. La *Su-limane*, anche quella alle diciannove, molo sette. — Voltò la pagina e aggiunse: — Avrebbe dovuto partire alle diciannove anche la *Meiami*, ma ha un'avaria alla sala macchine e non potrà salpare che fra qualche giorno.

— Allora questa non ci interessa.

Mowry tornò alla macchina, ne prelevò la valigia e si diresse verso il molo sette. Il poliziotto di servizio diede una occhiata ai documenti e lo lasciò passare. Si diresse verso il grande capannone dietro il quale spuntavano una fila di gru e una coppia di fumaioli: appena ebbe aggirato il capannone, si trovò di fronte la *Su-Cattra*.

Gli bastò un'occhiata per rendersi conto che non c'era speranza di applicare la *mignatta* alla fiancata della nave. C'erano in giro troppi scaricatori, occupati a portare a bordo casse di merce sotto la sorveglianza di alcuni funzionari portuali. Molto più avanti, era attraccata la *Su-limane*, e anche quella stava caricando.

Mowry si chiese se gli conveniva provare con l'*Anthus* e la *Kitsi*. Ma probabilmente la situazione non doveva essere molto diversa anche ai moli tre e uno.

Apparentemente, era arrivato troppo presto: la cosa migliore sarebbe stata andarsene e tornare dopo che gli operai e gli impiegati avessero finito il loro lavoro. Ma se il poliziotto di guardia al molo o una pattuglia di servizio si fossero messi in mente di diventare troppo curiosi, sarebbe stato difficile per lui spiegare perché aveva bisogno di andare sul molo deserto dopo che tutti i lavori di carico erano finiti.

Mowry tornò indietro, fino al capannone che occupava l'intera lunghezza del molo. La porta era socchiusa ed egli vi entrò senza esitare. Vi erano accatastate casse di merci d'ogni genere e d'ogni grandezza.

Lanciò un'occhiata per assicurarsi che gli uomini al lavoro sul molo non potessero scorgerlo e si nascose dietro una grossa cassa. In questo modo era nascosto alla vista di chiunque si trovasse all'esterno, ma la sua presenza sarebbe stata notata facilmente, se qualcuno fosse entrato. Finì per infilarsi in uno stretto pertugio fra due casse.

Non era un rifugio comodo; non poteva sedersi, ma neanche stare diritto: finì per inginocchiarsi sulla valigia, tutt'altro che soddisfatto, ma per lo meno era al sicuro.

Rimase lì dentro a lungo, quasi tutto il giorno. Il momento opportuno scoccò quando le sirene diedero il segnale della fine della giornata lavorativa. Dal molo gli arrivò all'orecchio il rumore dei passi degli scaricatori che si allontanavano. Nessuno pensò di chiudere la porta del capannone.

Scivolando fuori dal suo nascondiglio, Mowry sedette su una cassa e si massaggiò le ginocchia indolenzite. Attese ancora due ore, poi si decise, attraversò il capannone deserto e si fermò accanto alla porta. Prelevò una mignatta dalla valigia, regolò il meccanismo ad orologeria in modo che esplodesse dopo venti ore, poi si affacciò sul molo. Non c'era anima viva, ma a bordo della nave un paio di marinai andavano su e giù, indaffarati.

Si fermò dietro l'angolo del capannone, rimanendo fuori vista, assicurò la mina a un lungo cavo leggero e lo gettò nell'acqua fra la fiancata della nave e la banchina. La mignatta affondò per quanto glielo permetteva la lunghezza del cavo: doveva essere ormai due metri al di sotto della superficie, e non aveva fatto presa sulla chiglia della nave. Mowry agitò un poco il cavo, in modo da volgere verso la nave il lato magnetizzato dell'ordigno, che, finalmente, vi aderì con uno schiocco abbastanza sensibile.

Uno dei marinai si affacciò e guardò giù, mentre Mowry si allontanava disinvolto ed entrava nel capannone. Il marinaio lo guardò, poi sputò in acqua e tornò a occuparsi delle sue faccende.

Pochi minuti dopo, Mowry ripeteva il procedimento con la *Su-limane*. Il rumore della mignatta che aderiva alla fiancata richiamò, questa volta, il superficiale interesse di tre marinai che però tornarono subito a occuparsi d'altro.

Mowry si avviò verso l'uscita; lungo il percorso, incontrò due ufficiali che stavano tornando alle loro navi, ma erano così assorti nella conversazione che non lo guardarono neanche.

C'era un altro poliziotto di guardia ai cancelli, quando Mowry uscì.

— Lunga vita!

— Lunga vita! — fece eco il poliziotto.

Quando svoltò l'angolo vicino all'ingresso del molo tre, Mowry poté scorgere il parcheggio... e si fermò. Cento metri più in là, la sua macchina era ferma nello stesso punto in cui l'aveva lasciata; ma il cofano era alzato, e due poliziotti in divisa stavano trafficando attorno al motore.

Mowry si ritrasse in fretta dietro l'angolo e rifletté sulla poco divertente scoperta. Era chiaro che quei due stavano controllando il numero di serie del motore; dovevano seguire una pista ben precisa. Probabilmente la polizia aveva avuto il sospetto che alla macchina di Sagramotholou fossero state sostituite le targhe, e aveva di conseguenza impartito l'ordine di controllare tutte le automobili di quel tipo.

Proprio di fronte a lui, in un angolo che non si poteva scorgere dal parcheggio, c'era una camionetta della polizia, vuota. Mowry si sporse per dare un'occhiata furtiva alla coppia: un poliziotto stava parlando, tutto eccitato, mentre l'altro scarabocchiava appunti su un taccuino. Non sarebbero tornati indietro, probabilmente, prima che passasse ancora qualche minuto; Mowry decise di tentare il colpo.

Provò a premere la maniglia, ma era chiusa: e lui non aveva chiavi per aprirla, gli mancava il tempo per scassinarla. Allora levò dalla valigia l'ultima mignatta, la puntò perché esplodesse dopo un'ora, si mise carponi e l'applicò proprio al centro del telaio.

Si rialzò, raccolse la valigia e si allontanò a passo svelto, volgendosi indietro solo quando fu abbastanza lontano. Uno dei poliziotti era tornato alla camionetta e stava comunicando un messaggio dalla radio di bordo. L'altro non era in vista, probabilmente era rimasto a sorvegliare la macchina sospetta.

Mowry si sentì alle corde. La macchina, su cui aveva fatto affidamento, era perduta; tutto ciò di cui disponeva, adesso era la pistola, i documenti falsi e una valigia che conteneva soltanto la carica esplosiva collegata alla serratura.

Lasciò la valigia all'ingresso della Porta Centrale: e questo non sarebbe servito certo a calmare le acque. La scoperta della macchina aveva informato tutta Alapertane che l'assassino di Sagramotholou era nei dintorni: e mentre si davano da fare attorno all'automobile incriminata, la camionetta sarebbe puntualmente esplosa. Poi qualcuno si sarebbe accorto della valigia abbandonata, l'avrebbe portata alla stazione di polizia più vicina: avrebbero tentato di aprirla con una chiave metallica, ottenendo come risultato una terribile esplosione.

Non sarebbe passato molto tempo e anche ad Alapertane sarebbe stata proclamata la legge marziale.

13

Mowry rimpianse che la tessera del maggiore Sallana fosse andata distrutta nell'esplosione a Radine e che il distintivo di Sagramatholou fosse rimasto nelle mani di Skriva. Adesso, la tessera e il distintivo gli avrebbero permesso di requisire una macchina a qualche privato cittadino senza che quello osasse rifiutare o andare a lagnarsi alla polizia.

L'unico elemento a suo favore era il fatto che nessuno conosceva i connotati dell'assassino di Sagramatholou; la polizia, probabilmente, stava brancolando nel buio alla ricerca del colonnello Halopti, o forse stavano tentando di identificarlo servendosi di qualche descrizione immaginaria estorta con le torture a uno dei prigionieri. Era improbabile che sospettassero di un anziano, occhialuto borghese, troppo sordo per distinguere un colpo di pistola da qualsiasi altro rumore.

D'altra parte, quelli della polizia erano capaci di interrogare chiunque cercasse di allontanarsi dalla città, anche se quallo fosse stato il ritratto dell'innocenza. Forse avevano l'ordine di perquisire i viaggiatori, e in questo caso, Mowry sarebbe stato perduto, dato che aveva addosso una pistola e una somma di denaro troppo rilevante. Oppure potevano fare qualche indagine sulla sua identità: e sarebbe stato un bel guaio, dato che all'Ufficio per gli Affari Marittimi non avevano mai sentito parlare di lui.

Non poteva servirsi del treno, né degli autobus di linea, che sarebbero stati senza dubbio sorvegliati. D'altra parte la polizia, c'era da scommetterci, aveva anche l'ordine di buttarsi alla ricerca di ogni automobile rubata. Era troppo tardi per acquistarne una regolarmente. Ma... ecco, poteva fare quello che aveva fatto un'altra volta: poteva noleggiarne una.

Stava scendendo la sera e i negozi cominciavano a chiudere quando arrivò a una agenzia.

— Voglio noleggiare questa macchina sport per quattro giorni. È disponibile?

— Sì.

— Quanto?

— Trenta talleri al giorno. Centoventi in tutto.

— La prendo.

— Vi serve subito?

— Sì, subito.

— Ve la faccio preparare e intanto vi darò la ricevuta. Sedetevi; mi sbrigherò in pochi minuti.

Il noleggiatore entrò nell'ufficio e chiuse la porta, ma non la chiuse abbastanza bene, e Mowry poté udire che stava sussurrando a qualcuno:

— C'è un tale che vuole noleggiare una macchina e ha una fretta tremenda, Siskra. Mi sembra un tipo a posto, ma sarà meglio telefonare dove sai.

Mowry era già arrivato a due isolati di distanza prima che l'invisibile Siskra avesse finito la sua telefonata. Non c'era dubbio: stavano dando la caccia proprio a lui. Tutti i noleggiatori avevano avuto l'ordine di riferire se qualcuno voleva una macchina. E lui s'era salvato solo perché la porta di un certo ufficio non era stata chiusa con cura.

Si allontanò; gettò via gli occhiali che servivano solo ad infastidirlo. Passò un autobus che recava l'indicazione AEROPORTO. Ricordò che durante il viaggio di andata era passato nei pressi di un aeroporto, infatti; era improbabile che Alapertane ne avesse più di uno. Quell'autobus poteva portarlo quindi fuori città, e per giunta nella direzione che gli interessava. Vi salì, senza esitazioni.

Per quel poco che ricordava della topografia di Alapertane, era probabile che la polizia effettuasse un controllo appena fuori città, dove la strada lasciava la zona abitata e si inoltrava nella campagna. A questo punto, i passeggeri dell'autobus potevano essere sospettati di voler lasciare la città e diventavano automaticamente soggetti adatti per un interrogatorio in piena regola. Era necessario che Mowry scendesse dall'autobus *prima*.

Discese al momento opportuno e proseguì a piedi; se avesse visto in lontananza un posto di blocco, poteva sempre tentare di evitarlo incamminandosi per i campi. Il sole stava tramontando e la luce diventava sempre più fioca

Questa poteva essere una circostanza favorevole; rallentò il passo, lasciò la strada principale per addentrarsi in un dedalo di vie laterali, poi vi ritornò quando giudicò che l'oscurità fosse ormai abbastanza fitta da assicurargli una certa protezione.

Dopo un po', scorse in distanza le luci dell'aeroporto; e subito dopo un autobus gli passò davanti, si fermò poco oltre con un breve lampeggiare di fari. Mowry avanzò fino a venti metri di distanza: l'autobus era pieno di passeggeri e di bagagli, e aveva a bordo tre poliziotti. Due di essi controllavano documenti e connotati, mentre il terzo bloccava la porta di uscita.

Sul lato della strada, a destra, era fermo un automezzo della polizia, con le porte aperte e le luci spente: sarebbe stato quasi impossibile vederlo, senza il riflesso dei fari dell'autobus. Mowry prese rapidamente la sua decisione; si avvicinò tranquillamente, salì a bordo, richiuse la portiera e avviò il motore. Sull'autobus, un poliziotto stava urlando con un passeggero terrorizzato, mentre i suoi due compagni si godevano la scena con visibile divertimento. Era impossibile che, in quel baccano, potessero sentire lo scatto della portiera e il rombo sommesso del motore appena acceso.

Mowry guidò la camionetta in mezzo alla strada e accese i fari: due fasci di luce tagliarono l'oscurità, mentre egli superava l'autobus e volgendo la testa poteva vedere i poliziotti e i passeggeri che s'erano voltati a guardarlo.

Premette l'acceleratore. Adesso poteva allontanarsi per un bel tratto, prima che venisse dato l'allarme e cominciassero a dargli la caccia in quella direzione. Dalle occhiate che i tre poliziotti sull'autobus avevano lanciato verso l'automezzo, sembrava non si fossero resi conto che si trattava proprio del loro. Probabilmente avrebbero pensato che si trattava di un automobilista deciso a procurar loro altri grattacapi sgusciandogli sotto il naso per non farsi interrogare; e, in questo caso, si sarebbero ben guardati dal riferirlo ai superiori, per non essere rimproverati per la loro inefficienza. E anche se avessero avuto qualche sospetto e se fossero scesi a controllare, sarebbe occorso parecchio tempo prima che potessero raggiungere l'aeroporto e dare l'allarme per telefono.

Insieme alla macchina, Mowry era entrato in possesso della radio, e l'accese. Poteva essergli utile, sapere cosa stesse facendo in quel momento la polizia.

— Auto dieci. L'individuo sospetto dichiara che stava guardando le macchine ferme perché aveva dimenticato dove aveva lasciato la sua. Non si regge e incespica nel parlare, e per giunta puzza di *zith*... ma può darsi che stia facendo la commedia.

— Portatelo qui — ordinò il Quartier Generale di Alapertane.

Poco dopo, l'auto diciannove chiese rinforzi per circondare un magazzino del porto; ma non spiegò il motivo della richiesta. Il Quartier Generale impartì a tre macchine l'ordine di recarsi sul posto.

Mowry girò un bottone, cercando un'altra linea: la radio tacque per parecchi minuti, poi una voce disse:

— Auto K. Qui è Waltagan. Ne sono già entrati sette.

— Aspettate — ordinò una voce in risposta. — Gli altri due possono ancora arrivare.

Questo significava che qualche sventurato padrone di casa stava per ricevere una visita notturna dalla Kaitempi. Non era possibile indovinare il motivo di quell'appostamento: la Kaitempi poteva fermare chiunque, per motivi che essa sola conosceva.

Intercettò di nuovo la linea riservata alla polizia: voleva sapere quando sarebbe stato scoperto il furto della camionetta. La radio continuò a trasmettere notizie su gente sospetta, su individui che tentavano di fuggire, su questa e quell'altra macchina e così via.

Era ormai distante 25 *den* da Alapertane, quando la radio crebbe di tono come se fosse la stessa emittente principale di Pertane a lanciare l'appello.

— Allarme generale. L'auto quattro della polizia di Alapertane è stata rubata. L'hanno vista correre in direzione sud, sulla strada per Valapan. In questo momento dovrebbe attraversare l'area P6-P7.

Subito risposero tutte le auto che si trovavano nell'area indicata o nelle vicinanze: undici in tutto. La trasmittente di Pertane le manovrava come pedine su una scacchiera, usando riferimenti topografici in codice, che non potevano significare nulla per Mowry.

Una cosa, però, era sicura: se avesse preso la strada per Valapan, non sarebbe passato molto tempo prima che tutte le auto della zona convergessero su di lui. Inoltrarsi per le strade secondarie non gli sarebbe servito molto, dato che ormai i poliziotti si aspettavano da lui uno scherzetto del genere, e con ogni probabilità stavano già appostandosi per catturarlo.

Avrebbe potuto abbandonare la camionetta in un campo, a luci spente, e proseguire a piedi: in questo caso non l'avrebbero rintracciata prima dell'alba. Ma a meno che non gli riuscisse di procurarsi un'altra macchina, sarebbe stato costretto a camminare per tutta la notte e per tutto il giorno seguente.

Continuando a tenere le orecchie ben tese per captare i messaggi, si accorse di avere superato senza vederlo l'imbocco di una strada secondaria: frenò, girò la macchina e vi si infilò e proprio in quel momento, scorse la luce di un paio di fari comparire, in distanza, sulla strada che aveva appena abbandonata. Bloccò i freni e spense le luci; restò immobile, nell'oscurità più completa, mentre i fari si facevano più vicini. Con un gesto instintivo spalancò la porta, tenendosi pronto a schizzar via alla prima minaccia di pericolo.

L'altra macchina fermò proprio all'incrocio Mowry balzò a terra, con la pistola in pugno e i nervi tesi; ma non passò un attimo, e la macchina tornò a muoversi, senza cambiare direzione, e scomparve rapidamente all'orizzonte.

Risalì a bordo con il fiato corto, riaccese le luci e ripartì a sua volta. Dopo un po' si trovò a passare nei pressi di una fattoria e si fermò un attimo, per vedere se faceva al caso suo: ma gli spiragli di luce che filtravano dalle imposte mostravano chiaramente che gli abitanti erano ancora svegli.

Proseguì, e dopo aver scartato altre due fattorie, trovò finalmente quella che si adattava ai suoi progetti. Tutte le luci erano spente e il granaio era abbastanza lontano dalla casa. Avanzò cautamente attraverso l'aia fangosa, infilò il viottolo e si fermò davanti al granaio. Allora scese dalla macchina, si arrampicò sul fieno e vi si distese.

Per le quattro ore che seguirono, la luce di fari lontani tagliò più volte l'oscurità, intorno a lui. Per due volte una macchina passò sulla strada poco distante e superò la fattoria senza fermarsi: e per due volte egli balzò a sedere sul fieno, impugnando la pistola.

Ma evidentemente gli inseguitori non sospettavano che Mowry si fosse fermato proprio nell'interno della trappola. Su Jaimec, coloro che erano ricercati dalla polizia o dalla Kaitempi, di solito, non si comportavano in quel modo: una volta iniziata la fuga, non si fermavano più.

Poco per volta le ricerche parvero diradarsi. Mowry tornò all'automezzo e si rimise in viaggio: non mancavano più di tre ore all'alba. Se tutto procedeva per il meglio, poteva raggiungere la foresta prima che fosse giorno fatto.

La trasmittente di Pertane continuava a lanciare ordini servendosi del solito cifrario incomprensibile, ma le risposte delle varie autopattuglie gli giungevano sempre più fioche. Non riusciva a capire se fosse buon segno o no: certo, adesso, le macchine che trasmettevano dovevano essere molto lontane, ma poteva darsi che altre gli fossero vicine, ed evitassero di mandare messaggi per non metterlo in allarme.

A ogni modo, la sua corsa proseguì indisturbata fino a nove *den* dal punto in cui era diretto, quando, inaspettatamente, il motore si fermò. Stava percorrendo una scorciatoia che portava all'ultimo, pericoloso tratto di strada, quando la piccola spia verde del cruscotto si spense. Nello stesso momento si spensero anche i fari e la radio tacque. La camionetta proseguì per qualche metro per forza d'inerzia, poi si fermò.

Mowry controllò l'accensione, ma non gli pareva che ci fosse un guasto: neanche l'avviamento di emergenza funzionava. Dopo parecchi minuti di complicate ricerche nell'oscurità ancora profonda, riuscì a staccare due fili e ad accostarli: avrebbe dovuto scoccare una scintilla, per lo meno. E invece non accadde nulla.

Questo poteva significare soltanto una cosa: il flusso di energia irradiato dalla centrale della capitale era stato interrotto. Tutte le macchine che si trovavano entro una certa distanza da Pertane erano state fermate, comprese le autopattuglie della polizia e della Kaitempi. Soltanto gli automezzi dotati di un impianto generatore autonomo potevano proseguire...

Mowry abbandonò il veicolo ormai inutile, e si accinse a portare a termine l'ultima parte del viaggio. Raggiunse la strada principale e la seguì, aguzzando gli occhi per vedere se vi fossero uomini armati appostati in distanza.

Dopo mezz'ora, una fila di luci apparve in lontananza, dietro di lui, e gli giunse all'orecchio il rumore di parecchi motori. Si gettò nei campi, cadde in un fosso, ne uscì per trovare rifugio in mezzo ad alcuni cespugli bassi e fittissimi. Le luci si fecero più vicine e passarono oltre.

Era una pattuglia militare: dodici uomini in tutto, montati su dinocicli autonomi, forniti di batterie a lunga carica.

Era evidente che le autorità dovevano avere perduto le staffe, se erano arrivate al punto di fermare tutte le macchine e di mobilitare l'esercito per dare la caccia alla camionetta rubata e all'uomo che la guidava. Il loro ragionamento era semplice: dato che il *Dirac Angestun Gesept* aveva rivendicato l'assassinio di Sagramatholou, chiunque avesse la macchina del defunto agente doveva essere un autentico membro di quella organizzazione. E di conseguenza, a loro premeva mettergli le mani addosso, a qualunque costo.

Mowry riprese il suo cammino, affrettandosi per quanto poteva. Dovette fermarsi, gettandosi fra l'erba alta, mentre una pattuglia di sei uomini transitava sulla strada. Poco dopo, dovette nascondersi fra gli alberi per evitare un'altro incontro poco piacevole. E intanto, il cielo stava passando dal nero al grigio e la visibilità aumentava di minuto in minuto.

L'ultimo tratto prima di raggiungere la foresta fu il peggiore. In dieci minuti dovette mettersi al coperto ben dieci volte, sempre con il terrore di non essere stato abbastanza svelto e di essere stato visto, perché ormai era possibile scorgere una persona anche da una distanza considerevole. Questo improvviso intensificarsi delle ricerche dimostrava che l'automezzo della polizia di Alapertane era stato trovato... e che adesso stavano cercando un uomo costretto a fuggire a piedi.

Finalmente, un po' riposato, riprese a camminare, e non rallentò se non quando fu arrivato nel punto in cui, di solito, l'anello cominciava a prudere. Questa volta, invece, non accadde nulla. Si fermò, guardandosi intorno, controllando ramo per ramo gli alberi intorno a lui. La foresta era un intrico di luci e di ombre, un uomo poteva restarsene immobile su di un albero per ore intere senza che nessuno potesse avvedersi della sua presenza anche passandogli molto vicino.

Quando riprese ad avanzare, si mosse cautamente, da un albero all'altro, badando ad avere sempre sottomano un possibile rifugio in caso di sorpresa.

L'anello continuava a non produrre alcuna reazione: se lo sfilò, lo aprì per controllare il minuscolo meccanismo interno, e tornò ad infilarlo. No, non si era guastato. Appiattendosi dietro una enorme radice che affiorava dal suolo, rifletté rapidamente sulla situazione. Poteva darsi che gli intrusi si trovassero ancora nella grotta, o forse erano in agguato nei dintorni. Esisteva perfino la possibilità che il Contenitore 22 avesse smesso di funzionare per qualche guasto del tutto casuale.

Mentre era lì, incerto, allarmato, udì un rumore che proveniva dal folto degli alberi, venti metri più in là. Era un rumore lievissimo, che non avrebbe udito se i suoi sensi non fossero stati acuiti dal pericolo: pareva uno starnuto soffocato o un leggero colpo di tosse. Ma per lui era abbastanza. *Qualcuno* era là, anche se si sforzava di non fare il minimo rumore. La grotta era stata scoperta, e con essa tutto il suo contenuto; e coloro che l'avevano scoperata erano lì, in attesa del suo ritorno.

Tornò indietro, sempre tenendo d'occhio gli alberi; gli ci volle più di un'ora per percorrere un chilometro e mezzo; quando cominciò a sentirsi più sicuro, prese a camminare più speditamente, ma non sapeva dove andare.

Era probabile che la grotta fosse stata scoperta da uno di coloro che erano fuggiti da Pertane per nascondersi nella foresta; e senza dubbio avrebbero cercato di ritornare nelle grazie delle autorità consegnando loro il ricercato. O forse c'era capitata per caso una pattuglia dell'esercito, mentre rastrellava la zona alla ricerca dei fuggiaschi.

Mowry aveva perduto il suo rifugio e la possibilità di mettersi in contatto con la Terra. Tutto ciò che possedeva, ora, erano gli abiti che indossava, una pistola e centomila talleri. Era un uomo ricco che non possedeva altro che la propria vita, e anche di quella non si sentiva troppo sicuro.

Era chiaro che gli conveniva allontanarsi il più possibile da quella zona. Appena i nemici si fossero accorti di aver trovato una piccola base terrestre, non si sarebbero accontentati di disporre attorno a essa un servizio di vigilanza: avrebbero messo in moto un intero esercito, avrebbero battuto la foresta palmo a palmo. E questo poteva cominciare in qualsiasi momento...

Continuò a camminare, con le gambe che faticavano a reggerlo, sempre in direzione sud-est. A un certo punto sentì che non era più in grado di proseguire. Si lasciò cadere in mezzo a un gruppo di canne, chiuse gli occhi e si addormentò.

Era ancora buio quando si svegliò; restò sdraiato ad aspettare il sorgere del sole, sonnecchiando e svegliandosi a intervalli. Poi ripartì: si sentiva le gambe più salde, adesso, e la mente più fresca, ma il suo morale era sempre disastrosamente basso.

14

Quel giorno l'attività dell'aviazione fu incessante. Aerei da caccia ed elicotteri sfrecciavano continuamente a bassa quota. Non si riusciva a capire la ragione di tutto quel daffare, dato che avevano ben poche probabilità di rintracciare un uomo in quella foresta immensa. Forse la scoperta della grotta li aveva indotti a credere che fosse atterrata una pattuglia di Spakum.

Non era difficile immaginare che la capitale si trovasse in stato di allarme: i pezzi grossi probabilmente non sapevano più dove sbattere la testa, e lo scambio di messaggi urgenti tra Jaimec e Diracta doveva essere frenetico. I due evasi di cui aveva parlato Wolf avevano provocato qualcosa di simile. Avevano tenuto impegnato ventisettemila uomini per quattordici ore; e lui, Mowry, era riuscito a mettere sottosopra un pianeta intero per almeno quattro settimane.

Nella foresta non trovò nulla da mangiare, a fatica poté trovare un po' d'acqua. Cadde la sera e si distese per dormire ma il suo sonno fu agitato e angoscioso. Al primo apparire dell'alba si rimise in marcia.

Dopo cinque ore si imbatté in un viottolo e lo seguì, fino a che non arrivò ad una piccola segheria circondata da una dozzina di casette. Davanti all'edificio erano fermi due grossi camion, che Mowry, acquattato nel folto degli alberi, guardò con invidia. Non c'era nessuno lì in giro, in quel momento, avrebbe potuto saltare su uno di essi e filarsela indisturbato. Ma senza dubbio, appena la notizia di quell'impresa si fosse diffusa, avrebbe avuto tutta l'orda degli inseguitori alle calcagna. In quel momento essi non potevano immaginare dove si trovasse e dove fosse diretto: ed era molto meglio lasciarli nella loro ignoranza.

Mowry si accertò che nessuno potesse vederlo, poi entrò in un orticello, e si riempì le tasche di legumi, si caricò le braccia di frutta. Tornò ad addentrarsi fra gli alberi e cominciò a mangiare, senza smettere il suo cammino. Più tardi, al cader del crepuscolo, si azzardò ad accendere un piccolo fuoco, cucinò i legumi e ne mangiò una parte, serbando l'altra metà per l'indomani.

In tutto il giorno che seguì non incontrò anima viva, né trovò altro cibo. Il terzo giorno fu anche peggiore: attorno a sé vedeva solo alberi, sempre e soltanto alberi, e su nessuno di essi crescevano noci o bacche commestibili.

Dal nord giungeva un debole rumore di aerei in volo; e quello era l'unico segno di vita.

Dopo quattro giorni, arrivò alla strada per Elvera, un villaggio a sud di Valapan. Sempre tenendosi fra gli alberi, la costeggiò finché vide le prime case. Il traffico era normale e nulla lasciava sospettare un possibile agguato.

Era sfinito per la mancanza di cibo, aveva gli abiti impolverati e laceri: se li spolverò alla meglio con le mani e si ripulì come poté, poi entrò nel villaggio. Se il prezzo di un pasto fosse stato anche un cappio intorno al collo, ebbene, era disposto a pagarlo, purché il cibo fosse buono e lui avesse il tempo di metter mano alla pistola.

C'erano una dozzina di negozi, nel villaggio, compreso un bar della specie preferita dai camionisti. Vi entrò, si diresse subito alla toeletta, si lavò e si guardò in uno specchio, per la prima volta dopo parecchi giorni.

Tornò nel locale e sedette al banco. Gli unici clienti erano due vecchi seduti a un tavolo, troppo occupati a mangiare per badare al nuovo venuto. Un tibo burbero in grembiule bianco spuntò dietro il banco.

— Desiderate?

Mowry ordinò e quando l'altro lo ebbe servito dovette sforzarsi di mangiare adagio, perché quello stava a guardare. Quando fu arrivato al bicchiere finale, l'individuo burbero domando: — Venite da lontano?

— Solo da Valapan.

— A piedi?

— No, ma la macchina mi si è fermata a due *den* da qui.

L'altro lo fissò: — Siete venuto in macchina? Come avete fatto a venire da Valapan?

— Cosa intendete dire? — replicò Mowry.

— Non si può andare o venire da Valapan in macchina, oggi. Me lo ha detto un poliziotto.

— E quand'è stato?

— Be'... circa alle nove.

— Io sono partito prima delle sette — disse Mowry. — Avevo un mucchio di cose da sbrigare e sono partito presto. M'è andata bene, eh?

— Già — fece l'altro, dubbioso. — Ma adesso come farete a tornare indietro?

— Non lo so. Può darsi che tolgano il blocco; ma può anche darsi che lo mantengano per chissà quanto. — Pagò, e si diresse verso la porta. — Lunga vita!

Si rese conto di essersi allontanato al momento buono. L'individuo burbero sembrava insospettito, ma non abbastanza da chiamare qualcuno.

Si fermò alla drogheria più vicina, e comprò una buona quantità di cibi concentrati: un pacco non troppo pesante, che avrebbe potuto portare senza fatica per parecchi chilometri. Il bottegaio lo servì con aria distratta e la conversazione fu breve.

— Va male a Valapan, eh?

— Già — disse Mowry, sperando di venire a sapere qualcosa di interessante.

— Spero che abbiano preso tutti quei maledetti Spakum.

— Già — ripeté Mowry.

— Accidenti agli Spakum — concluse l'altro. — Fa sedici talleri e sei decioni.

Uscendo con il pacco sottobraccio, si guardò intorno e vide l'individuo che lo aveva servito nel bar, fermo sulla porta a guardare nella sua direzione. Gli fece un cenno di saluto, attraversò il villaggio e gettò un'altra occhiata indietro solo quando ebbe superata l'ultima casa.

Il cibo gli bastò per dieci giorni, durante i quali continuò la sua marcia attraverso la foresta, senza vedere nessuno tranne qualche boscaiolo. Proseguendo in quella direzione, sarebbe arrivato non lontano da Radine: nonostante tutti i rischi che avrebbe corso, preferiva dirigersi verso quella zona, dato che ormai la conosceva abbastanza bene.

Cominciò a pensare che nei dintorni di Radine avrebbe potuto servirsi della pistola per impadronirsi di un'altra macchina e di altri documenti, a costo di dover seppellire un cadavere nella foresta. Poi avrebbe controllato come andavano le cose a Radine; se l'aria non puzzava, avrebbe potuto nascondersi in città. Doveva prendere una decisione drastica, dato che non poteva rimanere per sempre nella foresta.

Due ore dopo il tramonto, al suo ultimo giorno di peregrinazione, James Mowry raggiunse la strada principale Radine-Khamasta. Erano le undici precise, quando un tremendo bagliore invase il cielo, in direzione della fortezza di Khamasta. Il suolo gli tremò sotto i piedi, gli alberi scricchiolarono, mentre le loro cime ondeggiavano paurosamente. Poco dopo, si udì un lungo rombo lontano.

Sulla strada il traffico si fece meno intenso, poi cessò del tutto. Mille serpi purpuree si levarono da Radine e si avventarono nel cielo. Dalla zona di Khamasta esplose di nuovo quel bagliore accecante. Qualcosa di lungo, di nero, di rumoroso passò a bassa quota sulla foresta, oscurando per un attimo le stelle e riverberando intorno un'ondata fortissima di calore.

In distanza, Mowry udì rumori vaghi, scricchiolii, tonfi, colpi, oltre a un indefinibile frastuono, come di una moltitudine di uomini che gridasse. Avanzò nel mezzo della strada deserta e guardò verso il cielo. Le stelle si oscurarono, mentre la flotta spaziale terrestre, tre volte annientata e dieci volte decimata, tuonava nel cielo, forte di quattromila astronavi.

Giù, sulla strada, Mowry ballava come un pazzo, strillava, lanciava esclamazioni di trionfo e inventava canzoni stonate su parole incomprensibili. Agitava le braccia mentre gettava al vento i ventimila talleri che si sparpagliavano intorno come confetti.

Mentre le astronavi ruggivano sulla sua testa, Mowry vide calare dal cielo una enorme quantità di ordigni stranissimi, che tastavano il terreno con i pallidi raggi dell'antigravità. Rimase incantato a guardare la scena, mentre non lontano da lui una cosa immensa, dai cingoli simili a quelli d'un trattore, scendeva lievemente come una piuma, sorretta da venti colonne di raggi, e atterrava schiantando gli alberi intorno.

Con il cuore che gli batteva forte corse avanti, finché si trovò in mezzo a un gruppo di una quarantina di uomini. Stavano aspettando lui, s'erano accorti che stava arrivando e lo aspettavano. Lo superavano di tutta la testa, indossavano uniformi verde-scuro e portavano armi che luccicavano alla luce delle stelle.

— Prenditela comoda — gli gridò una voce terrestre.

Mowry si fermò un attimo per riprendere fiato, e si aggrappò alla manica del soldato che gli aveva parlato.

— Mi chiamo James Mowry, e non sono quello che sembro. Io sono un Terrestre.

L'altro, un grosso sergente dall'aria cinica, lo squadrò dalla testa ai piedi.

— Mi chiamo Napoleone. Non sono quello che sembro... sono un imperatore. — E gesticolò con la destra che impugnava una pistola grossa quanto un cannone. — Mettilo in gabbia, Rogan.

— Ma io *sono* un Terrestre — singhiozzò Mowry, sventolando le mani.

— Già, lo sembri proprio — disse il sergente.

— Ma *parlo* terrestre.

— Sicuro. Centomila Siriani lo parlano. Credono che gli serva a qualcosa. — E agitò nuovamente il cannone. — In gabbia, Rogan.

Rogan lo portò via.

Per due giorni, Mowry camminò avanti e indietro nel campo di concentramento riservato ai prigionieri di guerra. Era un posto molto grande, molto pieno, che diventava sempre più affollato. I prigionieri erano tenuti costantemente sotto sorveglianza e il cibo veniva distribuito a intervalli regolari; e questo era tutto.

Dei suoi compagni di prigionia, almeno cinquanta dichiaravano di sentirsi tranquilli, perché alla resa dei conti le pecore sarebbero state divise dalle capre, e sarebbe stata fatta giustizia. Loro, affermavano, da molto tempo erano dirigenti del *Dirac Angestun Gesept* e senza dubbio a loro sarebbe toccato il potere quando i conquistatori terrestri avrebbero ristabilito l'ordine. Allora, dichiaravano chiaro e forte, gli amici sarebbero stati ricompensati e i nemici puniti. Questa vanteria finì solo quando tre di loro furono strangolati nel sonno.

Mowry tentò almeno una dozzina di volte di attirare su di sé l'attenzione di una sentinella, quando non c'era un Siriano troppo vicino.

— Ehi! Mi chiamo Mowry. Sono Terrestre.

Dieci volte ricevette risposte di questo genere.

— Lo sembri davvero! — oppure: — Ah, sì?

Un tipo sparuto gli disse: — Non raccontarlo proprio a me!

— Ma è vero... lo giuro.

— Così sei veramente un Terrestre, eh?

— Già — fece Mowry, fuori di sé.

— Già per te, però.

Una volta provò a sillabare, in modo che non fosse possibile fraintenderlo: — Guarda qui, giovanotto, io sono un T-E-R-R-E-S-T-R-E.

Al che, la sentinella rispose: — Lo dici T-U — e continuò il suo giro di ispezione.

Finalmente venne il giorno in cui tutti i prigionieri vennero fatti allineare in ranghi serrati e un capitano, salito su di una cassa, si portò alla bocca un megafono e ruggì su tutta la folla: — C'è qualcuno qui che si chiama James Mowry?

Mowry trottò avanti, con le gambe un po' piegate per abitudine.

— Sono io.

Il capitano lo fissò, poi chiese: — Perché non l'avete detto prima? Abbiamo messo sottosopra tutto Jaimec per trovarvi. Lasciatemi dire, giovanotto, che avremmo avuto altro da fare. Non siete mica diventato scemo o qualcosa di simile?

— Io...

— Silenzio! Quelli del Servizio Segreto vogliono parlare con voi. Seguitemi.

E lo guidò, oltre i cancelli strettamente sorvegliati, per un breve sentiero che conduceva a una baracca prefabbricata.

— Capitano — azzardò Mowry. — Io ho tentato più volte di spiegare alle sentinelle che...

— Ai prigionieri è proibito parlare alle sentinelle — troncò il capitano.

— Ma io non ero un prigioniero.

— E allora che cosa diavolo stavate facendo là dentro? — Senza aspettare una risposta, aprì la porta della baracca prefabbricata e fece entrare Mowry. — Ecco qua il nostro uomo.

L'ufficiale del Servizio Segreto gli gettò un'occhiata al di sopra di una montagna di scartoffie.

— Così voi siete Mowry, James Mowry?

— Esatto.

— Benissimo — disse l'ufficiale. — Siamo stati informati; adesso sappiamo tutto sul vostro conto.

— Veramente? — rispose Mowry, grato e compiaciuto, e si preparò a ricevere l'immancabile lode solenne.

— Un altro tipo come voi era stato mandato su Artishain, il decimo pianeta dell'Impero Siriano — disse l'ufficiale. — Un certo Kingsley. Dicono che da un pezzo non si fa più vivo: sembra proprio che si sia fatto prendere.

— E cosa c'entro io? — domandò Mowry, in tono improvvisamente sospetto.

— Manderemo voi al suo posto. Partirete domani.

— Eh? Domani?

— Certo. Dovete svolgere un'attività di *vespa*. Perché? C'è qualcosa che non va, in tutto questo?

— No — disse Mowry, con un filo di voce. — Soltanto la mia testa.

Indice

Questo volume è stato impresso
nel mese di settembre 1987
presso la Arnoldo Mondadori Editore S.p.A.
Stabilimento N.S.M. di Cles (TN)

Stampato in Italia - Printed in Italy